westermann

Heinz Andreas, Angelika Frank, Hermann Groß, Bernd Schreiber

Sozialkunde

Thüringen

9. Auflage

Bestellnummer 01545

Die in diesem Produkt gemachten Angaben zu Unternehmen (Namen, Internet- und E-Mail-Adressen, Handelsregistereintragungen, Bankverbindungen, Steuer-, Telefon- und Faxnummern und alle weiteren Angaben) sind i. d. R. fiktiv, d. h., sie stehen in keinem Zusammenhang mit einem real existierenden Unternehmen in der dargestellten oder einer ähnlichen Form. Dies gilt auch für alle Kunden, Lieferanten und sonstigen Geschäftspartner der Unternehmen wie z. B. Kreditinstitute, Versicherungsunternehmen und andere Dienstleistungsunternehmen. Ausschließlich zum Zwecke der Authentizität werden die Namen real existierender Unternehmen und z. B. im Fall von Kreditinstituten auch deren IBANs und BICs verwendet.

Die in diesem Werk aufgeführten Internetadressen sind auf dem Stand zum Zeitpunkt der Drucklegung. Die ständige Aktualität der Adressen kann vonseiten des Verlages nicht gewährleistet werden. Darüber hinaus übernimmt der Verlag keine Verantwortung für die Inhalte dieser Seiten.

BiBox westermann

inkl. E-Book

Dieses Werk ist auch als BiBox erhältlich. In unserem Webshop unter www.westermann.de finden Sie hierzu unter der Bestellnummer des Ihnen vorliegenden Bandes weiterführende Informationen zum passenden digitalen Schulbuch.

service@westermann.de
www.westermann.de

Bildungsverlag EINS GmbH
Ettore-Bugatti-Straße 6-14, 51149 Köln

ISBN 978-3-427-**01545**-1

westermann GRUPPE

Das Buch „Sozialkunde" ist ein handlungsorientiertes Lehr- und Lernbuch.

Neben der Einführung in politische, wirtschaftliche und soziale Lernfelder will dieses Buch vor allem zur Diskussion anregen und dazu beitragen, dass gesellschaftliche Vorgänge wie z. B. der Wandel der Gesellschaft und Prozesse besser durchschaut und beurteilt werden können.

Der Aufbau des Buches sieht folgendermaßen aus: Während die linken Seiten fortlaufend jeweils den Informationstext enthalten, finden Sie auf den rechten Seiten unmittelbar die dem Informationstext zugeordneten Arbeitstexte. Auf diese Weise haben Sie zugleich mit den Informationen immer auch die entsprechenden Materialien zur Hand. Die Arbeitstexte sind durch Zahlen gekennzeichnet und den einzelnen Kapiteln zugeordnet:

Beispiel: 3.1/2 = zweiter Arbeitstext zum Kapitel 3.1

Darüber hinaus ermöglichen Ihnen die jedem Arbeitstext zugeordneten ? Fragen die Auseinandersetzung mit den Themen und die Vertiefung des Lernstoffes. Am Ende eines Kapitels finden Sie eine Doppelseite „Handeln". Der Handlungsvorschlag ermöglicht es, das Kapitel handlungsorientiert abzurunden und zu vertiefen.

Die Doppelseiten am Ende eines jeden Kapitels enthalten nochmals „Wichtiges Wissen", das heißt eine Zusammenfassung der wesentlichen Lerninhalte und Daten, sowie einen separaten Teil „Fragen und Aufgaben". Dadurch können Sie Ihren Wissensstand selbst überprüfen und sich gezielt auf Prüfungen vorbereiten.

Die Gliederung des Buches ist an den aktuellen Lehrplan für Thüringen angelehnt.

Die Verfasser sind für Anregungen und Verbesserungsvorschläge dankbar!

Änderungen zur Vorauflage:

- Berücksichtigung des Themas Brexit
- Aktualisierung des Themas Gemeinsame Agrarpolitik der EU
- Aktualisierung der Debatte über Politikverdrossenheit
- Berücksichtigung aktueller Familienpolitik, neuer gesellschaftlicher Lebensformen, drittes Geschlecht, gleichgeschlechtliche Ehe
- Aktualisierung in den Bereichen Extremismus, Zuwanderung, Einbürgerung, Integration
- Aktualisierung des Themas Menschenrechtsfragen
- Berücksichtigung der Hartz 4-Sätze ab 2020

Inhalt

1 Demokratie in der Berufsbildung

Gegensatz oder

Sittsame Schüler in einer überfüllten Schulklasse Ende der 1950er Jahre

Schule

Auszug aus der Schulordnung

§ 4 Teilnahme- und Mitarbeitspflicht

(1) Jeder Schüler hat die Pflicht, am Unterricht und an den sonstigen verbindlichen Schulveranstaltungen teilzunehmen. Er hat insbesondere die Pflicht, pünktlich und regelmäßig die Schule zu besuchen und sich am Unterricht zu beteiligen. Er hat alles zu unterlassen, was den Schulbetrieb oder die Ordnung der von ihm besuchten Schule oder einer anderen Schule stören könnte. Der Schulleiter und die Lehrer überwachen den Schulbesuch.

(2) Die Entscheidung über die Verbindlichkeit sonstiger Schulveranstaltungen trifft der Schulleiter. Der § 28 Abs. 1 Satz 2 bleibt unberührt.

Thüringer Allgemeine Schulordnung für die berufsbildenden Schulen vom 10.12.1996

§ 3 Recht auf Bildung, Förderung und Teilhabe

(1) Jeder Schüler hat das Recht auf eine seinen Fähigkeiten und Neigungen entsprechende schulische Bildung und Förderung. Er hat das Recht, am Unterricht und an den sonstigen verbindlichen Schulveranstaltungen teilzunehmen.

(2) Der Schüler hat insbesondere das Recht,

1. sich am Schulleben und in den Gremien der Schülermitwirkung zu beteiligen,
2. im Rahmen der Schulordnung und der Lehrpläne an der Gestaltung des Unterrichts mitzuwirken,
3. über wesentliche Angelegenheiten des Schulbetriebs unterrichtet zu werden,
4. Auskunft über seinen Leistungsstand und Beratung zu erhalten sowie
5. bei als ungerecht empfundener Behandlung oder Beurteilung sich nacheinander an Lehrer, an den Schulleiter und an die Schulkonferenz zu wenden; er kann sich einen Lehrer seines Vertrauens als Beistand wählen.

Thüringer Allgemeine Schulordnung für berufsbildende Schulen vom 10.12.1996

Bedingung?

Aufgelockerter Unterricht mit Projektarbeit heute

ZUR DISKUSSION:

1. Warum kann und soll Demokratie in der Schule realisiert werden?
2. Bedingen Demokratie und Disziplin einander oder haben sie keinen Bezug?

1.1 Die berufsbildende Schule

Die Berufsbildung ist nicht nur ein weiterer Bildungsabschnitt im Leben, sondern eröffnet in ihrer Vielfältigkeit den Jugendlichen auch breit gefächerte Möglichkeiten der Gestaltung des künftigen Lebens.

§ 17 ThürSchulG – Allgemeines zur Schulpflicht
(2) Die Schulpflicht gliedert sich in eine Vollzeitschulpflicht und eine Berufsschulpflicht.

§ 21 ThürSchulG – Berufsschulpflicht
(1) Wer in einem Ausbildungsverhältnis nach dem Berufsbildungsgesetz oder der Handwerksordnung steht, ist zum Besuch der Berufsschule verpflichtet. Die Berufsschulpflicht wird durch den Besuch der Berufsschule erfüllt. Sie endet mit dem Abschluss einer anerkannten Berufsausbildung, spätestens zum Ende des Schuljahres, in dem das 21. Lebensjahr vollendet wird.

Quelle: http://landesrecht.thueringen.de/jportal/? quelle=jlink&query=SchulG+TH&psml=bsthueprod.psml&max=true&aiz=true#jlr-SchulGTH2003V8P17, [26.09.2019]

Zusammen mit den **berufsbildenden Wahlschulen** besteht damit ein differenziertes und leistungsfähiges Schulsystem, in dem es kaum noch Sackgassen wie früher gibt. Berufliche Bildung verringert das Risiko von Arbeitslosigkeit und verbessert die Wettbewerbsfähigkeit der Wirtschaft. Das umfangreiche Bildungsangebot der berufsbildenden Schulen ist in der Lage, die unterschiedlichen Neigungen, Fähigkeiten und Begabungen besonders in den wichtigen Bereichen der Technik, Wirtschaft und Sozialpflege hinreichend zu berücksichtigen.

Die duale Berufsausbildung

Wer die allgemeinbildende Schule beendet hat, steht vor dem „Sprung" in das Berufsleben. Gemäß Artikel 12 des Grundgesetzes wird jedem Menschen die freie Wahl des Berufes garantiert. Die Hauptform der Berufsausbildung ist das duale System (dual = zweifach, zweigleisig), das heißt, die Ausbildung findet an zwei Lernorten statt: im **Betrieb** und in der **Berufsschule**.

Betrieb

Auszubildende

Ausbildungsgrundlagen

- Berufsausbildungsvertrag
- Ausbildungsordnungen
- Berufsbildungsgesetz des Bundes

Berufsschule

Berufsschüler/-innen

Ausbildungsgrundlagen

- Schulpflicht
- Lehrpläne
- Schulgesetze der Länder

1.1/1

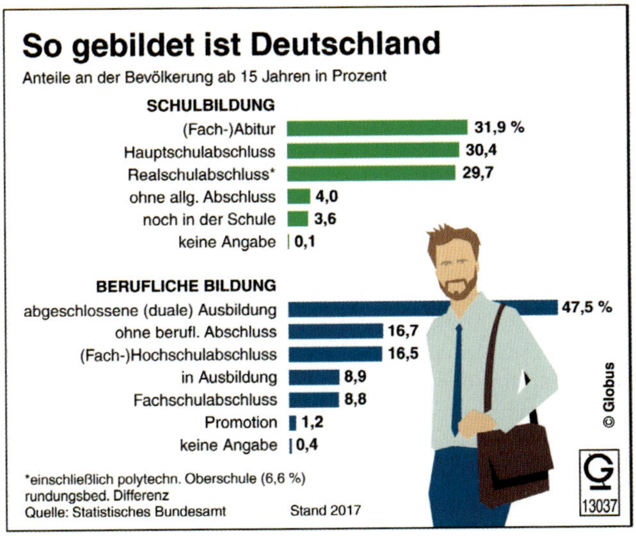

1. *Werten Sie die Grafik aus.*
2. *Suchen Sie eine Begründung für die Zahlen dieser Bildungs- und Ausbildungsstatistik.*
3. *Wie könnte man diese Zahlen für die zukünftige Gesellschaft verbessern?*

?

1.1/2

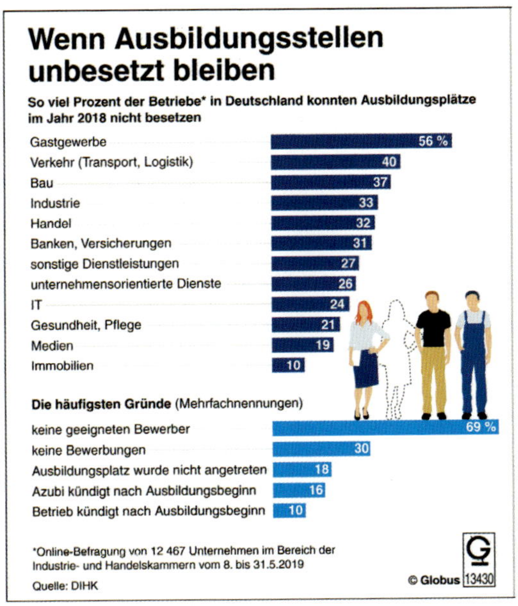

1. *Wenn fast 60 % der Bevölkerung in Deutschland die Voraussetzung eines Schulabschlusses für eine Berufsausbildung haben, warum bleiben dann Stellen unbesetzt?*
2. *Wie stellen Sie sich Ihre berufliche Perspektive vor?*

?

Der Betrieb bietet in erster Linie die **fachpraktische Ausbildung**. Auf der Basis des Berufsbildungsgesetzes und der Handwerksordnung werden im Zusammenwirken des Wirtschaftsministeriums und der zuständigen Kammern die Ausbildungsordnungen, Prüfungsanforderungen und Ausbildungsrahmenpläne erarbeitet. Die betriebliche Ausbildung wird durch die Kammern (zum Beispiel Handwerkskammer, Industrie- und Handelskammer) überwacht und schließt mit dem Gesellenbrief, dem Gehilfenbrief oder dem Facharbeiterbrief ab.
Die Berufsschule hat die Aufgabe, die **Fachtheorie** zu vermitteln und das **Allgemeinwissen** zu erweitern und zu vertiefen.
Das Kultusministerium erstellt in Absprache mit den Kammern die Lehrpläne und beaufsichtigt diesen Ausbildungszweig. Rechtsgrundlage der Berufsschule sind das Schulgesetz und die Verordnung des Landes, auf denen die Lehrpläne und Stundentafeln basieren. Das Abschlusszeugnis bestätigt den erfolgreichen Besuch der Berufsschule.
Ausbildung in Theorie und Praxis muss sich dabei ständig am Wandel der Berufslandschaft orientieren, d. h. sie muss auf die Zukunft ausgerichtet sein.

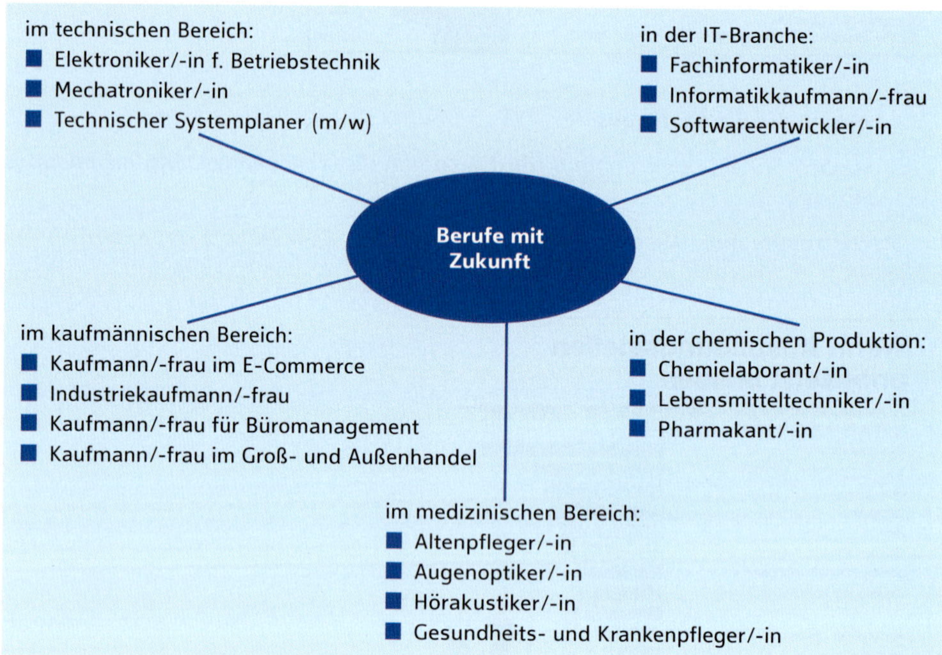

** alle Berufe männlich, weiblich, divers*

Gliederung und Formen der Berufsschule

Nach einem Beschluss der Kultusministerkonferenz haben die Berufsschulen die Aufgabe, „dem Schüler allgemeine und fachliche Lerninhalte unter besonderer Berücksichtigung der Anforderungen der Berufsausbildung zu vermitteln".
Dies geschah bzw. geschieht heute noch vereinzelt in der **Grundstufe** (1. Ausbildungsjahr, breit angelegte berufliche Grundbildung) und den **Fachstufen** (weitere Ausbildungsjahre, berufliche Spezialisierung).
Seit der Neuordnung der Berufe (z. B. IT-Berufe) 1997 wird in **Lernfeldern** unterrichtet, die der Komplexität und der Problemorientierung in der Ausbildung Rechnung tragen sollen.

1.1/3

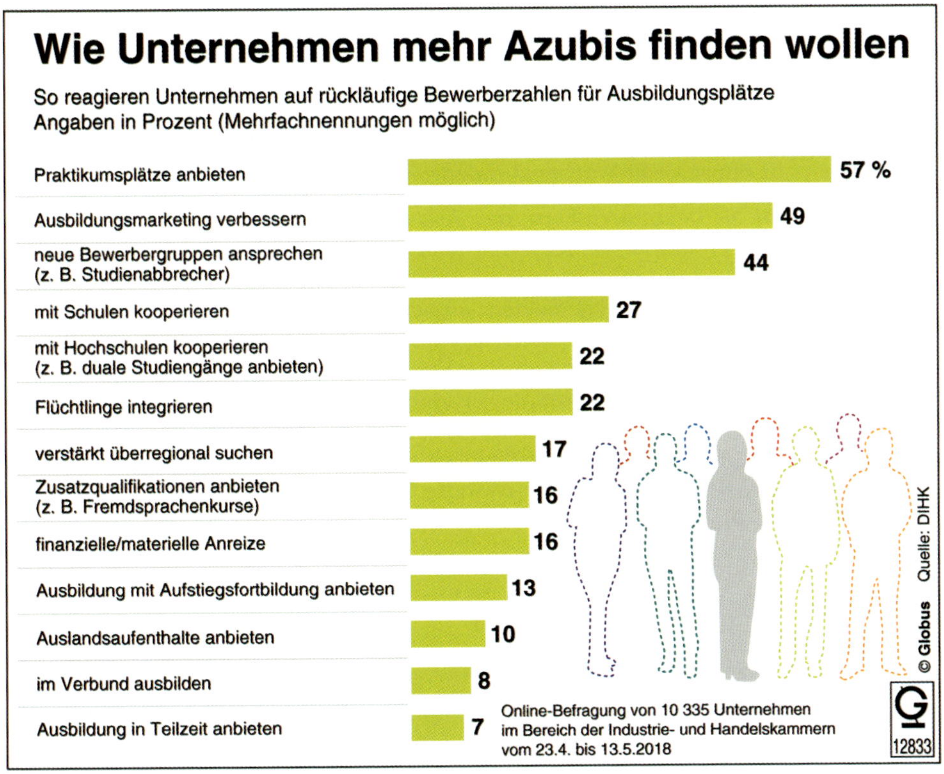

1. *Was war für Sie ausschlaggebend bei der Wahl Ihres Unternehmens?*
2. *Welche Möglichkeiten haben Sie zum Kennenlernen Ihres Unternehmens genutzt?*

?

1.1/4

Mehr Bewerber als Ausbildungsstellen

Während in weiten Teilen der Thüringer Wirtschaft manche Ausbildungsplätze seit Jahren unbesetzt bleiben, drängen junge Leute in den Staatsdienst. [...]
Auf die 2018 und 2019 jeweils 100 ausgeschriebenen Ausbildungsplätze in der Steuerverwaltung des Landes gab es mehr als 1 200 [...] Bewerbungen. [...]
„Der Freistaat Thüringen ist ein attraktiver Arbeitgeber“, sagte Finanzministerin Heike Taubert. [...]
Neben einer guten Bezahlung biete das Land seinen Beschäftigten vor allem einen sicheren Arbeitsplatz, an dem sich Familie und Beruf gut miteinander vereinbaren ließen. Letzteres spiele für viele junge Menschen eine immer größere Rolle. [...]

Quelle: dpa/th: Mehr Bewerber als Ausbildungsstellen, in Thüringer Allgemeine, 18.02.2019, S. 2. © dpa

1. *Stellen Sie wesentliche Fakten (und deren Ursachen) der Zeitungsmeldung dar.*
2. *Worin sehen Sie die Ursachen für unbesetzte Stellen in der Wirtschaft und einen Bewerberüberhang im Staatsdienst?*

?

Die Organisationsform der Berufsschule kann folgendermaßen gewählt werden:

- **Vollzeitunterricht** an fünf Tagen in der Woche während des ganzen Jahres (im Berufsgrundschuljahr);
- **Teilzeitunterricht** an zwei Wochentagen und drei Tage Berufsausbildung im Betrieb, Regelunterricht meist zwölf Wochenstunden;
- **Blockunterricht** als besondere Form des Teilzeitunterrichts; die Ausbildung in der Berufsschule und im Betrieb findet jeweils wochenweise („geblockt") statt.

Der Unterricht vermittelt neben allgemeinen, vorwiegend berufsbezogene, berufsqualifizierende Lerninhalte, wobei mehr und mehr **Schlüsselqualifikationen** in den Vordergrund rücken. Das sind Kenntnisse, Fertigkeiten oder Verhaltensweisen, mit denen selbstständig und sachorientiert noch nicht bekannte Fachgebiete erschlossen werden können, wie z. B. Kontaktbereitschaft, Selbstständigkeit, Flexibilität, Teamfähigkeit, Übernahme von Verantwortung, Ideenreichtum, Planungsfähigkeit oder Problemlösungsfähigkeit.
Zurzeit werden in 27 Berufsfeldern (artverwandte Ausbildungsberufe) anerkannte Ausbildungsberufe im dualen Ausbildungssystem angeboten.

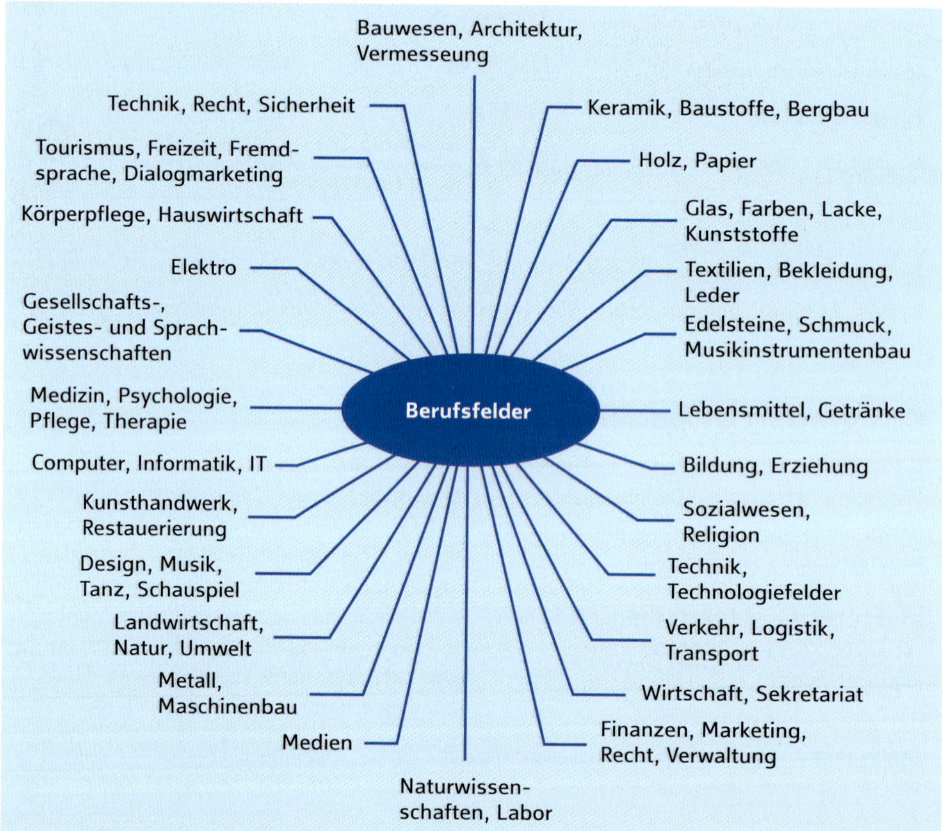

Vgl. Arbeitsagentur: Berufsfeldübersichten. https://www.arbeitsagentur.de/download-center-biz-berufsfelduebersichten [13.05.2019]

Hinsichtlich der Abschlussprofile, das heißt der Möglichkeiten nach der Berufsschulzeit, gibt es eine Vielzahl von Alternativen.

?

1. *Was versteht man unter dem Begriff „Schlüsselqualifikation"?*
2. *Ordnen Sie die folgenden Begriffe den drei genannten „Kompetenzbereichen" zu: Fairness, selbstständiges Lernen, Rechnen, logisches Denken, EDV-Kenntnisse, Selbstständigkeit, Einsatzbereitschaft, Bewertungsfähigkeit, Kooperationsfähigkeit, Materialkenntnisse, Kommunikationsfähigkeit.*
3. *Geben Sie für jeden Begriff ein konkretes Beispiel.*
4. *Sie sollen Fachbegriffe lernen und in richtiger Beziehung anwenden. Wie werden Sie vorgehen? Welche Kompetenzen werden hierbei angesprochen?*

Berufsbildende Wahlschulen im Überblick

Die Mannigfaltigkeit moderner Berufsaufgaben spiegelt sich in der Vielfalt beruflicher Bildungswege mit vielgestaltigen Strukturen des berufsbildenden Schulwesens wider: Es reicht von berufsvorbereitenden Bildungsgängen und berufsqualifizierenden Abschlüssen bis hin zur allgemeinen Hochschulreife. Dabei sind Abschlüsse oft Stufen auf dem Weg zu weiterer Qualifizierung. Die berufsbildenden Schulen bieten zahlreiche Möglichkeiten an,

- um den Bildungsgang von z. B. der Hauptschule, der Realschule, dem Gymnasium oder der Sonderschule fortzusetzen,
- um weitere schulische oder berufsqualifizierende Abschlüsse zu erwerben,
- um beides miteinander zu verbinden.

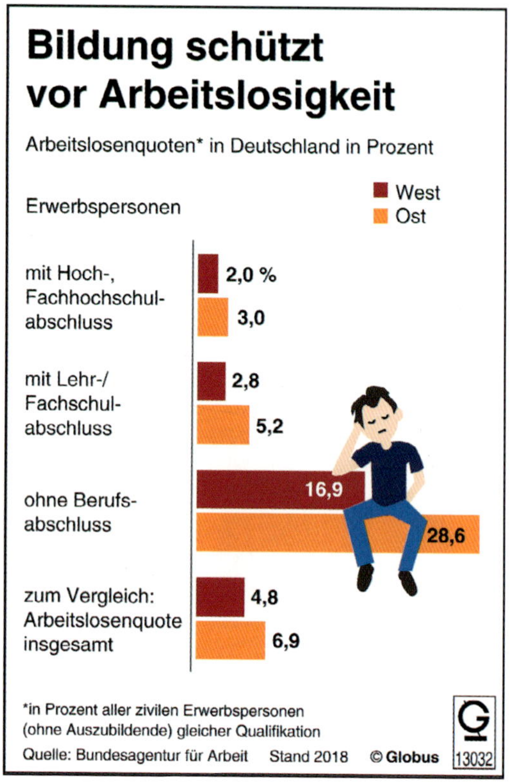

Die zweijährige **Berufsfachschule** ist als berufsvorbereitende Vollzeitschule die älteste und früher als Handelsschule oder Gewerbeschule die bekannteste der beruflichen Wahlschulen. Die Bildungsgänge Wirtschaft, Metalltechnik, Elektrotechnik, Hauswirtschaft/Sozialwesen oder Landwirtschaft sind für Jugendliche mit Hauptschulabschluss oder gleichwertigen Zeugnissen eingerichtet, vermitteln eine berufsbezogene Grundbildung und führen nach einer Abschlussprüfung zu einem qualifizierten Sekundarabschluss (mittlere Reife). Der Besuch weiterführender Schulformen und eine duale Ausbildung sind möglich.

Die zweijährige **Höhere Berufsfachschule** baut auf einem qualifizierten Sekundarabschluss I auf und vermittelt eine volle gehobene Berufsausbildung für Assistentenberufe (staatlich geprüfte Assistent/-innen), besonders in den Schwerpunkten Wirtschaft, Hauswirtschaft, Informatik, Chemie, Biologie, Physik. Durch Zusatzunterricht in zwei bis drei Fächern je nach Bildungsgang und nach einem 18-monatigen Praktikum kann die Fachhochschulreife erworben werden. Im Zusammenhang mit den neuen Technologien wurden in den letzten Jahren weitere neue Bildungsgänge eingerichtet.

Die **Berufsaufbauschule** ist eine weiterführende berufsbildende Schule für befähigte Schüler mit Hauptschulabschluss. Sie soll das Allgemein- und Fachwissen vertiefen und verbreitern und so auf eine anspruchsvollere berufliche Tätigkeit vorbereiten. Des Weiteren ist der Übergang in höhere berufsbildende Schulen, Kollegs und andere Berufseinrichtungen möglich.

Unzufriedene Azubis – Muss das sein?

Muss ich das wirklich machen?

„Das ist doch nicht das, was ich mir vorgestellt habe!" Das sagen unzufriedene Azubis. Die **Erwartungen sind oft unrealistisch** und manchmal beschäftigen sich Jugendliche auch gar nicht richtig mit ihrem zukünftigen Beruf. [...]

Mehr Realismus in Sachen Ausbildung täte gut

[...]
Im Folgenden typische Hintergründe bei unzufriedenen Azubis:

- **Schlechtes Verhältnis** zwischen Auszubildenden und Ausbildern, sowie Kollegen.
- Schwach entwickelte Interessen und **falsche Berufswahl**.
- **Geringes Azubi-Gehalt**, aufwendige Nebenbeschäftigungen und Geldnot.
- Ungünstige Arbeitszeitregelung und **weite Entfernung zum Ausbildungsort**.
- **Überlastetes Ausbildungspersonal** und fehlende Anerkennung....

[...]

Dementsprechend lohnen sich folgende Tipps:

- Zuerst schriftliche Vor **informationen über Lehrinhalte** an die Azubis aushändigen.
- Anschließend eine **gute Einführung der Azubis** in der Probezeit sicherstellen.
- Des weiteren eine **kollegiale Atmosphäre** und gute Umgangsformen schaffen.
- Viel mehr altersgemäße und **aktivierende Ausbildungsmethoden** wählen.
- Dabei das **Leistungsverhalten gemeinsam** mit Azubis **auswerten**.
- Nebenher **Lernerfolge, auch in kleinen Schritten**, ermöglichen und bestätigen.
- Die Kritik der Auszubildenden in einem **Beschwerdemanagement** etablieren.

Quelle: Schüler, Andreas: Unzufriedene Azubis – Muss das sein?, 20.05.2017. In: Ausbilderwelt. https://ausbilderwelt.de/unzufriedene-azubis-muss-das-sein/ [13.05.2019]

?

1. *Sind Sie mit Ihrer Ausbildung und den Bedingungen zufrieden? Begründen Sie Ihre Antwort.*
2. *Was möchten Sie im Verhältnis zu Ihrem Ausbilder oder Ihrer Ausbilderin verbessern und wie könnten Sie das realisieren?*

Dreijährig in Teilzeitform neben der Berufsausbildung und einjährig in Vollzeitform nach der Berufsausbildung erlangt man nach Bestehen einer Abschlussprüfung die Fachschulreife (vergleichbar dem Realschulabschluss, FS-Reife).
Die **Fachschule** ist eine Form der berufsorientierten Aus- und Weiterbildung. Ziel ist es, Fachkräfte mit beruflicher Erfahrung zu mittleren Führungskräften heranzubilden. Die Ausbildung dauert bei Vollzeitunterricht zwischen einem und drei Schuljahren, bei Teilzeitunterricht entsprechend länger. Die Aufnahmevoraussetzungen sind durch die Vielzahl der angebotenen Fachrichtungen (Gestaltung, Sozialwesen, Technik, Medizin, Wirtschaft usw.) unterschiedlich. Durch Ergänzungsprüfungen sind Abschlüsse bis zur Fachhochschulreife möglich. Der Abschluss der Fachschule kann auch als fachtheoretischer Teil einer Meisterprüfung anerkannt werden.
Die **Fachoberschule** vermittelt allgemeine und fachtheoretische Kenntnisse und endet nach bestandener Prüfung mit der Fachhochschulreife. Als Fachrichtungen werden u. a. Agrarwirtschaft, Sozialwesen, Wirtschaft, Informatik, Elektrotechnik angeboten. Schüler mit Realschulabschluss und einer dem jeweiligen Bildungsgang entsprechenden abgeschlossenen Berufsausbildung absolvieren die Fachoberschule **Typ I** (ein Jahr Vollzeit). Schüler mit Realschulabschluss, aber ohne Berufsausbildung, besuchen **Typ II** (zwei Jahre Vollzeit und Praktikum in Klasse 11). Bei Teilzeitunterricht dauert die Schulzeit entsprechend länger.

Das **berufliche Gymnasium** steht Schülerinnen und Schülern mit qualifiziertem Sekundarabschluss I (Realschulabschluss) bei guten Abschlussleistungen oder befriedigenden Abschlussleistungen mit Schullaufbahnempfehlung in den Bereichen Wirtschaft, Gesundheit und Soziales und Technik offen. Es führt über die 11. Klasse (Einführungsphase, Versetzungszeugnis nötig), 12. und 13. Klasse (Qualifizierungsphase) zur allgemeinen Hochschulreife. Schüler, die nach der 12. Jahrgangsstufe die Schule verlassen, können unter bestimmten Umständen die Fachhochschulreife erwerben.
Das **Kolleg** führt Schülerinnen und Schüler mit mittlerer Reife und mindestens drei Jahren Berufserfahrung in einer dreijährigen Vollzeitausbildung zum Abitur (ohne mittlere Reife vier Jahre). Das Mindestalter beträgt 19 Jahre. Das Kolleg ermöglicht damit auch denjenigen, die sich für eine Berufstätigkeit entschieden haben, die allgemeine Hochschulreife zu erlangen und zu studieren.

Beispiele beruflicher Bildungswege und Abschlüsse

1.1/7

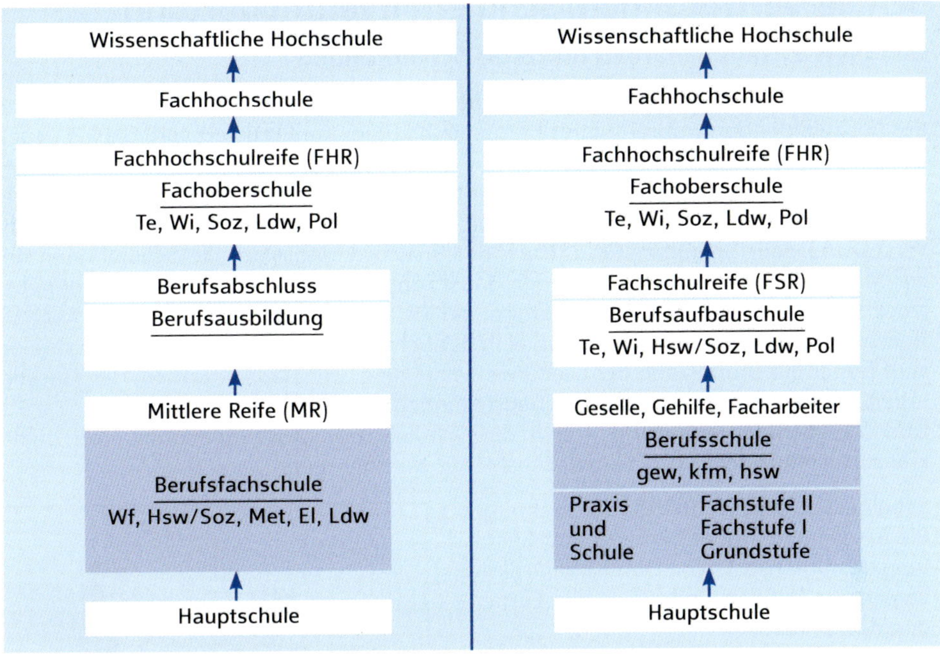

1. *Wenn ein Absolvent der Hauptschule 15 Jahre alt war, wann erreicht er bei den beiden oben dargestellten Wegen durch das Schulsystem die Fachhochschulreife?*
2. *Begründen Sie Ihre Motivation zur beruflichen Weiterbildung.*

?

1.2 Zusammenarbeit von Schule und Schülervertretungen/Schülermitverantwortung

Geregelte Zusammenarbeit durch die Schulordnung

Das **Berufsbildungsgesetz** enthält allgemeine Aussagen über die Rechte und Pflichten der Auszubildenden während ihrer Berufsausbildung. Konkretisiert wird dieses Gesetz durch die „Thüringer Schulordnung für die berufsbildenden Schulen", die auch für die Wahlschulformen verbindlich ist. Nach dem Schulgesetz enthalten die Schulordnungen Einzelheiten des Schulverhältnisses, etwa zu Aufnahmevoraussetzungen, Unterricht, Versetzung oder Schülerzeitung. Nach der Schulordnung sind alle Schülerinnen und zur Mitarbeit und zur Beachtung der Hausordnung verpflichtet. Sie haben daneben jedoch Rechte auf Information, Beratung und Unterstützung durch die Schule. Auch die freie Meinungsäußerung, zum Beispiel in der Schülerzeitung, ist garantiert. Festgelegt sind ferner die Grundlagen der Leistungsfeststellung, der Hausaufgaben, der Klassenarbeiten sowie sonstiger Leistungsbeurteilungen.
Über die **Schülervertretung** sollen die Schüler bzw. Auszubildenden ihre demokratischen Mitsprache- und Mitwirkungsrechte wahrnehmen.

Schulgesetz und Schulordnung schreiben die Beteiligung an der Planung und Gestaltung des Unterrichts vor. Durch konstruktive Vorschläge können und sollen die Lernenden das Schulleben mitgestalten.

Dies lässt sich z. B. verwirklichen durch:

- das Eintreten für andere (Belange der gesamten Schülerschaft und der/des Einzelnen),
- die Erfahrung, dass Schule ein zentraler Lebensraum ist, der Gestaltung erfordert,
- den partnerschaftlichen, rücksichtsvollen Umgang miteinander,
- das Praktizieren rationaler Konfliktbewältigung,
- die Demokratisierung des Schullebens,
- die Veränderung der Stellung der Lernenden in der Schule,
- die Bereitstellung rechtlich abgesicherter Mitwirkungsmöglichkeiten.

Dieser bedeutungsvolle Raum für Entfaltung von Initiativen und Aktivitäten erfordert, dass alle am Schulleben Beteiligten, wie Eltern, vorgesetzte Behörden, Schulleitung, Lehrer- und Schülerschaft, diese Ideen auch verwirklichen wollen. Information und Kommunikation sind hier unverzichtbar.
Für Berufsschüler lassen sich nicht alle Möglichkeiten der **Schülermitverantwortung** verwirklichen. Gründe hierfür sind unter anderem in der unterschiedlichen Interessenlage von Voll- und Teilzeitschülern zu suchen. Aber wenn die vorhandenen Möglichkeiten ausgeschöpft werden im Sinne einer partnerschaftlichen Zusammenarbeit mit allen Betroffenen, gibt es genügend Aufgaben, die mit Fantasie und Fingerspitzengefühl gelöst werden können.

Thüringer Schulordnung für Berufsschulen (Auszug)

1.2/1

§ 4 Recht auf Bildung, Förderung und Teilhabe
(1) Jeder Schüler hat das Recht auf eine seinen Fähigkeiten, seinen Neigungen und seiner beruflichen Ausbildung entsprechende schulische Bildung und Förderung. Er hat das Recht, am Unterricht und an den sonstigen verbindlichen Schulveranstaltungen teilzunehmen.

§ 5 Recht auf freie Meinungsäußerung, Schülerzeitung
(1) Jeder Schüler hat das Recht, seine Meinung frei zu äußern; im Unterricht ist der sachliche Zusammenhang zu wahren.
(3) Die Schülerzeitung soll vornehmlich Beiträge von Schülern mit schulischem Bezug enthalten. Die Grundsätze einer fairen Berichterstattung sind zu beachten; auf die Vielfalt der Meinungen ist Rücksicht zu nehmen.

§ 6 Teilnahme- und Mitarbeitspflicht
(1) Jeder Schüler hat die Pflicht, am Unterricht und an den sonstigen verbindlichen Schulveranstaltungen teilzunehmen. Er hat insbesondere die Pflicht, pünktlich und regelmäßig die Schule zu besuchen und sich am Unterricht zu beteiligen. Er hat alles zu unterlassen, was den Schulbetrieb oder die Ordnung der von ihm besuchten Schule oder einer anderen Schule stören könnte. Der Schulleiter, die Lehrer und die Eltern überwachen den Schulbesuch.
(3) Verbindliche Schulveranstaltungen außerhalb der üblichen Unterrichtszeit dürfen für Schüler, die in einem Berufsausbildungsverhältnis stehen, nur im Einvernehmen mit den betroffenen Ausbildungsbetrieben angesetzt werden.

§ 10 Einrichtung und Aufgaben
(1) Die Schülermitwirkung bietet den Schülern die Möglichkeit, sich an der Gestaltung des Schullebens zu beteiligen. Die Schüler werden dabei vom Schulleiter und den Lehrern unterstützt. Zu den Aufgaben der Schülermitwirkung gehören insbesondere die Wahrnehmung schulischer und sozialer Interessen der Schüler innerhalb der Schule, die Durchführung gemeinsamer Veranstaltungen, die Mithilfe bei der Lösung von Konfliktfällen und die Übernahme von Ordnungsaufgaben.

?

1. *Stellen Sie die Rechte und Pflichten der Schüler/-innen gegenüber.*
2. *Warum sind in der Schülerzeitung die „Grundsätze einer fairen Berichterstattung" zu beachten?*
3. *Nennen Sie Argumente, die die Bedeutung der Wahrnehmung „sozialer Interessen der Schüler" unterstreichen.*

1.2/2

Das **Mitwirken der Schülermitverantwortung (SMV)** umfasst besonders folgende Bereiche:
- Vertretung der Schülerschaft (Hilfe und Vermittlung bei Beschwerden),
- Anregungen und Vorschläge für die Unterrichtsgestaltung (Methoden, Bücher),
- Planung und Durchführung von Veranstaltungen (Schulfeste, Basare),
- Verwaltungs- und Organisationsaufgaben (Bücherei, Sammlungen),
- Mitwirkung beim Ordnungs- und Aufsichtspersonal (Pausen, Schulhof),
- Gestaltung der Schülerzeitung (wird oft von SMV wahrgenommen),
- Mitwirkung und Beteiligung an Fachkonferenzen und deren schulischen Gremien.

?

1. *Stellen Sie mithilfe der Karikatur Probleme bzw. Schwierigkeiten der SMV dar.*
2. *Warum ist die Ausübung der SMV so schwierig, besonders in der Berufsschule?*

1.3 Bezüge zum Arbeits- und Tarifrecht

Demokratie in der Berufsbildung bedeutet nicht nur, dass Auszubildende als Berufsschüler in der Berufsschule demokratische Mitspracherechte haben. Sie haben über die gesetzlichen Festlegungen des **Arbeits- und Tarifrechts** die Möglichkeit der **Mitbestimmung** bei der Gestaltung des gesamten Arbeitsverhältnisses.

Beide Vertragsparteien der Berufsausbildung haben **Rechte**, aber auch **Pflichten** zu erfüllen, die im Berufsbildungsgesetz (BBiG) geregelt sind, u. a.:

Pflichten der Auszubildenden (§ 13)	Pflichten der Ausbildenden (§ 14)
■ im Rahmen ihrer Berufsausbildung aufgetragene Aufgaben sorgfältig ausführen	■ zum Besuch der Berufsschule und zum Führen des Berichtsheftes anhalten
■ Weisungen der Ausbildenden Folge leisten	■ Auszubildende charakterlich fördern sowie sittlich und körperlich nicht gefährden
■ Stillschweigen über Geschäftsgeheimnisse wahren	■ bei Beendigung des Ausbildungsverhältnisses ein Zeugnis ausstellen

Im Sinne eines positiven **Betriebsklimas**, welches wesentlich durch das Verhältnis zwischen Auszubildenden und Ausbildenden (später Arbeitnehmer/-in – Arbeitgeber/-in) geprägt wird, sollte jede Vertragspartei an der Erfüllung der Pflichten interesssiert sein. Treten während des Ausbildungsverhältnisses Probleme auf, sind die **zuständigen Kammern** (IHK, Handwerkskammer, Landwirtschaftskammer u. a.) die jeweiligen Ansprechpartner. Sie sind verantwortlich für die Überwachung der Ausbildung und die Durchführung der Prüfungen.

Mit der Neuordnung der Berufe wurde auf Veränderungen der Ausbildungs- und Arbeitswelt reagiert. Ergänzend dazu werden auch Forderungen nach Veränderungen im jeweiligen Arbeitnehmer-Arbeitgeber-Verhältnis formuliert. Um diesen Forderungen Nachdruck zu verleihen, sieht das Grundgesetz in Artikel 9 die **Koalitionsfreiheit** vor.

(1) Alle Deutschen haben das Recht, Vereine und Gesellschaften zu bilden [...]

(3) Das Recht, zur Wahrung und Förderung der Arbeits- und Wirtschaftsbedingungen Vereinigungen zu bilden, ist für jedermann und für alle Berufe gewährleistet. Abreden, die dieses Recht einschränken oder zu behindern suchen, sind nichtig, hierauf gerichtete Maßnahmen sind rechtswidrig [...]

Eine **Koalition** (Vereinigung zur Durchsetzung gemeinsamer Ziele) ist wichtig zur Schaffung gleich starker Parteien bei Verhandlungen. Bei einem individuellen Arbeitsvertrag könnte der Arbeitnehmer der schwächere Partner sein, damit könnten seine demokratischen Mitsprachemöglichkeiten eingeschränkt werden. Das **Tarifrecht** (gesetzliche Grundlage: Tarifvertragsgesetz vom 9. April 1949) soll für die Parität der Vertragsparteien sorgen (Gewerkschaften und Arbeitgeberverbände).

Partner der Berufsausbildung

1.3/1

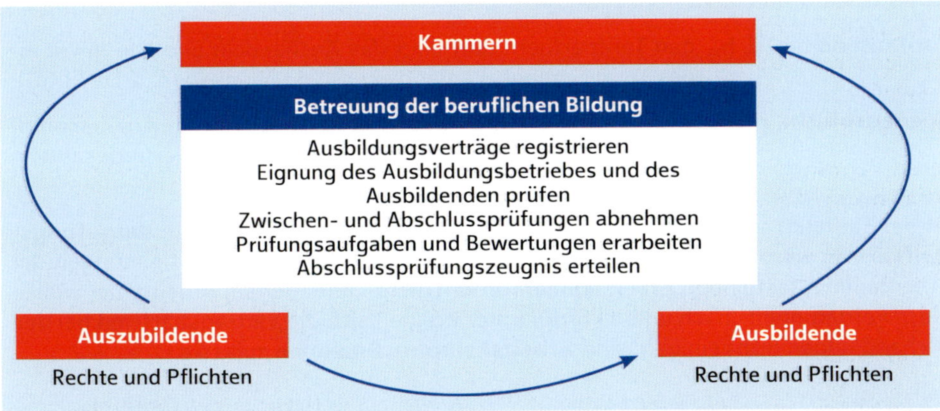

1. Verschaffen Sie sich einen Überblick über die Rechte und Pflichten der Auszubildenden und der Ausbildenden während der Berufsausbildung.

2. Diskutieren Sie über die Notwendigkeit der Betreuung der beruflichen Bildung durch die Kammern, wenn doch die Rechte und Pflichten der Ausbildungsvertragspartner eindeutig formuliert sind.

?

Tarifverträge sind „große“ Vereinbarungen, Betriebsvereinbarungen sind „kleine“ Vereinbarungen

1.3/2

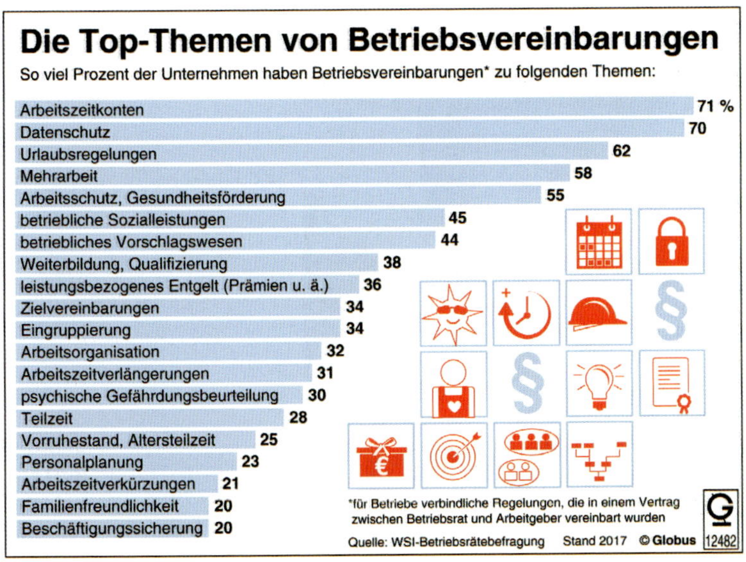

1. Welchen Sinn und Zweck verfolgen Tarifverträge? Wozu gibt es Betriebsvereinbarungen?

2. Erklären Sie, welches Thema bei den Betriebsvereinbarungen für Sie Priorität hätte.

?

Für das Aushandeln und die Laufzeit von Tarifverträgen gelten in Deutschland zwei wesentliche Grundsätze:

Tarifautonomie, d. h., den Tarifpartnern darf über das Aushandeln und den Inhalt eines Tarifvertrages niemand etwas vorschreiben (s. Art. 9/3 GG),

Friedenspflicht, d. h., während der Laufzeit des Tarifvertrages ist ein Arbeitskampf unzulässig; sie endet mit dem Ablauf des Tarifvertrages (wenn keine andere Vereinbarung existiert).

Ist der Tarifvertrag abgelaufen, muss neu verhandelt werden. Bei einem **Vergütungstarifvertrag** werden z. B. die zu leistenden Vergütungen für die Arbeitsleistungen der Arbeitnehmer festgelegt. Arbeitnehmer fordern mehr Lohn/Gehalt, Arbeitgeber wollen diese Forderungen „nach unten korrigieren". Können sich die Vertragsparteien bei den Verhandlungen nicht einigen, sind **Arbeitskampfmaßnahmen** zulässig.

Artikel 9/3 GG:

> *[...] Maßnahmen [...] dürfen sich nicht gegen Arbeitskämpfe richten, die zur Wahrung und Förderung der Arbeits- und Wirtschaftsbedingungen von Vereinigungen im Sinne des Satzes 1 geführt werden.*

Aus diesem Artikel wird in Deutschland das Streikrecht hergeleitet und damit der **Streik** gerechtfertigt.

Ein Streik ist im Allgemeinen eine kollektive Verweigerung der Arbeit, um dem Arbeitnehmer zur Durchsetzung seiner Forderungen ein Machtmittel in die Hand zu geben. Dieses „Machtmittel" wird eingesetzt, wenn Tarifverhandlungen nicht den gewünschten Erfolg bringen.

Streik der Lokführer, 2011

Eine **Aussperrung** bedeutet den vorübergehenden Ausschluss mehrerer Arbeitnehmer von Beschäftigung und Lohnzahlung, d. h., der Betrieb ruht. In diesem Fall wird von einer „heißen Aussperrung" gesprochen. Tritt der Fall ein, dass z. B. ein Automobilhersteller seine Produktion einstellt, weil im Zulieferbetrieb gestreikt wird und er deshalb nicht produzieren kann, handelt es sich um eine „kalte Aussperrung".

Warnstreik beendet: Zugverkehr rollt in Thüringen wieder an

[...]
Nach dem Ende des Warnstreiks von Beschäftigten der Deutschen Bahn AG rollt der Zugverkehr am Montagvormittag wieder an. Wie die Bahn mitteilte, müssen Reisende den ganzen Tag über mit Einschränkungen rechnen. Züge und Personal seien in vielen Fällen nicht am richtigen Ort, zudem seien Züge wegen des Streiks in den Instandhaltungswerken nicht planmäßig gewartet worden.

[...]
Grund des Warnstreiks ist ein Tarifstreit zwischen der EVG und dem Management der Deutschen Bahn. Die Gewerkschaft fordert 7,1 Prozent mehr Lohn. Die Bahn hat nach eigenen Angaben 5,1 Prozent in zwei Stufen und eine Einmalzahlung von 500 Euro angeboten.

Quelle: MDR Thüringen vom 10.12.2018. https://www.mdr.de/thueringen/bahnstreik-100.html [13.05.2019]

Auf Twitter fanden sich hierzu z. B. folgende Kommentare:
- mit mehrstündigen Verspätungen
- Menschentrauben im Bahnhof
- geplante Fahrten verschieben
- Strecken wegen streikender Fahrdienstleiter gesperrt
- Reisezentren in den Bahnhöfen bestreikt
- Internet-Informationssysteme betroffen.

aber auch solche:
- keine bösen Worte... dennoch solidarisch mit den Streikenden
- für den heutigen Montag gelöste Fernverkehrs-Fahrkarten bis Sonntag gültig
- bei Spartickets wurde die Zugbindung aufgehoben ..."

?

1. *Diskutieren Sie darüber, welche weiteren Folgen ein Streik im Verkehrssektor haben kann und welche Ausmaße ein Streik annehmen darf.*
2. *Warum sind bei den Verhandlungen gleich starke Parteien wichtig?*
3. *Welche Bedeutung hat das Wort „Verhältnismäßigkeit" für die Tarifpartner?*

Zukunftswerkstatt

Methodenbeschreibung

Bei der Zukunftswerkstatt soll ausgehend von der Kritik an der gegenwärtigen Situation über Wunschvorstellungen ein neuer Zustand realisiert werden.

Folgende Phasen sollte die Klasse bei der Zukunftswerkstatt durchlaufen:

Kritikphase

Bezogen auf die Ausgangsfrage „Was gefällt mir an der gegenwärtigen Situation nicht?“ werden sachliche Kritikpunkte gesammelt und notiert.

Fantasiephase

In dieser Phase werden den Kritikpunkten positive Utopien gegenübergestellt. Basis ist die Fragestellung: „Wie stelle ich mir die Situation zukünftig vor?“ Der eventuell einfachste Weg für die Formulierung der Utopien ist, die negativen Kritikpunkte positiv zu benennen. Dazu können natürlich auch völlig neue wünschenswerte Gedanken notiert werden. Der Fantasie der Teilnehmenden soll ausdrücklich freier Lauf gelassen werden.

Verwirklichungsphase

Utopie bzw. Wünsche sollen nun mit der Realität in Verbindung gebracht werden. Ratsam ist es, hierfür kleine Arbeitsgruppen zu bilden, die sich mit einem bestimmten Problem befassen. Die Wunschvorstellungen müssen auf ihre praktische Umsetzung mit allem „Wenn und Aber“ geprüft werden. Hilfreiche Fragen wären z. B.:

- Wird in Richtung der Wunschvorstellungen bereits etwas unternommen?
- Welche Rahmenbedingungen sind zu beachten?
- Wer könnte sich für die Idee starkmachen?

Konkrete Planung

Die konkrete Planung soll sich damit befassen, wie die entsprechende Idee umgesetzt werden kann.

- Welchen Anteil kann ich persönlich zur Verwirklichung der Utopie beitragen?
- Welche Verbündeten könnten mir helfen?
- Welche Mittel (Material, Finanzen, Zeit u. a.) sind zur Umsetzung nötig?

Rundgespräch

Das Rundgespräch bildet den Abschluss der Zukunftswerkstatt. Alle Gruppen präsentieren ihre Ergebnisse und diskutieren, wie ihr künftiges Engagement aussehen soll. „Demokratie in der berufsbildenden Schule" bedeutet Mitgestalten und Mitwirken in dieser Schule. Themenstellungen für die Zukunftswerkstatt könnten z. B. sein:

- **Probleme des Unterrichts bzw. der Schulorganisation**

  Kritikphase:
  - Warum macht mir der Unterricht keinen Spaß?
  - Was stört mich an der Schulorganisation?
  - Wo sollen wir uns während der Freistunden aufhalten?

  Fantasiephase:
  - Welche Vorstellungen habe ich von interessantem Unterricht?
  - Wie sieht für mich effektive Schulorganisation aus?
  - Wo möchte ich mich während der Freistunden aufhalten?

  Verwirklichungsphase:
  - Wie kann ich beitragen, meine Vorstellungen unter den gegebenen Bedingungen umzusetzen?
  - Welche Bedingungen müssten wie geändert werden?
  - Wo kann ich entsprechende Hilfe bekommen?

- **Schülerzeitung**

  Kritikphase:
  - Warum gibt es keine Schülerzeitung (mehr)?
  - Warum spricht mich die Schülerzeitung nicht an?

  Fantasiephase:
  - Wie muss eine ansprechende Schülerzeitung gestaltet sein?
  - Welche Themen wünsche ich mir?

  Verwirklichungsphase:
  - Wer kann an der Schülerzeitung mitarbeiten?
  - Woher bekomme ich Unterstützung?
  - Wie beziehe ich die breite Schülerschaft mit ein?
  - Wie wird die Erstellung und Verteilung der Schülerzeitung realisiert und finanziert?

Materialien

Stundenpläne, Turnuspläne, Raumbelegungspläne, eventuell vorhandene Exemplare alter Schülerzeitungen usw.

Wichtiges Wissen

Berufsschule als Lernort in der dualen Ausbildung	*Aufgaben*	■ führt zu berufsqualifizierenden Abschlüssen ■ vertieft die Allgemeinbildung
	Gliederung	■ z. T. in Grundstufe und Fachstufe ■ bei neugeordneten Berufen in Lernfelder
	Organisation	■ Teilzeit-, Vollzeit-, Blockunterricht ■ verwandte Berufe in Berufsgruppen zusammengefasst
	Abschluss	■ Bei erfolgreichem Abschluss besteht die Möglichkeit des Besuches der weiterführenden beruflichen Wahlschulen.
Berufsbildende Wahlschulen	*BFS*	zweijährig = führt zum Sekundarabschluss I
	HBFS	zweijährig = führt zum staatlich geprüften Assistenten abschluss, mit Zusatzunterricht und Praktikum = führt zur Fachhochschulreife
	BAS	qualifizierter Sekundarabschluss I
	FOS	mit abgeschlossener Berufsausbildung (einjährig); ohne Berufsausbildung (zweijährig) = beides zur Fachhochschulreife
	BG	dreijährig = führt zu allgemeiner Hochschulreife (auch am Kolleg möglich)
	FS	mittlere Führungskräfte, Techniker/-in

Das berufsbildende Schulsystem ist ein differenziertes und leistungsfähiges Schulsystem ohne Sackgassen. Das umfangreiche Bildungsangebot berücksichtigt unterschiedliche Neigungen, Fähigkeiten und Begabungen und ist auf die Vermittlung von „Schlüsselqualifikationen“ ausgerichtet.

Die Schulordnung Die Schulordnung ermöglicht durch die Regelung von notwendigen Einzelheiten des Schulverhältnisses eine geregelte Zusammenarbeit mit Pflichten und Rechten.

Die Schülermitverantwortung/ Schülervertretung (SV)	*Ziel*	Verbesserung der Schule
	Organisation	■ Vertretung durch Klassen-, Tages- und Schülersprecher ■ Verbindungslehrer beraten, vermitteln und fördern
	Bereiche	Interessenvertretung der Schüler; Anregung und Vorschläge zur Unterrichtsgestaltung; Verwaltungs-, Organisations-, Aufsichtsaufgaben u. a.
Bezüge zum Arbeits- und Tarifrecht	*Tarifrecht*	sichert Parität der Vertragsparteien
	Koalitionsrecht	GG Art. 9, Möglichkeit der Bildung von Vereinen zur Gestaltung von Arbeits- und Wirtschaftsbedingungen
	Tarifverhandlungen	Zwei Grundsätze: Tarifautonomie, Friedenspflicht
	Arbeitskampfmaßnahmen	Streik, Aussperrung

1 Welche Übergangsmöglichkeiten auf den weiteren Bildungsweg bieten Hauptschule und Realschule?

2 Welche berufsbildenden Wahlschulen führen zum qualifizierten Sekundarabschluss I und welche führen zur Fachhochschulreife?

3 Nennen Sie Eingangsvoraussetzungen und Abschlussprofile jeweils für die Berufsfachschule, die Höhere Berufsfachschule und die Fachoberschule.

4 Warum ist die Berufsschule ein Lernort im dualen System?

5 Was bedeuten die Begriffe: Grundstufe – Fachstufe; Vollzeit – Teilzeit?

6 Nennen Sie sechs von 18 Berufsgruppen.

7 Welche Abschlussprofile hat die Berufsschule? Was kann man danach beruflich oder schulisch machen?

8 Sammeln Sie Informationen aus der Tagespresse zu für Sie interessanten schulischen Fort- und Weiterbildungsmöglichkeiten in Ihrem Beruf oder Ihrer Berufsgruppe und begründen Sie Ihr Interesse.

9 Was wird unter dem Begriff „Schlüsselqualifikationen“ verstanden?

10 Gehören die allgemeinbildenden Fächer wie Deutsch, Religion, Sozialkunde und Sport in die Berufsschule, oder sollte man sich auf berufliche Schwerpunktfächer konzentrieren? Begründen Sie Ihre Antwort.

11 Haben Sie „richtig Spaß“ in der Berufsschule, wie etwa jeder achte Jugendliche, sind Sie mit dem Unterricht und Angebot der Berufsschule zufrieden, wie 58 % Ihrer Mitschüler, oder halten Sie die Berufsschule für ein „notwendiges Übel“, wie jeder dritte Berufsschüler?
Führen Sie diesbezüglich eine Umfrage in Ihrer Schule durch. Erarbeiten Sie dazu einen Fragebogen. Dieser muss die drei Punkte *richtig Spaß*, *zufrieden* und *notwendiges Übel* und Begründungspunkte wie z. B. *interessant, Zwang, Geld verdienen, mehr Einstellungschancen* u. a. enthalten.

12 Nennen Sie drei Dinge, die durch die Schulordnung geregelt werden.

13 Was hat die Schülervertretung mit Demokratie in der berufsbildenden Schule zu tun, und wann kann die Arbeit der Schülervertretung nur erfolgreich sein?

14 Welche Bedeutung hat das Tarifrecht für die Gestaltung von Arbeitsverhältnissen?

15 Nennen und beurteilen Sie die Aufgaben der Kammern bei der Betreuung des Ausbildungsverhältnisses.

16 Erklären Sie die Bedeutung von Streik und Aussperrung für die Vertragsparteien während des Arbeitskampfes.

2 Formen des sozialen Zusammenlebens

Ehe und Familie stehen unter dem Ordnung (GG Art. 6)

Großfamilie um 1880

Marco B. aus Oberhof: Ich bin richtig neidisch, wenn ich die älteren Leute erzählen höre, wie schön früher das Familienleben war. Da lebten alle Generationen zusammen unter einem Dach. Man wusste, wo man hingehörte, die Familie gab dem Leben einen Sinn. Man hatte feste Bezugspersonen, auf die man sich verlassen konnte. Ich hoffe, dass ich auch mal eine Frau finde, die eine richtige Familie gründen will.

Katrin Z. aus Jena: Ich brauche keine Familie. Ob ich heirate oder ohne Trauschein mit meinem Mann zusammenlebe, ist doch egal. Kinder möchte ich keine haben. Ich finde es unverantwortlich, Nachwuchs in diese Welt zu setzen. Mir geht es doch gut, so frei und ungebunden wie ich jetzt lebe.

besonderen Schutz der staatlichen

ZUR DISKUSSION:

1. Neigen Sie eher zu Katrins oder zu Marcos Einstellung? Begründen Sie Ihre Aussage.
2. Diskutieren Sie die verschiedenen Standpunkte in der Klasse.

2.1 Rollen- und Funktionswandel der Familie

Die meisten Menschen machen in der Familie ihre ersten sie prägenden sozialen Erfahrungen. Diese Erfahrungen sind Wegweiser und Hilfestellung für das soziale Verhalten außerhalb der Familie, beispielsweise am Arbeitsplatz oder im Freundeskreis. In dieser Hinsicht übernehmen die Familienmitglieder Verantwortung füreinander.

Die Formen und Aufgaben der Familie haben sich im Laufe der Geschichte erheblich gewandelt. Die bedeutendste Veränderung in der Familienstruktur fand im Zuge der Industrialisierung im 19. Jahrhundert statt. In der nachfolgenden Übersicht sind die wesentlichen Entwicklungen, die sich aus dem wirtschaftlichen, sozialen und politischen Wandel ergeben haben, dargestellt:

Früher	Heute
Großfamilie: mindestens drei Generationen leben zusammen	Kleinfamilie: meistens nur Eltern und Kinder
Familie als Produktionsgemeinschaft in Landwirtschaft, Handwerk, Handel	Trennung von Arbeitsplatz und Familie
Familie übernimmt Sozialfunktionen: Kranken- und Altenpflege, Betreuung von Kleinkindern	Sozialfunktionen sind teilweise an den Staat abgegeben: Krankenhäuser, Altenheime und Kindergärten
Patriarchalische (vom Vater bestimmte) Familienstruktur	Partnerschaftliches Zusammenleben der Familienmitglieder

In der modernen Industriegesellschaft mit ihrer weitgehend staatlichen Fürsorge und einem ausgebauten sozialen Netz hat die Familie ihre Bedeutung nicht verloren. Im Wesentlichen erfüllt sie fünf wichtige Aufgaben:

- Sie bildet die **wirtschaftliche Grundlage** für ihre Mitglieder.
- Sie sorgt mit ihren Kindern für den **Fortbestand der Gesellschaft**.
- Durch die **Erziehung** ermöglicht sie den Kindern das Hineinwachsen in die soziale Gemeinschaft.
- Sie bereitet die **berufliche und gesellschaftliche Stellung der Kinder** vor.
- Sie schafft durch **gemeinsame Freizeitgestaltung** körperliche und seelische Erholung für die Familienmitglieder.

2.1/1

1. *Werten Sie die Grafik aus.*
2. *Teilen Sie die in der Grafik dargestellten Auffassungen? Was wäre Ihnen bei der Erziehung wichtig?*
3. *Was hat sich Ihrer Meinung nach im Laufe der Zeit an den „Merkmalen eines guten Bürgers" verändert?*

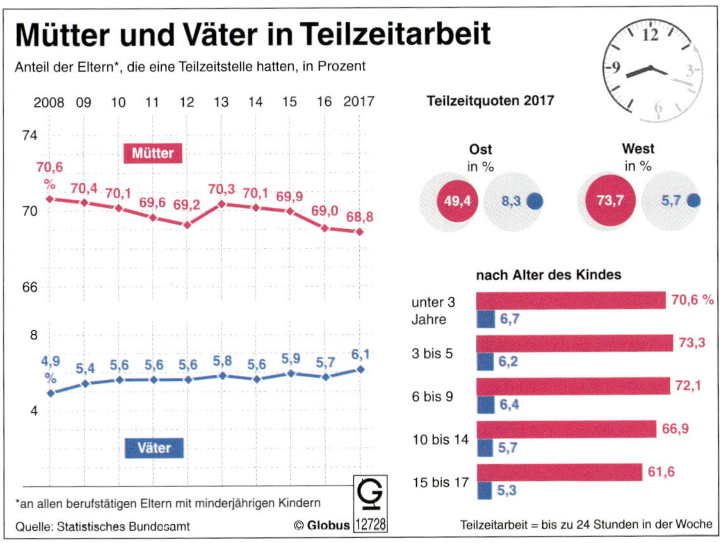

2.1/2

1. *Werten Sie die Darstellung aus und suchen Sie Begründungen für die getroffenen Aussagen.*
2. *Diskutieren Sie, ob die klassische Versorgerrolle des Vaters noch in das heutige Familienbild passt.*

Diese Aufgaben kann die Familie jedoch nur erfüllen, wenn alle Familienmitglieder bereit sind, gewisse **Spielregeln** einzuhalten. Gegenseitige Toleranz, die Bereitschaft, Kritik anzunehmen, und der Wille, den anderen Freiräume zuzugestehen, sind wichtige Voraussetzungen für ein harmonisches Familienleben. Außerdem müssen alle Familienmitglieder ihre Rechte und Pflichten kennen und ernst nehmen. Eine intakte Familie ist keine Selbstverständlichkeit.

Generell werden einer Familie folgende Merkmale zugeordnet:

- Zusammengehörigkeitsgefühl: persönliche und gefühlsmäßige Bindungen
- gemeinsames Handeln: Lebensgemeinschaft, gemeinsames Wohnen, Essen, Wirtschaften, gemeinsame Interessen und Ziele;
- als soziale Gruppe auf Dauer angelegt: Blutsverwandtschaft, es kann nicht nach Belieben ein- oder ausgetreten werden;
- rechtliche Ordnung: Grundgesetz schützt die Familie, Familienrecht (BGB) regelt Verhältnisse in der Familie.

Die Erwartungshaltungen an alle Mitglieder einer Familie und deren Verhalten sind recht unterschiedlich. Außerdem haben sie sich im Laufe der Geschichte ständig verändert und unterliegen auch heute noch einem ständigen Wandlungsprozess.

- Vor 100 Jahren hat sich kein verheirateter Mann an der Hausarbeit beteiligt.
- Vor 100 Jahren haben Kinder die Anordnungen der Eltern nicht in Zweifel gezogen.
- Vor 100 Jahren gab es kaum Ehescheidungen.
- Vor 100 Jahren waren die meisten Mütter ausschließlich Hausfrauen.

Problem in unserer reichen Gesellschaft

„Wer alleine Kinder großzieht, hat es in unserer Gesellschaft besonders schwer. Wohnen die Großeltern nicht um die Ecke oder arbeiten vielleicht selber noch, dann muss man sich ganz schön durchs Leben kämpfen. [...]

Menschen, die für geringes Geld arbeiten, die Kinder alleine großziehen, lieben ihre Kinder genauso wie alle anderen, und sie wollen für ihre Kinder genauso das Allerbeste wie alle anderen auch. Es ist für sie aber deutlich schwieriger, das zu erreichen. [...]“

Quelle: Dagmar Schmidt, SPD: Auf der Seite des sozialen Rechtsstaats. In: Das Parlament, Debattendokumentation, 14.02.2019, S. 4, 5

Die Veränderung der Gesellschaft, bedingt durch die Demokratisierung, die industrielle Revolution bis hin zur digitalen Veränderung der Arbeitswelt, und der damit einhergehende soziale Wandel, haben sich auch auf die Familie und das Rollenverhalten ihrer Mitglieder ausgewirkt.

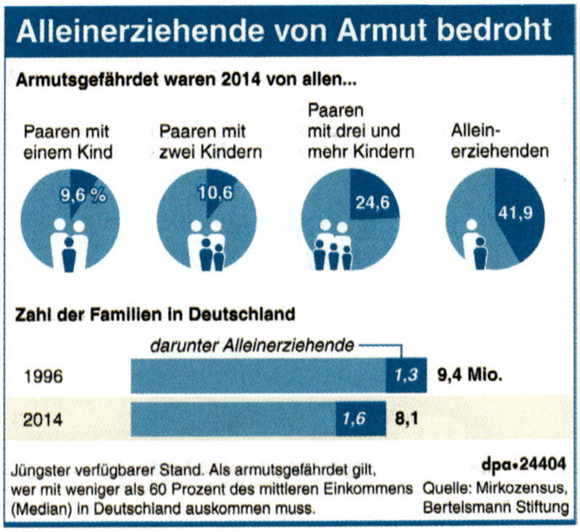

2.1/3

1. *Werten Sie die Grafik aus und bewerten Sie die dargestellten Aussagen.*
2. *Begründen Sie, warum gerade Alleinerziehende mit vielen Problemen in unserer Gesellschaft kämpfen müssen. Welche Probleme sind das?*

Gibt es den Rollenwandel in der Familie wirklich?

2.1/4

Wenn 150-Prozent-Mamis die Väter verdrängen

Am Anfang dachte Jonathan Heilmann*, es sei nur eine Phase, dass seine Freundin ihm das gemeinsame Baby so gut wie nie anvertraute. [...]
Nach vier Monaten war Jonathan Heilmann verwirrt. „Ich fühlte mich komplett überflüssig", erzählt er. [...]
Nach einem Jahr gab es Jonathan Heilmann dann auf, ein gleichberechtigter Vater sein zu wollen. [...]
Die Wissenschaft erforscht das Phänomen des mütterlichen Kontrollbedürfnisses seit beinahe zwanzig Jahren und hat dafür den Begriff des „maternal gatekeeping" geprägt. [...] Ergebnis: Etwa jede fünfte Frau blockiert das väterliche Engagement im Familienleben.
[...]
Beim „maternal gatekeeping" geht es aber gar nicht um die Kinder, sondern um die Beziehung der Mutter zu ihrem Partner. „Wir haben es hier mit einer Bindungsstörung zu tun", sagt die Münchner Paar- und Familientherapeutin Gabriele Leipold. Gatekeeperinnen seien – meist aufgrund eigener frühkindlicher Erfahrungen – unfähig, sich auf eine Beziehung mit mehr als einer Person einzulassen. Wenn in so eine Zweierbeziehung ein Kind geboren wird, kommt eine Gatekeeper-Mutter damit nicht zurecht und versucht, eine der Personen aus der neuen Dreierkonstellation hinauszudrängen – in den allermeisten Fällen den Vater. Gabriele Leipold: „Die betroffenen Frauen versuchen verzweifelt, für das Kind der wichtigste Mensch zu sein und darin den Vater, den sie als Bedrohung empfinden, zu übertreffen." Dabei setzten sie derart hohe Betreuungsstandards, dass der Vater, wenn er doch mal übernehmen darf, zwangsläufig scheitert.
[...]

Quelle: Hoch, Jenny: Wenn 150-Prozent-Mamis die Väter verdrängen. In: Süddeutsche Zeitung, 14.10.2016. www.sueddeutsche.de/leben/familie-und-partnerschaft-maternal-gatekeeping-ich-mach-das-schon-1.3202540 [07.06.2019]

1. *Diskutieren Sie über den Text. Gibt es eine neue Rollenverteilung im 21. Jahrhundert? Worin liegen die Probleme heutzutage?*
2. *Welche Lösungsansätze sehen Sie für eine funktionierende Familie heute?*

2.2 Individuelle Lebensplanung – alternative Lebensformen

Das 21. Jahrhundert bietet bedingt durch den sozialen Wandel, den daraus resultierenden Rollenwandel und liberalere Moralauffassungen den Menschen in unserer Gesellschaft breit gefächerte Möglichkeiten der individuellen Lebensplanung und -gestaltung. Das Zusammenleben in der traditionellen Form der Ehe wird ergänzt durch alternative Lebensformen. Forschung in Deutschland ergab, dass über 100 Lebensformen möglich sind.

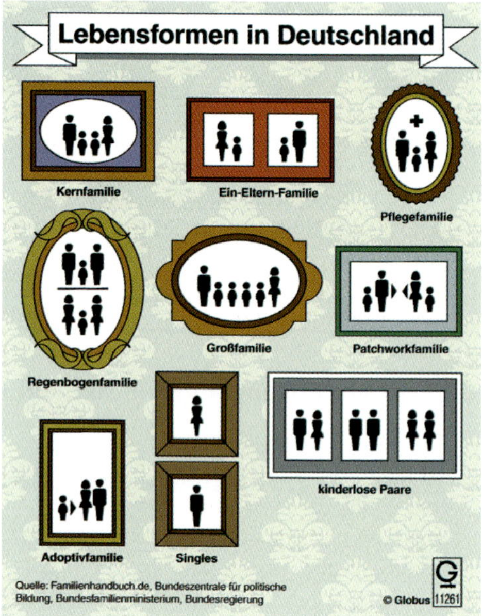

Alternative Lebensformen

Innerhalb der Ehe	Außerhalb der Ehe
Doppelverdiener-Familie: Beide Ehepartner gehen einer Arbeit nach, Kinder- bzw. Altenbetreuung übernehmen andere Institutionen.	**Leben ohne Partner (Single):** Diese immer häufiger gewählte Lebensform bietet auf den ersten Blick Vorteile wie Freizeit und Selbstbestimmung. Man muss keine Rücksicht auf andere nehmen.
Familie mit Hausmann: Es kommt heute immer häufiger vor, dass die Frau in der Familie berufstätig ist und der Mann Hausarbeit und Kinderbetreuung übernimmt.	**Partnerschaft ohne Eheschließung:** Nach der Auffassung, man könne auch ohne Trauschein glücklich sein, leben zunehmend mehr Partner miteinander. Es ist jedoch zu bedenken, dass der rechtliche und wirtschaftliche Schutz, der in der Ehe durch das Gesetz garantiert ist, in dieser Form der Partnerschaft fehlt.
Wochenend-Familie: Durch die zunehmend erforderliche Flexibilität der Arbeitnehmer kommt es immer öfter vor, dass ein Partner weitab von zu Hause arbeitet und deshalb nur am Wochenende bei der Familie sein kann.	**Wohngemeinschaften:** Wohngemeinschaften sind für immer mehr Menschen eine Alternative, z. B.: Alters-WGs, WGs aufgrund bewussten Verzichts auf Luxus, WGs aufgrund wirtschaftlicher Notwendigkeit ...
Gleichgeschlechtliche Partnerschaft: Seit 2001 ist die gleichgeschlechtliche Partnerschaft/Ehe legitimiert.	**Mehrgenerationenprojekte:** Generationsübergreifendes Zusammenleben von Menschen, die nicht miteinander verwandt sind, aber die Vorteile einer Großfamilie leben wollen.

Drittes Geschlecht: Was sich durch „divers“ ändert

Seit Dezember gibt es drei offizielle Geschlechter, männlich, weiblich, divers.

Rund 150 intergeschlechtliche Babys kommen in Deutschland pro Jahr auf die Welt. Die Ärztinnen und Ärzte können sie anhand ihrer äußeren Geschlechtsmerkmale oder ihres Genoms weder als Junge noch als Mädchen klar einordnen. Die Eltern können sich nach der Geburt entscheiden, welches Geschlecht sie im Geburtenregister eintragen lassen wollen. Seit 2013 dürfen sie es auch offen lassen und gar kein Geschlecht eintragen. Doch diese Leerstelle genügte vielen nicht, deshalb gibt es seit dem 22. Dezember [2018] ein neues Gesetz.

Seit gut einem Monat können Eltern intergeschlechtlicher Babys ihre Kinder nun als divers eintragen lassen. Intergeschlechtliche Erwachsene dürfen ihre Einträge nachträglich ändern lassen. Zahlen, wie viele Menschen das bisher getan haben, liegen dem Bundesinnenministerium noch nicht vor. Doch das dritte Geschlecht wird sichtbarer: Einige Arbeitgeber etwa inserieren ihre Stellenangebote jetzt für „w/m/d“, also weiblich, männlich, divers.

Ein sensibles Thema allerdings lässt das Gesetz unberührt: kosmetische Genitaloperationen. Sie werden noch immer häufig bei kleinen Kindern durchgeführt, um die Genitalien intersexueller Menschen dem anzugleichen, was als weibliches oder männliches Geschlecht gilt.

Quelle: Klaus, Julia: Was sich durch divers ändert, in: ZEIT ONLINE, 07.02.2019. www.zeit.de/gesellschaft/2019-01/drittes-geschlecht-identitaet-zuordnung-auswirkungen-gesetz-faq [07.06.2019]

1. *Schätzen Sie unsere Gesellschaft als tolerant ein? Begründen Sie Ihre Meinung.*
2. *Warum müssen bezüglich „neuer“ Lebensformen auch immer wieder Gesetze erlassen oder geändert werden?*

?

2.2/2

David: Ich möchte gern mit meinem Freund zusammenziehen, aber ich weiß nicht, wie ich das meiner Familie beibringen soll. Meine Eltern wünschen sich doch Enkel.

Anna: „Ich heirate doch nicht. Ich glaube, man kann viel besser zusammenleben, wenn man nicht verheiratet ist. Da strengen sich die Partner mehr an. Kinder will ich auch keine. In der Zeit der Klimakatastrophen und des Umweltsterbens ist es unverantwortlich, Kinder in die Welt zu setzen.“

1. *Nehmen Sie diese zwei Meinungen als Ausgangspunkt für eine Diskussion in der Klasse über Ihre Vorstellungen zu Ihren Lebensformen.*

?

2.3 Familienpolitik

Als wichtigste Grundform des Zusammenlebens leistet die Familie einen entscheidenden Beitrag zum Gelingen gesamtgesellschaftlicher Einigungs- und Verständigungsprozesse. Dies hat der Staat erkannt und deshalb Ehe und Familie unter den besonderen Schutz der staatlichen Ordnung gestellt:
Artikel 6 Abs. 1 des Grundgesetzes besagt: **„Ehe und Familie stehen unter dem besonderen Schutz der staatlichen Ordnung."** Dieser Satz steht auch in der Landesverfassung des Freistaates Thüringen (Artikel 17). Weiterhin steht in Artikel 17 der Verfassung:

- Wer in häuslicher Gemeinschaft Kinder erzieht oder für andere sorgt, verdient Förderung und Entlastung.
- Jede Mutter hat Anspruch auf den Schutz und die Fürsorge der Gemeinschaft.

Ziele der Familienpolitik

In der gesellschaftlichen und politischen Debatte sind einzelne Ziele der Familienpolitik heftig umstritten. [...] Ist eine höhere Geburtenrate ein klares Ziel der Familienpolitik? Wie stark soll die Erwerbstätigkeit von Müttern gezielt gefördert werden, oder soll es allein um das Wohl der Kinder gehen?
[...]
Die Familienpolitik verfolgt verschiedene Ziele, die sich von Nation zu Nation und von Epoche zu Epoche unterscheiden. Der historische Wandel der Familienstrukturen, insbesondere der vom Ein- zum Zweiverdienermodell und zur heutigen Vielfalt von Familienformen, führt zu unterschiedlichen Zielen der Familienpolitik. Dies lässt sich an einem Beispiel verdeutlichen: In den 1950er-Jahren kamen fast alle Kinder in Ehen zur Welt; es dominierte das Einverdienermodell, bei dem der Mann für das Geldverdienen und die Frau für den Haushalt sowie das Aufziehen der Kinder zuständig war. Vor diesem Hintergrund erscheint das damalige Ziel einer Stärkung der Institution Ehe sinnvoll. Anfang des 21. Jahrhunderts dagegen ist das Zweiverdienermodell prägend, wonach sich Mütter und Väter jeweils an Erwerbsarbeit und Fürsorge der Kinder beteiligen wollen. [...]

Quelle: Bujard, Martin: Ziele der Familienpolitik, bpb, 11.07.2015. www.bpb.de/politik/innenpolitik/familienpolitik/194572/ziele-der-familienpolitik?p=all [07.06.2019]

Die Bedeutung der Familie zeigt sich in der sozialen und finanziellen Unterstützung für diese. Es bestehen staatliche Hilfen durch

finanzielle Unterstützung:

- Kindergeld,
- Kinderfreibeträge bei der Einkommensteuererklärung,
- Pflegegeld
- wählbare Steuerklassen für Verheiratete
- Ausbildungsbeihilfen (BAföG, BAB)

Betreuungseinrichtungen, z. B.:

- Kindertagesstätten,
- Pflegeheime.
- Ganztagsschulen,

Beratung in staatlichen, kirchlichen oder privaten Institutionen, z. B.:

- Erziehungsberatung,
- Familienberatung,
- Stiftungen.
- Eheberatung,
- Kinderschutzbund,

2.3/1

Grundgesetz, Artikel 6

(1) Ehe und Familie stehen unter dem besonderen Schutze der staatlichen Ordnung.

(2) Pflege und Erziehung der Kinder sind das natürliche Recht der Eltern und die zuvörderst ihnen obliegende Pflicht. Über ihre Betätigung wacht die staatliche Gemeinschaft.

(3) Gegen den Willen der Erziehungsberechtigten dürfen Kinder nur aufgrund eines Gesetzes von der Familie getrennt werden, wenn die Erziehungsberechtigten versagen oder wenn die Kinder aus anderen Gründen zu verwahrlosen drohen.

(4) Jede Mutter hat Anspruch auf den Schutz und die Fürsorge der Gemeinschaft.

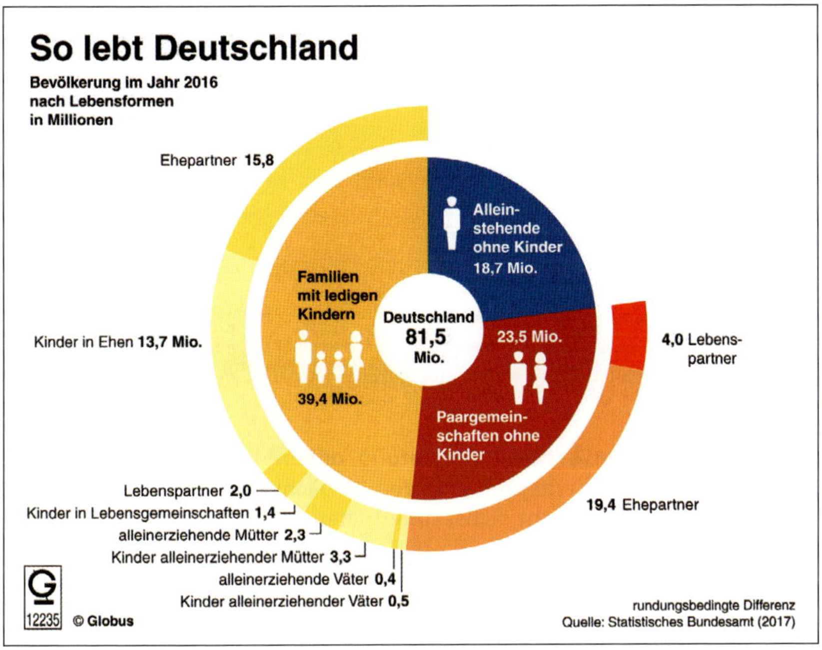

1. Warum steht die Familie unter dem besonderen Schutz der staatlichen Ordnung?

2. Werten Sie die Grafik aus.

3. Fertigen Sie aus dem Kreisdiagramm ein aussagekräftiges Säulendiagramm.

?

Wir wollen überprüfen, wie kinderfreundlich Thüringen ist.

2.3/2

Stellen Sie fest, welche Hilfen für Familien und einzelne Familienmitglieder in Thüringen angeboten werden:

Informieren Sie sich über die Hilfen von

a) Gemeinden,
b) Städten,
c) Landkreisen,
d) dem Bundesland.

Zeigen Sie Ihre Ergebnisse in einer Übersicht „So hilft der Staat Familien".

?

2.4 Familienrechtliche Grundlagen

Rechte und Pflichten der Familienmitglieder werden im **Familienrecht** des Bürgerlichen Gesetzbuches (BGB) geregelt. Mit dem gesellschaftlichen Wandel ändern sich Wertvorstellungen der Menschen, auch die, die die Familie betreffen. Bestimmte Fragen des Verhältnisses der Ehepartner zueinander, der Kindererziehung, der Vermögensverwaltung, der Ausbildung und des Berufes werden zu verschiedenen Zeiten unterschiedlich beantwortet. Heute sind beide Eltern gemeinsam berechtigt und verpflichtet, für ihr Kind und für das Vermögen des Kindes zu sorgen.

§ 1626 (BGB)
Elterliche Sorge, Grundsätze
(1) Die Eltern haben die Pflicht und das Recht, für das minderjährige Kind zu sorgen (elterliche Sorge). Die elterliche Sorge umfasst die Sorge für die Person des Kindes (Personensorge) und das Vermögen des Kindes (Vermögenssorge).
(2) Bei der Pflege und Erziehung berücksichtigen die Eltern die wachsende Fähigkeit und das wachsende Bedürfnis des Kindes zu selbstständigem verantwortungsbewusstem Handeln. Sie besprechen mit dem Kind, soweit es nach dessen Entwicklungsstand angezeigt ist, Fragen der elterlichen Sorge und streben Einvernehmen an.

§ 1627
Ausübung der elterlichen Sorge
Die Eltern haben die elterliche Sorge in eigener Verantwortung und in gegenseitigem Einvernehmen zum Wohl des Kindes auszuüben. Bei Meinungsverschiedenheiten müssen sie versuchen, sich zu einigen.

Unterhaltspflicht und **gesetzliche Vertretung** gehören zu den Hauptpflichten der Eltern. Diese Pflichten sind entsprechend den Möglichkeiten der Eltern so lange auszuüben, wie sich die Kinder nicht selbst unterhalten können.

§ 1602 (BGB)
Bedürftigkeit
(1) Unterhaltsberechtigt ist nur, wer außerstande ist, sich selbst zu unterhalten.

(2) Ein minderjähriges unverheiratetes Kind kann von seinen Eltern, auch wenn es Vermögen hat, die Gewährung des Unterhalts insoweit verlangen, als die Einkünfte seines Vermögens und der Ertrag seiner Arbeit zum Unterhalt nicht ausreichen.

Finden die Eltern dabei keinen gemeinsamen Nenner, überträgt das Vormundschaftsgericht einem Elternteil die Entscheidung. Werden die Eltern geschieden, bestimmt das Gericht, welchem Elternteil die elterliche Sorge obliegt. Bei einem Waisenkind übernimmt der Vormund die Rolle der Eltern.

Da Rechte und Pflichten eine Einheit bilden, haben auch Kinder in Familien bestimmte Pflichten zu erfüllen. Sie müssen im Haushalt und im Geschäft der Eltern mithelfen und sind ihren bedürftigen Eltern gegenüber unterhaltspflichtig, wenn diese sich nicht mehr selbst versorgen können. Diese Unterhaltspflicht ist vom Einkommen abhängig.

2.4/1

Von der väterlichen Gewalt.

371. Das Kind ist in jedem Alter seinen Eltern Achtung und Ehrerbietung schuldig.

372. Es bleibt unter ihrer Gewalt bis zu seiner Emanzipation.

375. Hat der Vater besonders wichtige Ursachen, mit dem Betragen seines Kindes unzufrieden zu sein, so kann er sich folgender Besserungsmittel bedienen.

376. Wenn das Kind das sechzehnte Lebensjahr noch nicht angetreten hat, so kann der Vater es einige Zeit, jedoch nicht länger als einen Monat, einsperren lassen. Zu diesem Zweck muss auf Verlangen desselben der Präsident des Gerichts erster Instanz (seines Bezirkes) den Befehl zur Verhaftung erlassen.

(Auszug aus dem Code Napoleon, der am 05.07.1808 als Badisches Landrecht eingeführt wurde)

§ 1354 Rechtsstellung der Frau

Dem Manne steht die Entscheidung in allen das gemeinschaftliche eheliche Leben betreffenden Angelegenheiten zu, er bestimmt insbesondere Wohnort und Wohnung.

Die Frau ist nicht verpflichtet, der Entscheidung des Mannes Folge zu leisten, wenn sich die Entscheidung als Missbrauch seines Rechtes darstellt.

§ 1356 Haushaltsführung

Die Frau ist, unbeschadet der Vorschriften des § 1354, berechtigt und verpflichtet, das gemeinschaftliche Hauswesen zu leiten.

Zu Arbeiten im Hauswesen und im Geschäfte des Mannes ist die Frau verpflichtet, so weit eine solche Tätigkeit nach den Verhältnissen, in denen die Ehegatten leben, üblich ist.

(Auszug aus dem BGB in der Fassung von 1896)

?

1. *Lesen Sie beide Gesetzestexte und notieren Sie wesentliche Inhalte.*
2. *Vergleichen Sie diese Inhalte mit den §§ 1626 und 1627 von S. 38 und diskutieren Sie über die Veränderungen der gesetzlichen Festlegungen.*
3. *Was bedeutet heute der Begriff „elterliche Sorge“ und wie würden Sie diese ausüben?*

2.4/2

§ 1601 Unterhaltsverpflichtete (BGB)

Verwandte in gerader Linie sind verpflichtet, einander Unterhalt zu gewähren.

§ 1619 Dienstleistungen in Haus und Geschäft (BGB)

Das Kind ist, solange es dem elterlichen Hausstand angehört und von den Eltern erzogen oder unterhalten wird, verpflichtet, in einer seinen Kräften und seiner Lebensstellung entsprechenden Weise den Eltern in ihrem Hauswesen und Geschäft Dienste zu leisten.

?

1. *Erklären Sie die Bedeutung der Festlegung des § 1601.*
2. *Warum wird Kindern die oben bezeichnete „Dienstleistungspflicht“ übertragen? Wie beurteilen Sie diese Dienstleistungspflicht?*

Das Verlöbnis

Haben sich zwei Menschen entschlossen, in der Zukunft gemeinsame Wege zu gehen und dies amtlich besiegeln zu lassen, ist der erste Schritt meistens das **Verlöbnis**. Es ist ein Eheversprechen, aus dem nicht auf Eingehung der Ehe geklagt werden kann (§ 1297 BGB). Tritt ein Verlobter vom Verlöbnis zurück, sind folgende Regelungen zu beachten:

- Schadenersatz (§ 1298 BGB),
- Rückgabe der Geschenke (§ 1301 BGB).

Das Verlöbnis ist rechtlich ohne Weiteres lösbar.

Die Ehe

Rechtliche Grundlagen für die Ehe sind das Grundgesetz und das Bürgerliche Gesetzbuch. Wer die Ehe eingeht, muss **ehemündig** sein, das heißt volljährig. 2017 wurde die rechtliche Grundlage für die gleichgeschlechtliche Ehe geschaffen.

Eine Ehe ist untersagt

- mit jemandem, der bereits verheiratet ist,
- zwischen Verwandten in gerader Linie,
- zwischen Geschwistern,
- mit einem adoptierten Kind (§§ 1306, 1307, 1308 BGB).

Den Ehepartnern stehen bei der Wahl des **Ehenamens** mehrere Möglichkeiten offen. Sie können einen gemeinsamen Ehenamen tragen, jeder behält seinen Geburtsnamen oder sie entscheiden sich für einen Doppelnamen. Besteht bei einem Partner schon ein Doppelname, so darf er nur einen davon weiterführen (§ 1355 BGB).

Während der Ehe sind die Ehegatten zur **ehelichen Lebensgemeinschaft** (§ 1353 BGB) verpflichtet und müssen die Haushaltsführung in gegenseitigem Einvernehmen regeln (§ 1356 BGB). Beide sind berechtigt, erwerbstätig zu sein. Sie haben die Pflicht, durch ihre Arbeit und mit ihrem Vermögen die Familie zu unterhalten.

Die **elterliche Sorge** besteht in Rechten und Pflichten gegenüber dem Kind und umfasst die Personensorge und die Vermögenssorge (§ 1626 BGB).

2.4/3

Die Tradition der Verlobung

Wenn sich zwei Menschen das Versprechen geben, in naher Zukunft zu heiraten, dann gelten sie bis zur Trauung als verlobt. Der Ursprung der Verlobung ist in einer früher üblichen Tradition zu finden: der des Brautkaufs. Damals suchte sich der Mann eine Braut und verhandelte mit dem Vater über die Mitgift. Dies geschah ohne Mitspracherecht der Auserwählten. Zum Glück hat sich diese Tradition im Laufe der Jahrhunderte geändert. Heute gilt der Ring als wichtigstes Symbol einer Verlobung. Aber auch einige andere Bräuche, sowie Rechten und Pflichten, wenn Ihr beide Euch verloben wollt, sind einer Beachtung wert.

Quelle: Untitled Pixelnerds GmbH, Philip Leuchtenberg. In: einfach-heiraten.com. http://einfach-heiraten.com/was-bedeutet-eine-verlobung-heutzutage-fuer-paare/ [18.01.2020]

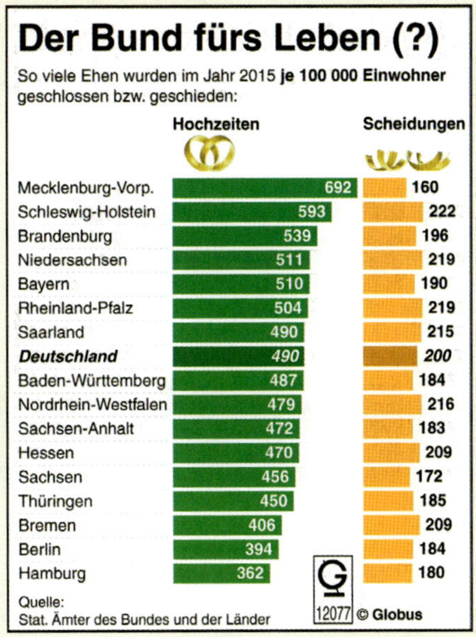

?

1. *Welche Bedeutung hat das Verlöbnis? Tauschen Sie sich über Bräuche zur Verlobung aus.*
2. *Werten Sie die Statistik aus und versuchen Sie Gründe für die Verteilung der Eheschließungen in den Bundesländern zu finden.*

2.4/4

§ 1353 Eheliche Lebensgemeinschaft

(1) Die Ehe wird auf Lebenszeit geschlossen. Die Ehegatten sind einander zur ehelichen Lebensgemeinschaft verpflichtet; sie tragen füreinander Verantwortung.

(2) Ein Ehegatte ist nicht verpflichtet, dem Verlangen des anderen Ehegatten nach Herstellung der Gemeinschaft Folge zu leisten, wenn sich das Verlangen als Missbrauch seines Rechts darstellt oder wenn die Ehe gescheitert ist.

„Ehe ist Freiheitsberaubung in gegenseitigem Einvernehmen." (Oscar Wilde)

„Erstaunlich viele Liebespaare sind heutzutage verheiratet, aber nicht miteinander." (Eddie Cantor)

„Die Männer sagen immer wieder dasselbe, aber Gott sei Dank immer wieder zu einer anderen Frau." (Jeanne Moreau)

„Viele Frauen heiraten, weil sie des Alleinseins müde sind, aber viele lassen sich auch deshalb wieder scheiden." (Hanne Wieder)

„Lautstärke bei Gesprächen unter Eheleuten ist immer noch besser als die unterkühlte Geräuschlosigkeit tödlicher Langeweile." (Noel Coward)

?

1. *Erklären Sie die Bedeutung der ehelichen Lebensgemeinschaft.*
2. *Interpretieren Sie die getroffenen Aussagen zu den Ehe-Situationen.*
3. *Inwiefern können die Aussagen dem § 1353 zugeordnet werden bzw. widersprechen ihm?*

Der **eheliche Güterstand** kann gesetzlich oder vertraglich geregelt werden:

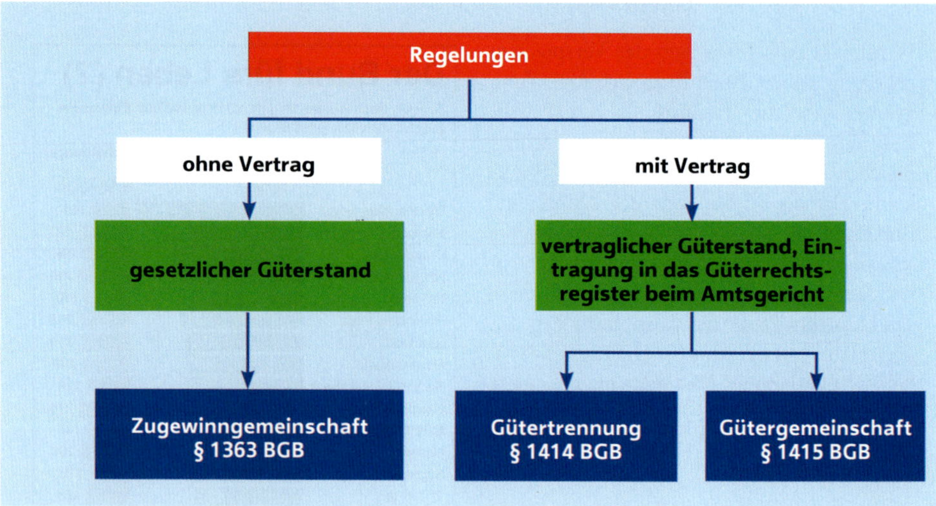

Zugewinngemeinschaft bedeutet:

- Jedem Ehegatten gehört das Vermögen, welches er vor der Eheschließung besaß und in der Ehe erworben hat,
- jeder verwaltet sein Vermögen selbst,
- Zugewinn ist die Differenz zwischen Endvermögen und Anfangsvermögen,
- bei Beendigung des Güterstandes wird der Zugewinn so ausgeglichen, dass jeder die Hälfte des Zugewinns erhält.
- Der eheliche Güterstand kann auch individuell gestaltet werden.

Gütertrennung
- Jeder Ehegatte nutzt und verwaltet sein Vermögen selbst und haftet für eigene Schulden.

Gütergemeinschaft
- Das Vermögen der Ehepartner wird gemeinschaftliches Gesamtgut
- Nach Vereinbarung kann **Sondergut** (Gegenstände, die nicht durch Rechtsgeschäfte übertragen werden können, z. B. Schmerzensgeldansprüche) und **Vorbehaltsgut** (Gegenstände, die der alleinigen Zuständigkeit und Verwaltung des einzelnen Ehepartners vorbehalten sind) festgelegt werden.

2.4/5

Gesetzlicher Güterstand
Zugewinngemeinschaft

Jeder Ehegatte verwaltet und nutzt sein Vermögen selbst.

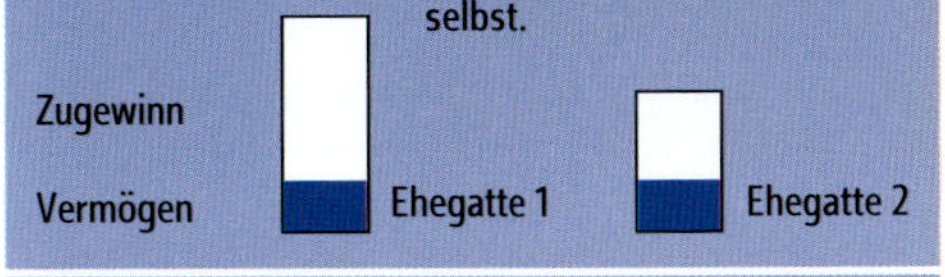

vereinbarter Güterstand
Gütertrennung

Jeder Ehegatte verwaltet sein Vermögen selbst, haftet nur für eigene Schulden.

Beendigung des gesetzlichen Güterstandes/Zugewinnausgleichs

z. B. durch Aufhebung der Ehe	
Zugewinn des Ehegatten 1	10
Zugewinn des Ehegatten 2	2
Zugewinnüberschuss des Ehemannes	8
Ausgleichsforderung der Ehefrau	4

Gütergemeinschaft

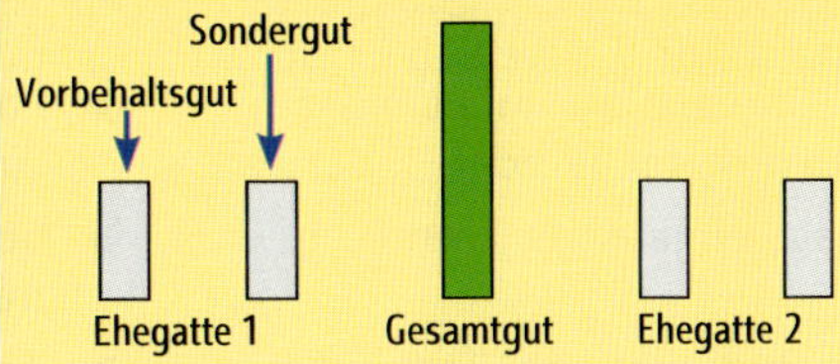

?

1. *Beschreiben Sie die Möglichkeiten zur Regelung der ehelichen Vermögensverhältnisse.*
2. *In welchen Familiensituationen ist eine Regelung mit bzw. ohne Vertrag anzuraten?*
3. *Was ist der Zugewinn?*
4. *In welcher Weise wird bei der Zugewinngemeinschaft die Gleichberechtigung von Mann und Frau verwirklicht?*
5. *Welche Bedeutung haben „Sondergut" und „Vorbehaltsgut"?*

2.4/6

Bürgerliches Gesetzbuch

§ 1408 Ehevertrag, Vertragsfreiheit

(1) Die Ehegatten können ihre güterrechtlichen Verhältnisse durch Vertrag (Ehevertrag) regeln, insbesondere auch nach der Eingehung der Ehe den Güterstand aufheben oder ändern.

§ 1410 Form

Der Ehevertrag muss bei gleichzeitiger Anwesenheit beider Teile zur Niederschrift eines Notars geschlossen werden.

§ 1414 Eintritt der Gütertrennung

Schließen die Ehegatten den gesetzlichen Güterstand aus oder heben sie ihn auf, so tritt Gütertrennung ein, falls sich nicht aus dem Ehevertrag etwas anderes ergibt. Das Gleiche gilt, wenn der Ausgleich des Zugewinns oder der Versorgungsausgleich ausgeschlossen oder die Gütergemeinschaft aufgehoben wird.

§ 1416 Gesamtgut

(1) Das Vermögen des Mannes und das Vermögen der Frau werden durch die Gütergemeinschaft gemeinschaftliches Vermögen beider Ehegatten (Gesamtgut). Zu dem Gesamtgut gehört auch das Vermögen, das der Mann oder die Frau während der Gütergemeinschaft erwirbt.

(2) Die einzelnen Gegenstände werden gemeinschaftlich; sie brauchen nicht durch Rechtsgeschäft übertragen zu werden.

?

1. *Ist die Änderung des ehelichen Güterstandes während der Ehe möglich?*
2. *Wie erfolgt die Schließung eines Ehevertrages?*
3. *Wann tritt der Zustand der Gütertrennung ein?*
4. *Was wird bei der Gütergemeinschaft als Gesamtgut bezeichnet?*

Die Ehescheidung

Für die Ehescheidung gilt das **Zerrüttungsprinzip**.

> **§ 1565 Scheitern der Ehe**
> (1) Eine Ehe kann geschieden werden, wenn sie gescheitert ist. Die Ehe ist gescheitert, wenn die Lebensgemeinschaft der Ehegatten nicht mehr besteht und nicht erwartet werden kann, dass die Ehegatten sie wiederherstellen.

Das Familiengericht als eine Abteilung des Amtsgerichts spricht auf Antrag eines oder beider Partner nach entsprechender Frist die Scheidung aus:

- Trennungsjahr muss nicht eingehalten werden ➔ Fortsetzung bedeutet für den Antragsteller eine unzumutbare Härte,
- nach einjähriger Trennung ➔ beide beantragen die Scheidung bzw. der Antragsgegner stimmt zu (§ 1566 BGB),
- nach dreijähriger Trennung ➔ Antragsteller braucht nur Trennungsdauer zu beweisen; Scheidung erfolgt nicht, wenn Härteklausel Bedeutung gewinnt (§1568 BGB),
- nach fünfjähriger Trennung ➔ Härteklausel nicht mehr anwendbar.

Als Scheidungsfolgen sind der Unterhalt, der Versorgungsausgleich, die elterliche Sorge über gemeinsame Kinder und die Aufteilung der Wohnungseinrichtung zu regeln.
Unterhalt (§ 1569 ff. BGB) kann verlangt werden, wenn ein Ehegatte nach der Scheidung nicht selbst für seinen Unterhalt sorgen kann, weil:

- wegen Pflege und Erziehung des gemeinschaftlichen Kindes keine Erwerbstätigkeit aufgenommen werden kann,
- aufgrund von Alter oder Krankheit eine Erwerbstätigkeit nicht mehr erwartet werden kann,
- er sich in der Ausbildung oder Umschulung befindet.

Hat der nicht berufstätige Ehegatte keinen Anspruch auf Altersvorsorge erlangt, findet ein **Versorgungsausgleich** statt (§ 1587 BGB). Wird die Ehe der Eltern geschieden, bestimmt das Familiengericht, welchem Elternteil die **elterliche Sorge** für das Kind zugesprochen wird, wenn diese nicht gemeinsam ausgeübt wird (§ 1671 BGB).

Das Erbrecht

Tritt in der Verwandtschaft ein Todesfall ein, wird über Verwandtschaftsgrad und **Erbfolge** geregelt, wer wie viel erbt. Die Ordnungsprinzipien der Verwandtschaft sind **Grad, Linie** und **Schwägerschaft** (§§ 1589, 1590 BGB).

> **§ 1922, Gesamtrechtsnachfolge**
> (1) Mit dem Tode einer Person (Erbfall) geht deren Vermögen (Erbschaft) als Ganzes auf eine oder mehrere andere Personen (Erben) über.

Bei der Erbfolge wird zwischen **gewillkürter** und **gesetzlicher Erbfolge** unterschieden. Zur gewillkürten Erbfolge zählen das **Testament** und der **Erbvertrag**. Die gesetzliche Erbfolge tritt ein, wenn der Erblasser nichts anderes bestimmt hat; sie wird durch das BGB geregelt (§ 1922 BGB). Schließt der Erblasser einen Nachkommen von der Erbschaft aus, so erhält dieser den **Pflichtteil**, d. h. die Hälfte des Wertes des ihm zustehenden gesetzlichen Erbteils (§ 2303 BGB). Der Pflichtteil kann bei **Erbunwürdigkeit** entzogen werden (§ 2345 BGB). Wer Erbe ist und wie hoch der Erbteil ist, wird vom Nachlassgericht im **Erbschein** ausgewiesen (§ 2353 BGB).

2.4/7

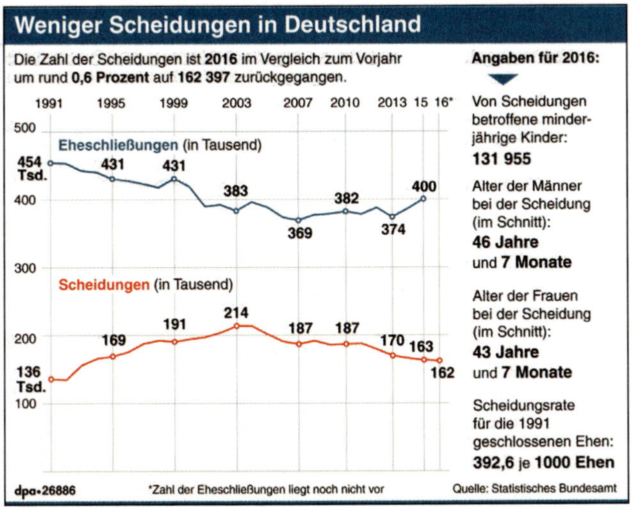

1. *Werten Sie die Grafik aus.*
2. *Worin sehen Sie die Gründe für die sich verändernden Scheidungszahlen?*
3. *Unter welchen Voraussetzungen kann eine Ehe geschieden werden?*
4. *Welche Trennungsfristen sind einzuhalten und welche Scheidungsfolgen zu regeln?*

?

2.4/8

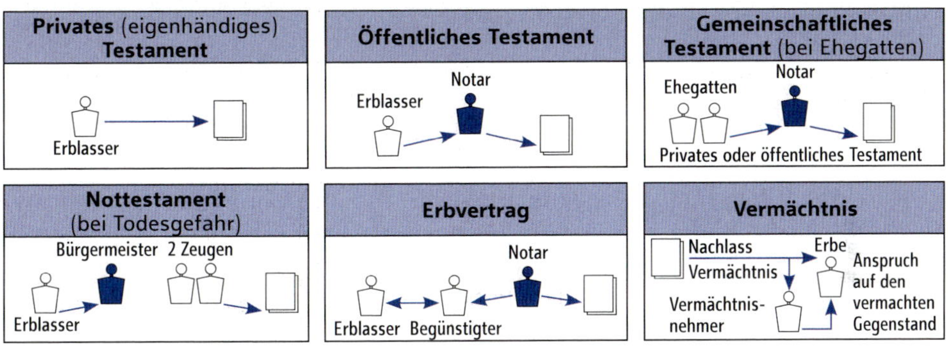

Bürgerliches Gesetzbuch

§ 1943 Annahme und Ausschlagung der Erbschaft
Der Erbe kann die Erbschaft nicht mehr ausschlagen, wenn er sie angenommen hat oder wenn die für die Ausschlagung vorgeschriebene Frist verstrichen ist; mit dem Ablauf der Frist gilt die Erbschaft als angenommen.

§ 1944 Ausschlagungsfrist
(1) Die Ausschlagung kann nur binnen sechs Wochen erfolgen.
(2) Die Frist beginnt mit dem Zeitpunkt, in welchem der Erbe von dem Anfall und dem Grunde der Berufung Kenntnis erlangt.

1. *Erklären Sie die Möglichkeiten der Nachlassregelung, die im Bild dargestellt werden.*
2. *Worin liegen die Vor- und Nachteile eines privaten und eines öffentlichen Testaments?*
3. *Muss ein Erbe angetreten werden? Was ist zu beachten?*

?

Prioritätenspiel

Beim Prioritätenspiel wird ein Thema formuliert. Unter diesem Thema müssen Aussagen oder Begriffe in der Gruppe in eine Reihenfolge gebracht werden. Dies macht Einstellungen zu einem Thema deutlich. Außerdem führt es dazu, dass die Mitspielenden ihre Einstellungen begründen und mit anderen austauschen müssen. Durch die Vorgabe, zu einer Gruppenentscheidung zu kommen, findet ein Vergleich verschiedener Argumente statt und es besteht die Notwendigkeit, sich zu einigen.

Spielverlauf:

- Die Schülerinnen und Schüler werden in Kleingruppen zu vier bis sechs Personen aufgeteilt.
- Jede Gruppe erhält ca. zwölf Aussagen. Dies können Begriffe, Statements o. Ä. sein. Die Aussagen können von der Gruppe besser bearbeitet werden, wenn jede Aussage auf einem gesonderten Blatt Papier (eventuell eine Karteikarte) steht.
- Die Aufgabe besteht nun darin, sechs Aussagen ersatzlos zu streichen und die restlichen sechs in eine Rangfolge von eins bis sechs zu bringen, wobei eins die wichtigste Aussage bedeutet.
- Die Gruppe erhält hierfür 20 Minuten Zeit
- Die Ergebnisse der Gruppen werden im Plenum vorgestellt und begründet. Eventuell können die erarbeiteten Aussagen auf einer Wandzeitung festgehalten werden.

Bei der Auswertung können folgende Fragen berücksichtigt werden:

- War es möglich, eine Rangliste anzufertigen oder haben verschiedene Punkte die gleiche Priorität?
- Welche Punkte haben Ihnen auf der vorgegebenen Liste gefehlt?
- Bei welchen Punkten waren Sie sich bei der Einstufung sicher, bei welchen unsicher?
- Wie kamen die Gruppenentscheidungen zustande? Wurden alle Punkte diskutiert oder gab es Mehrheitsentscheidungen?
- Welche Punkte waren in der Gruppe unbestritten?
- Kann die Gruppenentscheidung so mitgetragen werden?
- Kann die erarbeitete Prioritätenliste allgemeine Gültigkeit für sich beanspruchen?

Quelle: Gugel, Günther: Methoden im handlungsorientierten Politikunterricht, Neusäß, Kieser, 1996, Seite 94 ff.

Themenvorschlag 1

Welche Aspekte sind bei der Lebensplanung wichtig?

Familie gründen	Erfolg im Beruf	Zusammenleben der Generationen
Gesund sein und fit bleiben	Anerkennung im Beruf und im Privatleben	Gute Partnerschaft
Möglichst viel Freizeit und Urlaub	Kinder und deren gute Erziehung (wichtige Erziehungsziele)	Großer Freundeskreis und viele Aktivitäten
Unabhängigkeit im privaten Bereich	Eigenes Haus oder Eigentumswohnung	Joker (hier können Sie einen eigenen Aspekt einbringen)

Themenvorschlag 2

Was ist für eine Partnerin bzw. einen Partner wichtig?

Sexuelle Treue	Gefühle zeigen	Zärtlichkeit
Kinderliebe	Selbstsicherheit	Kreativität
Selbstlosigkeit	Romantik	Attraktives Aussehen
Verantwortungs-bewusstsein	Selbstbeherrschung	Durchsetzungs-vermögen

Wichtiges Wissen

Rollen- und Funktionswandel der Familie	■ Der Rollenwandel der Familie steht in Zusammenhang mit dem sozialen Wandel. ■ Die Rollenbilder der Familienmitglieder haben sich angenähert. ■ Die Familie wird durch spezielle Aufgaben und Merkmale charakterisiert. ■ Heutzutage hat die Familie traditionelle Aufgaben der Versorgung an den Staat abgegeben.
Individuelle Lebensplanung – alternative Lebensformen	■ Sozialer Wandel führt zur Veränderung von Moralauffassungen und zur Möglichkeit alternativer Formen des Zusammenlebens. ■ 2001 beschloss der Bundestag das Lebenspartnerschaftsgesetz. ■ 2017 gesetzliche Grundlagen für gleichgeschlechtliche Ehe in Kraft getreten.
Familienpolitik	■ Grundlage der Familienpolitik in Deutschland ist das Grundgesetz, Artikel 6. ■ Ergänzend dazu finden sich im Artikel 17 der Thüringer Landesverfassung entsprechende Festlegungen. ■ Ehe und Familie stehen unter dem besonderen Schutz des Staates. ■ Zur Erfüllung ihrer Aufgaben erhält die Familie verschiedene Formen der Unterstützung vonseiten des Staates.
Familienrechtliche Grundlagen	■ Das Familienrecht wird im Bürgerlichen Gesetzbuch geregelt. ■ Das Verlöbnis ist ein nicht einklagbares Eheversprechen. ■ Zum Eingehen der Ehe ist die Ehemündigkeit Voraussetzung. Ehehindernisse dürfen nicht vorliegen. ■ Gegenüber den Kindern gilt die elterliche Sorge. ■ Kinder haben im Haushalt eine Dienstleistungspflicht. ■ Der eheliche Güterstand kann gesetzlich oder vertraglich geregelt werden. ■ Bei einer Scheidung gelten das Zerrüttungsprinzip und die Einhaltung von Trennungsfristen. ■ Im Scheidungsfall sind der Unterhalt, der Versorgungsausgleich und die elterliche Sorge zu regeln. ■ Es gibt die gesetzliche und die gewillkürte Erbfolge. ■ Der Erbe erhält mindestens den Pflichtteil. ■ Das Nachlassgericht stellt den Erbschein aus.

1 Warum erfüllt die Familie in der Gesellschaft eine ganz besondere Aufgabe?
2 Warum stehen Ehe und Familie unter dem besonderen Schutz des Staates?
3 Welche Merkmale kennzeichnen die Familie früher und heute?
4 Welche Aufgaben hat die Familie heute zu erfüllen?
5 Begründen Sie den Wandlungsprozess innerhalb der Familie.
6 Welche alternativen Lebensformen zur Ehe kennen Sie?
7 Beschreiben Sie Vor- und Nachteile des „Single-Lebens".
8 Welche Lebensform streben Sie einmal an? Begründen Sie Ihre Entscheidung.
9 Welche Zukunftsprognose geben Sie der „Familie"?
10 Warum gewinnt die „Wochenendfamilie" in unserer Gesellschaft immer mehr an Bedeutung? Beurteilen Sie diese Entwicklung.
11 Warum ist der Staat aufgefordert, eine kinderfreundliche Politik zu betreiben?
12 Welche finanziellen Hilfen gewährt der Staat Familien?
13 Mit welchen Einrichtungen unterstützt der Staat die Familien?
14 Was bedeutet Unterhaltspflicht?
15 Worin besteht die Dienstleistungspflicht für das Kind innerhalb der Familie?
16 Beschreiben Sie die rechtlichen Konsequenzen aus dem Verlöbnis.
17 Was bedeutet es, „ehemündig" zu sein?
18 Welche „Hindernisse" gibt der Gesetzgeber für eine Eheschließung an?
19 Informieren Sie sich über die Möglichkeiten der Namensgebung in der Ehe.
20 Beschreiben Sie die Varianten der ehelichen Güterstandsregelung.
21 Aus welchen Gründen hat der Gesetzgeber bei Scheidungen bestimmte Fristen vorgesehen?
22 Aus welchen Gründen kann es sinnvoll sein, einen Vertrag über Gütertrennung zu schließen?
23 Wonach richtet sich eine Erbberechtigung?
24 Beschreiben Sie die verschiedenen Testamentsarten. Geben Sie Vor- und Nachteile des jeweiligen Testaments an.
25 Konstruieren Sie ein Beispiel, wann der Abschluss eines Erbvertrages sinnvoll ist.
26 Unter welchen Umständen kann jemand als „erbunwürdig" betrachtet werden?

3 Erscheinungsformen sozialer Ungleichheit im Alltag

„Es gibt viele Methoden, sich dauerhaft zu ruinieren. Im Deutschland von 1998 ist eine der erfolgversprechenden die Gründung einer mehrköpfigen Familie."

(Hellmut Puschmann: Vorwort. In: Familien-Standort Deutschland – Sozialcourage Special Freiburg: Dt. Caritasverband 1998.)

Neue Armut –

Von je 100 Personen in Deutschland waren fast 16 im Jahr 2017 armutsgefährdet. Sie mussten mit weniger als 60 Prozent des mittleren Netto-Einkommens in Deutschland auskommen. Im Bundesdurchschnitt lag die Armutsschwelle bei Einpersonenhaushalten bei 999 Euro, bei Familien mit zwei Kindern unter 14 Jahren lag sie bei 2099 Euro monatlich.

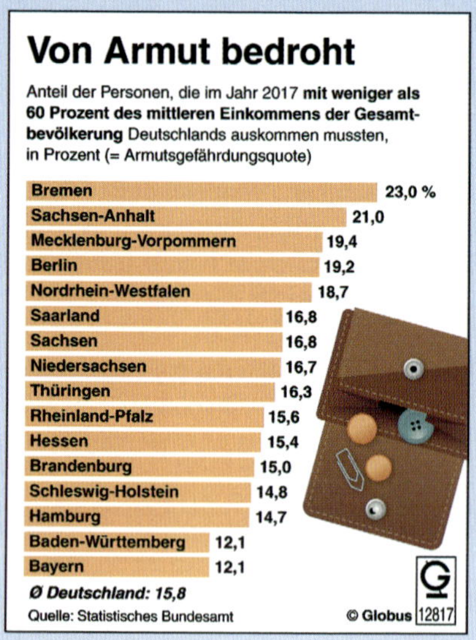

Alleinerziehende oftmals auf Hartz IV angewiesen

[...] Familien mit einem alleinerziehenden Elternteil machen fast 20 Prozent aller Bedarfsgemeinschaften im Freistaat aus, die Hartz IV beziehen, teilte die Landesarbeitsagentur [...] mit. [...]

„Auch wenn die positive konjunkturelle Situation auch bei Alleinerziehenden spürbar wird, sind sie nach wie vor benachteiligt", erklärte die Landesarbeitsagentur. Nach Ansicht des Sozialverbandes Arbeiterwohlfahrt (Awo) Thüringen führt die dauerhafte mehrfachbelastung von Alleinerziehenden zu einem größeren Armutsrisiko. „Alleinerziehende müssen sich um Kindererziehung, den Haushalt und ihren Beruf gleichzeitig kümmern. Das geht oft nur mit einem Teilzeit-Job", [...] Wegen der niedrigen Einkommen bei der Teilzeit-Arbeit seien viele von Armut bedroht.

[...] „Unzureichende Betreuungsangebote können Alleinerziehende dazu zwingen, weniger zu arbeiten, als sie eigentlich wollen", sagte der Awo-Sprecher. [...]

Quelle: dpa/th: Alleinerziehende oftmals auf Hartz IV angewiesen. In: Thüringer Allgemeine, 25.02.2019. © dpa

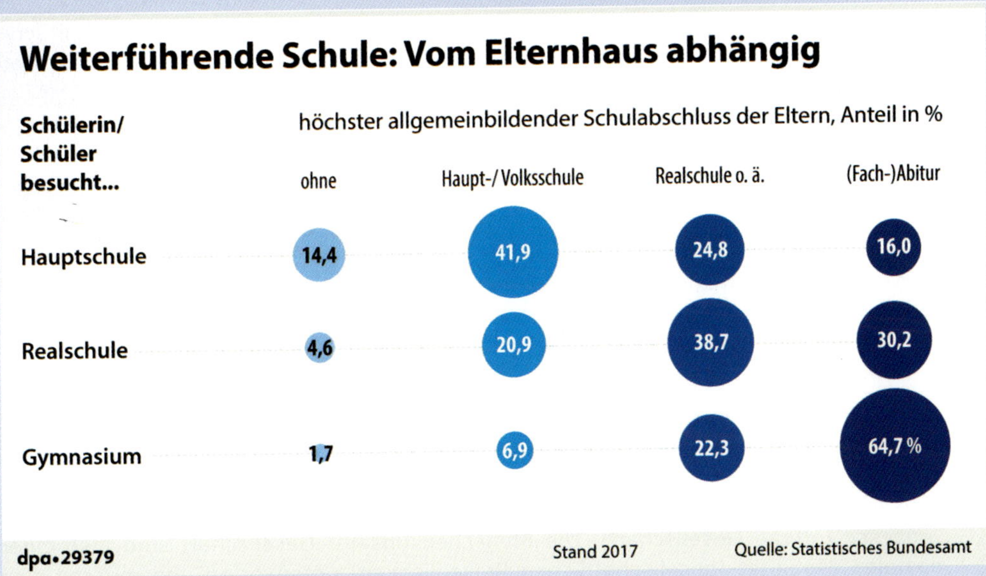

soziale Gerechtigkeit?

Reiche Eltern kaufen die bessere Schulbildung

Für den Erfurter Sozialwissenschaftler Marcel Helbig ist die Internationale Schule in Thüringen (This)
„ein Verstoß gegen das Grundgesetz", der von der Politik auch noch geduldet werde. Helbig macht das daran fest, dass die Schule Schulgeld erhebt, das nur reiche Eltern zahlen könnten. Zusammen mit dem Zuschuss vom Land habe die This ein etwa doppelt so hohes Budget pro Schüler wie eine normale staatliche Schule. „Und das vermittelt nur eine Sache: Bildung ist käuflich; die Elite kann sich aus den Problemen des sonstigen Schulsystems rauskaufen", sagt Helbig.

[...]

Schüler müssen [...] je nach Klassenstufe zwischen 700 und 820 Euro pro Monat zahlen. [...] aus seiner Sicht zementiert dieser Schritt die soziale Ungleichheit im Bildungssystem. [...]

Quelle: Göbel, Sibylle: Reiche Eltern kaufen die bessere Schulbildung. In: Thüringer Allgemeine, 31.01.2019, S. 1

ZUR DISKUSSION:

1. **Welche Gegensätze/Probleme werden hier gezeigt bzw. beschrieben? Ist das gerecht?**
2. **Wer Geld hat, kann sich eben etwas besseres leisten. Immer? Diskutieren Sie darüber.**
3. **Inwiefern trifft die Aussage des Caritas-Präsidenten von 1998 heute zu oder nicht mehr zu?**

Die Gesellschaft differenziert sich in höher und niedriger bewertete gesellschaftliche Positionen. Reichtum und Einfluss sind ungleich verteilt. Daraus ergibt sich eine **Ungleichheit** der Lebenschancen für die einzelnen Mitglieder der Gesellschaft. In der offenen Gesellschaft der Demokratie steht einerseits jedem Menschen jede Chance zur Verfügung. Wie er diese Chance andererseits aber für sich nutzbar machen kann, hängt von vielen verschiedenen Faktoren ab. Diese Probleme zu erfassen und eventuell einer Lösung zuzuführen, ist Aufgabe der Sozialwissenschaftler. Sie sollten z. B. auf folgende Fragen eine Antwort finden:

- Wie kann soziale Ungleichheit erkannt werden?
- Wie sind ungleiche Zustände zu bewerten?
- Ist in unserer wohlhabenden Gesellschaft soziale Ungleichheit überhaupt noch von Bedeutung?

Bei der Bewertung sozialer Ungleichheit in der Gesellschaft muss aufgezeigt werden, wie groß die Chancen sind, ungünstige Lebenslagen durch Ausbildung und Leistung positiv zu beeinflussen. Wesentliches Merkmal entwickelter Industriegesellschaften sind der ständige berufliche **Strukturwandel** und damit verbundene Auf- und Abstiegsprozesse (offene Gesellschaft). Die Menschen unserer Gesellschaft sind also einer **sozialen Mobilität** (gesellschaftlichen Beweglichkeit) unterworfen und müssen sich jeder neuen Situation stellen und versuchen, diese mehr oder weniger gut zu meistern. Die Lebenslagen oder Situationen, in denen sich die Menschen befinden oder in die sie hineingestellt werden, werden von vielen **sozialen Aspekten** beeinflusst.

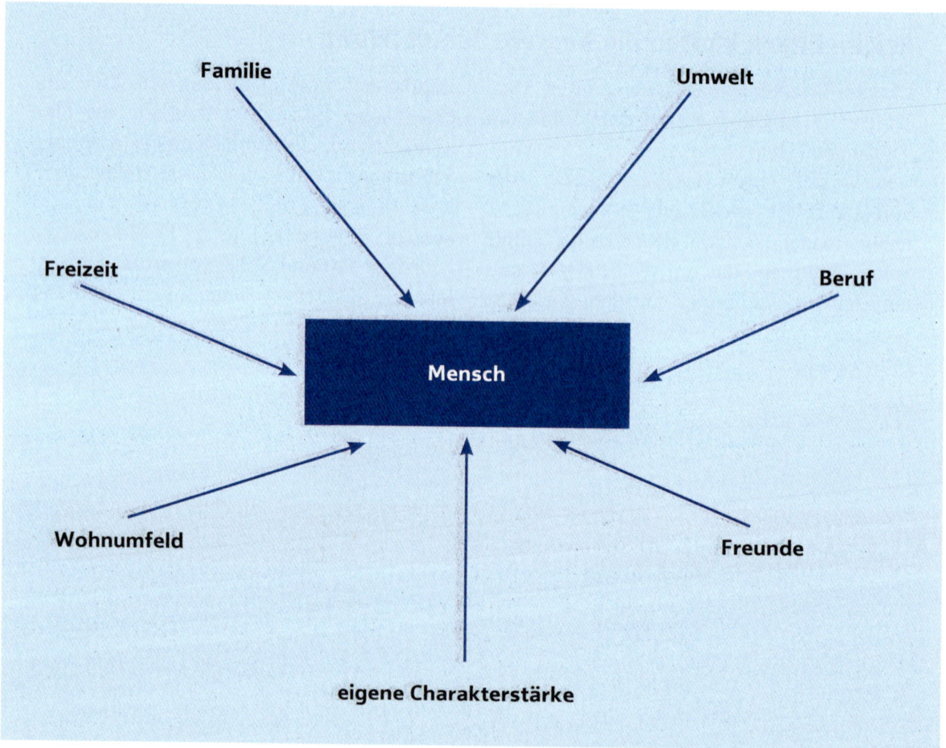

Für die weitere Diskussion über das Thema *Soziale Ungleichheit* sollen Gruppen, Milieus und Minderheiten bzw. Randgruppen betrachtet werden.

Zwei Beispiele

3.0/1

1. Alex kommt aus schwierigen Familienverhältnissen und geht freiwillig ins Kinderheim. Im Zimmer ist er mit zwei anderen Kindern untergebracht. Die Erzieher haben selten Zeit, sich den Sorgen und Nöten jedes einzelnen Kindes zuzuwenden. Alex schafft in der Hauptschule den Schulabschluss nicht. Trotzdem möchte er sein Ziel, einmal Tierarzt zu werden, nicht aufgeben.

2. In einem schönen Wohngebiet im Grünen wohnt Felix mit seinen Eltern und seinem Hund in einem Einfamilienhaus. Er hat viele gute Freunde, weil sie auch alle gern mit seinem Hund spielen und der große Garten toll ist. Felix hilft seinen Freunden oft bei den Hausaufgaben und sie spielen gemeinsam in der Baseballmannschaft. Deshalb will Felix einmal Sportwissenschaften studieren.

?

1. *Fassen Sie die dargestellten Lebenssituationen mit eigenen Worten zusammen und vergleichen Sie diese.*
2. *Welche sozialen Aspekte beeinflussen den Lebensweg beider Jungen?*
3. *Wiederholen Sie aus Kapitel 1, über welche Bildungswege Alex und Felix ihr jeweiliges Ziel erreichen können.*

3.0/2

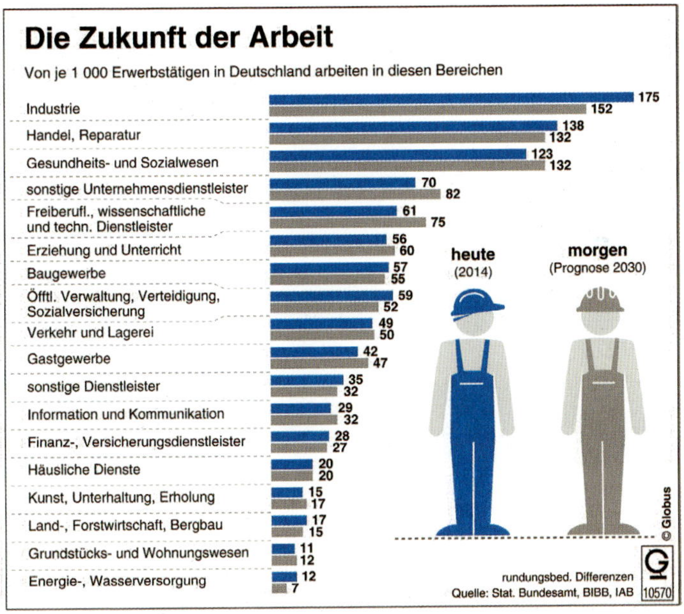

?

1. *Welche Wirtschaftsbereiche werden in Zukunft an Bedeutung gewinnen und welche werden die Verlierer sein?*
2. *Versuchen Sie Begründungen für diese Trends zu geben.*
3. *Wie wird sich der Wandel in der Arbeitswelt auf das persönliche Leben auswirken?*

3.1 Gruppen

Ein Mensch wird mit seiner Geburt bereits Mitglied von großen oder kleinen Gemeinschaften. Im Großen gehört er der Gesellschaft oder dem Staat an. Die Detailstaffelung kann sich fortsetzen über die Stadt, das Dorf, die Clique, die Familie. Diese verschiedenen Gemeinschaften werden auch Gruppen genannt, die durch einen mehr oder weniger starken Zusammenhalt geprägt sind.
Die Gruppen bestehen also aus Individuen, die durch Gemeinsamkeiten verbunden sind.

Die Mitglieder einer Gruppe

- haben gemeinsame Interessen,
- bilden sich eine anderen gegenüber zu vertretende Meinung,
- fühlen sich für eine bestimmte Zeit zusammengehörig.

Es gibt viele verschiedene **soziale Gruppen**:

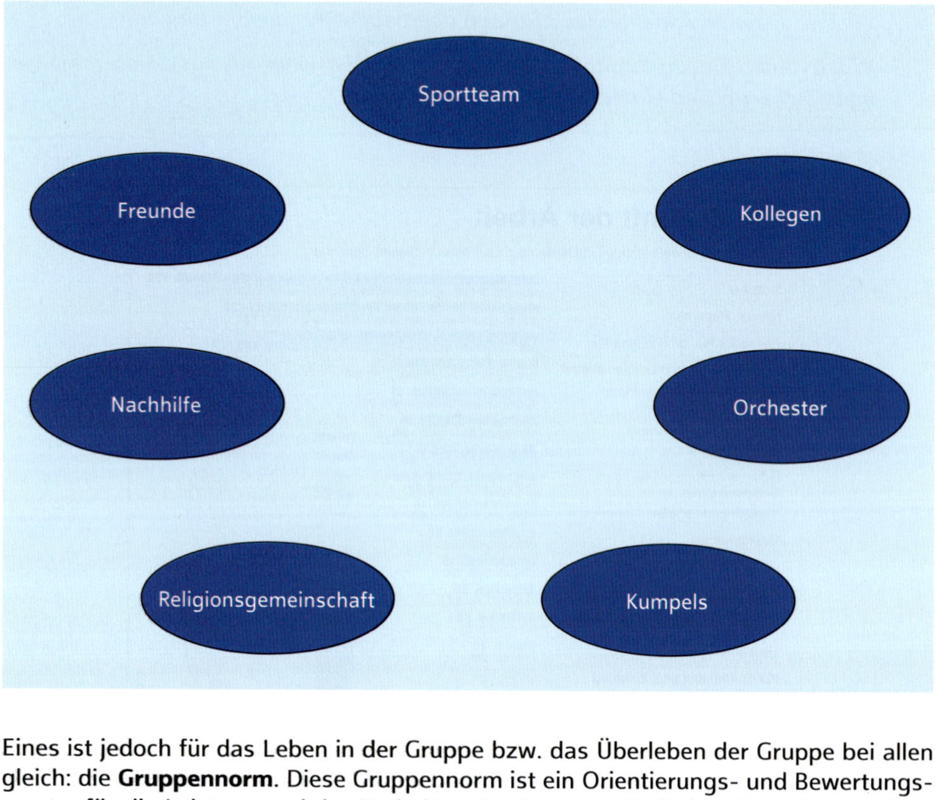

Eines ist jedoch für das Leben in der Gruppe bzw. das Überleben der Gruppe bei allen gleich: die **Gruppennorm**. Diese Gruppennorm ist ein Orientierungs- und Bewertungsmuster für die Leistung und das Verhalten der Gruppenmitglieder. Sie wirkt entscheidungserleichternd, ermöglicht und fördert die Zusammenarbeit. Andererseits setzt die Einhaltung einer Gruppennorm Erfahrungen in gemeinsamer Tätigkeit voraus. Liegen diese nicht vor, müssen sie von den einzelnen Gruppenmitgliedern mehr oder weniger schnell erlernt werden, damit die innere und äußere Zusammengehörigkeit nicht gestört wird.

Typische Gruppen?

3.1/1

1. *Nennen Sie soziale Gruppen, denen Sie angehören.*
2. *Wodurch werden diese Gruppen ganz speziell charakterisiert und unterschieden?*
3. *Diskutieren Sie Vor- und Nachteile, die sich für Sie aus der Zugehörigkeit zu verschiedenen Gruppen ergeben.*
4. *Inwiefern bietet die Gruppe „Halt“?*
5. *Warum ist das Einhalten der Gruppennorm für das Überleben der Gruppe notwendig?*

3.1/2

Bedeutung der Gruppen in der Jugendphase

- Abhängigkeit von Eltern verliert an Bedeutung
- eine Gruppe Gleichaltriger ist eine wirksame „Ich-Stütze“
- liefert ein neues Bezugssystem und neue Normen
- Wertvorstellungen außerhalb des Elternhauses werden gesucht, der Jugendliche bekräftigt sein eigenes Recht auf Selbstbestimmung
- Gruppe von Gleichaltrigen dient als Bollwerk gegen die Autorität
- Übungs- und Lernfeld
- die gemischtgeschlechtliche Gruppe bietet dem Jugendlichen in seiner Unsicherheit, Angst und Unbeholfenheit die Möglichkeit dem anderen Geschlecht zu begegnen
- Übergang zwischen Kindheit und Erwachsensein wird stabilisiert
- Sicherheit und Geborgenheit
- Gruppe als Ort der Lösung von Konflikten und Problemen
- Austausch über Sinn und Wert des Lebens (Glaube, Hoffnung, Liebe)

Quelle: Runge, Katrin: Gruppen und Gruppenphasen. www.super-sozi.de/index.php/theoretisches/gruppen-und-gruppenphasen [17.11.2014]

1. *Lesen Sie oben genannte Punkte und wählen Sie Punkte aus, die für Sie von Bedeutung sind oder waren.*
2. *Belegen Sie die ausgewählten Punkte mit realen Begebenheiten.*

Sobald ein Mensch für sich die Normen oder Regeln einer Gruppe annimmt, versetzt er sich in eine bestimmte **soziale Rolle**. Es werden zugeteilte Rollen, meist angeboren (z. B. Geschlecht, Nationalität), und erworbene Rollen (Ehemann, Radfahrer usw.) unterschieden. Diese Rollen sind durchaus mit denen eines Schauspielers vergleichbar. In der jeweiligen Situation wird ein Mensch mit der **Erwartungshaltung** konfrontiert, die die Umwelt an ihn hat. Erfüllt er die an ihn gestellten Erwartungen, ist seine Umwelt mit ihm zufrieden. Geschieht dies nicht, prallen bestimmte Anforderungen und Haltungen aufeinander und es kommt zum **Konflikt**. An dieser Stelle gibt es Reibungspunkte zwischen dem Individuum und der Gesellschaft. Die Gesellschaft beobachtet und bewertet den Rollenträger. Dabei billigt oder missbilligt sie bestimmte Verhaltensweisen. In der Realität kommt es nicht selten vor, dass bei einem Rollenträger gleichzeitig verschiedene Erwartungshaltungen aufeinandertreffen. Sie können sich ergänzen oder einander ausschließen. Innerhalb einer sozialen Rolle gibt es drei **Verhaltensabstufungen**:

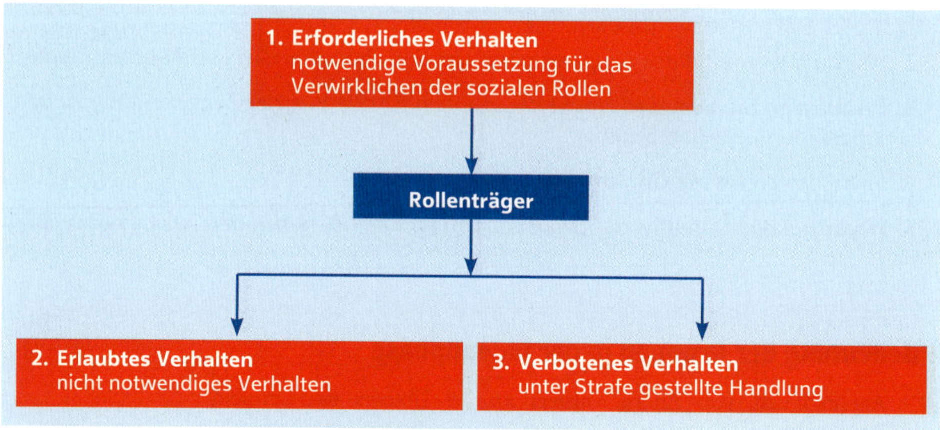

Um eine Weiterentwicklung des einzelnen Menschen und damit der Gesellschaft zu ermöglichen, sollten Rollenkonflikte gelöst werden.

Generell gibt es drei **Lösungsvarianten**:

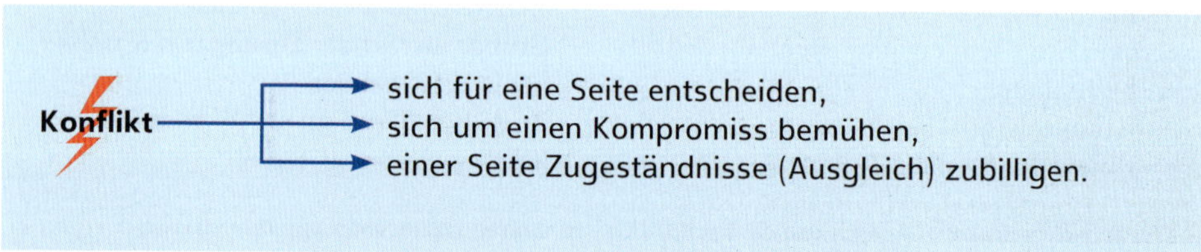

Soziale Rollen und deren Wandel

Seit der Existenz des Menschen gibt es soziale Rollen. Die Gesellschaft hat sich weiterentwickelt und als Folge blieb die Veränderung der Rollen nicht aus. **Rollenwandel** und **sozialer Wandel** bedingen einander. Nicht nur der oder die Einzelne, sondern auch soziale Gruppen unterliegen in Form und Inhalt ständigen Veränderungen. Greift man sich eine Gruppe heraus und untersucht man ihre Entwicklung durch die geschichtlichen Epochen hindurch, so können ständig neue Erscheinungsformen beobachtet werden.

3.1/3

Enge Hose, kurzer Rock

Weit aufgeknöpftes Hemd, kurzer Rock, durchsichtige Stoffe – im Winter kann man das vielleicht nicht draußen vorführen, aber sehr wohl im Büro. Doch wie sexy dürfen sich Mitarbeiter kleiden? Und darf der Chef das verbieten?

„Der Arbeitgeber kann Vorschriften hinsichtlich der Arbeitskleidung machen", sagt Jürgen Markowski, Fachanwalt für Arbeitsrecht. [...]

Bei Mitarbetern mit Kundenkontakt und Außenwirkung dürfe der Chef stärker bestimmen. [...]

Wer im Backoffice sitzt, ohne das Unternehmen durch seine Kleidung nach außen zu repräsentieren, dem könne der Chef nicht so einfach verbieten, die enger geschnittene Hose, den kürzeren Rock oder das etwas aufgeknöpfte Hemd zu tragen, [...]

„Aber es gibt eine Grenze: Wenn es um anzügliche Kleidung geht, gibt es auch das Interesse anderer Mitarbeiter, vielleicht vor Anblicken geschützt zu werden, die man auf der Arbeit vielleicht nicht unbedingt haben möchte". [...]

Wer sich berechtigten Vorgaben widersetzt, muss mit Konsequenzen rechnen. [Abmahnung, Kündigung]

Quelle: dpa. In: Allgemeiner Anzeiger Erfurt/Sömmerda, 25.01.2019, S. 1

?

1. *Diskutieren Sie über die getroffenen Aussagen.*
2. *Inwiefern spielen in verschiedenen Lebenssituationen gesellschaftliche Normen eine Rolle?*
3. *Warum ist die Einteilung in „zugeteilte" und „erworbene" Rollen wichtig und notwendig?*

3.1/4

?

1. *Kann es durch die äußere Erscheinungsform eines Menschen zum Konflikt mit seiner Umwelt kommen?*
2. *Beschreiben Sie die Verhaltensabstufungen des Rollenträgers für die soziale Rolle des Auszubildenden, des Kindes und des Partners in einer Beziehung.*
3. *Wodurch kommt es zu Rollenkonflikten?*
4. *Wie ist mit Rollenkonflikten umzugehen?*

Jugendliche zeigen heutzutage nicht mehr das gleiche Erscheinungsbild wie vor 100 oder 50 Jahren. Wenn man „Jugend" als Übergang von der Kindheit zum Erwachsensein betrachtet, dann bereiteten sich Jugendliche Anfang des 20. Jahrhunderts auf ein Leben mit harter Arbeit und Familie vor. Im 21. Jahrhundert sind Freizeit, Spaß und Freunde in den Vordergrund getreten.

Es ergibt sich heute mehr denn je eine vielfältige und differenzierte Jugendszene, die häufig verunsichernd und beunruhigend auf die Erwachsenen wirkt. Das ist aber kein Phänomen des 20./21. Jahrhunderts.

„Ich habe keine Hoffnung für die Zukunft unseres Volkes, wenn sie von der frivolen Jugend von heute abhängig sein soll. Denn die Jugend ist ohne Zweifel unerhört rücksichtslos und frühreif. Als ich noch jünger war, lehrte man uns gutes Benehmen und Respekt vor unseren Eltern. Aber die Jugend von heute will alles besser wissen und ist immer mit dem Mund vorweg."

(zugeschrieben: Hesiod, 8. Jh. v. Chr.)

Dagegen Walther von der Vogelweide (um 1227):
„Oh weh, wie jämmerlich und traurigen Gemütes die jungen Leute sind. Sie können nichts anderes, als sich zu sorgen [...]. Wohin ich mich auch wende; niemand ist froh. Tanzen und Singen vergehen in Sorgen. Kein Christenmann sah jemals so jämmerliche Jahre."

(Eigenübersetzung)

Die Betrachtungsweise der Erwachsenen bezogen auf die Jugendlichen wird zu allen Zeiten oft zu einem annähernd einheitlichen Ergebnis kommen: **„Anders als wir."**
Das heißt für die heutige Zeit:
- unnormal diese viel zu großen oder „zerrissenen" Hosen
- ungepflegt die Dreadlocks
- ohrenbetäubend der Krach (Musik)
- körperverletzend diese vielen Tattoos usw.

Jugendliche des 21. Jahrhunderts finden dieses bei Weitem nicht unnormal, ungepflegt usw. Jugendliche vor 100 Jahren kämen sich jedoch völlig deplatziert vor. Die sogenannten soziokulturellen Einflussfaktoren (Elternhaus, Freunde, Schule, Beruf, Freizeit, Leitbilder u. a.) haben sich grundlegend geändert und bedingen den Rollenwandel.

3.1/5

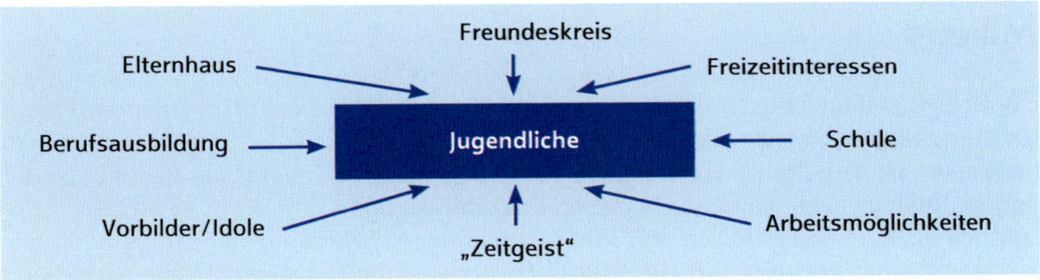

Wählen Sie drei verschiedene historische Zeitpunkte aus und stellen Sie dafür die Bedeutung der genannten Einflussfaktoren gegenüber. Finden Sie Gemeinsamkeiten und Unterschiede heraus.

Ein Lehrvertrag aus dem Jahre 1864

3.1/6

Eduard Groos in Grünberg einerseits und Philipp Walther in Biedenkopf andererseits haben folgende Übereinkunft getroffen:

1. Groos nimmt den Sohn des Philipp Walther mit Namen Georg auf vier Jahre, und zwar vom 15ten Oktober 1864 bis dahin 1868, als Lehrling in sein Geschäft auf.
2. Groos macht sich verbindlich, seinen Lehrling in Allem dem, was in seinem Geschäft vorkommt, gewissenhaft zu unterrichten, ein wachsames Auge auf sein sittliches Betragen zu haben und ihm Kost und Logis (= Unterkunft) in seinem Hause frei zu geben.
3. Groos gibt seinem Lehrling alle 14 Tage des Sonntags von 12 bis 5 Uhr frei; dabei ist es gestattet, dass er auch an dem Sonntage, wo er seinen Ausgangstag nicht hat, einmal den Gottesdienst besuchen kann.
4. Groos verzichtet auf ein Lehrgeld, hat aber dagegen die Lehrzeit auf vier Jahre ausgedehnt.
5. Walther hat während der Lehrzeit seines Sohnes denselben in anständiger Kleidung zu erhalten und für dessen Wäsche besorgt zu sein.
6. Walther hat für die Treue seines Sohnes einzustehen und allen Schaden, den derselbe durch bösen Willen, Unachtsamkeit und Nachlässigkeit seinem Lehrherrn verursachen sollte, ohne Einrede zu ersetzen.
7. Der junge Walther darf während der Dauer seiner Lehrzeit kein eigenes Geld führen, sondern die Ausgaben, welche nicht von seinem Vater direkt bestritten werden, gehen durch die Hände des Lehrherrn und der Lehrling hat solche zu verzeichnen.
8. Hat der junge Walther seine Kleidungsstücke und sonstige Effekten auf seinem Zimmer zu verschließen, aber so, dass sein Lehrherr davon Kenntnis hat und dieser solche von Zeit zu Zeit nachsehen kann, sooft es diesem gewährt ist, um ihn gehörig zu überwachen.
9. Darf der Lehrling während seiner Lehrzeit kein Wirtshaus oder Tanzbelustigung besuchen, er müsste denn ausdrücklich die Erlaubnis hierzu von seinem Vater oder Lehrherrn erhalten haben und dann besonders darf er auch nicht rauchen im Geschäft oder außer demselben, es bleibt ihm ganz untersagt.
10. Wenn der junge Walther das Geschäft der Groos verlässt, so darf dieser in kein Geschäft in Grünberg gehen, ohne dass Groos dazu die Erlaubnis gibt.
11. Zur Sicherstellung, dass beide Teile diese Übereinkunft treulich halten und erfüllen wollen, ist dieser Contract (= Vertrag) doppelt ausgefertigt. Jedem ein Exemplar eingehändigt und unterschrieben worden.

Grünberg und Biedenkopf, den 27. November 1864

Quelle: Bundeszentrale für politische Bildung (Hrsg.): Informationen zur politischen Bildung, 175/1978, S. 24

1. *Vergleichen Sie diesen Lehrvertrag mit Ihrem Ausbildungsvertrag.*
2. *Diskutieren Sie über Vor- und Nachteile in beiden Ausbildungen.*

3.2 Milieus

Der Begriff **„Milieu"** beschreibt das Lebensumfeld, welches ein entscheidender Faktor für die seelische und charakterliche Entwicklung des Menschen sein kann. Da es sich hierbei um einen Lebensraum mit vielen unterschiedlichen Ereignissen handelt, ist der Begriff „Milieu" auch weiter zu fassen als der der „Gruppe".
Um Menschen einem Milieu zuordnen zu können, werden z. B. Statusmerkmale bestimmt, grundlegende, für die jeweiligen Lebensstile charakteristische Werte und auch alltagsprägende Einstellungen. Der Maler Heinrich Zille hat in seinen Zeichnungen das typische Arbeitermilieu Berlins zum Ende des 19. Jahrhunderts dargestellt.

Milieubestimmungen sind wichtig für die Beschreibung der gesellschaftlichen Entwicklung. Es können mit diesen Kategorisierungen z. B. neue Jugendbewegungen oder Tendenzen im Hinblick auf eine anstehende Wahl ermittelt werden. Auch private Auftraggeber ziehen Nutzen aus **Milieuforschungen**, wie etwa die Autoindustrie, die Zigarettenindustrie, der Nahrungsmittelbereich u. v. a. Genauso wie sich soziale Rollen im Laufe der Geschichte wandeln, werden auch Milieus von diesem Prozess erfasst.

„Aber Frau, Sie waschen in der ‚Stillen Woche'? Das bringt Unglück – da kann Ihnen was sterben."
„Schad' nischt, Frau Rat, wenn eens weniger wird. Wir ham jenuch."

Quelle: Zille, Heinrich (1858–1929): Stille Woche, in: Mein Milljöh, Berlin 1923.

Soziale Milieus

Jeder Mensch wird in ein bestimmtes Milieu hinein geboren, welches durch bestimmte Werte und Einstellungen charakterisiert wird. Im Laufe seines Lebens nimmt zunehmend die Gesellschaft auf ihn Einfluss. Durch seine Milieuzugehörigkeit verfügt er über bestimmte innere Haltungen. Diese zwei Kriterien, Einfluss der Gesellschaft und innere Haltung, versucht er unter einen Hut zu bringen. Daraus entwickelt sich sein Lebensstil.

„Unter Lebensstil wird ein relativ stabiles, regelmäßig wiederkehrendes Muster der alltäglichen Lebensführung verstanden – ein „Ensemble" von Wertorientierungen, Einstellungen, Deutungen, Geschmackspräferenzen, Handlungen und Interaktionen, die aufeinander bezogen sind; […]"

Der freien Wahl des Lebensstils werden jedoch durch äußere Lebensbedingungen (Milieuzugehörigkeit) Grenzen gesetzt. Objektive Lebensumstände, z. B. Alter, Bildung, Berufsposition, Geschlecht, tragen wesentlich zu Unterschieden im Lebensstil bei.

„Lebensstile sind identitätsstiftend und distinktiv (abgrenzend, ausgrenzend). Sie schaffen individuelle oder auch kollektive Identitäten, weil sich Menschen oder Gruppen mit einem bestimmten Muster der Lebensführung identifizieren."

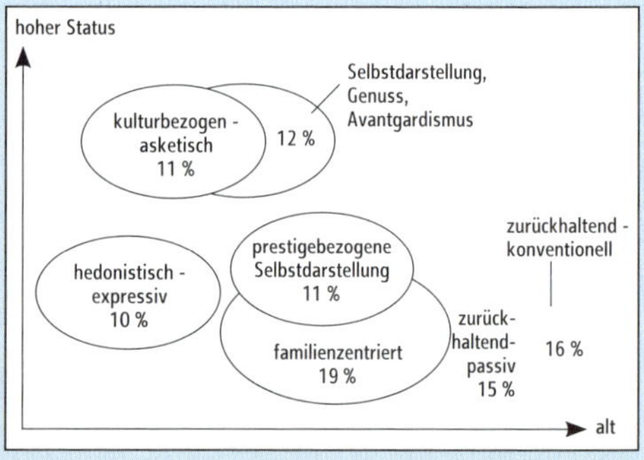

Eine Lebensstiltypologie für Deutschland

Quelle: Auszug aus: Hradil, Stefan: Soziale Ungleichheit in Deutschland, 8. Auflage, Opladen, Leske und Budrich 2001, S. 425 ff.

Teilnahme am Mikrozensus ist Pflicht

3.2/1

2500 Haushalte in Thüringen ausgewählt

In Thüringen nehmen auch in diesem Jahr etwa 10000 Haushalte am Mikrozensus teil und geben Auskunft über ihre Lebenssituation. Die Teilnahme an der auch „Kleine Volkszählung" genannten Erhebung ist verpflichtend – selbst bei Krankheit oder im Alter. [...] Die Zahl der Haushalte, die mit einem komplizierten Zufallsverfahren ermittelt werden, entspricht etwa einem Prozent der Bevölkerung [...]. Wer ausgewählt wird, muss die Fragen viermal im Abstand von etwa einem Jahr beantworten.

[...] Im konstanten Teil [der Befragung] werden unter anderem Merkmale der Person, der Familie, des Haushalts, wirtschaftliche und soziale Verhältnisse sowie die berufliche Ausbildung erfasst. Im variablen Teil wird 2019 nach der Krankenversicherung, der überwiegend ausgeübten Tätigkeit, der konkreten Abteilung und der Stellung im Betrieb gefragt. [...]

Quelle: Göbel, Sibylle: Teilnahme am Mikrozensus ist Pflicht. In: Thüringer Allgemeine, 29.01.2019, S. 2

?

1. *Finden Sie heraus, um welche Problemfelder es beim Mikrozensus geht?*
2. *Begründen Sie, warum die Teilnahme am Mikrozensus verpflichtend ist.*

3.2/2

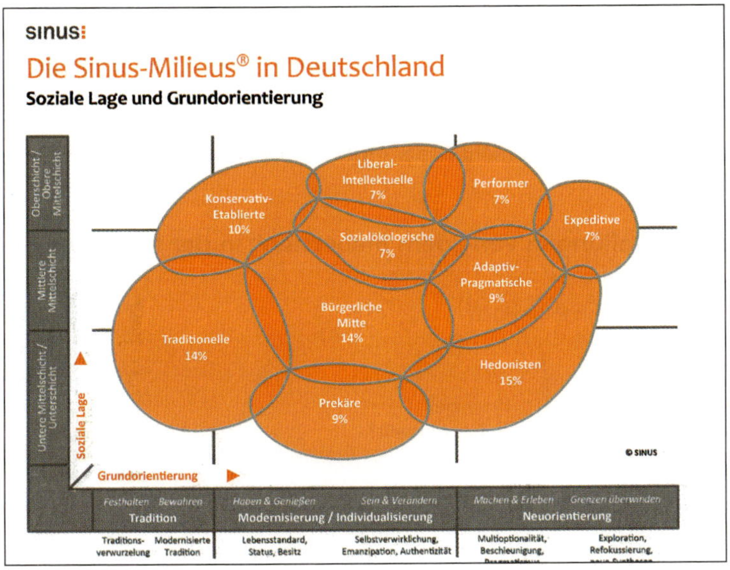

Ein Milieu-Modell für Gesamtdeutschland

Lesehilfe: Die waagerechte Achse gruppiert die sozialen Milieus nach Wertorientierungen, die senkrechte Achse ordnet die Milieus verschiedenen Schichten zu.

?

1. *Schauen Sie sich das Milieumodell an. In welches Milieu würden Sie sich einordnen? Falls Sie Veränderungen wollen:*
   - *Wohin sollen diese gehen?*
   - *Wie können Sie das erreichen?*
2. *Suchen Sie im Internet eine möglichst genaue Erklärung der für Sie zutreffenden Milieus (s. Frage 1).*

Resultierend aus diesen Fakten kommt es natürlich in einer Gesellschaft zwischen den verschiedenen Milieus gewollt oder ungewollt zu **sozialen Ungleichheiten**. Ein „alternatives Milieu“ lehnt Äußerlichkeitswerte ab (gewollt), wohingegen das „traditionelle Arbeitermilieu“ von Geld und Luxus artikeln träumt. Diese kann es sich aber aufgrund der geringen Bildung, des schlechten Jobs und der geringen Bezahlung nicht leisten (ungewollt). Aufgabe der Gesellschaft ist es jetzt, Chancen zu bieten, eine „ungünstige“ Lebenslage durch Ausbildung und Leistung zu verbessern. Eine solche Chance muss selbstverständlich individuell entsprechend genutzt werden.

3.3 Randgruppen/Minderheiten

Zu jeder Zeit und in allen Völkern gab und gibt es Menschen, die sich vom gesellschaftlichen Durchschnitt abheben. Es sind Menschen in einer vergleichbaren Lebenslage, die aber nicht unbedingt gemeinsam handeln (wie die soziale Gruppe). Diese Menschen werden durch ihr „Anderssein“ an den Rand der Gesellschaft gedrängt und als Randgruppe bezeichnet. Oft wird dafür auch der Begriff **„Minderheit“** verwendet.

Sind aber 7,6 Millionen Menschen, die ihren Lebensunterhalt nur dank finanzieller Hilfe des Staates bestreiten können eine Minderheit? Oder sind 45.000 Kinder und Jugendliche bis 18 Jahre in Thüringen, die im Jahr 2018 von Hartz IV-Leistungen leben, eine Minderheit?

Verglichen mit der Einwohnerzahl Thüringens von ca. 2,15 Millionen trifft das mathematisch gesehen zu. Es ist aber eher der Begriff „Randgruppe“ anwendbar, denn diese Menschen entsprechen nicht den durchschnittlichen Vorstellungen von „einem Menschen der Gesellschaft“, die sich die Allgemeinheit macht. Sie weichen von den allgemeinen Erwartungen ab und sind damit nicht in der Mitte der Gesellschaft einzuordnen, sondern am Rand.

Wie sehen aber die Vorstellungen von „dem Menschen“ in der Mitte der Gesellschaft aus?

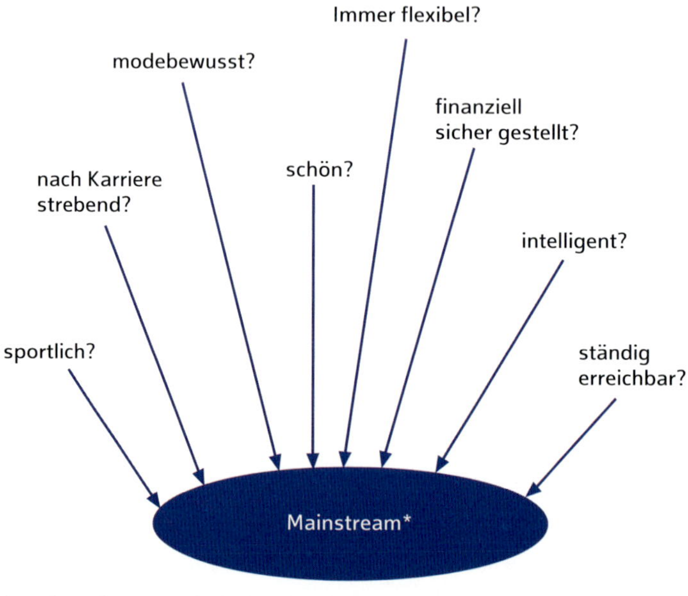

* *vorherrschende gesellschaftspolitische, kulturelle oder ähnliche Richtung, Hauptstrom*

Randgruppen oder Minderheiten, oder was?
Wann werden Randgruppen/Minderheiten ausgegrenzt?

Die Sorben

3.3/1

Wer sind die Sorben?

Die Sorben sind ein westslawisches Volk, das in der Lausitz zu Hause ist. In Sachsen leben die Obersorben, in Brandenburg die Niedersorben bzw. Wenden. Die kulturellen Zentren sind einerseits Bautzen, andererseits Cottbus. Die Sorben sind eine nationale Minderheit ohne eigenen Staat, ohne Mutterland oder gar Autonomiegebiete. Wie viele Sorben es noch gibt, kann nicht eindeutig gesagt werden, [...]. Es wird jedoch geschätzt, dass es noch 20.000 aktiv sprechende Sorben gibt bzw. 60.000 nach subjektivem Zugehörigkeitsgefühl.

Was ist anders bei den Sorben?

Die Sorben haben eine eigene Sprache und Kultur, die nicht nur in verschiedenen Vereinen und Gruppen gepflegt wird, sondern noch lebt. Gerade deswegen fallen vielerorts im sorbischen Siedlungsgebiet in der Lausitz zweisprachige Ortsschilder und Bezeichnungen an öffentlichen Gebäuden in deutscher und sorbischer Sprache auf. Außerdem tragen vor allem in der katholischen Gegend ältere Frauen noch täglich die sorbische katholische Tracht, jüngere nur zu großen Feiertagen.

Quelle: Mitteldeutscher Rundfunk: Die Sorben – Was? Wann? Warum? https://www.mdr.de/sorbisches-programm/rundfunk/artikel75852.html [09.06.2019]

Extremisten

Extremismus in Deutschland

Militante Milieus wachsen weiter

Deutsche Sicherheitskreise registrieren steigende Zahlen bei Links- und Rechtsextremen, bei Reichsbürgern und Salafisten. Die Gefahr rechten Terrors bleibt hoch.

Mehrere extremistische Szenen in Deutschland sind nach Informationen des Tagesspiegels weiter gewachsen. Im vergangenen Jahr sei allein die Zahl der Linksextremisten um mindestens 800 Personen auf deutlich mehr als 29.000 gestiegen, heißt es in Sicherheitskreisen. Für 2016 hatte das Bundesamt für Verfassungsschutz (BfV) 28500 Linksextreme gemeldet. Bei den Rechtsextremisten gab es einen ähnlichen Zuwachs. Hier nähert sich die Zahl der Marke von 24.000 Personen, 2016 waren es 23.100. [...]

Zusätzliche Sorgen bereitet Polizei und Nachrichtendiensten die Zunahme der militanten Milieus in den extremistischen Szenen. Bei den Linksextremisten stieg die Zahl der Autonomen und weiteren gewaltorientierten Fanatiker auf knapp 9000 Personen (2016: 8500). Das Hard core-Milieu profitiere von der starken Mobilisierung der linksextremen Szene zu den Protesten gegen den G-20-Gipfel im vergangenen Juli in Hamburg, [...] Am Rande des Gipfels hatten Autonome aus dem In- und Ausland in der Hansestadt heftig randaliert.

Quelle: Jansen, Frank: Militante Milieus wachsen weiter. In: Tagespiegel, 08.01.2019. www.tagesspiegel.de/politik/extremismus-in-deutschland-militante-milieus-wachsen-weiter/20821290.html [09.06.2019]

1. *Stellen Sie die zwei dargestellten Randgruppen gegenüber.*
2. *Was können Kriterien sein, ob eine Minderheit zur Randgruppe wird oder nicht?*
3. *Kann eine Gesellschaft nur aus Randgruppen bestehen?*

?

Kennzeichen von Randgruppen können unterschiedlichster Natur sein:

- Herkunft/Hautfarbe,
- Religionszugehörigkeit,
- Drogenabhängigkeit,
- Einkommen,
- Sexualverhalten,
- Krankheit,
- Behinderung,
- Wohnort.

Eines haben alle gemeinsam: Die Toleranz und Akzeptanz der Gesellschaft fehlt ihnen gegenüber oft, sodass sie in eine Außenseiterposition gedrängt werden.

Ausländische Mitbürger

Zahl der Ausländer in Deutschland erreicht Rekordhoch

Gut jeder achte Einwohner in Deutschland ist Ausländer. [...]

Ende 2017 waren noch rund 10,6 Millionen Personen ohne deutschen Pass erfasst – bis dato ein Höchststand. 2017 hatte der Zuwachs der Ausländer sogar 5,7 Prozent betragen. [...]

Erneut stark zugenommen hat aber die Zuwanderung von Menschen mit einer Arbeitserlaubnis aus Staaten außerhalb der EU. Bis zum Jahresende 2018 kamen insgesamt 266.000 Menschen als sogenannte Erwerbsmigranten (Vorjahr: 217.000). Das war im dritten Jahr in Folge ein Anstieg von mehr als 20 Prozent.

Zu den wichtigsten Herkunftsländern zählten Indien (zwölf Prozent), China (neun Prozent), Bosnien-Herzegowina (acht Prozent) sowie die USA (sieben Prozent). Diese Menschen – darunter sind auch viele Fachkräfte – waren im Durchschnitt 35 Jahre alt und zumeist männlich (68 Prozent).

Besonders stark gewachsen ist in der Gruppe der Zuwachs aus dem Westbalkan. Ende 2018 stellten Albanien, Bosnien-Herzegowina, Serbien, Montenegro, Kosovo sowie Mazedonien zusammen fast ein Viertel der Erwerbsmigranten.

Das Bundesamt führt diese Zahlen auch darauf zurück, dass diese Länder seit den Jahren 2014/2015 als sichere Herkunftsstaaten gelten. Zugleich wurde den Menschen aus diesen Ländern seit 2016 der Zugang zum Arbeitsmarkt in Deutschland erleichtert. [...]

Quelle: dpa/kbl: Zahl der Ausländer in Deutschland erreicht Rekordhoch, in: Welt, 15.04.2019. www.welt.de/politik/deutschland/article191938153/Statistisches-Bundesamt-Zahl-der-Auslaender-in-Deutschland-erreicht-Rekordhoch.html [09.06.2019]

Die Gründe für den Aufenthalt haben sich entsprechend der Entwicklung in Deutschland und der Welt im Laufe der Jahre gewandelt.

In den 1960er und 1970er Jahren wurden aufgrund des „Wirtschaftswunders" **Arbeitskräfte** gesucht. In den 1980er Jahren verstärkte sich der Zustrom der Menschen, die bei uns **politisches Asyl** suchten. Nach Glasnost und Perestroika, ermöglicht durch die Politik von Michael Gorbatschow, dem damit verbundenen Ende des „Kalten Krieges" zwischen Ost und West und der politischen Wende in Europa nahm der Zustrom der **Aussiedler** in die Bundesrepublik enorm zu. Gegenwärtig ist Deutschland durch demografische und wirtschaftliche Veränderungen wieder auf ausländische Arbeitskräfte angewiesen (z. B. in Bereichen wie IT, Bildung oder Medizin).

Wir sind alle Ausländer.

Was wir sind, sind wir auch durch die anderen.

Einbürgerungen in Thüringen ...

Nach Erhebung des Thüringer Landesamtes für Statistik ist die Zahl der Einbürgerungen von Briten im Freistaat sprunghaft gestiegen. Waren es zwischen 1991 und 2015 insgesamt gerade einmal zehn, registrierte das Amt 2017 bereits 27 Einbürgerungen britischer Staatsbürger – Tendenz steigend. [...]

Quelle: Einbürgerungen in Thüringen: Rumänen vorn. In: Thüringer Allgemeine, 22.02.2019, S. 3

?

1. *Werten Sie die Grafik aus.*
2. *Diskutieren Sie mit Ihren Mitschülern die Standpunkte aus der Grafik.*
3. *Begründen Sie, warum wir auf Zuwanderung angewiesen sind.*
4. *Diskutieren Sie, ob „wir" evtl. auch für die Situation der Asylsuchenden bzw. Zuwanderer verantwortlich sind.*

Aufgabe der Politik ist es, Bedingungen zu schaffen, die zum Beispiel eine wirkliche Anwendung des Artikels 16 (2) des Grundgesetzes **„Politisch Verfolgte genießen Asylrecht."** ermöglichen. Die Öffentlichkeit und die Politik müssen zu der Einsicht gelangen, dass die Lösung des Problems nicht allein darin besteht, in wirtschaftlich schweren Zeiten alle „Nichtdeutschen nach Hause zu schicken".

Integration im europäischen Vergleich

Spanien geht tolerant mit Migranten um, Deutschland nahm absolut gerechnet die meisten Geflüchteten auf. Osteuropäische Länder wollen nationale Identität bewahren, doch könnte Migration eine Chance für die Wirtschaft bedeuten. Eine einheitliche europäische Lösung scheint es nicht zu geben.

In den vergangenen 25 Jahren haben sich über 17 Millionen Europäer auf den Weg gemacht und sind in einem anderen EU-Land sesshaft geworden. Sei es, um dort zu arbeiten oder den Lebensabend dort zu verbringen [...] Beflügelt wurde diese Entwicklung durch die europäischen Grundfreiheiten, die Reise- und Niederlassungsfreiheit. [...] Und ein europäisches Land rage wegen seiner toleranten Haltung gegenüber Immigranten eindeutig heraus, so Recchi: Spanien:

„Ich möchte nicht davon sprechen, dass es eine Ausnahmeerscheinung ist, aber wahr ist, dass es auffällig ist, wie tolerant sich Spanien gegenüber Migranten verhält, obwohl das Land durch eine ökonomische Krise gegangen ist. Normalerweise führt das zu Ausländerfeindlichkeit, aber das war in Spanien nicht der Fall [...]"

[...] 2016, auf dem Höhepunkt der Flüchtlingskrise haben allein in Deutschland fast 750.000 Menschen einen Antrag auf Asyl gestellt. [...] Andere Handlungsoptionen, als die Flüchtenden aufzunehmen, hätten für Deutschland zum damaligen Zeitpunkt realistischer Weise nicht bestanden, sagte Bundeswirtschaftsminister Peter Altmaier. [...]

„Deutschland ist nicht nur von der Einwohnerzahl sondern auch politisch und wirtschaftlich das stärkste Land, wir haben eine Führungsverantwortung. [...]"

Quelle: Koch, Tonia: Integration im europäischen Vergleich, in: Deutschlandfunk, 15.11.2018. https://www.deutschlandfunk.de/fluechtlinge-integration-im-europaeischen-vergleich.1148.de.html?dram:article_id=433338 [09.06.2019]

Menschen mit Behinderungen

Als Behinderung gilt, wenn Menschen in ihrer körperlichen und geistigen Fähigkeit oder seelischen Gesundheit beeinträchtigt sind, dieser Zustand länger als sechs Monate dauert und von dem für das Lebensalter typischen Zustand ab weicht. Eine Teilhabe am Leben in der Gesellschaft ist beeinträchtigt. (§ 2 Abs. 1 SGB IX)

Ursachen für **Behinderungen** können sein:
- Erbkrankheiten (zum Beispiel Stoffwechselerkrankungen, Bluterkrankheiten),
- Störungen während der Schwangerschaft (z. B. Röteln, Alkohol),
- Störungen während der Geburt (zum Beispiel mangelnde Sauerstoffversorgung),
- Krankheiten (zum Beispiel Kinderlähmung, Hirnhautentzündung, Altersleiden),
- falsche medizinische Behandlung (zum Beispiel ärztlicher „Kunstfehler", Fehldiagnosen),
- Unfälle (zum Beispiel am Arbeitsplatz, beim Sport, im Straßenverkehr).

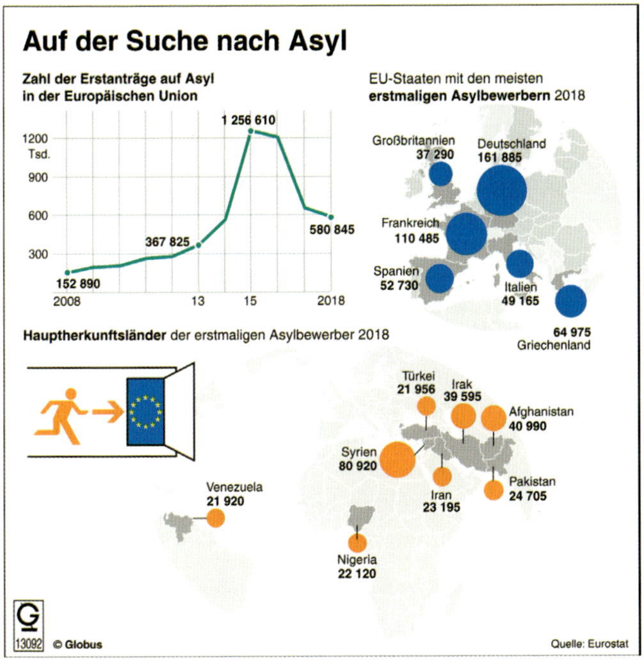

?

1. *Welche Bedeutung hat der Begriff „Asyl“?*
2. *Werten Sie die Grafik aus.*
3. *Lesen Sie den Text von S. 66 „Integration im europäischen Vergleich“ und versuchen Sie herauszufinden, was in Deutschland gegenüber Spanien bei der Integration „anders“ läuft.*

Eine behindertengerechte Stadt

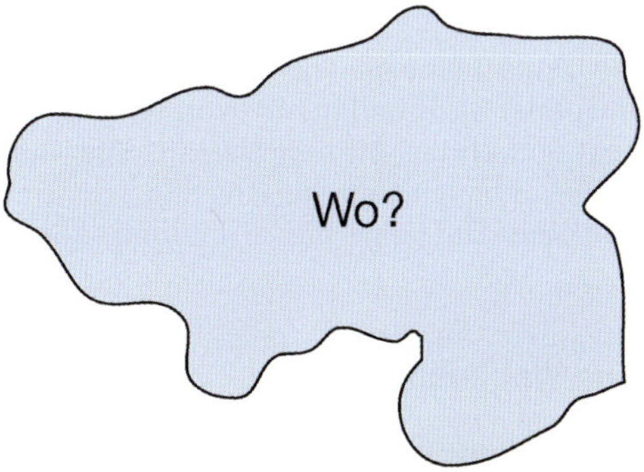

?

1. *Unternehmen Sie eine Exkursion, die als Ziel hat, die Behindertenfreundlichkeit Ihrer Heimatstadt oder Ihres Dorfes zu testen:*
   - *Teilen Sie die Stadt/das Dorf in kleinere Gebiete ein.*
   - *Die Klasse wird in Gruppen aufgeteilt.*
   - *Versetzen Sie sich soweit möglich in die Situation von Menschen mit Behinderungen und finden Sie positive und negative Dinge heraus.*
   - *Werten Sie die Fakten aus.*
2. *Verfassen Sie einen Brief an entsprechende Politiker und Politikerinnen mit Vorschlägen für eine behindertengerechte Stadt.*

Behinderungen beeinträchtigen den betroffenen Menschen körperlich und/oder geistig und/oder seelisch.
Oft werden Menschen, denen man ihre Behinderung ansieht, von der Gesellschaft abgelehnt.

Für Menschen mit Behinderung ist ihre Situation „normal". Für den Nichtbehinderten bedeutet das Zusammentreffen oder Zusammenleben mit einem Menschen mit Behinderung immer Umstellung und Rücksichtnahme. Mitleid gegenüber diesen Menschen ist falsch verstandene Rücksichtnahme und von den Betroffenen auch nicht gewollt.

Selbstbestimmung und Integration

Eine Behinderung ist ein natürlicher Teil unserer Gesellschaft und schränkt in keiner Weise das Recht des Einzelnen ein, unabhängig zu leben, über sich selbst und sein Leben zu bestimmen, Wahlmöglichkeiten zu haben, zur Gesellschaft beizutragen, berufliche Karrieren zu verfolgen und volle Integration in das wirtschaftliche, politische, soziale und kulturelle Leben der Gesellschaft zu genießen.

Quelle: Internationales Bildungs- und Sozialwerk e. V., abgerufen unter: http://www.int-bsw.de/leben-mit-behinderung, [09.06.2019]

Menschen mit Behinderungen wollen, soweit es ihnen möglich ist, als vollwertige Bürger in die Gesellschaft integriert werden. In der Praxis kann dies nur durch das verständnisvolle Handeln der Gesellschaft und durch gesetzliche Unterstützung aus der Politik realisiert werden.

Obdachlose

Obwohl die Bundesrepublik Deutschland einen der höchsten Lebensstandards der Welt hat, hat sie für ihre Einwohner nicht genügend Wohnungen. Das Recht auf Wohnung ist ein Grundrecht. Staat und Wirtschaft befinden sich hier in einem Dilemma. Die Ursachen für Obdachlosigkeit können sehr vielschichtig sein: Der Verlust des Jobs, die Scheidung oder eine Krankheit. Die Folge dieser Ereignisse ist immer dieselbe – Obdachlosigkeit.

So leben Menschen ohne Wohnung

Erste umfassende Studie

Sie führen ein Dasein im Schatten der Gesellschaft. Nun zeigt die erste systematische Untersuchung: Unter Wohnungslosen gibt es Nöte und Sorgen, aber auch viel Optimismus. Und in einem Punkt versagt die Politik.

Wohnungslose sind der blinde Fleck der amtlichen Statistik. Über den Großteil der Bevölkerung in Deutschland liegen detaillierte und umfangreiche Daten zu Einkommen, Gesundheit, Bildung oder Zufriedenheit vor. Nicht so über Menschen ohne eigene Wohnung. Man weiß nicht einmal exakt, wie viele es sind. Aber es sind viele: Auf rund 860.000 schätzt die Bundesarbeitsgemeinschaft Wohnungslosenhilfe ihre Zahl in der bislang aktuellsten Schätzung für das Jahr 2016.

Erst recht gab es bislang keine belastbaren Daten über die Lebenssituation von Wohnungslosen, ihre Bedürfnisse und ihren Mangel. Dabei sind derartige Daten Voraussetzung dafür, dass die Politik Probleme erkennen und angehen kann. [...]

Quelle: Florian Diekmann, DER SPIEGEL, 4.10.2018, https://www.spiegel.de/wirtschaft/soziales/wohnungslose-erste-umfassende-studie-in-deutschland-zeigt-lebenslagen-a-1234040.html [09.06.2019]

Erfurter Obdachlosenunterkünfte haben noch Kapazitäten

Trotz der eisigen Temperaturen haben die Unterkünfte für Obdachlose in Erfurt noch ausreichend Kapazität. [Es] seien aktuell 63 Plätze frei. Das seien für diese Bedingungen ungewöhnlich viele. [...]

Der Ausschuss diskutierte den Stadtrats-Beschluss, Obdachlose bei Bedarf in leer stehenden Flüchtlingskontainern unterzubringen. [...] Eine unbürokratische Unterbringung sei aufgrund von Landes- und Stadtrecht auch garnicht möglich. [...]

Er verwies auf die vom Stadtrat beschlossene Unterbringungssatzung, die für jede Obdachlosen-Unterkunft das Hausrecht, einen Wachdienst und Sozialbetreuung vorsieht. [...]

„Freiwillige Obdachlosigkeit" gebe es trotzdem. „Einige wollen sich den Zwängen der Hausordnung nicht unterwerfen oder verweigern sich komplett dem sozialen Sicherungssystem", [...]

Quelle: Wetzel, Holger: Erfurter Obdachlosenunterkünfte haben noch Kapazitäten. In: Thüringische Landeszeitung, 25.01.2019, S. 15

?

1. *Diskutieren Sie die Pauschalaussage gegenüber Obdachlosen: „Selbst schuld!"*
2. *Welche Probleme zeigen sich bei der Hilfe für Obdachlose?*
3. *Warum ist es wichtig, Kontakt zu Obdachlosen zu halten?*
4. *Informieren Sie sich über Angebote für Obdachlose in Ihrer näheren Umgebung.*
5. *Warum haben Obdachlose sehr oft Hunde bei sich?*

Leben in Armut

Armut ist ein gemeinsames Merkmal vieler Randgruppen. Problematisch ist es zu bestimmen, wann ein Mensch als arm gilt. Welche Lebensumstände werden als Leben in Armut bezeichnet?

- Armut ist keine absolute Größe, sondern relativ. In der entwickelten Industriegesellschaft hat Armut weniger mit dem physischen Überleben als vielmehr mit einem menschenwürdigen Leben zu tun.
- Armut variiert von Gesellschaft zu Gesellschaft und von Zeitabschnitt zu Zeitabschnitt. Für den EU-Ministerrat ist eine Person oder Familie arm, wenn sie über so geringe Mittel verfügt, dass sie von der allgemein üblichen Lebensweise ihres Landes ausgeschlossen ist. Und diese ist von Land zu Land verschieden.
- Armut ist nicht nur ein materielles, sondern auch ein soziales, kulturelles und psychisches Phänomen. Daraus ergibt sich oft ein Versagen von allgemeinen Lebenschancen in allen Lebensbereichen (wirtschaftlich, gesellschaftlich, politisch, kulturell u. a.).

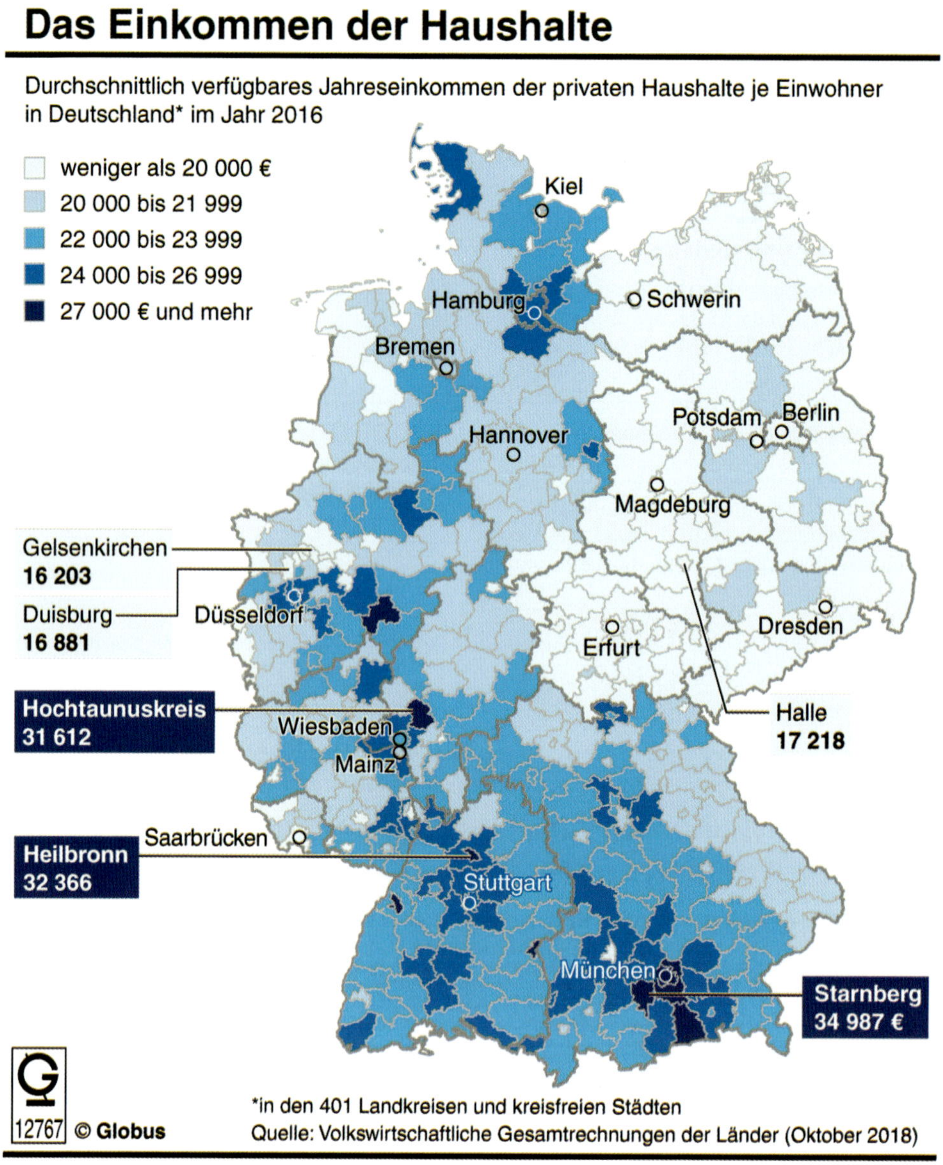

3.4 Chancengleichheit

Soziale Ungleichheit wird es in jeder Gesellschaft geben. An ihr wird eine Gesellschaft gemessen. Sie führt einerseits zu einer Weiterentwicklung der Gesellschaft durch die Konkurrenz, die sie hervorruft. Andererseits benachteiligt sie die Menschen, die nicht die Mittel und Möglichkeiten wie andere haben, die aus persönlichen Gründen nicht alle Chancen sofort erkennen und nutzen können, und die Menschen, denen durch Vorurteile Chancen genommen werden.

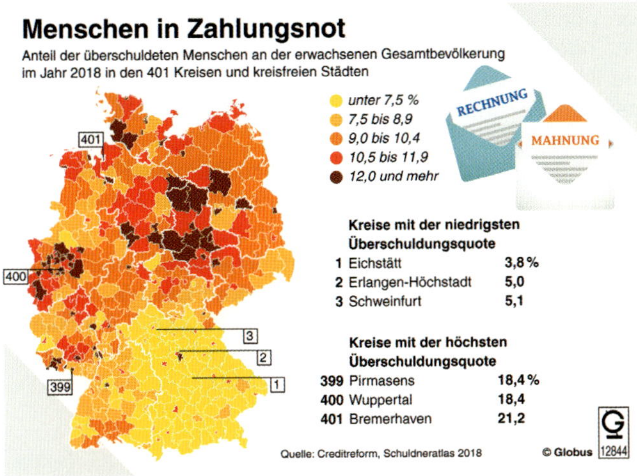

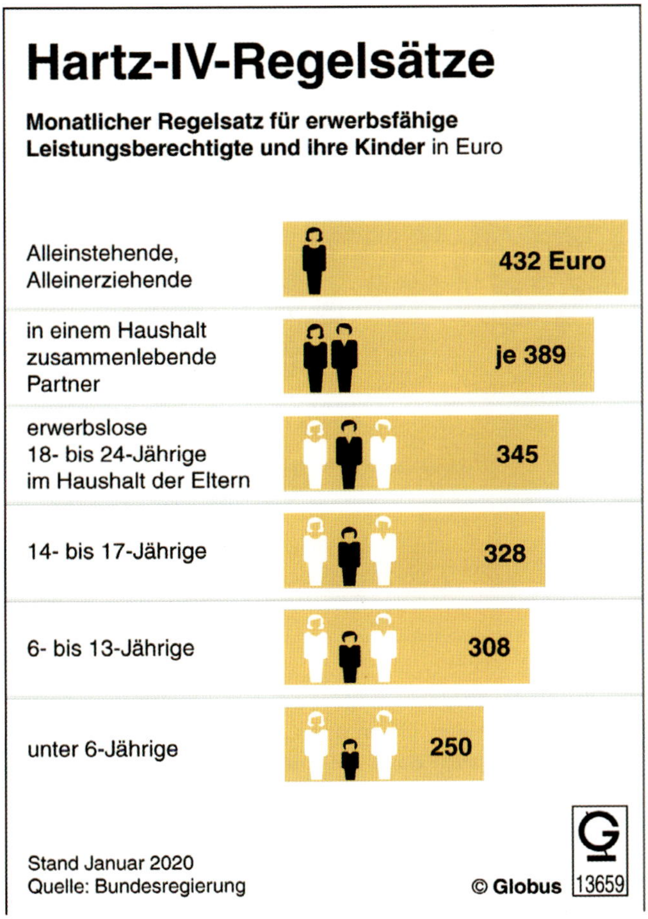

?

1. *Wie wird Armut definiert?*
2. *Welcher Zusammenhang zeigt sich bei den Aussagen der Grafiken Seite 70 und Seite 71 oben?*
3. *Begründen Sie, ob allein über die Zahlung von Hartz IV Armut abgebaut oder beseitigt werden kann.*

Den Menschen, die als Randgruppen unseren Schutz brauchen, muss vonseiten der Politik und der Bevölkerung die Chance zur **Integration** gegeben werden. Bei den Integrationsversuchen gibt es eine Vielzahl von Problemen, die zum Teil zu ernsthaften Konflikten führen. Integrationsbereiche sind unter anderem das soziale Umfeld, der Arbeitsplatz, die Schule, die Wohnung.
Schlechte Arbeitsbedingungen, gering geschätzte Tätigkeiten und dazu noch Unterbezahlung sind charakteristisch bei ausländischen Arbeitnehmern. Oft werden sie auch für Schwarzarbeit missbraucht. Aus ihrer Sicht ist es eine Sicherung des Lebensunterhalts, aus Sicht des Arbeitgebers sind sie sehr billige Arbeitskräfte, die noch dazu gegen soziale Notfälle (Arbeitslosigkeit, Krankheit) nicht abgesichert werden.
Die ohnehin schon angespannte Situation auf dem Wohnungsmarkt stellt für ausländische Mitbürger ebenfalls ein Problem dar. Schlechte Wohnqualität, zu hohe Mieten und andere Lebensgewohnheiten (anderer Kulturkreis) führen dazu, dass eine wirkliche Eingliederung nur selten stattfindet.

Flüchtlingskinder lernen Deutsch in einer Klasse der Astrid-Lindgren-Grundschule in Frankfurt Oder

Die Integration ausländischer Kinder in der Schule scheitert oder wird erschwert durch Sprachprobleme und die Skepsis der Mitschüler, Eltern und Lehrer. Die Kinder stellen andererseits aber auch eine große Chance dar, dass die multikulturelle Gesellschaft funktionieren kann. Taucht in einer Kindergartengruppe ein Kind mit dunkler Hautfarbe auf, wird es von den anderen Kindern zuerst gemustert; es ist „anders“. Kinder sehen, wenn sie nicht anders stark beeinflusst werden, über diesen Unterschied schnell hinweg, und der oder die Andere ist bald gleichberechtigtes Mitglied im Spiel. Wird diese Akzeptanz von Erzieherinnen und Erziehern, Eltern sowie Lehrenden nicht behindert, ist ein guter Schritt auf dem Weg der Integration getan.

3.4/1

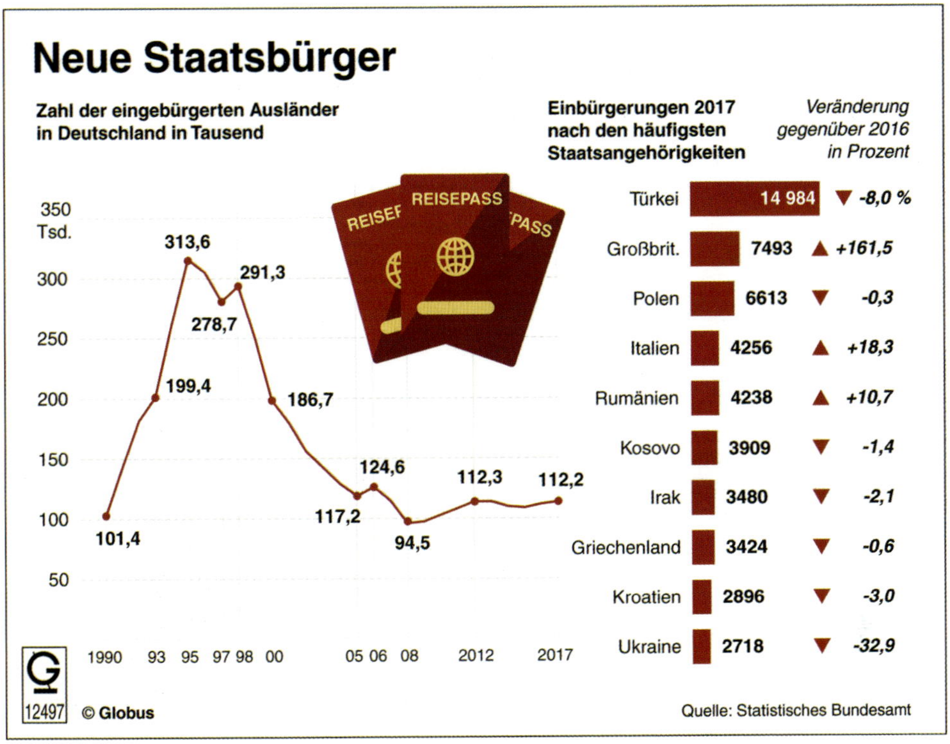

1. *Interpretieren Sie die Grafik.*
2. *Heißt Eingliederung bedingungslose Unterordnung? Begründen Sie Ihre Meinung.*
3. *In welchen Lebensbereichen verläuft die Integration am besten und wodurch könnte man sie noch verbessern im Interesse aller Bürger?*

?

3.4/2

Was sind Integrationsprojekte?

Die geförderten Projekte sollen die Kompetenzen der Zugewanderten stärken und ihre aktive Teilhabe am gesellschaftlichen und politischen Leben verbessern.

Darüber hinaus dienen sie der wechselseitigen Akzeptanz von Zuwanderinnen und Zuwanderern in der Aufnahmegesellschaft sowie der Kriminalitäts- und Gewaltprävention.

1. *Warum ist Integration für Bürger mit Migrationshintergrund so wichtig?*
2. *Diskutieren Sie über des Geben und Nehmen bei der Integration.*
3. *Informieren Sie sich über Integrationsprojekte in Ihrer Umgebung und berichten Sie darüber.*

?

Wie schnell kann ein Mensch durch verschiedene Ursachen ausgegrenzt werden?

- Der ist behindert, mit dem kann man nichts anfangen.
- Der hat einen niedrigeren Schulabschluss, der ist mir intellektuell nicht gewachsen.
- Der ist arbeitslos und kann bei meinen Freizeitansprüchen nicht mithalten.
- Der wühlt den Papierkorb durch. Das ist ja asozial.

! Vorurteile !

Ein kleiner Prozentsatz Nichtsesshafter bestimmt in der Öffentlichkeit das Bild von obdachlosen Menschen. Die Vorurteile bestehen beispielsweise in der Auffassung, dass Obdachlose zu faul sind zum Arbeiten, dass sie dreckig sind, alkoholabhängig usw. Die soziale Zusammensetzung der Gruppe der Obdachlosen hat sich seit Anfang der 1980er Jahre verschoben. Es sind nicht mehr nur Alleinstehende, Fünfzigjährige oder Rentner, sondern auch Familien mit Kindern sind zunehmend betroffen. Kinder, die in die Obdachlosigkeit hineingeboren werden und in ihr aufwachsen, bekommen in ihrem Leben möglicherweise nie das Gefühl der Chancengleichheit vermittelt. Zwischen 20 % und 80 % von ihnen sind, je nach Umfeld und Bedingungen, mit sechs Jahren oft noch nicht schulreif. Werden sie später eingeschult, bleiben sie im Unterricht häufig zurück. Einem Teil der Generation, die unsere Gesellschaft weiterführen soll, wird so von vornherein oft eine gleichberechtigte Entwicklung verbaut.

Eine wichtige Rolle zur Chancengleichheit übernimmt jeder Einzelne mit seinem Denken und Handeln. Vorurteile können nur durch Toleranz und Kennenlernen abgebaut werden. Neben dem persönlichen Engagement ist es Aufgabe des Staates, Maßnahmen zur materiellen, finanziellen und moralischen Unterstützung zu realisieren.

Zwangsräumungen gegen Familien

Obdachlose Kinder in Deutschland – wie ist das möglich?

Weil die Mieten in den Großstädten für viele Familien unbezahlbar werden, verlieren immer mehr Kinder ihr Zuhause. Zehntausende sind bereits betroffen und ziehen von einer Notbehausung in die nächste.

Er trägt einen schwarzen Hoodie, die Kapuze hat er tief in die Stirn gezogen, als wolle er sich darin verstecken. Ansonsten sieht Marko (Name geändert) aus wie ein typischer 13-Jähriger, irgendwo zwischen Kind und Teenager, ein bisschen pausbäckig noch, mit Sneakers und grünen Shorts. Für seine Freunde ist er Mitte April von der Bildfläche verschwunden. Er kam nicht mehr zur Schule, schrieb keine WhatsApp mehr, sagte auch nicht Tschüs.

„Ging ja nicht", sagt er und guckt resigniert geradeaus. Schließlich sollte keiner wissen, dass an diesem Tag sein Zuhause zwangsgeräumt wurde und er auf der Straße stand. Mit nicht viel mehr als seinen Kleidern am Leib.

Der Auszug aus der Wohnung im Berliner Osten glich einer Flucht. Marko, seine drei Geschwister und sein Vater hatten je einen Rucksack auf dem Rücken. Was da nicht reinpasste, blieb zurück. "Wir haben quasi die Tasse vom Frühstück noch auf dem Tisch gelassen", sagt Markos Vater. Wo hätten sie die Sachen auch hinbringen sollen?

Quelle: Anne Seith, DER SPIEGEL, 11.05.2018, https://www.spiegel.de/politik/obdachlose-kinder-in-deutschland-wenn-familien-zwangsgeraeumt-werden-a-00000000-0002-0001-0000-000157296994 [09.06.2019]

?

1. *Lesen Sie den Artikel und zeichnen Sie die Spirale in das gesellschaftliche Aus nach.*
2. *Begründen Sie, warum die Chancen für obdachlose Kinder und deren Familien eher gering sind.*
3. *Welche Hilfsmöglichkeiten werden Obdachlosen angeboten? Inwiefern können diese Hilfsmöglichkeiten zur gesellschaftlichen Integration beitragen?*
4. *Worin liegen Ihrer Meinung nach Gründe, dass Obdachlose Hilfsangebote verweigern?*

Damit sich ein Mensch frei entfalten kann, bedarf es nicht nur des Schutzes vor willkürlichen staatlichen Eingriffen in die Privatsphäre, sondern auch der sozialen Sicherheit. Gesetzliche Grundlage dafür ist der Artikel 20 (1) des Grundgesetzes.

„Die Bundesrepublik Deutschland ist ein demokratischer und sozialer Bundesstaat."

Aufgabe der Politik ist es, für soziale Gerechtigkeit und einen Ausgleich der sozialen Gegensätze zu sorgen. Dies geschieht über die Bereiche der Sozialversicherung, der Hilfen zum Lebensunterhalt und des Arbeitsschutzes.
Die rasante Veränderung des Altersaufbaus in Deutschland macht dringend Reformen sowohl im wirtschaftlichen als auch sozialen Bereich erforderlich (z. B. Gesundheitsstrukturreformen, Hartz IV, Arbeitsmarktreformen).

Beispiele:

- Sozialversicherung ➔ Geringverdienende und Besserverdienende zahlen entsprechend ihrem Einkommen gleiche Beitragsprozente und erhalten gleiche Leistungen.
- Arbeitslosengeld II ➔ Bedürftige Erwerbsfähige erhalten Unterstützung zum Lebensunterhalt.
- Arbeitsschutzmaßnahmen ➔ sie können zum Teil finanziell sehr aufwendig sein, werden aber für Manager/-innen genauso wie für ungelernten Arbeitnehmer/-innen realisiert.

Chancengleichheit zu bieten, ist Aufgabe des Staates. Die gebotenen Chancen zu nutzen, ist Aufgabe jedes Einzelnen selbst.

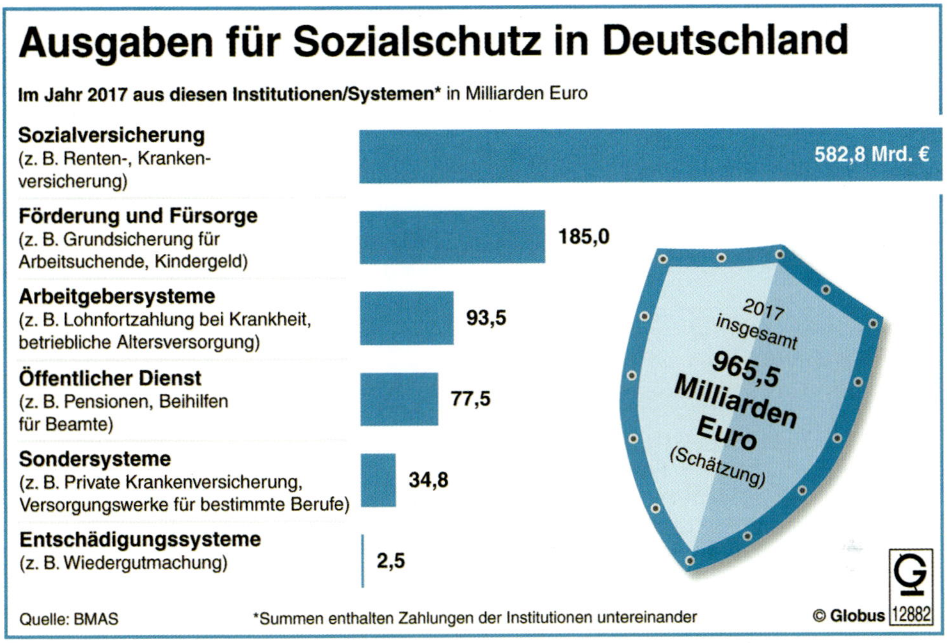

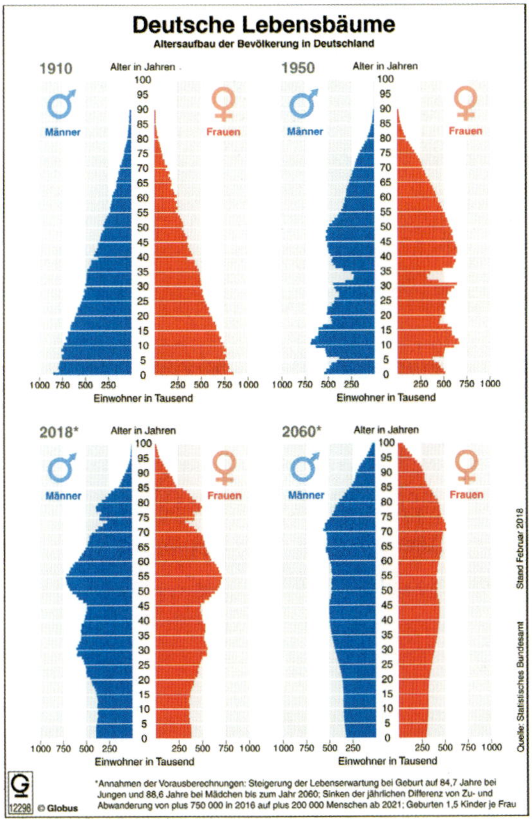

?

1. *Werten Sie die beiden Grafiken aus.*
2. *Wie werden sich Ihrer Meinung nach die Ausgaben für den Sozialschutz zukünftig verändern?*
3. *Begründen Sie unter Einbeziehung der Grafik „Deutsche Lebensbäume", ob der Sozialstaat, wie er jetzt funktioniert, auch in Zukunft noch realisierbar ist.*

Wandzeitung: „Möglichkeiten zur Chancengleichheit in unserer Gesellschaft“

Ziel

Die Wandzeitung soll zeigen:
- Ursachen von Ungleichheit
- Darstellung der Ungleichheit
- Möglichkeiten und Hilfen, um Ungleichheit zu überwinden, Anlaufstellen

Gruppenarbeit

Es werden verschiedene Schwerpunkte in Bezug auf das Auftreten von Ungleichheit gesetzt, die jeweils von einer Gruppe bearbeitet werden, z. B.:

- Armut aufgrund von verschiedenen Bildungschancen
- Arbeitsplatzverlust = Wohnraumverlust?
- Mangelhafte Deutschkenntnisse der „Ausländer“ = Nichtintegration?
- Milieugeschädigt bleibt milieugeschädigt
- Kein Geld bedeutet Leben auf der Straße? u. a.

1. Schwerpunkt: Ursachen von Ungleichheit

In einer bildhaften oder verbalen Darstellung werden die Ursachen der Ungleichheit für den Betrachter aufbereitet und dargestellt (z. B. Auswertung von statistischem Material über Betroffene).

2. Schwerpunkt: Darstellung von Ungleichheit

Basierend auf diesen Ursachen werden die Varianten von Ungleichheit aufgezeigt. Eine Bildcollage, die durch entsprechende Motive die fehlende Chancengleichheit in unserer Gesellschaft zum Ausdruck bringt, bietet sich in diesem Zusammenhang an. Des Weiteren können Zeitungsmeldungen aufbereitet und in grafische Darstellungen gebracht werden. Die Form der Ungleichheit soll mit der Ursache in direkter Verbindung stehen.

3. Schwerpunkt: Möglichkeiten und Hilfen aus der Ungleichheit, Anlaufstellen

Informieren Sie sich bei Ämtern, Behörden, in der Presse u. Ä. über staatliche und private Hilfsangebote bzw. gesetzliche Regelungen, die trotz ursprünglicher Ungleichheit eine Chancengleichheit möglich machen. Es soll gezeigt werden: „Diese Chance habe ich auch (noch). Ich kann und muss sie nutzen.“ Weiterhin ist es wichtig, Adressen von Institutionen, Einrichtungen und Behörden bekannt zu geben, wo sich Hilfesuchende konkret hinwenden können.
Sehr positiv wäre es, wenn ganz persönliche Hilfsangebote gemacht würden.

Zusammenstellen der Informationen zur Wandzeitung

- Jede Gruppe stellt ihr Thema vor, um Überschneidungen zu vermeiden und eventuell noch aktuelle Themen in die Bearbeitung aufzunehmen.
- Größe und Format der Wandzeitung werden festgelegt. Zu beachten ist Folgendes: Wie sollen die Informationen gelesen werden? Von links nach rechts, von oben nach unten, aus der Mitte spiralförmig oder sternförmig nach außen.
- Die Wandzeitungen sollten, wenn möglich, in der Schule aufgehängt werden, um sie einem breiten Publikum zugänglich zu machen.

Materialien

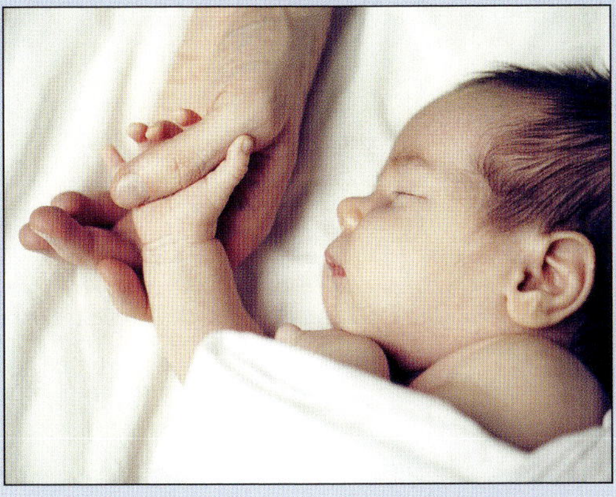

Karikatur von Walter Hanel

NACHGEHAKT

Hier gibt es Hilfe und Informationen für Kinder und Eltern:

- ***Nummer gegen Kummer, Kinder- und Jugendtelefon Tel.: 116 111, Internet: www.nummergegenkummer.de, anonym und kostenlos, Montags – Samstags von 14–20 Uhr***
- ***Kinder-Schutzzentrum Berlin, Telefon 030 971 17 17***
- ***Telefonseelsorge, Tel. 0800 111 0 111 oder 0800 111 0 222, im Internet: http://www.telefonseelsorge.de, 24 Stunden täglich, kostenlos und anonym***
- ***Kinder-Seelsorge-Telefon Gera, Telefon 0365 7343152***
- ***Kinder- und Jugendschutz Thüringer e. V.***

z. B. Arnstadt 03628 605970

Erfurt 0361 6442264

Stand 2020

Das Arbeitsamt lässt sich Zeit. Woher bekomme ich zwischenzeitlich Geld?
Das Sozialamt hilft in solchen Fällen mit einem Darlehen.

Wichtiges Wissen

Soziale Ungleichheit	*Ungleichheit*	■ verschiedene Lebenschancen der Gesellschaftsmitglieder ■ beeinflusst durch den Strukturwandel in der Gesellschaft ■ soziale Aspekte sind für verschiedene Lebenslagen ausschlaggebend
Gruppen	*Soziale Gruppen*	Individuen, die durch bestimmte Gemeinsamkeiten verbunden sind
	Gruppennorm	■ Verhaltensregeln, die für das Überleben der Gruppe notwendig sind ■ Verletzung der Regeln kann die Auflösung der Gruppe bedeuten
	Rolle	Jeder nimmt eine soziale Rolle in der Gesellschaft ein. An die Rolle ist eine bestimmte Erwartungshaltung geknüpft.
Milieu	*Milieu*	Lebensumfeld, wird beschrieben durch Statussymbole, Lebensstile, Werte und alltagsprägende Einstellungen
	Milieuforschung	wichtig zur Beschreibung der gesellschaftlichen Entwicklung und zum Erkennen sozialer Ungleichheiten
Randgruppen	*Randgruppen*	■ weichen in unterschiedlicher Hinsicht von der gesellschaftlichen Norm ab ■ kennzeichnen sich nicht unbedingt durch gemeinsames Handeln
	ausländische Mitbürger	ausländische Gastarbeiter, Aussiedler, Asylbewerber
	Menschen mit Behinderung	Verschiedene Ursachen beeinträchtigen den Menschen geistig und körperlich in seiner Lebensweise.
	Obdachlose	Viele Gründe können zum Verlust des Wohnraumes führen.
	Arme	■ gemeinsames Merkmal vieler Randgruppen ist Armut ■ Armut hat auf viele Lebensbereiche Auswirkungen
Chancengleichheit	*Chancen*	■ Möglichkeiten zur Veränderung der Lebenssituation ■ müssen einerseits vom Staat gewährt werden, andererseits vom Einzelnen genutzt werden ■ werden durch Vorurteile gemindert
	Integration	■ Möglichkeit, allen Bevölkerungsgruppen Chancengleichheit zu bieten ■ wird durch staatliche Gesetzgebung gefördert

1 Was wird unter sozialer Ungleichheit verstanden?
2 Wodurch kommt es zu sozialer Ungleichheit innerhalb einer Gesellschaft?
3 Erklären Sie an einem Beispiel, welche sozialen Aspekte die Lebenssituation eines Menschen beeinflussen können.
4 Erklären Sie den Begriff „Gruppe". Wodurch ist eine Gruppe gekennzeichnet?
5 Welche Rolle spielt die Gruppennorm?
6 Beschreiben Sie den Zusammenhang zwischen sozialer Rolle und Erwartungshaltung.
7 Was geschieht, wenn Rollenverhalten und gesellschaftliche Anforderungen nicht mehr übereinstimmen? Diskutieren Sie mögliche Verhaltensvarianten.
8 Warum kann die gleichberechtigte Existenz von verschiedenen Gruppen nur auf der Grundlage von Freiheit und Demokratie realisiert werden?
9 Beschreiben Sie den Zusammenhang zwischen Rollenwandel und sozialem Wandel.
10 Diskutieren Sie darüber, ob Traditionswahrung Chancengleichheit positiv oder negativ beeinflussen kann.
11 Was sind Milieus und wodurch sind sie gekennzeichnet?
12 Welchen Zweck hat Milieuforschung?
13 Beschreiben Sie kurz drei Milieus.
14 Erklären Sie den Unterschied zwischen einer Randgruppe und einer sozialen Gruppe.
15 Warum ist die Integration der Randgruppen eine gesellschaftliche Notwendigkeit?
16 Beschreiben Sie die Unterschiedlichkeit der drei Gruppen von ausländischen Mitmenschen (Gastarbeiter, Aussiedler, Asylbewerber).
17 Konzipieren Sie für eine Person im Rollstuhl eine Wohnung und das Wohnumfeld. Worauf muss geachtet werden?
18 Warum sind die meisten Obdachlosen Männer?
19 Beschreiben Sie die möglichen Auswirkungen von Armut in der Familie auf ein Kind (positiv und negativ).
20 Zeigen Sie an Beispielen, welche Auswirkungen Vorurteile auf die Chancengleichheit haben.
21 Welche Aufgaben hat der Sozialstaat Bundesrepublik bezüglich der Gewährung von Chancengleichheit? Nennen Sie Beispiele.

4 Jugendliche in Freizeit und Arbeitswelt

Freizeit gestalten

So?

Oder so?

ZUR DISKUSSION:

1. Beschreiben Sie, was auf den Bildern dargestellt wird.
2. Nennen Sie Argumente, die gegen ein Freizeitverhalten sprechen, wie es auf der linken Seite dargestellt ist.
3. Was spricht für eine Freizeitgestaltung, wie sie oben dargestellt wird?

4.1 Freizeitstrukturen

Der technische Fortschritt beschleunigt viele betriebliche (zum Beispiel: Fließband, Computer) und häusliche (zum Beispiel: Küchenmaschine, Waschmaschine) Arbeitsvorgänge und ermöglicht es, dass die Arbeitszeiten verkürzt werden können. Diese Entwicklungen haben dazu geführt, dass die Menschen immer mehr Freizeit zur Verfügung haben. Wir leben heute in einer **Freizeitgesellschaft**.
Was aber ist Freizeit? Im Allgemeinen versteht man darunter die Zeit außerhalb der Berufstätigkeit. Die verbleibende Zeit ist jedoch nicht ausschließlich Freizeit in dem Sinne, dass man sie völlig frei verplanen kann. Denn in der arbeitsfreien Zeit fallen Tätigkeiten an, die nicht unbedingt als „Freizeitspaß" eingeordnet werden können, aber dennoch erledigt werden müssen. So muss man zum Beispiel zum Frisör, zum Einkaufen oder sein Zimmer aufräumen. Deshalb unterscheidet man heute in

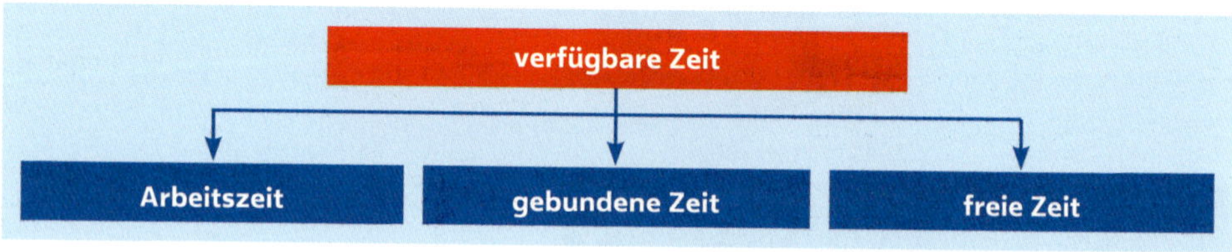

Diese Dreiteilung verschiebt sich immer mehr zugunsten der freien Zeit.

Die Wünsche der jungen Menschen in Bezug auf ihre Freizeitgestaltung hängen von verschiedenen Faktoren ab:

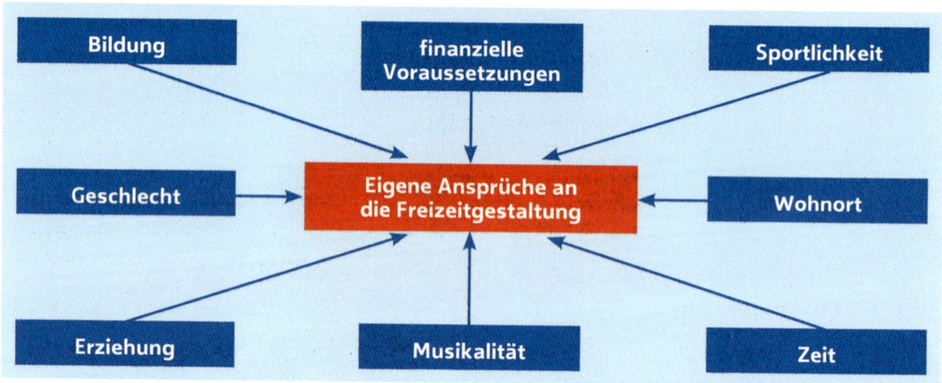

Einen weiteren Einfluss auf die Freizeitgestaltung von Jugendlichen nimmt ihr Umfeld. Da sind zum einen das Elternhaus, die Schule oder der Ausbildungsbetrieb und zum anderen der Freundeskreis, die Clique. Die Vorstellungen dieser Gruppen über die Freizeitgestaltung können sehr unterschiedlich sein. Während Elternhaus, Schule und Ausbildungsbetrieb eine „sinnvolle" Nutzung der freien Zeit, wie Lesen, Gesellschaftsspiele oder Weiterbildung bevorzugen, geht es in der Clique hauptsächlich darum, Spaß zu haben. Dabei ist es wichtig, wie Jugendliche ihre persönlichen Interessen mit denen ihrer Umwelt in Einklang bringen können Besonders der Gruppendruck aus der Clique heraus kann dazu führen, dass junge Menschen ihre eigenen Wünsche zurückstellen.

Aus dem Alltag der Auszubildenden Petra M.:

4.1/1

06:00–07:00 Uhr	Waschen und Frühstücken
07:00–07:45 Uhr	Fahrt in den Ausbildungsbetrieb
07:45–08:00 Uhr	Umziehen
08:00–10:00 Uhr	Arbeiten
10:00–10:15 Uhr	Frühstückspause
10:15–12:00 Uhr	Arbeiten
12:00–13:00 Uhr	Mittagspause
13:00–17:15 Uhr	Arbeiten
17:15–18:00 Uhr	Heimfahrt
18:00–19:00 Uhr	Treffen mit Freundin Gabi
19:00–19:45 Uhr	Abendessen
19:45–20:15 Uhr	Tisch abdecken, Mutter spülen helfen
20:15–22:15 Uhr	Fernsehen
22:15–06:00 Uhr	Schlafen

?

1. *Teilen Sie Petras Zeit ein in Arbeitszeit, gebundene Freizeit und freie Zeit.*
2. *Stellen Sie Ihren Tagesablauf für einen Werktag und einen Sonntag fest. Wie verteilen sich die Zeiten bei Ihnen?*

4.1/2

?

1. *Welchen Freizeitbeschäftigungen gehen Sie nach?*
2. *Mit welchen Aktivitäten, die nicht in der Grafik dargestellt sind, beschäftigen Sie sich in Ihrer Freizeit?*
3. *Die Gestaltung der Freizeit ist altersabhängig. Welche der dargestellten Beschäftigungen bevorzugen eher junge Menschen, welche eher ältere. Begründen Sie Ihre Entscheidungen.*

Auch Modeerscheinungen können einen sehr großen Einfluss auf die Freizeitgestaltung haben. Dies oder jenes ist jetzt gerade „in", da muss man mitziehen, selbst wenn es vielleicht den eigenen Interessen entgegensteht.
Dass nicht immer alles sinnvoll ist, was manche Jugendliche in ihrer Freizeit machen, kann man vielleicht noch nachvollziehen, aber wenn junge Menschen in ihrer Freizeit Dinge tun, die für sie selbst oder andere eine Gefahr darstellen, dann sollte diese Form der Freizeitgestaltung infrage gestellt werden.
Um Möglichkeiten und Gefahren beurteilen zu können, geht man von den wichtigsten Aufgaben der Freizeit aus, der **Erholung** (Regeneration) von Körper und Geist, der individuellen **Weiterentwicklung** des Menschen und der Schaffung von **sozialen Kontakten**. In diesem Sinne sind nachfolgend einige Beispiele für eine **sinnvolle Freizeitgestaltung** genannt:

- aktive Mitgliedschaft im Sportverein oder anderen Vereinen;
- soziales Engagement in kirchlichen oder karitativen Organisationen;
- Weiterbildung durch Kurse, zum Beispiel in der Volkshochschule oder bei privaten Trägern;
- Mitwirken an der Gestaltung unserer Gesellschaft durch Mitarbeit in politischen Parteien;
- Mitwirken an der Gestaltung der eigenen beruflichen Situation durch Mitarbeit in Gewerkschaften;
- Förderung eigener kreativer Neigungen, zum Beispiel Musizieren, Malen, Fotografieren, Stricken, Töpfern u. a.;
- Lesen, Gesellschaftsspiele;
- aktive Förderung der eigenen Hobbys, zum Beispiel Modellbau, Sammeln u. a.;
- Besuch von Tanzveranstaltungen;
- Besuch von Konzerten;
- Besuch von Museen oder Ausstellungen;
- sportliche Aktivitäten, zum Beispiel Schwimmen, Bouldern u. a.

Für welche Aktivität sich Jugendliche entscheideen, hängt ab von
- den persönlichen Neigungen und Möglichkeiten,
- der zur Verfügung stehenden Zeit,
- den Interessen des Freundeskreises,
- den finanziellen Mitteln,
- den Angeboten, die in der Region vorhanden sind.

In dieser Handlungsaufgabe geht es darum, eine Karte der möglichen Freizeitaktivitäten zu entwerfen. Dabei können Sie wie folgt vorgehen:

1. *Legen Sie einen Radius um Ihren Schulstandort fest, für den Sie die Karte erstellen wollen (z. B. 15 km).*
2. *Besorgen Sie sich eine Karte, die das zu betrachtende Gebiet in ausreichender Größe wiedergibt (z. B. Karte des Landkreises, Stadtplan).*
3. *Stellen Sie alle Freizeitangebote in einer Liste zusammen. Dabei können diese nach folgenden Kriterien sortiert werden:*
   - *Vereine (z. B. Fußballvereine, Tennisvereine)*
   - *Gewerbliche Anbieter von Freizeitaktivitäten (z. B. Sportstudio, Diskothek, Soccerhalle)*
   - *Kostenpflichtige Einrichtungen der Stadt bzw. Gemeinde (z. B. Schwimmbad, Eisbahn)*
   - *Kostenlose Einrichtungen (z. B. Halfpipe, Rollschuhbahn, Jugendhaus)*
4. *Nummerieren Sie die einzelnen Freizeitmöglichkeiten.*
5. *Tragen Sie die Nummern in eine Karte ein, wobei Sie diese nach den oben aufgezählten Kriterien farblich differenzieren können.*
6. *Schreiben Sie eine Legende, in der Sie die Nummern eintragen und das Freizeitangebot nennen. Wenn Sie diese Legende umfangreicher gestalten möchten, können Sie darin noch Folgendes aufnehmen:*
   - *Beschreibung der Freizeitanlage*
   - *Beurteilung, für welche Personengruppe die Anlage geeignet erscheint*
   - *Benotung der Freizeitanlage (z. B. mit Noten von 1 bis 6)*

4.2 Probleme, Konflikte und Gefahren in der Freizeit

Nicht alle Jugendlichen haben gelernt, ihr Leben und damit auch ihre freie Zeit sinnvoll zu gestalten.
Die daraus resultierende Langeweile und Unzufriedenheit kann in den **Teufelskreis von Abhängigkeiten** führen. Oft entstehen solche Abhängigkeiten aus einem gewissen Gruppendruck heraus. Wer zum Beispiel keinen Alkohol trinken will, gilt in der Clique schnell als Spielverderber oder sogar als Feigling.

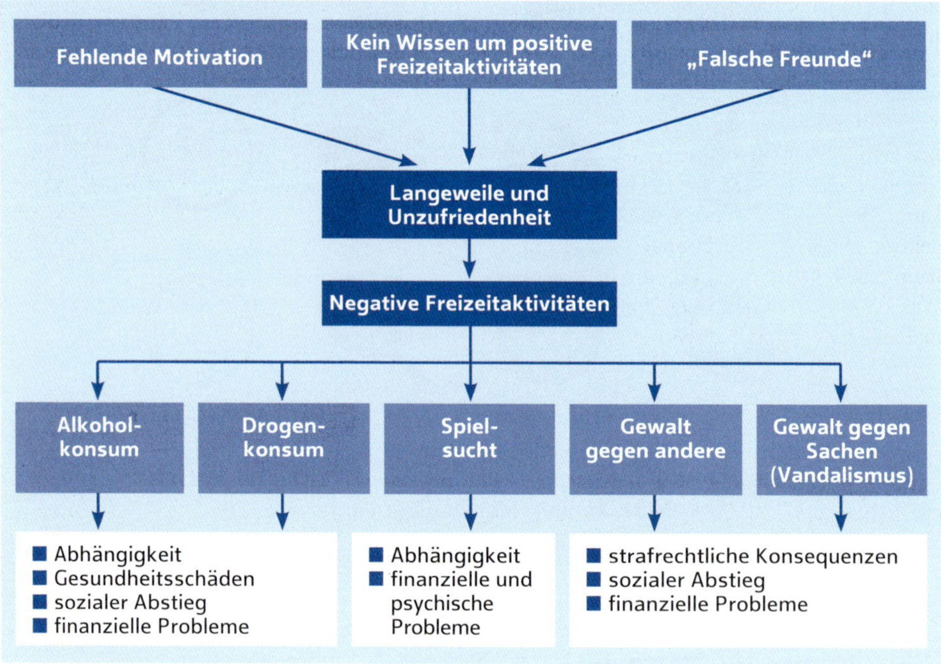

Wichtig ist in diesem Zusammenhang, welcher Form von Freizeitaktivitäten Jugendliche nachgehen. Wird eine **aktive Freizeitgestaltung** bevorzugt, das heißt, wird die freie Zeit selbst geplant und organisiert, oder ist das Freizeitverhalten fremdbestimmt? Diese Form der **passiven Freizeitgestaltung** findet eine immer größere Verbreitung.
Letzteres hat zur Folge, dass den Konsumierenden die Aktivität und Selbstbestimmung aus der Hand genommen wird und sie sich einer Fremdbestimmung unterwerfen.
Besonders kritisch muss hierbei die Rolle der Medien im Allgemeinen und der sozialen Medien im Besonderen betrachtet werden. Im Gegensatz zum Fernsehen steht heute eine Vielzahl von medialen Angeboten und sozialen Plattformen zur Verfügung, die es ermöglichen sich umfassend zu informieren und sich aktiv an gesellschaftlichen Themen zu beteiligen. Die Gefahren liegen jedoch darin, dass Jugendliche sich zum einen weniger bewegen und zum anderen weniger direkte persönliche Kontakte haben. Sie bauen sich in den sozialen Medien eine Scheinwelt und eine Scheinidentität auf, die es erschweren sich im „normalen" Leben zurechtzufinden.

Jonas F., Auszubildender, berichtet

4.2/1

„Ich fühle mich manchmal unheimlich mies. Wenn ich von der Arbeit nach Hause komme, weiß ich nicht, was ich tun soll. Bei uns in der Gegend ist nichts los. Ich gehe dann oft in eine Spielhalle und hänge mich vor die Automaten. Aber das kostet unheimlich viel Geld, oft 30 bis 50 € an einem Abend, und richtigen Spaß macht's auch nicht. Manchmal ziehen sich mein Freund Sven und ich auch ein paar DVDs rein, so richtig brutale Sachen, dann geht wenigstens der Abend rum.
Samstags ist immer gut bei uns. Meine Kumpels und ich gehen dann richtig einen trinken. Da füllen wir uns ab, bis keiner mehr richtig stehen kann. Aber dann ist Sonntag, so richtig öde, mir geht es meistens schlecht und ich weiß überhaupt nicht, wie ich den Tag rumkriegen soll.
Was ich sonst noch so mache? Ich fahre manchmal mit meinem Roller so einfach durch die Gegend. Aber auch das wird irgendwann mal langweilig."

1. *Beurteilen Sie Jonas' Freizeitgestaltung.*
2. *Welche gefährlichen Folgen kann Jonas' Freizeitverhalten für ihn und seine Umwelt haben?*
3. *Machen Sie Vorschläge, wie Jonas seine Freizeit sinnvoller gestalten könnte.*

?

4.2/2

1. *Beschreiben Sie den Inhalt der Karikatur.*
2. *Welche Folgen hätte Ihrer Meinung nach die oben dargestellte Zukunft?*

?

Aktive Freizeitgestaltung als Form eigenverantwortlicher Lebensführung ist erstrebenswert. Langeweile und Unzufriedenheit dagegen können in den Teufelskreis der Abhängigkeiten führen. Diese Form der Fremdbestimmung zeigt sich bei der schlimmsten Ausprägung in einer **Sucht**. Dabei ist Sucht ein veralteter Begriff, der eigentlich nur noch in der Umgangssprache Verwendung findet. Die Weltgesundheitsorganisation (WHO) hat den Begriff „Sucht" deshalb durch den Begriff „Abhängigkeit" ersetzt.

Abhängigkeit ist allgemein definiert als: „körperliches (physisches) und seelisches (psychisches) Angewiesensein auf bestimmte Substanzen oder Verhaltensweisen". Die Spannbreite geht dabei von der einfachen Gewohnheit bis hin zur Abhängigkeit mit erheblichem Zerstörungspotenzial.

Es gibt verschiedene Formen der Abhängigkeit:

- **Alkoholabhängigkeit:** Alkohol als legale Droge ist das am meisten verbreitete Suchtmittel. Es wird geschätzt, dass in Deutschland ca. 1,7 Millionen Menschen alkoholkrank sind und etwa 74 000 an dieser Krankheit jährlich sterben. Auch bei vielen Jugendlichen gilt es als normal, Alkohol zu konsumieren. Oft wird sogar diejenigen, die auf Partys keinen Alkohol trinken, ausgelacht. Doch der unkontrollierte, übermäßige Alkoholkonsum zerstört Leben. Das betrifft die körperliche und geistige Verfassung, die Familienbeziehungen, die Beziehungen zu Freunden und das Berufsleben.

- **Drogenabhängigkeit:** Während man Alkohol als legale Droge bezeichnet, handelt es sich beispielsweise bei Haschisch, Heroin, Kokain oder Designerdrogen um illegale Drogen. Manche sind so gefährlich, dass schon ein erster Kontakt mit ihnen in eine Abhängigkeit führen kann, die einen langsamen Verfall zur Folge hat. Generell führen die meisten dieser Drogen in eine psychische oder sogar physische Abhängigkeit. Dies bedeutet, dass man nur noch mithilfe der Droge ein inneres Gleichgewicht herstellen kann (psychisch) oder der Körper sich an das Rauschmittel gewöhnt (physisch) und die Dosis ständig erhöht werden muss, um eine befriedigende Wirkung zu erzielen. Der Körper passt sich so lange an, bis er das Gift nicht mehr verarbeiten kann. Ein schleichender Tod ist die Folge.
  Wichtig ist die Erkenntnis, dass Drogen nicht bei der Bewältigung von Problemen oder aus der Langeweile helfen, sie verhelfen nur den Dealern zu Geld.

- **Spielsucht:** Eine große Anzahl von Menschen, man schätzt sie in Deutschland auf mehrere Hunderttausend, sind spielsüchtig, das heißt, sie sind vom Spiel an Geldspielautomaten oder Onlineportalen abhängig. Allen krankhaft abhängigen Spielern droht die Gefahr der Vereinsamung und der einseitigen seelischen Beeinflussung. Den krankhaften Glücksspielern droht zudem der finanzielle Ruin. Da die legalen Möglichkeiten der Geldbeschaffung relativ schnell versiegen, bleibt für viele dann nur noch der Weg in die Kriminalität.

Viele Anlässe führen zum Alkohol

4.2/3

Warum junge Menschen Alkohol trinken:

- weil es die Erwachsenen auch tun (Vorbild),
- weil es „in" ist, Alkohol zu trinken (Geltungsbedürfnis),
- weil Alkohol fast überall zu bekommen ist und angeboten wird (Verfügbarkeit),
- weil man in der Gruppe der Gleichaltrigen nicht zurückstehen möchte (Anerkennung),
- weil keiner Außenseiter sein will (Gruppendruck),
- weil Alkohol die Stimmung hebt (Geselligkeit),
- weil bestimmte Probleme auftreten (Schulschwierigkeiten, Konflikte im Elternhaus, Frustrationserlebnisse, Arbeitslosigkeit),
- weil man sich einsam und verlassen fühlt (Kontaktschwierigkeiten, Liebeskummer).

?

1. *Worin liegen die wichtigsten Ursachen für den Griff zur Flasche?*
2. *Welche Gründe würden für Sie zutreffen?*
3. *Nennen Sie Möglichkeiten, die von Ihnen genannten Ursachen anderweitig zu lösen.*

Immer wieder wird darüber diskutiert, ob der Anbau, der Besitz und der Konsum von Cannabis legalisiert werden sollte

4.2/4

Einige Argumente

Pro	Kontra
■ jeder Mensch sollte für sich selbst entscheiden können ■ Alkohol ist auch erlaubt ■ Cannabis-Konsumenten würden nicht kriminalisiert ■ Qualität wird besser, gefährliches Strecken wird verhindert ■ der Reiz des Verbotenen verschwindet	■ Cannabisverbrauch steigt ■ Cannabis ist Einstiegsdroge und macht süchtig ■ Gefahren für den Straßenverkehr ■ psychische Störungen nehmen zu ■ es entsteht ein Drogentourismus nach Deutschland ■ Gesundheitskosten explodieren

?

1. *Welcher Argumentation stimmen Sie zu? Begründen Sie Ihre Entscheidung.*
2. *Finden Sie weitere Pro- und Kontra-Argumente.*
3. *Diskutieren Sie die beiden Positionen in Ihrer Klasse.*

Das schwierigste Problem für Suchtkranke ist, sich selbst die Abhängigkeit von einem Suchtmittel einzugestehen. Als zweiter Erkenntnisschritt muss die Suche nach den Ursachen der Abhängigkeit folgen. Dies können die Abhängigen in der Regel nicht ohne Hilfe leisten. Wenn Eltern, Freunde, Lehrer oder andere Bezugspersonen nicht weiterhelfen können, sollten die Betroffenen sich an eine entsprechende **Beratungsstelle** wenden. Die Adressen können aus dem örtlichen Telefonbuch oder dem Internet entnommen werden.

Weitere problematische Formen der Freizeitgestaltung können sein:

- **Engagement in einer Sekte**: Dieser Bereich fremdbestimmter Freizeitgestaltung verliert zum Glück immer mehr an Bedeutung. Oft basieren Sekten auf christlichen Ideen, es werden aber auch Anleihen bei fernöstlichen Religionen gemacht. Diese Sekten sprechen gezielt Jugendliche an, um sie für sich zu gewinnen. Sie versuchen die Persönlichkeit der Mitglieder durch psychische Beeinflussung in ihrem Sinne zu nutzen. Der Schritt zurück in ein neues selbstverantwortliches Leben ist dann oft nur mit noch der Hilfe anderer möglich.
- **Engagement in rechts- oder linksradikalen Gruppen**: Diese Gruppen versuchen junge Menschen für Ideen zu begeistern, die nicht mit unserer freiheitlich demokratischen Ordnung zu vereinbaren sind. Oft führt dies zu Gewalttaten gegenüber Andersdenkenden oder zu anderen Straftaten.
- **Illegale Autorennen**: Dies ist strafbar und führt immer wieder zu Unfällen mit schlimmen Folgen, oft auch für Unbeteiligte.
- **Mobbing von anderen Jugendlichen im Internet**: Viele junge Menschen nutzen in ihrer Freizeit das Internet. Dies hat positive Aspekte, solange die sozialen Medien nicht dafür genutzt werden, um andere Jugendliche, oft sind dies Mitschülerinnen oder Mitschüler, schlecht zu machen oder Unwahrheiten über sie zu verbreiten.

Ausgehend von den Fakten muss man sich fragen, was junge Menschen tun können, um ihre Freizeit sinnvoll zu gestalten. Wer seine eigenen Bedürfnisse erkennt und diese entsprechend umsetzt, für den kann die sinnvoll genutzte freie Zeit eine Steigerung der Lebensqualität bedeuten.
Zusammenfassend können also einige Grundsätze für eine sinnvolle Freizeitgestaltung aufgestellt werden:

- Jugendliche sollten ihre Freizeit weitgehend aktiv gestalten.
- Freizeit sollte ein sinnvoller Ausgleich zu Schule oder Beruf sein.
- Sie soll auch der persönlichen Weiterentwicklung dienen.
- „Falsche Freunde" als Freizeitberater sollte man ablehnen.
- Aller Konsum, der süchtig macht, führt zu persönlicher Unfreiheit und hat nichts mit sinnvoller Freizeitgestaltung zu tun.
- Gewalt gegen Sachen oder Mitmenschen ist strafbar und keine Freizeitgestaltung.

4.2/5

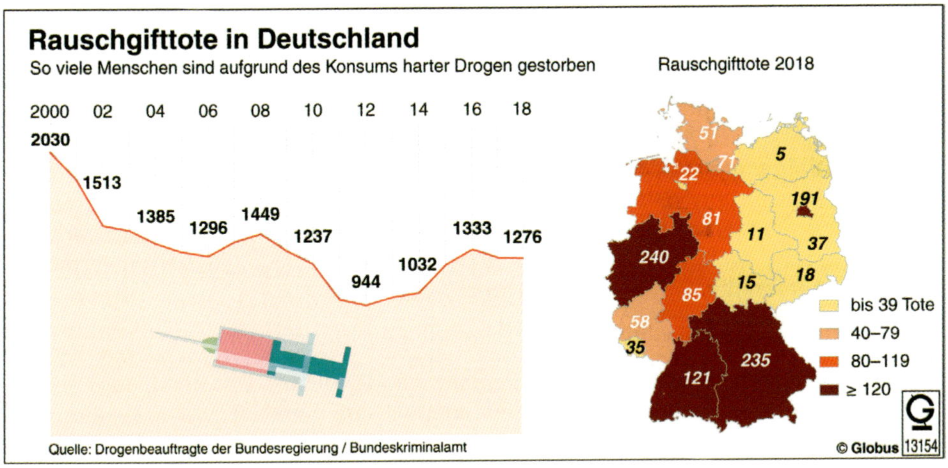

1. *Beschreiben Sie die Entwicklung der Zahl der Drogentoten in Deutschland.*
2. *Errechnen Sie den prozentualen Anteil der Drogentoten in Bezug auf die Bevölkerungszahl der jeweiligen Bundesländer.*

4.2/6

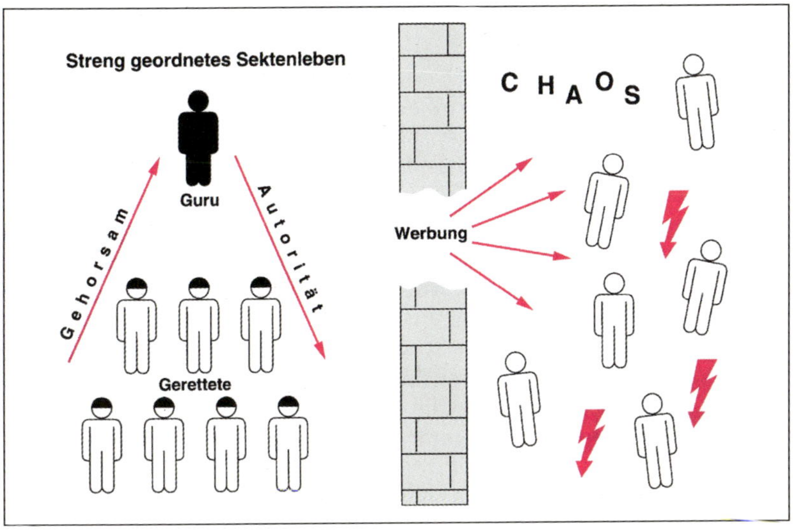

1. *Interpretieren Sie die Zeichnung.*
2. *Informieren Sie sich über Sekten. Sie können die Klasse in Gruppen aufteilen. Jede Gruppe informiert sich über eine andere Sekte und schreibt einen Bericht, der dann in der Klasse vorgetragen wird. Stellen Sie dabei besonders die Gefahren der jeweiligen Sekte dar.*

4.3 Jugendrecht

Schon von Geburt an hat ein Kind als Wesen mit eigener Menschenwürde einen grundsätzlichen Anspruch auf die Entfaltung seiner Persönlichkeit und den Schutz der staatlichen Gemeinschaft (Artikel 1 Grundgesetz). Somit ist ein Mensch bereits von Geburt an **rechtsfähig** und damit Träger von Rechten und Pflichten (§ 1 BGB). Art und Umfang sowie Wahrnehmung dieser Rechte und Pflichten sind abhängig vom jeweiligen Lebensalter, da hier vor allem auf die geistige Entwicklung der Person und damit auf das mehr oder weniger ausgeprägte Bewusstsein der eigenen Verantwortlichkeit Rücksicht genommen wird.

Wesentliche Abschnitte werden durch folgende Begriffe geprägt:

- **Rechtsfähigkeit** beginnt, wie oben erwähnt, mit der Geburt. Das heißt, dass ein Kind Rechtsgeschäfte wahrnehmen, erben, klagen und verklagt werden kann. Dies geschieht durch den gesetzlichen Vertreter des minderjährigen Kindes. Jedoch auch der gezeugte, noch nicht geborene Mensch, ist bereits rechtsfähig. Nach den Bestimmungen des Erbrechtes kann z. B. ein ungeborenes Kind als Erbe eingesetzt werden.
- **Geschäftsfähigkeit** ist die Fähigkeit, Willenserklärungen (z. B. den Kauf einer Sache betreffend) mit rechtlich bindender Kraft abgeben zu können. Hier unterscheidet man drei Stufen, die abhängig sind vom Lebensalter:
  - Geschäftsunfähig sind Kinder, die das 7. Lebensjahr noch nicht vollendet haben, ihre Willenserklärungen sind immer unwirksam. Ihnen gleichgestellt sind dauernd Geisteskranke, deren Fähigkeit zur vernünftigen Willensbildung einem Kind von unter 7 Jahren entspricht, sowie wegen Geisteskrankheit entmündigte Personen.
  - Beschränkt geschäftsfähig sind Minderjährige zwischen dem 7. und 18. Lebensjahr. Ihre Rechtsgeschäfte sind von der Zustimmung des gesetzlichen Vertreters abhängig. In folgenden Fällen können Minderjährige auch ohne Mitwirkung ihrer gesetzlichen Vertreter rechtswirksam handeln:
    - Das Rechtsgeschäft bringt beschränkt Geschäftsfähigen nur rechtliche Vorteile (z. B. Geschenke).
    - Beschränkt Geschäftsfähige verfügen über Mittel, die ihnen zu diesem Zweck oder zur freien Verfügung überlassen wurden (Taschengeld).
    - Die Rechtsgeschäfte ergeben sich aus einem vom gesetzlichen Vertreter erlaubten eigenen Arbeitsverhältnis. So können z. B. minderjährige Arbeitnehmer ein Gehaltskonto eröffnen, Arbeitskleidung kaufen usw.
  - Volle Geschäftsfähigkeit besitzen alle, die das 18. Lebensjahr vollendet haben. Ihre Willenserklärungen sind voll wirksam.
- **Deliktfähigkeit** bedeutet, dass man für einen verursachten Schaden voll verantwortlich ist. Bis zum 7. Lebensjahr ist man deliktunfähig. Vom 7. bis zum 18. Lebensjahr sind Kinder und Jugendliche nur bedingt deliktfähig und damit für die von ihnen verursachten Schäden nicht verantwortlich, wenn ihnen die Einsicht in ihre Verantwortlichkeit fehlt.
- **Strafmündigkeit** heißt, dass man strafrechtlich für eine Tat verantwortlich ist. Ab 14 Jahren sind Jugendliche bedingt strafmündig, d. h., sie sind strafrechtlich verantwortlich, wenn sie zur Zeit der Tat nach ihrer sittlichen und geistigen Entwicklung reif genug waren, das Unrecht der Tat einzusehen und danach zu handeln (§ 3 Jugendgerichtsgesetz).

Altersstufe	Rechte	Pflichten
Vollendung der Geburt	■ Rechtsfähigkeit	
7. Lebensjahr	■ beschränkte Geschäftsfähigkeit ■ bedingte Deliktfähigkeit ■ Besuch von Kinos	■ eingeschränkte Deliktfähigkeit ■ Schulpflicht (ab 6. Lebensjahr)
12. Lebensjahr	■ beschränkte Religionsmündigkeit	
14. Lebensjahr	■ Religionsmündigkeit	■ bedingte Strafmündigkeit
16. Lebensjahr	■ Möglichkeit der Ehemündigkeitserklärung ■ Testament ■ Rauchen in der Öffentlichkeit ■ Führerschein Klasse M, L und T	■ Ausweispflicht (Personalausweis)
18. Lebensjahr	■ volle Geschäftsfähigkeit ■ Wahlrecht (aktiv/passiv) ■ Ehemündigkeit ■ Führerschein Klasse A und C	■ volle Deliktfähigkeit ■ volle Strafmündigkeit

4.3/1

1. *Geben Sie zu den angeführten Rechten und Pflichten jeweils ein konkretes Beispiel.*
2. *Halten Sie es für sinnvoll, dass die Rechte und Pflichten vom Alter abhängig sind? Begründen Sie Ihre Antwort.*
3. *Wie stehen Sie zu der Überlegung, das Alter für die bedingte Strafmündigkeit auf zwölf Jahre und für die volle Strafmündigkeit auf 16 Jahre zu senken? Begründen Sie Ihre Entscheidung.*

?

Am 21.04.2005 legten die Freistaaten Bayern und Thüringen dem Bundesrat einen Gesetzesantrag vor. In diesem „Entwurf eines Gesetzes zur Vermeidung von Rückfalltaten gefährlicher junger Gewalttäter" schlugen Bayern und Thüringen eine Änderung des Jugendstrafrechts vor, wonach 18- bis 21-jährige Straftäter in der Regel nach dem Strafrecht für Erwachsene verurteilt werden sollen. Zudem forderten die beiden Länder auch ein mögliches Strafmaß von bis zu 15 Jahren Freiheitsentzug – fünf Jahre mehr, als es das Jugendstrafrecht bislang vorsieht. Auch die nachträgliche Sicherheitsverwahrung müsse auf jugendliche Straftäter ausgedehnt werden. Diese Initiative wurde im Bundesrat abgelehnt. 4.3/2

1. *Wie beurteilen Sie eine solche Änderung im Strafrecht?*
2. *Glauben Sie, dass die vorgeschlagenen Änderungen die Zahl der Straftaten von Jugendlichen reduzieren würden?*

?

- **Jugendschutz**
  Die charakteristische Entwicklung von Jugendlichen kann durch Umwelteinflüsse außerhalb von Elternhaus und Schule gestört werden. Das Urteilsvermögen ist durch fehlende Lebenserfahrung und Kenntnis noch nicht so weit entwickelt, dass sittliche und leibliche Gefahren erkannt und abgewendet werden können. Das Jugendschutzgesetz richtet sich an Eltern, pädagogische Fachkräfte, Veranstalter und Behörden. Verstöße gegen das Gesetz werden bestraft. Kinder erhalten nur Ermahnungen und Weisungen.

Wichtige Vorschriften des Jugendschutzgesetzes

nicht erlaubt / erlaubt / (x) erlaubt in Begleitung eines Erziehungsberechtigten		Kinder unter 14 Jahren	Jugendliche unter 16 Jahren	Jugendliche zwischen 16 und 18 Jahren
§ 1	Aufenthalt an jugendgefährdenden Orten			
§ 3	Aufenthalt in Gaststätten			bis 24:00 Uhr
	Aufenthalt in Nachtbars, Nachtclubs oder vergleichbaren Vergnügungsbetrieben			
§ 4	Abgabe/Verzehr von Branntwein, branntweinhaltigen Getränken und Lebensmitteln			
	Abgabe/Verzehr anderer alkoholischer Getränke, z. B. Wein, Bier o. Ä.			
§ 5	Anwesenheit bei öffentlichen Tanzveranstaltungen u. a. Disko (Ausnahmegenehmigung auf Vorschlag des Jugendamtes möglich)			bis 24:00 Uhr
	Tanzveranstaltungen anerkannter Träger der Jugendhilfe (zur Brauchtumspflege o. Ä.)	bis 24:00 Uhr	bis 24:00 Uhr	bis 24:00 Uhr
§ 6	Besuch öffentlicher Filmveranstaltungen. Nur bei Freigabe des Films und Vorspanns: „ohne Altersbeschr./ab 6/12/16/18 Jahre“	bis 24:00 Uhr	bis 24:00 Uhr	bis 24:00 Uhr
§ 7	Abgabe von Videokassetten und Bildträgern nur entsprechend den Freigabekennzeichen: „ohne Altersbeschr./ab 6/12/16/18 Jahre“			
§ 8	Anwesenheit in öffentlichen Spielhallen. Teilnahme an Spielen mit Gewinnmöglichkeit			
	Benutzung von Bildschirm-Unterhaltungsgeräten ohne Gewinnmöglichkeit			
§ 9	Rauchen in der Öffentlichkeit			

Ein weiteres Beispiel für den Schutz der Jugend stellt der Jugendmedienschutz-Staatsvertrag (MStV) dar, der Jugendliche vor schädlichen Einflüssen im Rundfunk und in Telemedien schützen soll.

Der Sonntagsspaziergang eines 15-Jährigen

4.3/3

Sie treffen diesen 15-Jährigen. Beantworten Sie folgende Fragen aus der Sicht eines Rauchers und Nichtrauchers.

1. *Was sagt das Jugendschutzgesetz zu diesem „Spaziergang“?*
2. *Wie verhalten Sie sich aus den verschiedenen Sichtweisen heraus bezogen auf das Jugendschutzgesetz gegenüber diesem Spaziergänger?*
3. *Veranstalten Sie hierzu ein Rollenspiel.*

?

Fälle zum Jugendschutz

4.3/4

Fall 1: Yvonne M. (16 Jahre) geht bis 23:00 Uhr in Begleitung ihrer Mutter auf den Abschlussball ihrer Tanzschule.

Fall 2: Peter M. (17 Jahre) besucht mit seinem 20 Jahre alten Bruder eine öffentliche Spielhalle.

Fall 3: Ronja A. (17 Jahre) bestellt bei der Geburtstagsfeier einer Freundin in einem Lokal ein Glas Wein.

Fall 4: Andreas G. (17 Jahre) raucht in der Abwesenheit seiner Eltern in seinem Zimmer eine Zigarette.

Fall 5: Tanja M. (15 Jahre) besucht um 17:00 Uhr eine Filmveranstaltung. Der Film ist freigegeben ab 18 Jahre.

1. *Beurteilen Sie die einzelnen Fälle mithilfe des Jugendschutzgesetzes.*
2. *Halten Sie eine strenge Überwachung der Vorschriften des Jugendschutzgesetzes für sinnvoll? Begründen Sie Ihre Entscheidung.*

?

Jugendstrafrecht

In jeder Form des Zusammenlebens von Menschen muss es eine bestimmte Ordnung geben. Nur so sind die Einhaltung und Durchsetzung bestimmter Grundrechte gewährleistet, wie zum Beispiel:

- das Recht auf Eigentum,
- das Recht auf körperliche Unversehrtheit,
- das Recht auf freie Entfaltung der Persönlichkeit,
- das Recht auf Leben und Freiheit der Person.

Verstößt jemand gegen diese Ordnung, begeht er eine Straftat. Werden Jugendliche straffällig, spricht man von Jugendkriminalität. Da im Artikel 3 Grundgesetz die Gleichheit aller Menschen vor dem Gesetz festgeschrieben steht, müssen Jugendliche für alle Taten, für die auch Erwachsene zur Verantwortung gezogen werden, geradestehen.

Die Ursachen für die Straffälligkeit von Jugendlichen sind sehr unterschiedlich. Eine wesentliche Ursache besteht in der **Benachteiligung** durch das soziale Umfeld. Schwere Vernachlässigungen in den ersten drei Lebensjahren, die Kinder erwiesenermaßen am nachhaltigsten prägen, wie zum Beispiel bedrückende Familienverhältnisse oder das Leben in Heimen, wo sie nach Regeln und Vorschriften, aber ohne Liebe erzogen werden, sind der Grundstein für kommende Fehlentwicklungen.
Eine weitere Ursache liegt in der **Anlage und Umwelt**. Treffen bestimmte Persönlichkeitsanlagen mit ungünstigen Umweltbedingungen zusammen, kann die „schiefe Bahn" für Jugendlichen vor programmiert sein.

Oft handelt es sich um eine Verkettung verschiedener Ursachen:

- ungünstige Familiensituation, bedrückendes soziales Umfeld;
- Autoritätsverlust der Erwachsenen;
- Geltungssucht, mangelndes Rechtsbewusstsein;
- Misserfolge, Arbeitslosigkeit, mangelnde Schul- und Berufsausbildung;
- Langeweile, Alkohol, Drogenkonsum;
- Überbewertung des materiellen Wohlstandes, Unvermögen zu materiellem Verzicht;
- Massenmedien, Anregung zu Verbrechen und Gewalt, Aufbau einer Scheinwelt.

Nach den verschiedenen Ursachen unterscheidet man verschiedene Arten der Jugendkriminalität. So spricht man zum einen von der **individuellen Kriminalität** (ein einzelner jugendlicher Mensch wird straffällig), zum anderen von der **Bandenkriminalität** (Straftaten werden innerhalb einer Gruppe oder von einer Gruppe ausgeführt).

4.3/5

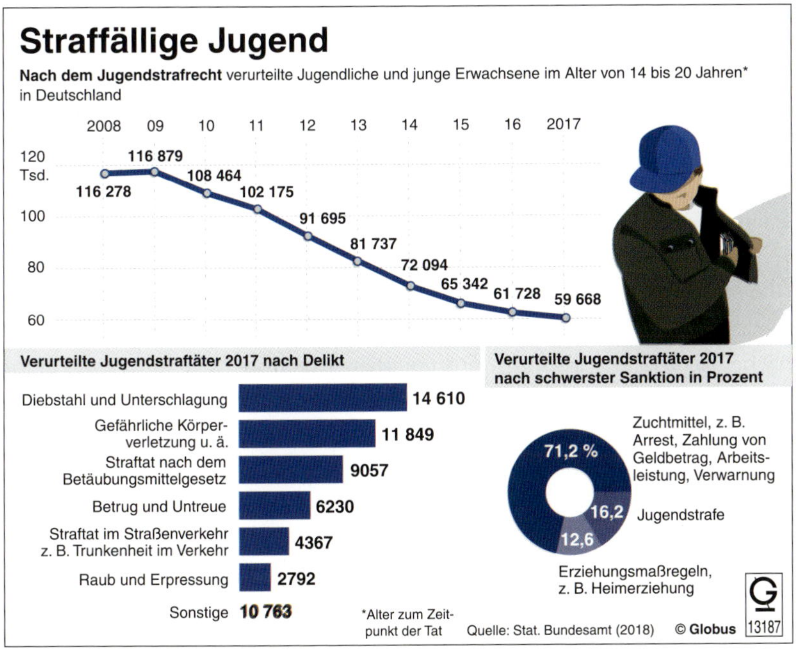

1. *Interpretieren Sie die Grafik.*
2. *Warum hat Ihrer Meinung nach die Zahl der straffälligen Jugendlichen abgenommen?*
3. *Recherchieren Sie, wie sich die Zahlen in der Gegenwart entwickelt haben.*

?

Drei Fälle zur Jugendkriminalität

4.3/6

„Der Auszubildende Kevin S. aus Gera wird dabei beobachtet, wie er versucht, einem Rentner das Handy aus der Jackentasche zu entwenden. Bei der polizeilichen Befragung sagt er aus, dass er das Handy verkaufen wollte, um Geld für die Beschaffung von Drogen zu haben."

„Die vierzehnjährige Jeanette P. aus Apolda wird beim Verlassen eines Kaufhauses vom Kaufhausdetektiv festgehalten, da er beobachtet hatte, dass sie sich eine teure Markenjeans in ihre Tasche gesteckt hatte. Bei der Befragung sagt sie, dass viele ihrer Freundinnen Jeans dieser Marke tragen, sie aber kein Geld für ein so teures Kleidungsstück hätte. Sie wollte nur nicht mehr von ihren Mitschülerinnen und Mitschülern wegen ihrer Billigjeans dumm angemacht werden."

„Julia M. (12 Jahre) und Nicole B. (13 Jahre) aus Bad Langensalza werden in einer Drogerie dabei überrascht, wie sie versuchen, Lippenstifte und Nagellack in einer Tasche an der Kasse vorbeizuschmuggeln. Bei der Befragung zeigen sie keinerlei Schuldbewusstsein, denn die Drogerie sei doch selbst schuld, da sie für die Artikel werbe und damit den Wunsch wecke, diese Sachen zu besitzen."

1. *Welche Art von Kriminalität wird hier besonders angesprochen?*
2. *Worin liegen die Ursachen für die drei beschriebenen Taten?*

?

Kinder und Jugendliche bekommen nicht alle Rechte und Pflichten von erwachsenen Staatsbürgern auf einmal. Wie schon erwähnt, wächst man in die volle Rechtsstellung hinein. Begeht nun ein jugendlicher Mensch eine Straftat, muss er sich deshalb auch nach einem besonderen Strafrecht verantworten: dem Jugendstrafrecht.

Das Jugendstrafrecht gilt, wenn ein Jugendlicher oder ein Heranwachsender eine Verfehlung begeht, die nach allgemeinen Vorschriften mit Strafe bedroht ist. Jugendlicher ist, wer zur Zeit der Tat vierzehn, aber noch nicht achtzehn, Heranwachsender, wer zur Zeit der Tat achtzehn, aber noch nicht einundzwanzig Jahre alt ist. (§ 1 Jugendgerichtsgesetz)

Wenn Jugendliche straffällig werden, ordnet das Jugendgericht in erster Linie Erziehungsmaßregeln an. Zu diesen gehören Weisungen für die Lebensführung, die der Richter dem oder der Jugendlichen erteilt:

- Annahme einer Ausbildungs- oder Arbeitsstelle,
- Verbot des Besuchs bestimmter Gaststätten,
- Leistung von sinnvollen gemeinnützigen Arbeiten,
- Aufenthalt in einem Heim oder in einer Familie sowie
- Teilnahme am Verkehrsunterricht.

Wenn dem Jugendlichen deutlich zu Bewusstsein gebracht werden muss, dass er für das begangene Unrecht einzustehen hat, kann das Jugendgericht sogenannte Zuchtmittel anwenden:

- Verwarnung,
- Erteilung von Auflagen (z. B. Geldbuße an eine gemeinnützige Einrichtung, Wiedergutmachung des Schadens) oder
- Jugendarrest.

Nur wenn anzunehmen ist, dass Erziehungsmaßregeln oder Zuchtmittel nicht ausreichen, oder wenn besonders schwere Schuld vorliegt, verhängt das Gericht Jugendstrafe. Jugendstrafe, d. h. Freiheitsstrafe für Jugendliche, dauert mindestens sechs Monate und höchstens fünf Jahre. Bei schweren Verbrechen kann die Jugendstrafe ausnahmsweise sogar bis zu zehn Jahre betragen.
Solche Maßnahmen stehen jedoch erst am Ende eines genau geregelten Verfahrens. Jedem Strafprozess gehen die polizeilichen Ermittlungen voraus. Die Polizei hält alles, was sie ermittelt hat, in Protokollen und Vermerken fest und schickt die so entstandene Akte der Staatsanwaltschaft. Der Staatsanwalt entscheidet nach Durchsicht dieser Akte.

- Er stellt das Verfahren ein, wenn er der Ansicht ist, dass der Verdacht gegen den Beschuldigten nicht ausreicht. Gleiches kann tun, wenn die Tat des Beschuldigten als geringfügig einstuft wird (unter Umständen mit der Zustimmung des Richters).
- Er erhebt Anklage. Erst dadurch gelangt die Sache vor Gericht.

Bei leichteren Straftaten ist das Amtsgericht zuständig, bei schweren das Landgericht (Jugendkammer).

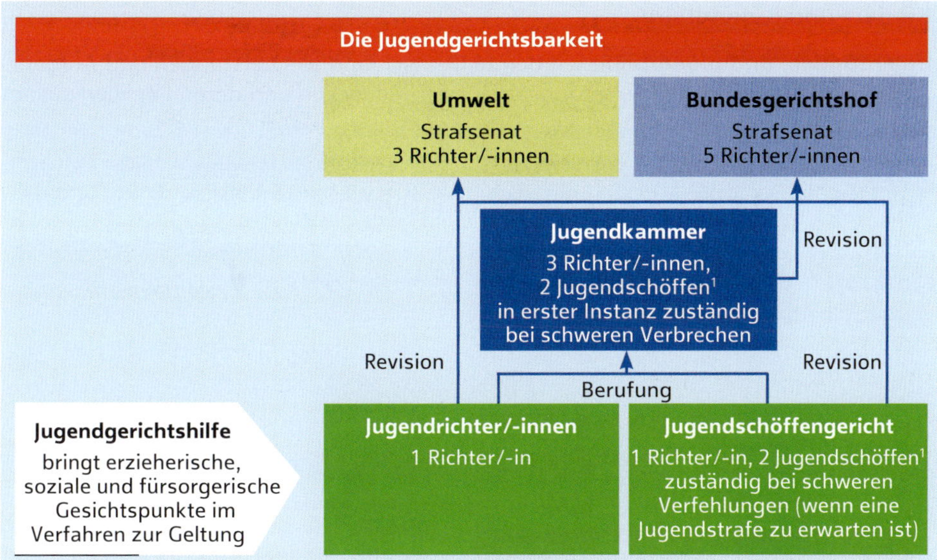

4.3/7

[1] *Jugendschöffen sollen erzieherisch befähigt und in der Jugendhilfe erfahren sein*

Ausschnitt aus einem Gespräch zwischen zwei Freunden

4.3/8

Franz: Mann, was ist denn heute bloß mit dir los?

Martin: Du, gestern hab ich ganz schön Mist gebaut.

Franz: Wieso? Was war denn los? Erzähl schon!

Martin: Also, gestern ist bei uns doch die 5. und 6. Stunde ausgefallen, und da bin ich mit Kai ins Kaufhaus. Tja, und da hab ich ein PS4-Spiel geklaut und bin dabei erwischt worden.

Franz: Super, wissen deine Eltern schon Bescheid?

Martin: Ja, es war richtig Highlife bei uns zu Hause. Aber das war ja noch nicht das Schlimmste. Viel schlimmer war es im Kaufhaus mit dem Detektiv und bei der Polizei. Das war voll übel.

Franz: Warum? Bist du verhaftet worden?

Martin: Nein, aber zuerst hat mich der Detektiv durchsucht, ob ich nicht noch mehr geklaut habe. Dann musste ich unterschreiben, dass ich geklaut habe, und 50 Euro wollten sie auch noch von mir. Die hatte ich aber nicht, die musste mein Vater später zahlen.

Franz: Wieso denn das?

Martin: Ich glaube, das war so 'ne Art Bearbeitungsgebühr. Aber das Schönste ist, dass Kai, der hatte 'ne anderes Spiel geklaut, das wir dann tauschen wollten, nichts bezahlen musste. Bei ihm haben sie nur das Jugendamt angerufen, weil er erst 13 ist.

Franz: Und was passierte dann?

Martin: Ich hab' noch unterschrieben, dass ich das Kaufhaus nicht mehr betreten darf. Und dann kam die Polizei. Die haben ein Protokoll aufgenommen. Ich musste dann mit zur Polizei. Von dort haben mich dann meine Eltern abgeholt. Du kannst dir vorstellen, was da los war.

Franz: Und was passiert nun?

Martin: Ich hab' keine Ahnung. Mein Vater meint nur, mit meinen 15 Jahren gehörte ich für eine Woche ins Arbeitslager und jeden Morgen geprügelt.

?

1. *Beschreiben Sie kurz, wie Martins Geschichte weitergehen kann. Berücksichtigen Sie dabei auch das oben stehende Schaubild.*
2. *Welche „Strafen“ könnte ein Richter Martin auferlegen?*
3. *Warum wird Kai, der ebenfalls geklaut hat, nicht bestraft?*

Kinder- und Jugendhilfe

Unter **Kinder- und Jugendhilfe** werden in Deutschland alle Leistungen und Aufgaben freier und öffentlicher Träger zugunsten junger Menschen und deren Familien zusammengefasst.

Aufgaben der Jugendhilfe

(1) Die Jugendhilfe umfasst Leistungen und andere Aufgaben zugunsten junger Menschen und Familien.

(2) Leistungen der Jugendhilfe sind:

1. Angebote der Jugendarbeit, der Jugendsozialarbeit und des erzieherischen Kinder- und Jugendschutzes
2. Angebote zur Förderung der Erziehung in der Familie
3. Angebote zur Förderung von Kindern in Tageseinrichtungen und in Tagespflege
4. Hilfe zur Erziehung und ergänzende Leistungen
5. Hilfe für seelisch behinderte Kinder und Jugendliche und ergänzende Leistungen
6. Hilfe für junge Volljährige und Nachbetreuung

Auszug aus dem SGB VIII, Jugendhilfe § 2

Leistungen für Familien

Kindergeld: Für jedes Kinder besteht mindestens bis zum 18. Geburtstag Anspruch auf Kindergeld – unabhängig vom Einkommen.

KiZ: Zuschlag zum Kindergeld; Reicht das Einkommen nicht für die Familie, hat sie Anspruch auf einen Kinderzuschlag. Dieser wird für jede Familie individuell berechnet.

Leistungen für Bildung und Teilhabe: Wenn nur ein geringes Einkommen zur Verfügung steht, können Leistungen für die Kinder gezahlt werden – zum Beispiel für Nachhilfe, Musik- und Sportkurse oder das gemeinschaftliche Mittagessen in Schule, Kita oder in der Tagesunterbringung.

Elterngeld: Wird das Kind nach der Geburt selbst betreut, besteht Anspruch auf Elterngeld.

Kinderbetreuung: Alle Kinder ab dem ersten Geburtstag haben Anspruch auf einen Betreuungsplatz.

Außer den genannten Aufgaben gibt es noch andere Aufgaben der Jugendhilfe, die sich z. B. auf die Inobhutnahme von Kindern und Jugendlichen oder die Herausnahme eines Kindes oder eines Jugendlichen ohne Zustimmung des Personensorgeberechtigten beziehen.
Leistungen der Jugendhilfe (z. B. der Betrieb eines Kindergartens) werden zumeist von freien Trägern erbracht. Die großen **freien Träger** haben als Spitzenverbände der Freien Wohlfahrtspflege einen besonderen, gesetzlich anerkannten Status. Zu Ihnen gehören zum Beispiel:

- der Deutsche Caritas-Verband der katholischen Kirche,
- das Diakonische Werk der evangelischen Kirche,
- das Deutsche Rote Kreuz (DRK),
- die Arbeiterwohlfahrt (AWO) und
- der Paritätische Wohlfahrtsverband (DPW).

Während die praktische Durchführung von Aufgaben der Jugendhilfe überwiegend freien Trägern obliegt, ist die **öffentliche Jugendhilfe** zumeist für hoheitliche, planende und lenkende Aufgaben verantwortlich. Sie gewährleistet durch die Finanzierung der freien Träger deren Angebote und Dienste. Zuständige Behörden sind die kommunalen Jugendämter und die Landesjugendämter.

§ 1 Recht auf Erziehung, Elternverantwortung, Jugendhilfe 4.3/9

(1) Jeder junge Mensch hat ein Recht auf Förderung seiner Entwicklung und auf Erziehung zu einer eigenverantwortlichen und gemeinschaftsfähigen Persönlichkeit.
(2) Pflege und Erziehung der Kinder sind das natürliche Recht der Eltern und die zuvörderst ihnen obliegende Pflicht. Über ihre Betätigung wacht die staatliche Gemeinschaft.
(3) Jugendhilfe soll zur Verwirklichung des Rechts nach Absatz 1 insbesondere

1. junge Menschen in ihrer individuellen und sozialen Entwicklung fördern und dazu beitragen, Benachteiligungen zu vermeiden oder abzubauen,
2. Eltern und andere Erziehungsberechtigte bei der Erziehung beraten und unterstützen,
3. Kinder und Jugendliche vor Gefahren für ihr Wohl schützen,
4. dazu beitragen, positive Lebensbedingungen für junge Menschen und ihre Familien sowie eine kinder- und familienfreundliche Umwelt zu erhalten oder zu schaffen.

Auszug aus dem SGB VIII, Jugendhilfe § 2

1. *Welche Rechte gesteht das Gesetz den jungen Menschen und den Eltern zu?*
2. *Fassen Sie die vier Aufgaben des Gesetzes mit Ihren Worten zusammen.*

?

Fallbeispiele 4.3/10

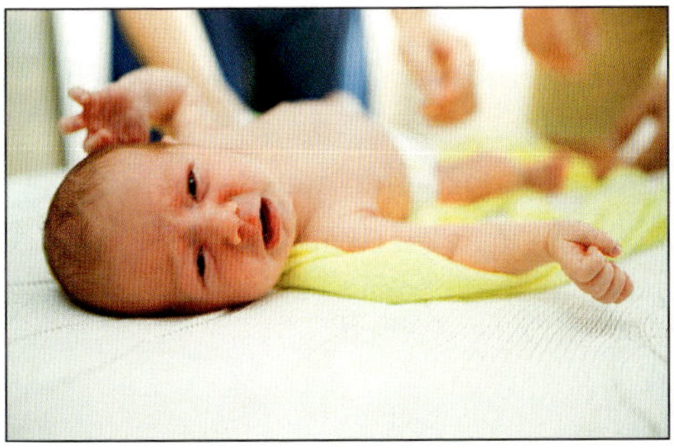

Fall 1) Das Jugendamt erfährt von einer Mitarbeiterin, dass der drei Monate alte Säugling Peter in Familie Schmitt anscheinend nur unzureichend ernährt wird und Austrocknung bzw. Verhungern des Kleinen droht. Außerdem weist das Kind deutliche Misshandlungsspuren auf.

Fall 2) Christine, 15 Jahre alt, entzieht sich seit drei Jahren erfolgreich jeglichen Versuchen, sie zu erziehen. Sie lebt auf der Straße und besucht keine Schule. Manchmal besucht sie ihre Mutter, um bei ihr zu duschen und zu essen.

1. *Was sollte in den geschilderten Fällen durch die Träger der Jugendhilfe unternommen werden?*
2. *Beurteilen Sie die Fälle mithilfe der in § 1 dargestellten Rechte von jungen Menschen und Eltern.*

?

4.4 Jugendarbeitslosigkeit

In Deutschland sinken die Arbeitslosenzahlen in den letzten Jahren kontinuierlich. Aber es sind immer noch ca. 2,29 Millionen Menschen ohne Arbeit.

Arbeitslosensituation in Thüringen im Juni 2019			
insgesamt	bis unter 25 Jahre	25 bis unter 55 Jahre	Über 55 Jahre
56 746	4 531	20 097	16 030

Es ist auffallend, dass es in der heutigen Zeit, in der die Wirtschaft gut ausgelastet ist, immer noch relativ viele arbeitslose Jugendliche gibt. Im Juni 2019 waren es in Deutschland noch 193 994 junge Menschen.
Folgende Gründe sind hierfür ausschlaggebend:

- Viele Jugendliche haben feste Vorstellungen, welchen Beruf sie ergreifen möchten. Oft wird die jeweilige Ausbildung in der Region vielleicht nicht angeboten oder es gibt mehr Bewerber als Ausbildungsplätze.
- Die Bereitschaft, für einen Ausbildungsplatz auch größere Fahrtstrecken in Kauf zu nehmen ist bei vielen Jugendlichen nicht vorhanden.
- Viele Schulabgänger haben noch keine rechten Vorstellungen von ihrem späteren Berufsleben und verlieren viel Zeit bei der Erkundung des Arbeitsmarktes.

Was können junge Menschen machen, um nicht arbeitslos zu werden und stattdessen ihre individuelle Situation auf dem Arbeitsmarkt zu verbessern? Dies kann geschehen durch

- die umfassende Information über mögliche Ausbildungsberufe mithilfe der Arbeitsagentur und durch die Ableistung von Praktika,
- die Bereitschaft, mithilfe der Schule Schlüsselqualifikationen (= Fähigkeiten, die ein aktives Mitgestalten im Berufsleben ermöglichen) zu erwerben,
- räumliche Mobilität,
- die realistische Einschätzung der individuellen Interessen, Möglichkeiten und Fähigkeiten,
- die Bereitschaft, auch Berufe, die nicht unbedingt Mode- oder Wunschberufe sind, zu akzeptieren.

Wichtig ist vor allem, selbst aktiv zu werden und nicht darauf zu warten, dass einem ein Ausbildungs- oder Arbeitsplatz angeboten wird.
Während sich die Zahl der arbeitslosen Jugendlichen in Deutschland deutlich verringert hat, sieht es in manchen europäischen Ländern ganz anders aus. So ist die Arbeitslosenquote von Jugendlichen in Italien, Spanien und Griechenland enorm hoch, das heißt über 30 %, in Griechenland sogar über 40 %. Im EU-Durchschnitt liegt die Arbeitslosenquote im April 2019 bei den 15- bis 24-Jährigen bei 14,2%.

4.4/1

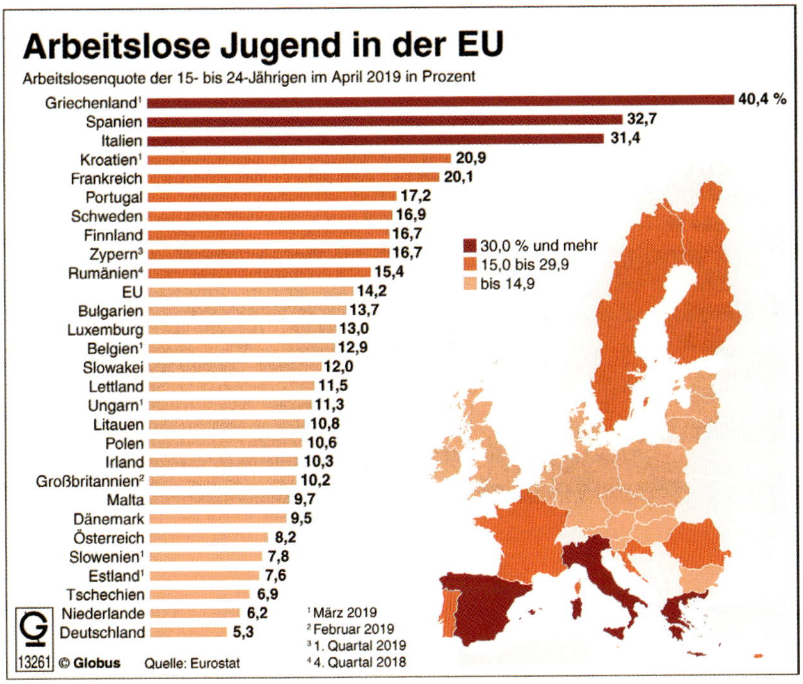

1. *Interpretieren Sie die Grafik.*
2. *Wie sind die Unterschiede bei der Jugendarbeitslosigkeit in Europa zu erklären?*
3. *Warum hat Ihrer Meinung nach Deutschland die niedrigste Arbeitslosenquote bei Jugendlichen?*

Marcel F. aus Gera, 15 Jahre alt, berichtet:

4.4/2

„Ich werde im nächsten Jahr aus der Schule entlassen. Mein Zeugnis wird nicht besonders toll werden, aber ich habe ja auch nicht viel gearbeitet. Die Schule hat mir halt keinen Spaß gemacht.
Was ich dann mache, weiß ich noch nicht. Ich wollte eigentlich Bankkaufmann werden und habe auch zwei Bewerbungen geschrieben, aber ich bekam nur Absagen, noch nicht einmal zum Vorstellungsgespräch wurde ich eingeladen. Mein Freund Kevin lernt Maurer. Das wäre nichts für mich, das ist viel zu anstrengend.
Meine Mutter liegt mir ständig in den Ohren, ich soll doch mal zur Berufsberatung gehen. Aber die können mir sicher auch keinen Ausbildungsplatz als Bankkaufmann beschaffen."

1. *Welche Fehler macht Marcel?*
2. *Schreiben Sie die Geschichte von Petra G., die zwar auch keine gute Schülerin ist, ihre Situation aber positiv angeht.*

Collage erstellen

Definition

Eine Collage ist ein aus buntem Papier oder anderem Material geklebtes Bild, das unterschiedliche Bereiche einer übergeordneten Thematik veranschaulicht und zum Weiterdenken anregen will.

Durch sie können Sachthemen auf lebendige und anschauliche Weise erschlossen werden. Collagenmaterial kann sein: Zeitungen, Zeitschriften, Illustrierte, Kataloge, eigene Materialien, Symbole usw., aber auch kleine Gegenstände, die zur Veranschaulichung der Thematik beitragen. Der Fantasie sind keine Grenzen gesetzt.

Durchführung

1. Gemeinsame Annäherung an das Thema **„Drogen und deren Wirkung“**:
   - Zusammenstellung der bekannten Drogen (Modedrogen nicht vergessen)
   - Einteilung der Klasse in Gruppen zur Materialbeschaffung, z. B. bei Krankenkassen, Büchereien, Beratungsstellen, Ärzten und natürlich im Internet.
2. Jede der genannten Drogen soll thematisch bearbeitet werden. Dazu erfolgt das Aufteilen in Arbeitsgruppen in der Klasse. Folgende Arbeitsschwerpunkte dienen zum Erstellen der Collage:
   - Drogenname
   - Ursprung oder Herkunft der Droge
   - Heutige Verwendung und Anwendung
   - Wirkung
3. Die ausgewählten Materialien dienen als erste Anregung, um wichtige Aussagen mit den Mitteln der Collage umzusetzen.
4. Wenn in Gruppen gearbeitet wird, werden die Entwürfe in der Gruppe nach der Fertigstellung besprochen.
5. Das endgültige Plakat wird erarbeitet.
6. Die Plakate werden in der Klasse vorgestellt und erläutert.

Materialvorschläge

Definition Drogen

Mit dem Begriff Drogen sind im vorliegenden Zusammenhang alle psychoaktiven Substanzen gemeint, die

- bereits bei üblicher Dosierung einen (gewollten) Rauschzustand bewirken (Rausch = eindeutige Bewusstseinstrübung, eine mehr oder weniger starke Verwirrung der Gedanken und Gefühle, Fahruntüchtigkeit, im medizinischen Sinne eine Vergiftung)
- und deren Konsum mit einer schleichenden Persönlichkeitsveränderung und -zerstörung einhergeht,
- sowie hoch dosierte Formen anderer psychoaktiver Stoffe, soweit sie dann ebenfalls zum Rausch führen und in ihren langfristigen Folgen den obigen Substanzen gleichgestellt werden müssen.

Quelle: Sag NEIN zu Drogen – Sag JA zum Leben, Verein für Drogenaufklärung. www.sag-nein-zu-drogen.de/drogen-info/ [01.10.2019]

Schädigungen durch Alkoholmissbrauch

Diese Alkoholschäden riskieren Sie, wenn Sie Alkohol zu oft oder in zu großen Mengen konsumieren:

- In erster Linie nimmt Ihre Leber Schaden. Sie ist für den Abbau des Alkohols verantwortlich und vom übermäßigen Alkoholkonsum besonders stark betroffen. [...]
- Auch Ihr Gehirn wird durch den Konsum von zu viel Alkohol massiv geschädigt. Bei langfristigem Alkoholkonsum nehmen zuerst die Gedächtnisleistung und das Konzentrationsvermögen ab. Das Urteilsvermögen und die Intelligenz können beeinträchtigt werden, und irreversible Schäden können entstehen.
- Langfristiger Alkoholmissbrauch ist Auslöser für Krebserkrankungen insbesondere der Leber, in Mundhöhle, Rachenraum und Speiseröhre, des Enddarms und der (weiblichen) Brustdrüse. [...]
- Ständiger, zu hoher Alkoholkonsum verändert die Persönlichkeit: Unzuverlässigkeit, Reizbarkeit, Unruhe, übertriebene Eifersucht, vielfältige Ängste, Depressionen bis hin zu Selbstmordgedanken sind die Folgen.

Quelle: Bundeszentrale für gesundheitliche Aufklärung (Hg.): Gefahren und Folgen. Auswirkungen von Alkohol auf Ihre Gesundheit. www.kenn-dein-limit.de/alkohol/schaedlicher-konsum/gefahren-und-folgen/ [31.07.2020]

Internetadressen:

www.drogen-und-du.de
www.kmdd.de
www.bads.de
www.drugcom.de
www.polizei-beratung.de
www.bundesgesundheitsministerium.de

Wichtiges Wissen

Bedeutung von Freizeit

- Freizeit ist keine Arbeitszeit, sie teilt sich in gebundene Zeit und freie Zeit und wird von vielen Faktoren beeinflusst.
- Sinnvolle Freizeitgestaltung schützt vor Gefahren.
- Regeneration und Weiterentwicklung sind zentrale Aufgaben von Freizeit.
- Freizeitgestaltung muss erlernt werden.

Probleme, Konflikte, Gefahren in der Freizeit

- Falsche Freizeitgestaltung birgt Gefahren in sich.
- Ein großes Maß an Freizeit und fehlende Ideen können zu Langeweile und Abhängigkeiten führen, z. B. Drogen sucht, Spielsucht, Hinwendung zu Sekten.
- Falsches Freizeitverhalten kann ein Weg in die Kriminalität sein.

Jugendrecht

Alterstufe	Rechte
Vollendung der Geburt	■ Rechtsfähigkeit
7. Lebensjahr	■ Beschränkte Geschäftsfähigkeit ■ Bedingte Deliktfähigkeit
12. Lebensjahr	■ Beschränkte Religionsmündigkeit
14. Lebensjahr	■ Religionsmündigkeit ■ Arbeiten bis 40 Stunden je Woche
16. Lebensjahr	■ Möglichkeit der Ehemündigkeitserklärung ■ Testament ■ Rauchen in der Öffentlichkeit ■ Führerschein Klasse M, L und T
18. Lebensjahr	■ Volle Geschäftsfähigkeit ■ Wahlrecht (aktiv/passiv) ■ Ehemündigkeit ■ Führerschein Klasse A und C

Jugendstrafrecht

- Das Jugendstrafrecht ist entsprechend der Rechtsstellung und der sozialen Reife des Täters anzuwenden.
- Die Ursachen für Straffälligkeit sind sehr breit gefächert.
- Ahndungsmöglichkeiten des Jugendstrafrechts sind Erziehungsmaßregeln, Zuchtmittel und Jugendstrafe.
- Resozialisierung ist Hauptziel des Jugendgerichtsgesetzes.

Jugendhilfe

- Die Jugendhilfe umfasst Leistungen und andere Aufgaben zugunsten junger Menschen und Familien.
- Leistungen der Jugendhilfe sind z. B. Angebote der Jugendarbeit, der Jugendsozialarbeit und des erzieherischen Kinder- und Jugendschutzes, Angebote zur Förderung der Erziehung in der Familie, Angebote zur Förderung von Kindern in Tageseinrichtungen und in Tagespflege, Hilfe zur Erziehung und ergänzende Leistungen, Hilfe für seelisch behinderte Kinder und Jugendliche und ergänzende Leistungen, Hilfe für junge Volljährige und Nachbetreuung.

Jugendarbeitslosigkeit

Gegen Jugendarbeitslosigkeit hilft:

- die umfassende Information über mögliche Ausbildungsberufe,
- die Bereitschaft, mithilfe der Schule Schlüsselqualifikationen zu erwerben,
- räumliche Mobilität,
- die realistische Einschätzung der individuellen Interessen, Möglichkeiten und Fähigkeiten,
- die Bereitschaft, auch Berufe, die nicht unbedingt Mode- oder Wunschberufe sind, zu ergreifen.

1 Erklären Sie den Begriff „Freizeitgesellschaft".
2 Was verstehen Sie unter passiver und aktiver Freizeitgestaltung? Nennen Sie je drei Beispiele.
3 Nennen und erläutern Sie die zwei Hauptaufgaben von Freizeit.
4 Worin unterscheiden sich „Alltagsdrogen" und „illegale Drogen"? Nennen Sie je vier Beispiele.
5 Wann wird von Sucht gesprochen und welche Folgen hat sie?
6 Warum wird von den Jugendlichen die Wirkung von Designerdrogen oft verharmlost?
7 Welche Folgen hat Spielsucht für die Betroffenen? Warum wird auch hier von Sucht gesprochen?
8 Ordnen Sie die Begriffe „Kind", „Jugendlicher", „Heranwachsender" und „Erwachsener" altersmäßig ein.
9 Unterscheiden Sie Rechtsfähigkeit und Geschäftsfähigkeit.
10 Was versteht man unter Deliktfähigkeit?
11 Unterscheiden Sie Deliktfähigkeit und Strafmündigkeit.
12 Welche Rechte und Pflichten erhalten Jugendliche mit ihrem 16. Geburtstag?
13 Nennen Sie drei Regelungen aus dem Jugendschutzgesetz.
14 Warum hat der Staat ein Jugendschutzgesetz erlassen?
15 Welche Gründe können dazu führen, dass Jugendliche straffällig werden?
16 Ist es berechtigt, jugendlichen Straftätern durch das Jugendgerichtsgesetz breiter gefächerte Ahndungsmöglichkeiten einzuräumen als Erwachsenen durch das Strafrecht?
17 Was bedeutet der Begriff „Resozialisierung"? Welche Schwierigkeiten ergeben sich hieraus?
18 Welche Erziehungsmaßregeln kann ein Gericht für straffällig gewordene Jugendliche anordnen?
19 Welche Zuchtmittel kann das Jugendstrafgericht verhängen?
20 Welche Aufgabe hat die Jugendhilfe?
21 Nennen Sie drei Leistungen der Jugendhilfe.
22 Welche freien Träger engagieren sich in der Jugendhilfe?
23 Warum ist die Jugendarbeitslosigkeit in den letzten Jahren gesunken??
24 Nennen Sie drei Möglichkeiten, wie Jugendliche ihre Chancen am Arbeitsmarkt verbessern können.
25 Ermitteln Sie die aktuellen Zahlen von arbeitslosen Jugendlichen in Ihrer Region.

5 Gesellschaft im Wandel

Schöne neue

Viel Information!!!

Sandra A. aus Oberhof: „Ich finde, wir leben in einer tollen Zeit. Langeweile kenne ich gar nicht. In meiner Freizeit schaue ich Fernsehen oder surfe im Internet. Ich bekomme unendlich viele Informationen und grenzenlose Zerstreuung. Da brauche ich doch gar keine anderen Leute zu treffen."

Wenig Kommunikation?

Michael K. aus Weimar: „Ich glaube, unsere Welt hat sich in den letzten Jahren ganz schön verändert. An meinem Arbeitsplatz sitze ich den ganzen Tag vor einem Computer. Abends oder an Wochenenden schaue ich fern. Mir fehlt irgendwie der Kontakt zu anderen Menschen."

Informationsgesellschaft

ZUR DISKUSSION:

1. Welche der beiden Aussagen können Sie nachvollziehen?
2. Tragen Sie in Ihrer Klasse zusammen, welche Medien Sie nutzen.
3. Überlegen Sie, zu welchem Zweck Sie sich mit den neuen Medien beschäftigen.

5.1 Von der Agrar- zur Informationsgesellschaft

Der Begriff Gesellschaft lässt sich auf das im Mittelalter gebräuchliche Wort Geselle zurückführen, das ursprünglich die Bedeutung „der mit jemandem denselben Saal, Wohnraum teilt" hatte. Heute bezeichnet der Begriff Geselle den ausgelernten Auszubildenden im Handwerk. Die Ableitung Gesellschaft (Vereinigung mehrerer Gefährten) wird seit dem 15. Jahrhundert auch auf die **soziale Ordnung der Menschen** bezogen. Die Sozialordnung, die den Aufbau und die Gliederung einer Gesellschaft nach bestimmten Merkmalen und Normen, wie Bildung, Beruf, Einkommen, Gesetzen, Wertvorstellungen usw. beschreibt, unterliegt einem dauernden Wandel. Mögliche **Gründe für eine Veränderung der Gesellschaft** können sein:

- neue geistige Ideen und Strömungen,
- technische und wirtschaftliche Veränderungen,
- gewaltsame Veränderungen wie Bürgerkrieg, Revolution.

Historische Entwicklung

Die Agrargesellschaft (Ständegesellschaft)

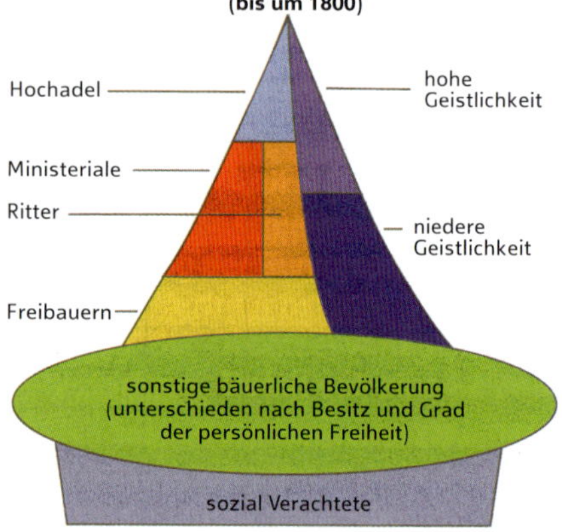

Quelle: Bolte, Karl Martin: Deutsche Gesellschaft im Wandel. Opladen 1966, S. 270

Bis zum 18. Jahrhundert war die Gesellschaft eine Agrargesellschaft, der größte Teil der Bevölkerung lebte von der Landwirtschaft und in ländlichen Siedlungen. Auf dem Gebiet des heutigen Deutschlands lebten noch in der zweiten Hälfte des 18. Jahrhunderts nur etwa 10 % der Be-völkerung in Städten. 80 % der Menschen waren direkt landwirtschaftlich tätig. Die übrigen gingen – teils hauptberuflich, teils nebenberuflich – vor allem in der Stadt handwerklichen, kaufmännischen, militärischen oder amtlichen Berufen nach.
Die Agrargesellschaft bis zum 18. Jahrhundert war aber auch überwiegend ständisch (Ständegesellschaft). Diese Gesellschaftsform weist folgende **Merkmale** auf:

- Die einzelnen Gruppen (Stände) besaßen eine festgelegte Randordnung, festgelegte Vorschriften und Regeln. Allgemein unterscheidet man **drei Stände**: 1. Adel, 2. Geistlichkeit (Klerus), 3. Bürgertum. Später wurden dann die Bauern als 4. Stand bezeichnet.
- Bestimmte Stände waren mit **Pflichten und Privilegien** ausgestattet. So genoss der Adel Steuerfreiheit, konnte Staatsstellen besetzen und hatte außerdem das Recht auf Leibeigenschaft an den Bauern. Auch die Geistlichkeit besaß Steuerfreiheit und das Recht auf eine jährliche Abgabe in Höhe von 10 % des bäuerlichen Ernteertrages (der „Zehnte"). Bürgertum und Bauern mussten Steuern zahlen und Kriegsdienst leisten. Daneben waren Frondienste (= Dienstleistungen von persönlich abhängigen Personen zum Vorteil eines Dritten) insbesondere in der Landwirtschaft, aber auch in der gewerblichen Produktion (zum Beispiel Mahlen des Getreides) weit verbreitet.

5.1/1

1. *Wie wird in den dargestellten Aussagen der Begriff „Gesellschaft" verwendet?*
2. *Was verstehen Sie unter dem Begriff „Gesellschaft"?*

?

Kieler Kleiderordnung (Kiel 1417)

5.1/2

Keine Frau darf gekrauste Tücher tragen und nicht mehr als zwei Mäntel haben, die mit Pelzwerk gefüttert sind, und darf auch keinerlei Geschmeide mit teurem Gestein und Perlen an allen ihren Kleidern tragen, wenn ihr Mann an die Stadt nicht mindestens 400 Mark Silber zu versteuern hat. Wenn eine Frau dessen überführt wird, so soll das der Stadt mit 10 Mark Silber gebessert werden. Dieselbe Strafe trifft den Übertreter der weiteren Bestimmungen:
Wenn der Mann der Stadt für mindestens 200 Mark Steuern zahlt, so darf seine Frau eine lötige – reine, ungemischte – Mark Silber an allen ihren Kleidern tragen. Die Jungfrauen sollen es in derselben Weise halten [...]
Wenn der Mann der Stadt zwar Steuern zahlt, aber nicht für 100 Mark, so darf seine Frau keinerlei Geschmeide tragen. Insbesondere darf keine Bürgersfrau Pelzwerk oder Seide unten an ihren Kleidern tragen [...]
Insbesondere wird befohlen, dass keine Dienstmagd oder Dienstbotin Spangen, Scharlachtuch oder irgendwelches vergoldetes Geschmeide trägt, welches mehr als 8 Schilling wert ist. Wer dagegen verstößt, soll des Geschmeides sofort verlustig gehen, und sein Dienstherr oder seine Dienstherrin sollen 3 Mark Silber Strafe zahlen oder den Dienstboten innerhalb von 3 Tagen aus dem Brote jagen [...]

Quelle: Bolte, Karl Martin: Deutsche Gesellschaft im Wandel, Opladen, Leske Verlag 1966, S. 237

1. *Nach welchen Merkmalen richtet sich die Kleiderordnung?*
2. *Gibt es in der Bundesrepublik Deutschland noch eine „Kleiderordnung"?*

?

- **Ein Wechsel zwischen den Ständen**, in die man hineingeboren wurde, war durch geltende Rechtsordnung erschwert und **nicht frei**, jedenfalls nicht von der persönlichen Entscheidung des Einzelnen, seiner Leistung oder seiner Ausbildung abhängig. Hinzu kam die Überzeugung, dass es Gottes Wille sei, der einen in einem bestimmten Stand leben ließ.

War die Wirtschaft der Agrargesellschaft zunächst überwiegend von der Landwirtschaft bestimmt, so beschleunigte sich die Entwicklung von **Handel und Gewerbe** durch Bevölkerungswachstum und Städtegründungen zunehmend. Die Betriebsgröße und Zahl der Handwerksbetriebe waren allerdings vor allem durch die Zünfte (Zusammenschlüsse selbstständiger Meister) streng reglementiert. Eine fabrikmäßige Großproduktion mit einer Vielzahl von Beschäftigten gab es bis zum 18. Jahrhundert nicht.

Die vorindustrielle Gesellschaft (Klassengesellschaft)
Eine wichtige Ursache für das Entstehen einer Industriegesellschaft war die geistige Strömung der Aufklärung. Hauptforderungen der Vertreter dieser Strömung waren:

- Verstand und Vernunft (ratio) sollen das menschliche Leben bestimmen.
- Die Bevormundung durch Kirche und Adel wird abgelehnt.
- Die Privilegien einzelner Stände müssen abgeschafft werden.
- Glaubens- und Gewissensfreiheit müssen gewährleistet sein.
- Das Volk muss die Möglichkeit der Bildung (zum Beispiel durch für alle zugängliche Schulen) erhalten.

Hauptvertreter dieser Forderungen und Ansichten waren in Deutschland Wilhelm Leibniz (1646–1716), Immanuel Kant (1724–1804) und Gotthold Ephraim Lessing (1729–1781).
Die geistige Strömung der Aufklärung legte den Grundstein für die einsetzende **technische Entwicklung**. Eine Vielzahl von grundlegenden Erfindungen wurde in dieser Zeit gemacht. Im Folgenden sind nur einige wichtige genannt:

Dampfmaschine von Watt

1769	*Watt* erhält das Patent auf die Dampfmaschine.
1775	Spinnmaschine und mechanischer Webstuhl kommen in England zum Einsatz.
1807	*Fulton* baut das erste Dampfschiff in New York.
1814	*Stevenson* baut die erste Lokomotive in England.
1815	*Krupp* entwickelt den Gussstahl in Essen.
1867	*Siemens* entdeckt das dynamo-elektrische Prinzip.
1876	*Otto* entwickelt den Viertaktmotor.
1883 1885	*Daimler* und *Benz* entwickeln die ersten Kraftfahrzeuge.

Beantwortung der Frage: Was ist Aufklärung?

5.1/3

Aufklärung ist der Ausgang des Menschen aus seiner selbst verschuldeten Unmündigkeit. Unmündigkeit ist das Unvermögen, sich seines Verstandes ohne Leitung eines andern zu bedienen. Selbst verschuldet ist diese Unmündigkeit, wenn die Ursache derselben nicht am Mangel des Verstandes, sondern der Entschließung und des Muthes liegt, sich seiner ohne Leitung eines andern zu bedienen. Sapere aude! Habe Muth, dich deines eigenen Verstandes zu bedienen! Ist also der Wahlspruch der Aufklärung.

Faulheit und Feigheit sind die Ursachen, warum ein so großer Teil der Menschen, nachdem sie die Natur längst von fremder Leitung frei gesprochen (naturaliter majorennes), dennoch gerne Zeitlebens unmündig bleiben; und warum es Anderen so leicht wird, sich zu deren Vormündern aufzuwerfen. Es ist so bequem, unmündig zu seyn. Habe ich ein Buch, das für mich Verstand hat, einen Seelsorger, der für mich Wissen hat, einen Arzt, der für mich die Diät beurtheilt, u. s. w., so brauche ich mich ja nicht selbst zu bemühen.

Quelle: Kant, Immanuel: Beantwortung der Frage: Was ist Aufklärung?, Berlinische Monatsschrift, 1784, S. 481f.

1. *Was versteht Kant unter Aufklärung?*
2. *Erklären Sie mithilfe des Textes, warum die Aufklärung eine wichtige Grundlage für die Umwandlung der Gesellschaft in eine Industriegesellschaft war.*

?

5.1/4

Aufbau der Klassengesellschaft des 19. Jahrhunderts

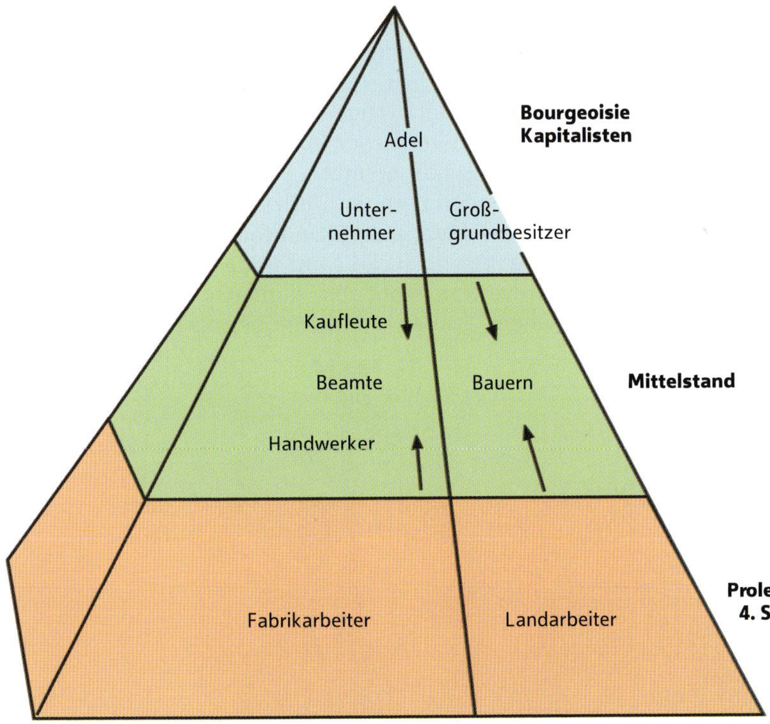

1. *Beschreiben Sie den Aufbau der Klassengesellschaft.*
2. *Stellen Sie diesem Aufbau den unserer modernen Gesellschaft gegenüber.*

?

Diese auch **industrielle Revolution** genannten Veränderungen zeigten sich ebenso im **wirtschaftlichen Bereich.** Nach und nach wurde die alte Wirtschaftsordnung durch wirtschaftliche Freiheit (Wirtschaftsliberalismus) ersetzt. Diese ermöglichte unter anderem:

- **die Bauernbefreiung**, d. h., die abhängigen Bauern wurden frei,
- die **Gewerbefreiheit**, d. h., jeder konnte selbstständig ein Gewerbe betreiben und beliebig viele Arbeitskräfte beschäftigen (dies geschah beispielsweise in Bayern 1825, in Sachsen 1840, im größten Teil des Kaiserreichs erst mit Einführung der Gewerbeordnung 1869),
- die **freie Marktwirtschaft**, d. h., jeder sollte mit jedem – ungehindert durch Stand oder Zünfte – auf den Märkten in völliger Freiheit konkurrieren können.

Diese Freiheiten ermöglichten es, unbegrenzt hohe Gewinne zu erzielen.
In der ersten Hälfte des 19. Jahrhunderts sind viele Menschen in Deutschland verelendet. Dies war nicht nur eine Folge zunehmender **Industrialisierung**, die dazu beitrug, dass die Bevölkerung immer stärker anwuchs. Sondern die wesentliche Ursache lag darin, dass die alten Erwerbszweige Landwirtschaft, Handel und Handwerk die immer größer werdende Anzahl von Menschen nicht mehr ernähren konnten. Die junge Industrie war damals dazu noch nicht in der Lage. Erschwerend kam hinzu, dass mit den alten gemeinschaftlichen Bindungen, wie Zünften und Gilden, auch deren Schutzfunktion für die einzelnen Mitglieder wegfiel. Viele wanderten in die Neue Welt (Amerika) aus, um der Not in Deutschland zu entgehen.
Das Elend in Deutschland verschärfte sich in den 1840er Jahren und erreichte dann als Folge von Missernten 1846/47 seinen Höhepunkt: Im Frühjahr 1847 kam es in Stuttgart, Ulm und in Berlin angesichts einer Hungersnot zu Aufständen, die militärisch niedergeschlagen wurden.
Die Ausweitung der industriellen Wirtschaftstätigkeit seit der Mitte des 19. Jahrhunderts verschärfte die Gegensätze zwischen „Arbeit“ und „Kapital“, die Ständegesellschaft wurde durch eine Klassengesellschaft ersetzt.
In dieser Zeit bestand zwischen Unternehmern und Arbeiterschaft ein Arbeitsverhältnis, dessen Bedingungen wegen des Überangebots an Arbeitskräften die Arbeitgeber diktieren konnten. Den Arbeitern fehlten noch wirksame Mittel der Gegenwehr wie das Koalitions-, Streik- und das Tarifvertragsrecht. So wurden extrem niedrige Löhne bezahlt, die Arbeitszeiten für Männer, Frauen und Kinder betrugen zum Großteil mehr als zwölf Stunden. Die Arbeit in den Fabriken war wegen fehlender Arbeitsschutzmaßnahmen ungesund und gefährlich.

Kinderarbeit in Deutschland: Maschinensaal der Buntpapierfabrik Dessauer in Aschaffenburg Mitte des 19. Jahrhunderts

Aus einem Bericht des Kultus- und Gesundheitsministers von Altenstein (1824) 5.1/5

Über den Gesundheitszustand der arbeitenden Kinder in den Spinnereien Westfalens und Rheinpreußens:

Die Löhne lagen meist knapp an der Grenze des Existenzminimums [...] Für die Arbeiter besonders erniedrigend war das sogenannte Trucksystem der Entlohnung: Die Arbeiter mussten danach entweder Waren, die sie brauchten, vom Unternehmer zu überhöhten Preisen kaufen oder erhielten ihren Lohn überhaupt nur in Warenform, oder sie bekamen Waren, die sie nicht gebrauchen konnten, die die Unternehmer zu niedrigen Preisen zurückkauften, um dann den Arbeitern die lebensnotwendigen Waren zu überhöhten Preisen zu verkaufen. Kinder arbeiteten z. B. in der schlesischen Leinenindustrie ab vier Jahren; sie hatten im Allgemeinen die gleichen Arbeitszeiten wie die Erwachsenen, nur mit größeren Pausen, die aber nicht der Erholung dienten, sondern für den Schulunterricht verwendet wurden. – In Breslau gab es Häuser, in denen ein Zimmer mit 9–13 Kindern und 5–7 Erwachsenen belegt war. [...] Bleiche Gesichter, matte und entzündete Augen, aufgeschwollene Leiber, aufgedunsene Backen, geschwollene Lippen und Nasenflügel, Drüsenanschwellungen am Halse, böse Hautausschläge und asthmatische Anfälle unterscheiden diese unglücklichen Geschöpfe, die früh dem Familienleben entfremdet wurden und ihre Jugendzeit in Kummer und Elend verbrachten, in gesundheitlicher Beziehung von Kindern derselben Volksklasse, welche nicht in Fabriken arbeiten.

Quelle: Brämer, K.: Die Beschäftigung jugendlicher Arbeiter in Werkstätten und deren amtliche Regelung im preußischen Staate. Amtlicher Bericht der preußischen Regierung, 1824

1. *Fassen Sie die Situation der Kinder im Bericht zusammen.*
2. *Was versteht man unter dem Trucksystem?*
3. *Warum konnte es zu dieser Situation für die Arbeiterschaft und die Kinder kommen?*

?

Merkmale der freien Marktwirtschaft

5.1/6

1. *Welche Gefahren stecken in den einzelnen Merkmalen der freien Marktwirtschaft?*
2. *Nennen Sie extreme Auswirkungen der freien Marktwirtschaft.*
3. *Wie wurden die Gefahren durch die soziale Marktwirtschaft abgemildert?*

?

Dabei gab es weder Unfall- noch Kranken-, Alters- oder eine Arbeitslosenversicherung. Wohnungsnot, Verwahrlosung der Kinder und Zerrüttung von Familien, die auch eine Folge des Städtewachstums waren, verschärften die sozialen Probleme zusätzlich. Erst als die Klagen sich häuften über mangelnden Schulbesuch, die Verwahrlosung der „Fabrikkinder“ und Befürchtungen der Armee aufgrund zu vieler untauglicher Rekruten, deren Gesundheit ruiniert war, war es nicht mehr erlaubt, Kinder unter neun Jahren zu beschäftigen. Die Arbeitszeit wurde auf zehn Stunden begrenzt.

Doch erst in den Achtzigerjahren des 19. Jahrhunderts wurde in Deutschland vom Staat eine **Sozialgesetzgebung** eingeführt. Zuvor hatten schon einzelne Unternehmer und Kirchenvertreter Maßnahmen gegen die Not ergriffen. Die deutsche Arbeiterbewegung begann sich 1848 zu formieren, gründete nach und nach Arbeitervereine und organisierte sich schließlich in Arbeiterparteien.

Eine Entwicklung hin zu einer modernen **Industriegesellschaft** begann in Deutschland nach dem Zweiten Weltkrieg. Sowohl in der DDR als auch in der Bundesrepublik schritt die technische Entwicklung rasch voran und es entstanden große Industriebetriebe, die vielen Menschen Arbeit gaben.

Die fortschreitende Automatisierung durch die Einführung moderner Technologien ließ aber schon bald viele Arbeitsplätze im industriellen Bereich wegfallen. Auf der anderen Seite entstanden viele neue Arbeitsplätze im Dienstleistungsbereich. Man sprach deshalb davon, dass sich die Industriegesellschaft zu einer **Dienstleistungsgesellschaft** weiterentwickelt habe.
Eine weitere technische Revolution bewirkte die Einführung der Mikroelektronik. In den frühen 1960er Jahren wurden die Röhren von den Transistoren verdrängt. Anfangs wurden die Prozessoren aus einzelnen Transistoren aufgebaut.

Durch die Verkleinerung der Transistoren auf nur einige Mikrometer war es möglich, immer mehr Transistorfunktionen auf integrierten Schaltkreisen unterzubringen. Die Weiterentwicklung führte zu dem, was heute Mikroprozessoren genannt wird. Diese Erfindungen veränderten die Welt. Der Entwicklung von Computern, MP3-Playern, Handys und vielem mehr stand nichts mehr im Weg. Die Gesellschaft entwickelte sich hin zu einer **Informationsgesellschaft**.

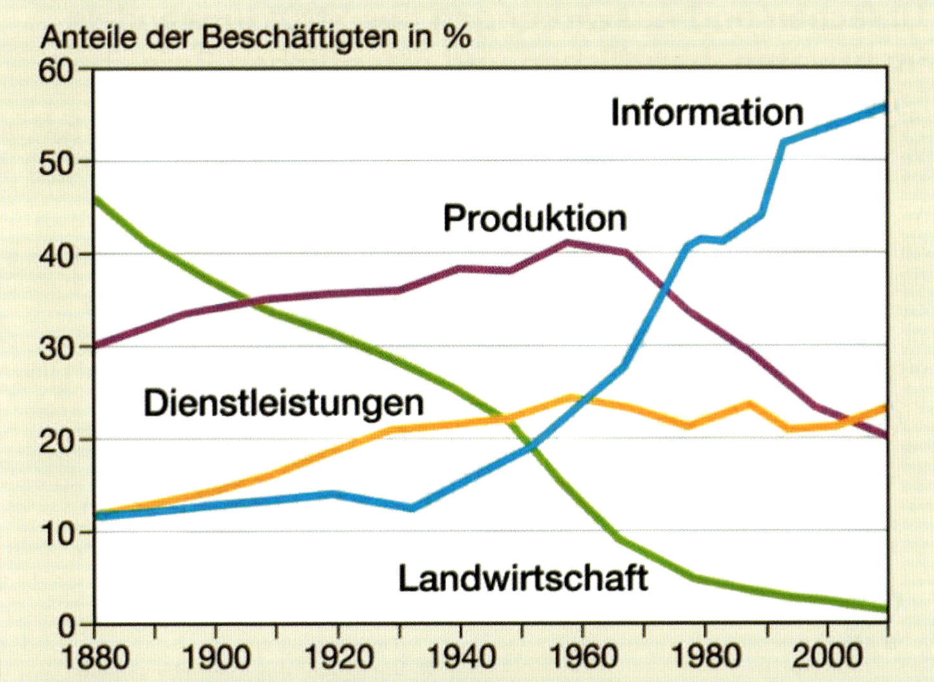

Quelle: Werner Dostal, Informatisierung der Arbeitswelt.
In: Mitteilungen aus der Arbeitsmarkt- und Berufsforschung Jg.28, H. 4, S. 529

?

1. *Beschreiben Sie die Entwicklung der Sektoren.*
2. *Begründen Sie die Entwicklung der Sektoren.*
3. *Welche Auswirkungen haben die dargestellten technologischen Veränderungen auf den beruflichen Bereich, besonders auf die Zahl der Arbeitsplätze?*
4. *Welche dieser Veränderungen haben auch eine starke Auswirkung auf den privaten Bereich? Begründen Sie Ihre Aussage.*
5. *Laut einer Prognose wird es in einigen Jahren möglich sein, sich mit Übersetzungscomputern im Handyformat auch ohne Kenntnisse der Sprache von Gesprächspartnern mit diesen zu verständigen.*
   Welche Auswirkungen würde dies auf die schulische Bildung haben?

5.2 Ursachen und Auswirkungen des Strukturwandels im privaten, beruflichen und öffentlichen Bereich

Der Einsatz von Computern und Robotern hat die Automatisierung in Wirtschaft und Verwaltung beschleunigt. In der industriellen Produktion gibt es zum Beispiel Fabrikhallen, in denen nur noch wenige Menschen lediglich Kontrollaufgaben übernehmen. In der Verwaltung gehört der **Personal Computer** heute überall zur Standardausrüstung eines Büroarbeitsplatzes. Nahezu alle privaten Haushalte haben Umgang mit den digitalen Medien: dem Fernsehen, dem Smartphone, dem Tablet oder dem Heimcomputer.
Die Mikroelektronik hat die Arbeitswelt, die Schule, das Privatleben, aber auch das öffentliche Leben verändert und wird diese auch in Zukunft noch entscheidend beeinflussen.

Beruf

- Einsatz von Robotern
- Einsatz von Personal Computern im Büro (papierloses Büro)
- Arbeiten am häuslichen Computer (Telearbeit)
- Internationale Verknüpfung von Arbeitsplätzen
- Entstehung neuer Berufe

Privatleben

- Neue Möglichkeiten der Information
- Einkaufen über Internet oder über Smartphone
- Erledigen der Bankgeschäfte mithilfe des privaten Personal Computers (Onlinebanking)
- Briefe über das Internet versenden (E-Mail)

Wandel durch Mikroelektronik

Schule

- Neue Unterrichtsinhalte
- Neue Formen des Lernens mithilfe des Computers (programmiertes Lernen)
- Direktrecherche mit Smartphone oder Tablet
- Lernen zu Hause

Öffentliches Leben

- Volksbefragungen per Computer
- Wahlen durch Stimmabgabe per Computer zu Hause
- Wahlkampf übers Internet
- Behördenkontakt übers Internet

Wie könnte dies nun praktisch aussehen? Zu jedem der vier dargestellten Bereiche soll ein Aspekt beispielhaft herausgestellt werden:

Veränderungen im privaten Bereich

Durch einen Anschluss ans Internet kann man sich im weltweiten Verbund größerer und kleinerer Computernetze informieren oder Nachrichten übermitteln. Die Möglichkeiten des Internets nehmen rasant zu. Mittlerweile ist es möglich, sich mit unbekannten Diskussionspartnern zu unterhalten (chatten), seine Bankgeschäfte zu erledigen oder auch bei Kaufhäusern einzukaufen. Wie nutzt nun Herr Mustermann dieses Medium in seinem privaten Bereich?

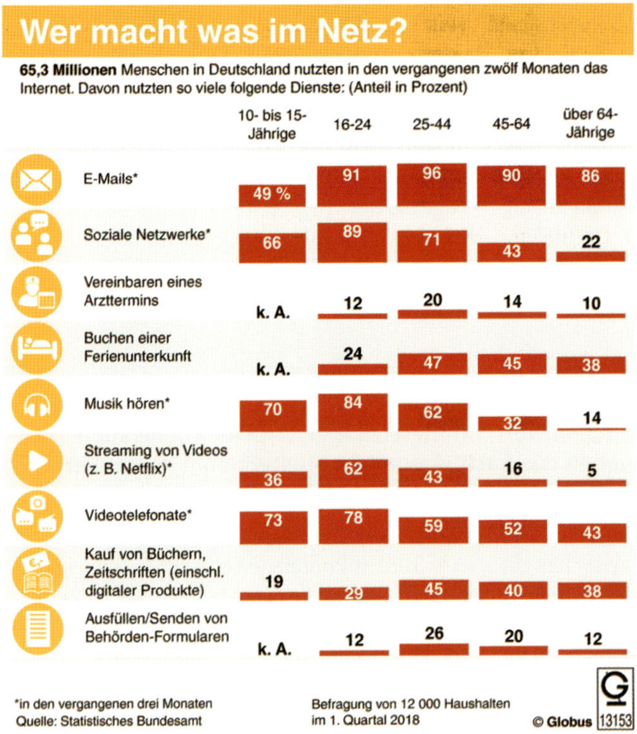

5.2/1

?

1. *Wie nutzen Sie das Internet?*
2. *Was ist für Sie die sinnvollste Nutzungsmöglichkeit des Internets? Begründen Sie Ihre Entscheidung.*

5.2/2

?

1. *Interpretieren Sie die unten stehende Tabelle.*
2. *Sind Sie Mitglied einer Online-Community? Warum benutzen Sie diese?*
3. *Welche Gefahren stecken in Online-Communities?*

Online-Dienste	**Das ereignet sich in einer Internet-Minute (60 Sekunden)**
SMS	18,1 Millionen Nachrichten werden verschickt
facebook	1 Millionen Leute loggen sich ein
YouTube	4,5 Millionen Videos werden geschaut
Google Play/ App Store	390.030 App-Downloads werden durchgeführt
Instagram	347.222 scrollen durch Instagram
Twitter	87.500 Leute twittern
tinder	1,4 Millionen „Swipes“
E-Mails	188 Millionen E-Mails werden versendet
twitch	1 Millionen Leute schauen zu
Musik- Streaming-Dienste	41 Abonnements werden abgeschlossen
Amazon echo, Google Home	180 Smart-Home-Geräte werden geliefert
Giphy	4,8 Millionen GIFs werden zur Auswahl gestellt
Facebook Messenger, WhatsApp	41,6 Millionen Nachrichten werden verschickt
Snapchat	2,1 Millionen „Snaps“ werden erstellt
Online Shopping	996.956 $ werden online ausgegeben
Netflix	694.444 Stunden werden geschaut
Google	3,8 Millionen Suchanfragen

Quelle: vgl. Lori Lewis, 2019: This Is What Happens In An Internet Minute, https://www.onlinehaendler-news.de/e-commerce-trends/internationales/130717-das-passiert-in-60-sekunden-internet [20.03.2020]

Es ist 18:00 Uhr, Herr Mustermann muss noch ein Geschenk für seine Frau bestellen, die in drei Tagen Geburtstag hat. Im Internet schaut er einige „Kataloge“ von verschiedenen Kaufhäusern durch. Er entscheidet sich für einen grünen Pullover, den er online sofort bestellt. Anschließend überweist er noch die Rechnung für die Kfz-Reparatur per Onlinebanking. Nun ist alles erledigt und Herr Mustermann möchte noch ein wenig entspannen. Er wählt einen Chat an, in dem er sich mit anderen Leuten online „treffen“ und unterhalten möchte. Doch chatten heute offensichtlich nicht die richtigen Leute, denn die Themen interessieren Herrn Mustermann nicht. Zum Schluss schaut er noch einmal auf der Homepage seiner Tageszeitung nach, ob es noch irgendwelche neuen Nachrichten gibt, dann schaltet er seinen Computer ab.

Veränderungen im beruflichen Bereich

„Telearbeitsplatz“ lautet ein Schlagwort im Bereich der Arbeitsorganisation. Wie könnte nun ein Arbeitstag im Leben des Sachbearbeiters Mustermann, der im Vertrieb eines Industriebetriebes beschäftigt ist, aussehen?

Es ist 09:00 Uhr und Herr Mustermann hat gut gefrühstückt. Er bringt erst noch seine Tochter in den Kindergarten und macht sich dann an die Arbeit. Er hat zwar noch einen Schreibtisch in seinem Betrieb, den er sich mit drei anderen Kollegen teilt, aber den sieht er höchstens ein- bis zweimal in der Woche. Die meiste Zeit arbeitet er im häuslichen Arbeitszimmer an einem Computer, den ihm seine Firma zur Verfügung gestellt hat.
Zuerst stellt er die Onlineverbindung zum Zentralrechner in seinem Betrieb her. Nun sieht er nach, ob irgendwelche wichtigen Informationen für ihn bereitliegen. Da heute offensichtlich keine besonderen Aufgaben anfallen, widmet er sich dem Routinegeschäft. Er verschickt per E-Mail einige Angebote an Großhändler. Außerdem beantwortet er einige Anfragen nach Artikeln im Sortiment seiner Firma. Nachdem er zu Mittag gegessen hat, besucht er einen Großhändler, der als neuer Kunde geworben werden soll.
Um 16:00 Uhr ist dann eine Videokonferenz mit allen Sachbearbeitern im Vertrieb und dem Abteilungsleiter vorgesehen. Da Herr Mustermann morgen Nachmittag mit seiner Tochter ins Schwimmbad gehen möchte, muss er heute etwas länger arbeiten. Erst gegen 22:00 Uhr schaltet er deshalb seinen Computer aus.

Diese Form der Arbeitsorganisation gibt es heute schon. Die Vorteile liegen dabei auf der Hand. Arbeitnehmer können ihre Arbeitszeit flexibel gestalten. Vor allem bei Familien wird die Telearbeit als enorme Erleichterung empfunden. Man hat zwar nicht viel mehr, aber im richtigen Moment Zeit für die Familie. Etwas Zeit wird außerdem gespart, weil die Zahl der Fahrten in den Betrieb verringert wird. Die Unternehmen profitieren von besserer Arbeitsleistung der Heimarbeiter, außerdem sparen sie Bürofläche. Den Vorteilen stehen jedoch auch Nachteile gegenüber. Teamarbeit ist bei dieser Form der Arbeitsorganisation schwieriger. Es fehlen die direkten sozialen Kontakte im Kollegium. Auch besteht die Gefahr der Ablenkung durch die Vermischung von Privatem und Beruflichem.

Ein Mitarbeiter eines Softwarehauses berichtet: 5.2/3

„Wir sind online mit den Rechnern unserer Kunden verbunden. Tritt bei unseren Kunden ein Problem auf, so merken wir das als Erste. Wir versuchen das Problem zu lösen. Gelingt uns dies nicht während unserer regulären Arbeitszeit, so schicken wir das Ganze zu unserer Zweigstelle in den USA. Können die Programmierer dort das Problem lösen, so ist die Sache in Ordnung. Wenn nicht, geben sie es weiter zu unserer Programmierabteilung in Hongkong. Können die auch keine Lösung anbieten, dann finde ich den Vorgang morgens wieder auf meinem Computer. Irgendwann wird das Problem mit Sicherheit gelöst. Oft merkt unser Kunde gar nichts von unserer Arbeit."

1. Erklären Sie die Aussage „Die Welt wird zu einem elektronischen Dorf" mithilfe des Berichts.

2. Welche Vorteile hat die dargestellte weltweite Vernetzung?

5.2/4

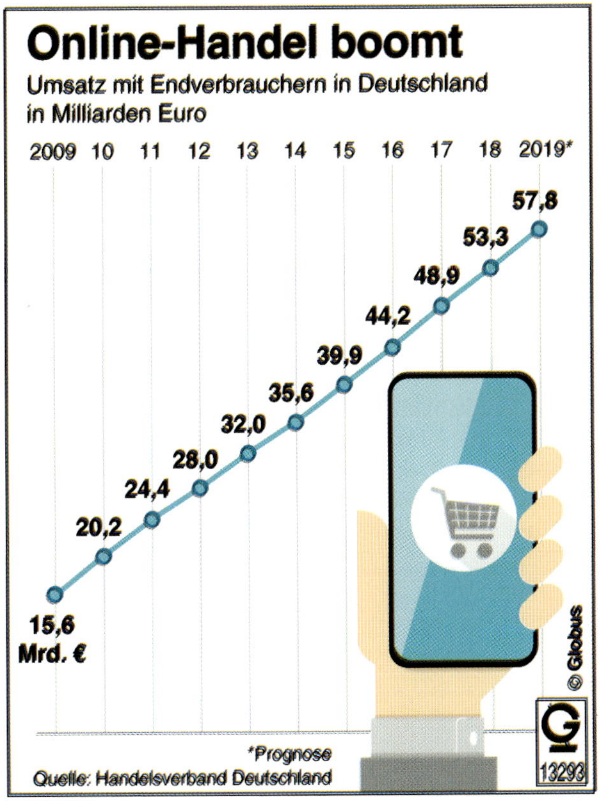

1. Beschreiben Sie die Entwicklung des Internethandels.

2. Welche Vorteile und Nachteile bietet der Kauf über das Internet?

Veränderungen im schulischen Bereich

Auch in der Schule werden die Möglichkeiten der neuen Medien zu großen Veränderungen in den Lerninhalten und den Methoden führen. Wir wollen einmal eine Unterrichtsstunde von Lisa Mustermann verfolgen:

Grundschüler arbeiten mit Tablet-PCs im Unterricht

Sozialkunde steht heute auf dem Stundenplan. Aus den bunten Schultaschen werden die Notebooks ausgepackt und über die Service-Leiste am Kopfteil der Tische in der Klasse an das Schul-LAN angeschlossen. Die Sozialkundelehrerin begrüßt die Klasse. Auch sie hat ihren PC am Pult geöffnet und gibt das Thema der Stunde bekannt: „die Wiedervereinigung Deutschlands."
Die Jugendlichen klicken das entsprechende Symbol im Ordner Sozialkunde an. Auf den Notebooks erscheint eine Karte des geteilten Deutschlands. Nach einer kurzen historischen Einführung beginnt der Sozialkundeunterricht mit einer anderthalbminütigen Filmsequenz über die Öffnung der Mauer. Lisa Mustermann sitzt in der zweiten Reihe neben Florian. Fasziniert verfolgt sie das Geschehen. Da unterbricht der Computer und stellt die erste Frage. Lisa klickt eine der vom Computer gezeigten Möglichkeiten zur Beantwortung an. Die richtige Lösung wird bestätigt. Ein Blick zu Florian: Auch er hat die richtigen Antworten gegeben. Jetzt können die Schüler selbst entscheiden, mit welchen Bereichen sie im Thema fortfahren wollen: den politischen Voraussetzungen in Ost und West, den wirtschaftlichen Folgen der Wiedervereinigung oder den sozialen Veränderungen in der ehemaligen DDR.

Multimedia wird den Unterricht der Zukunft verändern. Aktives Lernen, Zugriff auf Datenbanken und Kommunikation ohne Grenzen werden wichtige Schlüsselbegriffe werden.

Veränderungen im öffentlichen Leben

Umfangreiche Informationen und die Möglichkeit der Mitentscheidung sind Kennzeichen einer demokratischen Gesellschaft. Die Informationsmöglichkeiten sind durch die neuen Medien zurzeit schon fast unbegrenzt. Doch wirklich mitbestimmen können wir in Wahlen nur alle vier bis fünf Jahre. Dies kann sich in einigen Jahren verändern. Wie, können wir am Beispiel von Herrn Mustermann sehen:

5.2/5

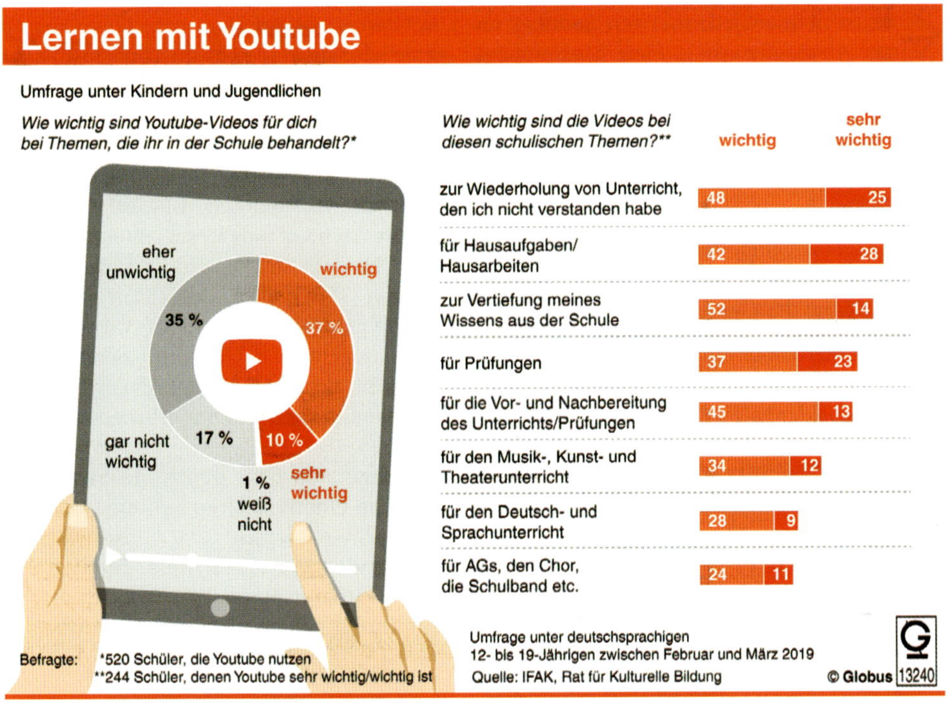

?

1. *Wie nutzen Sie Youtube für schulische Zwecke?*
2. *Welche Vor-und Nachteile sehen Sie bei Nutzung von Youtube?*

5.2/6

Wie gut ist unsere Schule auf die Zukunft vorbereitet?

?

1. *Machen Sie mit Ihrer Klasse eine Bestandsaufnahme, bei der Sie folgende Fragen klären:*
   - *Wie viele Computer hat unsere Schule?*
   - *Wie viele Laptops und Tablets hat unsere Schule?*
   - *Wie ist die Schule ans Internet angebunden?*
   - *Kann aus allen Klassen heraus auf das Internet zugegriffen werden?*
   - *Welche sonstigen modernen Medien gibt es in der Schule?*
2. *Schreiben Sie einen Artikel für die Schülerzeitschrift mit dem Thema „So machen wir unsere Schule fit für die Zukunft“.*

Heute ist, wie an jedem ersten Sonntag im Monat, Abstimmungstag. Herr Mustermann steckt seine Chip-Karte in den PC, der Kasten piepst, die Karte ist registriert, ihr Inhaber ist also abstimmungsberechtigt. Folgende zwei Entscheidungen stehen heute an:

- die Erhöhung der Mehrwertsteuer um zwei Punkte (als bundesweite Entscheidung),
- die Erweiterung eines Baugebietes (als Entscheidung der Gemeinde).

Herr Mustermann informiert sich über die Argumente pro und kontra Steuererhöhung der verschiedenen Parteien auf deren Seiten im Internet. Auf der Homepage seiner Heimatgemeinde schaut er sich eine Landkarte an, auf der die Erweiterung des Baugebietes zu sehen ist.

Herr Mustermann hat sich seine Meinung gebildet und gibt in seinen PC ein, dass er bereit zur Abstimmung ist. Auf dem Bildschirm erscheint eine Urne: „Bitte wählen Sie jetzt." Herr Mustermann drückt die entsprechenden Tasten. Der Bildschirm verkündet: „Ihre Stimme wurde registriert."

Wie immer wird das Ergebnis der Wahl um 22:15 Uhr, also 15 Minuten nach dem Ende der Abstimmungszeit bekannt gegeben.

Diese sehr demokratische Form des Mitentscheidens kann die politische Struktur in unserem Land wesentlich verändern. Benötigt man in einem solchen System noch Parlamente und werden vielleicht Parteien überflüssig?

Die vorgestellten Möglichkeiten und Auswirkungen des Einsatzes neuer Medien sind teilweise noch sehr spekulativ. Wie es in den dargestellten Bereichen wirklich weitergehen wird, muss die Zukunft zeigen. Trotzdem ist es sinnvoll, heute schon über die Chancen und Risiken nachzudenken.

	Chancen	Risiken
Beruf	■ weltweite Zusammenarbeit ■ freiere Gestaltung der Arbeitszeit ■ Zeitgewinn ■ Kostenersparnis für Betriebe	■ Arbeitslosigkeit durch Rationalisierung ■ der Betrieb als Ort sozialer Kommunikation fällt bei Telearbeit weg ■ das Verschwinden fester Arbeitsverhältnisse ■ Problem der Abgrenzung von Privatem und Beruflichem
Privatleben	■ bessere Information ■ weltweite Kontakte möglich ■ Zeitersparnis und Entlastung durch Vereinfachung von Erledigungen des Alltags (z. B. durch Onlineshopping oder Onlinebanking)	■ Rückgang der sozialen Kontakte ■ Gefahr der Verbreitung illegaler Schriften und Bilder ■ Kinder können unkontrolliert an Material kommen, das nicht für sie geeignet ist
Schule	■ Kosteneinsparung, da geringerer Raumbedarf ■ objektivere Formen der Leistungskontrolle möglich	■ fehlende Kommunikation ■ der Erziehungsauftrag der Schule verliert an Bedeutung
Öffentliches Leben	■ demokratische Form der Mitbestimmung, auch bei konkreten Entscheidungen ■ gute Möglichkeit der umfassenden Information ■ Kostenersparnis, da keine teuren Wahlen durchgeführt und keine Parlamente finanziert werden müssen	■ das Fehlen der direkten politischen Konfrontation ■ Parteien als meinungsbildende Institutionen werden langfristig überflüssig

5.2/7

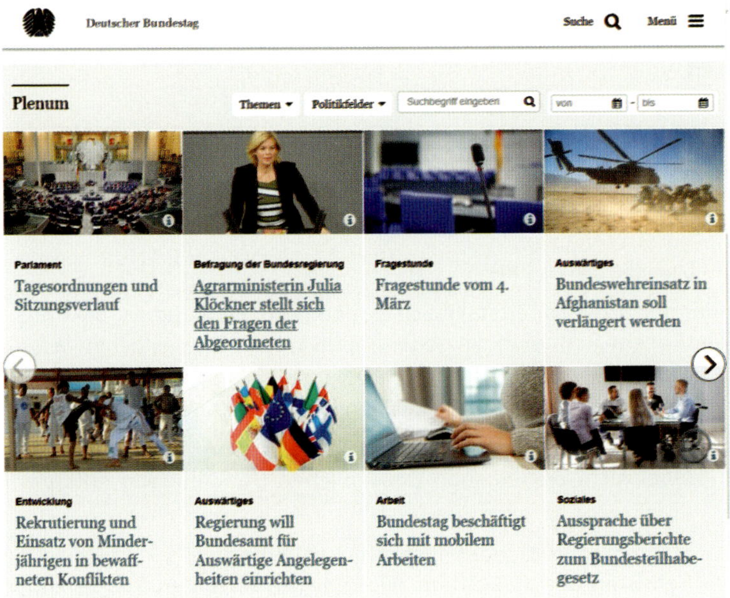

Bild der Bundestags-Homepage

1. *Welche Risiken und Chancen sehen Sie durch die neuen Technologien im politischen Bereich?*
2. *Besuchen Sie die Webseiten der im Bundestag vertretenen Parteien. Stellen Sie Unterschiede und Gemeinsamkeiten fest.*

5.2/8

1. *Erklären Sie die Aussage der Karikatur.*
2. *Welchen Einfluss hat der Einsatz von neuen Technologien auf die Beschäftigungssituation?*
3. *Was sind für Sie die größten Probleme beim Einsatz neuer Technologien?*

Positionenspiel

Je eine Schülerin bzw. ein Schüler übernimmt in Rede und Gegenrede eine Pro- bzw. eine Kontra-Position.
Sie können ihre Argumente zehn Minuten (oder evtl. auch länger) in einer Kleingruppe vorbereiten oder auch spontan beginnen – dies erfordert mehr Mut und Sachkenntnis.

Spielablauf:

- Die Pro-Rednerin oder der Pro-Redner stellt sich in eine Ecke des Raumes, die Kontra-Rednerin oder der Kontra-Redner in die gegenüberliegende. Die restliche Klasse befindet sich in der Mitte des Raumes. Ist der Raum wegen der Bestuhlung zu eng, kann man auch auf den Flur ausweichen.
- Nun tragen beide Rednerinnen bzw. Redner abwechselnd je ein Argument vor. Die Argumente müssen dabei nicht der eigenen tatsächlichen Überzeugung entsprechen.
- Die Zuhörerinnen und Zuhörer verändern je nach Zustimmung oder Ablehnung dieses Argumentes ihren Standplatz. Sich auf die Rednerin oder den Redner hinbewegen bedeutet Zustimmung, sich von ihr oder ihm wegbewegen, Ablehnung. Überzeugt keines der Argumente, so bleibt die Position unverändert.
- Reagiert wird also auf jedes einzelne Argument mit einer Veränderung des Standpunktes.
- Nach ca. 15–20 Minuten (bzw. dem Austausch von ca. zehn bis 15 Argumenten) wird das Spiel beendet.
- An der Stellung und Verteilung der Klasse im Raum lässt sich die Überzeugungskraft der jeweiligen Argumente ablesen.

Wichtig ist, nur auf das zu reagieren, was wirklich gesagt wird, nicht auf das, was man gerne hören würde.

Vorwissen soll weitgehend unberücksichtigt bleiben. Natürlich reagiert jede bzw. jeder auf die eigene Interpretation des Gesagten. Dies macht die Notwendigkeit der Differenzierung, Erläuterung und Diskussion deutlich, die im Anschluss an das Spiel stattfinden müssen.

Variation:

- Da Schulklassen in der Regel groß genug sind, können auch zwei bis drei Personen die Rolle der Pro- bzw. Kontra-Gruppe einnehmen. Sie wechseln sich dann jeweils mit dem Reden ab.
- Die jeweiligen Positionen können in Kleingruppen vorbereitet werden. Jeweils eine Sprecherin oder ein Sprecher der Kleingruppe stellt die Position dar.

Diese Übung erfordert ein sehr diszipliniertes Vorgehen und Argumentieren. Sie ermöglicht jedoch, dass sofort die Wirkung einzelner Argumente auf die Schülerinnen und Schüler sichtbar und erlebbar wird. Erlebbar wird auch, dass oft die Art und Weise, wie ein Argument vorgetragen wird, über dessen Wirkung entscheidet.

Beispiele für Themenvorschläge:

Pro: Die neuen Technologien schaffen Arbeitsplätze.
Kontra: Die neuen Technologien vernichten Arbeitsplätze.

Pro: Soziale Medien fördern die zwischenmenschliche Kommunikation.
Kontra: Soziale Medien führen zur sozialen Isolation.

Pro: Durch die Vielfalt der Informationsmöglichkeiten kann man Fake News leichter erkennen.
Kontra: Der leichte Zugang zum Netz ermöglicht die Verbreitung von Fake News.

Beispiel für die Verteilung während der Ausgangsposition und nach dem ersten Argument bei zwei argumentierenden und 11 entscheidenden Schülern:

Ausgangssituation:

Situation nach dem ersten Argument:

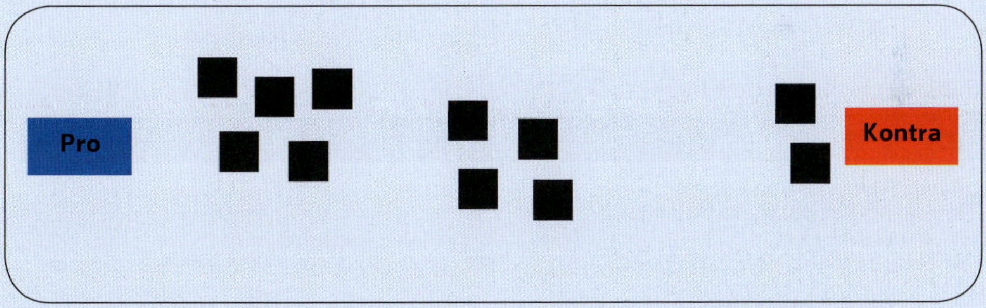

vgl. Gugel, Günther: Methoden im handlungsorientierten Politikunterricht, Neusäß, Kieser Verlag, 1996, Seite 81 f.

Wichtiges Wissen

Agrargesellschaft (Ständegesellschaft)
- festgelegte Ständeordnung mit Vorschriften und Regeln
- drei bzw. vier Stände (Adel, Geistlichkeit, Bürgertum, Bauern)
- Geburt bestimmt den Stand, ein Wechsel zwischen den Ständen kaum möglich

Vorindustrielle Gesellschaft (Klassengesellschaft)
- Gewerbefreiheit und freie Marktwirtschaft
- technische Erfindungen (z. B. Dampfmaschine)
- sozialer Gegensatz zwischen Unternehmern und Arbeiterschaft
- Landflucht
- große Armut unter den Arbeitern
- beginnende Sozialgesetzgebung

Industriegesellschaft
- Demokratie
- Massenwohlstand

Moderne Informationsgesellschaft mit weitgehenden Veränderungen in

Beruf
- Einsatz von Robotern
- Einsatz von Personal Computern im Büro (papierloses Büro)
- Arbeiten am häuslichen Personal Computer (Telearbeit)
- internationale Verknüpfung von Arbeitsplätzen

Privatleben
- neue Möglichkeiten der Informationsbeschaffung
- Einkaufen über Internet oder über Smartphone (Onlineshopping)
- Erledigen der Bankgeschäfte mithilfe des privaten Personal Computers (Onlinebanking)
- Briefe über das Internet versenden (E-Mail)

Schule
- neue Unterrichtsinhalte
- neue Formen des Lernens mithilfe des Computers (programmiertes Lernen)
- Lernen zu Hause

Öffentlichem Leben
- Volksbefragungen per Computer
- Wahlen durch Stimmabgabe per Computer zu Hause
- Wahlkampf übers Internet

Chancen und Risiken in Alltag und Beruf

	Chancen	Risiken
Beruf	■ weltweite Zusammenarbeit, ■ freiere Gestaltung der Arbeitszeit ■ Zeitgewinn ■ Kostenersparnis für Betriebe	■ Arbeitslosigkeit durch Rationalisierung, ■ der Betrieb als Ort sozialer Kommunikation fällt bei Telearbeit weg ■ das Verschwinden fester Arbeitsverhältnisse
Privatleben	■ bessere Information ■ weltweite Kontakte möglich ■ Zeitersparnis und Entlastung durch Vereinfachung von Erledigungen des Alltags	■ Rückgang der sozialen Kontakte ■ Gefahr der Verbreitung illegaler Schriften und Bilder ■ Kinder können unkontrolliert an Material kommen
Schule	■ Kosteneinsparung, da weniger Lehrer benötigt werden ■ objektivere Formen der Leistungskontrolle möglich	■ fehlende Kommunikation ■ der Erziehungsauftrag der Schule verliert an Bedeutung
Öffentliches Leben	■ demokratische Form der Mitbestimmung ■ gute Möglichkeit der umfassenden Information ■ Kostenersparnis	■ das Fehlen der direkten politischen Konfrontation ■ Parteien als meinungsbildende Institutionen werden langfristig überflüssig

1 Erklären Sie den Begriff „Gesellschaft“.
2 Nennen Sie drei Merkmale der Agrargesellschaft.
3 Nennen Sie vier wichtige technische Erfindungen des 19. Jahrhunderts.
4 Was bezeichnet der Begriff „industrielle Revolution“?
5 Beschreiben Sie die Lage der Arbeiterschaft im 19. Jahrhundert.
6 Wie ist die Klassengesellschaft gekennzeichnet?
7 Welche Bereiche werden durch die neuen Technologien verändert?
8 Nennen Sie drei wesentliche Veränderungen in der Zukunft durch die neuen Technologien im beruflichen Bereich.
9 Bilden Sie ein praktisches Beispiel, wie die neuen Technologien den beruflichen Bereich verändern können.
10 Welche Veränderungen hat es in Ihrem Ausbildungsberuf in den letzten Jahren gegeben?
11 Welche Gefahren sehen Sie durch die technologischen Veränderungen im beruflichen Bereich?
12 Wo erwarten Sie in den nächsten Jahren wesentliche Veränderungen in Ihrem Ausbildungsberuf? Erklären Sie diese genauer und beschreiben Sie die zu erwartenden Auswirkungen.
13 Nehmen Sie Stellung zu der Aussage „Die Globalisierung der Wirtschaft wurde erst durch Multimedia möglich“.
14 Nennen Sie drei wesentliche Veränderungen in der Zukunft durch die neuen Technologien im privaten Bereich.
15 Welche neuen Möglichkeiten des Internets nutzen Sie bereits in Ihrem privaten Bereich?
16 Wie haben die neuen Technologien Ihr Leben verändert?
17 Welche positiven und welche negativen Aspekte von Multimedia im privaten Bereich sehen Sie?
18 Was halten Sie bei den neuen Technologien für die wichtigste Entwicklung im privaten Bereich? Begründen Sie Ihre Meinung.
19 Nennen Sie drei wesentliche Veränderungen in der Zukunft durch die neuen Technologien im schulischen Bereich.
20 Welche Möglichkeiten der Nutzung der neuen Technologien bietet Ihre Schule?
21 Welche Chancen und Risiken sehen Sie in der Nutzung der neuen Technologien in der Schule?
22 Beschreiben Sie einige praktische Situationen für den Einsatz von Multimedia in der Schule.
23 Nennen Sie drei wesentliche Veränderungen in der Zukunft durch die neuen Technologien im öffentlichen Bereich.
24 Welche Möglichkeiten gibt es bei Ihnen, sich über kommunale Probleme im Internet zu informieren?
25 Welche Chancen und Risiken bietet der Einsatz des Internets im Bereich der Politik?
26 Nehmen Sie Stellung zu der Aussage „In Zukunft wird es keine Parteien und keine Parlamente mehr geben“.
27 Welche Chancen für eine direkte Demokratie bieten die modernen Technologien?
28 Würden Sie an Wahlen teilnehmen, wenn Sie zu Hause an Ihrem Computer per Knopfdruck abstimmen könnten? Begründen Sie Ihre Entscheidung.
29 Nennen Sie zwei positive und zwei negative Aspekte, die Ihrer Meinung nach für die zunehmende Digitalisierung sprechen.

6 Grundlagen des demokratischen Staates

Alle Staatsgewalt geht

David (16 Jahre)

„Natürlich gibt es – auch für Jugendliche, die noch nicht wählen dürfen – genügend Möglichkeiten, sich politisch zu betätigen, man kann z. B. in einem Leserbrief an eine Zeitung auf ein Problem hinweisen, man kann Bürgerversammlungen besuchen oder sogar die Arbeit einer Bürgerinitiative aktiv unterstützen.
Das Geschwätz, dass man sowieso nichts bewirken kann, ist doch nur eine Schutzbehauptung für seine eigene Untätigkeit."

Lisa (19 Jahre)

„Warum politisch engagieren? Ich habe bis jetzt selten erlebt, dass in der Politik etwas geschieht, was der Bevölkerung nützt. Die Abgeordneten interessieren sich doch gar nicht für die Probleme der Leute, von denen sie gewählt wurden."

vom Volke aus

ZUR DISKUSSION:

1. Sammeln Sie in Ihrer Klasse Aussagen, die eher Lisas Aussage unterstützen, und Meinungen, die eher Davids politische Einstellung vertreten.
2. Diskutieren Sie mögliche Auswirkungen einer fortschreitenden Politikverdrossenheit unter jungen Leuten.

6.1 Das Demokratieverständnis des Grundgesetzes

Grundrechte

Die Voraussetzungen einer demokratischen Werteordnung sind die Grundrechte, die in der Verfassung festgehalten sind. Im Grundgesetz, so heißt die Verfassung der Bundesrepublik Deutschland, stehen die Grundrechte ganz am Anfang in den Artikeln 1–19. Bei den Grundrechten kann man unterscheiden zwischen:

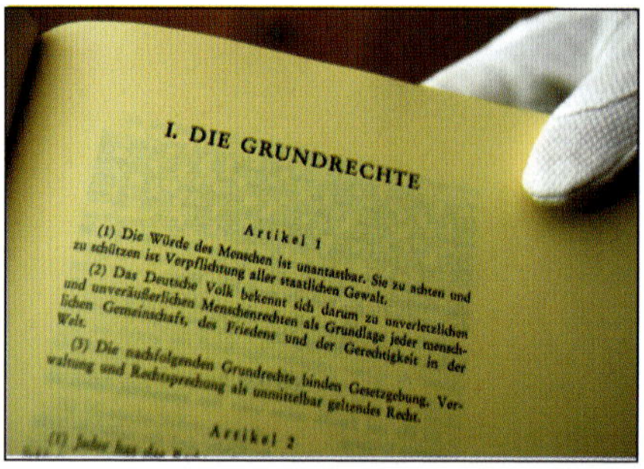

- Menschenrechten, die jedem Menschen zustehen,
- Bürgerrechten, Mitwirkungsrechten, die an die deutsche Staatsbürgerschaft gebunden sind,
- Freiheitsrechten gegenüber dem Staat und seinen Organen,
- Gleichheitsrechten, die die rechtliche Gleichheit der Menschen sichern.

Die Grundrechte des Grundgesetzes können auch eingeteilt werden in			
Freiheitsrechte	**Gleichheitsrechte**	**Unverletzlichkeitsrechte**	**Soziale Grundrechte**
Schützen die Selbstverwirklichung des Menschen nach seinen Vorstellungen	Verpflichten die Staatsgewalt, alle Menschen als gleichwertige Personen zu behandeln	Schützen das Recht auf Privat- und Intimsphäre	Schützen die private Lebensgestaltung
■ freie Entfaltung der Persönlichkeit ■ Freiheit der Person ■ Glaubens- und Gewissensfreiheit ■ Meinungs-, Informations- und Pressefreiheit ■ Freiheit von Kunst, Wissenschaft, Forschung und Lehre ■ Petitionsrecht	■ Gleichheit aller Menschen vor dem Gesetz ■ Gleichberechtigung von Mann und Frau ■ Chancengleichheit	■ Recht auf Leben und körperliche Unversehrtheit ■ Unverletzlichkeit des Brief-, Post- und Fernmeldegeheimnisses ■ Unverletzlichkeit der Wohnung ■ Gewährleistung von Eigentum	■ Schutz von Ehe und Familie ■ Erziehungsrecht der Eltern als deren natürliches Recht ■ Anspruch jeder Mutter auf Schutz und Fürsorge durch die Gemeinschaft ■ Recht zur Errichtung privater Schulen ■ Koalitionsfreiheit ■ Asylrecht

Über diesen Grundrechtskatalog hinaus enthält das Grundgesetz noch weitere Grundrechte:

- das Widerstandsrecht (Art. 20, Abs. 4),
- das Recht auf gleichen Zugang zu öffentlichen Ämtern (Art. 33),
- das Wahlrecht (Art. 38),
- justizielle Rechte wie die Unzulässigkeit von Ausnahmegerichten (Art. 101), Grundrechte im Strafrecht und Strafprozess (Art. 103), Schutz vor willkürlicher Verhaftung.

Grundrechte

6.1/1

Ihrem Inhalt nach sind sie [die Grundrechte] oft identisch mit den Menschenrechten. Der Unterschied besteht darin, dass der Staat selbst sie anerkannt hat, sie sind staatlich garantiert, so wie es die Grundrechte im Grundgesetz sind. Dadurch, dass der Staat sie anerkennt, haben sie in ihrer Formulierung eine konkretere Form bekommen und sind – je nach Staat und System – für den Einzelnen einklagbar und durchsetzbar. Das Grundgesetz bezieht sich also auf die Idee der Menschenrechte und stellt klar, dass es sie mit den Grundrechten umsetzen will. Der Begriff der Menschenrechte wird international so – in dieser Abgrenzung zu den Grundrechten – verwendet. Gleichzeitig gibt es aber noch eine andere Unterscheidung, die in der Wissenschaft auch für die Grundrechte des Grundgesetzes verwendet wird: Dort wird zwischen Menschen- und Bürgerrechten differenziert.
Man kann Grundrechte danach unterscheiden, warum sie gelten, welchen Inhalt sie haben, für wen sie gelten und wie sie wirken.

Quelle: Geuther, Gudula: Besondere Merkmale der Grundrechte, in: Informationen zur politischen Bildung, Heft 305, Bonn 2017, S. 14

?

1. *Fassen Sie die die wesentlichen Aussagen des Textes zusammen.*
2. *Worin unterscheiden sich die Grundrechte von den Menschenrechten?*
3. *Welche Unterscheidungsmerkmale gibt es für Grundrechte?*

Grundrechte

6.1/2

- ART. 1: SCHUTZ DER MENSCHENWÜRDE ■
- ART. 2: FREIHEIT DER PERSON ■
- ART. 3: GLEICHHEIT VOR DEM GESETZ ■
- ART. 4: GLAUBENS- UND GEWISSENSFREIHEIT ■
- ART. 5: FREIE MEINUNGSÄUSSERUNG ■
- ART. 6: SCHUTZ DER EHE UND FAMILIE ■
- ART. 7: STAATLICHE SCHULAUFSICHT, ELTERNRECHTE ■
- ART. 8: VERSAMMLUNGSFREIHEIT ■
- ART. 9: VEREINIGUNGSFREIHEIT ■
- ART. 10: BRIEF- UND POSTGEHEIMNIS ■
- ART. 11: RECHT DER FREIZÜGIGKEIT ■
- ART. 12: FREIE BERUFSWAHL ■
- ART. 13: UNVERLETZLICHKEIT DER WOHNUNG ■
- ART. 14: GEWÄHRLEISTUNG DES EIGENTUMS ■
- ART. 15: ÜBERFÜHRUNG IN GEMEINEIGENTUM ■
- ART. 16: STAATSANGEHÖRIGKEIT ■
- ART. 16A: ASYLRECHT ■
- ART. 17: PETITIONSRECHT ■
- ART. 18: VERWIRKUNG DER GRUNDRECHTE ■
- ART. 19: EINSCHRÄNKUNG DER GRUNDRECHTE ■
- ART. 20: WIDERSTANDSRECHT ■
- ART. 33: GLEICHER ZUGANG ZU ÖFFENTLICHEN ÄMTERN ■
- ART. 38: WAHLRECHT ■
- ART. 101: RECHT AUF DEN GESETZLICHEN RICHTER ■
- ART. 103: ANSPRUCH AUF RECHTLICHES GEHÖR VOR GERICHT ■
- ART. 104: RECHTSGARANTIEN BEI FREIHEITSENTZIEHUNG ■

?

1. *Ordnen Sie diesen Grundrechtskatalog in Freiheits-, Gleichheits-, Unverletzlichkeits- und soziale Grundrechte (vgl. gegenüberstehende Tabelle).*
2. *Ermitteln Sie mithilfe des Grundgesetz-Textes, an welchen sprachlichen Formulierungen man erkennen kann, ob ein Grundrecht ein Menschenrecht oder ein Bürgerrecht ist. Schreiben Sie entsprechende Grundgesetz-Artikel heraus.*

Verfassungsprinzipien

In unserer parlamentarischen Demokratie geht zwar alle Staatsgewalt vom Volk aus, aber die Bürgerinnen und Bürger übertragen ihren Willen den Abgeordneten (Repräsentanten), die sie wählen. Deswegen nennt man diese Form der Demokratie **repräsentative Demokratie**. Der Staat erhält vom Volk eine Handlungsvollmacht, das ist seine Staatsgewalt. Diese Staatsgewalt wird nach Artikel 20 GG in drei Funktionsbereichen ausgeübt:

- Gesetzgebung (**Legislative**)
- Regierung und Verwaltung (**Exekutive**)
- Rechtsprechung (**Judikative**)

Gewaltenteilung

Gesetzgebende Gewalt

Plenarsaal des Bundestages

Vollziehende Gewalt

Die Bundesregierung

Rechtsprechende Gewalt

Das Bundesverfassungsgericht

	Gesetzgebende Gewalt	Vollziehende Gewalt	Rechtsprechende Gewalt
Bundesebene	■ Bundestag (Volksvertretung) ■ Bundesrat (Ländervertretung)	■ Bundesregierung ■ Bundeseigene Verwaltung	■ Bundesverfassungsgericht ■ Oberste Gerichtshöfe
Länderebene	Parlamente der Länder	■ Auftragsverwaltung ■ Länderregierungen ■ Länderverwaltungen	■ Oberlandesgericht ■ Landgericht
Gemeindeebene	■ Kreistage ■ Stadtverordnetenversammlungen ■ Gemeinderäte	■ Kreisverwaltungen ■ Stadtverwaltungen ■ Gemeindeverwaltungen	■ Amtsgerichte

vertikale Gewaltenteilung ↓

horizontale Gewaltenteilung →

Die Ausübung der Staatsgewalt übernehmen die Staatsorgane. Nach dem Prinzip der Gewaltenteilung sind für jeden der drei Funktionsbereiche besondere voneinander unabhängige Organe zu schaffen:

- **Parlamente und Volksvertretungen** = Organe der Gesetzgebung
- **Regierungen und Behörden** = Organe der Regierung und Verwaltung
- **Gerichte** = Organe der Rechtsprechung

Diese Gewaltenteilung kann durch gegenseitige Überwachung die unkontrollierte Ballung der Staatsgewalt bannen und somit Machtmissbrauch verhindern.

Gewaltenteilung und Gewaltenverschränkung

6.1/3

In parlamentarischen Demokratien wie der Bundesrepublik Deutschland hat sich eine andere Form der Gewaltenteilung herausgebildet. Die Trennlinie verläuft nicht mehr zwischen Parlament und Regierung, sondern zwischen Parlamentsmehrheit und Regierung auf der einen und der Opposition auf der anderen Seite. Die Regierung geht aus den Mehrheitsfraktionen hervor und wird von ihnen getragen. Die Mitglieder der Regierung sind in der Regel auch Mitglieder des Parlaments. Gegenspieler von Regierung und Parlamentsmehrheit ist die Opposition.

In Bundesstaaten wird die Macht des Bundes auch durch die Länder begrenzt. Die staatliche Gewalt und die staatlichen Aufgaben sind zwischen Bund, Ländern und Gemeinden aufgeteilt. In der Bundesrepublik Deutschland wirken die Länder durch den Bundesrat an der Gesetzgebung des Bundes mit. Die Verwaltung, der die Ausführung der Gesetze und Rechtsverordnungen obliegt, ist überwiegend Sache der Bundesländer und auf der untersten Ebene Aufgabe der Kommunen.

Statt durch eine strikte Trennung der Gewalten ist die parlamentarische Demokratie gekennzeichnet durch eine Gewaltenverschränkung. Legislative und Exekutive sind miteinander verknüpft, getrennt von ihnen ist dagegen die Rechtsprechung.

Quelle: Pötzsch, Horst: Die deutsche Demokratie, hrsg. v. Bundeszentrale für politische Bildung, Bonn, 2009, S. 68

?

1. *Schreiben Sie aus diesem Text die Schlüsselbegriffe heraus.*
2. *Erklären Sie dann in einem Kurzvortrag die beiden Zentralbegriffe „Gewaltenteilung" und „Gewaltenverschränkung".*
3. *Welche Aufgaben haben Bund, Länder und Gemeinden in der Bundesrepublik Deutschland?*

6.1/4

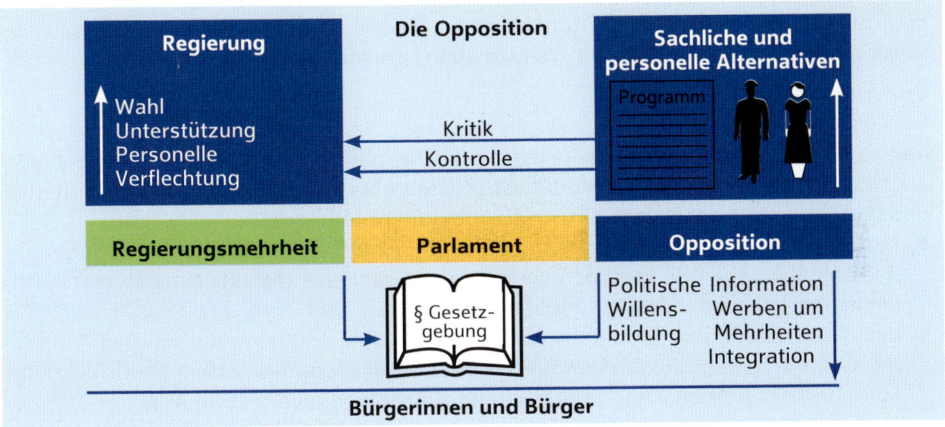

Im Bundestag kann die Opposition gegen die Mehrheit wenig bewirken. Chancen, auf die Politik der Regierung Einfluss zu nehmen, eröffnet das bundesstaatliche System. Es sieht eine Mitwirkung des Bundesrates an der Gesetzgebung vor. Wenn im Bundesrat Landesregierungen die Mehrheit haben, die der Opposition im Bundestag entsprechen, muss sich die Regierung bei Gesetzen oder auch bei außenpolitischen Verträgen mit der Opposition verständigen, um nicht einen (aufschiebenden) Einspruch oder eine Ablehnung im Bundesrat zu riskieren.

Quelle: Pötzsch, Horst: Die deutsche Demokratie, hrsg. v. Bundeszentrale für politische Bildung, Bonn, 2009, S. 68

?

1. *Schreiben Sie einen erläuternden Text zur Grafik „Die Opposition".*
2. *Wie kann die Opposition Einfluss auf die Politik der Regierung nehmen?*

Die Verfassungsgrundsätze des Grundgesetzes

Artikel 20 GG

(1) Die Bundesrepublik Deutschland ist ein demokratischer und sozialer Bundesstaat.

(2) Alle Staatsgewalt geht vom Volke aus. Sie wird vom Volke in Wahlen und Abstimmungen und durch besondere Organe der Gesetzgebung, der vollziehenden Gewalt und der Rechtsprechung ausgeübt.

(3) Die Gesetzgebung ist an die verfassungsmäßige Ordnung, die vollziehende Gewalt und die Rechtsprechung sind an Gesetz und Recht gebunden.

(4) Gegen jeden, der es unternimmt, diese Ordnung zu beseitigen, haben alle Deutschen das Recht zum Widerstand, wenn andere Abhilfe nicht möglich ist.

Bundesstaat

Die Bundesrepublik Deutschland hat einen Staatsaufbau nach föderalistischem (bundesstaatlichem) Prinzip. Im Bundesstaat, zu dem sich die Bundesländer zusammengeschlossen haben, sind Aufgaben und Zuständigkeiten auf Bund und Länder verteilt.

Republik

Die Republik ist eine Staatsform, in der das Staatsoberhaupt (Präsident) entweder vom Volk, von der Volksvertretung oder von einem besonderen Wahlgremium gewählt wird. Im parlamentarischen System der Bundesrepublik ist die Regierung von dem Vertrauen des Parlaments abhängig und muss sich diesem gegenüber auch verantworten.

Demokratie

Träger der Staatsgewalt in der Bundesrepublik ist das Volk. Es übt diese Gewalt auf zweifache Weise aus:

- unmittelbar durch Wahlen und Abstimmungen sowie
- mittelbar durch besondere Staatsorgane.

Weil die vom Volk gewählten Abgeordneten (Repräsentanten) die Staatsgewalt ausüben, nennt sich diese Form der Demokratie repräsentative Demokratie.

Sozialstaat

Sozialstaatlichkeit gebietet das gestaltende Eingreifen des Staates in die sozialen Verhältnisse des Einzelnen und der Gesellschaft. Das heißt, der Staat ist verpflichtet, soziale Gerechtigkeit zu einem leitenden Grundsatz staatlicher Maßnahmen zu ernennen und die sozialen Verhältnisse aktiv mitzugestalten. Man unterscheidet dabei:

- sozialpolitische Maßnahmen zur sozialen Sicherung, die zu den Aufgaben der Sozialpolitik zählen (z. B. durch die Renten-, Kranken-, Unfall-, Arbeitslosen-, Pflegeversicherung oder Ausbildungsförderung usw.) und
- gesellschaftspolitische Maßnahmen für die soziale Teilhabe, die zu den Aufgaben der Gesellschaftspolitik zählen (z. B. durch Tarifautonomie, Arbeits- und Sozialgerichtsbarkeit, betriebliche Mitbestimmung, Vermögensverteilung usw.).

Rechtsstaat

Unter Rechtsstaatlichkeit versteht man:

- die Garantie der persönlichen Freiheit durch Achtung der Grundrechte,
- die dem Staat auferlegte Mäßigung und Zurückhaltung bei seinen Entscheidungen und Handlungen,
- die Bindung staatlicher Gewalt an die Verfassung sowie an Recht und Gesetz.

Widerstandsrecht

Das Recht auf Widerstand besteht, wenn Abhilfe von Missständen durch Anrufung der Gerichte, Einschaltung des Parlaments oder Verfassungsbeschwerden erfolglos waren. Erst dann dürfen Mittel des Widerstandes eingesetzt werden. Dazu gehören: offener Ungehorsam, politischer Streik oder unter Umständen Gewalt, wenn dadurch die Grundsätze der freiheitlich-demokratischen Grundordnung verteidigt werden. Das Recht gilt jedoch keinesfalls für den privaten Bereich.

Im Gegensatz zu anderen föderalen Staaten wie beispielsweise den USA, wo es eine klare Aufgabentrennung zwischen Washington und den Bundesstaaten gibt, ist der deutsche Föderalismus durch eine enge Zusammenarbeit zwischen Bund und Ländern gekennzeichnet. So beteiligen sich die Länder über den Bundesrat an der Gesetzgebung, wirken bei Angelegenheiten mit, welche die Europäische Union betreffen, und setzen Bundesgesetze und -vorgaben über ihre Verwaltungen um. Im Grundgesetz ist die Verteilung der Kompetenzen festgelegt. Im Laufe der vergangenen Jahrzehnte wurde die Zuordnung der staatlichen Aufgabenerfüllung zwischen Bund und Ländern immer wieder durch Reformen neu verteilt. Wichtige Prinzipien des deutschen Föderalismus sind Subsidiarität und Solidarität. Subsidiarität bedeutet, dass der Bund nur solche Aufgaben übernehmen soll, die auf Länderebene nicht erfüllt werden können bzw. das gesamte Bundesgebiet betreffen. Die Aufgabenverteilung ist von unten her gedacht: Bürgernahe Politik hat den Vorrang vor bürgerfernen Entscheidungen. Das Solidaritätsprinzip bedeutet, dass die Länder und der Bund füreinander einstehen und einander Hilfe zur Selbsthilfe gewähren. Sichtbarstes Zeichen für dieses Prinzip ist der – allerdings immer wieder heftig umstrittene – Länderfinanzausgleich. 6.1/5

Quelle: Klaeren, Jutta: Editorial, in: Informationen zur politischen Bildung, Nr. 318, hrsg. von der Bundeszentrale für politische Bildung, Bonn 2013, S. 3

1. *Definieren Sie den Begriff Föderalismus.*
2. *Welche besonderen Merkmale zeichnen den deutschen Föderalismus aus?*
3. *Erklären Sie die Fachbegriffe „Subsidiarität" und „Solidarität".*

Republikanische Staatsformen

6.1/6

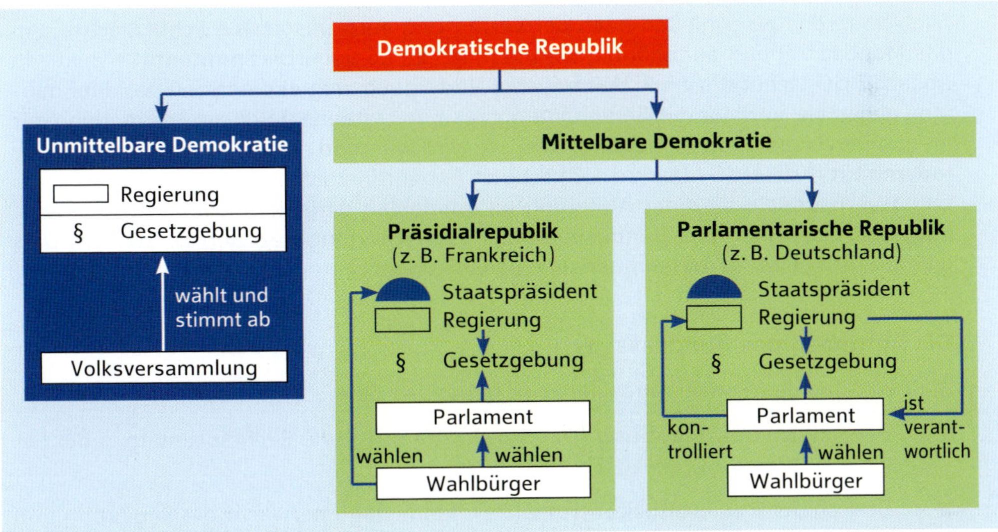

1. *Was versteht man unter Demokratie?*
2. *Erklären Sie den Begriff „repräsentative Demokratie" am Beispiel der Bundesrepublik Deutschland. Beziehen Sie dabei das entsprechende Teilbild der Grafik „Republikanische Staatsformen" mit ein.*

6.2 Die Staatsorgane der Bundesrepublik Deutschland

Der Bundestag

In seiner Funktion als **Volksvertreter** und **Gesetzgeber** ist der Bundestag das wichtigste oberste Bundesorgan. Er wird als einzige Institution vom Volk unmittelbar gewählt. Bedeutsam für die Arbeitsweise des Bundestages sind die Mehrheitsverhältnisse von Regierungskoalition und Opposition. Eine **Regierungskoalition** kann gebildet werden, wenn eine Partei nicht über die Mehrheit der Abgeordneten des Bundestages verfügt und mit einer Partei oder mehreren anderen Parteien ein Koalitionsabkommen beschließt, das als Grundlage für ihre Arbeit während einer Wahlperiode dient. Unter **Opposition** versteht man die Partei oder Parteien, die nicht an der Regierung beteiligt sind. Ihre Aufgabe ist es, die Arbeit der Regierung kritisch zu überprüfen und eigene Vorschläge einzubringen.

Die Abgeordneten des Deutschen Bundestages

Als Vertreter des ganzen Volkes haben die Abgeordneten nach dem Grundgesetz ein **freies (ungebundenes) Mandat**, denn sie entscheiden bei Abstimmungen nur nach ihrem Gewissen und sind nicht an Aufträge und Weisungen ihrer Wählers oder ihrer Partei gebunden.
Im Gegensatz dazu aber erwartet die Partei von ihren Mitgliedern eine gewisse **Fraktionsdisziplin**, das heißt, bei Entscheidungen im Parlament soll eine gemeinsame Haltung zu Einzelproblemen vertreten werden. Man spricht in diesem Zusammenhang sogar von **Fraktionszwang**. Daraus ergeben sich einige Fragen: Dürfen Abgeordnete sich gegen die Partei wenden, die ihnen schließlich zum Parlamentssitz verholfen hat? Ein solches **imperatives** (an die Fraktionsdisziplin **gebundenes**) **Mandat** würde jedoch im Widerspruch zur verfassungsrechtlich garantierten freien Gewissensentscheidung der einzelnen Abgeordneten stehen.
Alle Abgeordneten genießen nach der Verfassung auch besondere **Schutzrechte,** um das Mandat frei und unabhängig wahrnehmen zu können. Die **Immunität** (Artikel 46 Absatz 2 GG) schützt sie vor behördlicher Verfolgung wegen einer Straftat. Maßnahmen gegen sie sind nur mit Genehmigung des Bundestages durch eine Aufhebung der Immunität zulässig, es sei denn, er oder sie wird während der Tat festgenommen. Die **Indemnität** (Artikel 46 Absatz 1 GG) schützt Abgeordnete davor, wegen ihres Abstimmungsverhaltens oder einer Äußerung im Bundestag gerichtlich oder dienstlich verfolgt oder außerhalb des Bundestages zur Verantwortung gezogen zu werden. Dies gilt natürlich nicht für verleumderische Beleidigungen.

Die Aufgaben des Bundestages

Die Aufgaben des Bundestages liegen in folgenden Bereichen:

- im Bereich der **Gesetzgebung** (Der Bundestag pflegt die Rechtsordnung, indem er Gesetze einbringt und verabschiedet.)
- im Bereich der **Regierungskontrolle** (Der Bundestag überwacht die Regierung und die Verwaltung.)
- im Bereich der **Wahlfunktion** (Der Bundestag wählt den Bundestagspräsidenten, den Bundeskanzler und wirkt mit bei der Wahl des Bundespräsidenten und der Bundesverfassungsrichter.)

Die Staatsorgane der Bundesrepublik Deutschland

6.2/1

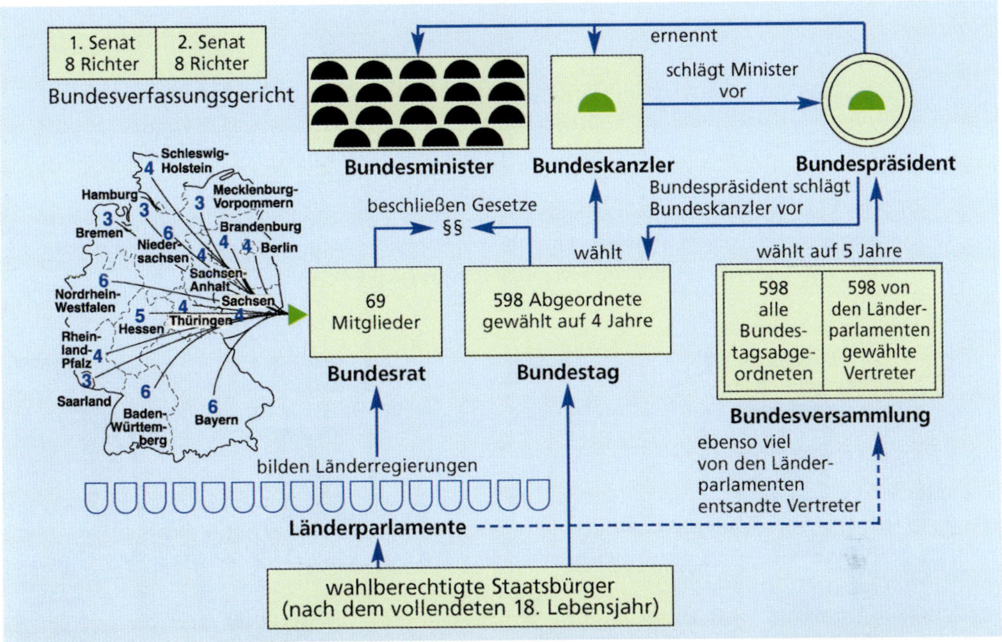

?

1. *Nennen Sie die Staatsorgane der Bundesrepublik Deutschland.*
2. *Wie setzen sich Bundestag, Bundesrat, Bundesregierung und Bundesverfassungsgericht zusammen?*

Weisungsfreiheit der Abgeordneten

6.2/2

Das Volk kann von einem Abgeordneten nicht verlangen, in einer zur Entscheidung anstehenden Frage in bestimmter Weise zu handeln.
Die Weisungsfreiheit besagt weiter, dass er an Aufträge einzelner Wähler oder Wählergruppen nicht gebunden ist. Dies folgt daraus, dass der Abgeordnete nicht einen einzelnen Wahlkreis, etwa den, in dem er gewählt wurde, vertritt, sondern das ganze Volk in allen Wahlkreisen.
Am problematischsten ist die Freiheit des Abgeordneten von Weisungen, Aufträgen, Grundsätzen und Programmen einer Partei. Auch dies folgt verfassungsrechtlich aus dem Grundsatz des freien Mandats. [...] Das Mandat des Abgeordneten ist auch gegenüber der Partei frei. Er kann im Bundestag gegen die Ansichten seiner Partei stimmen, ohne dass diese die Möglichkeit hat, ihn deshalb abzuberufen. [...] Selbst wenn eine Partei von ihren Kandidaten vor der Wahl eine Erklärung verlangt, in der sich der Betreffende verpflichtet, für den Fall seiner Wahl dann auf sein Mandat zu verzichten, wenn er sich gegen die Parteimeinung stellt, so ist der Gewählte, sollte es so weit kommen, rechtlich nicht daran gebunden.

Quelle: Rausch, Heinz: Der Abgeordnete - Idee und Wirklichkeit, 4. Aufl., Bayerische Landeszentrale für politische Bildungsarbeit, München 1980.

?

1. *Warum kann der Wähler in anstehenden Fragen von einem Abgeordneten nicht verlangen, in bestimmter Weise zu handeln?*
2. *Welche Rechte haben Abgeordnete gegenüber ihrer Partei aufgrund des freien Mandats?*

Der Bundesrat

Artikel 51 GG
(1) Der Bundesrat besteht aus Mitgliedern der Regierung der Länder, die sie bestellen und abberufen. Sie können durch andere Mitglieder ihrer Regierungen vertreten werden.
(2) Jedes Land hat mindestens drei Stimmen. Länder mit mehr als zwei Millionen Einwohnern haben vier, Länder mit mehr als sechs Millionen Einwohnern fünf, Länder mit mehr als sieben Millionen Einwohnern sechs Stimmen.
(3) Jedes Land kann so viele Mitglieder entsenden, wie es Stimmen hat. Die Stimmen eines Landes können nur einheitlich und nur durch anwesende Mitglieder oder deren Vertreter abgegeben werden.

Blick in den Plenarsaal des Bundesrates, Sondersitzung des Bundesrates vom 27.03.2020 zur Corona-Krise

Die in der Bundesrepublik Deutschland zusammengeschlossenen Länder erhalten durch den Bundesrat die Möglichkeit der **Beteiligung an der Gesetzgebung** und der **Mitwirkung an der Verwaltung.** Die Länder können über den Bundesrat ihre Interessen vorbringen. Er ist neben dem Bundestag ein zweites Organ der Gesetzgebung und bildet ein Gegengewicht zu ihm. Dadurch kommt das föderative Prinzip der Bundesrepublik Deutschland deutlich zum Ausdruck.

Die Zusammensetzung des Bundesrates

Der Bundesrat setzt sich entsprechend der Einwohnerzahlen aus 69 Mitgliedern (Ministerpräsidenten, Minister) der Länderregierungen wie folgt zusammen:

Je drei Stimmen haben:	Bremen, Hamburg, Saarland, Mecklenburg-Vorpommern
Je vier Stimmen haben:	Berlin, Rheinland-Pfalz, Schleswig-Holstein, Brandenburg, Sachsen, Sachsen-Anhalt, Thüringen
Fünf Stimmen hat:	Hessen
Je sechs Stimmen haben:	Baden-Württemberg, Bayern, Niedersachsen, Nordrhein-Westfalen

Der Bundesrat

6.2/3

Durch den Bundesrat wirken die Länder bei der Gesetzgebung und der Verwaltung des Bundes mit. Im Gegensatz zum Bundestag ist er aber nicht an eine bestimmte Wahl- oder Legislaturperiode gebunden.

Die Mitglieder des Bundesrates werden nicht gewählt, sondern von den Länderregierungen aus ihrer Mitte bestellt und abberufen. Sie üben insofern eine Doppelfunktion aus: In ihren Ländern sind sie Träger der Exekutive, als Bundesratsmitglieder üben sie jedoch legislative Staatsgewalt aus. Der Bundesrat fasst seine Beschlüsse mit mindestens der Mehrheit seiner Stimmen. Für jedes Land können die Stimmen nur einheitlich und nur durch anwesende Mitglieder oder deren Vertreter abgegeben werden. Bei der Stimmabgabe sind die Bundesratsmitglieder an die Weisungen ihrer Regierungen gebunden.

Quelle: Kammer, Hilde; Bartsch, Elisabet: Jugendlexikon Politik, Reinbek, Rowohlt, 2011, S. 41

?

1. *Erklären Sie, warum der Bundesrat das föderative Element unter den Organen der Bundesrepublik Deutschland ist.*
2. *Erläutern Sie die Doppelfunktion der Bundesratsmitglieder.*

6.2/4

Argumente für einen Föderalismus	Argumente gegen einen Föderalismus
■ **Föderalismus ist demokratisch.** Man wählt nicht nur Bundestagsabgeordnete, sondern auch Landtagsabgeordnete. Mehrfache Wahlen zu unterschiedlichen Parlamenten zwingen die Parteien, sich am Wähler zu orientieren. ■ **Föderalismus ist bürgernah.** Der Bundesbürger ist nicht allein einem meist fernen und anonymen Bundesstaat ausgesetzt, der zentralistisch strukturiert ist. ■ **Föderalismus fördert Gewaltentrennung.** Neben der Trennung von Exekutive und Legislative gibt es eine Trennung der staatlichen Gewalt von oben, sodass Zwischenbehörden Entscheidungen überprüfen können. Die Konkurrenz von Land und Bund zwingt zu einer gegenseitigen Kontrolle von Gesamtstaat und Bundesland. ■ **Föderalismus bietet Vielfalt in Einheit.** Die unterschiedlichen Landesverfassungen ermöglichen eine Berücksichtigung der kulturellen Vielfalt, persönlichen Eigenart, landsmannschaftlichen Besonderheiten. Was für das eine Bundesland gut sein mag, ist für das andere nicht geeignet. ■ **Föderalismus fördert die Parteienstruktur.** Der Wettbewerb zwischen den Parteien wird durch die Chance gefördert, auf Bundes- und Landesebene unterschiedliche Mehrheitsverhältnisse herbeizuführen.	■ **Föderalismus kontra Gleichheitsgrundsatz.** Die unterschiedliche staatliche Leistungsfähigkeit der Länder schafft ungleiche Chancen der Bürger. Ungleichheiten in der Wirtschaft, Kultur oder im sozialen Bereich sind denkbar. ■ **Föderalismus ist teuer.** Vielfache Regierungen, Parlamente und Behörden führen zu Doppelarbeit, doppelten Kosten und verlängerten politischen Entscheidungsprozessen. ■ **Föderalismus zwingt zum Kompromiss.** Regierungen, Parlamente auf Bundes- und Landesebene sind zu langen Entscheidungsfindungen gezwungen. Wirksames Regieren, schnelles Reagieren sind häufig unmöglich. ■ **Föderalismus führt zur Unübersichtlichkeit.** Doppelte Zuständigkeiten, die Konkurrenz zwischen Bundeskompetenz und Landeskompetenz verschieben Verantwortlichkeiten. Zahlreiche Abstimmungsgremien auf Bundesebene sind ohne Legitimation, haben aber trotzdem eine Entscheidungsgewalt. Staatsverdrossenheit könnte die Folge sein. ■ **Föderalismus fördert nicht Vielfalt, sondern Verwirrung.** Typisches Beispiel ist die Schulpolitik der Länder. Muss ein Bundesbürger in ein anderes Land umziehen, so entstehen oft für die Kinder Schulprobleme.

Quelle: Politik – Aktuell für den Unterricht, Themenheft 8: Föderalismus, Kaarst, Madog-Verlag, 2006, S. 4

?

1. *Welchen Argumenten für, welchen Argumenten gegen einen Föderalismus stimmen Sie zu?*
2. *Hat sich in der Bundesrepublik Deutschland das föderalistische Prinzip bewährt? Begründen Sie Ihre Meinung.*

Die Aufgaben des Bundesrates

Der Bundesrat wirkt bei der **Gesetzgebung** mit:

- Er bekommt die Gesetzesvorlagen der Bundesregierung zur Behandlung zugeleitet.
- Er kann verfassungsändernde Gesetze und Gesetze, die seiner Zustimmung bedürfen, inhaltlich beeinflussen oder verhindern.
- Er kann bei bestimmten Gesetzen den **Vermittlungsausschuss** anrufen und Einspruch einlegen.
- Er kann nach Erklärung des **Gesetzgebungsnotstandes** (Artikel 81 GG) vom Bundestag abgelehnte Gesetzesvorlagen rechtswirksam verabschieden. Der Gesetzgebungsnotstand für eine Gesetzesvorlage wird auf Antrag der Bundesregierung dann erklärt, wenn der Bundestag nach der gescheiterten Vertrauensfrage des Bundeskanzlers nicht aufgelöst wird und der Bundestag die Gesetzesvorlage ablehnt, obwohl die Bundesregierung sie als dringlich bezeichnet. Damit soll eine Lähmung des Gesetzgebungsverfahrens verhindert werden.
- Er kann selbst Gesetzentwürfe einbringen (Gesetzesinitiative).

Der Bundesrat wirkt bei der **Verwaltung** mit:

- Er nimmt mit dem Bundestag zusammen den Verfassungseid des Bundespräsidenten ab.
- Er wählt eine Hälfte der Richter des Bundesverfassungsgerichts. (Die andere Hälfte wählt der Bundestag.)
- Er kann vom Bundesfinanzminister die Rechnungslegung über den Bundeshaushaltsplan verlangen. Das heißt, er kann Informationen zu den einzelnen Posten des Haushaltsplanes fordern.
- Er kann von der Bundesregierung verlangen, dass sie ihre Anordnung gegen die Länder beim Staatsnotstand oder in Katastrophenfällen aufhebt.

Bundespräsident/Bundespräsidentin

Als **Staatsoberhaupt** und Repräsentant (Vertreter) des Staates steht der Bundespräsident an der Spitze der Bundesrepublik Deutschland. Er vertritt den Staat nach außen völkerrechtlich und schließt Verträge mit den auswärtigen Ländern ab. Als neutrale Kraft und Hüter der Verfassung soll der Bundespräsident in der politischen Auseinandersetzung ausgleichend wirken. Er ist sowohl an der gesetzgebenden Gewalt als auch an der vollziehenden Gewalt beteiligt.

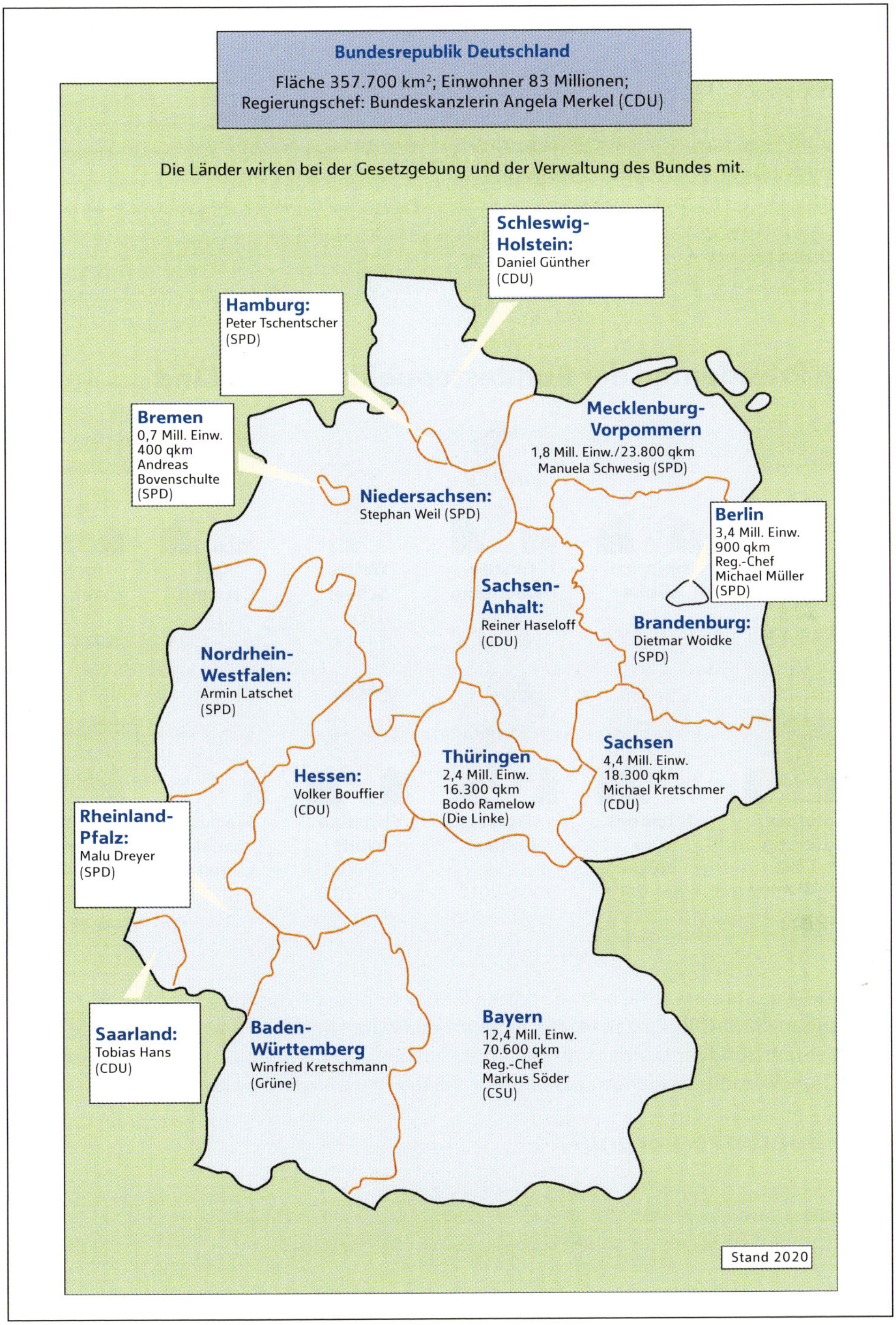

?

1. *Nennen Sie die sechzehn Bundesländer und ihre Hauptstädte.*
2. *Wie viele Mitglieder bestellt jedes Bundesland in den Bundesrat?*

Die Wahl und Amtsdauer des Bundespräsidenten/der Bundespräsidentin

Artikel 54 GG

(1) Der Bundespräsident wird ohne Aussprache von der Bundesversammlung gewählt. Wählbar ist jeder Deutsche, der das Wahlrecht zum Bundestage besitzt und das vierzigste Lebensjahr vollendet hat.
(2) Das Amt des Bundespräsidenten dauert fünf Jahre. Anschließende Wiederwahl ist nur einmal zulässig.
(3) Die Bundesversammlung besteht aus den Mitgliedern des Bundestages und einer gleichen Anzahl von Mitgliedern, die von den Volksvertretungen der Länder nach den Grundsätzen der Verhältniswahl gewählt werden.

Durch seine staatsrechtlichen Aufgaben ist der Bundespräsident sowohl an der gesetzgebenden Gewalt (Legislative) als auch an der vollziehenden Gewalt (Exekutive) beteiligt. Ist der Bundespräsident an der Amtsführung verhindert, werden seine Aufgaben vom Bundesratspräsidenten als seinem Vertreter wahrgenommen.

Die Bundesregierung

Artikel 62 GG

Die Bundesregierung besteht aus dem Bundeskanzler und den Bundesministern.

Die Bundesregierung – auch **Bundeskabinett** genannt – wird entweder von einer Partei gebildet oder es schließen sich mehrere Parteien zu einer **Koalition** (Bündnis) zusammen. Bei der Ausübung der vollziehenden Gewalt werden die **Bundesministerien** und die nachgeordneten Verwaltungsbehörden tätig. Sie sorgen für die Ausführung der Bundesgesetze und haben die Aufsicht darüber, dass die Länder sich an die Bundesgesetze halten.

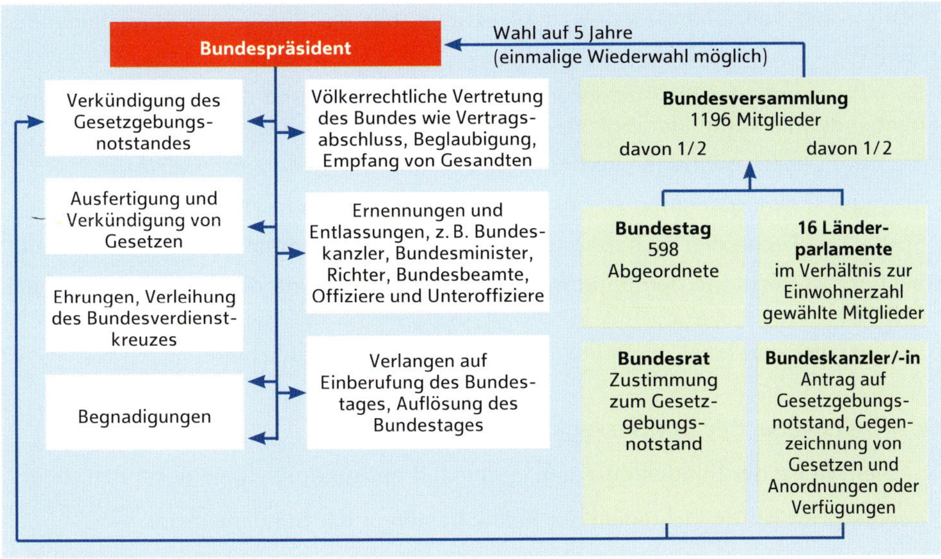

6.2/6

1. *Erklären Sie, wie der Bundespräsident gewählt wird.*
2. *Ordnen Sie die staatsrechtlichen Aufgaben des Bundespräsidenten der Legislative und Exekutive zu.*
3. *Wer ist der Stellvertreter des Bundespräsidenten?*

?

Die Bundesregierung

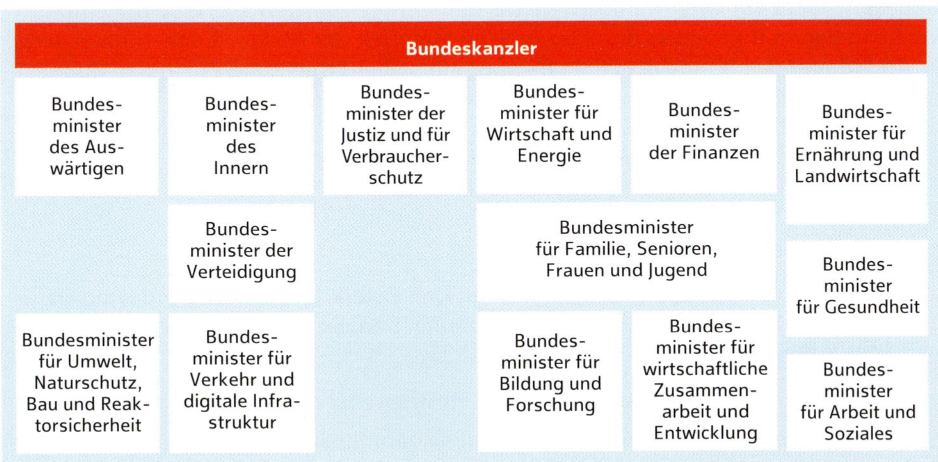

6.2/7

1. *Wie setzt sich die Bundesregierung zusammen?*
2. *Nennen Sie die Bundesminister und ermitteln Sie ihre Parteizugehörigkeit.*

?

Als Organ der vollziehenden Gewalt (Exekutive) hat die Bundesregierung folgende **Aufgaben:**

- Sie ist zuständig für die Ausführung der Bundesgesetze und der damit zusammenhängenden Verwaltungstätigkeiten im Bund und in den Ländern.
- Sie kann Gesetzesvorlagen im Bundestag einbringen (Gesetzesinitiative).
- Sie muss Stellung nehmen zu Gesetzesvorlagen des Bundesrats.
- Sie hat das Recht, den Vermittlungsausschuss bei bestimmten Gesetzen anzurufen.
- Sie hat das Recht, an den Beratungen des Bundestags und des Bundesrats teilzunehmen.
- Sie gestaltet und lenkt die Politik der Bundesrepublik Deutschland.

Die Arbeitsweise der Bundesregierung

Die Arbeitsweise der Bundesregierung ist durch drei Grundprinzipien gekennzeichnet:

- **Kanzlerprinzip:** Die Richtlinien der Politik bestimmt der Bundeskanzler.
- **Kollegialprinzip:** Meinungsverschiedenheiten zwischen Bundesministern entscheidet das Kabinett.
- **Ressortprinzip:** Ihre Geschäftsbereiche (Ressorts) verwalten die Bundesminister selbstständig und eigenverantwortlich innerhalb der Richtlinien der Politik des Bundeskanzlers.

Der Bundeskanzler

Der Bundeskanzler wird auf Vorschlag des Bundespräsidenten **vom Bundestag mit absoluter Mehrheit für vier Jahre gewählt**, das heißt, mehr als die Hälfte aller Mitglieder des Bundestages müssen für einen Kandidaten stimmen. In der Regel hat sich der Bundespräsident vor einer Kanzlerwahl bei den Parteien vergewissert, ob der empfohlene Kandidat im Bundestag die erforderliche Mehrheit der Abgeordneten finden wird. Die **Amtsdauer** des Bundeskanzlers beginnt mit seiner Ernennung durch den Bundespräsidenten. Sie endet entweder mit dem Tod, dem freiwilligen Rücktritt des Kanzlers, einem konstruktiven Misstrauensvotum (bei gleichzeitiger Wahl eines neuen Kanzlers) oder wenn der Bundestag dem Bundeskanzler das Vertrauen verweigert und der Bundespräsident deshalb den Bundestag aufgelöst hat.

Die Aufgaben des Bundeskanzlers

Der Bundeskanzler **bestimmt die Richtlinien der Politik** und ist im Bundestag dafür allein verantwortlich. Diesen Grundsatz nennt man **Kanzlerprinzip**. Darüber hinaus hat er weitere Aufgaben:

- Er schlägt dem Bundespräsidenten seine Minister vor.
- Er ernennt einen seiner Bundesminister zu seinem Stellvertreter (Vizekanzler).
- Er leitet die Geschäfte der Bundesregierung.
- Er leitet die Sitzungen des Bundeskabinetts.
- Er übt im Verteidigungsfall die Befehls- und Kommandogewalt über die Streitkräfte aus.

6.2/8

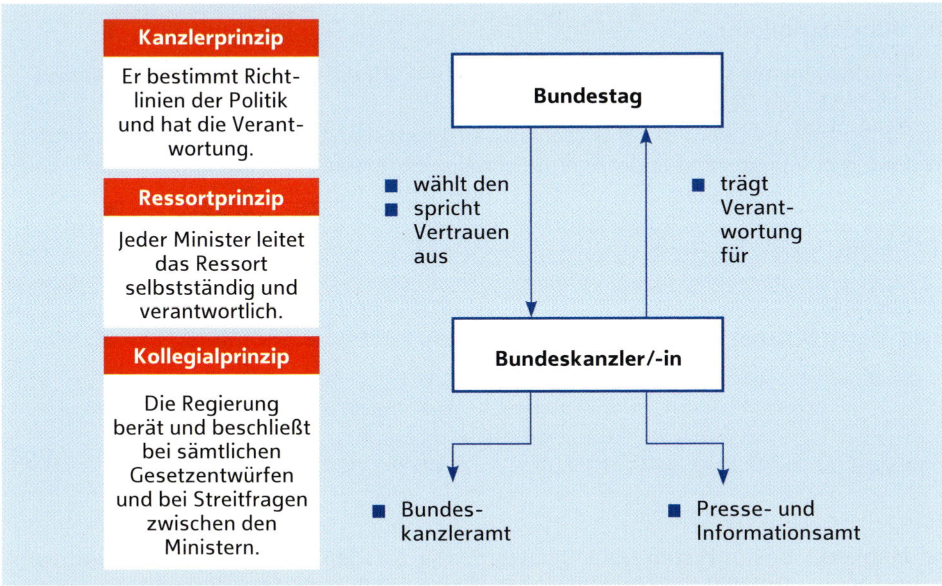

1. *Nennen und erläutern Sie die Grundprinzipien für die Arbeitsweise der Bundesregierung.*
2. *Welche Vorteile hat diese Dreiteilung?*
3. *Sehen Sie auch Nachteile?*

6.2/9

Bundeskanzleramt
Der Bundeskanzler verfügt im Bundeskanzleramt über einen personell umfangreichen Apparat, der als Koordinierungsstelle für die Regierungspolitik dient. Das Amt hält Kontakt mit den Ministerien und Bundesbehörden, sodass es den Bundeskanzler jederzeit über deren Arbeit unterrichten und ihn für die Kabinettsberatungen mit der notwendigen Sachkenntnis ausstatten kann. Zugleich hat es die Rolle eines Sekretariats der Bundesregierung. Es bereitet die Sitzungen und Beschlüsse des Kabinetts vor. Der Chef des Bundeskanzleramtes hat den Rang eines Bundesministers.

Bundespresseamt
Dem Bundeskanzler untersteht auch das Presse- und Informationsamt der Bundesregierung (kurz: Bundespresseamt). Es wird geleitet von einem Staatssekretär, der zugleich Regierungssprecher ist. Das Bundespresseamt informiert die Öffentlichkeit im In- und Ausland über die Politik der Bundesregierung. Es gibt das Bulletin, Pressemitteilungen und Informationsschriften heraus und hält Verbindung mit den Medien.
Der Regierungssprecher und die Sprecher der Ministerien treten regelmäßig vor der Bundespressekonferenz auf, der Vereinigung der Korrespondenten in der Hauptstadt Berlin, um amtliche Stellungnahmen der Bundesregierung abzugeben und Fragen zu beantworten. Zugleich hat das Amt die Aufgabe, Nachrichten zu sammeln und auszuwerten und die Bundesregierung über die öffentliche Meinung im In- und Ausland zu unterrichten.

Quelle: Pötzsch, Horst: Bundesregierung, 15.12.2009, hrsg. von der Bundeszentrale für politische Bildung. www.bpb.de/politik/grundfragen/deutsche-demokratie/39365/bundesregierung?p=all [21.07.2019]

Welche Verwaltungsbehörden unterstützen den Bundeskanzler bei der Durchführung seiner Geschäfte?

Die Bundesminister

Die Bundesminister sind an den beiden Grundfunktionen – **Regieren und Verwalten** – der vollziehenden Gewalt (Exekutive) beteiligt.
Die Bundesminister werden auf Vorschlag des Bundeskanzlers vom Bundespräsidenten ernannt. Das Ministeramt endet, wenn ein neuer Bundestag zusammentritt; durch Tod, Rücktritt oder Entlassung des Ministers; durch den Tod oder Rücktritt des Bundeskanzlers oder wenn der Bundeskanzler aufgrund des konstruktiven Misstrauensvotums zurücktreten muss.

Das Bundesverfassungsgericht

> Die rechtsprechende Gewalt ist den Richtern anvertraut; sie wird durch das Bundesverfassungsgericht, durch die in diesem Grundgesetz vorgesehenen Bundesgerichte der Länder ausgeübt.
> (Artikel 92, GG)

Die Mitglieder des obersten Gerichtes werden je zur Hälfte vom Bundestag und vom Bundesrat gewählt. Ihre Amtszeit dauert zwölf Jahre; eine Wiederwahl ist nicht zulässig. Das BVG mit Amtssitz in Karlsruhe besteht aus zwei Senaten mit je acht Richtern.

Das Bundesverfassungsgericht wird niemals von sich aus tätig, sondern nur dann, wenn es angerufen wird. Zu den Aufgaben des obersten Gerichts gehören:

- **Organstreitigkeiten:** Entscheidungen in Streitfragen zwischen obersten Bundesorganen (Bundespräsident, Bundestag, Bundesrat, Bundesregierung) und Streitigkeiten zwischen dem Bund und den Ländern sowie zwischen den einzelnen Ländern.
- **Verfassungsmäßigkeit von Gesetzen:** Entscheidungen, ob Bundesgesetze oder Ländergesetze mit dem Grundgesetz vereinbar sind.
- **Verfassungsbeschwerden:** Entscheidungen über Beschwerden von einzelnen Bürgern, die glauben, durch Gesetzgebung, Verwaltungsentscheidungen und Rechtsprechung in ihren Grundrechten verletzt worden zu sein.
- **Anklageverfahren:** Entscheidung über die Verfassungswidrigkeit einer Partei; Entscheidung über die Verwirkung von Grundrechten;
  Anklage gegen den Bundespräsidenten wegen vorsätzlicher Verletzung von Grundrechten.

Das Bundesverfassungsgericht 6.2/10

1. Senat | 2. Senat

Letztgültige Entscheidungen u. a. über ...

- Vereinbarkeit von Bundes- und Landesrecht mit dem Grundgesetz
- Verfassungsstreitigkeiten zwischen Bund und Ländern, verschiedenen Bundesorganen oder Ländern über gegenseitige Rechte und Pflichten
- Verfassungsbeschwerden
- Verfassungswidrigkeit von Parteien
- Richteranklagen
- Anklagen gegen den Bundespräsidenten
- Auslegung des Grundgesetzes
- Verwirkung von Grundrechten

Vorsitzender | Berufsrichter

?

1. *Erklären Sie anhand des Schaubildes die Zusammensetzung, die Zuständigkeit und die Aufgaben des Bundesverfassungsgerichts.*
2. *Welchen Status nimmt das Bundesverfassungsgericht als „Verfassungsorgan" ein?*
3. *Schlagen Sie die im Informationstext angesprochenen Artikel 20, 33, 38, 101, 103 und 104 im Grundgesetz nach und benennen Sie die wesentlichen Inhalte.*

6.2/11

Es gehört zu den Eigenarten dieser Institution, dass sie viele Namen hat. Die einen sehen in ihr die „Krönung der Rechtsstaatlichkeit", den „Garanten der Demokratie", gar den „Olymp der Gerechtigkeit", die den Bürger vor staatlicher Willkür und die Minderheiten vor der Tyrannei der Mehrheit schützt. Für andere ist sie ein „Ersatzgesetzgeber", ein „Lenker der Politik" oder eine „Aristokratie in roten Roben", die die Politiker bevormundet und nach Gusto demokratische Mehrheitsentscheidungen in Niederlagen verwandeln kann. Über das Bundesverfassungsgericht wird seit seiner Einrichtung gestritten.

Mit der Einrichtung des Bundesverfassungsgerichts hat der Parlamentarische Rat dem Gericht die Rechtsprechung in sämtlichen Fragen anvertraut, die Zweifel über die richtige Auslegung des Grundgesetzes betreffen. Diese umfassende Kompetenzfülle ist im internationalen Vergleich einzigartig; zu ihr hat nicht unwesentlich die deutsche Erfahrung mit staatlichem Unrecht beigetragen.

Quelle: Lembcke, Oliver: Die Justitia trägt keine Augenbinde, in: Das Parlament, Jg. 51, Nr. 41–42 vom 05./12. Oktober 2001, S. 2.

?

1. *Stellen Sie die beiden gegensätzlichen Meinungen zum Bundesverfassungsgericht gegenüber.*
2. *Erläutern Sie je eine selbst gewählte Pro- und Kontra-Meinung zum Bundesverfassungsgericht anhand konkreter Entscheidungen (vgl.: www.bundesverfassungsgericht.de).*

6.3 Der Gesetzgebungsprozess

In einem modernen Staat kann das Zusammenleben der Menschen nur funktionieren, wenn allgemein verbindliche Regeln vorhanden sind. Diese werden in Gesetzen festgehalten, an die sich nicht nur der einzelne Bürger, sondern auch die Verwaltung und die Rechtsprechung halten müssen. Der wichtigste Funktionsbereich, in dem Staatsgewalt tätig wird, ist daher die Gesetzgebung. Gesetze zu beraten und zu beschließen ist Aufgabe der gesetzgebenden Organe (Legislative) eines Staates. In der Bundesrepublik Deutschland sind dies der Bundestag und der Bundesrat. Mit der Ausführung der Gesetze (Exekutive) sind die Regierung und die Verwaltungsbehörden beauftragt. Das sind Ministerien und andere Behörden, wie Finanzämter und die Polizei. Es versteht sich, dass hier Parlament und Regierung auf Bundes- und Landesebene eng zusammenarbeiten müssen.
Die Länder haben das Recht der Gesetzgebung, sofern nicht das Grundgesetz dem Bund ausdrücklich Gesetzgebungsbefugnisse zuweist. Dann spricht man von der ausschließlichen Gesetzgebung der Länder. Die Abgrenzung der Zuständigkeit bei der Gesetzgebung zwischen Bund und Ländern ist in Vorschriften des Grundgesetzes genau geregelt (Artikel 70–74, GG).

Es lassen sich verschiedene Arten von Gesetzgebung unterscheiden:

- **Die ausschließliche Gesetzgebung des Bundes** (Artikel 71 und 73 GG)
  Dem Bund wird allein die Zuständigkeit und Befugnis eingeräumt. Dies betrifft Gesetze, die bundeseinheitlich geregelt werden müssen.
- **Die konkurrierende Gesetzgebung** (Artikel 72 und 74 GG)
  Der Bund hat vorrangige Zuständigkeit. Wenn er diese Zuständigkeit nicht nutzt, kann die Gesetzgebungsbefugnis auf die Länder übergehen.
- **Die Rahmengesetzgebung des Bundes**
  Dem Bund wird für bestimmte Sachgebiete gestattet, Rahmengesetze zu verabschieden.

Das Gesetzgebungsverfahren in Bundestag und Bundesrat

Die Befugnis, Gesetzgebungsvorlagen in das Gesetzgebungsverfahren einzubringen, bezeichnet man als Gesetzesinitiative. Dieses Recht haben auf Bundesebene nach dem Grundgesetz

- die Bundesregierung,
- der Bundesrat und
- eine Mindestzahl von Bundestagsabgeordneten.

Bund

Ausschließliche Gesetzgebung
z. B.
- Auswärtige Angelegenheiten
- Verteidigung, Zivilschutz
- Staatsangehörigkeit
- Pass- und Meldewesen
- Freizügigkeit, Ein-/Auswanderung
- Zoll- und Grenzschutz
- Bundesbahn und Luftverkehr
- Post und Telekommunikation

Rahmengesetzgebung
- Hochschulwesen
- Jagdwesen, Naturschutz und Landschaftspflege
- Bodenverteilung und Raumordnung
- Melde- und Ausweiswesen

Länder

Ausschließliche Gesetzgebung
z. B.
- Kulturelle Angelegenheiten
- Schul- und Bildungspolitik
- Hörfunk und Fernsehen
- Kommunalwesen
- Polizeirecht

Konkurrierende Gesetzgebung

Bund	Länder
z. B.	z. B.
Straf- und Prozessrecht	Jagdwesen
Straßenverkehr	Naturschutz, Landschaftspflege
Wohnungswesen	Raumordnung
	Wasserhaushalt

Laufer, Heinz; Münch, Ursula: Das föderative System der Bundesrepublik Deutschland, unveränd. Nachdr. d. 1. Aufl., Wiesbaden, VS Verlag, 2006, S. 18

1. *Welche Gesetze fallen unter die ausschließliche Gesetzgebung der Länder?*
2. *Erläutern Sie anhand von Beispielen, warum „konkurrierende Gesetzgebung" sowohl Länder- als auch Bundesangelegenheit sein kann.*

?

Gesetzesvorlagen der Bundesregierung nennt man Regierungsvorlage oder Regierungsentwurf. Sie werden meist in den zuständigen Bundesministerien vorbereitet und dann als Entwurf zuerst dem Bundesrat zugeleitet. Dieser reicht sie nach Beratung mit einer Stellungnahme an die Bundesregierung zurück. Die Bundesregierung übersendet dann die Vorlage dem Präsidenten des Bundestages.
Gesetzesvorlagen des Bundesrates werden zunächst an die Bundesregierung geleitet, damit diese dazu Stellung nehmen kann. Anschließend werden sie auch dem Präsidenten des Bundestages übermittelt.
Gesetzesvorlagen einer Mindestzahl von Bundestagsabgeordneten nennt man Initiativanträge.

Alle **Gesetzesentwürfe** müssen im Bundestag in **drei Lesungen** beraten werden.

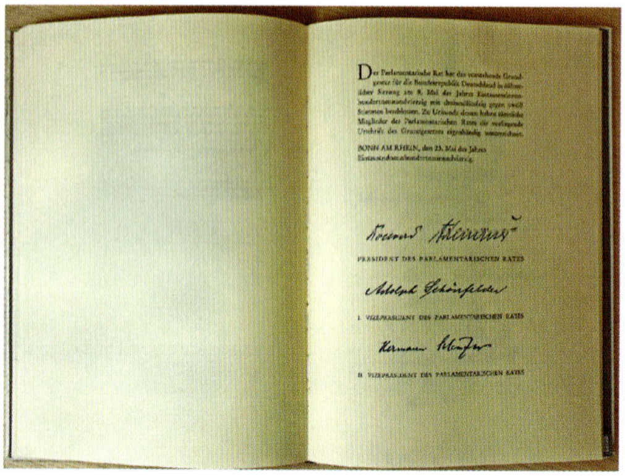

- **In der ersten Lesung (Einbringen)** im Plenum wird die Vorlage begründet und eine allgemeine Aussprache über Zielsetzung und Grundsätze des Entwurfs geführt. Anschließend wird der Entwurf an die Fachausschüsse des Bundestages überwiesen.
- **In der zweiten Lesung (Aussprache)** wird über die Änderungsanträge des Fachausschusses und über die gesamte Gesetzesvorlage debattiert.
- **In der dritten Lesung (Abstimmung)** findet die Schlussabstimmung statt. Wird die Gesetzesvorlage vom Bundestag angenommen, gilt sie als Gesetzesbeschluss.

Nach der Schlussabstimmung im Bundestag werden alle Gesetzesbeschlüsse vom Bundestagspräsidenten dem **Bundesrat** zugeleitet. Jeder Gesetzesbeschluss wird in der Plenarsitzung des Bundesrates diskutiert und zur Schlussabstimmung weitergeleitet. Oft bleiben Meinungsverschiedenheiten über die Gesetzesentwürfe zwischen Bundestag, Bundesrat und Bundesregierung nicht aus. Um solche umstrittenen Vorlagen erfolgreich verabschieden zu können, werden sie dem **Vermittlungsausschuss** überwiesen. Er soll Kompromisslösungen ausarbeiten und setzt sich zusammen aus Mitgliedern des Bundestags und des Bundesrates. Wenn ein Gesetz vom Bundestag verabschiedet ist, wird es der Bundesregierung zugeleitet.
Anschließend wird es dem **Bundespräsidenten** zur Ausfertigung vorgelegt und nach dessen Unterschrift im Bundesgesetzblatt zur Verkündung veröffentlicht. Das Gesetz tritt dann in der Regel nach Verkündung in Kraft.

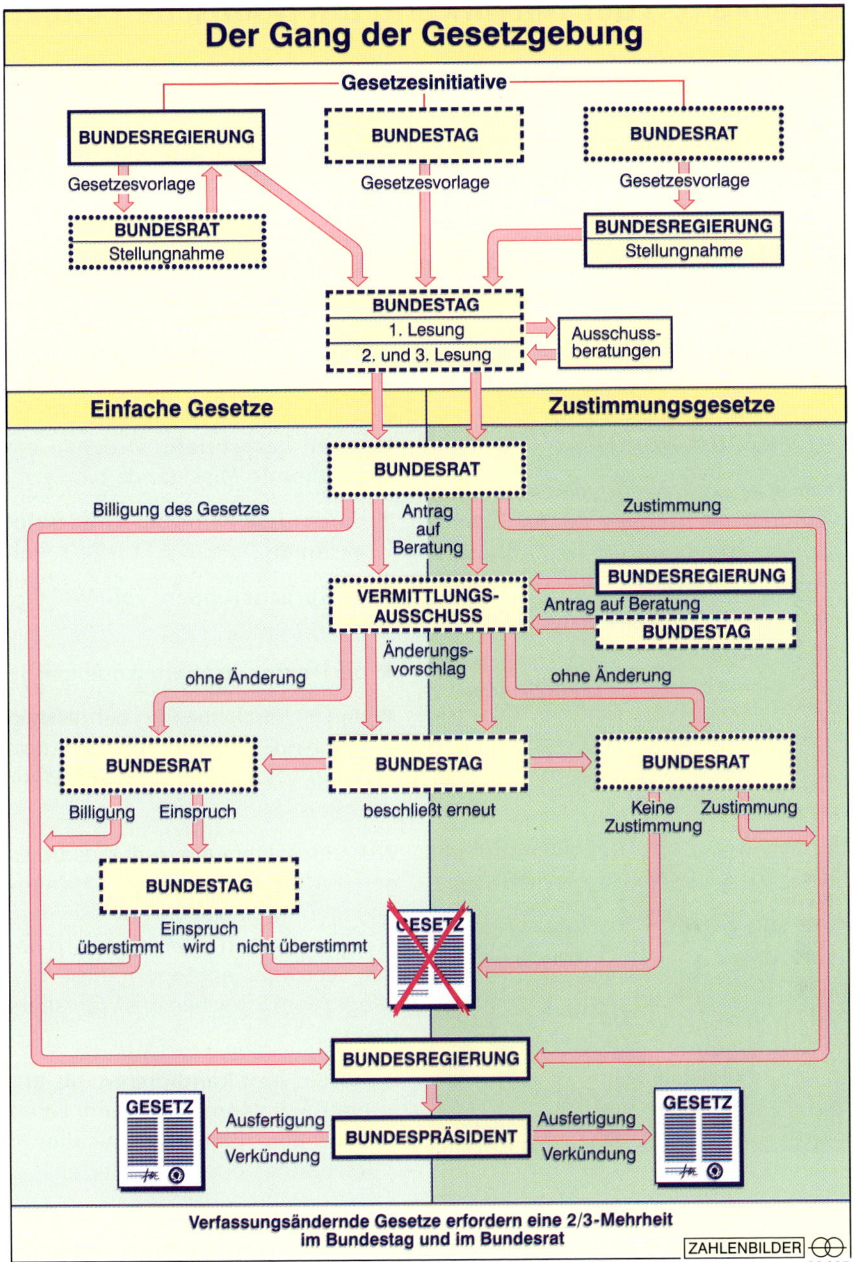

1. *Nennen Sie die Stationen, die ein Gesetzesentwurf (Einspruchsgesetz) der Bundesregierung durchläuft, von der Einbringung bis zur Veröffentlichung im Bundesgesetzblatt.*
2. *Zeigen Sie die verschiedenen Möglichkeiten des Verfahrens für eine Gesetzesvorlage, bei der der Vermittlungsausschuss angerufen wird.*

6.4 Möglichkeiten der Mitwirkung am politischen Leben

Möglichkeiten der Beteiligung an der politischen Willensbildung

Eine weit verbreitete Meinung hinsichtlich der eigenen Möglichkeiten, Politik mitzugestalten, ist: „Die Politiker da oben machen ja doch, was sie wollen!“ Hinter diesem Urteil verbirgt sich oft eine gewisse Bequemlichkeit oder Unkenntnis darüber, wie man sich an politischen Entscheidungen beteiligen kann. Voraussetzung dafür ist, dass jemand bereit ist, seine **Meinungs- und Willensbildung** zu schulen. Dazu gehört die Bereitschaft, sich zunächst Informationen aus unterschiedlichen Medien zu beschaffen, um sich dann auf dieser Grundlage eine eigene Meinung zu bilden und diese zum Ausdruck zu bringen.

> **Briefe an die Redaktion**
>
> *Die an dieser Stelle veröffentlichten Briefe stellen stets die Meinung des jeweiligen Einsenders dar. Angesichts der Fülle von täglichen Einsendungen unserer Leser behalten wir uns in jedem Fall das Recht einer Kürzung vor.*
>
> *Die Redaktion*

Dies kann geschehen

- durch **Leserbriefe**, in denen man auf bestimmte Missstände hinweist,
- durch Teilnahme an **Unterschriftenaktionen**,
- in **Sprechstunden** von Wahlkreisabgeordneten,
- bei **Demonstrationen** oder bei **Streiks**,
- durch Stimmabgabe bei **Wahlen** auf Gemeinde-, Landes- und Bundesebene.

Wer seine Meinung zum Ausdruck bringen will, wird schnell merken, dass einem Anliegen mehr Nachdruck verliehen werden kann, wenn man aktiv wird und sich mit Gleichgesinnten organisiert. Unabhängig vom Erreichen des Wahlalters kann man:

- **für ein Amt kandidieren** (als Klassen- oder Schulsprecher oder in einem Verein, der Jugendorganisation eines Verbandes oder einer Partei),
- aktives **Mitglied** werden **in einer Non-Profit-Organsiation** (z. B. Amnesty International).

6.4/1

Verschwendetes Geld

Letzten Samstag bot sich mir die Gelegenheit, im Zuge des „Tages der offenen Tür" die Neustädter Berufsschule zu besichtigen. Mir fiel gleich auf den ersten Blick die großzügig ausgestattete Fassade und der frisch restaurierte Schulhof auf. In diversen Neustädter Zeitungen waren ja im Vorfeld einige Fotos der Schule abgebildet worden, weshalb ich an dieser Stelle auf eine detaillierte Beschreibung verzichten möchte. Was man allerdings nicht auf den Fotos sehen konnte, war die verschwenderisch luxuriöse Inneneinrichtung des Gebäudes. Schon in der Eingangshalle überkam mich der Gedanke: Das ist doch keine Schule, sondern ein Luxus-Hotel! Teurer Teppichboden, gepolsterte Stühle und Sitzgarnituren, hochwertige Pflanzen und dekorativer Tand wohin das Auge reicht. Der sogenannte Medienraum ist bis oben hin mit teurer Elektronik vollgestopft. Alle Klassensäle sind mit Beamer, PC und Internetzugang ausgestattet. Die Schulbibliothek gleicht einem Salon: Teures Mobiliar, hochwertige Ölgemälde und teure Vorhänge, die an einen kaiserlichen Ballsaal erinnern. Und so fand sich noch vieles mehr, dass uns Steuerzahler ein Vermögen gekostet haben muss und vermutlich in einem Jahr aufgrund der unsachgemäßen Behandlung durch die Schüler kaputt sein wird. Zu meiner Zeit stand in Schulen noch das Lernen im Vordergrund. Wir hatten keine Beamer im Klassenzimmer und gepolsterte Sitzgarnituren in der Bibliothek und aus uns ist trotzdem etwas geworden.

Erich Mustermann, Neustadt

?

1. *Um welche Form der Mitwirkung handelt es sich hier?*
2. *Welches Ziel soll erreicht werden?*
3. *Schreiben Sie alle Behauptungen, Begründungen, Belege/Beispiele heraus. Ist die Argumentation des Autors überzeugend?*

Qualität von Lokalzeitungen: Bloß nicht kritisieren [...]

6.4/2

Die Qualitätsdebatte über den Lokaljournalismus gibt es schon seit den Sechziger- und Siebzigerjahren. Die Kritik damals lautete: Die Lokalpresse sei unausgewogen, schreibe langweilig, berichte nur über Vereine und Unfälle, kritisiere und kontrolliere zu wenig. Stimmt das jetzt noch, da Lokaljournalismus auch im Netz stattfindet und eine Social-Media-Gegenöffentlichkeit die einstigen Monopole vieler Lokal- und Regionalblätter infrage stellen kann? [...]
Das Ergebnis: So pauschal stimme die Kritik nicht mehr, sagt die Medienwissenschaftlerin Anna-Lena Wagner, die an dem Forschungsprojekt mitgearbeitet hat. „Das Themenspektrum ist breiter geworden, es findet nicht mehr nur Vereinsberichterstattung statt, sondern es wird zum Beispiel auch über Soziales und Kultur geschrieben."
Dennoch gebe es zu wenig Hintergrund, etwa in Form von Erklärkästen, zu wenig unterschiedliche Perspektiven von Experten oder Betroffenen. Auch Interviews, Kommentare oder Reportagen seien deutlich in der Minderheit gewesen: Die meisten Artikel der untersuchten Texte (86 Prozent) waren Berichte oder Meldungen. Einige Redaktionen schrieben demnach häufiger unausgewogene Texte, ließen bei umstrittenen Themen nur eine Seite zu Wort kommen oder „lassen sich vor den Werbekarren spannen", heißt es vonseiten der Universität. Kritisch berichtet sei kaum worden.

Quelle: Rita Lauter: Bloß nicht kritisieren, in ZEIT ONLINE, 23.09.2018. www.zeit.de/kultur/2018-09/qualitaet-lokalzeitungen-studie-unabhaengigkeit [5.01.2020]

?

1. *Warum sind Massenmedien für die Beteiligung an der politischen Willensbildung wichtig?*
2. *Welche Vorwürfe werden der Lokalpresse in diesem Zusammenhang gemacht?*
3. *Sollte man deshalb den politischen Lokalteil einer Zeitung gar nicht lesen? Erläutern Sie Ihre Meinung.*

Mitwirkung auf Kommunalebene (Gemeindeebene)

Auf **Gemeindeebene** bietet die Kommunalverfassung in Thüringen eine Fülle von Möglichkeiten für alle Bürger, die sich direkter an Gemeindepolitik beteiligen wollen:

- Das **Jugendparlament:** Hier können Jugendliche zwischen zwölf und 17 Jahren parlamentarische Spielregeln erlernen. Die Jungparlamentarier einer Gemeinde werden für zwei Jahre von ihren Altersgenossen demokratisch gewählt. Sie haben gegenüber dem Gemeinderat Mitsprachemöglichkeiten, teilweise sogar Mitbestimmungsmöglichkeiten, in Bereichen, die Jugendliche besonders betreffen (z. B. Vorschläge zur Verbesserung der Freizeitmöglichkeiten oder des kommunalen Umweltschutzes).
- Die **Einwohnerversammlung**/die **Einwohnerfragestunde:** Die Einwohnerversammlung dient der Unterrichtung der Einwohner über kommunale Entscheidungen durch den Bürgermeister. Sie gibt allen Einwohnern, unabhängig davon, ob sie das Wahlrecht besitzen, die Möglichkeit, sich zu Wort zu melden. Die Einwohnerfragestunde ist in Thüringen ein gesetzlich verankertes Instrument der direkten Bürgerbeteiligung. Sie findet im Rahmen öffentlicher Sitzungen statt und hat anstehende Sachverhalte der Gemeinde zum Gegenstand.
- Der **Einwohnerantrag** (Bürgerinitiative): Alle Mitglieder einer Gemeinde über 16 Jahre können Wünsche und Vorstellungen in einem Antrag formulieren, der – bei einer Mindestzahl von Unterschriften – vom Gemeinderat behandelt werden muss.
- Das **Bürgerbegehren**/der **Bürgerentscheid:** Das Bürgerbegehren richtet sich gegen einen Gemeinderatsbeschluss. Es bietet den Bürgern (bei genügender Anzahl von Unterstützungsunterschriften) die Möglichkeit, in Form eines Bürgerentscheids („Sind Sie für die Einführung der Bio-Mülltonne in unserer Gemeinde?") über einen bereits gefällten Gemeinderatsbeschluss abzustimmen.
- Das **Petitionsrecht**: Der Bürger einer Gemeinde kann sich als Einzelner oder mit anderen schriftlich mit Bitten oder Beschwerden (Petitionen) an den Bürgermeister oder an den Gemeinderat wenden. Das Gesuch wird dort bearbeitet und die behördliche Entscheidung muss den Antragstellern schriftlich mitgeteilt werden.
- Das **Widerspruchsrecht** und die **Klage vor einem Verwaltungsgericht:** Der Widerspruch ist das wichtigste Rechtsmittel gegen kommunale Entscheidungen. Auf Bürgerantrag muss in einem internen Verfahren bei der Gemeinde nachgeprüft werden, ob ein erlassener und von dem Bürger beanstandeter Verwaltungsakt (z. B. die finanziellen Umlagen für die Gestaltung einer Fußgängerzone für die Anwohner) rechtmäßig ist. Bei erfolglosem Widerspruch kann der Betroffene dann das Verwaltungsgericht anrufen.

6.4/3

Bürgerinitiativen

Als „Bürgerinitiativen" treten spontane Zusammenschlüsse von Personen auf, die zumeist auf lokaler Ebene tätig werden, um Missstände zu beseitigen. [...] Die Bürgerinitiativen mobilisieren die Öffentlichkeit und üben Druck auf die Behörden aus, manchmal beschreiten sie den Weg der Selbsthilfe [...]. Charakteristisch für Bürgerinitiativen ist

- die Konzentration auf ein begrenztes Ziel (one-purpose organizations),
- die Fähigkeit, kurzfristig Anhänger in hohem Maße zu mobilisieren,
- die Rekrutierung aus den Mittelschichten mit höherem Einkommens- und Bildungsniveau.

Kritik

Bürgerinitiativen kommt das Verdienst zu, politische und soziale Probleme in das öffentliche Bewusstsein gerückt zu haben, die von den Parteien und Interessenverbänden vernachlässigt wurden. Inzwischen sind wichtige Themen (Umweltschutz) zu Programmpunkten der Parteien geworden. Problematisch sind die Aktionen von Bürgerinitiativen, wenn sie

- Minderheitsinteressen gegen Mehrheitsinteressen durchsetzen wollen (Beispiel: Anwohner verhindern Behindertenheim oder Spielplatz),
- Entscheidungskompetenzen beanspruchen, die demokratisch gewählten Organen zukommen,
- dabei Gewalt anwenden.

Quelle: Pötzsch, Horst: Bürgerinitiativen, 15.12.2009, in: Dossier Deutsche Demokratie, hrsg. von der Bundeszentrale für politische Bildung. www.bpb.de/politik/grundfragen/deutsche-demokratie/39324/buergerinitiativen [21.07.2019]

1. *Nennen Sie die Merkmale einer Bürgerinitiative.*
2. *Worin unterscheidet sich eine Bürgerinitiative von einer Partei?*
3. *Nehmen Sie Stellung zur Kritik an Bürgerinitiativen.*

?

6.4/4

Thüringer nutzen neue Mitsprachemöglichkeit

Politik sollte nicht länger eine Angelegenheit von „denen da oben" sein. Bürger sollten auch zwischen den Wahlterminen mitreden können. [...] Inzwischen ist klar: Viele Bürger haben diese Chance erkannt und nutzten die neuen Mitsprachemöglichkeiten.

So gibt es in Thüringen die Möglichkeit von Bürgerbegehren: Einwohner eines Ortes oder Kreises können über eine „wichtige Angelegenheit" einen Bürgerentscheid beantragen. Auch dürfen seitdem Jugendliche schon vom 16. Lebensjahr bei Bürgerentscheiden mit abstimmen.

Nach dem Umfrageergebnis ist es tatsächlich gelungen, junge Leute ab 16 für eine Beteiligung an Einwohneranträgen zu gewinnen. Zugleich ist die Bandbreite der aufgegriffenen Tatbestände größer geworden. So traten Einwohner thüringischer Gemeinden in den vergangenen zwei Jahren unter anderem gegen die Abholzung von Bäumen in ihrem Ort an oder setzten sich für mehr Anwohnerparkplätze und die Erhaltung des nächtlichen Glockenschlags ein.

1. *Erklären Sie mithilfe des Textes die beiden Begriffe „Bürgerbegehren" und „Bürgerentscheid".*
2. *Halten Sie es für richtig, dass man schon ab dem 16. Lebensjahr über einen Bürgerentscheid abstimmen darf?*
3. *Formulieren Sie einen Antrag für ein Bürgerbegehren, das in Ihrer Gemeinde gestellt werden sollte.*

?

Mitwirkung auf Landesebene

Grundlage der Bürgerbeteiligung auf Landesebene ist die Landesverfassung von Thüringen. Neben der „Hauptaktivität", dem Wählen des Landesparlaments und der Mitgliedschaft in Parteien und Verbänden, gibt es noch weitere Möglichkeiten der Beteiligung:

- **Bürgerbeauftragte:** An sie kann man sich wenden, wenn man sich von einer thüringischen Behörde nicht korrekt behandelt fühlt. Sie sind persönlich ansprechbar und arbeiten eng mit dem **Petitionsausschuss** zusammen. Dieser Ausschuss soll im Streitfall zwischen Verwaltung und Bürgern eine gütliche Einigung herbeiführen.
- Das **Volksbegehren**/der **Volksentscheid:** Ein Volksbegehren (Artikel 109 der Landesverfassung) kann von einem Fünftel der Stimmberechtigten in Thüringen an den Landtag gestellt werden und richtet sich entweder auf ein Gesetzgebungsvorhaben der Landesregierung oder auf die Auflösung des Landtages. Wenn der Landtag diesem Volksbegehren nicht zustimmt, so entscheidet das Volk selbst in einem Volksentscheid über die Annahme oder Ablehnung des Begehrens.

Vertreter innen und Vertreter des Volksbegehrens „Mehr Demokratie e. V." sammeln auf dem Anger in Erfurt Unterschriften für ihre Initiative. Die Aktion findet im gesamten Freistaat statt. Insbesondere sollen mehr Themen zugelassen und die für Bürgerbegehren notwendige Zahl der Unterschriften gesenkt werden.

Mitwirkung auf Bundesebene

Die repräsentative Demokratie verwirklicht das demokratische Prinzip der Volkssouveränität in der Weise, dass die Wahlbürger Repräsentanten wählen, die zeitlich begrenzt als Treuhänder des Volkswillens Herrschaft ausüben. Diese Abgeordneten verfügen über ein freies Mandat, das heißt, sie sind nur ihrem Gewissen unterworfen und an keinerlei Weisungen ihrer Wähler oder ihrer Partei gebunden.
Die Entscheidung gegen die Aufnahme plebiszitärer Elemente (Volksbegehren, Volksentscheid) in das Grundgesetz beruhte auf den negativen Erfahrungen mit Volksabstimmungen in der Weimarer Republik. Andererseits mehren sich die Forderungen nach direkter Bürgerbeteiligung an politischen Entscheidungen.

Bürgerantrag, Volksbegehren, Volksentscheid

6.4/5

Die wahl- und stimmberechtigten Bürger können durch Bürgeranträge auch an der Gesetzgebung des Landes teilnehmen (Art. 68 ThürLV) sowie ausgearbeitete Gesetzentwürfe im Wege des Volksbegehrens in den Landtag einbringen (Art. 82 Abs. 1 ThürLV i. V. m. § 1 Abs. 1 ThürBVVG). Entspricht der Landtag einem Volksbegehren nicht, findet ein Volksentscheid statt. Bürgerantrag, Volksbegehren und Volksentscheid sind Mittel der direkten Demokratie (Art. 45 ThürLV). [...] Während der Bürgerantrag insgesamt einen erheblichen Spielraum lässt, dem Landtag Themen zu unterbreiten, dieses Mittel mit dem Parlamentsbeschluss aber auch ausgeschöpft ist, richtet sich ein Volksbegehren ausschließlich auf ein Gesetz und ist an anspruchsvollere Voraussetzungen gebunden. Es hat dafür einen wesentlichen Vorzug: Lehnt der Landtag ein erfolgreiches Volksbegehren ab, können die Bürger ihre Gesetzesinitiative ggf. mit einem anschließenden Volksentscheid auch gegen das Landesparlament durchsetzen.

Zunächst gilt wie beim Bürgerantrag, dass ein Volksbegehren initiieren und unterzeichnen kann, wer das 18. Lebensjahr vollendet und seit mindestens drei Monaten seinen Wohnsitz in Thüringen hat bzw. sich dort gewöhnlich aufhält (Art. 82 Abs. 1 i. V. m. Art. 46 Abs. 2 ThürLV). Gegenstand des Volksbegehrens muss ein ausgearbeiteter Gesetzentwurf sein, der sich auf „Erlass, Aufhebung oder Änderung eines Gesetzes" richten kann (§ 9 Abs. 2 ThürBVVG). Ein Volksbegehren in Thüringen kann sich wie auch ein Bürgerantrag verständlicherweise nur mit Gegenständen befassen, „die in der Gesetzgebungsbefugnis des Landes liegen" (§ 1 Abs. 1 ThürBVVG). Neben den genannten Mitteln der direkten Demokratie haben die Bürger zudem seit Dezember 2012 die Möglichkeit, sich über das Online-Diskussionsforum des Thüringer Landtags (www.forum-landtag.thueringen.de) an den Beratungen parlamentaischer Gesetzentwürfe direkt zu beteiligen.

Quelle: Thüringer Landtag (Hrsg.): Bürgerantrag, Volksbegehren, Volksentscheid: wie funktionierts?, Text: Karl-Eckhard Hahn. Unter Mitw. von Jörg Hopfe und Dietrich Stöffner. Erfurt 2005, S. 8

1. Worin unterscheiden sich Volksbegehren und Volksentscheid?
2. Welche Voraussetzungen müssen erfüllt sein, um ein Volksbegehren zu starten?
3. Recherchieren Sie über aktuelle Volksbegehen/Volksentscheide. Welche Inhalte hatten sie?

?

Überblick

Bürgerbeteiligung auf verschiedenen Ebenen

6.4/6

Bundesebene	Landesebene	Kommunalebene
Nur indirekte Mitwirkungsmöglichkeiten im Grundgesetz vorgesehen - Art. 9 Abs. 1 - Art. 20 Abs. 2 - Art. 21 Abs. 1	Anrufung von Bürgerbeauftragten	Jugendparlament
	Anrufung des Petitionsausschusses	Anrufung des Petitionsausschusses
		Einwohnerversammlung
		Einwohnerfragestunde
		Einwohnerantrag (Bürgerinitiative)
	Volksbegehren	Bürgerbegehren
	Volksentscheid	Bürgerentscheid
		Widerspruchsrecht gegen kommunale Entscheidungen
		Klage vor einem Verwaltungsgericht

Bilden Sie drei Gruppen:
Gruppe 1: Experten der Kommunalebene, Gruppe 2: Experten der Landesebene, Gruppe 3: Experten der Bundesebene.
Gruppe 1 und 2: Verfassen Sie in Ihrer Gruppe zu jedem der in der Tabelle angesprochenen Fachbegriffe eine kurze schriftliche Definition. Geben Sie auch die Quelle(n) an, die Sie dazu benutzt haben. Gruppe 3: Erläutern Sie in einem Kurzreferat, inwiefern die angegebenen Artikel aus dem Grundgesetz Mitwirkungsmöglichkeiten einräumen.

?

Parteien und Verbände in der Demokratie

Parteien

Parteiengesetz (Fassung vom 08.10.1990)

§ 2 Begriff der Parteien

(1) Parteien sind Vereinigungen von Bürgern, die dauernd oder für längere Zeit für den Bereich des Bundes oder eines Landes auf die politische Willensbildung Einfluss nehmen und an der Vertretung des Volkes im Deutschen Bundestag oder einem Landtag mitwirken wollen, wenn sie nach dem Gesamtbild der tatsächlichen Verhältnisse, insbesondere nach Umfang und Festigkeit ihrer Organisation, nach der Zahl ihrer Mitglieder und nach ihrem Hervortreten in der Öffentlichkeit eine ausreichende Gewähr für die Ernsthaftigkeit dieser Zielsetzung bieten. Mitglieder einer Partei können nur natürliche Personen sein.

Aufgaben der Parteien

Die Parteien haben zum Großteil folgende Aufgaben:

- die unterschiedlichen politischen Vorstellungen und Interessen in der Gesellschaft zur Sprache zu bringen, sie in Form von Programmen zu bündeln und Lösungen für politische Probleme anzubieten,
- die öffentliche Meinung und die politischen Vorstellungen der einzelnen Bürger zu beeinflussen, indem sie für sich werben,
- Bürger zur politischen Betätigung zu aktivieren, damit diese auch politische Verantwortung übernehmen können,
- Nachwuchspolitiker auszubilden
- Kandidaten für die Volksvertretungen in Bund, Ländern und Gemeinden aufzustellen.

Parteienfinanzierung

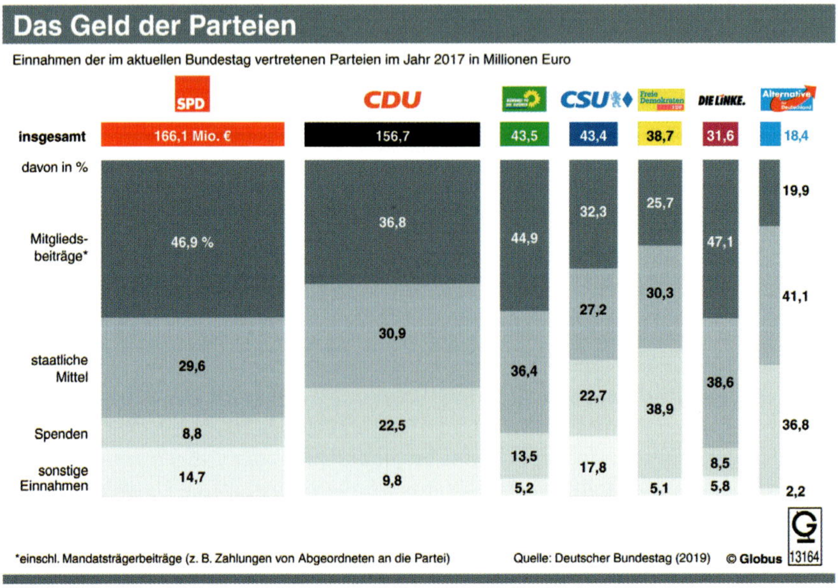

Kernprobleme der Demokratieentwicklung heute

Im Einflussverlust der Parteien heute spiegeln sich vor allem drei wesentliche Veränderungen gegenüber den ersten Jahrzehnten der Geschichte der Bundesrepublik Deutschland: Erstens hat sich der Gestaltungsspielraum nationalstaatlicher Politik in wirtschafts- und finanzpolitischen Fragen, die den Rahmen bilden für sozialpolitisches Handeln, aufgrund der viel beschriebenen internationalen Verflechtungen und offener Märkte vermindert. Kompetenzverlagerungen nach Brüssel, europäischer Binnenmarkt und Anpassungszwänge der Globalisierung – dass nationalstaatliche Politik Steuerungskraft verloren hat, ist nicht zu bestreiten. Da aber die nationale Politik Adressat für Wünsche und Ansprüche der Bürger bleibt, entsteht in der Gesellschaft der Eindruck einer gleichermaßen alternativlosen wie schwachen Politik, die bei Kernfragen der gesellschaftlichen Entwicklung oft nur noch kommentieren und lamentieren, aber kaum noch gestalten kann.

Zweitens hat sich das Bild von Politik in der Gesellschaft nachhaltig verändert, wobei das veränderte Verhältnis von Politik und Medien eine zentrale Rolle spielt. Durch den sozialen Wandel und die gewachsene Mobilität sind die politischen Einstellungen der Bürger immer weniger von Tradition und Milieubindung bestimmt. So ist eine unstete Wählerschaft entstanden, deren Stimmungsausschläge der Demoskopie Rätsel aufgeben. Ganz gleich, ob die dafür maßgeblichen gesellschaftlichen Veränderungen mit Begriffen wie „Wertewandel“, „Individualisierung“ oder „Erlebnisgesellschaft“ beschrieben werden, im veränderten Verhältnis zwischen Bürgerschaft und politischen Parteien spiegeln sich Veränderungen von säkularer Dimension wider. [...]

Gleichzeitig wird das Politikbild der Bürger vor allem durch die Medien und insbesondere vom Fernsehen geprägt. Einerseits ist damit ein Zugewinn an demokratischer Kontrolle verbunden. Durch den Rückgang des Parteijournalismus, vor allem aber durch die gewachsene Konkurrenz um Aufmerksamkeit, Auflage und Einschaltquote, werden heute auch die dunklen und unerfreulichen Seiten des Politikbetriebs gründlicher und erbarmungsloser ausgeleuchtet als früher. Hofberichterstattung findet nicht mehr statt, geschont wird niemand, transparent ist (fast) alles. Trotz mancher Übertreibung und gelegentlich ärgerlicher Maßstabslosigkeit in der Darstellung von Fehlverhalten kann man darin einen Demokratiegewinn sehen. [...] Geblieben ist aus der Zeit des Richtungsjournalismus das Rollenverständnis des aktiv-kritischen Akteurs, der sich jetzt keiner politischen Seite mehr verpflichtet fühlt, umso mehr aber eine mediale Gegengewalt-Funktion für sich beansprucht, deren Herkunft aus den Kindertagen der Demokratie weithin unreflektiert auf die heutige Zeit übertragen wird. [...]

Drittens leiden Politik und Parteien an einem Mangel an glaubwürdigen Leitideen, die sie identifizierbar und unverwechselbar machen könnten. [...]

Quelle: Kleinert, Hubert: Abstieg der Parteiendemokratie, in: Aus Politik und Zeitgeschichte (APuZ) 35–36/2007, S. 8 ff.

?

1. *Recherchieren Sie, was man unter dem Begriff „Parteiendemokratie“ versteht.*
2. *Nennen und erläutern Sie aus dem Text die drei Gründe, die für den Einflussverlust der Parteien heute verantwortlich gemacht werden.*
3. *Nennen Sie konkrete Beispiele, wie heute Medien und insbesondere digitale Medien (Social Media) das Politikbild der Bürger prägen.*
4. *Erstellen Sie eine Recherche über Parteien im Internet.*
   a) *Stellen Sie aus dem Internet die Adressen der im Bundestag vertretenen Parteien zusammen.*
   b) *Halten Sie in einer vergleichenden Übersicht der Wahlprogramme der Parteien die wichtigsten Aussagen fest zu den Bereichen*
      - *Grundwerte,* – *Arbeitsplätze,* – *Innere Sicherheit,* – *Europa.*
   c) *Erstellen Sie aus den Rechenschaftsberichten der im Bundestag vertretenen Parteien ein Säulendiagramm über die Einnahmequellen.*

Parteienverbot

Artikel 21 GG

(2) Parteien, die nach ihren Zielen oder nach dem Verhalten ihrer Anhänger darauf ausgehen, die freiheitlich-demokratische Grundordnung zu beeinträchtigen oder zu beseitigen oder den Bestand der Bundesrepublik Deutschland zu gefährden, sind verfassungswidrig. Über die Frage der Verfassungswidrigkeit entscheidet das Bundesverfassungsgericht.

Artikel 21 Abs. 2 soll verhindern, dass noch einmal Gegner der demokratischen Ordnung Verfassungsrechte nutzen, um die freiheitliche Demokratie abzuschaffen. Die Entscheidung, ob eine **Partei** verfassungswidrige Ziele verfolgt, kann nur das Bundesverfassungsgericht treffen. Verfassungswidrige **Vereinigungen** nach Artikel 9 Abs. 2 GG können durch die Innenministerien des Bundes oder der Länder verboten werden.

Verbände

In einer pluralistischen Demokratie existiert eine Vielzahl von Verbänden, die soziale, wirtschaftliche oder kulturelle Interessen der Bevölkerung vertreten. Der Vorteil liegt darin, dass Verbände im staatlich-öffentlichen Bereich Forderungen zur Geltung bringen können, indem sie Druck auf die Parteien ausüben. Dies gelingt auch häufig, weil Parteien auf die Wählerstimmen der Verbandsmitglieder sowie die Sachkompetenz der Verbandsexperten (Beraterfunktion) angewiesen sind.
Während Verbände also Einzelinteressen der Bürger bündeln und als Forderungen an die Parteien stellen, müssen Parteien Einzelinteressen einem gesamtstaatlichen politischen Aspekt unterwerfen.
Kritisch werden jedoch die Formen des Verbandseinflusses gesehen, weil er sich der öffentlichen Kontrolle entzieht. Ähnlich wie bei Parteien, wird auch die innere Struktur als undemokratisch dargestellt: Die Mitwirkung der Mitglieder sei unzureichend, Entscheidungen würden von den mächtigen Funktionären getroffen.

Aus dem Urteil des Bundesverfassungsgerichts im Parteiverbotsverfahren gegen die SRP (Sozialistische Reichspartei)

6.4/8

(Vom 23. Oktober 1952 – BVerfGE 2, S. 1 ff.)

So lässt sich die freiheitliche demokratische Grundordnung als eine Ordnung bestimmen, die unter Ausschluss jeglicher Gewalt- und Willkürherrschaft eine rechtsstaatliche Herrschaftsordnung auf der Grundlage der Selbstbestimmung des Volkes nach dem Willen der jeweiligen Mehrheit und der Freiheit und Gleichheit darstellt. Zu den grundlegenden Prinzipien dieser Ordnung sind mindestens zu rechnen: die Achtung vor den im Grundgesetz konkretisierten Menschenrechten, vor allem vor dem Recht der Persönlichkeit auf Leben und freie Entfaltung, die Volkssouveränität, die Gewaltenteilung, die Verantwortlichkeit der Regierung, die Gesetzmäßigkeit der Verwaltung, die Unabhängigkeit der Gerichte, das Mehrparteienprinzip und die Chancengleichheit für alle politischen Parteien mit dem Recht auf verfassungsmäßige Bildung und Ausübung einer Opposition.

Quelle: Tschentscher, Axel (Hrsg.): BVerfGE 2, 1 - SRP-Verbot, zuletzt bearbeitet am 15.03.2020, www.servat.unibe.ch/dfr/bv002001.html#Rn038 [31.07.2020]

?

1. *Beschaffen Sie sich die Programme der beiden Parteien:*
   a) Die Republikaner (REP),
   b) Nationaldemokratischen Partei Deutschlands (NPD).
2. *Prüfen Sie anhand der programmatischen Aussagen der beiden Parteien, ob diese gegen die im Bundesverfassungsgerichtsurteil aufgezählten Prinzipien der freiheitlich-demokratischen Grundordnung verstoßen.*
3. *Diskutieren Sie die allgemeine Problematik eines Parteienverbots und halten Sie das Pro und Kontra schriftlich fest.*

6.4/9

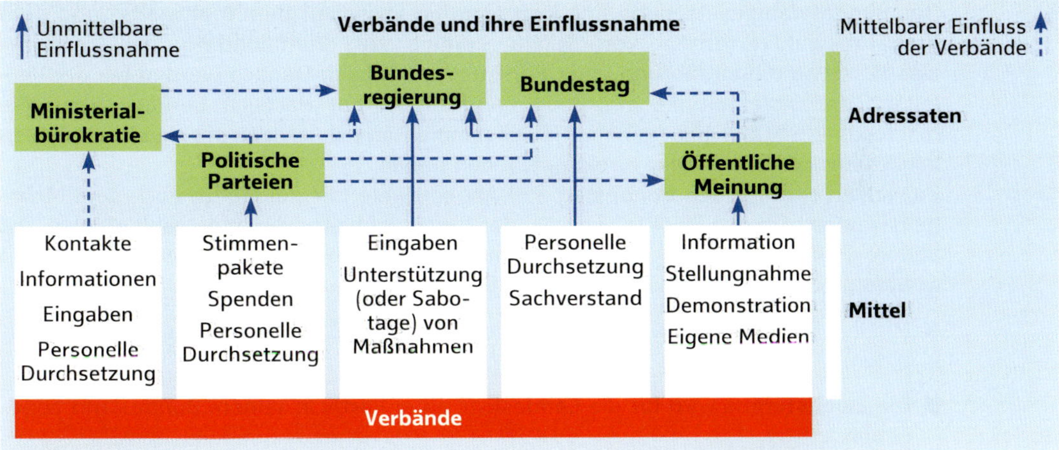

Quelle: Pötzsch, Horst: Die deutsche Demokratie, hrsg. von der Bildungszentrale für politische Bildung, Bonn, 2009, S. 43

?

1. *Ermitteln Sie je drei Verbände aus den Bereichen*
   a) Wirtschaft,
   b) Soziales und Gesundheit,
   c) Kultur, Religion, Wissenschaft.
2. *Wählen Sie einen Verband aus einem der drei Bereiche aus. Erklären Sie anhand eines konkreten Beispiels auf der Grundlage des Schaubildes, wie die Einflussnahme aussehen könnte.*

Demokratische Wahlen

Artikel 38 Abs. 1 GG
(1) Die Abgeordneten des Deutschen Bundestages werden in allgemeiner, unmittelbarer, freier, gleicher und geheimer Wahl gewählt. Sie sind Vertreter des ganzen Volkes, an Anweisungen nicht gebunden und nur ihrem Gewissen unterworfen.

Wahlberechtigt sind nach den Wahlrechtsgrundsätzen alle Menschen mit deutscher Staatsbürgerschaft, die am Wahltag das 18. Lebensjahr vollendet haben und mindestens seit drei Monaten im Wahlgebiet wohnen (aktives Wahlrecht).
Wählbar ist, wer mindestens 18 Jahre alt und seit einem Jahr die deutsche Staatsbürgerschaft besitzt (passives Wahlrecht).

- **Allgemein** ist die Wahl, wenn alle Staatsbürger, die diese Voraussetzungen erfüllen, gleich welcher Religion, welcher Rasse, welcher Bildung oder welchen Geschlechts, wählen dürfen.
- **Unmittelbar** ist die Wahl, wenn die Abgeordneten direkt vom Volk gewählt werden.
- **Frei** ist die Wahl, wenn die Wähler unabhängig und ohne Druck wählen können.
- **Gleich** ist die Wahl, wenn jede Stimme gleich zählt.
- **Geheim** ist die Wahl, wenn niemand nachprüfen kann, wofür sich der Wähler entschieden hat.

Das Wahlverfahren zur Wahl des Deutschen Bundestages

Das Bundeswahlgesetz sieht eine **Kombination zwischen dem Mehrheits- und dem Verhältniswahlverfahren** vor. Hinzu kommt zur Verhinderung der Parteienzersplitterung die Einführung einer **Fünfprozentklausel:** Danach werden bei der Verteilung der Sitze auf die einzelnen Landeslisten nur Parteien berücksichtigt, die mindestens 5 % der abgegebenen Zweitstimmen erreichen oder mit den Erststimmen mindestens drei Wahlkreise direkt gewonnen haben.
Zu wählen sind für den Bundestag 598 Abgeordnete, die zur Hälfte nach dem Mehrheitswahlrecht in den 299 Wahlkreisen des Bundesgebietes direkt gewählt werden. Die andere Hälfte wird nach dem Verhältniswahlrecht über Landeslisten der Parteien gewählt. Jeder Wähler hat deshalb zwei Stimmen:

- Mit der **Erststimme** wählt er einen der in seinem Wahlkreis aufgestellten Kandidaten.
- Die **Zweitstimme** wird für die Landesliste einer Partei in seinem Bundesland abgegeben.

Entsprechend dem Anteil an den Zweitstimmen wird ermittelt, wie viele Mandate jeder Partei zustehen. Die gesamten Abgeordnetensitze einer Partei sind auf die einzelnen Landeslisten zu verteilen, wobei die in den Wahlkreisen errungenen Mandate abgezogen werden. Die verbleibenden Sitze erhalten die Kandidaten entsprechend ihrer Reihenfolge auf der Landesliste. Hat eine Partei mehr Direktmandate gewonnen, als ihr Sitze nach der Zahl ihrer Zweitstimmen insgesamt zustehen, dann werden ihr diese sogenannten **Überhangmandate** nicht entzogen, sondern die Zahl der Bundestagsabgeordneten erhöht sich um die Zahl der Überhangmandate. Maßgebend für die Sitzverteilung des Bundestags ist die Zweitstimme.

Ein schöner Wahltag

6.4/10

Am Mittwoch war Bundestagswahl. Mein Süßer wollte schon lange mit mir wählen gehen. Wir hatten einen Familienstimmzettel, obwohl wir erst verlobt sind. Aber Erik meint, man müsse den Frauen möglichst früh klarmachen, wo es in der Politik langgeht. Nachdem wir am Eingang die Wahlgebühr von 5,00 € bezahlt hatten, suchten wir uns eine schöne bunte Wahlkabine, die war nämlich für die Wähler der „Bunten" vorgesehen. Dann überlegten wir uns lange, welchen Namen wir eintragen sollten. Ich behauptete zwar, wir dürften nur ein Kreuzchen machen, aber Erik sagte, Kreuzchen seien für Analphabeten. Der Wahlleiter kontrollierte den Stimmzettel, ob wir auch alles richtig gemacht hatten, und dann durfte ich den Zettel in einen großen Papierkorb werfen, auf dem das Wort „URNE" stand. Der Wahlleiter bat uns, Frau Müller im 1. Stock Bescheid zu sagen, dass sie als Einzige im Haus noch nicht gewählt habe. Der Heimweg war sehr kurz, weil wir mit dem Taxi fahren konnten; das kostete uns keinen Cent, weil die Partei für alle, die sie gewählt hatten, die Taxigebühr bis 5,00 € bezahlte. Erik erklärte mir, das sei die berühmte 5 %-Klausel. Ein schöner Wahltag war zu Ende.

Quelle: Grundkurs Politik, hrsg. von der Landeszentrale für politische Bildung Bildung. Leitung: Xaver Fiederle. 4. Aufl., Stuttgart 1991, S. 44 (verändert)

Gegen welche Wahlrechtsgrundsätze wurde in dem vorliegenden Text grob verstoßen? ?

Wahl zum Deutschen Bundestag

6.4/11

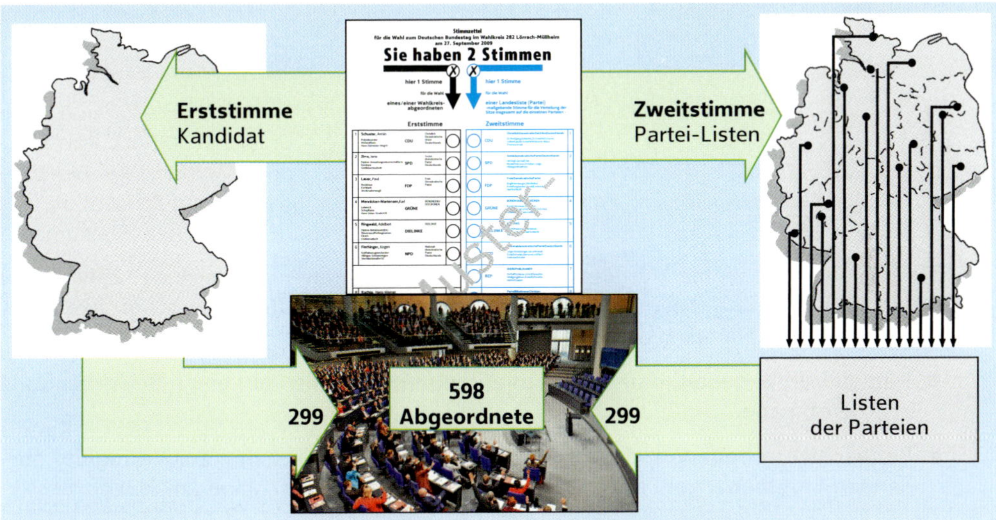

1. *Schreiben Sie eine Erläuterung und Anleitung zur Bundestagswahl. Verwenden Sie dabei folgende Begriffe, die Sie zunächst in eine logische Reihenfolge bringen sollten:*
   Einteilung des Bundesgebietes in 299 Wahlkreise – Kombination aus Mehrheits- und Verhältniswahl – Erststimme – Zweitstimme – Fünfprozentklausel – Wahlkreiskandidaten – Landeslisten der Parteien – 299 Abgeordnete – maßgebliche Bedeutung der Zweitstimme – Überhangmandate – 598 Bundestagssitze
2. *Erstellen Sie per Internet eine Liste mit Adressen zum Stichwort „Wahlen".* ?

Wahlen in Thüringen

Wahlen zum Landtag

Die Wahlen zum Thüringer Landtag laufen nach dem gleichen Verfahren ab wie die Wahlen zum Deutschen Bundestag (vgl. Kapitel 6.2). Der Landtag umfasst **88 Abgeordnete**, von denen 44 Abgeordnete in 44 Wahlkreisen nach dem Mehrheitswahlprinzip in den Landtag gewählt werden. Weitere 44 Abgeordnete werden über die Landeslisten der Parteien entsprechend der personifizierten Verhältniswahl bestimmt. Die **Legislaturperiode** beläuft sich auf **fünf Jahre**.

Wahlen zu den kommunalen Vertretungen

Nach dem Prinzip der Verhältniswahl stellen Parteien und Wählergruppen **Wahlvorschläge** mit bestimmter Reihenfolge für den **Gemeinderat** und den **Kreistag** auf. Jede Partei oder Wählergruppe kann nur einen Wahlvorschlag einreichen. Er darf höchstens so viele Bewerber enthalten, wie Ratsmitglieder zu wählen sind. Entsprechend der Einwohnerzahl der Gemeinde liegt die Zahl der Abgeordneten für den Gemeinderat zwischen 6 und 50 Personen und für den Kreistag zwischen 40 und 50 Personen.
Bei der Wahl zum Bürgermeister, Landrat und Oberbürgermeister (erstmals 1994) können Einzelbewerber auch Wahlvorschläge einreichen, die aber Unterstützungsunterschriften benötigen, um die Ernsthaftigkeit nachzuweisen (mindestens fünfmal so viel Unterschriften von Wahlberechtigten wie Gemeinderatsmitglieder in derselben Gemeinde zu wählen sind).

§ 45

Ortschaften, Ortsbürgermeister, Ortschaftsrat

(1) In Gemeinden mit räumlich getrennten Ortsteilen (Ortschaften) kann durch Regelung in der Hauptsatzung eine Ortschaftsverfassung eingeführt werden. In diesem Fall werden die Ortsbürgermeister und der Ortschaftsrat gewählt.

Thüringer Gemeinde- und Landkreisordnung vom 28.01.2003

Die Zahl der dem Wähler zur Verfügung stehenden Stimmen ist gleich der Zahl der zu wählenden Ratsmitglieder. Bei der Stimmenverteilung besteht die Möglichkeit des Kumulierens und Panaschierens:

- **Kumulieren** bedeutet, dass der Wähler mehrere Stimmen auf einen Bewerber konzentrieren kann.
- **Panaschieren** bedeutet, dass der Wähler innerhalb seiner ihm zur Verfügung stehenden Stimmenanzahl auch Bewerber anderer Wahlvorschläge ankreuzen kann.

Damit hat der Wähler bei der Kommunalwahl verschiedene Möglichkeiten:

- Er kann nur den Wahlvorschlag kennzeichnen und diesen damit unverändert annehmen.
- Er kann sämtliche ihm zur Verfügung stehenden Stimmen einer Liste zukommen lassen, diesen Wahlvorschlag aber in der Bewerberreihenfolge verändern, indem er bis zu drei Stimmen auf einzelne Bewerber konzentriert, das heißt kumuliert.
- Er kann innerhalb seiner ihm zur Verfügung stehenden Stimmen auch Bewerber/-innen verschiedener Wahlvorschläge bis zu dreimal ankreuzen, das heißt panaschieren.

Zur Wahl für die Kommunalvertretungen ist der Bürger **alle fünf Jahre aufgerufen**.

6.4/12

§ 23

Zusammensetzung des Gemeinderats

(3) Die Zahl der gemäß Absatz 2 zu wählenden Gemeinderatsmitglieder beträgt in Gemeinden

mit bis zu	500			Einwohnern	6.
mit mehr als	500	bis zu	1 000	Einwohnern	8.
mit mehr als	1 000	bis zu	2 000	Einwohnern	12.
mit mehr als	2 000	bis zu	3 000	Einwohnern	14.
mit mehr als	3 000	bis zu	5 000	Einwohnern	16.
mit mehr als	5 000	bis zu	10 000	Einwohnern	20.
mit mehr als	10 000	bis zu	20 000	Einwohnern	24.
mit mehr als	20 000	bis zu	30 000	Einwohnern	30.
mit mehr als	30 000	bis zu	50 000	Einwohnern	36.
mit mehr als	50 000	bis zu	100 000	Einwohnern	42.
mit mehr als	100 000	bis zu	200 000	Einwohnern	46.
mit mehr als	200 000			Einwohnern	50.

Veränderungen der Einwohnerzahl werden erst bei der nächsten Wahl berücksichtigt.

Quelle: Thüringer Gemeinde- und Landkreisordnung (Thüringer Kommunalordnung – ThürKO -) in der Fassung der Bekanntmachung vom 28. Januar 2003

1. *Bestimmen Sie die für Ihre Gemeinde zutreffende Anzahl der Gemeinderatsmitglieder.*
2. *Bedeuten mehr Abgeordnete eine bessere Gemeindearbeit? Begründen Sie Ihre Meinung.*

?

6.4/13

§ 12

Wählbarkeit für das Amt eines Gemeinderatsmitglieds

(1) Für das Amt eines Gemeinderatsmitglieds ist jeder Wahlberechtigte wählbar, es sei denn, dass er infolge Richterspruchs die Wählbarkeit oder die Fähigkeit zur Bekleidung öffentlicher Ämter nicht besitzt oder sich zum Zeitpunkt der Wahl wegen einer vorsätzlichen Straftat in Strafhaft oder in Sicherungsverwahrung befindet.

(2) Nicht wählbar ist außerdem, wer gegenüber dem Gemeindewahlleiter die Abgabe einer schriftlichen Erklärung zu der Frage verweigert, ob er wissentlich als hauptamtlicher oder inoffizieller Mitarbeiter mit dem Ministerium für Staatssicherheit, dem Amt für Nationale Sicherheit oder Beauftragter dieser Einrichtungen zusammengearbeitet hat.

Quelle: Thüringer Gesetz über die Wahlen in den Landkreisen und Gemeinden (Thüringer Kommunalwahlgesetz – ThürKWG -) vom 29. März 2019

Wer ist für das Amt eines Gemeinderatsmitgliedes wählbar und wer nicht?

?

6.5 Aktuelle Probleme der Demokratie

Demokratie in der Krise

In den letzten Jahren wird die Kritik an den „Spielregeln“ der Demokratie lauter. Der Begriff „Parteiendemokratie“ drückt die Hilflosigkeit des nicht organisierten Bürgers aus, der auf Sachentscheidungen keinen Einfluss mehr hat.
Das Grundgesetz sieht eine direkte Beteiligung der Bevölkerung durch Abstimmungen nur für die Frage der „Neugliederung des Bundesgebietes“ (Art. 29 GG) vor. Die Frage der Volksabstimmung auf Bundesebene kam erneut in die Diskussion, als die Bürger der ehemaligen DDR durch ihre Demonstrationen unter dem Motto „Wir sind das Volk“ dazu beigetragen hatten, dass der Unrechtsstaat zusammenbrach. Eine daraufhin gebildete Verfassungskommission, die sich auch mit Änderungen des Grundgesetzes hinsichtlich einer stärkeren Beteiligung des Volkes an politischen Entscheidungen auseinandersetzte, fand mit ihren Vorschlägen jedoch nicht die erforderliche Zweidrittelmehrheit im Bundestag. Vielleicht gerade deswegen entstanden in den letzten Jahren neue Formen der politischen Aktivitäten, wie z. B. Bürgerinitiativen.

Kennzeichen für Bürgerinitiativen sind:

- der spontane, zeitlich begrenzte, lockere Zusammenschluss von Bürgern,
- die Betroffenheit von politischen Maßnahmen, Planungen oder befürchteten Fehlentwicklungen in den Bereichen
  - Umweltschutz,
  - Verkehrsentwicklung,
  - sozialpolitische Maßnahmen,
- die Methoden zur Durchsetzung der Ziele durch
  - Selbsthilfe,
  - Öffentlichkeitsarbeit,
  - politischen Druck auf Entscheidungsträger.

Zunehmend kommt es zur Zusammenarbeit von Bürgerinitiativen und Gemeindeverwaltungen Dabei entstehen oft eigene Organisationen der Beteiligung wie beispielsweise

- **gemeinnützige Trägervereine**, die z. B. die Wartung der Grünflächen in einem Park oder einem Schwimmbad übernehmen,
- **Elterninitiativen**, die in Eigenregie Spielplätze bauen oder sanieren,
- **Schulprojekte**, in denen Schüler und Lehrer Maßnahmen zur Reduzierung des Energie- und Wasserverbrauchs durchführen und mit dem eingesparten Geld haushalten können.

Der Vorteil dieser Zusammenschlüsse liegt in ihrem unbürokratischen Handlungsspielraum. Anstehende Entscheidungen können sofort umgesetzt werden, ohne lange Genehmigungsverfahren abwarten zu müssen.

Pro und Kontra Volksabstimmung auf Bundesebene

6.5/1

Argumente pro Volksbegehren	Argumente kontra Volksbegehren
1. **Stärkere Identifikation** der Bürger mit der Politik. 2. Förderung der **politischen Zufriedenheit** der Bürger. 3. Bürger verfügen über einen **höheren Sachverstand**, weil sie sich für die Abstimmung informieren. 4. Volksinitiativen können ein Anstoß für **Reformen** sein: Eigene Ideen werden zur Abstimmung freigegeben. 5. **Keine Politik gegen den Bürgerwillen:** Politiker achten besser auf die Bedürfnisse des Volkes. 6. **Weitreichende Entscheidungen** für kommende Generationen wie z. B. in der Energiepolitik, Klimaschutz etc. brauchen die Zustimmung einer breiten Basis – dem Volk. **Akzeptanz** politischer Entscheidungen steigt.	1. **Demagogiegefahr:** Stimmungsmache gegen Minderheiten z.B. Abstimmung über Minerettenverbot in der Schweiz 2. **Ja/nein-Abstimmungen:** Gestaltungsmöglichkeit für Bürger nicht vorhanden. 3. Viele Wähler sind **schlecht informiert.** 4. **Abstimmungsbeteiligung variiert** nach Alter, Sozioökonomie und soziale Integration und verfälscht das Abstimmungsbild. 5. Volksentscheide sind verglichen mit repräsentativen Entscheidungen **zeit- und kostenineffizienter.**

Vgl. Weber, Tim; Kampwirth, Ralph; Rehmet, Frank: Pro und Kontra Volksentscheid – Die wichtigsten Argumente im Überblick. Mehr Demokratie e. V., Positionspapier, 04.12.2014. www.mehr-demokratie.de/fileadmin/pdf/Positionen01_Pro_Kontra_Volksentscheid.pdf [31.07.2020]

?

1. *Fassen Sie in einer Gegenüberstellung die wesentlichen Argumente der zwei Standpunkte zusammen.*
2. *Erörtern Sie, ob die beiden Meinungen heute noch Gültigkeit haben.*
3. *Gibt es Themen, die nach Ihrer Meinung in Volksabstimmungen entschieden werden sollten?*

Flugblatt einer Bürgerinitiative aus dem Jahr 1982

6.5/2

„Warum hast du nichts getan?“

„Warum bist Du nicht eingeschritten, als der letzte Baum gefällt wurde?“ – Was werden Sie in Zukunft auf diese Frage antworten können?

Damit die Frage nie gestellt werden muss, bedarf es unserer Hilfe. Machen Sie mit bei unseren Protestaktionen! Das Mantra des ewigen Wirtschaftswachstums ist längst widerlegt und nutzt nur machthungrigen Politikern.

Die Zerstörung der Umwelt – und damit unseres Lebensraumes – muss aufhören. Unsere Kinder verdienen eine lebenswerte Zukunft! Was nutzt uns unser Wohlstand in einer Umwelt, die aussieht wie Hiroshima 1945? Denn „erst wenn der letzte Baum gerodet, der letzte Fluss vergiftet und der letzte Fisch gefangen ist, werdet ihr feststellen, dass man Geld nicht essen kann.“

?

1. *Warum versucht die „Bürgerinitiative“ nicht durch Parteien oder Verbände ihr Anliegen durchzusetzen?*
2. *Nennen Sie Projekte, die von Bürgerinitiativen verhindert oder gefördert worden sind.*
3. *Beziehen Sie – anhand konkreter Textbeispiele – Stellung, ob dieses Flugblatt heute noch Gültigkeit haben könnte.*

Politikverdrossenheit

Obwohl es sehr viele Möglichkeiten für Jugendliche gibt, sich politisch zu betätigen, entfremden sich in den letzten Jahren immer mehr Jugendliche von den klassischen Beteiligungsmöglichkeiten der Politik. Dabei konzentriert sich ihre Kritik auf folgende Punkte:

- Jugendliche haben großes Misstrauen gegenüber den Parteien und ihren Vertretern, weil Berufspolitiker angeblich keinen Bezug zu den Anliegen jüngerer Bürger haben.
- Der innerparteiliche Willensbildungsprozess wird als undurchsichtig empfunden, weil die politisch Interessierten keinen Einfluss auf Entscheidungen der Parteien haben.
- Die Gehälter (Diäten) der Abgeordneten werden angesichts der finanziellen Opfer, die Bürger bringen müssen, als überhöht angesehen.
- Die Parteien und Verbände versuchen immer stärker Einfluss in Aufsichts- und Kontrollgremien (z. B. in Medien und in der Wirtschaft) zu gewinnen.

Jugendliche melden sich vermehrt zu Wort und artikulieren ihre Interessen und Ansprüche nicht nur untereinander, sondern zunehmend auch gegenüber Politik, Gesellschaft und Arbeitgebern. Dabei blickt die Mehrheit der Jugendlichen eher positiv in die Zukunft. Ihre Zufriedenheit mit der Demokratie nimmt zu. Die EU wird überwiegend positiv wahrgenommen. Jugendliche sind mehrheitlich tolerant und gesellschaftlich liberal. Am meisten Angst macht Jugendlichen die Umweltzerstörung.
[...] „Bereits im Jahr 2015 hatten viele Jugendliche ein größeres Engagement für politische und gesellschaftliche Themen gezeigt. Dieses Engagement verstärken sie inzwischen durch ein zunehmendes Umwelt- und Klimabewusstsein. Obwohl die Jugendlichen optimistisch in ihre persönliche und die gesellschaftliche Zukunft blicken, sehen sie doch, dass es Zeit ist, zu handeln", sagt Studienleiter Prof. Dr. Mathias Albert [...].
Bundesministerin [...] Giffey (SPD): „Die aktuelle Shell Jugendstudie zeigt, dass junge Menschen sich einbringen wollen und dass viele auf die Demokratie, eine offene Gesellschaft und ein geeintes Europa setzen. Dieses Vertrauen dürfen wir nicht verspielen. Es geht nur gemeinsam mit den Jugendlichen. Beteiligung ist deshalb, neben Schutz und Förderung, Teil unserer Wertegrundlage, um die Rechte von Kindern und jungen Menschen ins Grundgesetz zu bringen."

Quelle: Shell Jugendstudie 2019: Jugendliche melden sich zu Wort. 15.10.2019. Shell Deutschland Oil GmbH, Hamburg. https://www.shell.de/medien/shell-presseinformationen/2019/shell-jugendstudie-2019-jugendliche-melden-sich-zu-wort.html [28.04.2020]

Die **Auswirkungen** der Politikverdrossenheit lassen sich daran erkennen, dass sich Politiker und Parteien immer stärker mit einem schlechten Ansehen in der Bevölkerung auseinandersetzen müssen. Außerdem hat die Zahl der Neugründungen von rechten Parteien, die auch bei Wahlen viele Stimmen aus Protest gegen die alteingesessenen Parteien bekommen, stark zugenommen. Ein weiteres Merkmal ist eine allgemein rückläufige Beteiligung bei Wahlen auf Bundes-, Länder- und Gemeindeebene.
Die Verantwortlichen suchen deshalb **Lösungswege** aus dieser Stimmung der politischen Unzufriedenheit. Zum einen wird versucht, den politischen Einfluss von Parteien zu beschränken und deren Entscheidungsfindung durchsichtiger zu machen, zum anderen soll der Bürger direkter an der politischen Willensbildung beteiligt werden. Diskutiert wird z. B. eine größere Einflussnahme der Bürger bei der Kandidatenaufstellung für Wahlen. Ebenso sollen Jugendliche stärker in das politische Geschehen einbezogen werden, indem das Wahlalter – zunächst bei Kommunalwahlen – in den meisten Bundesländern, auch in Thüringen, auf 16 Jahre herabgesetzt wurde. Tatsache ist jedoch auch, dass schon heute die Möglichkeiten, auf politische Entscheidungen Einfluss zu nehmen, vielfältiger sind, als viele Bürger vermuten. Das Wissen darüber, was für jeden Bürger heute bereits politisch machbar ist, setzt voraus, dass man sich politisch informiert.

6.5/3

?

1. *Erklären Sie den Sachverhalt, der mit dieser Karikatur angesprochen wird.*
2. *Formulieren Sie zu diesem Bild eine aussagekräftige Überschrift.*

6.5/4

Vier Ansätze gegen Politikverdrossenheit

1. Die Parteien, die im Bundestag vertreten sind, müssten versuchen herauszufinden, warum die Kommunikation mit den Bürgerinnen und Bürgern nicht so gut funktioniert und wie diese Kommunikation verbessert werden könnte.

2. Parteien müssen voneinander unterscheidbar sein. Daher wäre es wichtig, dass sie ihr Profil schärfen und ihr Programm sowie die Arbeit am Programm stärken. Interesse, Mitwirkung und aktive Teilnahme an Debatten werden durch nachhaltige Gesellschaftsentwürfe und konkrete Lösungsvorschläge für die drängenden Probleme dieser und der nächsten Generationen gefördert.

3. Die größtenteils passiven Bürgerinnen und Bürger sollten die „Zuschauerränge“ verlassen. Durch politisches Engagement in Initiativen und Projekten können Sie sich einbringen, ohne dass Sie einen Parteiposten einnehmen müssen. Außerdem steht ihnen die Diskussion mit Politikern und Verantwortungsträgern in öffentlichen Foren offen; auch hier werden wichtige lokal- bis weltpolitische Fragen erörtert.

4. Politische Bildung muss verstärkt werden, sowohl innerhalb als auch außerhalb der Schulen. Abgesehen von einer privilegierten und politisch interessierten Minderheit sind Bürgerinnen und Bürger kaum bis gar nicht politisch informiert und wissen auch nicht, wie Politik funktioniert. Daran muss dringend gearbeitet werden, damit (junge) Menschen sich wieder engagieren. Eine Idee wäre die Einführung eines Praxiskurses in Politik, um den Mangel an politischer Bildung auszugleichen und damit der Politik mehr gesellschaftliche Akzeptanz zu verschaffen.

Vgl.: Leif, Thomas: Raus aus dem politischen Glashaus, ZEIT ONLINE, 09.01.2017. www.zeit.de/politik/2016-12/politikverdrossenheit-demokratie-debatte-entfremdung-waehler-populismus-loesungsansaetze [20.07.2019]

?

1. *Reduzieren Sie die „vier Ansätze gegen Politikverdrossenheit“ auf vier Kernaussagen.*
2. *Erläutern Sie Vorschläge durch konkrete Beispiele.*
3. *Nehmen Sie persönlich Stellung zu den einzelnen Vorschlägen.*

Beteiligen am politischen Willensbildungsprozess

Methodenbeschreibung
Mit dem folgenden Vorschlag sollen die Möglichkeiten der Beteiligung am Willensbildungsprozess durchgespielt werden. Wenn in Ihrem Betrieb, Ihrer Schule oder Ihrer Gemeinde ein konkretes Anliegen vorliegt, machen Sie dieses zum Gegenstand Ihrer Aktivitäten.

Thema: Wir fordern einen Jugendtreff!
Ein Freizeitangebot für Jugendliche in Musterhausen (12 000 Einwohner) ist kaum vorhanden. Mehrere Jugendliche beschließen deshalb, etwas zu unternehmen. Nach einer **Umfrage** an verschiedenen Schulen kommt man zu dem Ergebnis, von den Verantwortlichen der Stadt einen Jugendtreff zu fordern. Übernehmen Sie die Aufgabe, diese Forderung durchzusetzen.

Ablauf

1. Phase: Machen Sie Problem aufmerksam!
Schreiben Sie ein **Flugblatt**, in dem Sie die Situation für die Jugendlichen in Musterhausen darstellen und Ihre Forderung an die Stadtverwaltung konkret formulieren. Bringen Sie das Flugblatt dort in Umlauf, wo Sie Betroffene des Problems direkt ansprechen können und Sie deshalb am ehesten Unterstützung erwarten können.

Laden Sie **die lokale Presse** ein und bitten Sie darum, einen **Artikel für das Lokalblatt** zu schreiben. Aktivieren Sie Freunde, auf diesen Artikel hin **Leserbriefe** zu schreiben.

Gestaltung eines Flugblattes
- Aus einem Flugblatt muss das Anliegen klar hervorgehen und die Adressaten in der Öffentlichkeit müssen sich deutlich angesprochen fühlen.
- Im Text werden die Informationen und Fakten, die zum Verständnis des Problems wichtig sind, genannt und erläutert.
- Der Appell mit der Bitte um Unterstützung des Anliegens wird optisch am Ende des Blattes hervorgehoben.
- Auf einem Flugblatt muss immer eine verantwortliche Person als Ansprechpartner genannt sein.
- Die optische Gestaltung und Aufmachung ist entscheidend dafür, ob ein Flugblatt überhaupt gelesen wird.

Hinweise zum Verfassen von Leserbriefen
- Jeder Leserbrief hat vollständige (nachprüfbare) Absenderangaben und wird am Ende unterschrieben.
- Je klarer aufgebaut und je kürzer ein Leserbrief ist, desto größer ist die Chance, dass er vollständig abgedruckt und gelesen wird.
- Zu Beginn werden der Sachverhalt und die Dringlichkeit des Problems kurz benannt.
- Die eigenen Argumente werden klar gegliedert (evtl. nummeriert), wobei das stärkste Argument am Ende steht. Nach dem gewichtigsten Argument folgt die Schlussfolgerung, z. B. Vorschlag zur Lösung des Problems, Forderung, Appell an die Öffentlichkeit.
- Verwenden Sie leicht verständliche Sätze, die auch von einer breiten Leserschaft verstanden werden können.
- Beweisen Sie Sachkompetenz durch nachprüfbare Daten und Fakten.

2. Phase: Schalten Sie die politisch Verantwortlichen ein![1)]
Bitten Sie den **Jugenddezernenten** der Stadt um einen Gesprächstermin, um ihm die Situation zu verdeutlichen. Über das Ergebnis dieses Gesprächs informieren Sie schriftlich die **im Stadtrat vertretenen Parteien** und bitten um Unterstützung Ihres Anliegens (Fordern Sie von jeder Partei eine schriftliche Stellungnahme!). Bitten Sie anschließend um einen **Termin bei der Bürgermeisterin/dem Bürgermeister**. Halten Sie die Presse auf dem Laufenden.

3. Phase: Gehen Sie an die Öffentlichkeit!
Versuchen Sie noch mehr Mitstreiter zu gewinnen, indem Sie einen **Informationsstand in der Fußgängerzone** aufstellen. Die Genehmigung dazu erhalten Sie bei der örtlichen Ordnungsbehörde. Entwerfen Sie aussagekräftige **Plakate** und/oder eine **Informationswand**, auf der Ihre bisherige Vorgehensweise dokumentiert ist. Legen Sie eine **Unterschriftenliste** aus, auf der Ihre Forderung nochmals knapp formuliert ist.

DAS PLAKAT

- eine Idee steht im Mittelpunkt (Kernbotschaft)
- ein markanter Spruch (maximal 5 Wörter)
- spannende Gestaltung
- gute Lesbarkeit aus größerer Entfernung

1) Die in Fettdruck hervorgehobenen Ausdrücke sind konkrete Handlungsanweisungen für Sie. Organisieren Sie in eigener Regie die Aufteilung in verschiedene Gruppen.

Wichtiges Wissen

Demokratieverständnis des Grundgesetzes

- Volkssouveränität, Repräsentativsystem, Mehrheitsprinzip, Demokratie
- Bundesstaat, Republik, Rechtsstaat, Sozialstaat

Mitwirkungsmöglichkeiten

- auf Gemeindeebene: z. B.: Bürgerbegehren/Bürgerentscheid
- auf Landesebene: z. B. Volksbegehren/Volksentscheid
- auf Bundesebene: Wahlen

Merkmale der Demokratie in Deutschland

Parteien	Zusammenschluss gleich gesinnter Bürger, die auf die politische Willensbildung des Volkes durch Programme Einfluss nehmen
Verbände	vertreten soziale, wirtschaftliche oder kulturelle Interessen der Bürger
Wahlen	Einhaltung demokratischer Wahlrechtsgrundsätze
Bundestagswahlen	Kombination aus Mehrheits- (Erststimme) und Verhältniswahlverfahren (Zweitstimme). Die Zweitstimme entscheidet über die Zusammensetzung des Bundestages.
Staatsorgane	■ Parlament mit 598 Abgeordneten
Bundestag	■ Aufgaben: Gesetzgebung, Wahl des Kanzlers, Kontrolle der Regierung
Bundesrat	■ Ländervertretung mit 69 Mitgliedern der Regierungen der 16 Bundesländer ■ Aufgaben: Mitwirkung bei der Gesetzgebung und bei der Verwaltung des Bundes
Bundespräsident	■ Staatsoberhaupt Deutschlands ■ Aufgaben: vertritt Deutschland nach innen und außen, fertigt Bundesgesetze aus und verkündet sie
Bundesregierung	bestehend aus Bundeskanzler und Bundesminister
Bundeskanzler	Aufgaben: bestimmt die Richtlinien der Politik
Bundesminister	Aufgaben: leiten selbstständig ein Ministerium

Merkmale einer Diktatur

- Einschränkung demokratischer Rechte
- Verletzung von Menschenrechten
- keine unabhängige Justiz
- staatliche Macht ist jeder Kontrolle entzogen

1 Grenzen Sie die folgenden Begriffe voneinander ab:
a) Menschenrechte,
b) Grundrechte,
c) Bürgerrechte.

2 Stellen Sie aus den Medien konkrete Beispiele für Menschenrechtsverletzungen zusammen.

3 Nennen und erläutern Sie aus Artikel 20 GG die Verfassungsgrundsätze der Bundesrepublik Deutschland.

4 Definieren Sie den Begriff „Föderalismus".

5 Welche Staatsorgane der Bundesrepublik sind
a) der Legislative,
b) der Exekutive,
c) der Judikative
zuzurechnen?

6 Wodurch schützt das Bundesverfassungsgericht die Grundrechte der Bürger?

7 Beschaffen Sie sich ein aktuelles Urteil des BverG, in dem über bürgerliche Grundrechte geurteilt wurde (z. B. im Internet unter www.bundesverfassungsgericht.de/entscheidungen.html).

8 Erläutern Sie anhand konkreter Möglichkeiten, wie Bürger am politischen Leben mitwirken können:
a) auf Kommunalebene,
b) auf Landesebene.

9 Erläutern Sie die Begriffe „Fraktionsdisziplin" und „Fraktionszwang".

10 Wie setzt sich der Bundesrat zusammen und welche Aufgaben hat er zu erfüllen?

11 Inwiefern ist der Bundespräsident an der gesetzgebenden und an der vollziehenden Gewalt beteiligt?

12 Welche Ministerien gibt es auf Bundesebene?

13 Zeigen Sie anhand des Staatsaufbaus und des Lebens in der DDR Merkmale einer totalitären Diktatur auf.

14 Worin unterscheidet sich eine Partei von einem Verband?

15 Ermitteln Sie die Anschriften aller im Bundestag vertretenen Parteien und fordern Sie das jeweilige Parteiprogramm an.

16 Welche Aufgaben hat eine Partei?

17 Nennen und erläutern Sie die demokratischen Wahlrechtsgrundsätze.

18 Warum ist die Zweitstimme bei der Wahl zum Deutschen Bundestag die wichtigere?

19 Stellen Sie die aktuellen Wahlergebnisse zusammen
a) der letzten Bundestagswahl,
b) der letzten Landtagswahl,
c) der letzten Kommunalwahl.

20 Was versteht man im Zusammenhang mit den Kommunalwahlen unter den Begriffen „Kumulieren" und „Panaschieren"?

21 Erläutern Sie Ihre persönliche Einstellung zur Politik.

7 Menschenrechte – Grundlage der Freiheit

Französische Revolution 1789: Freiheit, Gleichheit, Brüderlichkeit!

Seit über 200 Jahren kämpfen Menschen für die Durchsetzung und Einhaltung der Menschenrechte.

Auch heute herrschen vielerorts noch

- Folter,
- Krieg,
- Vertreibung,
- Elend und Not.

Heute erreicht?!

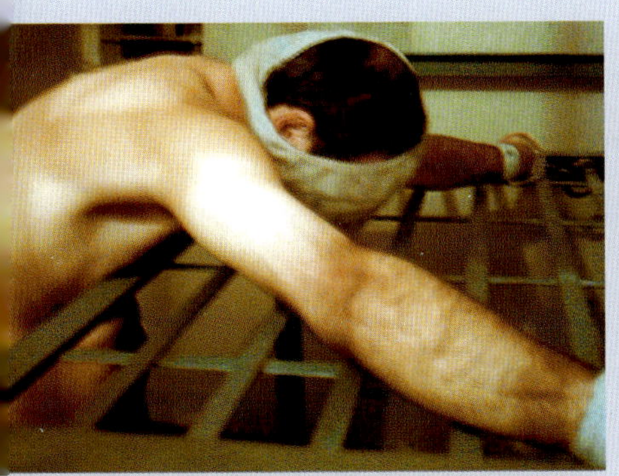

ZUR DISKUSSION:

Welche Organisationen kämpfen heute für die Einhaltung der Menschenrechte? Diskutieren Sie in der Klasse darüber, was jede/r Einzelne tun kann.

7.1 Geschichte der Menschenrechte

Die Menschenrechte in England, den USA und Frankreich

Das Altertum kannte keine verbrieften Menschenrechte, dennoch gingen spätere Gedanken u. a. auf den Naturrechtsgedanken der griechischen Philosophenschule Stoa zurück. Die Freiheit und Gleichheit aller Menschen aufgrund ihrer Natur wurde zwar verkündet, die Sklaverei blieb jedoch unangetastet. Das mittelalterliche Christentum sprach von der Gottesebenbildlichkeit des Menschen; jedoch galt dies nur für das Jenseits. Sklaven und Leibeigene wurden akzeptiert.

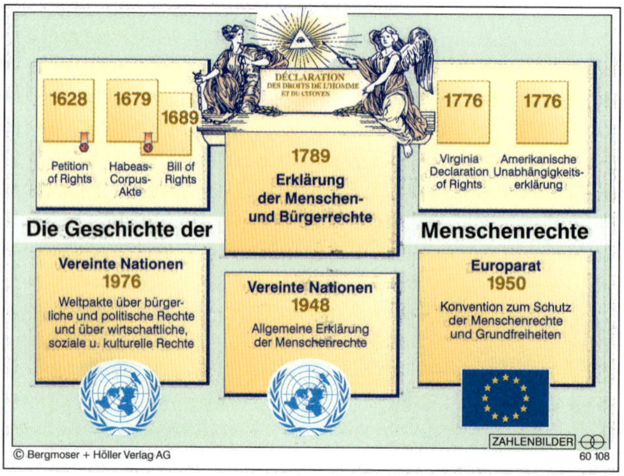

Der erste Markstein auf dem Weg der Zurückweisung königlicher Herrschaft und Ausweitung der Freiheitsrechte ist die **Magna Charta von 1215**. Englische Barone erreichten: *„kein freier Mann soll verhaftet oder eingekerkert oder um seinen Besitz gebracht [...] oder ruiniert werden [...] es sei denn aufgrund eines gesetzlichen Urteils.“* Diese wichtige Bindung der Staatsgewalt an Recht und Gesetz fand eine Erweiterung in der **Habeas-Corpus-Akte von 1679** (lat. = „Du sollst den Körper haben“). Fortan waren die Untertanen der englischen Krone vor willkürlicher Verhaftung geschützt und hatten das Recht, eine richterliche Überprüfung der Zulässigkeit der Verhaftung zu verlangen. Schließlich legte die **Bill of Rights von 1689** die Rechte des Parlaments gegenüber dem Königshaus fest. Die Übernahme dieser Menschenrechtsgedanken im amerikanischen Unabhängigkeitskampf führte **1776** zur ersten **Menschenrechtserklärung** durch 13 englische Kolonien. Bahnbrechend wurde die **Bill of Rights des Staates Virginia**, weil mit ihr die erste Menschenrechtserklärung den Rang einer Verfassung erhielt. Diesem Vorbild folgten weitere Verfassungen amerikanischer Bundesstaaten. Mit der Verkündigung der Menschen- und Bürgerrechte im Rahmen der **Französischen Revolution von 1789** traten neben die naturgegebenen Menschenrechte auch Staatsbürgerrechte als Mitwirkungsrechte bei der Ausübung der Staatsgewalt. Drei wichtige Kämpfer zum Durchbruch der Menschenrechte waren:

- **John Locke (1632–1704)**
  - Begründung der Menschenrechte aus dem Naturrecht
  - Leben, Freiheit, Eigentum als Hauptgrundrechte
- **Thomas Jefferson (1743–1826)**
  - politische Übernahme der Naturrechtslehre in die Virginia Bill of Rights und in die Unabhängigkeitserklärung
- **Charles de Montesquieu (1689–1755)**
  - Existenz unveräußerlicher, vorstaatlicher Menschenrechte
  - Schutz der Menschenrechte durch den Staat
  - Gewaltenteilung zum Schutz der Menschenrechte

Aus drei wichtigen Erklärungen von Menschenrechten

7.1/1

Aus der Virginia Bill of Rights vom 12. Juni 1776

Alle Menschen sind von Natur aus gleichermaßen frei und unabhängig und besitzen gewisse angeborene Rechte, deren sie, wenn sie den Status einer Gesellschaft annehmen, durch keine Abmachung ihre Nachkommenschaft berauben oder entkleiden können, und zwar den Genuss der Freiheit und dazu die Möglichkeit, Eigentum zu erwerben und zu besitzen und Glück und Sicherheit zu erlangen (Art. 1).

Aus der Unabhängigkeitserklärung der Vereinigten Staaten von Amerika 1776

Wir halten die Wahrheit für selbst einleuchtend, dass alle Menschen gleich geschaffen sind, dass sie von ihrem Schöpfer mit gewissen unveräußerlichen Rechten ausgestattet sind, darunter Leben, Freiheit und Streben nach Glück; dass zur Sicherung dieser Rechte Regierungen unter den Menschen eingesetzt sind, die ihre gerechten Vollmachten von der Einwilligung der Regierten ableiten.

Aus dem Lafayette-Entwurf zur Erklärung der Menschen- und Bürgerrechte, die 1789 verkündet wurden und Eingang in die 1. Verfassung fanden

Art. I: Die Menschen sind und bleiben von Geburt an frei und gleich an Rechten. Soziale Unterschiede dürfen nur im allgemeinen Nutzen begründet sein.
Art. II: Das Ziel einer jeden politischen Vereinigung besteht in der Erhaltung der natürlichen und unantastbaren Menschenrechte. Diese Rechte sind Freiheit, Sicherheit und Widerstand gegen Unterdrückung.
Art IV: Die Freiheit besteht darin, alles tun zu können, was dem anderen nicht schadet [...]
Art VI: Das Gesetz ist der Ausdruck des allgemeinen Willens [...] Ob es schützt oder straft: es muss für alle gleich sein [...]
Art VII: Kein Mensch kann anders als in den gesetzlich verfügten Fällen und den vorgeschriebenen Formen angeklagt, verhaftet und gefangen genommen werden [...]
Art XI: Freie Gedanken- und Meinungsfreiheit ist eines der kostbarsten Menschenrechte [...]

1. *Lesen Sie die drei Erklärungen und vergleichen Sie diese.*
2. *Wo sind besonders große Übereinstimmungen? Ist das zufällig? Begründen Sie Ihre Meinung.*

?

Aus der Jahresbotschaft von US-Präsident Franklin D. Roosevelt vor dem amerikanischen Kongress 1941

7.1/2

In der Zukunft, die wir zu sichern suchen, streben wir nach einer Welt, die auf vier essenziellen Freiheiten gegründet ist. Die erste ist die Freiheit der Rede und der Meinungsäußerung überall in der Welt. Die zweite ist die Freiheit eines jeden Menschen, Gott auf seine eigene Weise anzubeten – überall auf der Welt. Die dritte ist die Freiheit von Not, worunter im Wesentlichen die wirtschaftlichen Bedingungen gemeint sind, die jeder Nation in Friedenszeiten ein gesundes Leben für seine Einwohner ermöglicht überall in der Welt. Die vierte ist die Freiheit von Furcht, was konkret eine Rüstungsverringerung zu einem Punkt und in einer Weise bedeutet, dass keine Nation in der Lage sein wird, gegen seine Nachbarn einen Akt physischer Aggression zu begehen – überall in der Welt.

Quelle: Kühnhardt, Ludger: Die Universalität der Menschenrechte, hrsg. von der Bundeszentrale für politische Bildung, Bonn, 1987, S. 90

Vergleichen Sie die vier Freiheiten aus der Rede von Präsident Roosevelt und stellen Sie Gemeinsamkeiten und Unterschiede zu den früheren Erklärungen der Menschenrechte fest.

?

Die Menschenrechte in Deutschland

Schrittweise setzte sich in Deutschland während des ausgehenden Mittelalters die Beendigung der Leibeigenschaft durch.
Bei *Immanuel Kant* (1724–1804) lag der Zweck des Staates in der Sicherung von Recht und Freiheit, wobei für ihn der Staat die Bedingung für die Verbreitung von Sicherheit und Freiheit war. Die Menschenrechte wurden aus der rationalen Vernunftsnatur des Menschen abgeleitet – jedoch mit sozialen Pflichten des einzelnen Menschen als notwendiges Gegengewicht. „Rechte ohne Pflichten sind Willkür."
Im Gefolge der Französischen Revolution schrieb *Friedrich Schiller* seinen „Wilhelm Tell" als großes Widerstandsdrama und *Johann Wolfgang von Goethe* setzt in „Egmont" dem Widerstandskampf der Niederländer ein Denkmal.
Zwar enthielten die deutschen Verfassungen der ersten Hälfte des 19. Jahrhunderts gewisse Grundrechte (Bayern 1818, Württemberg 1819), aber diese Rechte „der Untertanen waren gnädig gewährt"; sie konnten auch wieder eingeschränkt werden. Damit entsprachen sie nicht den von der Französischen Revolution auch in Deutschland verbreiteten Ideen der politischen Freiheit und der gesellschaftlichen Gleichheit. Es kam am 27. Mai 1832 zum Hambacher Fest, einer großen Demonstration der Deutschen zum Ziel politischer Freiheit und nationaler Einheit. Diese erste Volksversammlung der neueren deutschen Geschichte war auch ein Beitrag zur Artikulierung einer öffentlichen Meinung, eine Etappe auf dem Weg zur Verfassung der Paulskirche.
Die erste vollständige **Erklärung von Grundrechten des deutschen Volkes** formulierten die Vertreter der Nationalversammlung in der **Frankfurter Paulskirche 1848/1849**. Neben liberalen Freiheitsrechten wurden auch Gleichheitsrechte für alle Menschen formuliert, um aus dem Polizeistaat der letzten Jahrhunderte einen Rechtsstaat zu begründen. Die soziale Frage wurde diskutiert, fand aber keinen Niederschlag in den Grundrechten. Die Paulskirchenverfassung konnte durch das Scheitern der bürgerlichen Revolution nicht in Kraft gesetzt werden. Dennoch wurden wichtige Impulse und Vorarbeiten für die spätere Weimarer Reichsverfassung, aber auch für unser Grundgesetz geschaffen.

Erste Sitzung der Nationalversammlung in Weimar 1919, Blick auf das Plenum der Abgeordneten und den Rang mit den Vertretern der Presse.

Während die Reichsverfassung von 1871 keine Grund- und Menschenrechte enthielt, sondern diese den Ländern reservierte, nahm die **Nationalversammlung von Weimar 1919** im 2. Hauptteil Grundrechte und Grundpflichten der Deutschen auf. Neben den klassischen Freiheits- und Gleichheitsrechten und einer Reihe von Schutzbestimmungen für Ehe und Familie wurden nunmehr auch soziale Menschenrechte formuliert, etwa für die menschliche Arbeitskraft oder die betriebliche Mitbestimmung. Die sozialen und wirtschaftlichen Grundrechte wurden jedoch großenteils nur als Zielvorstellungen und Programme formuliert, nicht als einklagbare Rechte. Im Schlagwort „negative und positive Freiheiten" wurde der Bedeutungswandel gegenüber früheren reinen Abwehrrechten sichtbar, die man nun sogar als negative Freiheiten bezeichnete.

Hambacher Fest 1832: Auszüge aus zwei Reden

7.1/3

„Wie Martin Luther müsse man nun kämpfen ‚zur Abschüttelung innerer und äußerer Gewalt' für ein ‚freies deutsches Vaterland' und gegen ‚die absoluten Könige und politische Knechtschaft' [...] wir selbst wollen, wir selbst müssen vollenden das Werk und ich ahne, bald, bald muss es geschehen, soll die deutsche, soll die europäische Freiheit nicht erdrosselt werden [...]"
„Allein, wenn die Presse vernichtet, die Gesetze verhöhnt, und die Mittel zur Menschheitsbildung abgeschnitten werden? Dann, ja dann ist keine Wahl mehr, jedes Zögern ist dann feiger Verrat an der Vernunft, der Tugend, der Menschheit, dann, um mit dem König von Preußen zu sprechen: Dann ist der Kampf ein Kampf der Notwehr, der alle Mittel heiligt."

1. *Welches waren die Hauptanliegen der beiden Redner?*
2. *Wie wollten sie ihre Ziele erreichen?*

?

Immanuel Kant: Von der Menschenwürde

7.1/4

Ein jeder Mensch hat rechtmäßigen Anspruch auf Achtung von seinem Nebenmenschen und wechselseitig ist er dazu auch gegen jeden anderen verbunden.
Die Menschheit selbst ist eine Würde; denn der Mensch kann von keinem Menschen (weder von anderen, noch sogar von sich selbst) bloß als Mittel, sondern muss jederzeit zugleich als Zweck gebraucht werden, und darin besteht eben seine Würde (die Persönlichkeit), dadurch er sich über alle anderen Weltwesen, die nicht Menschen sind und doch gebraucht werden können, mithin über alle Sachen, erhebt. Gleich wie er also sich selbst für keinen Preis weggeben kann (welches der Pflicht der Selbstschätzung widerstreiten würde), so kann er auch nicht der ebenso notwendigen Selbstschätzung anderer als Menschen entgegenhandeln. Das ist: Er ist verbunden, die Würde der Menschheit an jedem anderen Menschen praktisch anzuerkennen; mithin ruht auf ihm die Pflicht, die sich auf die jedem anderen Menschen notwendig zu erzeigende Achtung bezieht [...]

Quelle: Kant, Immanuel: Die Metaphysik der Sitten, 1793

1. *Was bedeutet für Kant Menschenwürde?*
2. *Woraus entsteht nach seiner Auffassung die Menschenwürde?*
3. *In welchem Zusammenhang spricht er von Pflicht?*

?

Unterschiedliches internationales Menschenrechtsverständnis

Die Menschenrechtsidee ist in der westlichen, europäisch-atlantischen Geschichte und Kultur entstanden als ein ständiges Ringen um Herrschaftsbegrenzung staatlicher Macht und Erweiterung persönlicher Freiheit. Andere Kulturen, etwa in Indien, China, auf dem afrikanischen Kontinent oder in der Südsee, hatten und haben andere Denkweisen und Grundannahmen. Auch Stammes- und Familienbande, Sitten und Gebräuche waren und sind anders. Schließlich verstehen sich marxistisches und islamistisches Denken bewusst als Gegenentwürfe zu unserem Menschenrechtsverständnis. Beide lehnen personale und naturrechtlich abgeleitete Menschenrechte ab. Im Marxismus soll nicht der einzelne Mensch mithilfe des Staates seine Persönlichkeit entfalten; vielmehr bestimmt der Staat den Rahmen, in dem der Einzelne sich bewegen und sozial erfüllen soll. Rechte werden vom Staat gewährt und vom Staat entzogen. Damit setzt das Staatsziel sozialistischer und kommunistischer Ordnungen den Rahmen für Gewährung und Begrenzung menschenrechtlicher Bestimmungen. Die Verfassungswirklichkeit in den Ostblockstaaten – auch in der DDR – hatte dem Rechnung zu tragen. Verlauf und Konsequenzen der Konferenz über Sicherheit und Zusammenarbeit in Europa (KSZE) in Helsinki und der menschenrechtlich bedeutsamen Folgekonferenzen gaben den osteuropäischen Bürgerrechtsbewegungen Auftrieb und führten schließlich zu Auflösungserscheinungen im Ostblock. Auch Menschenrechte erhielten nunmehr einen anderen Stellenwert. Neben dem Ost-West-Verhältnis scheint sich in den letzten Jahren auch eine Annäherung des Menschenrechtsverständnisses im Nord-Süd-Verhältnis, das heißt bei den Entwicklungsländern, anzubahnen. Zu ihrer Forderung des Rechts auf Entwicklung sind die Rechte auf Befriedigung der Grundbedürfnisse zu rechnen, zu denen dann auch das Recht auf Leben, körperliche Unversehrtheit, geistige Entwicklung und politische Teilnahme zählen. Grundsätzlich werden heute Menschenrechte als Abwehr-, Mitwirkungs- und Teilhaberechte definiert. Damit werden also grundsätzliche Rechtspositionen in einem politischen Gemeinwesen (Staat) beschrieben: Als Abwehr- oder Freiheitsrechte schützen sie persönliche Freiräume (z. B. Recht auf freie Meinungsäußerung); als Mitwirkungs- und Teilhaberechte sichern sie z. B. die Möglichkeit der politischen Beteiligung (z. B. Wahlrecht), ggf. auch Leistungsansprüche (z. B. soziale Hilfen).

7.1/5

Der Verhaltensforscher Bronislaw Malinowsky soll seinen Studenten in den 30er-Jahren von einem Gespräch mit einem Insulaner aus dem Stillen Ozean während des Ersten Weltkrieges berichtet haben. Er habe dem Insulaner von dem Krieg erzählt, der in Europa gerade stattfindet, und von den vielen Toten, die es bei einer einzigen Schlacht gegeben habe. Der Insulaner habe den Bericht mit der Bemerkung angezweifelt, es sei doch unmöglich, so viel Fleisch zu essen. Auf den Hinweis, dass es in Europa keine Kannibalen gebe, soll der Insulaner voller Verachtung geäußert haben: „Es ist eine Schande, so viele Menschen sinnlos zu töten."

Im Jahre 1953 berichtete ein katholischer Missionar, der 15 Jahre bei den Eskimos in Kanada gelebt hatte, dass während seines Aufenthaltes Eskimos einen Stammesangehörigen zum Spaß erschossen haben, Mädchen gleich nach der Geburt getötet und den Hunden vorgeworfen wurden. Als selbstverständlich, als „natürlich" wurde angesehen, Kranke und Alte zurückzulassen, wenn der Lagerplatz gewechselt wurde. Niemals, so schreibt der Missionar, haben die Eskimos ihr Handeln als Unrecht empfunden, denn ihr Strafkodex befasst sich nicht mit individuellen Rechten. Handlungen gelten nur dann als Verbrechen, wenn sie in den Bestand der Gemeinschaft eingriffen, die Gesellschaft schwächten.

Quelle: Wünschel, Hans-Jürgen: Unterschiedliches internationales Meschenrechtsverständnis, in: Rheinpfälzische Schulblätter, 12/1988, S. 71

?

1. *Was halten die beiden – im Übrigen sehr unterschiedlichen – Kulturen vom Recht auf Leben? Welches Menschenbild dürften sie haben?*
2. *Schreiben Sie einen Brief, in dem Sie den Insulaner und/oder den Eskimo von Ihrer Wertvorstellung zu überzeugen versuchen.*

7.1/6

Einer der wichtigsten Inhalte des westlichen Menschenrechtsverständnisses ist dessen Universalität. Menschenrechte beanspruchen an jedem Ort der Erde, unabhängig von spezifischen Bedingungen und Entwicklungen einzelner Staaten, ihre Gültigkeit.

Die Menschenrechte sind das gemeinsame – und kostbare – Erbe der Menschheit. Es ist keine Übertreibung zu sagen, dass sie unser wahres Menschsein definieren. [...] Das größte Missverständnis beruht darin, in der Universalität der Menschenrechte eine Drohung zu sehen oder eine Waffe. Sie sind weder das eine noch das andere. Universalität ist eine Stärke, die uns in unserer kulturellen und sozialen Vielfalt und in den gänzlich unterschiedlichen Wirtschaftsbedingungen vereint. Beweis dafür ist, dass die universellen Normen der Menschenrechte im Herzen aller großen Religionen und Kulturen zu finden sind. Begriffe wie „regionale Besonderheiten" bei den Menschenrechten bezeichnen deshalb eine Wirklichkeit. Aber sie sollten uns vereinen und uns dadurch bereichern, dass sie die Universalität fördern. Wenn Regierungen behaupten, dass regionale Unterschiede es rechtfertigen, dem Volk die Menschenrechte vorzuenthalten, dann wird dies von den betroffenen Menschen nicht hingenommen. Versuche, regionale Unterschiede in diesem Sinne zu instrumentalisieren, sind deshalb nicht akzeptabel.

Quelle: Hogg, Douglas: Vereint in Vielfalt, in: Theo Sommer (Hrsg.): Zeitpunkte Nr. 2: Menschenrechte. Das uneingelöste Versprechen, Hamburg, 1993, S. 96

?

1. *Halten Sie es für gerechtfertigt, dass der Westen behauptet, sein Menschenrechtsverständnis sei universell gültig und überall anzuwenden?*
2. *Wie lässt sich dieser Anspruch begründen? Was spricht dagegen?*
3. *Um welche regionalen Besonderheiten könnte es sich im o. a. Text handeln und wie wirken sich diese aus?*

7.2 Rechtliche Sicherung der Menschenrechte

Wie in den Medien zu lesen und zu hören ist, werden die Menschenrechte täglich in vielfacher Weise verletzt. Mit ihrer Verkündung wird nicht automatisch geltendes Recht geschaffen. Auch wenn es eigentlich unbestritten ist, dass die Menschenrechte von Natur aus jedem einzelnen Menschen „zustehen“, bedarf es doch nach internationaler Auffassung einer entsprechenden „Rechtssetzung“. Das heißt, diese Rechte müssen in einer festgeschriebenen und anerkannten Rechtsordnung durch den souveränen Staat bzw. durch mehrere souveräne Staaten festgelegt sein. Denn das „Menschenrecht als Naturrecht“ verwirklicht nur das rechtliche Gewissen, während die festgeschriebenen Rechtsordnungen das „rechtliche Wollen“ dokumentieren. Aus diesem Grund wurden die Menschenrechte vielfach in nationalen Rechtsordnungen (Verfassungen) und internationalen Übereinkünften (Konventionen) verankert.

Die Grundrechte im Grundgesetz

Die Grundrechte sind ein wesentlicher Teil unserer Verfassung. Allerdings muss man hier zwei Arten von „Rechten“ unterscheiden:

- Die **Menschenrechte** stehen jedem Menschen zu, der sich auf dem Staatsgebiet der Bundesrepublik Deutschland aufhält. Hierzu zählen u. a.:
  - Schutz der Menschenwürde
  - Recht auf Leben und körperliche Unversehrtheit
  - Gleichheit vor dem Gesetz
  - Glaubens-, Gewissens- und Bekenntnisfreiheit
  - Recht auf Eigentum
  - Asylrecht
- Die **Bürgerrechte** stehen nur Menschen zu, die die deutsche Staatsbürgerschaft besitzen:
  - Versammlungs- und Vereinigungsfreiheit
  - Recht auf Freizügigkeit
  - freie Wahl des Berufs- und Arbeitsplatzes
  - Wahlrecht (Ausnahme: Aufgrund des Maastrichter Vertrages haben Bürgerinnen und Bürger von EU-Staaten das kommunale Wahlrecht)

Allerdings kann kein Recht, also auch kein Grundrecht absolut, d. h. ohne Einschränkung gelten. Die Grundrechte finden ihre Grenzen in den Rechten der anderen („Mein Recht endet dort, wo das Recht des anderen beginnt“) und in dem Recht der Allgemeinheit („Allgemeinwohl geht vor Eigenwohl“).
Oberster Hüter der Grundrechte ist das Bundesverfassungsgericht, vor dem jeder seine Rechte einklagen kann.

Der Grundrechte-TÜV

Im Folgenden stehen Ausschnitte aus einzelnen Artikeln des Grundgesetzes:

Artikel 1
Die Würde aller Deutschen ist unantastbar. Sie zu achten und zu schützen ist Verpflichtung aller Bürger.

Artikel 2
Jeder hat das Recht auf freie Entfaltung seiner Persönlichkeit, sofern er volljährig ist.

Artikel 3
Alle Menschen sind vor dem Grundgesetz gleich.

Männer und Frauen sind gleichberechtigt. Bei der Arbeitsplatzwahl ist Frauen bei gleicher Eignung und Leistung der Vorrang einzuräumen.

Artikel 4
Die Freiheit des Glaubens, des Gewissens und die Freiheit des religiösen und weltanschaulichen Bekenntnisses, solange diese nicht extrem sind, sind unverletzlich.

Artikel 5
Jeder hat das Recht, seine Meinung in Wort, Schrift und Bild frei zu äußern und zu verbreiten und sich aus allgemein zugänglichen Quellen ungehindert zu unterrichten. Eine Zensur kann nur durch staatliche Organe stattfinden.

Artikel 6
Ehe und Familie stehen unter der besonderen Aufsicht der staatlichen Ordnung.

Artikel 10
Das Briefgeheimnis sowie das Post- und Fernmeldegeheimnis sind unverletzlich. Dies gilt nicht im Fall von Minderjährigen, die noch bei ihren Eltern wohnen.

Artikel 12
Alle Menschen haben das Recht, Beruf, Arbeitsplatz und Ausbildungsstätte frei zu wählen.

nach: PZ extra, Dezember 1998, Seite 13

?

Sind Sie sicher, dass Sie Ihre Grundrechte wirklich genau kennen?
Bei den o. a. Grundrechtsartikeln haben sich Fehler „eingeschlichen".

1. *Finden Sie die Fehler in den einzelnen Aussagen der Grundrechtsartikel.*
2. *Korrigieren Sie die Fehler.*
3. *Überprüfen Sie Ihre Antworten mithilfe des Grundgesetzes.*

Allgemeine Erklärung der Menschenrechte der Vereinten Nationen

Allgemeine Erklärung der Menschenrechte 1948

Unverletzlichkeit der Wohnung; Recht auf Briefgeheimnis; auf Freiheit der Wahl von Aufenthalt und Wohnort; Recht auf Asyl, Staatsbürgerschaft und Besitz; auf Gedanken-, Gewissens-, Religions-, und Meinungsfreiheit; aktives und passives Wahlrecht; das Recht auf soziale Sicherheit, Arbeit und einen angemessenen Lebensstandard; auf Bildung sowie die Teilnahme am gesellschaftlichen Leben der Gemeinschaft.

Diese Erklärung stellt einen Versuch dar, bedingt auch durch den Zweiten Weltkrieg und die damit verbundenen Verbrechen gegen die Menschenwürde, den Menschenrechten zu internationaler Anerkennung und Geltung zu verhelfen.

Aus der Allgemeinen Erklärung der Menschenrechte vom 10. Dezember 1948

Artikel 1
Alle Menschen sind frei und gleich an Würde und Rechten geboren. Sie sind mit Vernunft und Gewissen begabt und sollten einander im Geiste der Brüderlichkeit begegnen.

Artikel 2
Jeder Mensch hat Anspruch auf die in dieser Erklärung verkündeten Rechte und Freiheiten ohne irgendeine Unterscheidung wie etwa nach Rasse, Farbe, Geschlecht, Sprache, Religion, politischer oder sonstiger Überzeugung, nationaler oder sozialer Herkunft, nach Eigentum, Geburt oder sonstigen Umständen.

Artikel 3
Jeder Mensch hat das Recht auf Leben, Freiheit und Sicherheit der Person.

Artikel 5
Niemand darf der Folter oder grausamer, unmenschlicher oder erniedrigender Behandlung oder Strafe unterworfen werden.

Artikel 7
Alle Menschen sind vor dem Gesetz gleich und haben ohne Unterschied Anspruch auf gleichen Schutz durch das Gesetz.

Artikel 9
Niemand darf willkürlich festgenommen, in Haft gehalten oder des Landes verwiesen werden.

Artikel 12
Niemand darf willkürlichen Eingriffen in sein Privatleben, seine Familie, sein Heim oder seinen Briefwechsel noch Angriffen auf seine Ehre und seinen Ruf ausgesetzt werden.

Gesetzlosigkeit in Libyen

In Libyen kämpften rivalisierende Regierungen und Hunderte von Milizen und bewaffneten Gruppen um die Vorherrschaft und die Kontrolle über bestimmte Gebiete, lukrative Handelsrouten und strategisch wichtige Militärstandorte. Milizen und bewaffnete Gruppen verübten wahllose Angriffe auf dichtbesiedelte Gebiete, bei denen Zivilpersonen getötet wurden, und richteten gefangen genommene Kämpfer rivalisierender Gruppen außergerichtlich hin. Hunderte Menschen wurden aufgrund ihrer Überzeugung, ihrer Herkunft, ihrer vermuteten politischen Zugehörigkeit oder ihres mutmaßlichen Reichtums von bewaffneten Gruppen und Milizen verschleppt und rechtswidrig inhaftiert. Etwa 20.000 Flüchtlinge und Migranten wurden willkürlich und auf unbestimmte Zeit in überfüllten, unhygienischen Haftzentren festgehalten, wo ihnen Folter, Zwangsarbeit, Erpressung und rechtswidrige Tötung durch die Behörden und Milizen drohten, die diese Zentren betrieben. Die EU-Staaten, und insbesondere Italien, machten sich mitschuldig an diesen Menschenrechtsverletzungen, indem sie die libysche Küstenwache und die Haftzentren unterstützten.

Quelle: Amnesty International Deutschland e. V.: Amnesty Report 2017/2018: Naher Osten und Nordafrika. 23.05.2018. www.amnesty.de/jahresbericht/2018/naher-osten-und-nordafrika#section-3703885 [21.05.2019]

?

1. *Vergleichen Sie die o. a. Schilderungen mit den Menschenrechten der UN.*
2. *Gegen welche Menschenrechte wird verstoßen?*
3. *Vergleichen Sie die Menschenrechte der UN mit den Grundrechten im Grundgesetz. In welchen Aussagen gibt es Übereinstimmung, in welchen Aussagen weichen sie voneinander ab?*

Europäische Konvention zum Schutze der Menschenrechte und Grundfreiheiten

Am 4. November 1950 wurde von den Mitgliedern des Europarats ein Abkommen mit dem Ziel verabschiedet, allen Bürgern der Mitgliedsländer zentrale Rechte und Freiheiten zu gewähren.

Europäische Konvention zum Schutze der Menschenrechte und Grundfreiheiten 1950

Zu diesen Rechten und Freiheiten gehören insbesondere die Rechte auf Leben und die persönliche Freiheit, Gewissens- und Religionsfreiheit, freie Meinungsäußerung und Versammlungs- und Vereinigungsfreiheit. Ferner soll bis zum Beweis der Schuld eines Angeklagten dessen Unschuld angenommen werden.

Über die Einhaltung dieser Rechte in allen Unterzeichnerstaaten wachen die Europäische Kommission für Menschenrechte und der Europäische Gerichtshof für Menschenrechte mit Sitz in Straßburg. Die Kommission kann von jedem Vertragsstaat wegen Verletzung der Konvention angerufen werden, von Einzelpersonen jedoch nur, wenn der jeweilige innerstaatliche Rechtsweg ausgeschöpft ist.

Eingerichtet wurde dieser Gerichtshof, um Unterdrückungsmaßnahmen von Regierungsseite zu überwachen. In der Zeit nach dem Zweiten Weltkrieg und besonders nach den schrecklichen Ereignissen im nationalsozialistischen Deutschland einigten sich die meisten Regierungen in Europa darauf, dass die Art, wie Staaten ihre Bürger behandeln, in irgendeiner Form international überwacht werden sollte. Heute haben fast alle Mitgliedstaaten ihren Bürgern das Recht eingeräumt, direkte Eingaben an den Gerichtshof zu richten. Der größte Teil der Fälle, die der Gerichtshof behandelt, sind Klagen einzelner Bürger gegen ihre Regierungen. Die Zahl der Unterzeichnerstaaten ist größer als die Zahl der Mitgliedstaaten der Europäischen Union, die alle zu den Unterzeichnerstaaten gehören. Jeder Unterzeichnerstaat stellt einen Richter für den Gerichtshof.

Da bis 1997 das Gericht nur im Bedarfsfall zusammentrat, beschloss der Europarat im Oktober 1997, einen ständigen Gerichtshof für Menschenrechte einzurichten, um die hohe Zahl der Klagen (allein 1997 lagen den Richtern 12 000 Anträge zur Entscheidung vor) bearbeiten zu können.

Im Gegensatz zur Menschenrechtskonvention der Vereinten Nationen können also die Rechte dieser Konvention eingeklagt werden. Jedoch stehen auch dem Europarat keine Machtmittel zur Verfügung, um ein entsprechendes Urteil des Europäischen Gerichtshofes für Menschenrechte zu vollstrecken.

Europäischer Gerichtshof für Menschenrechte (EGMR) in Straßburg

Konvention zum Schutze der Menschenrechte und Grundfreiheiten
Vom 4. November 1950
(BGBl. 1952 II S. 686) mit allen Änderungen

In Erwägung der Universellen Erklärung der Menschenrechte, die von der allgemeinen Versammlung der Vereinten Nationen am 10. Dezember 1948 verkündet wurde;
in der Erwägung, dass diese Erklärung bezweckt, die universelle und wirksame Anerkennung und Einhaltung der darin erklärten Rechte zu gewährleisten;
in der Erwägung, dass das Ziel des Europarates die Herbeiführung einer größeren Einigkeit unter seinen Mitgliedern ist und dass eines der Mittel zur Erreichung dieses Zieles in der Wahrung und in der Entwicklung der Menschenrechte und Grundfreiheiten besteht;
unter erneuter Bekräftigung ihres tiefen Glaubens an diese Grundfreiheiten, welche die Grundlage der Gerechtigkeit und des Friedens in der Welt bilden, und deren Aufrechterhaltung wesentlich auf einem wahrhaft demokratischen politischen Regime einerseits und auf einer gemeinsamen Auffassung und Achtung der Menschenrechte andererseits beruht, von denen sie sich herleiten; entschlossen, als Regierungen europäischer Staaten, die vom gleichen Geiste beseelt sind und ein gemeinsames Erbe an geistigen Gütern, politischen Überlieferungen, Achtung der Freiheit und Vorherrschaft des Gesetzes besitzen, die ersten Schritte auf dem Wege zu einer kollektiven Garantie gewisser in der Universellen Erklärung verkündeter Rechte zu unternehmen; vereinbaren die unterzeichneten Regierungen und Mitglieder des Europarates Folgendes:

Artikel 1

Die Hohen Vertragschließenden Teile sichern allen ihrer Herrschaftsgewalt unterstehenden Personen die in Abschnitt 1 dieser Konvention niedergelegten Rechte und Freiheiten zu.

Artikel 2 (Recht auf Leben]

(1) Das Recht jedes Menschen auf das Leben wird gesetzlich geschützt. Abgesehen von der Vollstreckung eines Todesurteils, das von einem Gericht im Falle eines mit der Todesstrafe bedrohten Verbrechens ausgesprochen worden ist, darf eine absichtliche Tötung nicht vorgenommen werden.
(2) Die Tötung wird nicht als Verletzung dieses Artikels betrachtet, wenn sie sich aus einer unbedingt erforderlichen Gewaltanwendung ergibt:
a) um die Verteidigung eines Menschen gegenüber rechtswidriger Gewaltanwendung sicherzustellen;
b) um eine ordnungsgemäße Festnahme durchzuführen oder das Entkommen einer ordnungsgemäß festgehaltenen Person zu verhindern;
c) um im Rahmen der Gesetze einen Aufruhr oder einen Aufstand zu unterdrücken.

Artikel 3 (Verbot der Folter)

Niemand darf der Folter oder unmenschlicher oder erniedrigender Strafe oder Behandlung unterworfen werden.

Artikel 12 (Recht der freien Wahl des Ehegatten)

Mit Erreichung des Heiratsalters haben Männer und Frauen das Recht, eine Ehe einzugehen und eine Familie nach den nationalen Gesetzen, die die Ausübung dieses Rechts regeln, zu gründen.

?

1. *Welche Ziele verfolgt der Europarat mit dieser Konvention?*
2. *Vergleichen Sie den Artikel 2 der Konvention zum Schutz der Menschenrechte mit dem Artikel 2 des Grundgesetzes.*
3. *Warum wurde das Recht der freien Wahl des Ehegatten in die Konvention aufgenommen?*
4. *Vergleichen Sie die angeführten Rechte mit aktuellen Ereignissen in den Mitgliedsländern (z. B. Türkei).*

Organisation für Sicherheit und Zusammenarbeit in Europa (OSZE) (bis 1995 Konferenz für Sicherheit und Zusammenarbeit in Europa – KSZE)

KSZE

Schlussakte der Konferenz über Sicherheit und Zusammenarbeit in Europa 1975

Die OSZE (als KSZE) versammelte sich offiziell am 3. Juli 1973 nach einer Phase längerer Vorgespräche. Versammlungsort war Helsinki (Finnland). Alle europäischen Länder mit Ausnahme Albaniens schickten Abgesandte. Außerdem waren die USA, Kanada und die UdSSR vertreten.

Die Schlussakte der KSZE wurde am 1. August 1975 auf dem Gipfeltreffen in Helsinki unterzeichnet (**Schlussakte von Helsinki**). Das Dokument erkannte die Unverletzbarkeit der Grenzen zwischen den Staaten an. In einer weiteren Vereinbarung verpflichteten sich die Mitgliedsländer, die Menschenrechte, also auch Meinungs-, Gewissens-, Religions- und Glaubensfreiheit, anzuerkennen. Zusätzlich sollten die Ein- und Ausreisebeschränkungen gelockert und die Pressefreiheit gewährleistet werden. Weitere Treffen sollten die Einhaltung dieser Vorschriften kontrollieren. 1990 bestimmte die KSZE ihre Funktionen neu. Ende November trafen sich die Regierungschefs von 34 Nationen (u. a. auch des wiedervereinigten Deutschlands) zu einem KSZE-Sondergipfel in Paris und unterzeichneten die **Charta von Paris für ein neues Europa**, in der sie sich zu den Grundsätzen der Rechtsstaatlichkeit, des demokratischen Pluralismus und der Förderung der Beziehungen untereinander bekannten. Zusätzlich wurde über eine Organisationsbildung diskutiert. In Budapest im Dezember 1994 wurde die KSZE dann in OSZE umbenannt. Man einigte sich auf einen zweijährigen Turnus von Gipfeltreffen. Außerdem wurde ein Höchster Rat in Prag, ein Konfliktverhütungszentrum in Wien und ein **Büro für demokratische Institutionen und Menschenrechte** in Warschau eingerichtet (vgl. dazu Kap. 10.3, S. 292 f.).

Aus der Schlussakte der Konferenz über Sicherheit und Zusammenarbeit in Europa vom 1. August 1975
VII. Achtung der Menschenrechte und Grundfreiheiten, einschließlich der Gedanken-, Gewissens-, Religions- oder Überzeugungsfreiheit

Die Teilnehmerstaaten werden die Menschenrechte und Grundfreiheiten, einschließlich der Gedanken-, Gewissens-, Religions- oder Überzeugungsfreiheit für alle ohne Unterschied der Rasse, des Geschlechts, der Sprache oder der Religion achten [...]

Die Teilnehmerstaaten anerkennen die universelle Bedeutung der Menschenrechte und Grundfreiheiten, deren Achtung ein wesentlicher Faktor für den Frieden, die Gerechtigkeit und das Wohlergehen ist [...]

Eingangserklärung beim KSZE-Folgetreffen am 13.11.1980 in Madrid durch Bundesaußenminister Hans-Dietrich Genscher […]

[...] Herr Vorsitzender, Entspannung kann nur glaubhaft sein, wenn sie nicht nur das Verhältnis der Staaten zueinander verbessert, sie muss vor allem auch den einzelnen Menschen unmittelbar zugute kommen. Wir sollten uns bemühen, Garantien für die Verwirklichung der Menschenrechte zu finden, ohne dass diese Grundfrage menschlichen Zusammenlebens als Mittel zwischenstaatlicher Polemik missbraucht werden kann [...]

[...] Sicherheit und Zusammenarbeit bedeutet für die Menschen in allen unseren Staaten vor allem, dass sie ihre Menschenrechte wahrnehmen und ihre menschlichen Kontakte über die Grenzen hinweg pflegen können. Auch das Recht, das eigene Land verlassen und dorthin jederzeit zurückkehren zu können, gehört hierher, auch das Recht auf freien Informationsaustausch muss beachtet werden, das bedeutet auch den störungsfreien Empfang der Rundfunkanstalten. Die Schlussakte von Helsinki trägt dieser Erkenntnis in vielfältiger Weise Rechnung. Sie ist in grundsätzlicher Weise im VII. Prinzip ausgedrückt. Darin sagen die Teilnehmerstaaten zu, die Menschenrechte und Grundfreiheiten zu achten. Der Name Helsinki ist seit der Unterzeichnung der Schlussakte für immer mit dem Zusammenklang der Begriffe von Frieden und Menschenrechten verbunden. Wir alle müssen uns bewusst sein, dass die Achtung der Menschenrechte und Grundfreiheiten durch alle Teilnehmerstaaten ein wichtiges Element der Vertrauensbildung in Europa ist. Gerade hier muss sich der Wille zur konsequenten Verwirklichung der Schlussakte bewähren, gerade hier stehen die Unterzeichnerstaaten im Bewusstsein der Menschen auf dem Prüfstand.

Das Verlangen nach Menschenrechten drückt sich in vielfältiger Weise aus. Die Veröffentlichung der Schlussakte hat Bürger von Teilnehmerstaaten ermutigt, sich bei der eigenen Regierung für mehr Freiheit für den einzelnen einzusetzen. Die Beantwortung dieser legitimen Bemühungen mit den vielgestaltigen Mitteln der staatlichen Repression widerspricht der Schlussakte. Wir dürfen nicht schweigen und wegschauen, wenn Bürgerrechtler, die namenlosen genauso wie die bekannten, wegen der Berufung auf die in der Schlussakte gegebenen Zusagen Verfolgung und Behinderung erleiden müssen.

1. *Erläutern Sie mithilfe des Textes o. a. Karikatur.*
2. *Welche Menschenrechte werden in dem Text von Genscher besonders hervorgehoben?*
3. *Gelten Aussagen dieser Rede von 1980 auch heute noch oder hat sich die Situation so geändert, dass diese Erklärung heute keine Gültigkeit mehr hat?*

7.3 Missachtung der Menschenrechte

Die meisten Menschen in unserer Zeit haben sich daran gewöhnt, mit Schreckensmeldungen zu leben. Die täglichen Berichte der Medien über gravierende Verletzungen der elementarsten Rechte stumpfen ab. Registriert werden solche Menschenrechtsverletzungen zum Teil nur noch, wenn sie besondere Sensationen enthalten.
Dieses Verhalten, elementarste Verletzungen der Menschenrechte als „normal" hinzunehmen, zumal sie uns in der Regel direkt nicht betreffen, führt nicht dazu, dass wir in Zukunft in einer friedvolleren und menschenwürdigen Welt leben können. Denn wie das Beispiel der nationalsozialistischen Diktatur und auch anderer Diktaturen zeigt, ist es eine Illusion zu glauben, durch eine „Politik des Nichtstuns und Nachgebens" Menschenrechtsverletzungen überwinden zu können.
Die Wirksamkeit von Menschenrechten ist abhängig von der Zahl der Menschen, die bereit sind, für diese Rechte jederzeit einzutreten.

„Schlagen Sie Ihre Zeitung an irgendeinem beliebigen Tag auf", schrieb 1961 Peter Benenson, der Gründer von „Amnesty International", „und Sie werden eine Meldung aus irgendeinem Teil der Welt lesen:
Ein Mensch ist eingekerkert, gefoltert, hingerichtet worden, weil seine Ansichten oder religiösen Überzeugungen nicht mit denen der Regierung übereinstimmen. Mehrere Millionen solcher Menschen sitzen in Gefängnissen – keineswegs nur hinter dem Eisernen oder Bambus-Vorhang – und ihre Zahl wächst." In Abwandlung eines bekannten Satzes von Karl Marx könnte man etwas überspitzt formulieren: Die Geschichte der Menschheit ist eine Geschichte von Menschenrechtsverletzungen.

Quelle: Herrmann, Axel: Menschenrechtsverletzungen in aller Welt, in: Informationen zur politischen Bildung, hrsg. von der Bundeszentrale für politische Bildung, Nr. 210/1986, S. 10

Überfülltes Flüchtlingsboot vor der Küste Lybiens

7.3/1

Erläutern Sie die oben abgebildete Karikatur.

?

7.3/2

Folteropfer

12-jähriges Mädchen in einem Steinbruch

Betrachten Sie die Bilder.

1. *Was empfinden Sie beim Anblick der Fotos?*
2. *Beschreiben Sie die Situation, in denen sich die beiden Menschen befinden könnten.*

?

Die Aussage von Peter Benenson gilt auch noch heute. Aus politischen, religiösen, rassischen und kulturellen Gründen werden Menschen weltweit unterdrückt und verfolgt.
Was für uns selbstverständlich ist, nämlich Glaubens-, Gewissens- und Religionsfreiheit ebenso wie Meinungs-, Versammlungs- und Koalitionsfreiheit, ist in vielen Staaten der Erde nicht gewährleistet. Typisch für autoritäre und totalitäre Staaten ist, dass öffentliche Kritik nicht erlaubt ist. Dabei spielt es keine Rolle, ob man seine Stimme gegen religiöse Verfolgung, rassische Benachteiligung, soziale Ungerechtigkeit oder Korruption erhebt, jegliche Opposition wird unterdrückt.
Aber auch wirtschaftliche Not und Ausbeutung widersprechen den Menschenrechten. Eine der gravierendsten Erscheinungen dieser Art der Menschenrechtsverletzung ist die Kinderarbeit.

Insgesamt gehen weltweit 218 Millionen Kinder und Jugendliche zwischen fünf und 17 Jahren einer Arbeit nach, wenn man ausbeuterische Kinderarbeit und legale Beschäftigung zusammenzählt. Von ihnen sind 152 Millionen Mädchen und Jungen – fast jedes zehnte Kind – nach aktueller Schätzung der Internationalen Arbeitsorganisation (ILO) Kinderarbeiter – das heißt, sie müssen unter Bedingungen arbeiten, die sie ihrer elementaren Rechte und Chancen berauben. [...] Die meisten Mädchen und Jungen, die arbeiten müssen (72 Millionen), leben in Afrika, gefolgt von Asien (62 Millionen).

Quelle: UNICEF: Kinderarbeit weltweit, 10.06.2020. www.unicef.de/informieren/aktuelles/blog/kinderarbeit-fragen-und-antworten/166982 [21.06.2019]

Kinderarbeit ist jedoch nicht begrenzt auf Entwicklungsländer. Sie entsteht überall da, wo Armut herrscht, in Europa ebenso wie in den Vereinigten Staaten. Wachsende Besorgnis erregt die Zunahme der Kinderprostitution in den städtischen Ballungsgebieten.

Internationale Arbeitsorganisation: Erlaubte und verbotene Kinderarbeit

Das **Übereinkommen 138** über das Mindestalter für die Zulassung zur Beschäftigung von 1973 erlaubt unter bestimmten Bedingungen „leichte Arbeit" für Zwölf- bis Vierzehnjährige dann, wenn diese nicht einen geregelten Schulbesuch behindert. Das Mindestalter für die Zulassung zu einer Vollzeitbeschäftigung soll bei fünfzehn Jahren liegen, wobei Entwicklungsländer auch vierzehn Jahre als Mindestalter gesetzlich festsetzen können. Fünfzehn- bis Achtzehnjährige dürfen keine Arbeit verrichten, die für die „Gesundheit, Sicherheit oder Moral" der Jugendlichen „gefährlich" sein könnte.
Das **Übereinkommen 182** über das Verbot und unverzügliche Maßnahmen zur Beseitigung der schlimmsten Formen der Kinderarbeit von 1999 definiert in Artikel 3 vier Gruppen „schlimmster Formen" von Kinderarbeit, die unverzüglich zu beseitigen seien: a) Sklaverei und Zwangsarbeit einschließlich der Zwangsrekrutierung von Kindern für den Einsatz in bewaffneten Konflikten, b) Kinderprostitution und Produktion von Kinderpornografie, c) Einsatz von Kindern im Bereich des organisierten Verbrechens (etwa des Drogenhandels) und d) Arbeit, die „voraussichtlich schädlich" ist für „die Gesundheit, die Sicherheit oder die Sittlichkeit".

Quelle: Heidel, Klaus: Kinderarbeit in Zeiten der Globalisierung, hrsg. v. Werkstatt Ökonomie im Auftrag des Deutschen NRO-Forums Kinderarbeit, Heidelberg, Mai 2003, S. 4. www.woek.de/fileadmin/user_upload/downloads/publikationen/woek/heidel_2003_kinderarbeit_in_zeiten_der_globalisierung.pdf [31.07.2020.]

152 Millionen Kinder müssen arbeiten

Wo Kinder und Jugendliche zwischen fünf und 17 Jahren als KinderarbeiterInnen tätig sind

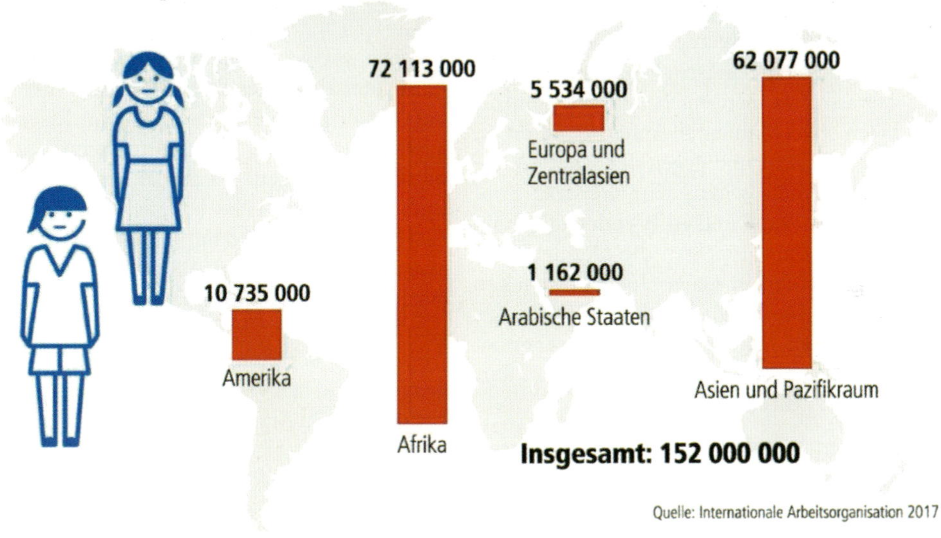

Quelle: Internationale Arbeitsorganisation 2017

1. *Was versteht man unter dem Begriff „Kinderarbeit"?*
2. *Deuten Sie die oben abgebildete Grafik. Worin liegen Ihrer Meinung nach die Ursachen von Kinderarbeit?*
3. *Wie könnte Ihrer Meinung nach das Ausmaß von Kinderarbeit gemindert werden?*
4. *Diskutieren Sie die Frage, ob es auch in Deutschland Kinderarbeit gibt.*

Eine der schlimmsten Formen von Menschenrechtsverletzung ist die Folter. Trotz internationaler Ächtung gehört sie in fast 100 Ländern zur Praxis der staatlichen Sicherheitsorgane. Über die weltweit anhaltenden Folterungen und die schockierend grausamen Methoden sowie deren Opfer geben vor allem die Jahresberichte von Amnesty International Auskunft.

Esmail Bakhshi ist Arbeiter in der Zuckerfabrik von Haft Tappeh und hat bei den friedlichen Protesten der Arbeiter_innen der Fabrik gegen ausbleibende Lohnzahlungen und schlechte Arbeitsbedingungen mutig das Wort ergriffen. Sepideh Gholian ist Studentin und eine junge Arbeitsrechtsaktivistin. Sie hat an den Protesten der Arbeiter_innen von Haft Tappeh teilgenommen und deren Anliegen über Berichte und Beiträge in den Sozialen Medien unterstützt. Nach ihrer Festnahme am 18. November 2018 wurden die beiden zunächst ins Büro der Sicherheitspolizei in Shush in Chuzestan gebracht. [...]

Esmail Bakhshi berichtete Amnesty International: „Ich wurde mit verbundenen Augen und in Handschellen in einen Raum gebracht, wo man mir befahl, mich hinzuknien. Zwei Männer begannen dann, mir in Brust, Gesicht und gegen den Kopf zu treten. Dadurch schlug ich mit dem Kopf gegen die Wand und erlitt Verletzungen im Gesicht. Dann brachten die Männer mich nach draußen in einen Hof und fesselten mich mit den Händen an eine Metallstange. Es war kalt und ich zitterte. Trotzdem hat man mich etwa ein, zwei Stunden dort draußen gelassen." [...]

Sepideh Gholian berichtet, dass die Beamten ihr befohlen hätten, sich hinunterzubeugen, ihr wiederholt in den Nacken geschlagen, sie sexualisierten Anzüglichkeiten ausgesetzt und gezwungen hätten, sich selbst als „Hure" zu bezeichnen. Esmail Bakhshi zufolge haben ihn die Beamten an den Haaren gezogen, ihn mit Fäusten und Schlagstöcken ins Gesicht, in Rücken, Magen und Hals geschlagen und ihn mehrfach gewürgt. Er sagt, dass die Beamten auch seine Beine auseinanderzogen und ihn wiederholt in die Hoden schlugen, während sie ihn zwangen, sich selbst mit vulgären Namen zu erniedrigen: „Die Schmerzen waren entsetzlich, und ich habe dreimal das Bewusstsein verloren." Infolge der Folter habe er zahlreiche Verletzungen erlitten: „Ich konnte tagelang kaum gehen. Ich bekam Fieber und eine Erkältung. Mein Gesicht war geschwollen, und aus meiner Nase kam klumpiges Blut. Ich konnte meinen Kiefer nicht bewegen und beim Essen nicht kauen. Beim Urinieren brannte es stark, und ich hatte so starke Schmerzen, dass ich nicht schlafen konnte. Auch nach fast zwei Monaten tun mir meine gebrochenen Rippen, die Nieren, Ohren und Hoden noch weh." Wie er hinzufügte, hatte er in der Haft weder Zugang zu medizinischer Versorgung noch zu seinem Asthma-Inhaliergerät und den von ihm benötigten Antidepressiva. Ein Arzt aus der Hafteinrichtung besuchte ihn nach 21 Tagen, verbrachte aber nur wenige Minuten bei ihm und ignorierte die Folterspuren an seinem Körper.

Quelle: Amnesty International: Eilaktion Foltergefahr, 29.01.2019. www.amnesty.de/mitmachen/urgent-action/foltergefahr-0 [21.06.2019]

7.3/4

Karikatur: Burkhard Mohr

7.3/5

Karikatur: Brigitte Schneider

?

1. *Interpretieren Sie die beiden Karikaturen.*
2. *Suchen sie über einen Zeitraum von zwei Wochen aus einer Zeitung Meldungen heraus, die Menschenrechtsverletzungen enthalten.*
   Stellen Sie diese Meldungen in Ihrer Klasse vor und erläutern Sie die Ursachen für diese Menschenrechtsverletzungen.

Wenn die Medien jeden Tag über Menschenrechtsverletzungen in aller Welt berichten, dann dürfen wir darüber nicht vergessen, dass auch in der Bundesrepublik Deutschland die Menschenrechte verletzt werden können. Zwar sind bei uns die wesentlichen Rechte im Grundgesetz verankert, aber dies allein ist noch lange keine Garantie für ihre Einhaltung und Verwirklichung.

So können auch in unserer unmittelbaren Umgebung grundlegende Rechte verletzt werden.

Der Schrei

Seit Felix einmal im Fahrstuhl stecken geblieben ist und er sich die Lunge aus dem Hals geschrien hat, bis ihn jemand hörte, läuft er lieber die neun Stockwerke zur elterlichen Wohnung. Auf diese Art weiß er wenigstens, wer im Hochhaus wohnt. Heute aber hört er aus einer Wohnung, die neu bezogen worden ist, gellende Schreie. Er klingelt, um zu fragen, ob er helfen kann. Nach einigem Warten an der Tür wird es still in der Wohnung. Eine junge Frau öffnet die Tür und weist ihn ab, Hilfe sei nicht notwendig, die Tochter habe sich lediglich bei einem Sturz leicht verletzt. Am nächsten Tag trifft er Lena, und er mag sie auf den ersten Blick. Doch Lena ist sehr verschlossen. Wie gut, dass er seinen kleinen Hamster dabei hat, den Lena liebevoll streichelt. So einen hätte sie auch gern, aber ihre Mutter würde das sicher nie erlauben. Felix sieht, dass Lena eine böse Wunde am Kopf hat. Nach dem Treffen bleibt Lena verschwunden. Schließlich besucht Felix sie mit seinem Hamster. Aber Lena will die Tür nicht öffnen, nur durch den Türspalt will sie das Tier streicheln. Da entschlüpft es, und sie muss Felix hereinlassen. Er sieht jetzt, dass Lena grün- und blaugeschlagen ist. Stockend erzählt Lena davon, wie ihre Mutter manchmal die Nerven verliert. Felix muss schwören, dass er niemandem etwas erzählt. Er möchte helfen, aber er weiß nicht wie.

Monika Bach, aus dem ZDF-Film „Der Schrei" aus der Reihe „Die Rechte der Kinder", ausgestrahlt am 26. August 1997, 14.10 Uhr

Solche Fälle passieren jeden Tag. Hinzu kommen Fremdenfeindlichkeit, Ungleichbehandlung von Mann und Frau usw.

Karikaturen: Jupp Wolter. © Haus der Geschichte der Bundesrepublik Deutschland, Bonn

?

1. *Interpretieren Sie die vier Karikaturen.*
2. *Gegen welche Menschenrechte wird in den gezeigten Karikaturen verstoßen?*
3. *Formulieren Sie zu jeder Karikatur einen konkreten Fall.*

Menschenrechte im Konfliktfeld internationaler Politik

§ Menschenrechte

- Alle Menschen sind frei und gleich an Würde geboren [...]
- Jeder Mensch hat das Recht auf Leben, Freiheit und Sicherheit der Person.
- Niemand darf der Folter oder grausamer, unmenschlicher oder erniedrigender Behandlung oder Strafe unterworfen werden.
- Niemand darf willkürlichen Eingriffen in sein Privatleben, seine Familie, sein Heim [...] ausgesetzt werden.

[...] Was machten sie?

Oh, was sie machten?! Was machen Männer mit Frauen? Wir schrien vor Schmerz. Sie sprachen solch ekelhafte Wörter. Sie vergnügten sich ein bisschen mit mir, dann mit Mina, dann mit der Mutter und dann wieder mit mir [...] Dann stand einer hinter mir und der andere vor mir. Ich wusste nicht, dass es solch einen Schmerz gibt. Sie hielten meine Schultern fest, sodass ich nicht umfallen sollte.

Wie viele Männer gab es?

Sechs. Aber es ist egal, ob es einer oder zehn sind. Das ist doch alles gleich. Sie haben unsere Brüste zerbissen, den ganzen Körper. Sie kniffen uns. Dann mussten wir auf allen vieren knien, und sie haben auf den Boden gespuckt. Wir mussten es ablecken. Wir mussten ihre Stiefel mit unseren Zungen sauberlecken.

Quelle: Senada Marjanovic: Herzschmerzen. Gespräche vom Krieg mit Kindern aus dem ehemaligen Jugoslawien. Piper Verlag, 1994 München, Serie Piper 2090

Wie Sie auf den vorausgegangenen Seiten erfahren haben, gibt es einerseits eine Vielzahl rechtlicher Garantien der Menschenrechte. Andererseits werden die Menschenrechte tagtäglich weltweit mit Füßen getreten.
Es stellt sich die Frage, wieso ein so gravierender Widerspruch zwischen dem theoretischen Anspruch und der Wirklichkeit besteht. Verkommen die Menschenrechte nicht zu einem „billigen Propagandainstrument"?

Der Widerspruch zwischen Anspruch und Wirklichkeit hat jedoch viele Ursachen:

Unterschiedliche Gewichtung und Interpretation von Menschenrechten

Viele autoritär bzw. totalitär regierte Staaten, deren Verfassungen ausnahmslos die Menschenrechte enthalten und die auch die internationalen Menschenrechtsabkommen unterzeichnet haben, interpretieren die Menschenrechte völlig anders. Für sie sind diese Rechte nicht natürliche Rechte, die jeder Mensch automatisch besitzt, sondern Rechte, die vom Staat gewährt werden. Demzufolge können sie auch vom Staat wieder entzogen werden. Häufig stehen die Menschenrechte in solchen Staaten unter einem „Verfassungsvorbehalt". Ein solcher Vorbehalt war und ist z. B. in sozialistischen Staaten üblich. So wurde den Sowjetbürgern beispielsweise gemäß Art. 50 der Verfassung Rede- und Pressefreiheit nur unter dem Vorbehalt der „Übereinstimmung mit den Interessen des Volkes und zur Festigung und Entwicklung der sozialistischen Ordnung" gewährt. Was jeweils im Interesse des Volkes liegt, wird von der Partei bestimmt. Somit haben politische Gegner keinen Anspruch auf die verfassungsmäßig garantierten Menschenrechte.

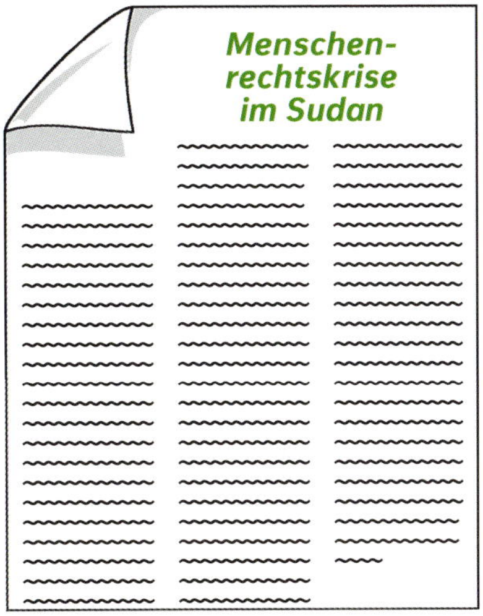

?

1. *Sammeln Sie in den Massenmedien aktuelle Fälle von Menschenrechtsverletzungen.*
2. *Berichten Sie darüber in Ihrer Klasse.*
3. *Erstellen Sie dann eine Tabelle, gegen welche international anerkannten Menschenrechte dabei verstoßen wird.*
4. *Versuchen Sie, die Ursachen für die Verstöße gegen die anerkannten Menschenrechte herauszufinden.*
5. *Entscheiden Sie sich in Ihrer Klasse für einen Fall von Menschenrechtsverletzung. Erstellen Sie nun über diesen Fall eine Wandzeitung, indem Sie Folgendes darstellen:*
   - *die konkrete Menschenrechtsverletzung,*
   - *Verstoß gegen welches Menschenrecht,*
   - *Ursache für den Verstoß,*
   - *Reaktionen der Öffentlichkeit.*

Politische und wirtschaftliche Interessen stehen im Vordergrund

Gerade in westlichen Ländern wird die Durchsetzung der Menschenrechte häufig politischen und wirtschaftlichen Interessen untergeordnet. Menschenrechtsverletzungen in Staaten, die wirtschaftlich wichtig sind oder die den gleichen politischen Standpunkt vertreten, werden toleriert oder totgeschwiegen. Dafür wird dann eine Menschenrechtskampagne gegen die Staaten geführt, die weniger von Interesse sind. In jüngster Vergangenheit wird dies am Beispiel China immer wieder deutlich. Gravierende Menschenrechtsverletzungen Chinas, das eine immer wichtigere Rolle im internationalen Wirtschaftssystem einnimmt, bleiben ohne bedeutende Konsequenz vonseiten westlicher Staaten. So achten z. B. nicht wenige Wirtschaftsunternehmen mehr auf die politische Stabilität eines Staates als auf die Freiheiten, die es gewährleistet, bevor sie in diesem Land investieren.

Mangelhafte Durchsetzbarkeit von Menschenrechten

Würden all die internationalen Abkommen befolgt, so wäre dies das Paradies auf Erden. Dass wir vielleicht weiter davon entfernt sind denn je, liegt nicht an den Abkommen und Erklärungen, sondern an den Mitteln, sie durchzusetzen. Die Erwartungen, die z. B. in die Vereinten Nationen gesetzt wurden, haben sich nicht erfüllt. So haben die UN zum einen nicht die Machtmittel, um die Regierung eines Staates, der die Menschenrechte verletzt, zur Verantwortung zu ziehen. Zum anderen werden die Entscheidungen dieser Weltorganisation viel zu sehr durch die abweichenden Interessen der einzelnen Länder bzw. Ländergruppen bestimmt.
Hinzu kommt als größtes Hindernis für einen weltweiten Menschenrechtsschutz das völkerrechtliche Prinzip der Selbstbestimmung und Nichteinmischung in die inneren Angelegenheiten eines Staates.
Zwar ist selbstverständlich, dass ein Krieg kein Mittel im Kampf um die Menschenrechte sein kann. Denn dabei werden oft selbst Menschenrechte massiv verletzt. Jedoch gibt es in der heutigen Zeit wirtschaftlicher Globalisierung genügend Möglichkeiten, Druck auf Staaten, die die Menschenrechte verletzen, auszuüben.

?

1. *Welche der oben genannten Meinungen vertreten Sie?*
2. *Stellen Sie Argumente zusammen, die die Meinungen Nr. 1 und Nr. 3 widerlegen.*
3. *Meinung Nr. 2 ist weit verbreitet. Erklären Sie, warum die UNO Menschenrechtsverletzungen nicht einfach „bestrafen" kann.*
4. *Stellen Sie Argumente zusammen, die die Meinung Nr. 4 bestätigen.*

7.4 Engagement für Menschenrechte

Nationalen und internationalen Organen sind, aus welchen Gründen auch immer, bei der Überwachung und Kontrolle der Einhaltung der Menschenrechte Grenzen gesetzt. Auch können die Menschenrechte nicht allein durch staatliche Organe garantiert werden. Entscheidend ist der bereits zu Beginn des Kapitels geäußerte Aspekt: **Die Wirksamkeit von Menschenrechten ist abhängig von der Zahl der Menschen, die bereit sind, für diese Rechte jederzeit einzutreten.**
Neben den staatlichen Organisationen gibt es eine Vielzahl von Nichtregierungsorganisationen (Non-governmental Organizations, NGO), die sich für die Menschenrechte einsetzen und engagieren.

Amnesty International (ai)

Amnesty International ist eine unabhängige und überparteiliche, weltweit agierende Hilfsorganisation, die sich für die Freilassung politischer Gefangener einsetzt. Gegründet wurde Amnesty International 1961 von dem englischen Anwalt Peter Benenson. Hauptsitz der Organisation ist London. Amnesty International nimmt sich all jener Häftlinge an, die aus politischen, ethnischen, rassischen oder ideologischen Gründen bzw. ohne ordentliches Gerichtsurteil inhaftiert worden sind. Ausgeschlossen sind Gefangene, denen aufgrund von Gewalttaten ein fairer öffentlicher Prozess bevorsteht. Zu den Aktivitäten von Amnesty International gehören die Kontrolle, Recherche und Dokumentation von Verstößen gegen die Menschenrechte sowie die individuelle Briefbetreuung von Gefangenen.
Fester Grundsatz der Organisationsstatuten ist die strikte Ablehnung von Folter, Todesstrafe sowie von jeglicher Form der Gewalt. Des Weiteren dient die Arbeit dem Schutz oppositioneller Gruppen.
Die Arbeit von Amnesty International wird durch Spenden finanziert. Die Organisation hat über 7 Millionen ehrenamtliche Mitglieder in 150 Staaten. Die nationalen Sektionen sind in sogenannte **Lokalgruppen** aus 15 bis 20 Mitgliedern gegliedert, die zumeist zwei Gefangene betreuen. Die nationalen Sektionen und ihre Adoptionsgruppen unterstehen einem **Internationalen Sekretariat**. Die deutsche Sektion von Amnesty International (etwa 160 000 Mitglieder) hat ihren Sitz in Berlin. Ihr gehören 650 Lokalgruppen an. (Stand Mai 2019)

Amnesty International setzt sich für die Durchsetzung aller in der Allgemeinen Erklärung der Menschenrechte formulierten Rechte ein. Besonders engagiert sich Amnesty unter anderem:
- gegen Folter, Todesstrafe, politischen Mord, grausame, unmenschliche oder erniedrigende Behandlung oder Strafe und das „Verschwindenlassen" von Menschen,
- für die Aufklärung von Menschenrechtsverletzungen und die Bestrafung der Täterinnen und Täter,
- für die Freilassung gewaltloser politischer Gefangener, die aufgrund ihrer Herkunft, Hautfarbe, Sprache, Religion oder Überzeugung inhaftiert sind [...]
- für den Schutz von Frauen und Mädchen vor Gewalt und Unterdrückung,

[...]
- für faire und zügige Gerichtsverfahren, insbesondere bei politischen Gefangenen,
- für Programme zur Menschenrechtserziehung und zur Förderung des Bewusstseins für die Menschenrechte,

[...]

Quelle: Amnesty International: Unsere Themen. www.amnesty.de/unsere-themen [08.10.2019]

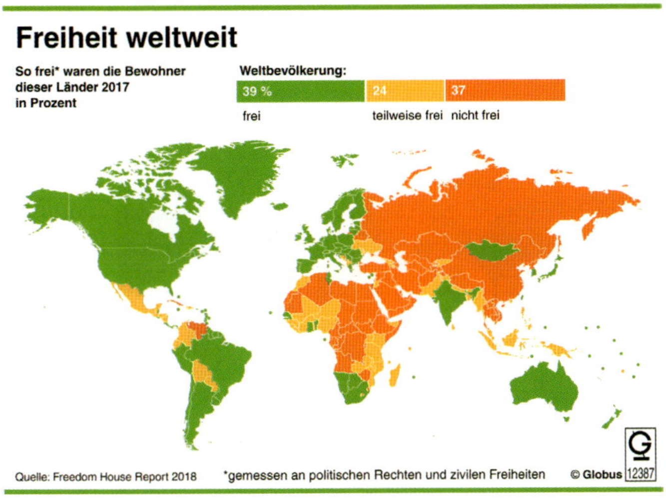

674 Seiten umfasst der „World Report 2019“ von Human Rights Watch. Er erscheint zum 29. Mal und fasst Menschenrechtsentwicklungen in mehr als 100 Staaten weltweit zusammen.

Die US-Menschenrechtsstiftung **Freedom House** (Washington) erstellt seit 1973 einen jährlichen Bericht („Freedom in the World“), in dem sie den Grad an Demokratie und Freiheit in Nationen und bedeutenden umstrittenen Territorien auf der ganzen Welt bewertet. Die politischen Rechte und die bürgerlichen Freiheiten werden dabei auf einer Skala von 1 (am freiesten) bis 7 (am wenigsten frei) angegeben.

Die Menschenrechtsorganisation **Amnesty International** hielt in ihrem Jahrebericht für 2018/2018 die Menschenrechtslage des vergangenen Jahres in 159 Ländern fest. Dabei dokumentierte die Organisation Folter und Misshandlung sowie in über Staaten Einschränkungen der Meinungsfreiheit. Der Report dokumentiert auch zahlreiche Beispiele von Menschenrechtsverletzungen und Kriegsverbrechen in bewaffneten Konflikten.

Internationale Gesellschaft für Menschenrechte
„IGFM“, Deutsche Sektion e. V.
Borsigallee 9
60388 Frankfurt/Main

amnesty international (ai)
Sektion der Bundesrepublik Deutschland e. V.
Zinnowitzer Straße 8
10115 Berlin

Freedom House
Washington
www.freedomhouse.org

Human Rights Watch
New York
www.hrw.org

Terre des hommes Deutschland
Ruppenkampstraße 11a
49084 Osnabrück

?

1. *Informieren Sie sich bei den o. a. Menschenrechtsorganisationen über deren Aufgaben.*
2. *Fordern Sie die Jahresberichte der einzelnen Organisationen an und vergleichen Sie die Aussagen mit den oben aufgeführten Äußerungen.*

Terre des hommes

Terre des hommes ist ein internationales Kinderhilfswerk. Ziel von terre des hommes ist es, Kinder von sowohl materieller als auch seelischer Not zu befreien und die Unterdrückung und Ausbeutung hilfloser Kinder zu verhindern.

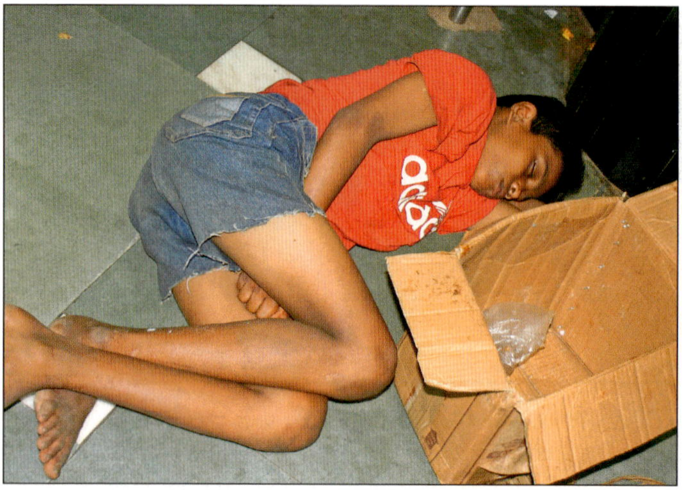

Straßenkinder in Indien

Diese Organisation unterhält Schutzzentren für Straßenkinder in den Armutsvierteln großer Städte und bietet ihnen dort einen sicheren Platz zum Schlafen. Sie versucht, den entwurzelten Kindern bei der Bewältigung ihrer alltäglichen Probleme zu helfen. Neben der konkreten Hilfe widmet sich terre des hommes auch solchen Initiativen, die darauf aus gerichtet sind, die gesellschaftlichen Zustände zu verändern, die dafür verantwortlich sind, dass immer mehr Kinder ihr Zuhause verlieren und zur Kinderarbeit oder Prostitution gezwungen werden. Mit der Vergabe von Stipendien wird versucht, möglichst vielen Not leidenden Kindern eine qualifizierte Schul- und Berufsausbildung zu ermöglichen.

Die nationalen Sektionen von terre des hommes sind vereinsrechtlich organisiert. Sitz des 1967 gegründeten deutschen Vereins ist Osnabrück. Getragen werden die Initiativen überwiegend durch Spenden.

Internationale Gesellschaft für Menschenrechte (IGFM)

Die Internationale Gesellschaft für Menschenrechte ist eine humanitäre Organisation, die sich die Verwirklichung der Allgemeinen Erklärung der Menschenrechte der Charta der Vereinten Nationen zur Aufgabe gemacht hat. Sie sieht ihre Aufgabe darin, Personen zu unterstützen, die sich gewaltlos für die **Verwirklichung der Grundrechte** einsetzen, und sie gewährt Hilfe für politische Gefangene sowie für aus religiösen oder ethnischen Gründen Verfolgte.

Die Menschenrechte bilden auch in einem demokratischen Rechtsstaat kein gesichertes Fundament, sondern eher den Boden, dessen Erhalt und Vergrößerung den Einsatz aller Bürger fordert. Hinzu kommt, dass aus politischen und/oder wirtschaftlichen Interessen Menschenrechtsverletzungen in anderen Ländern manchmal übersehen oder sogar indirekt unterstützt werden. Dies fordert umso mehr den Einsatz jedes einzelnen Menschen. Die Sensibilisierung einer möglichst großen Zahl von Menschen, die sich langfristig auch in ihrem Umfeld für die Durchsetzung der Menschenrechte einsetzen, ist wirkungsvoller als manche Institution, die unterlaufen werden kann. Somit darf sich Menschenrechtsschutz nicht nur auf humanitäre Hilfe beschränken, so wichtig diese im Einzelfall auch sein mag.

1. Sich über Grund- und Menschenrechte informieren
- Informationen über Menschenrechte sammeln (in der Tageszeitung)
- Bitten, dass das Thema Menschenrechte im Unterricht behandelt wird (in speziellen Unterrichtseinheiten, im Rahmen von Geschichts- oder Sozialkundestunden zu Themen, die mit den Menschenrechten zu tun haben)
- Außerschulische Veranstaltungen zum Thema Menschenrechte besuchen (in der Volkshochschule, bei Partei- oder Gewerk-schaftsveranstaltungen)

2. Das Bewusstsein für Menschenrechtsverletzungen schärfen
- Sich über aktuelle Fälle von Menschenrechtsverletzungen informieren (Tagesgeschehen verfolgen, Hintergrundmaterial sammeln, bei Botschaften oder Hilfsorganisationen anfragen)
- Informationen über Menschenrechtsverletzungen vermitteln (im Schaukasten, im Unterricht, in der Schülerzeitung, in Sonderveranstaltungen z. B. mit Filmen, Ausstellungen, Vorträgen)

3. In Menschenrechtsorganisationen mitwirken
- Für Amnesty International oder die Gesellschaft für Menschenrechte werben (durch Verteilen von Informationsmaterial, Hinweise auf Veröffentlichungen und Veranstaltungen usw.)
- Sich an Aktionen von Amnesty International oder der Gesellschaft für Menschenrechte beteiligen (Unterschrift leisten, Briefe schreiben, an Vorträgen teilnehmen, Spenden sammeln u. Ä. mehr)

4. Sich für die Verwirklichung von Menschenrechten einsetzen
- Sich politisch engagieren (in Diskussionen seine Meinung äußern, an politischen Veranstaltungen teilnehmen, Abgeordnete anschreiben, Leserbriefe schreiben und dergleichen)
- Gegen Menschenrechtsverletzungen Widerstand leisten (Unrecht nicht schweigend hinnehmen, sich an Demonstrationen beteiligen)
- Selbst für mehr Menschlichkeit in der eigenen Umgebung sorgen (für Benachteiligte eintreten, Verantwortung übernehmen, Schwächere schützen, miteinander reden)

5. In internationalen Hilfswerken mitarbeiten
- Im Weltkinderhilfswerk UNICEF oder in der UNESCO
- In den kirchlichen Hilfswerken („Brot für die Welt“, „Misereor“)
- Im Deutschen und im Internationalen Roten Kreuz
- In der Deutschen Welthungerhilfe

6. Sich an sozialen Diensten beteiligen
- Ausländische Mitbürger, insbesondere Ausländerkinder, unterstützen, z. B. durch Hausaufgabenhilfe, bei der Freizeitgestaltung u. Ä.
- Alte und alleinstehende Menschen betreuen, Besorgungen für sie erledigen usw.
- Bei Sammel- und Spendenaktionen sozialer Hilfswerke (z. B. Caritas) mithelfen

Quelle: Landeszentrale für politische Bildung Baden-Württemberg (Hrsg.): Politik und Unterricht, 4/1983

?

1. *Welche der Vorschläge kämen für Sie infrage? Begründen Sie Ihre Meinung.*
2. *Ergänzen Sie die Liste mit eigenen Vorschlägen.*
3. *Nehmen Sie einen aktuellen Fall von Menschenrechtsverletzungen (denken Sie daran, dass dieser Fall nicht immer spektakulär sein muss) und überlegen Sie mithilfe der vorgegebenen Liste, wie Sie sich engagieren könnten.*

Schlussakte formulieren

Methodenbeschreibung

Schlussakten zu formulieren ist ein Angebot an Schülerinnen und Schüler, für ihren Beruf und Alltag gewisse Konsequenzen zu ziehen.
Es handelt sich dabei um Absichtserklärungen, deren Einhaltung allein von den betreffenden Personen überprüft und verantwortet wird.

Schlussakten können am Ende eines Unterrichtsthemas, Projektes usw. die Frage „Was tun?" bzw. „Wie geht es weiter?" ein Stück weit beantworten, indem sie Konsequenzen für das eigene Verhalten formulieren. Die Verantwortung bleibt dabei bei den einzelnen Schülerinnen und Schülern. Gesammelt und gebündelt können jedoch Schlussakten im Sinne einer Selbstverpflichtung eine politische Dimension erlangen.
Sinn und Zweck einer Schlussakte im Sinne einer Selbstverpflichtung ist es, wesentliche Erkenntnisse einer Unterrichtsreihe, eines Projektes usw. stichwortartig festzuhalten.

Schlussakten müssen so formuliert sein, dass die Unterzeichner nicht überfordert sind. Die Formulierungen müssen im Alltag einlösbar sein.

1. Thema der Schlussakte: **Zusammenleben mit ausländischen Mitbürgern**
2. Die Klasse wird in Gruppen (4–6 Schülerinnen und Schüler) aufgeteilt.
3. Jede Gruppe formuliert eine Schlussakte unter folgenden Vorgaben:
   a) Erkenntnis der Probleme im Zusammenleben (z. B. Vorurteile)
   b) Aufforderungen für ein verändertes Verhalten (Dieser Aspekt kann nochmals eingeteilt werden, z. B. Freundeskreis/Familie, Arbeitsstelle, Öffentlichkeit.)
   Achten Sie darauf, dass keine unrealistischen Forderungen aufgenommen werden!
4. Stellen Sie Ihre Schlussakten in der Klasse vor, indem Sie die einzelnen Punkte näher erläutern.
5. Versuchen Sie, eine für Ihre gesamte Klasse gültige Schlussakte zu diesem Thema stichwortartig zu formulieren (vgl. Beispiel einer Schlussakte).
6. Denken Sie daran, dass eine Schlussakte nicht nur aufgrund von „moralischem Druck" zustande kommen darf. Sie erfüllt ihre Funktion, ein Zeichen für sich selbst und andere zu setzen, nur vor dem Hintergrund der Freiwilligkeit.

SCHLUSSAKTE
der
Klasse ....
über das
ZUSAMMENLEBEN MIT
AUSLÄNDISCHEN MITBÜRGERN
vom ....

Wir, die Klasse .... haben erkannt, dass das Zusammenleben mit ausländischen Mitbürgern stark geprägt wird durch:

■ eine Vielzahl von Vorurteilen, wie z. B. ....
■
■
■
■
■

Wir fordern, die daraus entstehenden Konflikte zu überwinden und ein tolerantes und friedfertiges Miteinander zu schaffen.
Wir glauben, dieses Ziel durch folgende Maßnahmen zu erreichen:

Freundeskreis/Familie

■ Bereitschaft, bestehende Vorurteile durch Gespräche abzubauen
■
■
■

Arbeitsstelle

■
■
■

Öffentlichkeit

■
■
■

Ort, Datum Unterschriften

Wichtiges Wissen

Entwicklung der Menschenrechte	1215 Magna Charta 1679 Habeas-Corpus-Akte 1689 Bill of Rights 1789 Französische Revolution 1848/49 Nationalversammlung in der Frankfurter Paulskirche
Menschenrechts-verletzungen weltweit	– für ca. 2 Milliarden Menschen gelten die Menschenrechte nicht – ca. 200 Millionen Kinder müssen schwerste Arbeiten verrichten – in ca. 100 Ländern wird gefoltert
Rechtliche Sicherung der Menschenrechte	– Grundrechte im Grundgesetz der Bundesrepublik Deutschland – Allgemeine Erklärung der Menschenrechte der Vereinten Nationen – Europäische Konvention zum Schutz der Menschenrechte und Grundfreiheiten – Schlussakte der KSZE (heute OSZE)
Engagement für Menschenrechte	– Wirksamkeit der Menschenrechte ist abhängig von der Zahl der Menschen, die bereit sind, sich jederzeit für diese Rechte einzusetzen. – Organisationen (z. B. Amnesty International, terre des hommes usw.) – eigenes Handeln (z. B. Informieren, Bewusstsein schärfen, für die Verwirklichung einsetzen, in Organisationen mitarbeiten usw.)
Gründe für Missachtung der Menschenrechte	– unterschiedliche Interpretation von Menschenrechten – politische und wirtschaftliche Interessen stehen im Vordergrund – mangelhafte Durchsetzbarkeit von Menschenrechten

1 Welchen Inhalt hatten die Magna Charta und die Habeas-Corpus-Akte?
2 Wann erfolgten die Menschenrechtserklärungen in den USA und in Frankreich?
3 Welche drei Rechte forderte John Locke?
4 Nennen Sie drei maßgebliche Personen für die deutsche Idee der Menschenrechte.
5 Welche Arten der Menschenrechtsverletzungen gibt es weltweit?
6 Nennen Sie Beispiele, in denen die Grundrechte in der Bundesrepublik Deutschland verletzt werden können.
7 Welche Einschränkung gilt grundsätzlich für die Grundrechte?
8 Nennen Sie fünf wesentliche Menschenrechte, die in der Allgemeinen Erklärung der Menschenrechte der Vereinten Nationen festgelegt sind.
9 Worin besteht der Unterschied zwischen der Allgemeinen Erklärung der Menschenrechte der Vereinten Nationen und der Europäischen Konvention zum Schutz der Menschenrechte und Grundfreiheiten?
10 Welche Aufgabe hat der Europäische Gerichtshof für Menschenrechte?
11 Aus welchen Gründen werden die Menschenrechte unterdrückt und missachtet?
12 Wovon ist die Wirksamkeit von Menschenrechten abhängig?
13 Nennen Sie vier nichtstaatliche Organisationen, die sich weltweit für die Menschenrechte einsetzen.
14 Beschreiben Sie zwei nichtstaatliche Organisationen näher, die sich für die Menschenrechte einsetzen.
15 Erläutern Sie verschiedene Vorschläge, wie Sie persönlich sich für die Menschenrechte einsetzen können.

8 Geschichtliche Prozesse im 20. Jahrhundert

Diktatur

Kennzeichen:

- nationalistisch
- rassistisch
- fremdenfeindlich
- undemokratisch
- menschenverachtend

Engagement:

„Ich glaube, dass man sich auf uns Jugendliche verlassen kann und reinen Gewissens unser aller Zukunft getrost auf uns bauen kann. Dabei wäre es sehr von Nutzen, wenn ihr, die Politiker, die ihr unseren Staat regiert, ein wenig mehr Vertrauen uns gegenüber aufbringen würdet. Ihr solltet einen Teil eurer Verantwortung mit uns Jüngeren teilen, anstatt uns auszuschließen."

Offener Brief eines Jugendlichen an Politiker

ZUR DISKUSSION:

1. Sind die typischen Kennzeichen der Diktatur in modernen Demokratien beseitigt?
2. Wie können Politiker politische Verantwortung mit Jüngeren teilen?

8.1 Systemvergleich Diktatur – Demokratie

Demokratie

Die deutsche Übersetzung für das griechische Wort „Demokratie“ lautet „Volksherrschaft“. Die Bezeichnung ist nicht sehr aussagekräftig, weil sie unterschiedlich gebraucht wird:

- **Demokratische Staaten** kennzeichnen ihre Art der Demokratie oft als **„repräsentative Demokratie“.**
- **Autoritäre Staaten** bezeichnen die politische Ordnung ihres Staates oft als **„Volksdemokratie“**.

Bei den Griechen wurde die Form der direkten (unmittelbaren) Demokratie praktiziert: Alle Abstimmungsberechtigten stimmten auf dem Marktplatz direkt über einen Gesetzesentwurf ab. Diese Demokratieform wird heute noch in einigen Schweizer Kantonen praktiziert.

Direkte Demokratie in einem Schweizer Kanton

In den heutigen demokratischen Staaten hat sich aufgrund der Vielzahl der Einwohner die **indirekte (mittelbare) Demokratie** durchgesetzt. Ihre typischen Merkmale sind:

- Die Bürgerinnen und Bürger des Landes wählen in regelmäßigen Abständen Volksvertreter
  (➔ Abgeordnete) für einen begrenzten Zeitraum.
- Die Abgeordneten (Repräsentanten des Volkes) wählen eine Volksvertretung
  (➔ Parlament).
- Das Parlament beschließt im Namen des gesamten Volkes und bildet eine Regierung.
- Das Volk kann bei der nächsten Wahl die Abgeordneten und damit die Regierung bestätigen oder wieder abberufen.

Diktatur

In einer Diktatur übt ein Einzelner, eine Gruppe oder eine Partei unbeschränkte Macht über Staat und Gesellschaft aus. Merkmale einer Diktatur können sein:

- Demokratische Rechte (z. B. Meinungs-, Versammlungs- und Koalitionsfreiheit) sind stark eingeschränkt oder abgeschafft,
- elementare Menschenrechte werden verletzt (z. B. willkürliche Verhaftungen),
- es gibt keine unabhängige Justiz,
- dadurch dass es keine Gewaltenteilung gibt, ist die staatliche Macht jeder Kontrolle entzogen.

Die Polis im alten Griechenland[1]

8.1/1

Der Begriff „Polis" ist die Bezeichnung für den griechischen Stadtstaat (8.–4. Jh. v. Chr.). Eine Polis umfasste die Siedlung und das dazugehörende Territorium. Die meisten dieser Stadtstaaten waren kaum größer als unsere Dörfer, bildeten aber dennoch selbstständige (autonome) politische Einheiten. Jede Polis verstand sich als Gemeinschaft ihrer Einwohner, wobei es feste soziale und ethnische Zugehörigkeitskriterien gab: Frauen und Sklaven gehörten nicht zu den Vollbürgern.

Kennzeichen der Polis waren:

- Selbstverwaltung mit festgelegten Rechten und Pflichten für jeden Bürger;
- Unterscheidung und Abgrenzung gegenüber den übrigen Stadtstaaten und sonstigen staatlichen Gebilden in Griechenland;
- Tendenz zur Gleichheit der Rechte und Pflichten aller Bürger;
- gemeinsame Beschlussfassung über alle Belange der Polis in der Volks- oder Heeresversammlung der Vollbürger;
- gemeinsame Verteidigung der Polis im Kriegsfalle;
- Unabhängigkeit von anderen Stadtstaaten (Autarkie);
- Überschaubarkeit (Begrenzung der Größe: 500–30 000 Vollbürger).

Quelle: dtv-Lexikon der Antike. Band 3, München, Deutscher Taschenbuchverlag, 1976, S. 89 f.

?

1. *Halten Sie in einem tabellarischen Vergleich zwischen der „Polis" und der Bundesrepublik Deutschland die Unterschiede und Gemeinsamkeiten fest.*
2. *Beurteilen Sie diese Gegenüberstellung aus heutiger Sicht.*

Kennzeichen moderner Diktaturen

8.1/2

Moderne Diktaturen sind ausnahmslos *totalitäre* Diktaturen; sie zeichnen sich durch folgende Eigenschaften aus:

1. Der Rechtsstaat verwandelt sich in den Polizeistaat, der zugleich durch eine hochgradige Machtkonzentration gekennzeichnet ist. Ihren Ausdruck findet diese in einer monopolistischen Staatspartei, welche die Gesellschaft umfassend kontrolliert [...]
2. Die Stellung des Individuums in der Massendiktatur lässt sich durch den Begriff der Vereinzelung beschreiben. Sie ist die Folge zerstörter traditioneller Gruppenbeziehungen: Parteien werden ausgeschaltet, Bündnisse neu organisiert, die Funktion von Verbänden wird radikal verändert. [...]
4. Diktaturen sind gekennzeichnet durch die systematische Verletzung von Menschenrechten und durch die keineswegs voraussetzungslose Gewährung von (Staats-)Bürgerrechten. Sie müssen deshalb alle Ansätze zerstören, die auf eine Begrenzung der Staatsmacht abzielen. So gibt es keine vertikale und keine horizontale Gewaltenteilung, [...]
5. In Diktaturen gibt es keinen Zwang zur Rechtfertigung des politischen Handelns staatlicher und gesellschaftlicher Führungsgruppen. Abstimmungen haben hier lediglich die Aufgabe, die Diktatur zu stabilisieren sowie die Massen zu mobilisieren und zu formieren. Deshalb werden aus Wahlgängen Plebiszite, also Bestätigungen; deshalb gibt es in Diktaturen keine Möglichkeiten, durch öffentliche Diskussionen Alternativen zu entwickeln.

Quelle: Steinbach, Peter: Zur Wahrnehmung von Diktaturen im 20. Jahrhundert, in: Aus Politik und Zeitgeschichte, B 51-52/2002, S. 18 (Auszüge)

?

1. *Stellen Sie die Kennzeichen moderner Diktaturen zusammen.*
2. *Weisen Sie diese Merkmale nach anhand eines von Ihnen ausgewählten Beispiels einer modernen Diktatur.*

---

[1] *Unser Wort „Politik" ist vom Begriff „Polis" abgeleitet.*

Die DDR war laut ihrer Verfassung ein typischer sozialistischer Staat mit folgenden Kennzeichen:

- **„Demokratischer" Zentralismus** als tragendes Prinzip des Staatsaufbaus
- Rolle der **SED** als „Partei neuen Typs"
- Bestimmung des sozialistischen Eigentums
- Zentralverwaltungswirtschaft

Alle Organe des Staates und der Partei wurden gewählt. Die Beschlüsse höherer Organe waren absolut verbindlich. Eine Rechenschaftspflicht bestand nicht gegenüber der Bevölkerung bzw. den Wählern, sondern gegenüber dem nächsthöheren Organ.
Die beiden wichtigsten **Organe der SED** waren das Sekretariat des Zentralkomitees (ZK) und das Politbüro. Das Politbüro war das politische Richtlinienorgan von Partei und Staat. Es traf alle grundsätzlichen politischen und organisatorischen sowie die wesentlichen personellen Entscheidungen für alle Bereiche des öffentlichen Lebens. Das Sekretariat des ZK dagegen führte die Beschlüsse aus. Höchstes Organ der Partei war der Parteitag.
In der DDR wurde nach kommunistischem Vorbild das Privateigentum in Staatseigentum überführt. Diesen Prozess bezeichnet man als **Sozialisierung** oder Vergesellschaftung, da das Eigentum auf den Staat, Genossenschaften und gesellschaftliche Organisationen übergeht.
Die sozialistische Wirtschaftsordnung der DDR beruhte auf dem „sozialistischen Eigentum an Produktionsmitteln" und auf der Wirtschaftslenkung durch den Staat mithilfe von Plänen (**Planwirtschaft**). Der Staat verfügte über die Produktionsmittel. Damit war der Staat quasi alleiniger Arbeitgeber sowie Planer und Verwalter der gesamten Wirtschaft. Wirtschaftliche Entscheidungen wurden nicht von Unternehmern getroffen, sondern vom Staat bzw. von der staatlichen Plankommission. Diese arbeitete Fünfjahrespläne aus, die genau bestimmten, was und wie viel produziert wurde, was das Produkt kostete (Preisfestlegung), welche Qualität das Produkt besitzen sollte usw.

8.1/3

Die Rolle der Partei als Vorhut der Arbeiterklasse wird in der täglichen operativen Leitung der Parteiarbeit verwirklicht. Sie ermöglicht es, die gesamte Parteiarbeit auf dem Gebiet des Staates, der Wirtschaft und des Kulturlebens allseitig zu leiten.

Quelle: Protokoll der 1. Parteikonferenz der SED, 25.–28.01.1949, Berlin-Ost 1949, S. 524–528

Die Sozialistische Einheitspartei Deutschlands ist der bewusste und organisatorische Vortrupp der Arbeiterklasse und des werktätigen Volkes der sozialistischen Deutschen Demokratischen Republik.

Quelle: Programm der SED, 25.05.1976

Die Verfassung der DDR (Art. 2) unterscheidet verschiedene Eigentumsarten:

1. **Sozialistisches Eigentum:** gesellschaftliches Eigentum an Produktionsmitteln (VEB = volkseigener Betrieb), genossenschaftliches Gemeineigentum (z. B. LPG = landwirtschaftliche Produktionsgenossenschaft), Eigentum gesellschaftlicher Organisation und Bürger
2. **Persönliches Eigentum:**
   zur Befriedigung der privaten materiellen und kulturellen Bedürfnisse

Der demokratische Zentralismus der DDR basierte auf folgenden Grundregeln:
a) Die Beschlüsse der jeweils höheren Organe waren absolut verbindlich für die unteren Organe.
b) Die vollziehenden und verfügenden Organe hatten Rechenschaftsberichte gegenüber den Volksvertretungen abzulegen.
c) Es galt das Prinzip der Wahl und Abberufung der Mitarbeiter und Leitungsorgane im Staatsapparat.

8.1/4

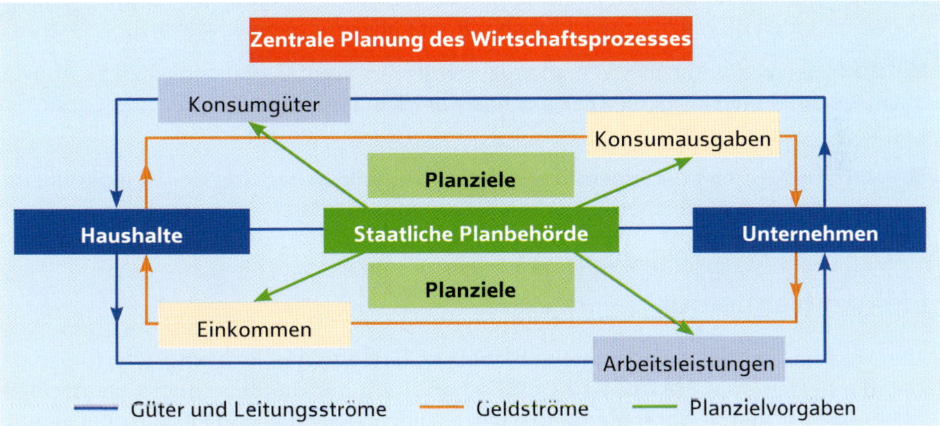

Quelle: Kitsche, Adalbert: Zentrale Planung des Wirtschaftsprozesses, in: Die Wirtschaft der DDR. Zusatzmaterialien zum Film, 3. Arbeitsfolie, hrsg. v. der Arbeitsgemeinschaft für Lernmedien in Unterricht und Bildungsarbeit (ALUB), Düsseldorf, in Zusammenarbeit mit dem Bundesministerium für innerdeutsche Beziehungen, Bonn, Dezember 1989

?

Erklären Sie mithilfe der Materialien folgende Begriffe:
- *demokratischer Zentralismus*
- *Partei neuen Typs*
- *sozialistisches Eigentum*
- *Zentralverwaltungswirtschaft*

8.2 Gefährdung der Freiheit

Unter dem politischen Begriff Extremismus versteht man verfassungsfeindliche Aktionen und Bestrebungen, die das bestehende Gesellschaftssystem beseitigen wollen. Je nach politischer Grundüberzeugung spricht man von Rechts- bzw. Linksextremismus.

Rechtsextremismus

Trotz der Erfahrungen mit dem Nationalsozialismus bildeten sich schon einige Jahre nach dem Ende des Zweiten Weltkrieges in der Bundesrepublik Deutschland wieder rechts stehende Gruppierungen.Der **NPD** (Nationaldemokratische Partei Deutschlands) gelang es, in einige Länderparlamente einzuziehen. Doch diese rechten Tendenzen waren relativ unbedeutend.
Erst in den letzten Jahren, und verstärkt nach der Wiedervereinigung, ist ein gewalttätiger Rechtsextremismus (auch Rechtsradikalismus genannt) entstanden. So verzeichnet das Bundesamt für Verfassungsschutz in den letzten Jahren einen stetigen Anstieg rechtsextremistischer Straftaten. Unter den Straftaten, darunter viele Propagandadelikte, werden immer mehr Gewalttaten gegen Ausländer registriert. Rechtsradikale Jugendliche organisieren sich zumeist in losen Zusammenschlüssen. Ihre **Weltanschauung** ist von wesentlichen Elementen des Nationalsozialismus geprägt: **Antisemitismus, Rassismus, übersteigertes Nationalbewusstsein.** Ihre gewalttätige Neigung findet in den rechtsextremen Parolen („Deutschland über alles" oder „Ausländer raus") und in Liedern, in denen zur Gewalt aufgerufen wird und Ausländer diffamiert werden, einen willkommenen Anlass zur Gewaltanwendung. Für diese Entwicklung lassen sich folgende Ursachen feststellen:

- Die Zahl der Ausländer in Deutschland wird in Zusammenhang gesetzt mit existenzbedrohenden globalen Entwicklungen (Rationalisierungsmaßnahmen).
- Arbeitslosigkeit und Lehrstellenmangel führen vor allem bei Jugendlichen zu Ängsten und Orientierungslosigkeit. Dies macht sie empfänglich für rechtsextremes Gedankengut.
- Politische Affären bestätigen für viele die Vorurteile gegenüber der Demokratie und lassen den Ruf nach einem „starken Mann" laut werden.

Linksextremismus

Alle Linksextremisten – trotz unterschiedlicher ideologischer Richtung – verfolgen das Ziel, die bestehende Staats- und Gesellschaftsform der Bundesrepublik Deutschland zu beseitigen, weil sie, ihrer Meinung nach, ein von Rassismus und Faschismus geprägtes, typisch kapitalistisches System sei. Häufig propagieren sie Klassenkampf und Revolution, um eine sozialistische/kommunistische Gesellschaft zu errichten.

Schreiben Sie zu dem Schaubild einen kurzen Erläuterungstext.

8.2/1

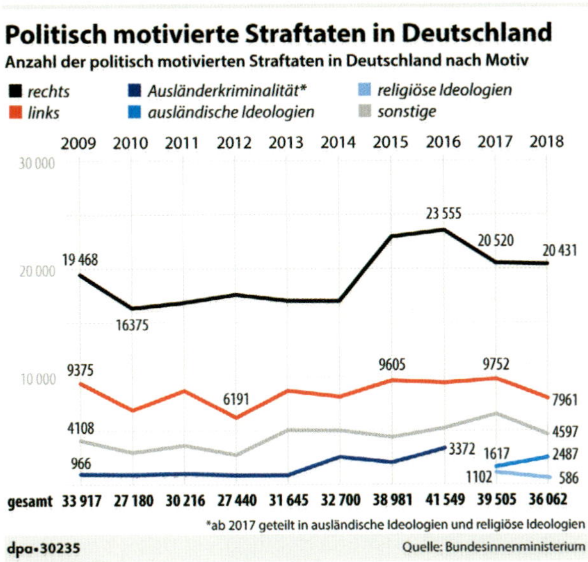

8.2/2

?

1. *Welche Meinung vertreten Sie? Diskutieren Sie darüber in Ihrer Klasse.*
2. *Schauen Sie im Grundgesetz nach, was der Artikel 16 dazu sagt.*
3. *Informieren Sie sich über:*
   - *die Zahl der Ausländer und Asylsuchenden in der Bundesrepublik Deutschland,*
   - *das Asylverfahren,*
   - *das Einbürgerungsverfahren und die doppelte Staatsbürgerschaft.*

Gefahren für die Demokratie

Methodenbeschreibung

Obwohl die Demokratie als die liberalste aller Herrschaftsformen gilt, ist sie immer wieder Angriffen politischer Gegner von links und rechts ausgesetzt.

Rechtsextremisten

Ziel:
Mit der **Wandzeitung** sollen:

- der Begriff Extremismus näher definiert werden,
- die Ursprünge des Extremismus erforscht werden,
- die neuen Formen des Extremismus dargestellt werden.

Gruppenarbeit
Entscheiden Sie sich für einen der drei Schwerpunkte und organisieren Sie sich in drei Gruppen.

1. Schwerpunkt:

Begriffsdefinition Extremismus/Radikalismus
Suchen Sie in verschiedenen (Fach-)Lexika nach dem Begriff „Extremismus". Grenzen Sie ihn ab zum Begriff „Radikalismus". Bereiten Sie diese Informationen so auf, dass sie den späteren Betrachtern der Wandzeitung verständlich sind (z. B. durch Zusammenfassen mit eigenen Worten, Gegenüberstellen in einer vergleichenden Übersicht, optisches Aufbereiten).

2. Schwerpunkt:

Ursprünge des Extremismus
Ein Ursprung des Rechtsradikalismus ist die nationalsozialistische Ideologie. Im Materialienteil M (1) finden Sie eine Kurzzusammenfassung dieser Ideologie. Sammeln Sie zu den drei Punkten dieser Zusammenfassung aussagekräftiges Material, Fotos, Zeitungsausschnitte, Grafiken.
Wenden Sie das gleiche Verfahren an, um die Ursprünge des Linksextremismus aufzuarbeiten.

3. Schwerpunkt:

Neue Formen des Extremismus (auch im lokalen Bereich)
Recherchieren Sie in den Medien (Bücher, Tageszeitungen, Zeitschriften, Internet) zur Situation des heutigen Extremismus. Ansprechpartner können sein: Bundesministerium des Innern in Berlin, Landesministerium des Innern in Thüringen, die örtliche Polizei oder die Lokalredaktion der Tageszeitung. Ziel: Anhand der Merkmale und der Aktivitäten des heutigen Rechts- und Linksextremismus soll beurteilt werden, ob unsere freiheitliche demokratische Grundordnung in Gefahr ist. Verwerten Sie dabei auch M (2).

Zusammenstellen der Informationen zur Wandzeitung

- Jede Gruppe stellt den beiden anderen Gruppen ihre (vorläufigen) Ergebnisse vor, um inhaltliche Überschneidungen auszuschließen.
- Größe und Format der Wandzeitung werden festgelegt. (Überlegen Sie, in welcher Reihenfolge die Informationen von den Betrachtern aufgenommen werden sollen: von links nach rechts, von oben nach unten, von der Mitte nach außen).
- Die Informationen werden aufgeklebt. Zusätzlich wird eine „Benutzerführung" zur Wandzeitung erstellt.

Materialien

M (1) Kennzeichen der nationalsozialistischen Ideologie

- **Radikaler Antisemitismus (Hass gegen die Juden)**
  Die Juden seien rassisch minderwertig und unfähig, einen intakten Staat zu bilden, deshalb versuchten sie sich mit rassisch höherwertigen Völkern zu verbinden, diese zu versklaven, um sich selbst zu erhalten. Das deutsche Volk als rassisch wertvoll habe deshalb die Aufgabe, die Juden zu bekämpfen.
- **Schaffung von Lebensraum**
  Geschichte sei ein ständiger Kampf der Völker um Selbsterhaltung und Ausdehnung ihres Lebensraumes. Am Ende dieses Kampfes würde das „Herrenvolk", das „rassisch wertvollere" Volk (= die arische nordische Rasse), über die „rassisch minderwertigen" Völker (= die Slawen) gesiegt haben.
- **Führerprinzip**
  So wie sich im Universum das rassisch wertvolle Volk durchsetze, so setze sich im nationalen Raum ein Führer (eine wertvolle Persönlichkeit) durch, der die Führung der Volksgemeinschaft beanspruchen dürfe. Diesem Führer, der die Verantwortung übernehme, sei bedingungsloser Gehorsam entgegenzubringen.

M (2) Jugendgewalt

Viele Jugendliche sind ausländerfeindlich

Jugendgewalt hat sich in den letzten zehn Jahren leicht verringert, das Ausmaß des Rechtsextremismus ist erschreckend. Dies besagt eine Studie, die entwarnt und alarmiert. [...]

Die Studie des Kriminologischen Forschungsinstituts Hannover hat beunruhigende Erkenntnisse zutage gefördert. So hat beispielsweise jeder siebte Jugendliche bei der Befragung „sehr ausländerfeindliche" Einstellungen offenbart, 4,9 Prozent der befragten Jungen gehören gar einer rechten Gruppe oder Kameradschaft an. Bei den Mädchen sind es nur halb so viele. Innenminister Schäuble zeigte sich angesichts dieser starken Bindung von Jugendlichen an rechte Gruppen „erschrocken" und forderte dazu auf, die Bemühungen gegen diese Entwicklung weiter zu intensivieren.

Doch es gibt auch positive Nachrichten. So sei die Jugendgewalt „nicht so schlimm, wie sie manchmal in den Medien erscheint", sagt Pfeiffer. Entgegen der öffentlichen Wahrnehmung sei sie „überwiegend leicht gesunken oder zumindest konstant geblieben". Auch die Tatsache, dass die polizeiliche Kriminalstatistik eine steigende Jugendgewalt ausweise, stehe dazu nicht im Widerspruch, dies hänge vielmehr damit zusammen, dass die Anzeigebereitschaft jugendlicher Gewaltopfer „deutlich zugenommen habe".

Die Studie des Kriminologischen Forschungsinstituts Hannover ist die größte Jugendstudie, die es in Deutschland jemals gegeben hat. Rund 45 000 Jugendliche aus den neunten Klassen in 61 repräsentativ ausgewählten Städten und Landkreisen wurden dafür in den Jahren 2007 und 2008 befragt.

Quelle: Seils, Christoph: Viele Jugendliche sind ausländerfeindlich, in: ZEIT ONLINE, 17.03.2009. www.zeit.de/online/2009/12/jugendgewalt-studie-schaeuble [03.11.2014]

Wichtiges Wissen

Demokratie		auf Freiheit und Gleichheit gegründete politische Ordnung und gesellschaftliche Lebensform
	Herrschaft – Macht	Grundbegriff in der Demokratie, der auf einem anerkannten Über- und Unterordnungsverhältnis zwischen Herrschenden (Staat) und Beherrschten (Volk) beruht; Staatsmacht gewährt den Machthabern die Möglichkeit, trotz Widerstands anderer (Parteien, Verbände usw.) Ziele durchzusetzen
Verfassung (allgemein)		politisch rechtliche Grundordnung eines Staates
Grundgesetz		Verfassung der Bundesrepublik Deutschland
	grundlegende Prinzipien	Demokratie (Grund- und Menschenrechte), Bundesstaat, Rechtsstaat, Sozialstaat
Diktatur	*Merkmale*	unumschränkte Herrschaft eines Einzelnen oder einer Gruppe Einschränkung demokratischer Rechte, Verletzung von Menschenrechten, keine unabhängige Justiz, staatliche Macht ist jeder Kontrolle entzogen
Die beiden deutschen Staaten	*DDR*	demokratischer Zentralismus als Prinzip des Staatsaufbaus, politische Entscheidungsgewalt liegt bei der Sozialistischen Einheitspartei Deutschlands (SED), sozialistische Wirtschaftsordnung: Zentralverwaltungswirtschaft
	Bundesrepublik Deutschland	parlamentarische Demokratie mit einer sozialen Marktwirtschaft
Gefahren für die Demokratie	*Politikverdrossenheit*	Entfremdung von Politik
	Extremismus	Bestrebungen von links (Linksextremismus) und rechts (Rechtsextremismus), mit Gewalt das bestehende Gesellschaftssystem Demokratie zu beseitigen

1 Definieren Sie den Begriff Demokratie von seinem Ursprung her.
2 Erklären Sie, warum die ursprüngliche Bedeutung des Wortes heute nicht mehr sehr aussagekräftig ist.
3 Was versteht man unter dem Begriff „repräsentative Demokratie"?
4 Grenzen Sie die beiden Begriffe „Herrschaft" und „Macht" voneinander ab.
5 Was ist eine Verfassung? Welche Bereiche sind in ihr geregelt?
6 Unterscheiden Sie die Staatsform „Republik" von der „Monarchie".
7 Worin liegen die wesentlichen Unterschiede zwischen der Weimarer Reichsverfassung und dem Bonner Grundgesetz?
8 Nennen Sie Menschenrechtsverletzungen im NS-Staat. Durch welche konkreten Gesetze ist dies im Grundgesetz ausgeschlossen?
9 Gibt es Ihrer Meinung nach in der ost-westdeutschen Chronologie Ereignisse, die die Teilung in zwei Staaten hätten verhindern können? Begründen Sie Ihre Entscheidung.
10 Erklären Sie den Begriff „Demokratischer Zentralismus" und erläutern Sie, warum dieses Verständnis von Demokratie nicht vereinbar war mit dem Demokratiebegriff westlicher Staaten.
11 Nennen Sie Ursachen des steigenden Rechtsextremismus. Ermitteln Sie dazu auch aktuelle Zahlen bzw. Fälle.

9 Europäischer Einigungsprozess

Jeder für sich –

Nachteile?

- „Wir zahlen nur für andere."
- „Brüssel ist weit."
- „Wir müssen uns an niedrigsten Standard angleichen."
- „Die EU erlässt die unsinnigsten Verordnungen."

Vorteile:

Sicherheitspolitisch: Friedenssicherung
Außenpolitisch: Beitrag zur Lösung von Konflikten und Kriegen anderswo
Innenpolitisch: Bekämpfung internationaler Kriminalität
Wirtschaftlich: Wettbewerbsfähigkeit gegenüber USA und Japan
Sozial: Hilfe für arme Regionen in Europa
Ökologisch: Gemeinsame Umweltpolitik
Alltäglich: Bewegungsfreiheit innerhalb der EU ohne Grenzkontrollen

Europäische Union für alle

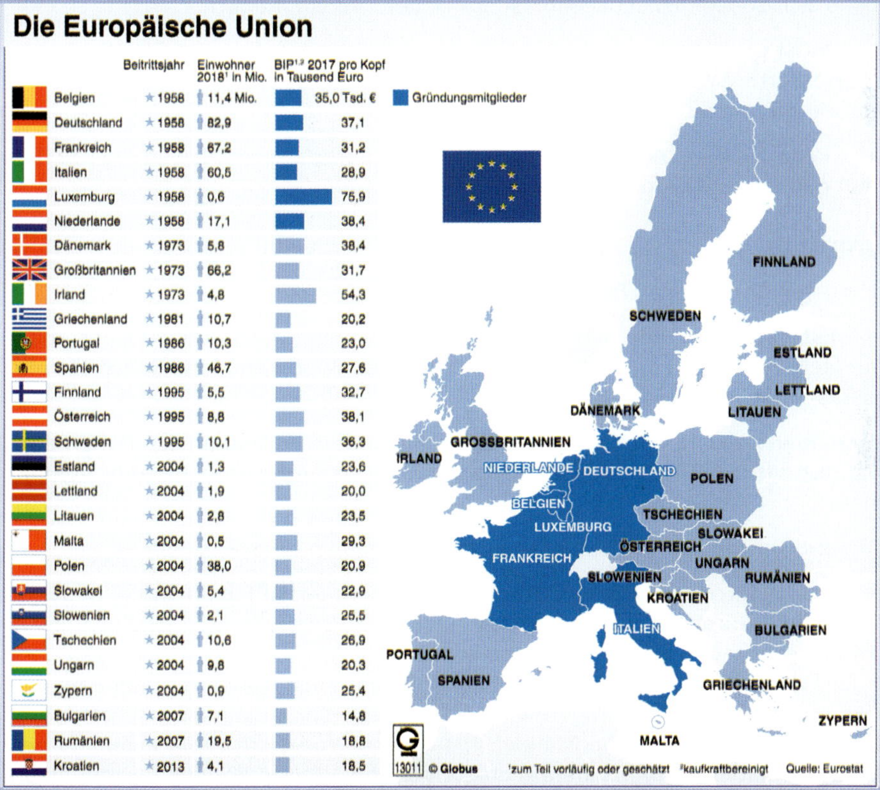

Die Europäische Union

	Beitrittsjahr	Einwohner 2018[1] in Mio.	BIP[1,2] 2017 pro Kopf in Tausend Euro
Belgien	1958	11,4 Mio.	35,0 Tsd. €
Deutschland	1958	82,9	37,1
Frankreich	1958	67,2	31,2
Italien	1958	60,5	28,9
Luxemburg	1958	0,6	75,9
Niederlande	1958	17,1	38,4
Dänemark	1973	5,8	38,4
Großbritannien	1973	66,2	31,7
Irland	1973	4,8	54,3
Griechenland	1981	10,7	20,2
Portugal	1986	10,3	23,0
Spanien	1986	46,7	27,6
Finnland	1995	5,5	32,7
Österreich	1995	8,8	38,1
Schweden	1995	10,1	36,3
Estland	2004	1,3	23,6
Lettland	2004	1,9	20,0
Litauen	2004	2,8	23,5
Malta	2004	0,5	29,3
Polen	2004	38,0	20,9
Slowakei	2004	5,4	22,9
Slowenien	2004	2,1	25,5
Tschechien	2004	10,6	26,9
Ungarn	2004	9,8	20,3
Zypern	2004	0,9	25,4
Bulgarien	2007	7,1	14,8
Rumänien	2007	19,5	18,8
Kroatien	2013	4,1	18,5

Hinweis: Großbritannien ist am 31.01.2020 aus der Europäischen Union ausgetreten.

ZUR DISKUSSION:

1. Überlegen Sie, wo Ihnen Europa überall im Alltag begegnet.
2. Sind diese Begegnungen für Sie von Vorteil oder von Nachteil?

9.1 Historischer Überblick

Seit dem Dreißigjährigen Krieg (1618–1648) war es immer wieder das Erlebnis entsprechender Katastrophen, das die Idee des vereinten Europas zum Leben erweckte bzw. am Leben erhielt.
So forderte der Engländer *William Penn* (1693) „die Schaffung eines europäischen Reichstags, Parlaments oder Staatenhauses" zur Erhaltung des europäischen Friedens. Auch Kant entwickelte 1795 die Idee eines Völkerbundes zur Sicherung des Friedens („Zum ewigen Frieden"). Als erster Politiker schlug der Franzose Aristide Briand, unterstützt von seinem deutschen Amtskollegen *Gustav Stresemann*, 1929 vor, einen Bund souveräner Staaten zu schaffen. Aber erst nach dem Zweiten Weltkrieg hatte die Forderung nach einer europäischen Einigung Erfolg. Wesentliche Gründe für einen europäischen Zusammenschluss waren:

- Ein wirtschaftlicher Wiederaufbau des vom Krieg zerstörten Europas konnte nur in Zusammenarbeit der europäischen Staaten erfolgen.
- Immer wieder war vom Boden Europas Krieg ausgegangen. Nur wenn die Staaten Europas sich zusammenschließen, ist auf Dauer Frieden möglich.
- Die nach dem Krieg beginnende Ausdehnung des Kommunismus (Ost-West-Konflikt) erforderte eine Zusammenarbeit der westlichen Länder, um die befürchtete Machtübernahme der Kommunisten zu verhindern.

Churchills Rede 1946 in Zürich und ein Treffen der „Europäischen Bewegung" 1948 in Den Haag gaben den Anstoß, den Europarat zu gründen.

Der Europarat

Die wichtigsten **Organe des Europarates** sind:

- ein **Ministerkomitee**, das mindestens zweimal jährlich auf Außenminister ebene zusammentritt und – Einstimmigkeit vorausgesetzt – „Empfehlungen" an die Mitgliedstaaten beschließen kann,
- die **Parlamentarische Versammlung** aus Abgesandten der nationalen Parlamente, die jährlich zu drei Sitzungsperioden zusammentritt und eine beratende Aufgabe besitzt,
- ein **Generalsekretariat** mit Beamten aus den einzelnen Mitgliedsländern.

Auch wenn dem Europarat wichtige Entscheidungsbefugnisse fehlen und er heute oft im Schatten der Europäischen Gemeinschaft steht, sind seiner freiwilligen Zusammenarbeit recht bedeutende Erfolge zu verdanken.
So hat der Europarat durch eine Vielzahl von Konventionen[1] (über 100) auf verschiedensten Gebieten dazu beigetragen, einheitliche Rechtsgrundlagen zu schaffen und die Zusammenarbeit der Mitgliedsländer immer mehr zu verstärken. Besonders hervorzuheben ist dabei die **Menschenrechtskonvention** („Europäische Konvention zum Schutz der Menschenrechte und Grundfreiheiten", 1953). Eine eigens gegründete Menschenrechtskommission und ein Gerichtshof für Menschenrechte können im Bedarfsfall angerufen werden und Verstöße ahnden.

[1] *Konvention: Übereinkunft, Abkommen*

9.1/1

Victor Hugo:
Ein Tag wird kommen

Ein Tag wird kommen, wo die Waffen auch Euch aus den Händen fallen werden! Ein Tag wird kommen, wo ein Krieg zwischen Paris und London, zwischen Petersburg und Berlin, zwischen Wien und Turin ebenso absurd erscheinen und unmöglich sein wird, wie er heute absurd schiene zwischen Rouen und Amiens, zwischen Boston und Philadelphia. Ein Tag wird kommen, wo Ihr, Frankreich, Russland, Ihr, Italien, England, Deutschland, all Ihr Nationen des Kontinents, ohne die besonderen Eigenheiten Eurer ruhmreichen Individualität einzubüßen, Euch eng zu einer höheren Gemeinschaft zusammenschließen und die große europäische Bruderschaft begründen werdet, genauso wie die Normandie, die Bretagne, Burgund, Lothringen, Elsass und alle unsere Provinzen sich zu Frankreich verschmolzen haben. Ein Tag wird kommen, wo es keine anderen Schlachtfelder mehr geben wird als die Märkte, die sich dem Handel öffnen, und die Geister, die für die Ideen geöffnet sind. Ein Tag wird kommen, wo die Kugeln und Granaten von dem Stimmrecht ersetzt werden, von der allgemeinen Abstimmung der Völker, von dem ehrwürdigen Schiedsgericht eines großen, souveränen Parlaments, für England, was die Nationalversammlung für Deutschland, was die Gesetzgebende Versammlung für Frankreich ist.

Quelle: Aus der Ansprache des französischen Dichters Victor Hugo nach seiner Wahl zum Präsidenten des Weltfriedenskongresses am 22. August 1849 in Paris. Zitiert nach: Jacob ter Meulen: Der Gedanke der Internationalen Organisation in seiner Entwicklung, Den Haag 1929, 2. Bd. S. 318 f. © 2020 Springer Nature Switzerland AG. Part of Springer Nature.

Winston Churchill, Rede in Zürich
19. September 1946

Wir müssen etwas wie die Vereinigten Staaten von Europa schaffen. Nur so können Hunderte von Millionen schwer arbeitender Menschen wieder die einfachen Freuden und Hoffnungen zurückgewinnen, die das Leben lebenswert machen. Das Verfahren ist einfach [...]

Wir verfügen über das unermessliche Gedankengut und die Verfahrenstechnik, die nach dem Ersten Weltkrieg inmitten großer Hoffnungen in Form des Völkerbundes ins Leben gerufen und entwickelt wurden [...]

Ich spreche jetzt etwas aus, das Sie in Erstaunen setzen wird. Der erste Schritt bei der Neugründung der europäischen Familie muss eine Partnerschaft zwischen Frankreich und Deutschland sein. Nur auf diese Weise kann Frankreich die moralische Führung Europas wiedererlangen. Es gibt kein Wiederaufleben Europas ohne ein geistig großes Frankreich und ein geistig großes Deutschland. Die Struktur der Vereinigten Staaten von Europa, wenn sie gut und echt errichtet wird, muss so sein, dass die materielle Stärke eines einzelnen Staates von weniger großer Bedeutung ist. Kleine Nationen zählen ebenso viel wie große und erwerben sich ihre Ehre durch ihren Beitrag zu der gemeinsamen Sache. Die alten Staaten und Fürstentümer Deutschlands, frei vereint aus Gründen gegenseitiger Zweckmäßigkeit in einem Bundessystem, können alle ihren individuellen Platz in den Vereinigten Staaten von Europa einnehmen.

Quelle: Europa: Dokumente zur Frage der europäischen Einigung, hrsg. im Auftr. des Auswärtigen Amtes, München: Oldenbourg 1962, S. 133 f.

1. *Worin unterscheiden sich die Texte von Churchill und Hugo?*
2. *Auf welchem geschichtlichen Hintergrund basieren die Reden von Hugo (1849) und Churchill (1946)?*
3. *Was ist Ihrer Meinung nach von Hugos Vorstellungen eines vereinten Europas bereits Wirklichkeit geworden?*

?

9.1/2

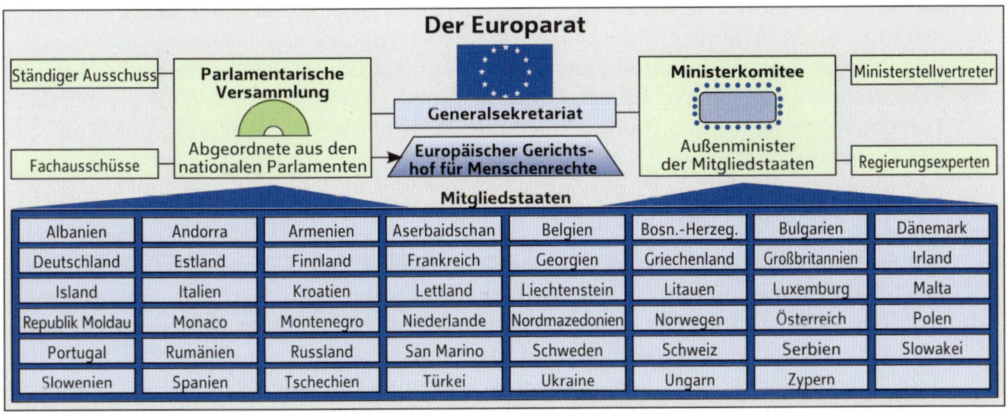

1. *Vergleichen Sie den Aufbau des Europarates mit dem der Bundesrepublik Deutschland.*
2. *Welche Länder auf der Karte S. 247 gehören nicht zum Europarat?*

?

Die Europäische Gemeinschaft für Kohle und Stahl (EGKS)

Mit der Gründung der **Montanunion** wird zum ersten Mal versucht, Interessen und Politik der europäischen Staaten unter gemeinsamen supranationalen Institutionen und Regeln zusammenzufassen. Hierbei ging man von einem Kompromiss aus: Zusammenarbeit zunächst in einem begrenzten Bereich unter einer Institution mit bindenden Vollmachten. Vorgesehen war die Schaffung eines gemeinsamen Marktes für Kohle und Stahl zwischen Frankreich und der Bundesrepublik Deutschland sowie anderen interessierten Staaten.
Ziele waren gemeinschaftliche Gesetze und Kontrollen für die Kohle- und Stahlindustrie in Bezug auf Produktion, Investitionen, Wettbewerb, Preisbildung, Sozialpolitik (Mitbestimmung der Arbeitnehmer) und Außenhandel. Die Zusammenlegung der Kohle- und Stahlindustrie sollte zu wachsender Solidarität der Staaten und als Grundlage ihrer politischen Einigung dienen. Mit der Zusammenführung der Kohle- und Stahlindustrie sollte aber auch erreicht werden, dass die Schwerindustrien nicht mehr als „Waffenschmieden" der europäischen Nationen gegeneinander dienen können und Kriege, vor allem zwischen Frankreich und der Bundesrepublik Deutschland, nicht mehr möglich sind.

Die Europäische Wirtschaftsgemeinschaft (EWG) und die Europäische Atomgemeinschaft (EURATOM)

Nachdem 1954 der Versuch, eine politische Gemeinschaft zu gründen, gescheitert war und damit die Hoffnung auf die Schaffung der „Vereinigten Staaten von Europa" enttäuscht wurde, setzte man 1957 den bereits 1950 eingeschlagenen Weg der europäischen Integration fort: Angesichts der vorerst nicht zu überwindenden Weigerung der nationalen Staaten, ihre Hoheitsrechte abzugeben, konzentrierte man sich auf einen „politischen" Bereich: die Zusammenführung und **Verflechtung der Wirtschaft** der Mitgliedstaaten.
Die Entwicklung der wettbewerbswirtschaftlichen Situation auf dem Weltmarkt (zum Beispiel die Konkurrenz der weit überlegenen USA) führte dazu, dass die Schaffung eines einheitlichen großen Wirtschaftsgebietes in Europa angestrebt wurde.
So unterzeichneten am 25. März 1957 die sechs Mitgliedstaaten der EGKS in Rom die Verträge über die Gründung der Europäischen Wirtschaftsgemeinschaft (EWG) und der Europäischen Atomgemeinschaft (Euratom), die sogenannten **Römischen Verträge**.
Damit war der Grund gelegt zur schrittweisen Zusammenführung der sechs Volkswirtschaften zu einem einheitlichen Wirtschaftsgebiet (gemeinsamer Markt) und dem weitergehenden Ziel: Wirtschaftsunion. Mit Euratom sollte zugleich die friedliche Nutzung der Kernenergie gemeinschaftlich gefördert werden, etwa im Hinblick auf gemeinsame Forschung, einheitliche Sicherheitsbestimmungen sowie Überwachung und Kontrolle der Kernenergieanlagen.

Von der EWG über die EG zur EU

Um Fortschritte bei der Einigung Europas zu erzielen, beschloss man, die drei bereits existierenden europäischen Gemeinschaften zu vereinheitlichen. Zu diesem Zweck wurde am 8. April 1965 der Fusionsvertrag zur Einsetzung eines gemeinsamen Rates und einer gemeinsamen Kommission der europäischen Gemeinschaften von den damals sechs Mitgliedern dieser Gemeinschaft unterzeichnet.

9.1/3

Robert Schuman: Erklärung vom 9. Mai 1950

Der Friede der Welt kann nicht gewahrt werden ohne schöpferische Anstrengungen, die der Größe der Bedrohung entsprechen.

Der Beitrag, den ein organisiertes und lebendiges Europa für die Zivilisation leisten kann, ist unerlässlich für die Aufrechterhaltung friedlicher Beziehungen [...]

Die französische Regierung schlägt vor, die Gesamtheit der französich-deutschen Kohle- und Stahlproduktion unter eine gemeinsame Hohe Behörde zu stellen in eine Organisation, die den anderen europäischen Ländern zum Beitritt offensteht. Die Zusammenlegung der Kohle- und Stahlproduktion wird sofort die Schaffung gemeinsamer Grundlagen für die wirtschaftliche Entwicklung sichern – die erste Etappe der europäischen Förderation – und die Bestimmung jener Gebiete ändern, die lange Zeit der Herstellung von Waffen gewidmet waren, deren sicherstes Opfer sie gewesen sind [...]

Die Schaffung dieser mächtigen Produktionsgemeinschaft, [...] mit dem Zweck, allen Ländern, die sie umfasst, die notwendigen Grundstoffe für ihre industrielle Produktion zu gleichen Bedingungen zu liefern, wird die realen Fundamente zu ihrer wirtschaftlichen Vereinigung legen. [...]

So wird einfach und rasch die Zusammenfassung der Interessen verwirklicht, die für die Schaffung einer Wirtschaftgemeinschaft unerlässlich ist und das Ferment einer weiteren und tieferen Gemeinschaft der Länder einschließt, die lange Zeit durch blutige Fehden getrennt waren.

Quelle: Europäische Union (Hrsg.): Schuman-Erklärung – 9. Mai 1950. europa.eu/european-union/about-eu/symbols/europe-day/schuman-declaration_de [03.08.2020]

1. *Aus welchen Gründen schlägt Schuman die Gründung der EGKS vor?*
2. *Warum spielten in der Zeit der Gründung der EGKS Kohle und Stahl in Europa eine wichtige Rolle?*

?

9.1/4

Vertrag zur Gründung der Europäischen Wirtschaftsgemeinschaft (EWG)

Vom 25. März 1957

Seine Majestät der König der Belgier, der Präsident der Bundesrepublik Deutschland, der Präsident der Französischen Republik, der Präsident der Italienischen Republik, Ihre Königliche Hoheit die Großherzogin von Luxemburg, Ihre Majestät die Königin der Niederlande –

in dem festen Willen, die Grundlagen für einen immer engeren Zusammenschluss der europäischen Völker zu schaffen,

entschlossen, durch gemeinsames Handeln den wirtschaftlichen und sozialen Fortschritt ihrer Länder zu sichern, indem sie dic Europa trennenden Schranken beseitigen,

in dem Vorsatz, die stetige Besserung der Lebens- und Beschäftigungsbedingungen ihrer Völker als wesentliches Ziel anzustreben,

in der Erkenntnis, dass zur Beseitigung der bestehenden Hindernisse ein einverständliches Vorgehen erforderlich ist, um eine beständige Wirtschaftsausweitung, einen ausgewogenen Handelsverkehr und einen redlichen Wettbewerb zu gewährleisten,

in dem Bestreben, ihre Volkswirtschaften zu einigen und deren harmonische Entwicklung zu fördern, indem sie den Abstand zwischen einzelnen Gebieten und den Rückstand weniger begünstigter Gebiete verringern,

in dem Wunsch, durch eine gemeinsame Handelspolitik zur fortschreitenden Beseitigung der Beschränkungen im zwischenstaatlichen Wirtschaftsverkehr beizutragen,

in der Absicht, die Verbundenheit Europas mit den überseeischen Ländern zu bekräftigen, und in dem Wunsch, entsprechend den Grundsätzen der Satzung der Vereinten Nationen den Wohlstand der überseeischen Länder zu fördern,

entschlossen, durch diesen Zusammenschluss ihrer Wirtschaftskräfte Frieden und Freiheit zu wahren und zu festigen, und mit der Aufforderung an die anderen Völker Europas, die sich zu dem gleichen hohen Ziel bekennen, sich diesen Bestrebungen anzuschließen

– haben beschlossen, eine Europäische Wirtschaftsgemeinschaft zu gründen; [...]

Quelle: © Europäische Union, 1998–2020. eur-lex.europa.eu/legal-content/DE/TXT/PDF/?uri=CELEX:11957E/TXT&from=EN, Seite 13. [21.08.2020]

1. *Welche Ziele verfolgte die EWG?*
2. *Welche Staaten gründeten die EWG?*

?

In diesem Zusammenhang spricht man von der Europäischen Gemeinschaft (EG) bzw. auch von den Europäischen Gemeinschaften. Das Endziel ist die europäische Integration, die Schaffung der „Vereinigten Staaten von Europa". Zwischenstationen auf dem Weg dorthin sind: der Europäische Binnenmarkt (seit 1993), die Wirtschafts- und Währungsunion (seit 1999), eine gemeinsame Außen- und Sicherheitspolitik. Die weitergehende Einigung der Mitgliedstaaten auf politischem, sozialem und wirtschaftlichem Gebiet wurde 1992 durch die Maastrichter Verträge vorangetrieben und führte – auf Grundlage der EG – zur Gründung **der Europäischen Union (EU)**.

Wesentliche Beschlüsse der Maastricher Verträge vom 7. Februar 1992:

- Bis 1997, spätestens aber bis 1999 soll eine **gemeinsame Europa-Währung** eingeführt werden. Eine unabhängige EU-Notenbank soll die Stabilität dieser Währung überwachen.
- Eine **enge gemeinsame Außen- und Sicherheitspolitik** ersetzt die bisher praktizierte Abstimmung in der Außenpolitik.
- Es soll eine **eigenständige Verteidigungspolitik** entwickelt werden.
- Das Europaparlament soll gegenüber dem Ministerrat stärkere Mitgestaltungsmöglichkeiten bei EG-Gesetzen aus den Bereichen Forschung, Gesundheit, Kultur und Verbraucherschutz erhalten.
- Die **Asyl- und Einwanderungspolitik** bleibt weiterhin Angelegenheit der einzelnen Länder. Die bisherige unverbindliche Abstimmung zwischen den Regierungen bleibt bestehen.
- Es soll eine **„europäische Staatsbürgerschaft"** eingeführt werden, die jedem EU-Bürger in jedem Mitgliedstaat das aktive und passive Wahlrecht bei Kommunalwahlen sichert.

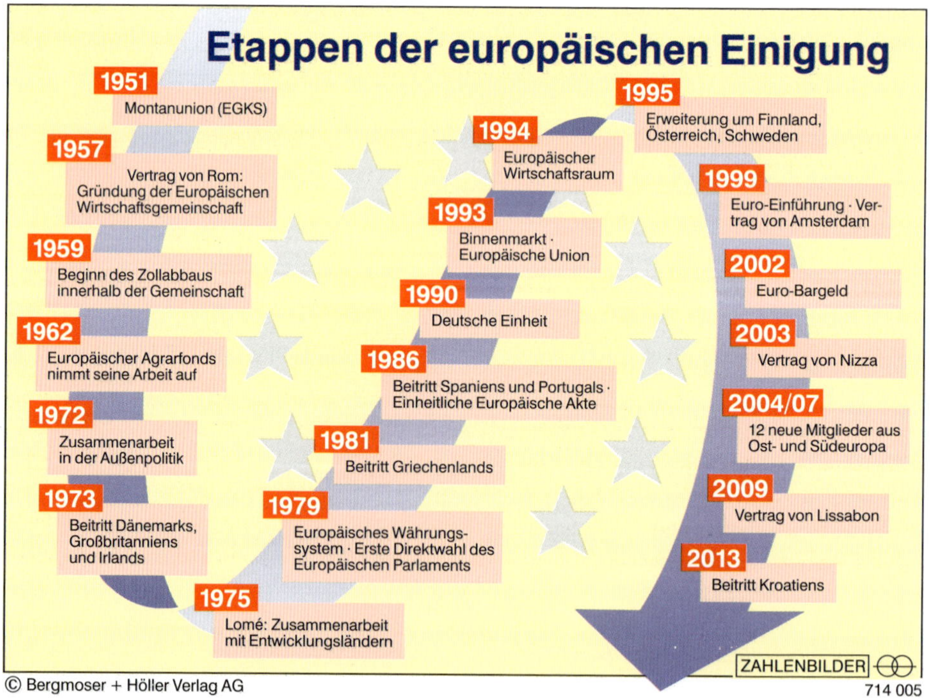

Von Paris und Rom über Maastricht nach Amsterdam, Nizza und Lissabon

Die Einigung Europas ist kein abgeschlossenes Kapitel der Geschichte, sondern ein fortwährender Prozess, eine Entwicklung, die 1951 in Paris mit der Gründung der Europäischen Gemeinschaft für Kohle und Stahl (EGKS) durch Belgien, die Bundesrepublik Deutschland, Frankreich, Italien, Luxemburg und die Niederlande begonnen hat und noch nicht beendet ist. Die heutige Europäische Gemeinschaft in der Union, 1957 in Rom als Europäische Wirtschaftsgemeinschaft (EWG) gegründet, ist mittlerweile über vierzig Jahre alt. Sie hat mit sechs Staaten begonnen, heute hat sie 27 Mitglieder, die Weichen für die Aufnahme weiterer Staaten sind gestellt.

Die Verfahren, nach denen die Mitgliedstaaten in der Union ihre gemeinsamen Beschlüsse fassen, müssen immer wieder diesen veränderten Umständen angepasst werden. Außerdem muss von Zeit zu Zeit geprüft werden, ob weitere Politikbereiche, in denen die Staaten gemeinschaftlich handeln, in die Verträge aufgenommen werden sollen. Dreimal sind bisher Änderungen der Gründungsverträge der Europäischen Gemeinschaften vereinbart worden:

- 1986 in der Einheitlichen Europäischen Akte,
- 1992 im Maastrichter Vertrag und
- 1997 im Amsterdamer Vertrag.

Die Einheitliche Europäische Akte hat in den Gründungsverträgen der EWG vor allem jene Bestimmungen eingefügt, die zur Verwirklichung des Binnenmarktes nötig waren, und sie hat dafür einen verbindlichen Termin gesetzt: Die Vorbereitungen mussten Ende 1992 abgeschlossen sein. Sie hat überdies einen ersten vertraglichen Rahmen für die Gemeinsame Außenpolitik der Mitgliedstaaten geschaffen.

Der Maastrichter Vertrag hat die Voraussetzungen für die Gründung der Europäischen Union im November 1993 geschaffen und die Bedingungen sowie den Zeitplan für die Verwirklichung der Wirtschafts- und Währungsunion in den EG-Vertrag aufgenommen. Er hat den vertraglichen Rahmen für die Zusammenarbeit der Mitgliedstaaten in den Bereichen Inneres und Justiz festgelegt.

Der Vertrag von Amsterdam schafft – nachdem die beiden großen Ziele Binnenmarkt und Währungsunion erreicht sind – wichtige Voraussetzungen für die Erweiterung der EU, insbesondere um die Staaten, die ehemals dem kommunistischen Ostblock angehört hatten und erst vor wenigen Jahren zu Demokratie und Marktwirtschaft übergegangen sind. Zugleich soll der Vertrag die innere und äußere Handlungsfähigkeit der Europäischen Union stärken.

Grundlage des geltenden europäischen Rechts ist der am 26. Februar 2001 unterzeichnete und am 1. Februar 2003 in Kraft getretene Vertrag von Nizza. Dieser hatte wichtige Änderungen für die Gründungsverträge der Europäischen Union gebracht und den Weg für die Osterweiterung der EU geebnet. Auf deutsch-italienische Initiative hin wurde dem Vertrag eine Erklärung beigefügt, die eine breit angelegte Diskussion über die Zukunft der EU anstoßen sollte.

Nach dem Scheitern der „Europäischen Verfassung“ einigten sich die Staats- und Regierungschefs der Mitgliedsländer im Oktober 2007 in Lissabon auf einen „Reformvertrag“, der an die Stelle einer Verfassung treten sollte.

Wesentliche Inhalte:

- Die Handlungsfähigkeit der Union wird durch tief greifende Reformen im institutionellen Bereich gestärkt.
- Die Gemeinsame Außen- und Sicherheitspolitik (GASP) wird ausgebaut.
- Die Fortschritte in den Sachpolitiken betreffen insbesondere die Bekämpfung von Terrorismus und Kriminalität, die Energiepolitik sowie den Bereich Soziales.

Vgl. www.auswaertiges-amt.de/www/de/eu_politik/vetiefung/amsterdam/amst_was_html RÜCKBLICK vom 04. 05. 2006 und www.auswaertiges-amt.de/diplo/de/Europa/Verfassung/ Reformvertrag.html vom 07.07.2008

Nennen Sie die wichtigsten Inhalte der „Folgeverträge“ der Gründungsverträge der Europäischen Gemeinschaft. ?

EU-Verfassung – Vertrag von Lissabon

Der damalige Bundeskanzler Gerhard Schröder und der damalige Außenminister Joschka Fischer unterzeichnen im Oktober 2004 die EU-Verfassung.

Nicht nur die Aufnahme weiterer Mitglieder macht eine Reform der EU unausweichlich, auch die Terroranschläge vom 11. September 2001 haben den europäischen Staaten gezeigt, dass sie sich außenpolitisch profilieren müssen, um in der Welt ernst genommen zu werden; und schließlich verpflichtet die Einführung der gemeinsamen Währung zu einer abgestimmten Wirtschaftspolitik.
Im Juni 2003 legte der EU-Konvent abschließend einen Verfassungsentwurf vor, der sowohl auf Regierungsebene als auch in der Öffentlichkeit der EU-Mitgliedsländer heftig diskutiert und z. T. verändert wurde. Am 29. Oktober 2004 unterzeichneten die Staats- und Regierungschefs der 25 Mitgliedsländer der Europäischen Union in Rom die erste Verfassung der EU. Mit der Unterzeichnung begann die Ratifizierungsphase für die Verfassung, die bis spätestens 2007 in Kraft treten sollte. Wesentliche Inhalte waren u. a.:

- Nach außen wird die Union durch drei Ämter vertreten: den Kommissionspräsidenten, den Außenminister und den Präsidenten des Europäischen Rates der Staats- und Regierungschefs. Dessen Amtszeit dauert nicht mehr nur sechs Monate, sondern zweieinhalb Jahre und kann einmal verlängert werden.
- Das Europaparlament erhält mehr Kompetenzen. Im Regelfall entscheidet es bei der europäischen Gesetzgebung mit. Auch bei der Auswahl des Kommissionspräsidenten müssen künftig die Mehrheitsverhältnisse im Parlament berücksichtigt werden.
- Bis zum Jahr 2014 wird jedes Land einen Kommissar nach Brüssel entsenden. Um die Effizienz zu erhöhen, wird dann die Zahl der Kommissare auf zwei Drittel der Mitgliedsländer reduziert mit einer echten Rotation. Das heißt, jedes Land ist nach zwei Amtsperioden für fünf Jahre nicht in Brüssel vertreten.
- Wenn eine Million Bürger aus EU-Ländern mit Unterschriften ein Gesetz verlangen, muss die Kommission tätig werden.

Nachdem sich jedoch am 29. Mai 2005 in Frankreich und am 1. Juni 2005 in den Niederlanden die Bevölkerung in einem Referendum mehrheitlich gegen die EU-Verfassung ausgesprochen hatte, einigten sich 2007 die 27 Staats- und Regierungschefs auf den Rahmen für einen neuen EU-Vertrag (Vertrag von Lissabon).

Das Reformprojekt sollte von 2009 an gelten. Die EU wollte demokratischer und schneller handeln und geeigneter auf Herausforderungen wie den Terrorismus, die wirtschaftliche Konkurrenz aus Asien und Amerika sowie die sozialen Nöte ihrer Gesellschaften reagieren.

Nachdem 2008 die Wähler in Irland beim Referendum über diesen Vertrag noch mit Nein gestimmt hatten, fand am 2. Oktober 2009 eine erneute Befragung statt. Nach der Zustimmung Irlands trat der Lissaboner Vertrag am 1. Dezember 2009 in Kraft.

Wesentliches Ziel des Vertrages von Lissabon war es, grundlegend die Institutionen der EU zu erneuern, um, vor allem nach der Osterweiterung, handlungsfähig zu bleiben.

Die wichtigsten Neuerungen des Vertrages von Lissabon

- Ein **Ratspräsident** übernimmt den Vorsitz im Rat der Staats- und Regierungschefs für zweieinhalb Jahre. [...]
- Ein **„Hoher Vertreter für die Außen- und Sicherheitspolitik“** wird bestellt. Dieser führt den Vorsitz im Rat für Auswärtige Angelegenheiten und ist gleichzeitig als Vizepräsident der Kommission zuständig für die Außenpolitik. [...]
- Mehrheitsentscheidungen mit der **„doppelten Mehrheit“** werden ab 2014 eingeführt. [...] Das Prinzip der doppelten Mehrheit berücksichtigt die Gleichheit der Mitgliedsstaaten und die Gleichheit der Bürgerinnen und Bürger. Beschlüsse erfordern demnach eine Mehrheit von 55 Prozent der Mitgliedsländer. Insgesamt müssen 65 Prozent der EU-Bevölkerung zustimmen.
- Die **Zahl der Kommissare** wird ab 2014 auf zwei Drittel der Zahl der Mitgliedsstaaten verringert.
- Das **Mitspracherecht** der nationalen Parlamente im europäischen Gesetzgebungsverfahren wird verbessert. Damit wird insbesondere das Subsidiaritätsprinzip gestärkt.
- Das **Europaparlament** hat künftig 750 (bisher 785) Abgeordnete [vor dem Brexit]. Die Zahl der deutschen Abgeordneten sinkt von 99 auf 96. Das EU-Parlament entscheidet künftig gleichberechtigt mit dem Ministerrat über das EU-Budget.
- Im **Gesetzgebungsverfahren** wird das Mitentscheidungsverfahren zum Regelfall. Damit ist das Europäische Parlament als Vertreterin der Bürgerinnen und Bürger Europas gleichberechtigt gegenüber dem Ministerrat. [...]
- Erstmals erlaubt der EU-Vertrag offiziell den freiwilligen **Austritt** eines Staates – inoffiziell war dies schon bisher möglich. [...]
- Die **Grundrechte-Charta** wird durch einen verweisenden Artikel in den Mitgliedsländern rechtsverbindlich. Die Charta garantiert den EU-Bürgern Arbeits- und Sozialrechte, die sie beim EU-Gerichtshof einklagen können. [...]
- Das **Bürgerbegehren** wird eingeführt. Wenn eine Million EU-Bürger per Unterschriftenliste zu einem bestimmten Problem ein Gesetz verlangen, muss die EU-Kommission tätig werden.
- [...]
- Die Bekämpfung des **Klimawandels** wird erstmals als ausdrückliches Ziel im Primärrecht erwähnt. [...]
- Eine stärkere Einbindung der **nationalen Parlamente** in den europäischen **Gesetzgebungsprozess sowie die Einführung eines Klagerechts** für nationale Parlamente vor dem Europäischen Gerichtshof.

Quelle: Landeszentrale für politische Bildung Baden-Württemberg (Hrsg.): Vertrag von Lissabon. www.lpb-bw.de/vertrag-von-lissabon#c44621 [13.01.2020]

1. *Wie sind diese Veränderungen Ihrer Meinung nach zu beurteilen?*
2. *Begrüßen Sie die Reformen? Begründen Sie Ihre Meinung.*

?

9.2 Politische und wirtschaftliche Strukturen der EU

Der politische Aufbau der EU

Die Europäische Union ist kein Staat, aber sie nimmt Aufgaben wahr, die sonst nur Staaten zustehen. Ihre auf einzelnen Gebieten weitreichenden Entscheidungsbefugnisse sind unmittelbar geltendes Recht in allen Mitgliedsländern und für alle Bürger. „Regiert" und kontrolliert wird die EU durch folgende Organe:

Europäischer Rat	erlässt die politischen Richtlinien
Zusammensetzung	die 27 Staats- und Regierungschefs der Mitgliedsländer und der Präsident der EU-Kommission
Aufgaben	Der Europäische Rat ist das höchste politische Entscheidungsgremium. Er stimmt seit 1974 über grundlegende Probleme der Gemeinschaft ab und erlässt somit die politischen Richtlinien.
Ministerrat	politisches Entscheidungszentrum der Gemeinschaft
Zusammensetzung	Zu den jeweils anstehenden Fragen entsenden die nationalen Regierungen die zuständigen Fachminister. Der Vorsitz wechselt halbjährlich unter den Mitgliedstaaten.
Aufgaben	Der Ministerrat verabschiedet Gesetze, entscheidet über Vorschläge der Kommission.
Sitz	Brüssel und Luxemburg
Europäisches Parlament	direkt gewählte Vertreter aus allen Mitgliedstaaten der EU
Zusammensetzung	705 (nach Brexit) auf fünf Jahre gewählte Abgeordnete, die sich, über ihre Nationalität hinweg, in Fraktionen (zum Beispiel Sozialisten, Christdemokraten, Liberale) zusammengeschlossen haben.
Aufgaben	Das Europäische Parlament äußert sich zu Vorschlägen der Kommission. Es hat damit Mitwirkungsrechte bei der Gesetzgebung, Mitspracherechte in wichtigen finanz- und haushaltspolitischen Fragen und Kontrollfunktion über die Kommission.
Sitz	Straßburg, im Haus des Europarats

Außenansicht des Europa-Parlaments in Straßburg. Hier hält das Europäische Parlament zwölfmal jährlich Plenarsitzungen ab.

Kennen Sie Europa-Abgeordnete aus Ihrer Heimatregion?

?

1. *Informieren Sie sich über Europa-Abgeordnete aus Ihrer Heimatregion. Erstellen Sie einen „Steckbrief“ des/der Abgeordneten im Europäischen Parlament:*
   - *Name*
   - *Büroadresse*
   - *Wahlkreis*
   - *Parteizugehörigkeit*
   - *Beruf*
   - *Hobbys*
   - *bisherige Tätigkeiten*
   - *Mitgliedschaft in Verbänden*
   - *Arbeitsschwerpunkte im Europäischen Parlament*
   - *Welcher Fraktion gehört er/sie an?*

2. *Laden Sie Ihre/Ihren Abgeordnetem zu einem Gespräch in die Schule ein. Erstellen Sie einen Fragenkatalog, den Sie mit Ihrem Abgeordneten/Ihrer Abgeordneten besprechen möchten:*

   Mögliche Fragen nach:
   - *Tagesablauf eines Europa-Abgeordneten*
   - *Tätigkeiten/Aufgaben eines Europa-Abgeordneten*
   - *Probleme eines Europa-Abgeordneten (z. B. sprachliche Verständigung)*
   - *Wünsche eines Europa-Abgeordneten hinsichtlich des Europäischen Parlaments*
   - *Ziele eines Europa-Abgeordneten*
   - *Arbeitsweise des Europäischen Parlaments*
   - *Zusammenarbeit mit anderen Europäischen Institutionen*
   - *Bedeutung des Europäischen Parlaments und vieles mehr*

   Sollten Sie kein Gespräch mit Ihrem Abgeordneten/Ihrer Abgeordneten führen, dann schicken Sie Ihre Fragen schriftlich an den/die Abgeordnete(n) und bitten Sie um die Beantwortung der Fragen.

3. *Erstellen Sie aufgrund des Steckbriefes und der Antworten Ihres/Ihrer Abgeordneten einen Zeitungsbericht.*

EU-Kommission

überstaatliches Organ, das die Interessen der EU vertritt

Zusammensetzung 27 an keine Weisungen gebundene Mitglieder (Kommissare), die für vier Jahre von ihren Regierungen ernannt werden.

Aufgaben Die EU-Kommission überwacht die Einhaltung der Verträge, führt die Beschlüsse des Ministerrates durch und kontrolliert ihre Ausführungen und plant notwendige Maßnahmen für die Gemeinschaftspolitik (Vorschläge an den Ministerrat).

Sitz Brüssel

Europäischer Gerichtshof

(Judikative der EU)

Zusammensetzung zurzeit 28 Richter und 9 Generalanwälte, die für sechs Jahre von den Mitgliedstaaten ernannt werden.

Aufgaben Der Europäische Gerichtshof sorgt für die Einhaltung und Durchführung des EU-Gemeinschaftsrechts und entscheidet Streitfälle innerhalb der EU-Organe (keine Berufung möglich).

Sitz Luxemburg

Kompetenzen der EU-Verfassungsorgane

Die Bundesrepublik Deutschland hat in einer Änderung des Grundgesetzes (Art. 23 GG) festgeschrieben, dass zur Verwirklichung eines vereinten Europas Hoheitsrechte an eine übergeordnete, supranationale Organisation übertragen werden können. Konkret bedeutet dies, dass in bestimmten, vertraglich festgelegten Bereichen die Europäische Union Entscheidungen treffen kann, die dann **geltendes und gültiges Recht** in den Mitgliedsländern sind.
An der Gesetzgebung in der EU sind die Kommission, der Ministerrat und das Europäische Parlament beteiligt.

Der Ministerrat kann auf drei verschiedene Arten Entscheidungen treffen:

- mit einfacher Mehrheit,
- mit qualifizierter Mehrheit,
- einstimmig.

Die Art der Entscheidung wird für die einzelnen Bereiche durch den EG-Vertrag festgelegt.
In den Maastrichter Verträgen sind auch die Beteiligungsrechte des Europäischen Parlaments gestärkt worden.

9.2/2

Die wichtigsten EU-Institutionen im Überblick

Europäisches Parlament

„Stimme der Bürger"

- einzige direkt gewählte EU-Institution
- repräsentiert rund 513 Mio. EU-Bürger
- Gesetzgebungsrecht in fast allen Politikbereichen, erlässt zusammen mit dem Rat der Europäischen Union EU-Rechtsvorschriften
- Haushaltsbefugnisse, entscheidet zusammen mit Rat der Europäischen Union über den EU-Haushalt, Haushaltskontrollausschuss
- parlamentarische Kontrolle

Europäische Kommission

„Hüterin" der Verträge

- pro Mitgliedsland ein Kommissar, der im Interesse der gesamten EU, nicht im nationalen Interesse handelt
- Initiativrecht für neue Gesetze
- überwacht Einhaltung und Umsetzung von EU-Verträgen
- führt Verhandlungen mit internationalen Organisationen
- schließt Abkommen mit Drittstaaten
- Verwaltung, Ausführung des EU-Haushalts

Rat der Europäischen Union

„Ministerrat"

- zusammengesetzt aus Ministern der Mitgliedsländer
- tagt in zehn verschiedenen Ratsformationen (z.B. Rat der Innenminister, der Justizminister)
- Gesetzgebungsrecht, zusammen mit Europäischem Parlament
- Haushaltsbefugnisse, zusammen mit Europäischem Parlament

Europäischer Rat

Die „Chefs"

- besteht aus den Staats- und Regierungschefs der EU
- seine Treffen sind als „EU-Gipfel" bekannt
- Impulsgeber, entscheidet über Eckpunkte der europäischen Politik
- keine Gesetzgebungskompetenz

Quelle: Europäisches Parlament © Globus 12801

1. *Welche Aufgaben haben die einzelnen Organe der EU?*
2. *Warum wird der Ministerrat als „Oberhaus" und das Europäische Parlament als „Unterhaus der Legislative" bezeichnet?*

?

9.2/3

Plenarsitzung des Europäischen Parlaments in Straßburg

1. *Vergleichen Sie die Aufgaben des Europäischen Parlaments mit den Aufgaben des Bundestages.*
2. *Welche Aufgaben müsste Ihrer Meinung nach das Europäische Parlament auf jeden Fall noch ausüben?*

?

Bei der Gesetzgebung hat das Europäische Parlament abgestufte Mitwirkungsrechte. Nach dem Maastrichter-Vertrag gliedern sie sich in unter anderem folgende Bereiche:

Zustimmung	Mitentscheidung	Zusammenarbeit	Anhörung
■ Unionsbürgerrechte ■ Internationale Zusammenarbeit ■ Europawahlen ■ Europäische Zentralbank ■ Ernennung der Europäischen Kommission	■ Binnenmarkt ■ Anerkennung von Diplomen ■ Gesundheitswesen ■ Zusammenarbeit im Bildungswesen ■ Verbraucherschutz ■ Aktionsprogramme für den Umweltschutz	■ Verkehrspolitik ■ Umweltpolitik ■ Arbeitsschutz ■ Zusammenarbeit mit den Entwicklungsländern ■ Förderung der beruflichen Bildung	■ sonstige Fragen der europäischen Gesetzgebung

Diese Rechte unterscheiden sich im Grad der Einflussnahme des Europäischen Parlaments auf die Entscheidungen des Ministerrates.
Wie schon erwähnt, erlangen die vom Ministerrat und dem Europäischen Parlament verabschiedeten Entscheidungen Gesetzeskraft. Allerdings spricht man in der EU nicht von Gesetzen, sondern sie haben zur Unterscheidung zu nationalen Gesetzen andere Bezeichnungen:

Rechtsakte der Gemeinschaftsorgane

Die in den EU-Verträgen niedergelegten Ziele werden mit Hilfe unterschiedlicher Rechtsakte verwirklicht. Einige dieser Rechtsakte sind verbindlich, andere nicht. Manche gelten für alle EU-Länder, andere nur für bestimmte Länder.

Verordnungen
Eine Verordnung ist ein verbindlicher Rechtsakt, den alle EU-Länder in vollem Umfang umsetzen müssen. [...]

Richtlinien
Eine Richtlinie ist ein Rechtsakt, in dem ein von allen EU-Ländern zu erreichendes Ziel festgelegt wird. Es ist jedoch Sache der einzelnen Länder, eigene Rechtsvorschriften zur Verwirklichung dieses Ziels zu erlassen. [...].

Beschlüsse
Beschlüsse sind für diejenigen verbindlich und unmittelbar anwendbar, an die sie gerichtet sind (beispielsweise ein EU-Land oder ein einzelnes Unternehmen). [...]

Empfehlungen
Empfehlungen sind nicht verbindlich. So hatte die Empfehlung der Kommission an die Justizbehörden der EU-Länder, Videokonferenzen verstärkt für eine bessere grenzübergreifende Zusammenarbeit zu nutzen, keine rechtlichen Konsequenzen. [...]

Stellungnahmen
In einer Stellungnahme können sich die Institutionen in unverbindlicher Form zu einem Sachverhalt äußern. Sie stellt für die Adressaten also keine rechtliche Verpflichtung dar und ist nicht verbindlich. [...]

Quelle: Europäische Union: Verordnungen, Richtlinien und sonstige Rechtsakte. https://europa.eu/european-union/eu-law/legal-acts_de [08.10.2019]

Aus dieser Konstellation ergibt sich die Fragestellung, inwieweit die Verfassungsorgane der Bundesrepublik Deutschland an den Entscheidungen der EU teilnehmen können bzw. inwieweit überhaupt bestimmte Politikbereiche von der EU für alle Mitgliedsländer geregelt werden sollen.

Grundgesetz

9.2/4

Art. 23 (Europäische Union)

(1) Zur Entwicklung eines vereinten Europas wirkt die Bundesrepublik Deutschland bei der Entwicklung der Europäischen Union mit, die demokratischen, rechtsstaatlichen, sozialen und föderativen Grundsätzen und dem Grundsatz der Subsidiarität verpflichtet ist und einen diesem Grundgesetz im Wesentlichen vergleichbaren Grundrechtsschutz gewährleistet. Der Bund kann hierzu durch Gesetz mit Zustimmung des Bundesrates Hoheitsrechte übertragen. Für die Begründung der Europäischen Union sowie für Änderungen ihrer vertraglichen Grundlagen und vergleichbare Regelungen, durch die dieses Grundgesetz seinem Inhalt nach geändert oder ergänzt wird oder solche Änderungen oder Ergänzungen ermöglicht werden, gilt Artikel 79 Abs. 2 und 3.

(2) In Angelegenheiten der Europäischen Union wirken der Bundestag und durch den Bundesrat die Länder mit. Die Bundesregierung hat den Bundestag und den Bundesrat umfassend und zum frühestmöglichen Zeitpunkt zu unterrichten.

(3) Die Bundesregierung gibt dem Bundestag Gelegenheit zur Stellungnahme vor ihrer Mitwirkung an Rechtsetzungsakten der Europäischen Union. Die Bundesregierung berücksichtigt die Stellungnahmen des Bundestages bei den Verhandlungen. Das Nähere regelt ein Gesetz.

(4) Der Bundesrat ist an der Willensbildung des Bundes zu beteiligen, soweit er an einer entsprechenden innerstaatlichen Maßnahme mitzuwirken hätte oder soweit die Länder innerstaatlich zuständig wären.

(5) Soweit in einem Bereich ausschließlicher Zuständigkeiten des Bundes Interessen der Länder berührt sind oder soweit im Übrigen der Bund das Recht zur Gesetzgebung hat, berücksichtigt die Bundesregierung die Stellungnahme des Bundesrates. Wenn im Schwerpunkt Gesetzgebungsbefugnisse der Länder, die Einrichtung ihrer Behörden oder ihre Verwaltungsverfahren betroffen sind, ist bei der Willensbildung des Bundes insoweit die Auffassung des Bundesrates maßgeblich zu berücksichtigen; dabei ist die gesamtstaatliche Verantwortung des Bundes zu wahren. In Angelegenheiten, die zu Ausgabenerhöhungen oder Einnahmeminderungen für den Bund führen können, ist die Zustimmung der Bundesregierung erforderlich.

(6) Wenn im Schwerpunkt ausschließliche Gesetzgebungsbefugnisse der Länder betroffen sind, soll die Wahrnehmung der Rechte, die der Bundesrepublik Deutschland als Mitgliedstaat der Europäischen Union zustehen, vom Bund auf einen vom Bundesrat benannten Vertreter der Länder übertragen werden. Die Wahrnehmung der Rechte erfolgt unter Beteiligung und in Abstimmung mit der Bundesregierung; dabei ist die gesamtstaatliche Verantwortung des Bundes zu wahren.

(7) Das Nähere zu den Absätzen 4 bis 6 regelt ein Gesetz, das der Zustimmung des Bundesrates bedarf.

?

1. *Welche Einflussmöglichkeiten auf die Entscheidungen im Rahmen der EU hat der Bundestag?*
2. *Welche Rolle spielt der Bundesrat als Vertreter der Länder bei den Entscheidungen der EU?*
3. *Halten Sie die Interessen der Bundesländer im Entscheidungsprozess der EU für ausreichend berücksichtigt? Begründen Sie Ihre Antwort.*

Europa der Regionen

Wie in der Bundesrepublik Deutschland gibt es auch in den anderen Mitgliedstaaten Länder bzw. Regionen, die ihre Interessenvertretung auf europäischer Ebene gefährdet sahen. Viele forderten deshalb, dass die Vertreter der „Regionen" in den Gesetzgebungsverlauf der EU eingebunden werden. Dazu ist es in dem EU-Vertrag nicht gekommen. Jedoch hat man einen **Regionalausschuss** ins Leben gerufen. Die Bestimmungen über diesen Ausschuss lassen allerdings schon auf eine zukünftige Rolle als „Dritte Kammer", die am Gesetzgebungsverfahren der EU beteiligt wird, schließen. Die wichtigsten Bestimmungen lauten:

- Der Ausschuss besteht aus 326 lokalen und regionalen Vertretern (Amtszeit vier Jahre).
- Diese Vertreter sind an Weisungen nicht gebunden.
- Der Ausschuss kann von sich aus zusammentreten oder durch den Rat oder die Kommission einberufen werden.
- Der Ausschuss wird zu bestimmten, im Vertrag über die Europäische Union festgelegten Fragen gehört.
- Der Ausschuss hat das Recht, von sich aus Stellungnahmen abgeben zu können, wenn er der Auffassung ist, dass spezifische regionale Interessen dies notwendig machen.
- Der Ausschuss kann auch Stellungnahmen abgeben, wenn der Wirtschafts- und Sozialausschuss der EU gehört wird.

Die Bedeutung des Ausschusses der Regionen im politischen Gefüge der EU wird entscheidend davon abhängen, wie stark sein politisches Ansehen und seine demokratische Legitimation ist. Die „Auswahl" der Vertreter obliegt den jeweiligen Mitgliedsländern.

Europäischer Fonds für regionale Entwicklung

Dieser Fonds wurde 1975 gegründet. Aus ihm werden für Mitgliedstaaten Beihilfen gewährt für die Schaffung oder Sicherung von Arbeitsplätzen sowie für Infrastrukturmaßnahmen wie Bewässerung, Bau von Straßen, Modernisierung. Dennoch hat sich bis heute die Situation der relativ ärmsten Mitgliedsländer kaum verändert. Zwar hat eine Umlenkung der Mittel von reichen in ärmere Länder stattgefunden, insgesamt ist jedoch die Entscheidungsbefugnis der Union zu schwach, da letztlich die Nationalstaaten für die Gestaltung ihrer Wirtschaftspolitik zuständig sind.

Der Europäische Sozialfonds

Der 1957 ins Leben gerufene Europäische Sozialfonds (ESF) ist einer der Strukturfonds der EU, die eingerichtet wurden, um die Unterschiede bei Wohlstand und Lebensstandard in den Mitgliedstaaten und Regionen der EU abzubauen und dadurch den wirtschaftlichen und sozialen Zusammenhalt zu fördern. Er fördert die Schaffung von Arbeitsplätzen und hilft Menschen bei der Ausbildung sowie bei der Verbesserung ihrer Berufsaussichten. Im Rahmen des ESF legen Mitgliedstaaten und Regionen ihre eigenen Programme vor, um so den tatsächlichen Bedürfnissen vor Ort entsprechen zu können.

Im Zeitraum 2014 bis 2020 vergibt der ESF Mittel von über 80 Mrd. Euro an Mitgliedstaaten und Regionen in der EU.

Der Ausschuss der Regionen auf einen Blick

- Errichtet durch den Vertrag von Maastricht. Erste Sitzung im März 1994.
- Obligatorische Befassung zunächst in fünf Bereichen (wirtschaftlicher und sozialer Zusammenhalt; transeuropäische Netze in den Bereichen Verkehr, Energie und Telekommunikation; Gesundheitswesen; Bildung und Jugend; Kultur).
- Die obligatorische Befassung wird mit dem Vertrag von Amsterdam auf fünf zusätzliche Bereiche ausgeweitet (Beschäftigung, Sozialpolitik, Umwelt, Berufsbildung, Verkehr).
- 326 Mitglieder und eine gleiche Zahl von Stellvertretern, die vom Rat auf Vorschlag der jeweiligen Mitgliedstaaten auf vier Jahre ernannt werden.

Land	Mitglieder	Land	Mitglieder
Belgien	12	Niederlande	12
Bulgerien	12	Österreich	12
Dänemark	9	Polen	21
Deutschland	24	Portugal	12
Estland	6	Rumänien	15
Finnland	9	Schweden	12
Frankreich	24	Slowakei	9
Griechenland	12	Slowenien	7
Irland	9	Spanien	21
Italien	24	Tschechische Republik	12
Lettland	7	Ungarn	12
Litauen	9	Zypern	5
Luxemburg	5	Kroatien	9
Malta	5		

- Es gibt fünf Fraktionen: die Sozialdemokratische Partei Europas, die Europäische Volkspartei, die Europäischen Konservativen und Reformisten, die Allianz der Liberalen und Demokraten für Europa und die Europäische Allianz.
- Der Ausschuss der Regionen wählt aus seiner Mitte einen Präsidenten und einen Ersten Vizepräsidenten für eine Amtszeit von zwei Jahren.
- Das Präsidium ist für die Umsetzung des politischen Programms des AdR zuständig. Es wird vom Ausschuss aus den Reihen seiner Mitglieder für zwei Jahre gewählt. Es besteht aus insgesamt 60 Mitgliedern, einschließlich des Präsidenten und des Ersten Vizepräsidenten.
- Der AdR hat sechs Fachkommissionen, auf die sich die Mitglieder verteilen und die auf verschiedene Bereiche spezialisiert sind.

?

1. *Welche Probleme können sich Ihrer Meinung nach im Ausschuss der Regionen ergeben?*
2. *Welche anderen Möglichkeiten der Interessenvertretung der Regionen im politischen Gefüge der EU gibt es Ihrer Meinung nach?*

Subsidiaritätsprinzip

Der Begriff „Subsidiaritätsprinzip" ist zu einem neuen Leitmotiv in der Europadebatte geworden. Allerdings ist eine Einigung über die Definition des Begriffes und seine inhaltliche Ausgestaltung noch nicht in Sicht.

EU-Vertrag, Artikel 3b (Schranken der Gemeinschaftskompetenz)
Die Gemeinschaft wird innerhalb der Grenzen der ihr in diesem Vertrag zugewiesenen Befugnisse und gesetzten Ziele tätig.
In den Bereichen, die nicht in ihre ausschließliche Zuständigkeit fallen, wird die Gemeinschaft nach dem Subsidiaritätsprinzip nur tätig, sofern und soweit die Ziele der in Betracht gezogenen Maßnahmen auf Ebene der Mitgliedstaaten nicht ausreichend erreicht werden können und daher wegen ihres Umfanges oder ihrer Wirkungen besser auf Gemeinschaftsebene erreicht werden können.
Die Maßnahmen der Gemeinschaft gehen nicht über das für die Erreichung der Ziele dieses Vertrages erforderliche Maß hinaus.

Konkrete Folgen dieses Artikels bestehen zurzeit darin, dass die EU-Kommission bei jeder Gesetzesinitiative nachweisen muss, dass sie die jeweilige Aufgabe besser lösen kann als die einzelnen Mitgliedsländer in eigener Regie.
Inzwischen konkurrieren jedoch unterschiedliche Interpretationen dieses Artikels. Sie reichen von der Behauptung, dass aufgrund dieser Bestimmung grundsätzlich die Priorität nationaler vor gemeinschaftlicher (europäischer) Kompetenz begründet wird, bis zur Feststellung, dass damit die Vorstellung von einem föderalistischen Gebilde mit möglichst präziser Aufgabenverteilung zwischen Bund, Ländern und Kommunen, aber auch zwischen öffentlichem und privatem Bereich gemeint ist.

Damit dieses Schlagwort konkrete politische Bedeutung erhält, ist es zwingend notwendig, dass eine klare Regelung getroffen wird, was nun von der Gemeinschaft geregelt wird und was in der Entscheidungsgewalt der Mitgliedsländer verbleibt.

714 025

Sie finden unten aufgeführt unterschiedliche Politikfelder:

Wissenschaft und Technik	Entwicklung und Zusammenarbeit	Umweltschutz	Außenpolitik
Währungsfragen	Steuerpolitik	Sicherheit und Verteidigung	Presse und Rundfunk
Datenschutz	Gesundheitspolitik	Sozialpolitik	Bildungspolitik
Arbeitnehmerrechte	Wirtschaftspolitik	Jugend- und Familienpolitik	Finanzpolitik

Im Rahmen der Europäischen Union werden in Zukunft für die unterschiedlichen Politikfelder keine ***einzelnen nationalen Entscheidungen***, sondern ***gemeinsame europäische Entscheidungen*** getroffen.

?

1. *Wie stehen Sie dazu? Benutzen Sie die folgende Aufgabe, um sich Ihre Meinung zu bilden:*
- *Entscheiden Sie sich in Ihrer Klasse für drei der o. a. Politikfelder.*
- *Teilen Sie Ihre Klasse in sechs Gruppen auf. Jeweils zwei Gruppen beschäftigen sich mit einem Politikfeld.*
- *In den Doppelgruppen sucht die eine Gruppe konkrete Argumente und Beispiele für eine nationale Entscheidungskompetenz, die andere für eine europäische Entscheidungskompetenz.*
- *Die gefundenen Argumente tragen die jeweiligen Gruppensprecher vor der Klasse vor. Anschließend stimmen alle Schüler ab, ob eher die Argumente für die nationale oder die europäische Entscheidungskompetenz überzeugend sind.*

Die wirtschaftlichen Strukturen der EU

Der Europäische Binnenmarkt

Europa – für uns alle ist dies inzwischen ein alltäglicher Begriff geworden. In vielen Varianten begegnet er uns, ohne dass wir uns großartig Gedanken darüber machen. *Europa*meisterschaft, *Europäische* Union, *Europa*wahlen, *Eur*ofighter, *Euro*, um nur einige Begriffe zu nennen. Oftmals begegnen wir dem Phänomen „Europa“ aber auch, ohne uns dessen bewusst zu werden. Wir gehen italienisch, spanisch oder griechisch essen, wir fahren Peugeot, Renault, Fiat oder Volvo, wir kaufen Chianti, Camembert, Oliven usw. Auch Reisen in die europäischen Länder sind für uns selbstverständlich. Europa ist also in unserem ganz normalen Alltag allgegenwärtig.
Möglich gemacht hat dies unter anderem die Verwirklichung des Europäischen Binnenmarktes.

Der Europäische Binnenmarkt ist ein geografischer Raum ohne Binnengrenzen, in dem der freie Verkehr von Waren, Dienstleistungen, Personen und Kapital gewährleistet ist.

Mit der Einführung des Europäischen Binnenmarktes und aufgrund der damit gewährten Freiheiten wurde das Leben, Lernen und Arbeiten der EU-Bürger auf eine neue Basis gestellt.

9.2/7

?

1. Welche Länder Europas haben Sie bereits besucht?
2. Fertigen Sie in Ihrer Klasse eine Aufstellung an, die aufzeigt, wie viele Schülerinnen und Schüler wie oft welches europäische Land besucht haben.
3. Berichten Sie über die Erfahrungen und Eindrücke, die Sie in den entsprechenden Ländern gemacht haben.

9.2/8

?

1. Erstellen Sie eine Liste, in der Sie aufschreiben, wo Ihnen Europa überall im alltäglichen Leben „begegnet". Untergliedern Sie diese Aufstellung z. B. nach folgenden Kriterien:
   a) **Politik**
      - Welche politischen Organe meiner Heimatstadt haben Kontakt zu Europa (z. B. Partnerschaften)?
      - Welche europäischen politischen Entscheidungen wirken auf mein Leben ein?
   b) **Arbeit**
      - Arbeiten in meinem Betrieb Menschen aus europäischen Staaten? Aus welchen Staaten kommen sie?
      - Arbeitet mein Betrieb mit europäischen Firmen zusammen? Welche Firmen sind das?
   c) **Konsum**
      - Welche Lebensmittel, Kleider, Elektrogeräte, die aus europäischen Ländern stammen, kaufe oder benutze ich bzw. werden mir angeboten?
   d) **Freizeit**
      - Woher kommt meine Lieblingsmusik, meine Lieblingsband?
2. Beantworten Sie die Fragen, indem Sie Tageszeitungen, Radio-, TV- oder Internetquellen auswerten, Texte, Bilder und Grafiken sammeln und Befragungen (z. B. im Betrieb oder in einem Lebensmittelmarkt) durchführen.
3. Erstellen Sie eine Wandzeitung unter dem Motto „Europa in meinem Alltag". Anhand dieser Wandzeitung können Sie aufzeigen, in welch vielfältiger Form Europa in unserem täglichen Leben bewusst bzw. unbewusst eine Rolle spielt.

Die vier Freiheiten im Binnenmarkt

Freier Personenverkehr ↔ **Freier Warenverkehr**

Freier Personenverkehr
- Wegfall von Grenzkontrollen
- Niederlassungs- und Beschäftigungsfreiheit für EU-Bürger
- Angleichung der Einreise-, Asyl-, Waffen- und Drogengesetze

Freier Warenverkehr
- Wegfall von Grenzkontrollen
- Steuerangleichung
- Angleichung oder gegenseitige Anerkennung von Normen und Vorschriften

Freier Dienstleistungsverkehr
- Öffnung der Transport- und Telekommunikationsmärkte
- Angleichung der Banken- und Versicherungsaufsicht
- Liberalisierung der Finanzdienste

Freier Kapitalverkehr
- größere Freizügigkeit für Geld- und Kapitalbewegungen
- Schritte zu einem gemeinsamen Markt für Finanzleistungen
- Liberalisierung des Wertpapierverkehrs

Mit der Einführung des europäischen Binnenmarktes 1993 haben sich die **Wettbewerbsbedingungen** in allen Wirtschaftsbereichen drastisch verändert. Industrie, Handel und Handwerk müssen sich mit den vier Freiheiten des Binnenmarktes auseinandersetzen.

Durch die Öffnung der Märkte können die Verbraucher unter einer großen Anzahl von Anbietern auswählen. Man könnte sagen, ein Supermarkt für inzwischen über 450 Millionen Bürger ist entstanden. Dadurch erhöht sich für die Unternehmen und Betriebe der Wettbewerbs- und Konkurrenzdruck. Gleichzeitig können durch den Wegfall entsprechender Handelshemmnisse Kosten eingespart werden. Wettbewerb und Kosteneinsparung führen oft zu sinkenden Preisen. Eine mögliche Folge könnte so aussehen:

sinkende Preise → **erhöhte Nachfrage** → **höhere Produktion** → **Wirtschaftsaufschwung** → **neue Arbeitsplätze**

Der Konkurrenzkampf kann jedoch auch zu einem Verdrängungswettbewerb werden. Dieser Sachverhalt könnte dann so aussehen:

Rationalisierungsmaßnahmen → **Betriebsschließungen** → **Abwanderung von Unternehmen** → **steigende Arbeitslosigkeit**

In jedem Fall müssen sich die Unternehmen und Betriebe wie auch jeder Einzelne auf die veränderten Wettbewerbsbedingungen einstellen, da diese auch Auswirkungen auf den Arbeitsmarkt haben.

Arbeiten in Europa

9.2/9

Erste Informationen über die Arbeit und die damit verbundenen Fragen in Ländern der EU bekommt man unter:
www.ba-auslandsvermittlung.de/ lang_de/nn_2958/DE/Home/Arbeitnehmer/ Arbeiten-im-Ausland/ arbeiten-im-ausland-knoten.html

?

1. *Wer von Ihnen kann sich vorstellen, später einmal in einem anderen Land der EU zu arbeiten? In welchem Land würden Sie gerne arbeiten?*
2. *Beschaffen Sie sich Informationen zu dem Land Ihrer Wahl.*
3. *Berichten Sie vor Ihrer Klasse kurz über dieses Land und begründen Sie Ihre Wahl.*

Die unmögliche Reise

9.2/10

Der Mann aus Copenhagen war unterwegs von London nach Paris. Kein Grenzbeamter stoppte seine Fahrt, kein Zöllner fragte nach mitgeführten Waren. Der Mann musste kein Schiff besteigen und nicht von der linken auf die rechte Fahrbahn wechseln, als er im Wagen über die Grenzen fuhr. In Paris bezahlte der Mann aus Copenhagen Hotel und Einkäufe in derselben Währung wie in London. Kein Kellner, kein Portier und keine Verkäuferin hatten etwas umzurechnen, denn hier wie dort galt das gleiche Geld. Der Mann fuhr weiter nach Rotterdam, von dort nach Amsterdam und schließlich nach Hamburg. Und nirgendwo stieß er auf eine Grenzkontrolle, nirgends wurde die Frage nach Pass und Zoll gestellt. In Hamburg fand der Mann Arbeit in seinem Beruf. Seine Schulzeugnisse aus Copenhagen galten auch hier ohne Einschränkung, sein Gesellenbrief aus Rom, sein Meisterbrief aus London wurden anerkannt, seine Sozialversicherung lief ohne Unterbrechung weiter, obwohl der Mann bisher schon in vier verschiedenen Staaten gearbeitet hatte. Er bekam den gleichen Lohn, den er in Rom, in London, in Strasbourg und in Heidelberg verdient hatte, und er bekam das Geld immer in derselben Währung. Es gab überhaupt keine andere weit und breit.

Eine unmögliche Reise? Ein Zukunftsbericht aus dem Europa des Jahres 2015? Nein. Es ist die Beschreibung einer Reise an einem Tag wie heute – in den Vereinigten Staaten von Amerika. Copenhagen ist ein kleines Nest und liegt im Staat New York, ebenso Rotterdam, Amsterdam und Rome. London liegt im Staat Ohio, Paris in Illinois, Hamburg in Iowa [...] Und doch: Was für das Europa unserer Tage noch zu schön klingt, um wahr zu sein – es kann in absehbarer Zeit schön und wahr sein.

Quelle: Grupp, Claus D.: Aus neun mach eins. Europa auf dem Weg zur Einigung, Verlag Deutsche Jugendbücherei, Köln, 1978, S. 3

?

Stellen Sie sich vor, die oben beschriebene Reise findet im Europa des Jahres 2020 statt.

1. *Welche der Aussagen über die Reise in Amerika treffen heute auch auf Europa zu, welche nicht?*
2. *Schreiben Sie die entsprechenden Aussagen stichwortartig heraus und begründen Sie Ihre Meinung mit einem konkreten Beispiel.*

Grundsätzlich birgt der Binnenmarkt also Chancen und Risiken.

Chancen
- Es gibt keine Zoll- bzw. Steuergrenzen.
- Jeder Bürger kann sich in jedem Mitgliedsland niederlassen und arbeiten.
- Ein Markt von über 450 Millionen Verbrauchern belebt Produktion, Handel und Wettbewerb und schafft somit voraussichtlich Preisvorteile und Arbeitsplätze.
- Die Wettbewerbsposition Europas wird gegenüber den anderen Wirtschaftsmächten USA, Japan usw. verbessert.
- Der Frieden in Europa wird immer sicherer.

Probleme
- Als Folge der Anpassung können Steuern steigen und soziale Leistungen gekürzt werden.
- Die zunehmende Konzentration erschwert es kleineren Betrieben, konkurrenzfähig zu bleiben.
- Die Gefahr einer Wanderungsbewegung von Arbeitnehmern besteht.
- Durch den Wegfall der Grenzen besteht die Gefahr zunehmender Kriminalität.
- Verlagerung von Arbeitsplätzen

Wir nehmen also viele Auswirkungen Europas im Alltag gar nicht mehr bewusst wahr, weil sie bereits selbstverständlich geworden sind. Was wir jedoch von Europa wahrnehmen, sind die negativen Schlagzeilen, die wir immer wieder, vor allem in den Medien, hören und lesen:

gentechnisch veränderte Lebensmittel, BSE-Skandal, grenzüberschreitende Umweltverschmutzung, grenzüberschreitende Kriminalität, Bedrohung unserer Arbeitsplätze usw.

Diese negativen Schlagzeilen führen immer wieder zu Konflikten, aber auch zu massiven Ängsten der Bürger. Ein Grund dafür ist u. a., dass die Bedeutung und die Auswirkungen einer europäischen Vereinigung zu wenig bekannt sind.

?

1. *Erarbeiten Sie einen Fragenkatalog, um festzustellen, inwieweit sich die Wettbewerbsbedingungen für Ihren Betrieb geändert haben und welche Auswirkungen diese für Sie bzw. die Mitarbeiter Ihres Betriebes haben.*

   a) Bei folgenden Adressen können Sie grundsätzliche Informationen erhalten:

   - *Presse- und Informationsamt der Bundesregierung*
11044 Berlin
Tel. 030/18 272-2721
   - *Europäische Kommission – Vertretung in der Bundesrepublik Deutschland*
Unter den Linden 78
10117 Berlin
Tel. 030/2280-2000
   - *Europäisches Parlament – Informationsbüro für Deutschland*
Unter den Linden 78
10117 Berlin
Tel. 030/2280-1000
   - *Europäische Bewegung Deutschland*
Sophienstr. 28/29
10178 Berlin
Tel. 030/3036201-10
   - *EU*
http://europa.eu

   Beachten Sie bitte auch die Internetadressen auf Seite 265

   b) Mögliche Fragen könnten sein:
Hat die Konkurrenz durch andere Betriebe aus der EU zugenommen?
Haben sich die Absatzmärkte verändert bzw. wurden neue in der EU erschlossen?
Welche neuen Wettbewerbsregeln muss der Betrieb berücksichtigen?
Welche europäischen Gesetze bzw. Vorschriften gelten für den Betrieb?
Wurden bestimmte Arbeitsbereiche des Betriebes verändert (z. B. geschlossen/erweitert)?
Ergeben sich durch den Standort des Betriebes Vor- oder Nachteile?
Welche Auswirkungen hat die EU auf den Bereich der Mitarbeiter?

   - *Mussten Mitarbeiter entlassen werden?*
   - *Konnten Mitarbeiter neu eingestellt werden?*
   - *Mussten Mitarbeiter weitergebildet werden? Wenn ja, in welchen Bereichen?*
   - *Hat sich die Ausbildung verändert (z. B. Sprachkenntnisse)?*

2. *Legen Sie Ihren Fragebogen Ihrer Betriebsleitung und, falls vorhanden, Ihrem Betriebsrat zur Beantwortung vor.*

3. *Stellen Sie die Ergebnisse der Befragung in Ihrer Klasse vor und diskutieren Sie diese.*

Die Europäische Währungsunion

Wie in keinem anderen Themenfeld der EU gehen die Meinungen über eine gemeinsame europäische Währung in der Bundesrepublik Deutschland auseinander.

Unter der europäischen Währungsunion versteht man den Zusammenschluss souveräner europäischer Staaten zu einer einheitlichen Währung sgemeinschaft. Die wesentlichen Merkmale dieser Währungsunion sind ein freier Geld- und Zahlungsverkehr, die vollständige und unwiderrufliche Fixierung der Wechselkurse sowie eine einheitliche Geld- und Währungspolitik nach innen und außen.

Je unvermeidbarer die Einführung des Euro wurde, desto mehr Menschen äußerten ihre Bedenken und Ängste über die Währungsunion. Heute ist gerade in der Bundesrepublik Deutschland an die Stelle von Ängsten großer Ärger getreten. Vielerorts wird die Einführung des Euros mit einer drastischen Verteuerung der Preise gleichgesetzt. Nicht umsonst wird die europäische Währung im Volksmund als „Teuro" bezeichnet. Nimmt man jedoch die Preissteigerungsrate (Inflationsrate), muss man feststellen, dass diese sich durchaus im Bereich „alter DM-Preissteigerungsraten" bewegt. Grundsätzlich ist es so, dass man wie bei vielen „neuen" Dingen eine Eingewöhnungsphase braucht, wobei sich die Vorteile sehr schnell als „normal" darstellen, während die Nachteile länger im Vordergrund stehen.

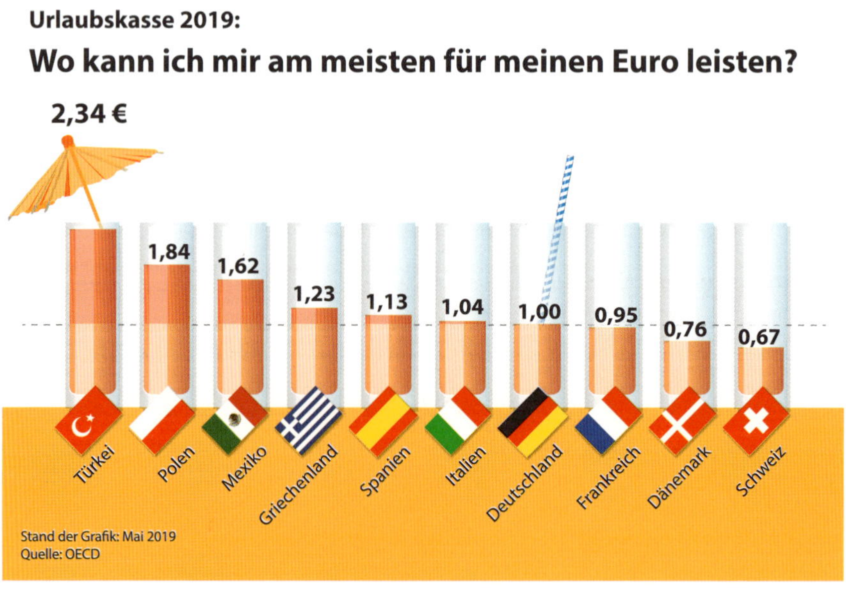

Diese Hürden haben die Euro-Länder übersprungen

9.2/12

Anfang 1998 wurde beschlossen, welche EU-Länder an der EWU teilnehmen werden.

Preisstabilität
Inflationsrate nicht mehr als 1,5 Prozentpunkte über der Inflationsrate der drei preisstabilsten Länder

Haushaltsdefizit
(Neuverschuldung)
nicht größer als 3 Prozent des Bruttoinlandsprodukts*

Gesamtverschuldung
nicht mehr als 60 Prozent des Bruttoinlandsprodukts*

Zinsen
Langfristiger Zinssatz nicht mehr als 2 Prozentpunkte über dem Zinssatz der drei preisstabilsten Länder

Wechselkurs
Teilnahme am Wechselkursmechanismus des Europäischen Währungssystems (EWS) in den letzten zwei Jahren

* Bei knapper Verfehlung des Ziels werden langfristige Stabilitätsbemühungen berücksichtigt

1. *Warum wurden diese „Hürden" für die Teilnahme an der Währungsunion aufgestellt?*
2. *Welche der „Hürden" ist Ihrer Meinung nach die wichtigste? Begründen Sie Ihre Meinung.*

?

9.2/13

Welche der hier aufgeführten Chancen ist Ihrer Meinung nach die bedeutendste? Begründen Sie Ihre Antwort!

?

Die Europäische Sozialordnung

Eine weitere Herausforderung im Rahmen der Europäischen Union ist die „Vereinheitlichung der Lebensverhältnisse“. Gemeint ist hiermit vor allem die Sozialordnung der einzelnen Mitgliedsländer.

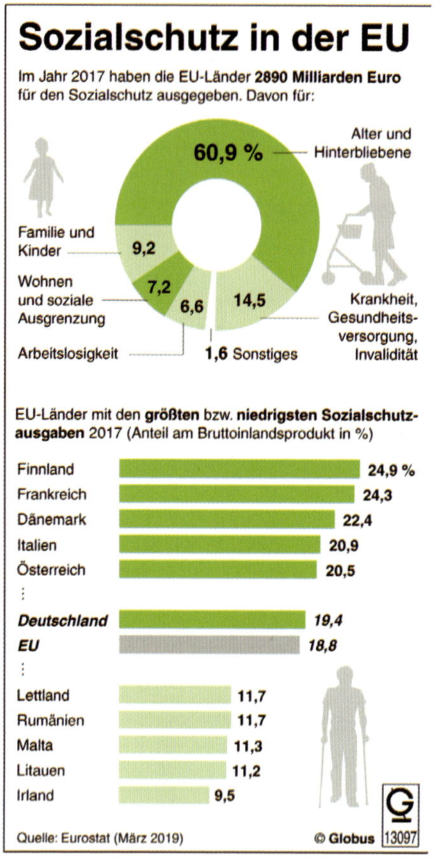

Gerade die Gewerkschaften in der Bundesrepublik Deutschland stellen ein „soziales Dumping“ fest, d. h., eine allgemeine Senkung des sozialen Standards in vielen Bereichen (z. B. Arbeitsschutz, Sozialversicherung, Mitbestimmungsrechte usw.) als Folge der europäischen Einigung. Ohne eine europäische Harmonisierung besteht die Gefahr, dass z. B. Arbeiter auf deutschen Baustellen beschäftigt werden, deren Lohn weit unterhalb deutscher Tariflöhne liegt. Oder Unternehmen verlagern ihre Produktion ins Ausland, wo die sozialen Rahmenbedingungen für sie günstiger sind (z. B. Lohnnebenkosten, Umweltschutz usw.). Beides führt dazu, dass in der Bundesrepublik Deutschland Arbeitsplätze gefährdet sind

Durch eine „Sozialcharta“, die im Jahre 1989 ohne Zustimmung Großbritanniens verabschiedet wurde, versucht die EU in allen Ländern einen sozialen Mindeststandard zu garantieren bzw. allen Arbeitnehmern, die in einem EU-Mitgliedsland arbeiten, die gleichen sozialen Bedingungen zu gewährleisten. In der Charta sind folgende Rechte verankert:

1. das Recht der Arbeitnehmer, in dem EG-Mitgliedstaat ihrer Wahl zu arbeiten;
2. das Recht auf freie Wahl des Berufs und das Recht auf ein gerechtes Entgelt;
3. das Recht auf verbesserte Lebens- und Arbeitsbedingungen;
4. das Recht auf sozialen Schutz entsprechend den Gegebenheiten der einzelnen Mitgliedstaaten;
5. die Koalitionsfreiheit und das Recht auf Tarifverhandlungen;
6. das Recht auf berufliche Bildung;
7. das Recht von Männern und Frauen auf Gleichbehandlung;
8. das Recht der Arbeitnehmer auf Unterrichtung, Anhörung und Mitwirkung;
9. das Recht auf Gesundheitsschutz und Sicherheit am Arbeitsplatz;
10. Kinder- und Jugendschutz;
11. das Recht der älteren Menschen auf einen angemessenen Lebensstandard;
12. Förderung der sozialen und beruflichen Eingliederung von Behinderten

Quelle: Amt für amtliche Veröffentlichungen der Europäischen Gemeinschaften (Hrsg.): Die soziale Dimension im europäischen Binnenmarkt, Luxemburg, 1993

Karikatur von Baaske Cartoons/Thomas Plaßmann

9.2/14

1. Deuten Sie die Karikatur.

2. Teilen Sie die Meinung des Zeichners? Begründen Sie Ihre Antwort.

?

9.2/15

Europäische Säule sozialer Rechte

Die Europäische Säule sozialer Rechte ist ein Katalog wesentlicher Grundsätze der Beschäftigungs- und Sozialpolitik, auf die sich die drei Institutionen Europäisches Parlament, Rat und Europäische Kommission als gemeinsamen Kompass für zukünftige Reformen auf den jeweils zuständigen Ebenen geeinigt haben. Zweck der europäischen Säule sozialer Rechte ist die Bereitstellung neuer und wirksamerer Rechte für Bürgerinnen und Bürger. Sie baut auf 20 Grundsätzen auf, welche in drei Kategorien eingeordnet sind:

1. Chancengleichheit und Arbeitsmarktzugang
   - Allgemeine und berufliche Bildung und lebenslanges Lernen
   - Gleichstellung der Geschlechter
   - Chancengleichheit
   - Aktive Unterstützung für Beschäftigung
2. Faire Arbeitsbedingungen
   - Sichere und anpassungsfähige Beschäftigung
   - Löhne und Gehälter
   - Informationen über Beschäftigungsbedingungen und Kündigungsschutz
   - Sozialer Dialog und Einbeziehung der Beschäftigten
   - Vereinbarkeit von Berufs- und Privatleben
   - Gesundes, sicheres und geeignetes Arbeitsumfeld und Datenschutz
3. Sozialschutz und soziale Inklusion
   - Betreuung und Unterstützung von Kindern
   - Sozialschutz
   - Leistungen bei Arbeitslosigkeit
   - Mindesteinkommen
   - Alterseinkünfte und Ruhegehälter
   - Gesundheitsversorgung
   - Inklusion von Menschen mit Behinderungen
   - Langzeitpflege
   - Wohnraum und Hilfe für Wohnungslose
   - Zugang zu essenziellen Dienstleistungen

Quelle: Die Europäische Säule sozialer Rechte. https://ec.europa.eu/commission/priorities/deeper-and-fairer-economic-and-monetary-union/european-pillar-social-rights/european-pillar-social-rights-20-principles_de [13.02.2020] (verändert)

1. Oben aufgelistet finden Sie die 20 Grundsätze sozialer Rechte der EU. Beschreiben Sie mit eigenen Worten, was Sie sich unter dem jeweiligen Grundsatz vorstellen.

2. Gehen Sie auf die Homepage der Europäischen Kommission (Stichwort Säule sozialer Rechte) und vergleichen Sie Ihre Vorstellungen mit den Aussagen der Kommission.

3. Bewerten Sie mögliche Abweichungen Ihrer Vorstellungen von den Aussagen der Kommission.

?

Die gemeinsame Europäische Agrarpolitik

Der landwirtschaftliche Bereich nimmt im Gemeinsamen Markt eine besondere Stellung ein. In den 1950er Jahren hatten die einzelnen Mitgliedstaaten eigene Marktordnungssysteme von Schutzzöllen, Mindestpreisgarantien und Subventionen geschaffen, um die einheimische Landwirtschaft zu schützen. Diese nationalen Ordnungssysteme wurden dann Mitte 1962 von einem gemeinsamen Agrarmarkt abgelöst. Die Grundsätze dieser gemeinsamen Agrarpolitik sind bereits im Artikel 39 des EWG-Vertrages festgelegt:

Ziel der gemeinsamen Agrarpolitik ist es,
a) die Produktivität der Landwirtschaft [...] zu steigern;
b) [...] der landwirtschaftlichen Bevölkerung [...] eine angemessene Lebenshaltung zu gewährleisten;
c) die Märkte zu stabilisieren;
d) die Versorgung sicherzustellen;
e) für die Belieferung der Verbraucher zu angemessenen Preisen Sorge zu tragen.

Erfolge des gemeinsamen Agrarmarktes bis heute:

- Die laufende und regelmäßige Versorgung von über 420 Millionen Einwohnern konnte gesichert werden.
- Die Produktivität der europäischen Landwirtschaft ist in den letzten Jahren erheblich gesteigert worden.

Grundzüge der Gemeinsamen Agrarpolitik (GAP) und ihrer Umsetzung in Deutschland

Mit der Gemeinsamen Agrarpolitik (GAP) wird die Landwirtschaft in Europa ökologischer und nachhaltiger und erhält verlässliche und stabile Rahmenbedingungen für den Zeitraum bis 2020.
Mit den über die Gemeinsame Agrarpolitik bereitgestellten Mitteln werden sowohl die Landwirte als auch die ländlichen Regionen gefördert. Insgesamt stehen für die Agrarförderung in Deutschland von 2014 bis 2020 jährlich rund 6,2 Milliarden Euro an EU-Mitteln zur Verfügung.
Dabei verteilt sich die EU-Förderung auf zwei Säulen:

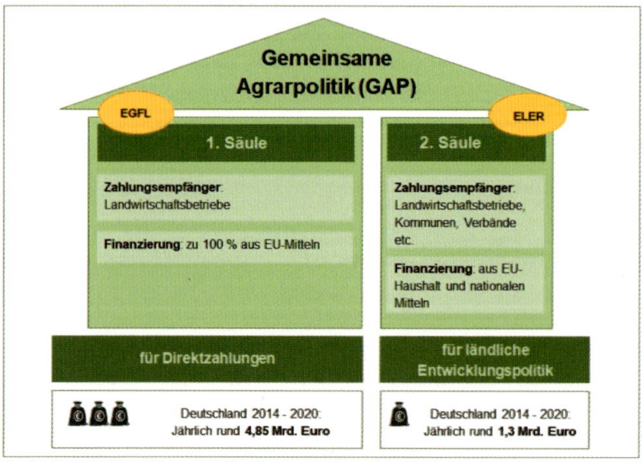

Die erste Säule bilden die Direktzahlungen an die Landwirte, die – bei Erfüllung der jeweiligen Voraussetzungen – je Hektar landwirtschaftlicher Fläche gewährt werden.
Die zweite Säule umfasst gezielte Förderprogramme für die nachhaltige und umweltschonende Bewirtschaftung und die ländliche Entwicklung.

Arbeitseinsatz in der Landwirtschaft in Arbeitskrafteinheiten (AKE) 9.2/16

EU-Staaten	2007 in 1.000	2017	% 2017*	Anteile in Prozent 2017 nicht entlohnt	entlohnt
Belgien	66,0	58,0	-12,1	79,5	20,5
Bulgarien	494,4	239,0	-51,7	66,9	33,1
Dänemark	58,8	54,0	-8,2	47,5	52,5
Deutschland	**554,2**	**477,6**	**-13,8**	**55,7**	**44,3**
Estland	32,9	20,4	-38,2	40,8	59,2
Finnland	90,9	70,5	-22,4	75,2	24,8
Frankreich	867,1	745,7	-14,0	62,3	37,7
Griechenland	574,8	419,5	-27,0	87,8	12,2
Irland	150,2	163,6	+8,9	92,0	8,0
Italien	1.212,0	1.122,9	-7,4	68,1	31,9
Kroatien	209,0	174,1	-16,7	90,8	9,2
Lettland	107,4	75,5	-29,7	75,8	24,2
Litauen	158,0	146,0	-7,6	72,6	27,4
Luxemburg	3,8	3,4	-9,0	68,6	31,4
Malta	4,2	5,0	+20,0	90,7	9,3
Niederlande	157,6	144,3	-8,5	57,2	42,8
Österreich	136,0	116,7	-14,2	84,1	15,9
Polen	2.299,3	1.675,8	-27,1	89,7	10,3
Portugal	351,3	239,7	-31,8	70,3	29,7
Rumänien	2.205,0	1.601,0	-27,4	89,8	10,2
Schweden	68,6	57,1	-16,7	61,1	38,9
Slowakei	91,3	43,2	-52,7	31,3	68,8
Slowenien	84,0	79,0	-6,0	92,4	7,6
Spanien	998,2	914,1	-8,4	47,7	52,3
Tschechien	127,0	104,5	-17,7	28,5	71,5
Ungarn	459,3	426,1	-7,2	68,2	31,8
Ver. Königreich	290,5	290,2	-0,1	66,0	34,0
Zypern	25,9	20,9	-19,3	67,1	32,9
EU (28)	11.877,6	9.487,7	-20,1	73,9	26,1

Quelle: EUROSTAT – * %-Veränderung 2017 zu 2007 SB19-T36-6

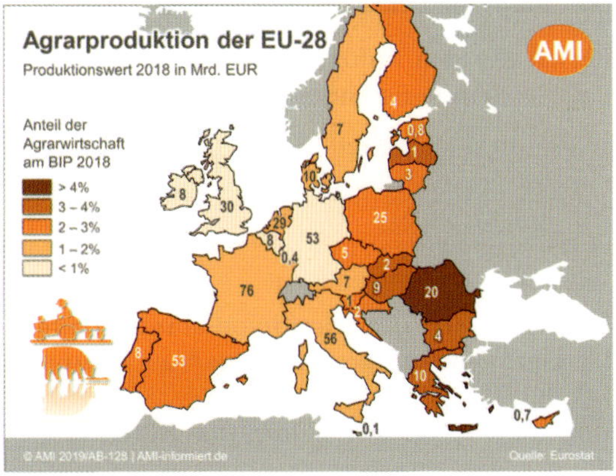

Quelle: https://www.bauernverband.de/fileadmin/user_upload/SB19-T36-6.jpg [14.02.2020]

9.2/17

1. *Erläutern Sie die nebenstehende Grafik.*
2. *Welche Probleme werden hier aufgezeigt?*

9.3 Perspektiven der EU

Die Erweiterung der EU

Das Modell der Europäischen Union übt eine starke Anziehungskraft auf eine Vielzahl anderer, vor allem osteuropäischer Staaten aus. In insgesamt sechs offiziellen Beitrittsrunden (**1973:** Großbritannien, Irland, Dänemark/**1981:** Griechenland/**1986:** Spanien, Portugal/**1995:** Finnland, Schweden, Österreich/**2004:** Polen, Estland, Lettland, Litauen, Ungarn, Malta, Tschechische Republik, Zypern, Slowakei, Slowenien/**2007:** Bulgarien und Rumänien/**2013**: Kroatien) wurde die „Gemeinschaft der sechs Gründerstaaten" auf 28 Mitgliedsländer erweitert. Hinzu kam eine „stille Erweiterung", als im Jahre 1990 durch die Wiedervereinigung die ehemalige DDR in die Europäische Gemeinschaft aufgenommen wurde.

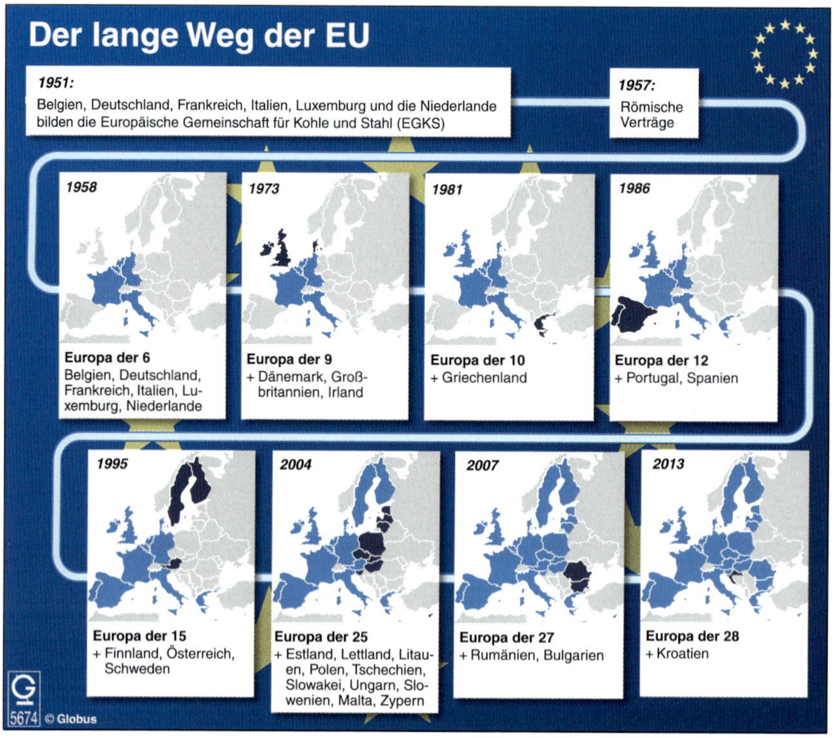

Der Europäische Rat legte 1993 die Kriterien für eine Aufnahme fest. Grundsätzlich kann jedes Land aufgenommen werden, das folgende Bedingungen erfüllt:

- institutionelle Stabilität als Garantie für eine rechtsstaatliche und demokratische Ordnung,
- Wahrung der Menschenrechte,
- Schutz von Minderheiten,
- funktionsfähige Marktwirtschaft,
- Fähigkeit, dem Wettbewerbsdruck und den Marktkräften der Union standzuhalten,
- Fähigkeit, die aus der Mitgliedschaft erwachsenden Verpflichtungen zu übernehmen,
- Anerkennung der Ziele der politischen Union und der Wirtschafts- und Währungsunion.

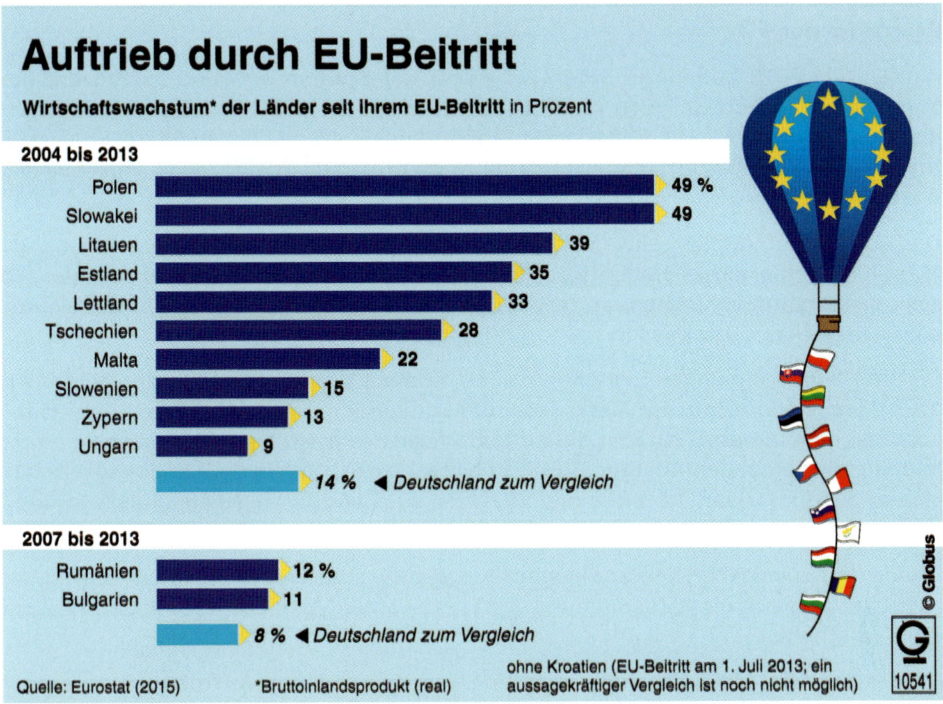

?

1. *Betrachten Sie die oben abgebildete Grafik. Zu welchen Schlussfolgerungen kommen Sie?*
2. *Besorgen Sie sich über die neuen Mitgliedsländer Informationen zu folgenden Bereichen:*
   - *politisches System*
   - *Wirtschaftssystem*
   - *Einhaltung und Wahrung der Menschenrechte*
3. *Beurteilen Sie Ihre Informationen hinsichtlich der Aufnahmebedingungen in die Europäische Union.*

Probleme der EU

Am 23. Juni 2016 haben die Briten bei einem Referendum mit rund 52 Prozent der Stimmen für den Brexit – den Austritt aus der Europäischen Union – gestimmt. Nach mehr als 40 Jahren Mitgliedschaft wird Großbritannien als erstes Land die Europäische Union verlassen. Die einzelnen Schritte eines Austritts aus der EU regelt Artikel 50 des EU-Vertrags.

Die Austrittsverhandlungen, die die britische Premierministerin Theresa May Ende März 2017 formal eingeleitet hatte, sollten nach spätestens zwei Jahren abgeschlossen sein. Großbritannien wollte ursprünglich am 29. März 2019 um 23.00 Uhr mitteleuropäischer Zeit die EU verlassen.

Die Brexit-Verhandlungen zwischen der EU-Kommission und Großbritannien kamen aber monatelang nicht vom Fleck. Trotz der vorläufigen Einigung auf ein Austrittsabkommen im November 2018 ist die Art und Weise des Austritts weiterhin völlig offen. In den entscheidenden Abstimmungen über das Brexit-Abkommen im britischen Parlament am 15. Januar, 12. März und 29. März 2019 wurde die Übereinkunft von den britischen Parlamentariern deutlich abgelehnt.

Um Zeit für zusätzliche Verhandlungen zu gewinnen, wurde der Brexit auf Antrag der britischen Regierung mit Zustimmung der 27 EU-Länder vom 29. März auf den 12. April 2019 verschoben.

Da das britische Unterhaus dem mit der EU ausgehandelten Austrittsvertrag erneut nicht zugestimmt hat, musste Großbritannien vor dem 12. April 2019 eine Alternative präsentieren – oder das Land wäre an dem Tag ohne Vertrag aus der EU ausgeschieden. Daraufhin bat Großbritannien die EU erneut um eine Verschiebung des Brexits bis zum 30. Juni 2019. Dieser Termin wurde beim Treffen der Staats- und Regierungschefs der EU am 10. April 2019 auf den 31. Oktober 2019 verschoben, allerdings mit der Konsequenz, dass die Briten am 26. Mai 2019 noch einmal an den Wahlen zum europäischen Parlament teilnehmen mussten. Bei diesen Wahlen ging die neugegründete „Brexit-Partei" von Nigel Farage mit 31,6 % als eindeutiger Wahlsieger hervor.

Am 29. Oktober 2019 stimmten die Abgeordneten des Unterhauses für vorgezogene Neuwahlen am 12. Dezember 2019. Das Ergebnis dieser Parlamentswahlen zeigte Boris Johnsons Partei als eindeutigen Sieger. Die Konservativen haben mit 365 von 650 Sitzen die absolute Mehrheit erlangt und Boris Johnson kann seine Brexit-Pläne vorantreiben.

Am 20. Dezember stimmte die Mehrheit des britischen Unterhauses für den Austrittsvertragsentwurf von Premierminister Boris Johnson mit dem Ziel die EU am 31. Januar 2020 zu verlassen. Am 29. Januar 2020 stimmte auch das EU-Parlament mit großer Mehrheit dem Vertrag zu.

Damit ist der 31. Januar 2020 sowohl für Großbritannien, als auch für die Europäische Union ein historischer Tag. Das Vereinigte Königreich ist an diesem Datum um 24:00 Uhr (MEZ), nach 47 Jahren Mitgliedschaft, offiziell aus der EU ausgetreten. Nach dem Austritt der Briten hat eine Übergangsphase begonnen, die bis zum 31. Dezember 2020 dauert.

Innerhalb dieser Übergangsphase muss sich Großbritannien allerdings an alle EU-Regeln halten. So stehen in den folgenden Wochen und Monaten schwierige Verhandlungen zwischen Europäischer Union und Großbritannien über die weiteren Beziehungen beider Parteien an.

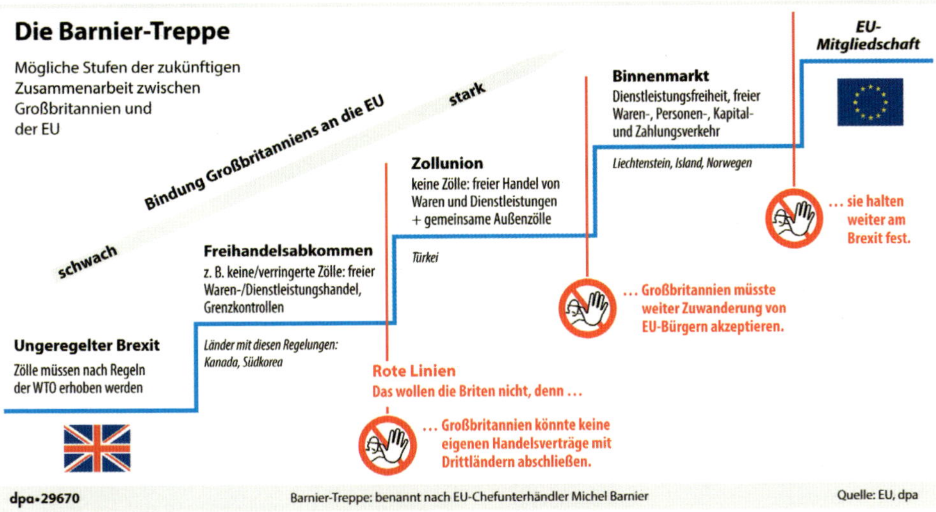

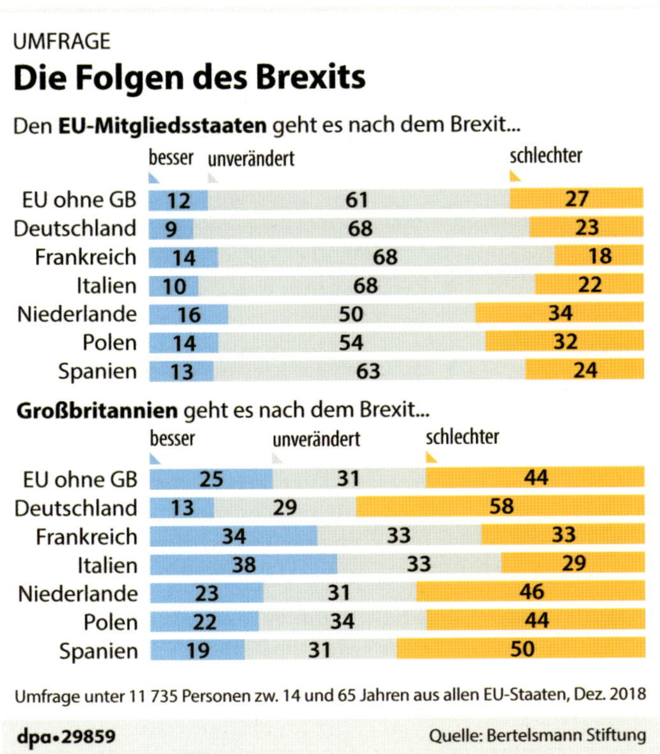

1. *Welche Lösung des Brexits wäre für Sie die beste? Begründen Sie Ihre Meinung.*
2. *Welche Folgen hat möglicherweise für Sie persönlich der Brexit?*
3. *Wie würden Sie bei einem Referendum zum Verbleib der Bundesrepublik Deutschland in der EU abstimmen? Begründen Sie Ihre Meinung.*

?

Die Gemeinsame Außen- und Sicherheitspolitik (GASP)

Im Grundgesetz (Art. 23) wird festgeschrieben, dass die Bundesrepublik Deutschland Hoheitsrechte an die Europäische Union abgeben kann (siehe Kap. 9.2, S. 241). Das bedeutet, dass in Zukunft in weiteren Politikbereichen die Gesetze in Brüssel gemacht werden. Diese haben dann unmittelbare Geltung auch für die Bürger der Bundesrepublik Deutschland.
Wie im Maastrichter Vertrag festgelegt, gehört dazu auch die gemeinsame Außen- und Sicherheitspolitik. Leitlinien dieser gemeinsamen Politik sind:

- Wahrung der gemeinsamen Werte, der grundlegenden Interessen und Unabhängigkeit der EU,
- Stärkung der Sicherheit der EU und ihrer Mitgliedstaaten,
- Wahrung des Friedens und Stärkung der internationalen Sicherheit.

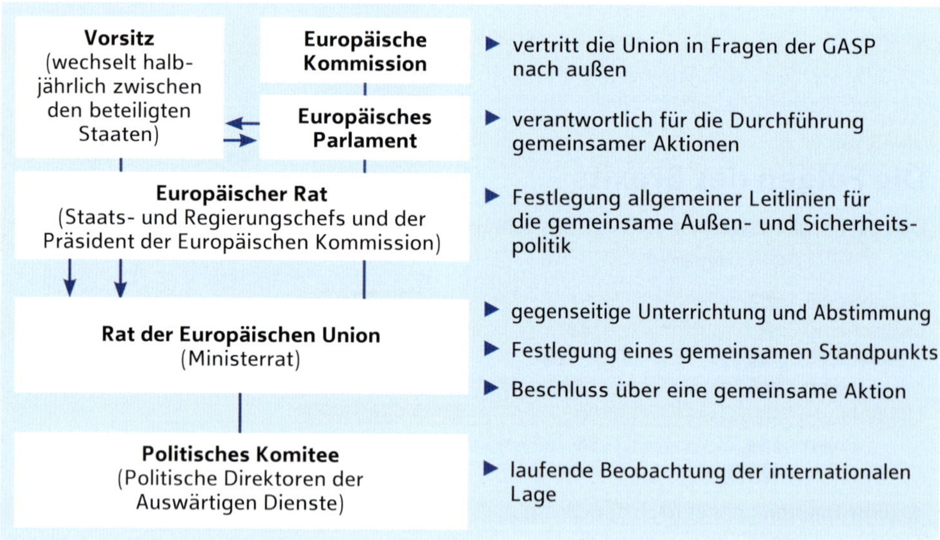

Jeder EU-Mitgliedstaat wird auch weiterhin seine eigene Außenpolitik verfolgen. Taucht eine außen- und sicherheitspolitische Frage von allgemeiner Bedeutung auf, so unterrichten sich die Mitgliedsländer untereinander und stimmen ihr Verhalten aufeinander ab.

Wenn der Europäische Rat es für erforderlich hält, kann er eine engere Form der Zusammenarbeit beschließen: Er legt dann zu einer Frage einstimmig einen **bestimmten Standpunkt** fest. Die einzelnen Mitgliedsländer müssen dann dafür sorgen, dass ihre Außenpolitik damit in Einklang steht.

Eine dritte und neue Stufe der Zusammenarbeit ist die **gemeinsame Aktion**, die für jedes Mitglied der EU bindend ist. Der Europäische Rat beschließt einstimmig eine solche gemeinsame Aktion, indem er auch die Ziele, die Art und Weise und die Dauer des gemeinsamen Vorgehens festlegt.

Allerdings haben die jüngsten Krisen deutlich gezeigt, dass eine gemeinsame Außen- und Sicherheitspolitik, wie sie der Maastrichter Vertrag vorsieht, nur schwer umzusetzen ist.

Gemeinsame Sicherheits- und Verteidigungspolitik

9.3/3

[...] Vor dem Hintergrund des veränderten sicherheitspolitischen Umfeldes haben die EU-Mitgliedstaaten mit großer Mehrheit beschlossen, die Handlungsfähigkeit der EU und damit den europäischen Pfeiler in der NATO umfassend zu stärken und weiterzuentwickeln. Im Vertrag von Lissabon wurde außerdem die Möglichkeit der Gründung einer „Ständigen Strukturierten Zusammenarbeit“ (SSZ, englisch: Permanent Structured Cooperation) in Artikel 42.6 und Artikel 46 festgehalten. Diese wurde im Dezember 2017 durch 25 EU-Mitgliedstaaten beschlossen und damit ein neuer Meilenstein in der Entwicklung der GSVP [Gemeinsame Sicherheits- und Verteidigungspolitik] erreicht. PESCO [Permanent Structured Cooperation] steht nicht für sich allein, sondern wird von einer Reihe an Verteidigungsinitiativen flankiert, die ab 2016 im Kontext der EU-Globalstrategie [...] und eines neuen sicherheitspolitischen Willens der Mitgliedstaaten entwickelt wurden. Gemeinsam mit dem Jahresbericht zur Verteidigung [...] und dem Europäischen Verteidigungsfonds [...] bildet PESCO den Kern der vertieften Kooperation. Dieser umfassende Ansatz zur Stärkung und Weiterentwicklung der Zusammenarbeit im Bereich der Sicherheit und Verteidigung der EU deckt das gesamte Spektrum von der gemeinsamen Planung über die Finanzierung und Umsetzung von Projekten bis hin zum Einsatz ab.

Quelle: Bundesministerium der Verteidigung (Hrsg.): Meilensteine der europäischen Verteidigungspolitik, 19.12.2019. www.bmvg.de/de/themen/dossiers/europaeische-sicherheit-und-verteidigung/meilensteine-europaeische-verteidigungspolitik [13.01.2020]

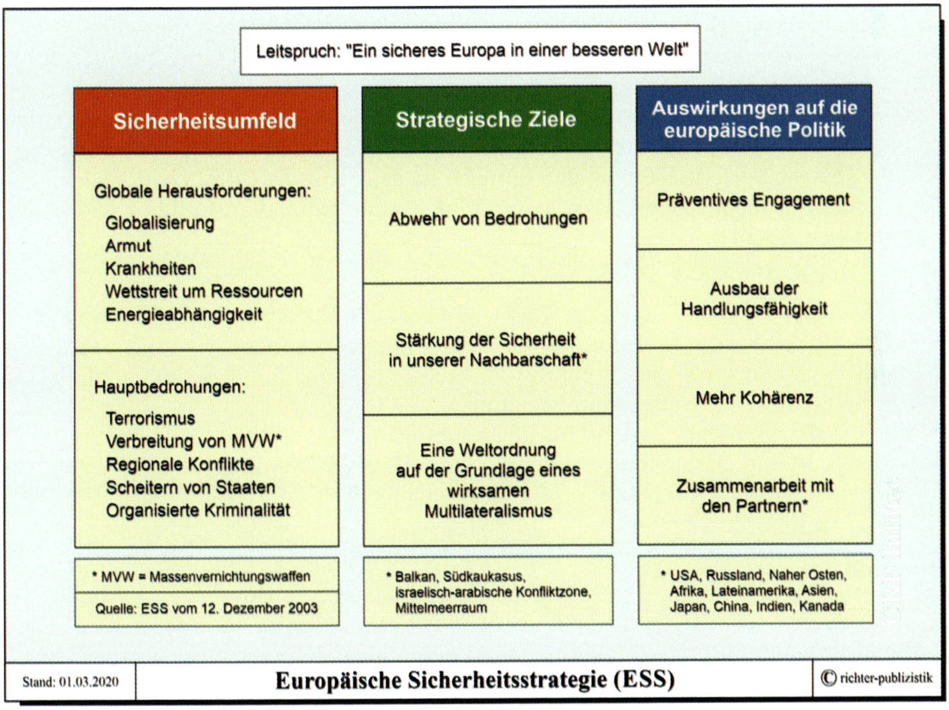

1. *Erläutern Sie den Begriff „Gemeinsame Sicherheits- und Verteidigungspolitik“.*
2. *Wo liegen, nach Meinung der EU, die Hauptbedrohungen für die Sicherheit Europas?*
3. *Welche Ziele verfolgt die Europäische Sicherheits- und Verteidigungspolitik?*
4. *Informieren Sie sich über einen aktuellen internationalen Kriseneinsatz der EU.*

Szenario

Methodenbeschreibung

Ein Szenario ist ein Zukunftsbild, bei dem bestimmte Entwicklungstendenzen in die Zukunft nach dem Motto „Was wäre, wenn ..." „verlängert" werden. Die Szenariotechnik dient also dazu, Vorstellungen über positive und/oder negative Entwicklungen in der Zukunft zu beschreiben. Dabei geht es nicht nur um konkrete und sachlich begründete Möglichkeiten, sondern vielmehr auch um individuelle und persönliche Einschätzungen.

Die Methode des Szenarios ermöglicht damit die intensive Auseinandersetzung mit einem bestimmten Thema sowie die Formulierung eigener Ansichten. Dabei muss die eigene Meinung begründet werden, gleichzeitig aber müssen auch die Argumente der anderen berücksichtigt werden.

In einem Szenario wird ein allgemeines Problem in einem konkreten Fall geschildert. Dieses Problem wird unter einer bestimmten Fragestellung bearbeitet.

Die Bearbeitung wird in Form einer Gruppendiskussion durchgeführt. Die Gruppen sollen nach der vereinbarten Zeit die Antworten auf die gestellten Fragen abliefern und über ihre Überlegungen und Begründungen informieren. Im Plenum (d. h. in der Klasse) werden die Antworten verglichen und diskutiert. Kommt eine Gruppe nicht zu einer einheitlichen Meinung bzw. Antwort, so müssen die verschiedenen Ansichten im Plenum dargestellt werden. Sinnvoll und hilfreich ist es, wenn die Gruppen ihre wichtigsten Ergebnisse beispielsweise auf einem Plakat oder einer Wandzeitung festhalten und veranschaulichen.

Ablauf

- Aufteilung der Klasse in Kleingruppen (fünf bis acht Personen)
- Vorlesen und Verteilen des Szenarios
- Vorlesen und Verteilen der Fragestellung
- Arbeit in den Gruppen (Zeit: 40 bis 60 Minuten)
- Auswertung und Darstellung im Plenum (Zeit: 30 bis 50 Minuten)

Situation

1993 wurde der Europäische Binnenmarkt eingeführt, 2002 erhielten die meisten Mitgliedsländer eine gemeinsame Währung und 2004, 2007 und 2013 wurde die EU um insgesamt 13 weitere Länder erweitert. Ziel bleibt weiterhin die gemeinsame politische Union, die Vereinigten Staaten von Europa.
Trotz der Erfolge auf dem Weg zu diesem Ziel ist das Leben in der EU durch eine Vielzahl von nationalen Unterschieden und Eigeninteressen geprägt.

Fragestellung

Welche Maßnahmen würden Sie in naher Zukunft ergreifen, um die angesprochenen Ziele zu verwirklichen und um Ängste und Befürchtungen der Bürgerinnen und Bürger bezüglich der Europäischen Union abzubauen?

Materialien

Informationsadressen

Vertretung der Europäischen Kommission in Deutschland
Unter den Linden 78
10117 Berlin

Europäisches Parlament Verbindungsbüro in Deutschland
Unter den Linden 78
10117 Berlin

Bundeszentrale für politische Bildung
Adenauerallee 86
53113 Bonn

Internet

Politik im Internet	**www.bpb.de** **www.thueringen.de**
EU	**https://europa.eu/european-union/index_de**
Süddeutsche Zeitung mit Archiv	**www.sueddeutsche.de**
Frankfurter Allgemeine	**www.faz.net**
Welt	**www.welt.de**
Focus Online	**www.focus.de**
Spiegel Online	**www.spiegel.de**
Reuters	**www.reuters.de**
Suchdienste nach Stichpunkten	**www.google.de** **www.yahoo.com** **www.startpage.de** **www.duckduckgo.com**
Metasuchmaschinen	**www.metager.de** **www.metacrawler.de**

Wichtiges Wissen

Europäische Union (EU)	*Gründung*	1967, heute 27 Mitglieder (D, F, I, DK, GR, E, P, IRL, B, NL, L, A, S, FIN, CY, CZ, EST, H, LT, LV, M, PL, SK, SLO, BG, RO, HR)
	Ziel	■ die „Vereinigten Staaten von Europa“ (Europaunion)
	Organe	■ Europäischer Rat: erlässt die politischen Richtlinien ■ Ministerrat: entscheidet über Gesetze ■ Europäisches Parlament: hat Mitwirkungsrechte bei der Gesetzgebung, Kontrollfunktion über die Kommission und Vorschlagsrecht ■ Europäische Kommission: überwacht die Einhaltung der Verträge, führt die Beschlüsse des Ministerrates durch und plant notwendige Maßnahmen für die Gemeinschaftspolitik ■ Europäischer Gerichtshof: sorgt für die Einhaltung und Durchführung des EU-Gemeinschaftsrechts und entscheidet Streitfälle
Europäischer Binnenmarkt	*Definition*	Geografischer Raum ohne Binnengrenzen, in dem der freie Verkehr von Waren, Dienstleistungen, Personen und Kapital gewährleistet ist
Gesetzgebung der EU	*Verordnung*	gilt unmittelbar als Gesetz in jedem Mitgliedsland
	Richtlinie	Verpflichtung der Mitgliedstaaten, entsprechende nationale Vorschriften zu erlassen
	Empfehlung	unverbindlich für die Mitgliedstaaten
Ausschuss der Regionen	*Mitglieder*	326 regionale und lokale Vertreter aus den Mitgliedsländern, die nicht an Weisungen gebunden sind. Die Auswahl der Vertreter (z. B. der Bundesländer) ist Sache der Mitgliedsländer.
	Aufgaben	■ Anhörung zu bestimmten Fragen, die bestimmte regionalspezifische Probleme betreffen ■ Abgabe von Stellungnahmen, wenn dies regionale Interessen notwendig machen
Maastrichter Vertrag	*Ziele*	■ verstärkte gemeinsame Außen- und Sicherheitspolitik ■ Einführung einer europäischen Staatsbürgerschaft ■ Wahlrecht aller EU-Bürger bei Kommunal- und Europawahlen ■ Europäische Wirtschafts- und Währungsunion ■ engere Zusammenarbeit in der Innen- und Rechtspolitik (Asylpolitik, Kriminalität)
Erweiterung der EU	*Bedingungen*	■ rechtsstaatliche und demokratische Ordnung ■ Wahrung der Menschenrechte ■ funktionsfähige Marktwirtschaft ■ Anerkennung der Ziele der politischen Union und der Wirtschafts- und Währungsunion ■ Fähigkeit, die aus der Mitgliedschaft erwachsenden Verpflichtungen zu übernehmen

Fragen + Aufgaben

1 Was versteht man unter dem Europäischen Binnenmarkt?
2 Welche Auswirkungen hat der Europäische Binnenmarkt für den einzelnen Bürger?
3 Erläutern Sie mögliche positive und negative Auswirkungen des Europäischen Binnenmarktes für die Wirtschaft in der Bundesrepublik Deutschland.
4 Nennen und erläutern Sie die vier Freiheiten des Europäischen Binnenmarktes.
5 Nennen Sie die Mitgliedsländer der Europäischen Union.
6 Nennen Sie die Organe der EU und deren Aufgaben.
7 Wie setzen sich die einzelnen Organe der EU zusammen?
8 Mit welchen Mehrheitsverhältnissen kann der Ministerrat Entscheidungen treffen?
9 Nennen Sie die Mitwirkungsrechte des Europäischen Parlaments bei der Gesetzgebung der EU.
10 Wie werden in der EU die Gesetze genannt?
11 Erläutern Sie den Unterschied der einzelnen Begriffe, die man für den Begriff Gesetz verwendet.
12 Nennen Sie die Zusammensetzung und die Aufgaben des Regionalausschusses der EU.
13 Was versteht man im Rahmen der EU unter dem „Subsidiaritätsprinzip"?
14 Was versteht man unter einer Währungsunion?
15 Beschreiben Sie den Weg der Einführung des Euro.
16 Erläutern Sie zwei Chancen und zwei Probleme einer gemeinsamen europäischen Währung.
17 Nennen Sie zwei Länder, die der Europäischen Union beitreten wollen.
18 Welche Bedingungen müssen die beitrittswilligen Länder erfüllen?
19 Erläutern Sie zwei Chancen und zwei Probleme einer Erweiterung der Europäischen Union.
20 Nennen Sie die drei Leitlinien einer gemeinsamen europäischen Außenpolitik.
21 Welche Möglichkeiten bestehen im Bereich einer gemeinsamen europäischen Außenpolitik?
22 Welche Vorteile bringt Ihnen persönlich ein vereintes Europa?
23 Welche Probleme müssten Ihrer Meinung nach zuerst in Europa gelöst werden? Begründen Sie Ihre Meinung.
24 Warum ist der Weg zur europäischen Einigung so schwer? Suchen Sie nach konkreten Gründen.
25 Halten Sie das Endziel der Europäischen Union, die „Vereinigten Staaten von Europa", für erreichbar und sinnvoll? Begründen Sie Ihre Meinung.
26 Was können Sie persönlich zu einem vereinten Europa beitragen?

10 Globalisierung

Viele Staaten!

Militärische Bedrohung ...
Terrorismus ...
Kriege ...
Neid und Hass ...
Unterdrückung ...

Wirtschaftliche Ausbeutung ...
Armut und Not ...
Nord-Süd-Konflikt ...
Umweltzerstörung ...

Wirtschaftliche Hilfe ...
Abrüstung ...
Frieden ...
Freundschaft ...

Vertrauen ...
Miteinander ...
Humanitäre Hilfe ...
Umweltschutz ...

Eine Welt?

ZUR DISKUSSION:

Welche Aussage (VIELE STAATEN oder EINE WELT) trifft eher zu?

1. Nehmen Sie mehrere Medien (z. B. Zeitung, Internet etc.) und notieren Sie die Schlagzeilen, die zu einem der angeführten Stichwörter unter die Aussagen „VIELE STAATEN“ und „EINE WELT“ passen.
2. Zu welcher Aussage haben Sie viel, zu welcher weniger gefunden?
3. Überlegen Sie sich, was die Gründe für das Ergebnis sein könnten.

10.1 Frieden ist mehr als die Abwesenheit von Krieg

Frieden als Sehnsucht, als Hoffnung, Wunsch oder Traum ist zweifellos einer der ältesten Inhalte des menschlichen Denkens. Ob in den Schriften der vorchristlichen Epoche, der Bibel, der Dichtung und Philosophie des Mittelalters oder dem Staatsdenken der Neuzeit, überall begegnet man diesem Streben nach Frieden als einem **Grundelement menschlichen Denkens und Handelns**.
Dies rührt daher, dass die unterschiedlichen Vorstellungen und Absichten der Menschen nicht so einfach in einem abstrakten Begriff zu fassen sind. Gleiches gilt auch für andere Begriffe wie zum Beispiel Freiheit, Recht, Glück, Liebe usw. Trotzdem kann man auf sie nicht verzichten. Auch auf den Friedensbegriff nicht, obwohl es nicht möglich ist, einen allgemein verbindlichen Friedensbegriff zu finden. Die Definition des Begriffes ist u. a. abhängig von der Zeitepoche, den Wertvorstellungen einer Gesellschaft (z. B. Ideologien) und dem damit verbundenen politischen System.

> Einfach gesagt ist **Frieden** Harmonie, die erreicht wird durch die Abwesenheit von Konflikten. [...] Der norwegische Mathematiker und Politologe Johan Galtung, der die Friedens- und Konfliktforschung mitbegründet hat, nennt die reine Abwesenheit von Gewalt einen negativen Frieden. Dagegen besteht ein positiver Friede außerdem in der Abwesenheit von struktureller Gewalt. Das sei alles, was Individuen daran hindert, sich voll zu entfalten: Diskriminierung genauso wie die ungleiche Verteilung von Einkommen, Bildungschancen und Lebenserwartungen.
> „Frieden bedeutet menschliche Sicherheit: ein menschenwürdiges Leben für alle, ohne Hunger und Not und mit Toleranz gegenüber dem anderen", sagt Peter Croll, Direktor des Internationalen Konversionszentrums Bonn (BICC), eines der großen deutschen Friedensforschungsinstitute. Frieden sei ein Prozess, der im Kopf beginne und immer wieder neu gestartet werden müsse.

Quelle: Schäuble, Juliane: Was ist Frieden?, in: Tagesspiegel Online, 25.12.2010. www.tagesspiegel.de/politik/nach-innen-und-aussen-was-ist-frieden/3679710.html [03.08.2020]

Frieden ist also mehr als nur die Abwesenheit von Gewalt.

Weiter kann man unterscheiden in:

Innerer Frieden	⟷	Äußerer Frieden
■ wird von Gesetz und Recht garantiert ■ Bereitschaft zum Kompromiss und zu Toleranz ■ friedliche Austragung von Konflikten		■ Abwesenheit von Gewalt ■ Verhandlungen bei Konflikten ■ Vermeidung und/oder Beendigung militärischer Auseinandersetzungen

Definitionen des Begriffes „Frieden“

1. **Meyers Großes Konservationslexikon, Leipzig/Wien 1908**
   „Frieden bezeichnet den Gegensatz von Krieg oder Streit überhaupt, also im Allgemeinen den nicht durch absichtliche Menschengewalt gestörten Zustand der Ordnung und Ruhe im Leben des Einzelnen wie der Völker.“
2. **Georg Picht (dt. Philosoph, 1913–1982)**
   „Frieden ist der Schutz gegen innere und äußere Gewalt, Schutz vor Not und Schutz der Freiheit.“
   Quelle: Georg Picht: Was heißt Frieden?, in: Dieter Senghaas (Hrsg.): Den Frieden denken. Si vis pacem, para pacem. Suhrkamp, Frankfurt am Main 1995, S. 194.
3. **Dolf Sternberger (dt. Politikwissenschaftler, 1907–1989)**
   „Friede ist institutionalisierter Streit.“
   Quelle: Dolf Sternberger: Begriff des Politischen. Insel Verlag, Frankfurt am Main 1961
4. **Mahatma Gandhi (indischer Widerstandskämpfer, 1869–1948)**
   „Es gibt keinen Weg zum Frieden, denn Frieden ist der Weg.“
   Quelle: Mahatma Ghandi: Es gibt keinen Weg zum Frieden, denn Frieden ist der Weg. Hrsg. von Franziska Roosen. Kösel-Verlag. München 2019.

1. *Vergleichen Sie die einzelnen Definitionen des Begriffes „Frieden“. Worin unterscheiden sie sich?*
2. *Welche Definition des Begriffes „Frieden“ kommt Ihrer Vorstellung am nächsten? Begründen Sie Ihre Antwort.*

?

10.1/2

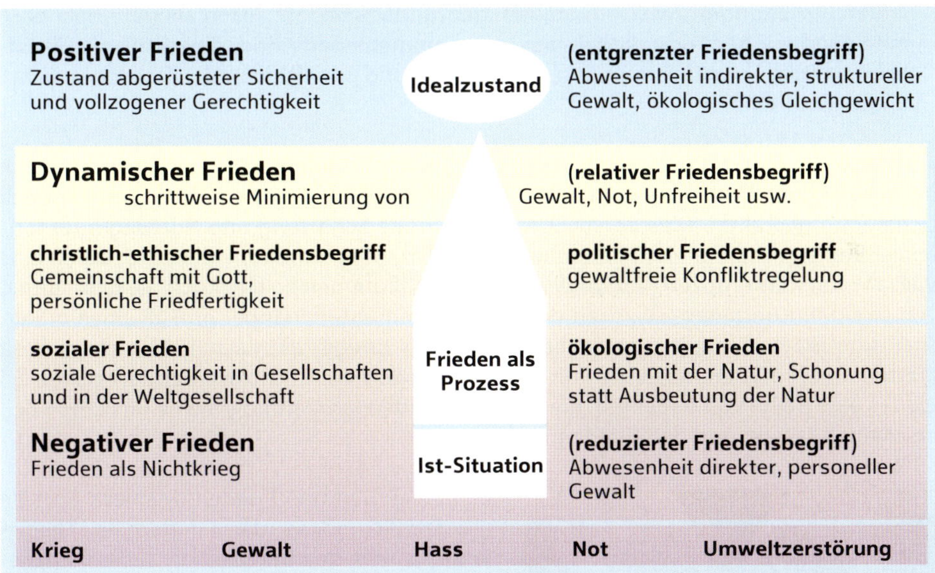

Quelle: Behnen, Peter; Hofmann, Karl-Friedrich; Schad, Egon: Terrorismus – Der Krieg des 21. Jahrhunderts?, Bildungsverlag EINS, Troisdorf, 2002, S. 52

1. *Erläutern Sie die Aussage des o. a. Schaubildes mit eigenen Worten.*
2. *Nehmen Sie Stellung zu den Aussagen des Schaubildes.*

?

Allgemein beinhaltet der Friedensbegriff heute in der freiheitlich-demokratischen Grundordnung folgende Aspekte:

- Verwirklichung der Grund- und Menschenrechte,
- Freiheit der Menschen (Selbstbestimmungsrecht),
- soziale Gerechtigkeit (wirtschaftlicher Wohlstand),
- Schutz und Verteidigung der Freiheit.

Ein Ausgangspunkt für dieses „Verständnis" ist der in der UN-Charta zugrunde gelegte Friedensbegriff. Obwohl sich an keiner Stelle eine ausdrückliche Erklärung dessen findet, was unter Frieden verstanden wird, lassen sich die folgenden **Elemente, die für alle Staaten verbindlich sein sollten**, ableiten:

- Die Wahrung weltweiten Friedens und der Sicherheit ist die Hauptaufgabe der organisierten internationalen Gemeinschaft.

Die Staaten müssen und sollen alles tun, was der Förderung von gegenseitigen freundschaftlichen Beziehungen und internationaler Zusammenarbeit bei der Lösung internationaler Fragen (zum Beispiel politischer, wirtschaftlicher, sozialer u. a.) dient.

- Frieden soll auf das allgemeine Verbot der Androhung und Anwendung von Gewalt in den Beziehungen zwischen Staaten gegründet sein. Sie sollen als gute Nachbarn miteinander leben. Grundlagen dieses Zusammenlebens sind: die rechtliche Gleichheit, die freie Selbstbestimmung, die Achtung und Entwicklung der Menschenrechte und Grundfreiheiten.

Wir leben in einer Epoche umwälzender Veränderungen, die vor allem dadurch gekennzeichnet wird, dass man in der internationalen Politik bemüht ist, den Frieden sicherer zu gestalten. Dies versucht man durch die Schaffung und Nutzung internationaler und supranationaler (= überstaatlicher) Organisationen wie der UNO, durch eine Vielzahl von Konferenzen, Verhandlungen und Abkommen sowie durch die Einrichtung von direkten Kontakten zwischen den Betroffenen untereinander im Fall eines möglichen Konfliktes. Trotzdem zeigt die Vielzahl der Kriege, die nach 1945 auf der Welt stattgefunden haben, dass wir von einer friedvollen Welt noch weit entfernt sind. So gibt es eine Reihe von Aspekten, die die kommenden Jahrzehnte als eine unsichere Zeit erscheinen lassen und den Frieden bedrohen.

Friedensgespräch im Vatikan, Juni 2014: Papst Franziskus begrüßt den palästinensischen Präsidenten Mahmoud Abbas

Egal, wie man nun Frieden definiert: Für alle gilt letztlich, dass der Frieden im Kleinen anfängt, mit der Bereitschaft zum Kompromiss, zum Miteinander und zur Toleranz.

Dialog zum Unfrieden

„Vati“, fragte Klaus, „wie entstehen eigentlich Kriege?“ „Ja, mein Junge, die Sache ist so: Nehmen wir zum Beispiel an, England streitet sich mit Amerika über irgendetwas ...“
Die Mutter unterbricht: „Rede doch keinen Unsinn. England und Amerika werden sich nicht miteinander streiten.“
„Das behaupte ich ja gar nicht! Ich will doch nur ein Beispiel anführen.“ „Mit solchem Unsinn verwirrst du dem Jungen nur den Kopf.“
„Was, ich verwirre seinen Kopf? Wenn es nach dir ginge, würde überhaupt nichts in seinen Kopf hineinkommen!“
„Was sagst du da? Ich verbiete dir, dass du ...“
Da ruft Klaus: „Danke, Vater, jetzt weiß ich, wie Kriege entstehen.“

Erläutern Sie die Kernaussage des Textes. ?

Kriege 2019

Im Jahr 2019 zählte das Heidelberger Institut für Internationale Konfliktforschung **358 Konflikte weltweit**, 196 davon wurden gewaltsam ausgetragen. Folgende erreichten die höchste Intensitätsstufe eines Krieges:

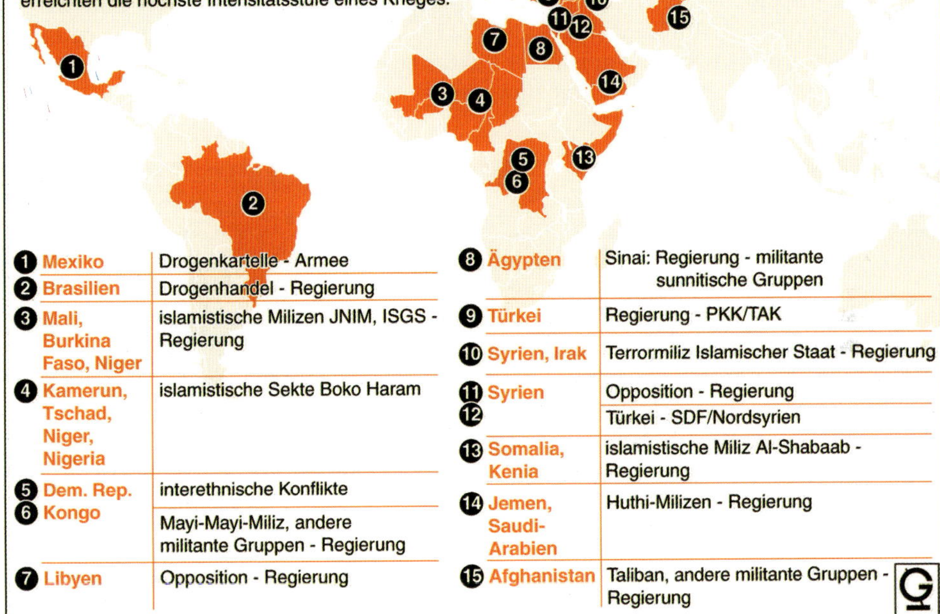

1	Mexiko	Drogenkartelle - Armee
2	Brasilien	Drogenhandel - Regierung
3	Mali, Burkina Faso, Niger	islamistische Milizen JNIM, ISGS - Regierung
4	Kamerun, Tschad, Niger, Nigeria	islamistische Sekte Boko Haram
5	Dem. Rep. Kongo	interethnische Konflikte
6	Dem. Rep. Kongo	Mayi-Mayi-Miliz, andere militante Gruppen - Regierung
7	Libyen	Opposition - Regierung
8	Ägypten	Sinai: Regierung - militante sunnitische Gruppen
9	Türkei	Regierung - PKK/TAK
10	Syrien, Irak	Terrormiliz Islamischer Staat - Regierung
11	Syrien	Opposition - Regierung
12	Syrien	Türkei - SDF/Nordsyrien
13	Somalia, Kenia	islamistische Miliz Al-Shabaab - Regierung
14	Jemen, Saudi-Arabien	Huthi-Milizen - Regierung
15	Afghanistan	Taliban, andere militante Gruppen - Regierung

Quelle: Heidelberger Institut für Internationale Konfliktforschung

© Globus 13813

Suchen Sie eine Begründung für die Anhäufung von Konflikten in Afrika. ?

10.2 Friedensbedrohende Phänomene

Betrachtet man die weltweiten Konflikte näher, wird man schnell feststellen, dass es immer wieder die gleichen Phänomene sind, die den Frieden bedrohen.

Nationalismus

Der Begriff „Nationalismus" wird in der Regel abwertend als Bezeichnung für Ideologien verwendet, die auf die Interessen der eigenen Nation fixiert sind und teilweise auch zur Militanz neigen. Nationalistische Ideologien sind darauf ausgerichtet, den als etwas Besonderes empfundenen Nationalcharakter zu bewahren, zu stärken und gegen andere abzugrenzen. Diese Abgrenzung richtet sich oft auch gegen Minderheiten im eigenen Land. Nationalistische Ideologien können eine unterschiedliche Ausprägung annehmen. So unterscheidet man u. a. zwischen kulturellem, politischem, ökonomischem und religiösem Nationalismus.

Allen Nationalismen ist eine übersteigerte Wertschätzung der eigenen Nation, das Empfinden der eigenen Besonderheit als Überlegenheit gegenüber anderen Völkern oder nationalen Minderheiten sowie ein Sendungsbewusstsein gemeinsam.

Zu einem friedensbedrohenden Problem wurde der Nationalismus im Europa der 1990er Jahre mit dem Aufbrechen des Ostblocks und den revolutionären Umwälzungen in den Staaten des früheren Warschauer Paktes sowie ganz besonders auf dem Balkan nach dem Auseinanderbrechen Jugoslawiens.

Internierungslager 1992, in dem serbische Soldaten 3500 Bosnier festhielten

Friedensbedrohende Phänomene heute

Bedrohung des Weltfriedens und der internationalen Sicherheit

- Weiterverbreitung von Massenvernichtungs- und Kleinwaffen
- zwischenstaatliche Konflikte
- grenzüberschreitende organisierte Kriminalität
- innerstaatliche Konflikte
- Terrorismus und Fundamentalismus
- Klimawandel, Umweltzerstörung
- Ressourcenknappheit

1. *Beschreiben Sie die Ursachen friedensbedrohender Phänomene mit eigenen Worten.*
2. *Geben Sie für jeden angeführten Punkt ein konkretes Beispiel.*

?

Fundamentalismus

Begräbnis einer 19-jährigen syrisch-kurdischen Soldatin, gefallen im Kampf gegen die ISIS in Kobane

Unter dem Begriff „Fundamentalismus" wird allgemein das radikale und kompromisslose Eintreten für politische oder religiöse Grundsätze verstanden.
Ein Beispiel für Fundamentalimus sind religiöse Strömungen im Islam, die einen islamischen Gottesstaat fordern und bei denen die wörtliche Befolgung des Koran im Zentrum steht. Diese Form des islamischen Fundamentalismus ist von einer radikalen Ablehnung der westlichen Zivilisation geprägt. Das zurzeit gravierendste Beispiel hierfür ist die Terrormiliz Islamischer Staat (IS), die in verschiedenen Staaten (z. B. Irak, Syrien usw.) mit Terroranschlägen und Beteiligung an Bürgerkriegen aktiv ist. Ziel ist ein als Kalifat bezeichneter eigener Staat basierend auf islamischen Grundsätzen (wörtliche Auslegung des Koran). Neben dem islamischen Fundamentalismus gibt es auch andere Formen, wie beispielsweise den christlichen oder den hinduistischen Fundamentalismus.

Ethnische Konflikte

„Ethnie" (von griechisch *ethnos:* Volk) bezeichnet eine Gruppe von Personen, die sich der Zugehörigkeit zur selben Kultur bewusst sind. Eine genaue Definition ist allerdings nicht möglich, da jede dieser Personengruppen ihrem ethnischen Selbstverständnis nach andere Kriterien zugrunde legt. Solche Kriterien können die gemeinsame Sprache, eine gemeinsame Abstammung, gemeinsame Geschichte, gemeinsame Sitten und Bräuche und vieles mehr sein, was sie von anderen Gruppen unterscheidet.

Seit Ende der 1980er Jahre werden Bürgerkriege immer häufiger als *ethnische Konflikte* gedeutet.

Kampf um Naturressourcen

Auch die natürlichen Rohstoffe werden immer häufiger zu friedensbedrohenden Phänomenen. Die Vorräte an Erdöl, Gas und anderen lebenswichtigen Rohstoffen, wie z. B. Wasser, werden knapper und somit zum Gegenstand kriegerischer Auseinandersetzungen. So wird z. B. nach Berechnung der Internationalen Energie-Agentur der weltweite Energiebedarf bis zum Jahr 2030 im Vergleich zu heute um ca. 60 % steigen. Zwei Drittel des prognostizierten Verbrauchszuwachses gingen auf das Konto von Entwicklungsländern, insbesondere China und Indien, hieß es in der Studie.

10.2/2

Deutlich ist, dass Menschen, die fanatisch-fundamentalistisch glauben, Halt und Sicherheit nicht in sich, sondern außerhalb ihrer selbst (hier: im Glauben) suchen. Dies kann verschiedene Ursachen haben.

Zum einen kann das Gefühl von innerer Sicherheit, das Vertrauen in sich selbst, durch äußere soziale Faktoren, wie z. B. wirtschaftliche Armut oder die politischen Verhältnisse im Heimatland, stark erschüttert werden. Weiß ein Mensch nicht, ob er morgen noch etwas zu essen hat, oder weiß er nicht, ob er morgen noch arbeiten oder sogar leben wird, so fühlt er sich in seinem Alltag nicht mehr geborgen und ist damit sehr anfällig für fanatisch-fundamentalistische Ideen. Zum anderen können auch innerpsychische Faktoren den Mangel an Vertrauen bedingen. Hat ein Mensch z. B. nie erlebt, dass er aus eigener Kraft Dinge gestalten, sein Leben beeinflussen kann und ist er nie ermutigt worden, Zuversicht zu entwickeln in Bezug auf seine eigenen Fähigkeiten, aber auch in Bezug auf eine gute Zukunft im Allgemeinen, so wird er Sicherheit und Geborgenheit eher außerhalb seiner selbst suchen. Solche äußeren Werte sind, im Gegensatz zum Vertrauen in innere Werte, sehr zerbrechlich, da sie jederzeit wieder entzogen werden können. Dies führt dazu, dass ein Mensch, dessen „Fundament“ des Grundvertrauens außerhalb seiner selbst liegt, dazu neigt, dieses aus Angst vor dessen Verlust bzw. Entzug umso vehementer zu verteidigen.

Quelle: Katharina Reiss: Fundamentalismus in christlichen Gemeinschaften. 22.12.2006. Sekten-Info Nordrhein-Westfalen e. V., sekten-info-nrw.de/information/artikel/fundamentalismus/fundamentalismus-in-christlichen-gemeinschaften [04.08.2020]

1. *Welche Gründe werden für das Erstarken fundamentalistischer Strömungen genannt?*
2. *Stimmen Sie den Aussagen des Textes zu? Begründen Sie Ihre Meinung.*

?

10.2/3

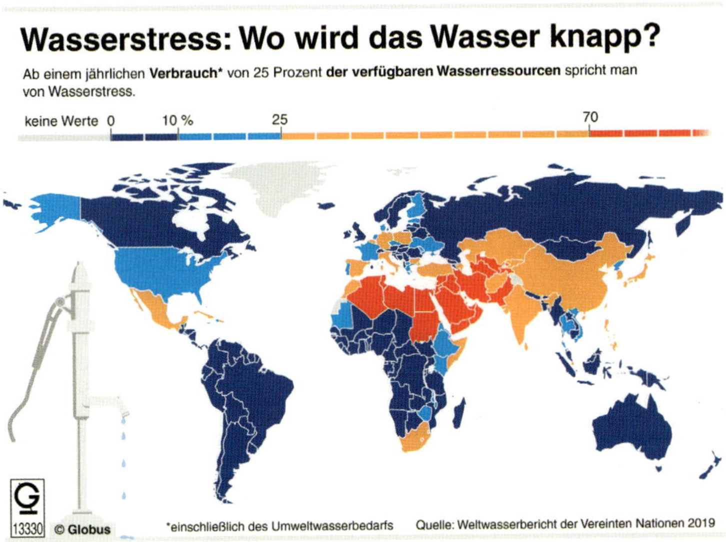

1. *Welche Länder sind vom Wassermangel betroffen? Finden Sie mögliche Ursachen.*
2. *Welche möglichen Folgen könnte ein Wassermangel für Sie persönlich mit sich bringen?*

?

Um weltweit Frieden zu schaffen, reicht es auf Dauer nicht, aufgetretene Konflikte und Krisen zu lösen. Vielmehr wird es zunehmend wichtiger, bereits die Ursachen von möglichen Konflikten zu beseitigen bzw. abzubauen.

Konflikte zwischen Staaten und Völkern haben meistens mehrere Ursachen:

Wirtschaftliche Ursachen
- Sicherung wirtschaftlicher Vorteile
- Durchsetzung wirtschaftlicher Interessen
- ungerechte Verteilung von Gütern
- Erhaltung wirtschaftlicher Macht

Soziale Ursachen
- gegenseitiges Misstrauen
- Vorurteile und Feindbilder gegenüber anderen Gruppen
- Angst vor dem Verlust der eigenen Stellung

Ideologische und religiöse Ursachen
- unterschiedliche Wert- und Glaubensvorstellungen
- Erhaltung beziehungsweise Ausdehnung des eigenen Machtbereiches
- unterschiedliche politische Systeme
- Rivalität zwischen unterschiedlichen Religionen
- Intoleranz gegenüber Andersgläubigen

Kriegerische Konflikte sind also kein Naturgesetz, sondern das Ergebnis menschlichen Handelns und somit ein Zeichen für das Versagen der Politik.

Kriege zwischen Staaten

Territorialansprüche
Konkurrenz um Grenzen und Gebiete

Herrschaftssicherung
Furcht vor einer Bedrohung von außen

Herrschaftsinteressen
Durchsetzung politischer und ökonomischer Interessen durch Eliten

Machtkonkurrenz
Kampf um Vormachtstellung in der Religion

Warum Krieg?

Rohstoffbedarf
Konkurrenz um knappe Ressourcen

Ablenkung
Ablenkung von Konflikten innerhalb des Staates

Fehlwahrnehmung
Falsche Beurteilung der Stärke und Absichten anderer Staaten

Ethnisch-kulturelle Heteroginität
Kein Interessenausgleich angesichts unterschiedlicher Bevölkerungsgruppen, die keine „einheitliche Nation“ bilden

Interner Kolonialismus
Ökonomische Ausbeutung und politische Unterdrückung von Bevölkerungsgruppen und Regionen

Sozio-ökonomische Heterogenität
Auf krasser sozialer Ungerechtigkeit beruhende Gesellschaftssysteme

Kriege innerhalb von Staaten

Quelle: Jäger, Uli; Matthies, Volker: Krieg in der Zweidrittel-Welt: Opfer, Folgen und die europäische Verantwortung; Baustein „Für ein friedensfähiges Europa“. Tübingen, Verein für Friedenspädagogik, 1992

10.2/4

Die Schlagzeilen bezeichnen gewalttätige Konflikte.

1. *Informieren Sie sich über die Ursachen der angesprochenen Konflikte.*
2. *Nehmen Sie Stellung zu den einzelnen Konflikten.*

?

10.2/5

... und wie verhältst du dich?

Beim Fest eines Fußballvereins geht es nach einem Turniertag hoch her. An einem Tisch, an dem sowohl ältere als auch jüngere Spieler sitzen, beginnen zwei „Senioren" Türkenwitze zu erzählen. Die anwesenden Jugendspieler Ralf und Thomas sind etwas verunsichert, zumal in ihrer Mannschaft drei türkische Freunde mitspielen und einer von ihnen, Acif, selbst mit am Tisch sitzt.

Mut bedeutet, auch einmal gegen den Strom – der eigenen Clique – zu schwimmen, etwas Unerwartetes, Unpopuläres zu sagen oder zu tun. Und manchmal macht man dann auch eine neue Erfahrung. Es ist, als ob das Eis gebrochen ist: Auf einmal erhält man sogar Zustimmung oder zumindest die heimliche Anerkennung von anderen. Mut steckt an.

Quelle: Bundeszentrale für politische Bildung (Hrsg.): Zeitlupe Nr. 33, Redwanz, Wolfgang: Vorurteile. Bonn, 1996, S. 22

1. *Versetzen Sie sich in die Lage von Ralf und Thomas. Wie würden Sie sich an ihrer Stelle verhalten? Besprechen Sie die vermuteten oder die erwünschten Verhaltensweisen.*
   a) Man lacht mit und denkt sich nichts dabei.
   b) Man erzählt selbst solche Witze und beruhigt Acif, dass es halt „nur Witze" seien.
   c) Man fühlt sich nicht wohl dabei, sagt aber nichts.
   d) Bei Witzen solcher Art greift man mit einer Bemerkung ein:
   „Findest du die Witze gut?"
   „Glaubst du, dass Acif über so einen Witz lachen kann?"
2. *Überlegen Sie sich weitere mögliche Verhaltensweisen.*

?

Terrorismus

Die heutige Zeit wird vor allem durch eine neue Form des international operierenden Terrorisms geprägt.

Terrorismus (von französisch *terrorisme* bzw. lateinisch *terror*: der Schrecken) bezeichnet die Einstellung und Verhaltensweise, politische Ziele durch Terror, durch die systematische Verbreitung von Angst und Schrecken durchzusetzen. Auch wird manchmal die Gesamtheit der Personen, die Terrorakte verüben, als Terrorismus bezeichnet („der internationale Terrorismus").

Die Ursachen bzw. die Motive des Terrorismus sind vielfältig und lassen sich grundsätzlich kaum strukturieren. Armut, politische Unterdrückung, fehlende Lebensperspektiven, Befreiung von einer Fremdherrschaft bis hin zu religiösem Fanatismus können Ursachen für die systematische Androhung bzw. Anwendung von Gewalt sein. In der Regel lassen sich „Motivbündel" mit mehr oder weniger ausgeprägtem Realitätsbezug aufzeigen.

Heute bedeutsam ist vor allem der religiös begründete Terror islamischer Fundamentalisten (vgl. S. 276).

Dieser Islamismus ist eine – in sich heterogene – politische, zumeist sozialrevolutionäre Bewegung, die nur von einer Minderheit der Muslime getragen wird. Ihre Anhänger fordern unter Berufung auf den Urislam des 7. Jahrhunderts die „Wiederherstellung" einer „islamischen Ordnung", die nach ihrem Verständnis die einzig legitime Staats- und Gesellschaftsform ist und die alle anders geprägten Ordnungssysteme ersetzen soll. In dieser „islamischen Ordnung" sollen alle Lebensbereiche so gestaltet sein, wie es von Gott durch den Koran und das Vorbild des Propheten und der frühen Gemeinde (Sunna) verbindlich vorgegeben sei.

Militante Islamisten glauben sich legitimiert, die „islamische Ordnung" mit Gewalt durchzusetzen. Sie beziehen sich dabei auf die im Koran enthaltene Aufforderung zum „Dschihad" (eigentlich: Anstrengung, innerer Kampf, auch „heiliger Krieg"), die sie – abweichend von anderen Muslimen – als heilige Pflicht zum unablässigen Krieg gegen alle „Feinde des Islams" sowohl in muslimischen als auch in nichtmuslimischen Ländern ansehen. Dabei wird den Anhängern suggeriert, dass sie im Auftrag einer „hohen moralischen Instanz (Allah)" handeln („Gotteskrieger") und im Fall ihres eigenen Todes die entsprechende Belohnung erhalten (Märtyrer).

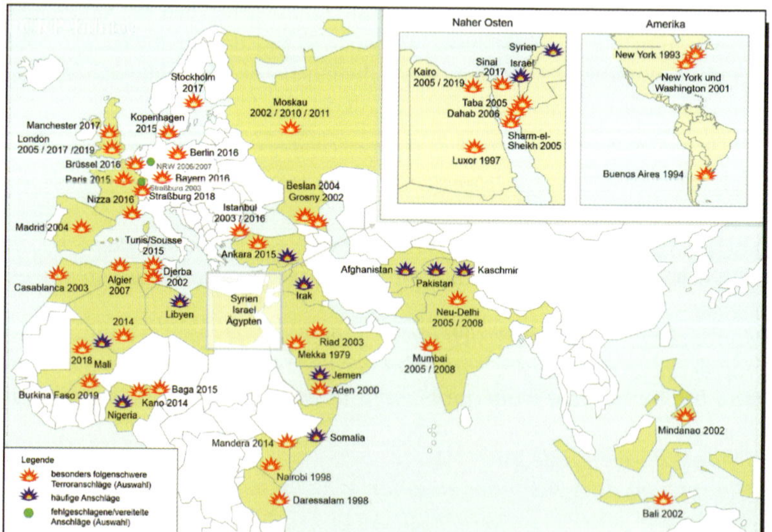

Stand: 01.03.2020 | **Die globale Terrorspur der Islamisten** | © richter-publizistik

Beim „Islamischen Staat" handelt es sich um eine islamistische Terrororganisation, deren Mitglieder sich zu einer radikalen Auslegung des sunnitischen Islam bekennen. Der Islamische Staat kontrollierte Teile Syriens und des Iraks. Hier hat die Organisation am 29. Juni 2014 ein Kalifat ausgerufen. Zur Zahl der IS-Kämpfer gibt es nur Schätzungen, die von einigen zehntausend bis zu mehreren hunderttausend reichen. Aufgrund der militärischen Erfolge gegen den Islamischen Staat sollen inzwischen viele ausländische Kämpfer in ihre Heimatländer zurück gekehrt sein.

Die Ideologie des IS besagt, dass sich das Kalifat langfristig auf das Gebiet der Staaten Syrien, Irak, Libanon, Israel, Palästina und Jordanien erstrecken soll. Im Einflussgebiet des IS gelten die Gesetze der Scharia, Frauen werden unter Androhung ihres Todes gezwungen, einen Schleier zu tragen. Der UN-Weltsicherheitsrat, die USA, Großbritannien, Frankreich und Deutschland haben die dschihadistisch-salafistische Gruppe als terroristische Vereinigung eingestuft.

In seinem Kerngebiet im Irak und in Syrien musste der Islamische Staat in den vergangenen Monaten empfindliche Niederlagen hinnehmen. Nach Angaben der internationalen Anti-IS-Koalition hat der Islamische Staat in Syrien mehr als 95 Prozent seines früheren Gebietes verloren. Vertrieben wurden der IS aus seinen Hochburgen Mossul im Irak sowie Rakka und Dair as-Saur in Syrien. Die Terrororganisation kontrolliert im Wesentlichen nur noch ein von Wüste geprägtes Gebiet an der Grenze zwischen beiden Ländern.

Weiterhin sind Ableger des IS auf der ägyptischen Sinai-Halbinsel, in Afghanistan, in Libyen, im Jemen und auf den Philippinen aktiv.

Quelle: Landeszentrale für politische Bildung Baden-Württemberg (Hrsg.): Der Islamische Staat (IS). www.lpb-bw.de/islamischer-staat.html [09.10.2019]

?

1. *Welche Ziele verfolgt der Islamische Staat?*
2. *Informieren Sie sich über die aktuelle Situation in Bezug auf den Islamischen Staat.*

Generell dient Terrorismus dazu, den Krieg in das vermeintlich sichere „Hinterland des Feindes“ zu tragen. Ziel ist es, Aufmerksamkeit zu erregen und einen permanenten Zustand der Unsicherheit bei der bekämpften Personengruppe herbeizuführen. Diese Personengruppe kann sehr spezifisch gewählt sein oder die gesamte Bevölkerung betreffen. Die Aktionen des IS dienen offensichtlich dazu, in den Zielländern der Aktionen den Krieg in die breite Bevölkerung zu tragen.

Bedingt durch die wachsende Internationalisierung des Terrorismus kann auch nur die internationale Staatengemeinschaft gemeinsam versuchen, gegen den Terrorismus vorzugehen. So hat zum Beispiel die EU infolge des Terroranschlages vom 11. September 2001 in New York ein gemeinsames Vorgehen zur Bekämpfung des Terrorismus beschlossen. Dies beinhaltet im Rahmen der gemeinsamen Außen- und Sicherheitspolitik (vgl. Seite 262 f.) eine Liste von terroristischen Personen, Vereinigungen und Körperschaften, deren Gelder und andere Vermögenswerte einzufrieren sind und zu denen eine verstärkte polizeiliche und justizielle Zusammenarbeit innerhalb der Mitgliedstaaten stattfindet. Ferner besteht für die Mitgliedstaaten der Vereinten Nationen nach Resolutionen des UN-Sicherheitsrates (vgl. Seite 285 ff.) auch die Verpflichtung, die Ein- und Durchreise von Terroristen zu verhindern sowie Gelder und andere Vermögenswerte einzufrieren. Eine Vorbeugung gegen Gewaltkonflikte und Terrorismus sollte die innergesellschaftlichen Ursachen der Gewaltpotenziale und die wichtigen, symbolträchtigen Regionalkonflikte ins Zentrum rücken: Solange Bevölkerungsmehrheiten über keine positiven Lebensperspektiven verfügen und solange regionale Konflikte (z. B. der Palästinakonflikt) nicht gelöst werden – solange wird die Gefahr bestehen, dass terroristische Gewaltanwendung an der Tagesordnung ist.

Grundvoraussetzung für eine Lösung ist der Dialog, sowohl zwischen den Religionen als auch zwischen politisch Andersdenkenden. Ernsthaftes Bemühen um Verständigung ist die Grundlage für ein friedliches Miteinander der Menschen und Kulturen.

Hierbei sind alle gefordert, internationale Organisationen genauso wie jeder einzelne Mensch in seiner privaten Umgebung.

Maßnahmen der Terrorbekämpfung

10.2/7

Angaben in Prozent	Richtig	Nicht richtig
Gewaltbereiten Islamisten bei einem konkreten Anschlagsverdacht für eine bestimmte Zeit die Annäherung an größere Veranstaltungen verbieten.	88	9
Der Entzug der deutschen Staatsbürgerschaft bei Personen, die im Ausland für eine Terrormiliz gekämpft haben, falls diese noch eine andere Staatsbürgerschaft besitzen.	87	9
Eine grundsätzliche Verschärfung der Überwachungsmaßnahmen.	70	27

Fehlende Werte zu 100 Prozent: Weiß nicht / keine Angabe

WELT

Quelle: ARD, Infratest dimap

> *Betrachten Sie die o. a. Umfrage.*
>
> *Welche Meinung vertreten Sie? Begründen Sie Ihre Antwort.* ?

Terrorismus

10.2/8

der, unterschiedliche Formen politisch motivierter Gewaltanwendung gegen Persönlichkeiten des öffentlichen Lebens, bestimmte Einrichtungen oder Zufallsopfer (z. B. durch Attentate, Geiselnahmen, Luftpiraterie, Selbstmordanschläge) durch im Untergrund arbeitende extremistische Personengruppen zur Erreichung politischer, ideologischer, sozialer oder militärischer Ziele. In den letzten Jahrzehnten entstand ein international operierender Terrorismus. Nach dem bisher opferreichsten Terroranschlag in den USA (11.09.2001) verkündeten diese einen „Antiterrorkrieg" gegen internationale „Terrornetzwerke" und die sie unterstützenden Regime.

Quelle: Bibliographisches Institut & F. A. Brockhaus, Mannheim 2004

> *Nennen Sie verschiedene Beispiele aus der jüngsten Vergangenheit, die auf die o. a. Definition von Terrorismus passen.* ?

10.3 Institutionen und Strategien der Friedenssicherung

Die auftretenden Konflikte unserer heutigen Zeit lassen sich aufgrund der Globalisierung nicht mehr von einzelnen Staaten national lösen, sondern bedürfen einer internationalen Lösung. Dafür gibt es eine Vielzahl internationaler Organisationen und Sicherheitsbündnisse.

Die UNO (Vereinte Nationen)

Schon während des Zweiten Weltkrieges setzten Überlegungen ein, wie man nach Beendigung des Krieges eine Organisation schaffen könnte, die in der Lage sein würde, den Frieden weltweit zu bewahren. Nach einer Reihe von Verhandlungen trat am 24. Oktober 1945 eine Satzung in Kraft, die einen Kompromiss aus mehreren Vorschlägen darstellte und vor allem kleineren Staaten wichtige Mitspracherechte zusicherte. 51 Staaten zählten zu den Gründungsmitgliedern der Vereinten Nationen. Diese Organisation versteht sich als freiwillige Versammlung souveräner Staaten, die gemeinsame Interessen verfolgen. Heute sind 193 Staaten Mitglieder der UNO, die als wesentliche Ziele die Sicherung des Weltfriedens und die wirtschaftliche und soziale Förderung der ärmeren Länder verfolgen.

Die Bedeutung der Vereinten Nationen hat nach dem Ende des Ost-West-Konfliktes erheblich zugenommen. Nach der Charta der UN (Art. 33–38) ist in erster Linie der UN-Sicherheitsrat für Frieden und Sicherheit verantwortlich, während die Vollversammlung nur eine Nebenrolle übernimmt.

Art. 24 (Aufgaben)

(1) Um ein schnelles und wirksames Handeln der Vereinten Nationen zu gewährleisten, übertragen ihre Mitglieder dem Sicherheitsrat die Hauptverantwortung für die Wahrung des Weltfriedens und der internationalen Sicherheit und erkennen an, dass der Sicherheitsrat bei der Wahrnehmung der sich aus dieser Verantwortung ergebenden Pflichten in ihrem Namen handelt.

(2) Bei der Erfüllung dieser Pflichten handelt der Sicherheitsrat im Einklang mit den Zielen und Grundsätzen der Vereinten Nationen. Die ihm hierfür eingeräumten besonderen Befugnisse sind in den Kapiteln VI, VII, VIII und XII aufgeführt.

(3) Der Sicherheitsrat legt der Generalversammlung Jahresberichte und erforderlichenfalls Sonderberichte zur Prüfung vor.

In Kapitel VII der UN-Charta wird darüber hinaus festgelegt, dass der UN-Sicherheitsrat (manchmal auch Weltsicherheitsrat genannt) in erwiesenen Fällen von Aggression oder Friedensbruch Zwangsaktionen, von wirtschaftlichen Sanktionen bis zu militärischen Maßnahmen, anordnen kann. Demzufolge trägt dieses Organ die Hauptverantwortung für die Aufrechterhaltung des Weltfriedens und der internationalen Sicherheit. Streitigkeiten, Konflikte und Probleme können von jedem Mitgliedsland vor den Weltsicherheitsrat gebracht werden. Länder, die kein Mitglied der UNO sind, können eingeladen werden, ohne Stimmrecht an der Diskussion teilzunehmen, wenn das auf der Tagesordnung stehende Problem sie betrifft.

10.3/1

Die Charta der Vereinten Nationen

WIR, DIE VÖLKER DER VEREINTEN NATIONEN – FEST ENTSCHLOSSEN,

- künftige Geschlechter vor der Geißel des Krieges zu bewahren, die zweimal zu unseren Lebzeiten unsagbares Leid über die Menschheit gebracht hat,
- unseren Glauben an die Grundrechte des Menschen, an Würde und Wert der menschlichen Persönlichkeit, an die Gleichberechtigung von Mann und Frau sowie von allen Nationen, ob groß oder klein, erneut zu bekräftigen,
- Bedingungen zu schaffen, unter denen Gerechtigkeit und die Achtung vor den Verpflichtungen aus Verträgen und anderen Quellen des Völkerrechts gewahrt werden können,
- den sozialen Fortschritt und einen besseren Lebensstandard in größerer Freiheit zu fördern,

UND FÜR DIESE ZWECKE

- Duldsamkeit zu üben und als gute Nachbarn in Frieden miteinander zu leben,
- unsere Kräfte zu vereinen, um den Weltfrieden und die internationale Sicherheit zu wahren,
- Grundsätze anzunehmen und Verfahren einzuführen, die gewährleisten, daß Waffengewalt nur noch im gemeinsamen Interesse angewendet wird, und
- internationale Einrichtungen in Anspruch zu nehmen, um den wirtschaftlichen und sozialen Fortschritt aller Völker zu fördern -

HABEN BESCHLOSSEN, IN UNSEREM BEMÜHEN UM DIE ERREICHUNG DIESER ZIELE ZUSAMMENZUWIRKEN.

Dementsprechend haben unsere Regierungen durch ihre in der Stadt San Franzisko versammelten Vertreter, deren Vollmachten vorgelegt und in guter und gehöriger Form befunden wurden, diese Charta der Vereinten Nationen angenommen und errichten hiermit eine internationale Organisation, die den Namen „Vereinte Nationen" führen soll.

Quelle: United Nations: Charta der Vereinten Nationen. Präambel, San Francisco, 1945. unric.org/de/charta [06.11.2014]

1. Welche Ziele bzw. Aufgaben stellt sich die Vereinten Nationen?

2. Inwieweit sind diese Ziele 70 Jahre nach Gründung der UNO erreicht?

?

10.3/2

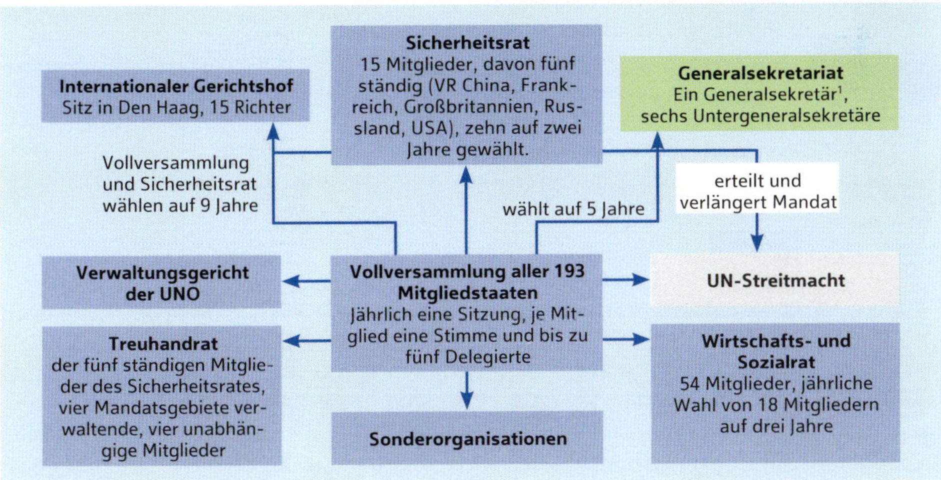

1. Beschreiben Sie kurz den Aufbau der UNO.

2. Welches der UNO-Organe ist das wichtigste? Begründen Sie Ihre Meinung.

?

[1] *Der UNO-Generalsekretär ist von den Entscheidungen des Weltsicherheitsrats abhängig.*

Bei Beschlüssen des Sicherheitsrates ist die Zustimmung von neun Mitgliedern erforderlich einschließlich sämtlicher ständiger Mitglieder, d. h., sollte ein ständiges Mitglied seine Zustimmung verweigern, kommt es zu keiner Entscheidung (Veto-Recht der ständigen Mitglieder im Weltsicherheitsrat, Art. 27 UN-Charta). Grundsätzlich ist der Sicherheitsrat verpflichtet, Konflikte und Streitigkeiten friedlich zu lösen (Kapitel VI der UN-Charta).
Sollte eine friedliche Beilegung von Streitigkeiten nicht möglich sein, kann der Weltsicherheitsrat nach Kapitel VII (Art. 39–51) der UN-Charta bei Bedrohung oder Bruch des Friedens und bei Angriffshandlungen weitere Maßnahmen ergreifen. Diese Maßnahmen werden unterteilt in:

- vorläufige Maßnahmen,
- friedliche Maßnahmen,
- militärische Maßnahmen.

Bei allen Maßnahmen, die vom Weltsicherheitsrat beschlossen werden, sind die Mitglieder verpflichtet, *„einander gemeinsam handelnd Beistand“* zu leisten. (Art. 49).
Die „Streitkräfte der Vereinten Nationen“ (Blauhelme) sind heute bei der Erfüllung der Aufgaben des Sicherheitsrates nicht mehr wegzudenken. Ihr Einsatz ist seit Jahren ein fester Bestandteil der Arbeit der UNO. 2018 standen ca. 110 000 Blauhelm-Soldaten (inklusive Polizisten) im Dienst der Vereinten Nationen. Diese nehmen zurzeit an 14 weltweiten Einsätzen teil, über 120 Länder entsandten Militär- und Polizeikräfte zu den Blauhelmen. Seit 1989 stellt auch die Bundesrepublik Deutschland Mitglieder der UN-Friedenstruppe. Aktuell ist Deutschland an sieben Peacekeepingmissionen und zwei besonderen politischen Missionen personell beteiligt. Dazu zählen Einsätze in Mali, Libanon, Südsudan und Sudan (siehe auch Grafik S. 294).

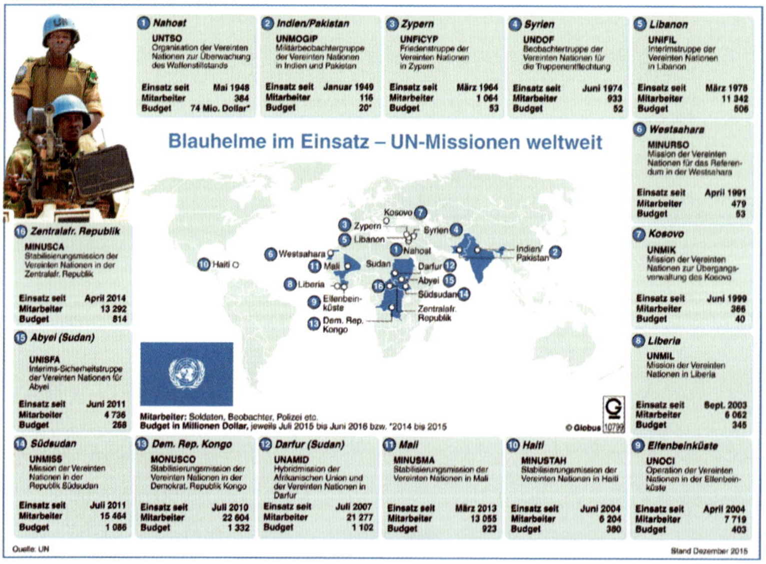

Grundsätzlich findet die UNO als Instrument der Friedenssicherung weltweit immer stärkere Anerkennung. Dazu trägt auch die positive Arbeit der Unterorganisationen der UNO bei, die der verbesserten Zusammenarbeit der Völker dient und damit dem Frieden. Die beiden bekanntesten Unterorganisationen der UNO sind die **UNICEF** (Weltkinderhilfswerk) und die **UNESCO** (Erziehungs-, Wissenschafts- und Kulturorganisation).

1. *Interpretieren Sie die beiden Karikaturen.*
2. *Vergleichen Sie die Aussagen der Karikaturen mit aktuellen Ereignissen. Stimmen Sie den Aussagen zu? Begründen Sie Ihre Meinung.*

Die Nato

Die NATO wurde am 4. April 1949 gegründet – als Antwort auf die von den westlichen Staaten zunehmend als bedrohlich gewertete Politik der UdSSR nach dem Zweiten Weltkrieg. Jahrzehntelang war die sicherheitspolitische Konzeption der NATO auf den **Ost-West-Konflikt** ausgerichtet.

Ähnlich wie die UNO musste sich auch die NATO auf die veränderte Situation nach 1989 einstellen. Seit ihrer Gründung ist die Nordatlantische Vertragsgemeinschaft mehr als ein reines Militärbündnis. Zwar ist die gegenseitige Beistandsverpflichtung im Fall eines Angriffes gegen einen Bündnispartner Kernstück des Paktes, der vor allem in den Jahrzehnten der Ost-West-Konfrontation für Sicherheit und Stabilität im Bündnis sorgte, darüber hinaus ist die NATO aber eine Wertegemeinschaft mit weitgehenden politischen Zielsetzungen. Neben der Beibehaltung ausreichender militärischer Fähigkeiten zur Abschreckung und Verteidigung wird auch verstärkt politisch die Beseitigung der Ursachen von Spannungen angestrebt.

In einer Erklärung über Frieden und Zusammenarbeit sowie in einem neuen Konzept stellten die Staats- und Regierungschefs der NATO im November 1991 fest, *dass die grundlegend veränderte sicherheitspolitische Lage es ermöglicht, einen breit angelegten Ansatz für Stabilität und Sicherheit, der die politischen, wirtschaftlichen, sozialen und umweltpolitischen Aspekte zusammen mit der unverzichtbaren Verteidigungsdimension umfasst, zu verwirklichen.* In diesem Rahmen wurde den Nicht-NATO-Staaten eine Zusammenarbeit unter dem Aspekt einer zukünftigen Aufnahme in die NATO angeboten.

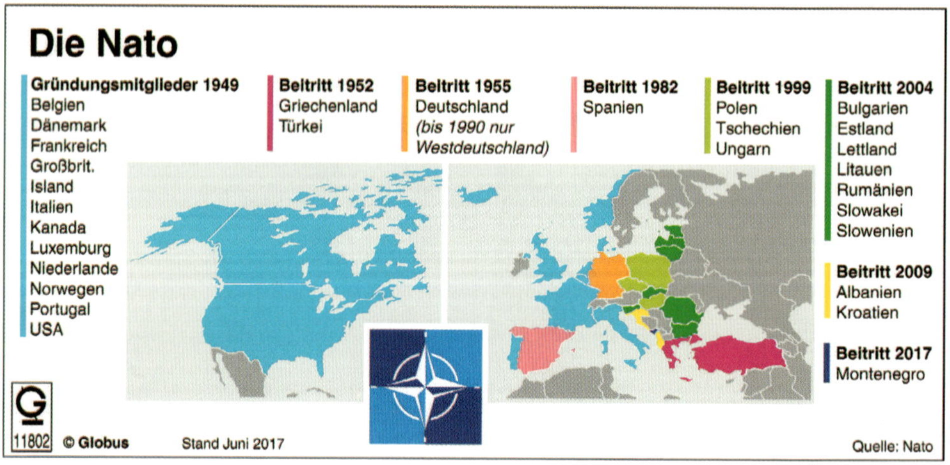

Der Nordatlantikvertrag, Washington DC, 4. April 1949

Die Parteien dieses Vertrags bekräftigen erneut ihren Glauben an die Ziele und Grundsätze der Satzung der Vereinten Nationen und ihren Wunsch, mit allen Völkern und allen Regierungen in Frieden zu leben.
Sie sind entschlossen, die Freiheit, das gemeinsame Erbe und die Zivilisation ihrer Völker, die auf den Grundsätzen der Demokratie, der Freiheit der Person und der Herrschaft des Rechts beruhen, zu gewährleisten. Sie sind bestrebt, die innere Festigkeit und das Wohlergehen im nordatlantischen Gebiet zu fördern.
Sie sind entschlossen, ihre Bemühungen für die gemeinsame Verteidigung und für die Erhaltung des Friedens und der Sicherheit zu vereinigen.
Sie vereinbaren daher diesen Nordatlantikvertrag:

ARTIKEL 1

Die Parteien verpflichten sich, in Übereinstimmung mit der Satzung der Vereinten Nationen, jeden internationalen Streitfall, an dem sie beteiligt sind, auf friedlichem Wege so zu regeln, dass der internationale Frieden, die Sicherheit und Gerechtigkeit nicht gefährdet werden, und sich in ihren internationalen Beziehungen jeder Gewaltandrohung oder Gewaltanwendung zu enthalten, die mit den Zielen der Vereinten Nationen nicht vereinbar ist.

ARTIKEL 2

Die Parteien werden zur weiteren Entwicklung friedlicher und freundschaftlicher internationaler Beziehungen beitragen, indem sie ihre freien Einrichtungen festigen, ein besseres Verständnis für die Grundsätze herbeiführen, auf denen diese Einrichtungen beruhen, und indem sie die Voraussetzungen für die innere Festigkeit und das Wohlergehen fördern. Sie werden bestrebt sein, Gegensätze in ihrer internationalen Wirtschaftspolitik zu beseitigen und die wirtschaftliche Zusammenarbeit zwischen einzelnen oder allen Parteien zu fördern.

ARTIKEL 3

Um die Ziele dieses Vertrags besser zu verwirklichen, werden die Parteien einzeln und gemeinsam durch ständige und wirksame Selbsthilfe und gegenseitige Unterstützung die eigene und die gemeinsame Widerstandskraft gegen bewaffnete Angriffe erhalten und fortentwickeln.

ARTIKEL 4

Die Parteien werden einander konsultieren, wenn nach Auffassung einer von ihnen die Unversehrtheit des Gebiets, die politische Unabhängigkeit oder die Sicherheit einer der Parteien bedroht sind.

ARTIKEL 5

Die Parteien vereinbaren, dass ein bewaffneter Angriff gegen eine oder mehrere von ihnen in Europa oder Nordamerika als ein Angriff gegen sie alle angesehen werden wird; sie vereinbaren daher, dass im Falle eines solchen bewaffneten Angriffs jede von ihnen in Ausübung des in Artikel 51 der Satzung der Vereinten Nationen anerkannten Rechts der individuellen oder kollektiven Selbstverteidigung der Partei oder den Parteien, die angegriffen werden, Beistand leistet, indem jede von ihnen unverzüglich für sich und im Zusammenwirken mit den anderen Parteien die Maßnahmen, einschließlich der Anwendung von Waffengewalt, trifft, die sie für erforderlich erachtet, um die Sicherheit des nordatlantischen Gebietes wiederherzustellen und zu erhalten.
Von jedem bewaffneten Angriff und allen daraufhin getroffenen Gegenmaßnahmen ist unverzüglich dem Sicherheitsrat Mitteilung zu machen. Die Maßnahmen sind einzustellen, sobald der Sicherheitsrat diejenigen Schritte unternommen hat, die notwendig sind, um den internationalen Frieden und die internationale Sicherheit wiederherzustellen und zu erhalten.

?

1. *Schreiben Sie die Aufgaben der NATO-Mitgliedsländer laut NATO-Vertrag stichwortartig heraus.*
2. *Erstellen Sie eine Tabelle, in der Sie die Aufgaben der NATO-Mitgliedsländer in die Bereiche politische, wirtschaftliche und militärische Aufgaben einteilen.*
3. *Welche der Aspekte dürften für die beitrittswilligen Länder entscheidend sein, Mitglied der NATO zu werden?*

Die Wiedervereinigung Deutschlands, der Zerfall des Warschauer Paktes und der UdSSR sowie die Unabhängigkeit der Staaten Mittel- und Osteuropas führten zu einer tief greifenden Änderung des sicherheitspolitischen Umfelds in Europa. Die Aufgaben des Bündnisses wurden der neuen Lage angepasst: Abschreckung und Verteidigung blieben zwar Hauptaufgaben, traten jedoch etwas in den Hintergrund. Sicherheit und Stabilität in Europa sollten zunehmend gewährleistet werden durch einen breit angelegten sicherheitspolitischen Ansatz auf der Grundlage von **Dialog und Zusammenarbeit** mit den „alten Gegnern", die zu **„neuen Partnern"** geworden waren. Im Rahmen verschiedener Partnerschaftsprogramme unterstützte das Bündnis die Reformanstrengungen der mittel- und osteuropäischen Staaten und bot ihnen an, sich in geeigneten Foren der NATO aktiv zu beteiligen – auch mit der Perspektive einer möglichen künftigen Mitgliedschaft. Der Zerfall Jugoslawiens und die sich daraus ergebende Krise führte dazu, dass das Bündnis **Krisenbewältigung und Friedenserhaltung** als neue Aufgaben zur Aufrechterhaltung von Stabilität und Sicherheit in Europa übernahm.
Im Mai 1997 wurde der Euro-Atlantische Rat ins Leben gerufen. Über diesen Rat, der einmal im Monat zusammentritt, soll die militärische und politische Zusammenarbeit mit den Ländern Osteuropas und der ehemaligen Sowjetunion, aber auch mit neutralen Staaten wie Österreich, Schweden und der Schweiz auf eine neue Grundlage gestellt werden. Er befasst sich mit Fragen der europäischen Sicherheit, Friedenseinsätzen, Zusammenarbeit bei der Rüstung sowie Katastrophenschutz. Der Rat, der ein eigenes Sekretariat bei der NATO besitzt, löst das Programm Partnerschaft für den Frieden ab. Im März 1999 traten die ersten osteuropäischen Staaten (Polen, Tschechien und Ungarn) der NATO bei. 2004 folgten sieben weitere.
Diese neue Situation führte auch zu einer Veränderung der militärischen Struktur. Das Bündnis wird in Zukunft über drei Kategorien von Streitkräften verfügen:

- **Krisenreaktionskräfte**, die sich schnell auf unvorhersehbare Eventualfälle einstellen und Aufgaben in der Krisenbewältigung und Konfliktverhütung (auch im Auftrag der UNO) übernehmen können.
- **Hauptverteidigungskräfte**, die mobilmachungsabhängig sind und der Bündnisverteidigung dienen.
- **Verstärkungskräfte**, die erst nach einiger Zeit vor allem aus Nordamerika nach Europa verlegt werden.

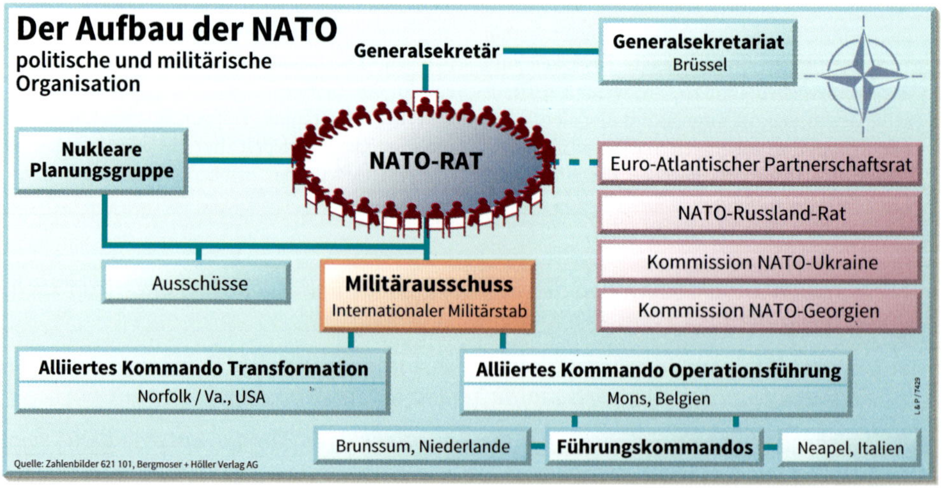

10.3/5

Die NATO und die Bekämpfung des Terrorismus

Das Bündnis hat in seinen Strategischen Konzepten 1991 und 1999 den Terrorismus als eine der Gefahren ausgemacht, welche die Sicherheit der Mitgliedstaaten bedrohen.
2002 haben die Bündnispartner dann ein Military Concept for Defence Against Terrorism verabschiedet, in dem vier Kategorien eines möglichen militärischen Eingreifens der NATO festgelegt sind, darunter
- Anti-Terror-Aktivitäten oder Verteidigungsmaßnahmen;
- Folgenmanagement;
- offensive Terrorismusbekämpfung;
- und militärische Zusammenarbeit mit nichtmilitärischen Organisationen.

Das Konzept weist das Bündnis an, sich darauf vorzubereiten, seine Streitkräfte einzusetzen, um terroristische Angriffe zu verhindern, zu zerschlagen, zu vermeiden und sich dagegen zu verteidigen, wenn dies erforderlich ist, und dies ohne geografische Einschränkung. Es nimmt ebenfalls vorweg, dass die Kräfte des Bündnisses bereit stehen sollten, um nationalen Stellen auf Anfrage beim Umgang mit den Folgen terroristischer Angriffe zur Seite zu stehen.

Auge am Himmel: ein AWACS-Flugzeug kehrt zur Basis zurück, nachdem es spezielle Sicherheits- und Anti-Terrorismus-Überwachungsdienste für die Olympischen Spiele geleistet ha

Quelle: Gurkan, Seda: Zeit für eine Terrorismus-Strategie?, in: NATO-Brief 4/2008: Die Mechanismen des Terrorismus. www.nato.int/docu/review/2008/04/AP_CTRT/DE/index.htm [14.01.2020]

?

1. *Warum ist Ihrer Meinung nach die Terrorismusbekämpfung eine wesentliche Aufgabe der NATO geworden?*
2. *Wie will die NATO weltweitem Terrorismus entgegentreten?*
3. *Glauben Sie, dass die Terrorismusbekämpfung als Aufgabe der NATO sich mit dem NATO-Vertrag von 1949 vereinbaren lässt? Begründen Sie Ihre Meinung.*

10.3/6

?

Am 4. April 2019 wurde die NATO 70 Jahre alt.
Schreiben Sie zu diesem Anlass einen Zeitungsartikel, der die Rolle der NATO unter folgenden Gesichtspunkten „würdigt":
- *Entstehung 1949,*
- *Ost-West-Konflikt,*
- *Ende des Ost-West-Konfliktes,*
- *Zusammenwachsen Europas nach 1989,*
- *Zusammenarbeit mit der UNO,*
- *internationale Krisenbewältigung.*

Organisation für Sicherheit und Zusammenarbeit in Europa (OSZE)

1975 unterzeichneten 35 Staats- und Regierungs- bzw. Parteichefs die Schlussakte der Konferenz über Sicherheit und Zusammenarbeit in Europa (KSZE). Dabei wurden zu folgenden Themen Abmachungen getroffen:

- Fragen der Sicherheit in Europa,
- Zusammenarbeit in den Bereichen Wirtschaft, Wissenschaft, Technik und Umwelt,
- Zusammenarbeit in humanitären und anderen Bereichen.

Am 7. Dezember 1994 wurde auf der KSZE-Konferenz in Budapest beschlossen, die KSZE zum 1. Januar 1995 in OSZE (**O**rganisation für **S**icherheit und **Z**usammenarbeit in **E**uropa) umzubenennen.
Die Namensänderung zeigt den Willen der heute 57 Mitglieder und elf Partnerstaaten, die unregelmäßig tagende KSZE zu einer Organisation mit festen Strukturen umzuformen. Ziel dieser Organisation ist es, mit ihren Institutionen Konflikte im Vorfeld zu entschärfen, die sich in Europa aus dem Zusammenbruch des Kommunismus sowie dem Zerfall der UdSSR ergaben.
Aktuell entsendet die OSZE im Ukrainekonflikt eine Beobachtergruppe. Auftrag der Mission ist das Sammeln von Informationen zur Sicherheitslage und zu Ereignissen, die Verletzungen der Grundsätze und Verpflichtungen der OSZE darstellen. Außerdem soll sie die Menschenrechtslage und die Rechte der nationalen Minderheiten im Land beobachten.
Die wesentliche Aufgabe der nächsten Jahre sieht die OSZE in der Ausarbeitung eines europäischen Sicherheitsmodells. Umstritten ist dabei aber die Frage der Aufgabenteilung mit anderen Institutionen, wie z. B. NATO und EU. So herrscht zum einen die Meinung, die NATO solle der OSZE untergeordnet werden, andere sind der Ansicht, dass es zwischen den verschiedenen Organisationen keine Rangfolge geben dürfe, sondern diese sich ergänzen sollten.

OSZE-Beobachter bei Pressekonferenz während der Wahlen in der Ukraine, Mai 2014

OSZE-Strukturen

10.3/7

© Erich Schmidt Verlag 711 212

1. *Beschreiben Sie den organisatorischen Aufbau der OSZE.*
2. *Vergleichen Sie den Aufbau der OSZE mit dem der NATO. Wo liegen die Unterschiede?*

?

Das umfassende Sicherheitskonzept der OSZE

10.3/8

Im Rahmen der **politisch-militärischen Dimension** bemüht sich die OSZE um größere Offenheit, Transparenz und Zusammenarbeit und hat das weltweit fortschrittlichste Regelwerk für Rüstungskontrolle und vertrauensbildende Maßnahmen geschaffen. Ihre Arbeitsbereiche umfassen die Reformen im Sicherheitsbereich und die sichere Lagerung und Vernichtung von Kleinwaffen, leichten Waffen und konventioneller Munition. [...]

[...] Im Rahmen der **Wirtschafts- und Umweltdimension** unterstützt die OSZE ihre Teilnehmerstaaten bei der Förderung einer verantwortungsvollen Regierungsführung und des Umweltbewusstseins, der Eindämmung der Korruption, der gemeinsamen Nutzung natürlicher Ressourcen und eine solide umweltverträgliche Abfallwirtschaft. [...]

Die menschliche Dimension [...] Die OSZE hilft ihren Teilnehmerstaaten, demokratische Institutionen aufzubauen, echte und transparente demokratische Wahlen abzuhalten, die Gleichstellung von Mann und Frau zu fördern, die Achtung der Menschenrechte, der Medienfreiheit, der Minderheitenrechte und der Rechtsstaatlichkeit zu gewährleisten und Toleranz und Nichtdiskriminierung zu fördern. [...]

Ein dimensionenübergreifender Ansatz. Die OSZE befasst sich mit Herausforderungen im Sicherheitsbereich, die grenzüberschreitende Bedrohungen darstellen, wie Klimawandel, Terrorismus, Radikalisierung und gewaltbereiter Extremismus, organisierte Kriminalität, Cyberkriminalität sowie Drogen-, Waffen- und Menschenhandel.

Quelle: Organisation für Sicherheit und Zusammenarbeit in Europa (Hrsg.): Was wir tun. www.osce.org/de/what-we-do [05.08.2020]

Wie beurteilen Sie die Chancen der OSZE, die oben aufgeführten Aufgaben und Zielformulierungen zu erfüllen? Begründen Sie Ihre Ansicht.

?

Internationale Einsätze der Bundeswehr

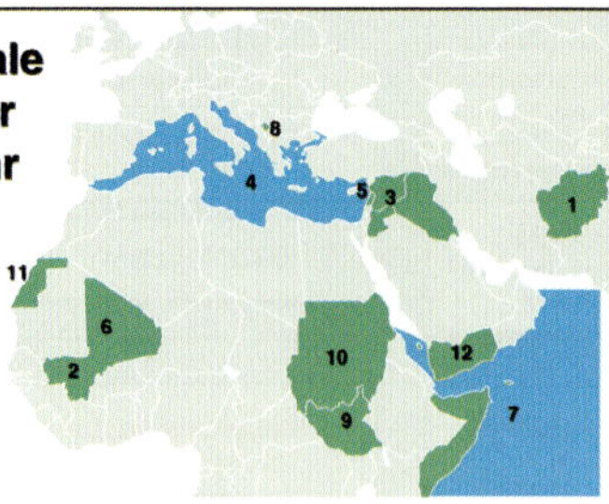

	Region seit	Mission*/ Einsatz von:	Anzahl der Einsatzkräfte/ Mandats-obergrenze	Auftrag u. a.:
1	**Afghanistan** 2015	**RS** NATO	**1266** 1300	Ausbildung, Beratung, Lufttransporte
2	**Mali** 2013	**MINUSMA** UN	**910** 1100	Aufklärung, Beratung, Lufttransporte
3	**Syrien, Irak, Jordan.** 2015	**CD/CB-I** Anti-IS-Koalition	**459** 700	Aufklärung, Ausbildung, Überwachung
4	**Mittelmeer** 2016	**SEA GUARDIAN** NATO	**198** 650	Seeraumüberwachung, Terrorismusbekämpfung
5	**Libanon** 2006	**UNIFIL** UN	**136** 300	Ausbildung, Seeraumüberwachung, Sicherung der Seewege
6	**Mali** 2013	**EUTM** EU	**157** 350	Ausbildung, Beratung, Planung, Sanitätsdienst
7	**Horn v. Afrika** 2008	**ATALANTA** EU	**70** 400	Schutz vor Piraterie, Überwachung
8	**Kosovo** 1999	**KFOR** NATO	**63** 400	Aufklärung, Beratung
9	**Südsudan** 2011	**UNMISS** UN	**12** 50	Beobachtung, Schutz der Bevölkerung
10	**Sudan/Darfur** 2007	**UNAMID** UN/AU	**3** 50	Friedensverhandlungen, Schutz der Bevölkerung
11	**Westsahara** 2013	**MINURSO** UN	**3** 4	Überwachung des Waffenstillstands
12	**Jemen** 2019	**UNMHA** UN	**1** 5	Auswertung der Beobachtermission

Quelle: Bundeswehr *ausschließlich klassische Auslandseinsätze Stand März 2020 © Globus 13814

Die Bundeswehr

Nach dem Ende des Ost-West-Konfliktes haben sich nicht nur die Bedeutung von UNO und NATO verändert, sondern auch die Rolle der Bundeswehr hat sich gewandelt. Struktur und Aufgaben der Bundeswehr mussten nach der deutschen Vereinigung im Oktober 1990 der veränderten Situation angepasst werden. So wurde der Umfang von rund 600 000 Soldaten im Oktober 1990 auf 270 000 heute reduziert: Neben der personellen Veränderung wurde auch die Struktur der Bundeswehr geändert: Sie besteht aus der **Grundorganisation** als Basis für Betrieb, Ausbildung, materielle und personelle Einsatzbereitschaft, aus den **Hauptverteidigungskräften** als Eckpfeiler der bündnisgemeinsamen Landesverteidigung und aus den **Krisenreaktionskräften** als Instrument politischen Krisenmanagements im Bündnis sowie als Kräfte der ersten Stunde zum Schutz Deutschlands und seiner Bündnispartner.

Die grundsätzlichen Aufgaben und Einsatzmöglichkeiten der Bundeswehr sind im Grundgesetz (Art. 24, 26, 87a) festgeschrieben. Der daraus resultierende Auftrag musste ebenfalls nach 1990 neu definiert werden.

Auftrag der Bundeswehr

Auftrag der Bundeswehr ist es, im Rahmen eines gesamtstaatlichen Ansatzes

- Deutschlands Souveränität und territoriale Integrität zu verteidigen und seine Bürgerinnen und Bürger zu schützen,
- zur Resilienz von Staat und Gesellschaft gegen äußere Bedrohungen beizutragen,
- die außen- und sicherheitspolitische Handlungsfähigkeit Deutschlands abzustützen und zu sichern,
- gemeinsam mit Partnern und Verbündeten zur Abwehr sicherheitspolitischer Bedrohungen für unsere offene Gesellschaft und unsere freien und sicheren Welthandels- und Versorgungswege beizutragen,
- zur Verteidigung unserer Verbündeten und zum Schutz ihrer Staatsbürger beizutragen,
- Sicherheit und Stabilität im internationalen Rahmen zu fördern und
- europäische Integration, transatlantische Partnerschaft und multinationale Zusammenarbeit zu stärken.

Aufgaben der Bundeswehr

Abgeleitet aus diesem Auftrag nimmt die Bundeswehr in einem gesamtstaatlichen Ansatz vor allem folgende Aufgaben wahr:

- Landes- und Bündnisverteidigung im Rahmen der NATO und der EU
- Internationales Krisenmanagement
- Heimatschutz
- Partnerschaft und Kooperation auch über EU und NATO hinaus
- Humanitäre Not- und Katastrophenhilfe.

Quelle: Bundesministerium der Verteidigung (Hrsg.): Weißbuch 2016. Zur Sicherheitspolitik und zur Zukunft der Bundeswehr, S. 90–93 (verändert)

Art. 24. (Übertragung von Hoheitsrechten, Anschluss an kollektives Sicherheitssystem)

(1) Der Bund kann durch Gesetz Hoheitsrechte auf zwischenstaatliche Einrichtungen übertragen.

(1 a) Soweit die Länder für die Ausübung der staatlichen Befugnisse und die Erfüllung der staatlichen Aufgaben zuständig sind, können sie mit Zustimmung der Bundesregierung Hoheitsrechte auf grenznachbarschaftliche Einrichtungen übertragen.

(2) Der Bund kann sich zur Wahrung des Friedens einem System gegenseitiger kollektiver Sicherheit einordnen; er wird hierbei in die Beschränkungen seiner Hoheitsrechte einwilligen, die eine friedliche und dauerhafte Ordnung in Europa und zwischen den Völkern der Welt herbeiführen und sichern.

(3) Zur Regelung zwischenstaatlicher Streitigkeiten wird der Bund Vereinbarungen über eine allgemeine, umfassende, obligatorische, internationale Schiedsgerichtsbarkeit beitreten.

Art. 26 (Verbot des Angriffskrieges)

(1) Handlungen, die geeignet sind und in der Absicht vorgenommen werden, das friedliche Zusammenleben der Völker zu stören, insbesondere die Führung eines Angriffskrieges vorzubereiten, sind verfassungswidrig. Sie sind unter Strafe zu stellen.

(2) Zur Kriegsführung bestimmte Waffen dürfen nur mit Genehmigung der Bundesregierung hergestellt, befördert und in Verkehr gebracht werden. Das Nähere regelt ein Bundesgesetz.

Art. 87 (Streitkräfte)

(1) Der Bund stellt Streitkräfte zur Verteidigung auf. Ihre zahlenmäßige Stärke und die Grundzüge ihrer Organisation müssen sich aus dem Haushaltsplan ergeben.

(2) Außer zur Verteidigung dürfen die Streitkräfte nur eingesetzt werden, soweit dieses Grundgesetz es ausdrücklich zulässt.

(3) Die Streitkräfte haben im Verteidigungsfalle und im Spannungsfalle die Befugnis, zivile Objekte zu schützen und Aufgaben der Verkehrsregelung wahrzunehmen, soweit dies zur Erfüllung ihres Verteidigungsauftrages erforderlich ist. Außerdem kann den Streitkräften im Verteidigungsfalle und im Spannungsfalle der Schutz ziviler Objekte auch zur Unterstützung polizeilicher Maßnahmen übertragen werden; die Streitkräfte wirken dabei mit den zuständigen Behörden zusammen.

(4) Zur Abwehr einer drohenden Gefahr für den Bestand oder die freiheitliche demokratische Grundordnung des Bundes oder eines Landes kann die Bundesregierung, wenn die Voraussetzungen des Artikels 91 Abs. 2 vorliegen und die Polizeikräfte sowie der Bundesgrenzschutz nicht ausreichen, Streitkräfte zur Unterstützung der Polizei und des Bundesgrenzschutzes beim Schutze von zivilen Objekten und bei der Bekämpfung organisierter und militärisch bewaffneter Aufständischer einsetzen. Der Einsatz von Streitkräften ist einzustellen, wenn der Bundestag oder der Bundesrat es verlangen.

?

1. *Arbeiten Sie die Aufgaben und Einsatzmöglichkeiten der Bundeswehr laut Grundgesetz heraus.*
2. *Vergleichen Sie die Aufgaben und Einsatzmöglichkeiten mit dem Auftrag der Bundeswehr.*
3. *Welche Meinung vertreten Sie?*
   Halten Sie die im Grundgesetz festgeschriebenen Aufgaben und Einsatzmöglichkeiten und den daraus resultierenden Auftrag der Bundeswehr für gerechtfertigt?

Im Zusammenhang mit der neuen Rolle der Bundeswehr wurden und werden vor allem zwei Aspekte in unserer Gesellschaft diskutiert:

- Einsatz der Bundeswehr außerhalb des NATO-Gebietes („out of area"),
- Notwendigkeit der Wehrpflicht.

Ob die Bundeswehr im Rahmen der UNO Kampfeinsätze außerhalb des NATO-Gebietes leisten darf, wurde am 12. Juli 1994 vom Bundesverfassungsgericht in einem Grundsatzurteil beantwortet:

ISAF-Folgemission Resolute Support

- Die Grundgesetzartikel 87a und 24 Abs. 2 widersprechen sich nicht, sondern bilden gemeinsam die verfassungsrechtliche Grundlage für den Einsatz bewaffneter Kräfte.
- Außer zur Landesverteidigung kann die Bundeswehr auch eingesetzt werden, wenn dies im Rahmen der Pflichten als UNO- und NATO-Mitglied geschieht.
- Vor jedem solcher bewaffneter Einsätze muss der Bundestag seine Zustimmung erteilen (Parlamentsvorbehalt).

Sinkende Verteidigungsausgaben, Truppenreduzierung und die veränderte Aufgabenstellung führten seit 1990 zu Diskussionen über die Beibehaltung der Wehrpflicht.

Die Argumente für bzw. gegen eine Wehrpflicht waren vielfältig:

Argumente für die Wehrpflicht
- Verteidigungslasten werden auf viele verteilt.
- Wehrpflicht verbindet Volk und Streitkräfte, ist ein Beitrag zur Friedenssicherung durch viele.
- Wehrdienst ist sichtbares Zeichen eines Opfers des Einzelnen für die Gemeinschaft.
- Wehrpflichtarmee ist resistent gegen etwaige Staatsstreichpläne militärischer Führer.
- Wehrpflicht schafft Reservisten, die notfalls mobilisiert werden können.
- Wehrpflichtarmee erspart Personalkosten.
- Reservisten können zum Katastrophen- und Heimatschutz eingesetzt werden.
- Wehrdienst kann für junge Menschen zur persönlichen Bereicherung werden.

Argumente für die Berufsarmee
- Freiwilligenarmee garantiert intensivere Ausbildung.
- Berufsarmee ermöglicht bessere technische Beherrschung komplizierter Waffensysteme und notwendigen Gefechtsfeldverhaltens.
- Rasche Umstellung von Frieden in Kriegsbereitschaft bei Berufsarmee, da Mobilisierung entfällt.
- Berufssoldaten pflegen ihre Waffen und Geräte besser, da länger in einer Hand.
- Freiwilligenarmee entwickelt stärkeres Zusammengehörigkeitsgefühl (Corpsgeist).
- Freiwilligenarmee bedeutet geringere Arbeitskräftefluktuation.

Die Wehrpflicht war über Jahrzehnte ein Sicherheitsgarant der Bundesrepublik Deutschland. Die sicherheitspolitische Lage und die damit verbundenen Auslandseinsätze der Bundeswehr haben sich aber sehr stark verändert (vgl. Kampfeinsatz Afghanistan). Infolgedessen ist die Wehrpflicht mit Gesetz vom 1. Juli 2011ausgesetzt worden. Sie bleibt aber im Grundgesetz verankert.

Schülerstimmen zum Afghanistaneinsatz der Bundeswehr

Auslandseinsätze der Bundeswehr sind trotz des Urteils des Bundesverfassungsgerichtes auch heute noch umstritten.

Anke J. *Ich denke schon, dass wir den Menschen in Afghanistan helfen müssen. Aber das kann man bestimmt auch besser als auf militärische Art und Weise. Krieg war noch nie ein Mittel zur Lösung von Konflikten.*

Constantin L. *Ich halte den Einsatz der Bundeswehr in Afghanistan für sehr fraglich. Was verteidigen wir dort? Wofür mussten seit 2001 54 Angehörige der Bundeswehr ihr Leben lassen? Ist es nicht so, dass hier politische und wirtschaftliche Interessen westlicher Staaten im Vordergrund stehen und die Hilfe für das afghanische Volk nur als Alibiargument dient?*

Mia J. *Ich meine, dass wir eine internationale Verantwortung haben. Wenn es zu einem Konflikt kommt, dann können wir uns nicht immer raushalten. Wir wollen entsprechende Rechte (z.B. ständiger Sitz im UN-Sicherheitsrat), dann müssen wir auch die entsprechenden Pflichten übernehmen.*

„Welche Aufgaben sollte die Bundeswehr Ihrer Meinung nach übernehmen?" (Angaben in Prozent)

Die Bundeswehr sollte eingesetzt werden,...	Stimme zu	Teils/teils	Lehne ab	Weiß nicht/k. A.
um einen militärischen Angriff auf Deutschland abzuwehren.	82	11	6	1
um die Opfer einer Naturkatastrophe mit Nahrungsmitteln zu versorgen und medizinische Hilfe zu leisten.	73	16	9	1
um deutsche Staatsbürger aus Krisengebieten zu evakuieren.	73	15	10	2
um einen Völkermord zu verhindern.	67	20	11	2
um sich am Kampf gegen den internationalen Terrorismus zu beteiligen.	62	22	14	2
zur Aufrechterhaltung von Ruhe und Ordnung innerhalb Deutschlands.	62	19	17	2
um einem Verbündeten zu helfen, der angegriffen wurde.	60	24	14	1
um die Lage in einer Krisenregion zu stabilisieren.	60	23	16	2
um gegen Länder, die Deutschland oder Bündnispartner bedrohen, militärisch vorzugehen.	55	24	18	2
um die Versorgung Deutschlands mit Energie und Rohstoffen zu sichern.	54	23	20	3

Quelle: Wanner, Meike: Vorstellungen von den Aufgabenbereichen der Bundeswehr, in: Zentrum für Militärgeschichte und Sozialwissenschaften der Bundeswehr (Hrsg.): Sicherheits- und verteidigungspolitisches Meinungsklima in der Bundesrepublik Deutschland, Forschungsbericht, Potsdam 2015, S. 78

?

1. *Sammeln Sie weitere Argumente, die für bzw. gegen einen Einsatz der Bundeswehr in Krisengebieten sprechen.*
2. *Stimmen Sie in Ihrer Klasse darüber ab, ob Sie für einen Einsatz oder gegen einen Einsatz der Bundeswehr in Krisengebieten sind. Vergleichen Sie das Ergebnis Ihrer Klasse mit dem oben aufgeführten Umfrageergebnis.*

10.4 Entwicklungspolitik

Unter Entwicklungspolitik versteht man politische, wirtschaftliche und soziale Aktivitäten z. B. von Staaten, internationalen und privaten Organisationen, die auf eine Verbesserung der allgemeinen Lebensbedingungen in dem jeweiligen Land abzielen. Entwicklungspolitik geht über „pure" Entwicklungshilfe hinaus und ihre Ziele sind von dem jeweiligen Entwicklungsland abhängig.

Situation der Entwicklungsländer

Der Begriff „Entwicklungsländer" wird – wie auch der Begriff „Dritte Welt" – auch kritisch gesehen. Kritisiert wird, dass die Industriestaaten als Maßstab für Entwicklung genommen werden. Bei dem Begriff steht die wirtschaftliche Entwicklung im Mittelpunkt. Die kulturelle Entwicklung der Länder aber werde dabei meist übersehen. Außerdem, so die Kritiker/innen, handele es sich bei den sogenannten Entwicklungsländern um eine Gruppe sehr unterschiedlicher Länder, die schwer mit einem Begriff beschrieben werden können.

Quelle: Schneider, Gerd; Toyka-Seid, Christiane: Das junge Politik-Lexikon von www.hanisauland.de, Bonn: Bundeszentrale für politische Bildung 2020. www.bpb.de/nachschlagen/lexika/das-junge-politik-lexikon/161046/entwicklungslaender [29.04.2020]

Gemeinsam ist allen Entwicklungsländern unter anderem ein geringes Pro-Kopf-Einkommen, unzureichende Infrastruktur, geringe Bildung der Mehrzahl der Bevölkerung. Als Schwellenländer bezeichnet man die wirtschaftlich und politisch aufstrebenden Länder, wie z. B. Mexiko, Chile oder Indien.

Geschichtliche Ursachen (Kolonialismus)

Im Zeitalter des Kolonialismus (16. bis 19. Jahrhundert) versuchten die rohstoffarmen Länder des Nordens, die rohstoffreichen Länder des Südens in ihren Besitz zu bringen. Einen Überblick über die wichtigsten Kolonialmächte und ihre Kolonien gibt die folgende Tabelle:

Kolonialmacht	Wichtige Kolonien
England	Teile von Nordamerika, Ostindien, Kenia, Rhodesien (Simbabwe)
Niederlande	Südafrika, Sundainseln, Ceylon (Sri Lanka)
Frankreich	Teile von Nordamerika, Haiti, Kanada
Portugal	Brasilien, Teile von Afrika
Spanien	Südamerika (außer Brasilien), Mittelamerika, Philippinen

Die Gründe, warum sich gerade diese Länder viele Kolonien aneignen konnten, waren:

- straff organisierte politische Systeme unter einem unbeschränkt regierenden Herrscher, wie zum Beispiel im Königreich England,
- große seemännische Fähigkeiten und Seefahrer (zum Beispiel der Spanier Kolumbus),
- überlegene Waffen wie Kanonen und Musketen,
- gut ausgebildete Armeen.

Julius K. Nyerere, ehemaliger Präsident von Tansania, vor dem Institut für internationale Begegnungen in Bonn, 1976: 10.4/1

Wir sprechen von der industrialisierten Welt, von der Dritten und der Vierten Welt. Doch in Wahrheit gibt es nur eine Welt. Wir in den ärmsten Ländern sind uns dieser Einheit der Welt sehr deutlich bewusst, weil wir Tag für Tag von den Ereignissen und Entscheidungen betroffen sind, die Tausende von Meilen weit von unseren Grenzen stattfinden. Doch letzten Endes ist niemand von den Rückwirkungen von Armut und wirtschaftlicher Ungleichheit der Welt ausgenommen.

Nyerere, Julius K.: Bildung und Befreiung. Aus Reden und Schriften von November 1972 bis Januar 1977. Übers. aus d. Engl. von Volkhard Hundsdörfer. Lembeck, Frankfurt am Main 1977, S. 70

1. *Warum hält Nyerere die Teilung der Erde in vier Welten nicht für sinnvoll?*
2. *Geben Sie drei Beispiele für Entscheidungen von Industrieländern, die Auswirkungen auf die Entwicklungsländer haben.*
3. *Worin können sich Rückwirkungen der Armut in den Ländern der Dritten und Vierten Welt auf die Industrieländer bemerkbar machen?*

?

10.4/2

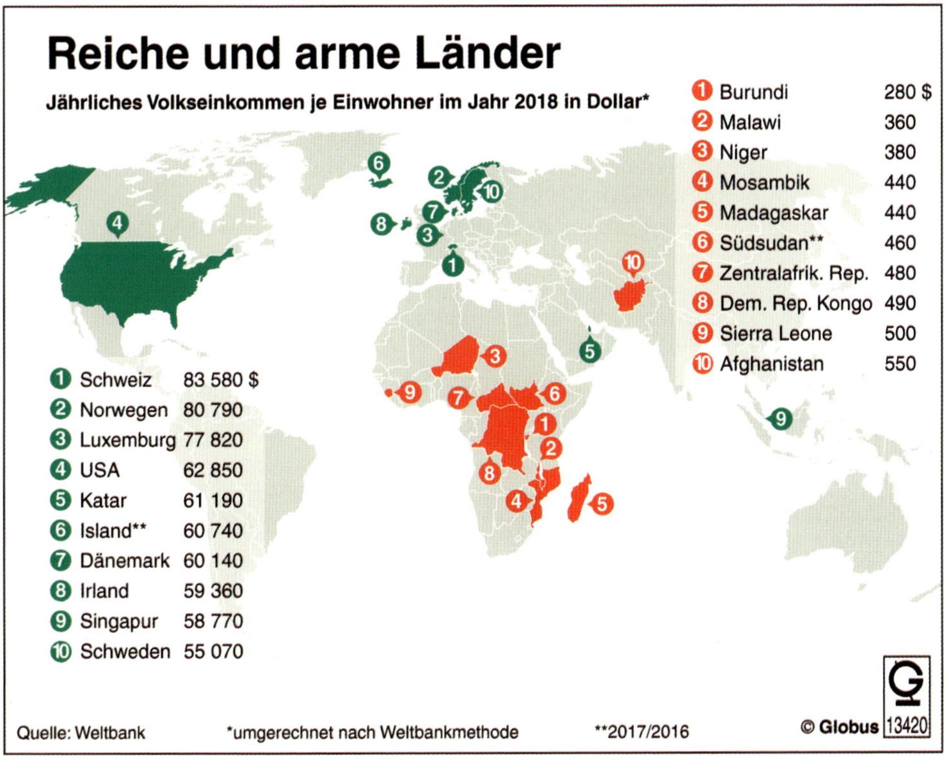

1. *Erklären Sie mithilfe des Schaubildes den Begriff „Nord-Süd-Gefälle".*
2. *Wo liegen die ärmsten Länder der Welt?*

?

Unter diesen Bedingungen trafen die Kolonialmächte nun auf Völker, die in kleinen, oft verfeindeten Stämmen zusammenlebten und deren Waffen denen der Eroberer unterlegen waren.
Die Kolonialmächte, die sich selbst „Mutterländer“ nannten, richteten die Wirtschaft der Kolonien auf ihre Interessen aus; an der wirtschaftlichen Entwicklung der Kolonien oder einer Ausbildung der einheimischen Bevölkerung waren sie nicht interessiert. Zwar schufen die Kolonialherren oft eine funktionierende Verwaltung und verbesserten die Infrastruktur ihrer Kolonien durch den Bau von Eisenbahnen, Straßen und Häfen, doch hinterließen sie **Monokulturen** (Beschränkung auf den Anbau von nur wenigen Pflanzenarten, wie Kaffee, Kakao oder Kokosnüsse), **wirtschaftliche Abhängigkeit** und **Unterentwicklung.** Besonders tragisch für die Kolonien war, dass sie nicht an dem Gewinn beteiligt wurden, der durch die Ausbeutung ihrer Rohstoffquellen entstand. Dieser Gewinn floss den „Mutterländern“ zu und förderte allein deren Entwicklung und Industrialisierung.

Die wichtigsten **Rohstoffe und Güter aus den Kolonien** waren:

- mineralische Rohstoffe: Gold, Silber, Kupfer, Nickel;
- pflanzliche Rohstoffe: Zucker, Tabak, Kautschuk, Tee, Kaffee, Kokosnüsse, Kakao;
- Arbeitskräfte: Sklaven.

Klimatische und geografische Voraussetzungen

Es besteht ein Zusammenhang zwischen dem Klima eines Landes und seinem Entwicklungsstand. In **extrem warmen Zonen** haben es die Menschen oft schwer, einer geregelten Arbeit nachzugehen, denn das Arbeiten während der heißen Stunden des Tages ist kaum möglich. Zwar gehört es zu den menschlichen Fähigkeiten, sich der jeweiligen Umgebung anzupassen, doch dies ist nur in einem gewissen Rahmen möglich. In diesem Punkt bestehen eindeutige Vorteile für die Bevölkerung in den gemäßigten Zonen.
Ebenfalls entwicklungshemmend sind einige **geografische Gegebenheiten**, für die hier Beispiele genannt werden sollten:

- Die großen Höhen der Anden erlauben nur den Anbau weniger Pflanzenarten.
- In den Wüsten der Erde ist Ackerbau unmöglich und die Viehhaltung durch den Wassermangel stark eingeschränkt.
- In den Zonen des „ewigen Eises“ müssen die Menschen von dem leben, was ihnen das Meer bietet.
- In den gebirgigen Gegenden der Erde können Felder nur unter großem Aufwand terrassenförmig angelegt werden.

Diese Faktoren stehen in einigen Ländern einer Entwicklung entgegen und können auch durch eine intensive Entwicklungspolitik nicht ausgeglichen werden. Kapitalaufwendige Versuche, die Wüste zum Blühen zu bringen, sind fast alle gescheitert.

10.4/3

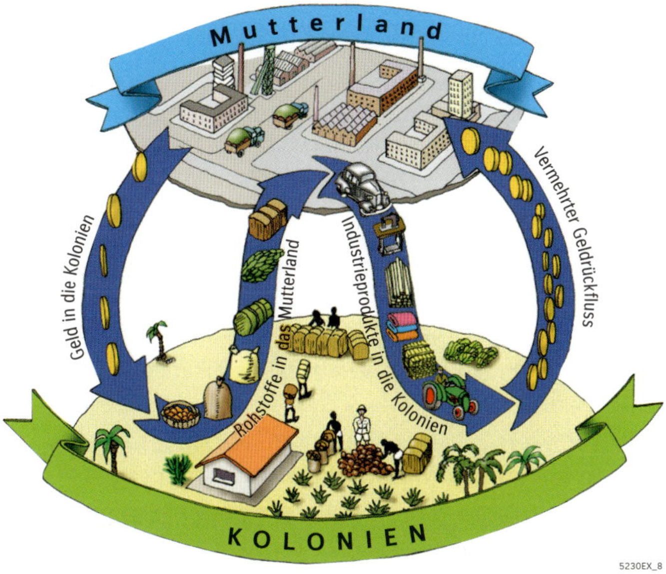

„Der Kreislauf der nationalen Wirtschaft zwischen Mutterland und Kolonien spart Devisen, erhöht unsere Unabhängigkeit vom Auslande und sichert deutschen Arbeitern Lohn und Brot."

Quelle: Kuntze, Paul H.: Das Volksbuch unserer Kolonien, Dollheimer, Leipzig 1938, S. 138

?

1. *Beschreiben Sie die Darstellung in dem Schaubild der Kolonien von 1938.*
2. *Welche Rolle spielten die Kolonien für das Deutsche Reich?*
3. *Beurteilen Sie das Schaubild und seine Bildunterschrift vor dem Hintergrund seiner Entstehungszeit (Drittes Reich).*

10.4/4

Regenwald-Zerstörung hat viele Gesichter, ob es der selektive Holzeinschlag ist, mit dem einzelne Bäume geschlagen und abtransportiert werden, der Kahlschlag mit dem nur noch kahler Boden übrig bleibt oder die Arbeit von Bulldozern und Co ist, die ganze Gebiete dem Erdboden gleich machen. Doch die Zerstörung fängt oft im Kleinen an: Der Schokoriegel mit Palmöl in unserem Einkaufskorb, das Schnitzel vom Discounter oder das neue Smartphone, das man sich leistet: In all diesen Alltagsprodukten steckt ein Stück tropischer Regenwald.

- Pro Jahr gehen brutto etwa 9 Mio. ha Tropenwald weltweit verloren (im Zeitraum 2000-2012) – das entspricht der Fläche Portugals – und das jedes Jahr! Rechnet man das um, verschwindet alle 2,5 Sekunden Tropenwald von der Größe eines Fußballfeldes! 2018 waren es sogar 12 Mio. ha Tropenwald!
- Die Fläche des 2018 verlorenen Primärwaldes ist so groß wie Belgien – über 3 Mio. ha!

Quelle: Oroverde: Die Zerstörung des Regenwalds; abgerufen unter: www.regenwald-schuetzen.org/regenwald-wissen/regenwald-zerstoerung/ [29.04.2020] (verändert)

?

1. *Welche Auswirkungen hat die Zerstörung der Regenwälder?*
2. *Was können wir tun, um die Zerstörung der Wälder zu stoppen? (Bedenken Sie hierbei auch, dass ein Großteil der Wälder durch Brandrodung von armen, Land suchenden Bauern zerstört wird.)*

Kennzeichen der Entwicklungsländer

Folgende Faktoren kennzeichnen ein unterentwickeltes Land:

- **Rasches Bevölkerungswachstum:** Die Bevölkerung wächst jährlich um mehr als 2 %. Ohne Sozialversicherungen sind die Eltern bei Krankheit oder im Alter von der Hilfe ihrer Kinder abhängig. Somit müssen die Familien möglichst viele Kinder haben, um in Notsituationen gesichert zu sein.
- **Mangelhafte Gesundheitsfürsorge:** Es gibt zu wenige Ärzte und Krankenhäuser.
- **Ungleiche Verteilung von Besitz und Einkommen:** Wenigen reichen stehen sehr viele arme Menschen gegenüber.
- **Schlechte Infrastruktur:** Es gibt wenige Verkehrsverbindungen. In unwegsamem Gelände ist der Straßenbau sehr aufwendig, die Eisenbahnlinien stammen oft noch aus der Kolonialzeit.
- **Landflucht:** Die Menschen ziehen, in der Hoffnung auf Arbeit, vom Land in die Städte. Dort leben sie in ärmlichsten Wohnverhältnissen (Slums).

Slum mitten in Soweto, Afrika.

- **Wenig Industrie:** Die Menschen leben von Ackerbau und Viehzucht, es gibt nur einige Ansätze von Industrialisierung.
- **Schlechter Bildungs- und Ausbildungsstand:** Es gibt eine hohe Analphabetenrate. Die meisten Menschen können weder schreiben noch lesen und haben keinen Beruf erlernt.
- **Zu wenig menschenwürdige Arbeitsplätze:** Die Menschen haben entweder gar keine Arbeit oder arbeiten in prekären oder ausbeuterischen Verhältnissen.

Insgesamt leben auf der Erde ungefähr 7,65 Milliarden Menschen. Über 2,7 Milliarden, also 36 % der ganzen Weltbevölkerung, leben in nur 2 Ländern: Das sind die Volksrepublik China und Indien. **10.4/5**

1950 umfasste die Weltbevölkerung 2,5 Milliarden Menschen, laut Prognose der Vereinten Nationen werden es im Jahr 2050 bereits 9,7 Milliarden sein.

Die zehn bevölkerungsreichsten Länder

Land	Bevölkerung
1. China	1,3698 Milliarden
2. Indien	1,3919 Milliarden
3. USA	329,2 Millionen
4. Indonesien	268,4 Millionen
5. Brasilien	209,3 Millionen

Land	Bevölkerung
6. Pakistan	216,6 Millionen
7. Nigeria	201,0 Millionen
8. Bangladesch	163,7 Millionen
9. Russland	146,7 Millionen
10. Japan	126,2 Millionen

Quelle: Deutsche Stiftung Weltbevölkerung (Stand: Mitte 2019). www.dsw.org/landerdatenbank/ [05.08.2020]

1. *Welche wirtschaftlichen, politischen und sozialen Konsequenzen können sich aus den Zahlen in der abgebildeten Tabelle ergeben?*
2. *Welche entwicklungspolitischen Konsequenzen sollten aus den Bevölkerungszahlen gezogen werden?*

?

Teufelskreis der Armut

10.4/6

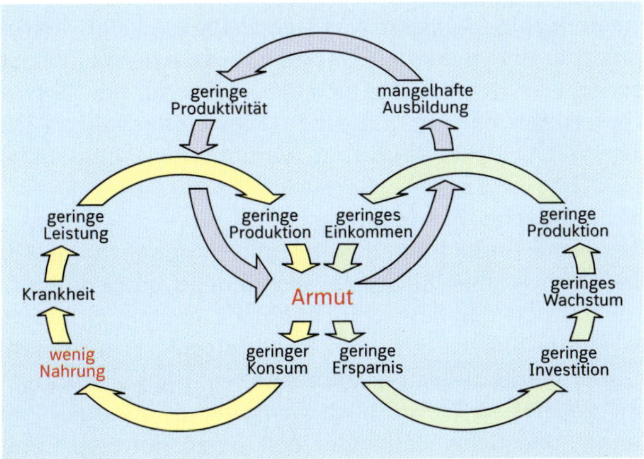

Quelle: Andersen, Uwe: Entwicklungsdefizite und mögliche Ursachen, 9.6.2005, in: Informationen zur politischen Bildung, hrsg. v. Bundeszentrale für politische Bildung, Heft 286, Bonn, 2005, S. 18 (verändert)

1. *Ordnen Sie die Begriffe „Hunger“, „Analphabetismus“ und „geringe Industrialisierung“ den drei Kreisen zu.*
2. *Übertragen Sie das Schaubild auf einen „Kreis des Reichtums“ für Industrieländer.*
3. *Machen Sie Vorschläge, an welcher Stelle die Industrieländer ansetzen können, um den Teufelskreis der Armut zu durchbrechen.*

?

- **Starke Abhängigkeit auf wirtschaftlichem Gebiet:** Die Abhängigkeit von den Industrieländern ist groß. Die Entwicklungsländer sind darauf angewiesen, dass ihnen die Industrieländer ihre Rohstoffe abkaufen, da sie diese nicht im eigenen Land weiterverarbeiten können. Um ihren Bedarf an Grundnahrungsmitteln zu decken, um ihre Infrastruktur aufzubauen und um ihre Industrialisierung zu beschleunigen, müssen die Entwicklungsländer Kredite bei den Industrieländern aufnehmen, was ihre Abhängigkeit erhöht. Der Verschuldungsgrad einiger Länder hat einen so hohen Stand erreicht, dass sie einen Großteil ihres Sozialproduktes[1] für Zinsen und Tilgung ausgeben müssen.
- **Politische Instabilität:** Die Regierungen in vielen Entwicklungsländern wechseln häufig, es kommt zu Staatsstreichen. Das Militär spielt oft eine beherrschende Rolle und lässt keine Demokratisierungsversuche zu.

Gründe für Entwicklungshilfe

Es gibt sicher viele Gründe, warum die Industrienationen Entwicklungshilfe leisten. Nachfolgend werden einige der wichtigsten Gründe vorgestellt:

Der Gedanke der Wiedergutmachung

Der wirtschaftliche Aufschwung der meisten Industrienationen im 18. und 19. Jahrhundert basierte zum großen Teil auf der Ausbeutung der Kolonien. Die Rohstoffe, die ins Mutterland flossen, waren die Basis für eine rasche Industrialisierung. Da aber von den Erlösen aus dem Rohstoffabbau nichts in die Kolonien zurückfloss, hatten diese keine Möglichkeit, ihre eigene Wirtschaft zu entwickeln. Sie blieben ausschließlich Rohstofflieferanten. Sie waren auf die Almosen der Industrienationen angewiesen und mussten mit dem zufrieden sein, was sie von diesen an Infrastruktur, Bildungswesen und medizinischer Hilfe bekamen. Da das Interesse der Kolonialstaaten an ihren Kolonien jedoch gering war, beschränkte sich diese Hilfe auf das Notwendigste. Die Länder blieben im Teufelskreis der Armut stecken. Diese Mitschuld an der Situation der ärmsten Länder der Welt ist sicher ein Grund, warum Entwicklungshilfe geleistet werden muss.

Ökonomische Überlegungen

Die reichen Industrienationen stoßen langsam an die Grenzen ihres Wachstums, da die Bedürfnisse ihrer Bewohner weitgehend befriedigt sind und die Bevölkerungszahlen konstant bleiben bzw. zurückgehen. Dem gegenüber stehen die Menschen in den Entwicklungsländern mit ihren Bedürfnissen. Hier besteht für die Industrienationen ein großer Markt. Jedoch ist zu bedenken, dass die Armut dieser Staaten eine Bezahlung der gelieferten Waren noch weitgehend unmöglich macht. Doch wenn die Entwicklungs- und Schwellenländer erst einen höheren Entwicklungsstand erreicht haben, können sie, im Rahmen der weltweiten Arbeitsteilung, Wirtschaftspartner der Industrienationen werden, wovon beide Seiten einen Nutzen haben.
Ein weiterer wirtschaftlicher Grund für eine sinnvolle Entwicklungshilfe ist die Sicherung der Rohstoffquellen. Die rohstoffarmen Industrieländer sind von den Rohstoffen der Entwicklungsländer abhängig. Es ist also wünschenswert, dass in diesen Staaten stabile wirtschaftliche, soziale und politische Verhältnisse herrschen, damit die Lieferung von Rohstoffen nicht gefährdet ist.

---

[1] *Sozialprodukt: die Summe aller Güter und Dienstleistungen einer Volkswirtschaft in einem Jahr*

Aus dem Leben der Friedensnobelpreisträgerin Rigoberta Menchu aus Guatemala, die als Kind mit ihrer Mutter und ihren Geschwistern auf einer Kaffeeplantage (Finca) arbeiten musste. **10.4/7**

Kaffeeplantage in Guatemala 2007

Wir waren gerade zwei Wochen auf der Finca, als mein kleiner Bruder an Unterernährung starb. Meine Mutter musste der Arbeit ein paar Tage fernbleiben, um ihn zu begraben. Zwei meiner Brüder sind auf der Finca gestorben. Felipe, den Ältesten, habe ich nicht gekannt. Er starb, als sie vom Flugzeug aus die Kaffeeplantage besprühten, während die Leute noch bei der Arbeit waren. Er hat das Pflanzenmittel nicht vertragen und ist an dem Gift gestorben.

Ich war acht Jahre alt, als mein Bruder Nicolas starb, und ich habe ihn sterben gesehen. Er war der Jüngste von uns uns gerade zwei Jahre alt geworden. Er weinte und weinte und weinte, und meine Mutter wusste nicht, was sie tun sollte. Er hatte einen ganz geschwollenen Bauch, weil er unterernährt war. Schon seit dem ersten Tag auf der Finca ging es ihm schlecht. Meine Mutter konnte sich auch nicht immer um ihn kümmern, weil sie sonst ihre Arbeit verloren hätte. Wir konnten die Arbeit nicht liegen lassen. Zwei Wochen hat mein Brüderchen es ausgehalten, dann begann der Todeskampf. Wir wussten nicht, was wir mit ihm machen sollten. Außer uns arbeiteten nur noch zwei aus unserem Dorf auf der Finca und die übrigen anderen auf verschiedenen anderen Plantagen. So fehlte uns der Zusammenhalt. Wir arbeiteten zwar in Gruppen, aber mit Leuten aus anderen Dörfern, die wir nicht verstanden, weil sie eine andere Sprache sprachen. Spanisch verstanden wir auch nicht. Wir konnten uns nicht verständigen, aber wir brauchten doch Hilfe. An wen sollten wir uns wenden? Niemand, dem wir von unserer Not berichten konnten. Dem Aufseher am wenigsten. Er hätte uns wahrscheinlich fortgejagt. Den Patron kannten wir nicht einmal. Meine Mutter war wie am Boden zerstört.

Mein kleiner Bruder starb bei Tagesanbruch. Wir konnten nichts tun. Die beiden aus unserem Dorf kümmerten sich um meine Mutter, wussten aber auch nicht, was mit dem Kind geschehen oder wo es begraben werden sollte. Der Aufseher kam und sagte, wir könnten es auf der Finca begraben, müssten dafür aber bezahlen. Wir hatten überhaupt kein Geld, und da sagte der Aufseher: „Ihr schuldet hier sowieso schon viel Geld für Medikamente und andere Dinge; nehmt also eure Leiche und verschwindet."

Quelle: Burgos, Elisabeth: Rigoberta Menchu: Leben in Guatemala. Aus dem guatemaltekischen Spanisch von Willi Zurbrüggen. Göttingen, Lamuv Verlag, 1993, S. 46 ff.

?

1. *Welche Probleme der Entwicklungsländer werden in dem dargestellten Lebensbericht geschildert?*
2. *Nennen Sie drei wesentliche Unterschiede der Lebensumstände eines achtjährigen Mädchens in Guatemala und in der Bundesrepublik.*

- **Weltweiter Umweltschutz**
  In den letzten Jahren hat sich die Erkenntnis verstärkt, dass der Umweltschutz weltweit ausgeweitet werden muss. Umweltsünden in einem Land dieser Erde bedrohen auch die Lebensgrundlage in den anderen Ländern. So haben Wissenschaftler festgestellt, dass die Brandrodungen im tropischen Regenwald, mit der nachfolgenden Versteppung weiter Gebiete, das Klima auf der ganzen Welt negativ verändern werden. Es ist also auch im Interesse der Industrienationen, dass sie den Menschen in den Regionen des tropischen Regenwaldes helfen. Nur wenn die Bewohner nicht mehr auf Brandrodungen angewiesen sind, kann diese Bedrohung der Umwelt gestoppt werden.

- **Humanitäre Gründe**
  Ein weiterer Grund für die Gewährung von Entwicklungshilfe kann der Gedanke der internationalen Solidarität sein, aus dem heraus alle Menschen auf dieser Welt ein Anrecht auf ein besseres, menschenwürdigeres Leben und eine gesicherte Zukunft haben.

- **Machtpolitische Gründe**
  Viele Länder versuchen mithilfe der Entwicklungshilfe, Partner für die eigenen wirtschaftlichen und militärischen Interessen zu gewinnen.

In der entwicklungspolitischen Wirklichkeit der verschiedenen Länder, die sich in der Entwicklungszusammenarbeit engagieren, wird wohl eine Mischung der Motive ausschlaggebend für die Hilfe sein.

Entwicklungshilfe und Schwierigkeiten bei der Umsetzung

Entwicklungshilfe in privater Trägerschaft

Auch wenn die staatliche Entwicklungshilfe der Bundesrepublik Deutschland weitaus größer ist, sind die Spendenaufkommen der kirchlichen und privaten Organisationen beachtlich.

Hier eine Auswahl der Träger privater Entwicklungshilfe:

Kirchliche Organisationen	⟷	Private Organisationen
Brot für die Welt (evangelisch) EKD (Kirchlicher Entwicklungsdienst) (evangelisch) Evangelisches Missionswerk Misereor (katholisch) Caritas (katholisch) Adveniat (katholisch)		Hermann-Gmeiner-Fond Deutsche Welthungerhilfe Deutsches Rotes Kreuz UNICEF – Deutsches Komitee

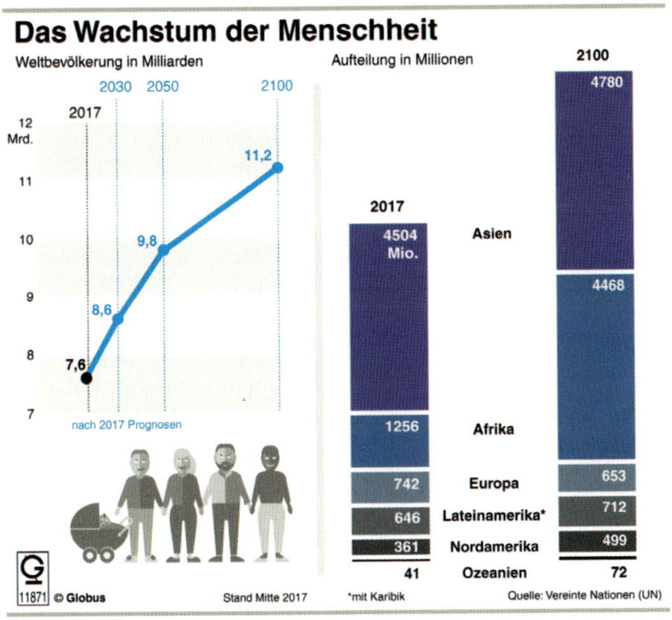

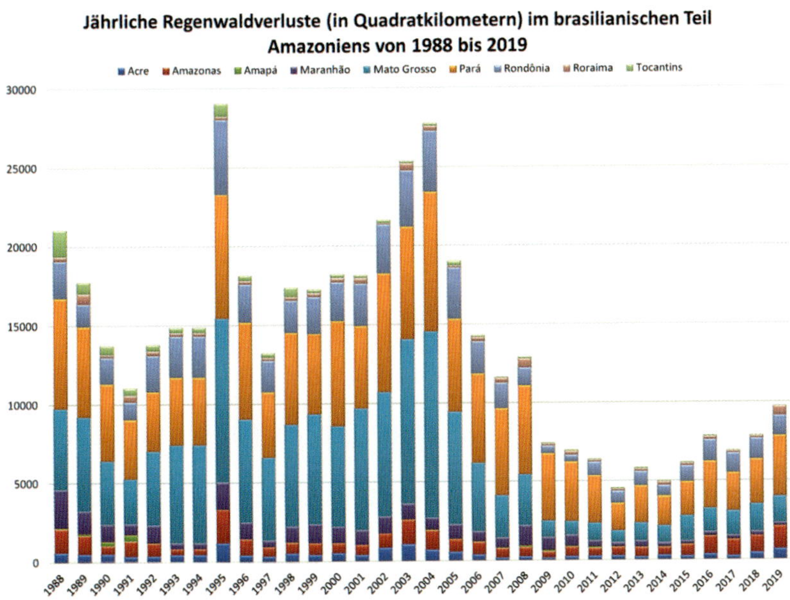

Regenwaldzerstörung in Brasilien von 1988 bis 2019: Die Grafik zeigt, welche Flächen (in Quadratkilometern) zwischen 1988 und 2018 jährlich im brasilianischen Teil Amazoniens abgeholzt wurden (aufgegliedert nach Bundestaaten)

?

1. *Welche Zusammenhänge bestehen Ihrer Meinung nach zwischen der Zunahme der Bevölkerung und der Abnahme der Waldgebiete?*
2. *Welches Mitverschulden trifft die Industrieländer am Schrumpfen der Waldbestände in den Entwicklungsländern?*
3. *Welche Auswirkungen hat die Abnahme der Waldbestände für die Entwicklungsländer und die Industrienationen?*

Die Hilfe dieser Organisationen hat den Vorteil, dass sie von keinen politischen Rücksichtnahmen abhängig ist. So kann sie auch politische Randgruppen erreichen, die zu den jeweiligen Regierungen in Opposition stehen.

Staatliche Entwicklungshilfe

Den größten Teil der Entwicklungshilfe leisten jedoch staatliche Organisationen. Hierbei ist zu unterscheiden, ob diese Hilfe bilateral (zweiseitig, zwischen einem Industrieland und einem Entwicklungsland) oder multilateral (über internationale Organisationen, zum Beispiel Vereinte Nationen oder Europäische Gemeinschaft) geleistet wird.

- **Bilaterale Entwicklungshilfe**
  Die Entwicklungshilfe zwischen der Bundesrepublik Deutschland und den Entwicklungsländern wird durch das 1961 gegründete Bundesministerium für wirtschaftliche Zusammenarbeit und Entwicklung (BMZ) koordiniert. Die staatlichen Projekte werden vom BMZ nicht selbst durchgeführt. Es bedient sich dabei der Hilfe folgender Organisationen:
  - Kreditanstalt für Wiederaufbau (KfW), die Kapitalhilfe leistet,
  - Deutsche Gesellschaft für Internationale Zusammenarbeit (GIZ), die für die technische Durchführung der Projekte zuständig ist,
  - Deutscher Entwicklungsdienst (DED), der für die Entsendung von Entwicklungshelfern zuständig ist. Diese sind mindestens zwei Jahre ohne Erwerbsabsicht in den Entwicklungsländern tätig.

  Eine Besonderheit der bundesdeutschen Entwicklungshilfe sind die fünf politischen Stiftungen, die den Parteien CDU (Konrad-Adenauer-Stiftung), SPD (Friedrich-Ebert-Stiftung), CSU (Hanns-Seidel-Stiftung), Grüne (Heinrich-Böll-Stiftung) und FDP (Friedrich-Naumann-Stiftung) nahestehen. Sie fördern insbesondere Bildungseinrichtungen und ihnen nahestehende Gruppen in den Entwicklungsländern und werden durch das BMZ fast vollständig finanziert.

- **Multilaterale Entwicklungshilfe**
  Knapp ein Drittel ihrer Leistungen für Entwicklungshilfe leistet die Bundesrepublik Deutschland über internationale Organisationen. Etwa 40 % dieser Leistungen gehen an die Entwicklungshilfeprogramme der Europäischen Union. Die EU unterhält Sonderbeziehungen zu ausgewählten Staaten in Afrika, in der Karibik und im Pazifik, **AKP-Staaten** genannt, für die folgende Regelungen gelten:
  - Die Produkte dieser Staaten unterliegen bei der Einfuhr auf die EU-Märkte keinem Zoll.
  - Die EU garantiert den AKP-Staaten ein Mindesteinkommen für das Produkt, von dessen Export und Erlös viele Länder allein abhängig sind.
  - Die EU leistet finanzielle und technische Hilfe. Durch Zuschüsse und Darlehen werden Infrastrukturmaßnahmen, soziale Einrichtungen und Industrialisierung finanziert. Dies geschieht durch den Europäischen Entwicklungsfonds.

Situation:

Nikolankes ist ein Land in Zentralafrika. Aufgrund der klimatischen und geografischen Bedingungen ist Nikolankes nicht in der Lage, seine Bürger ausreichend mit Nahrungsmitteln zu versorgen. Zwar besitzt das Land wichtige Rohstoffe, jedoch verhindern fehlende technische Mittel und technisches Know-how einen wirtschaftlich lukrativen Abbau. Auch der Plan, die wirtschaftliche Situation durch die Förderung des heimischen Kunstgewerbes zu verbessern, schlug fehl, da die entsprechenden Absatzmärkte (z. B. Europa und USA) durch die internationalen Handelshemmnisse nicht zu erschließen waren. Da die entsprechenden Devisen fehlen, ist es dem Land auch nicht möglich, dringend benötigte Dinge (Nahrungsmittel und Maschinen) zu importieren. Einige militante Gruppen haben sich bereits lautstark zu Wort gemeldet und zu einem Sturz der demokratisch gewählten Regierung aufgefordert. Aufgrund der wirtschaftlichen Notlage befinden sich viele Menschen auf der Flucht in benachbarte Länder beziehungsweise in die Hauptstadt Constintan, weil sie sich dort Hilfe erhoffen. Die Gefahr, dass Nikolankes im Chaos versinkt (Bürgerkrieg, Hungersnot usw.), ist groß.

?

Sie und Ihre Mitschüler sind Vertreter Europas. Sie werden aufgefordert, für Nikolankes ein Hilfsprogramm auszuarbeiten.

1. *Diskutieren Sie in Ihrer Klasse die politische und wirtschaftliche Situation von Nikolankes und mögliche Folgen der Situation.*
2. *Teilen Sie Ihre Klasse in Gruppen auf. Jede Gruppe entwickelt unter unterschiedlichen Voraussetzungen (zum Beispiel bilateral, multilateral usw.) ein Hilfsprogramm für Nikolankes. Denken Sie dabei auch an die möglichen Folgen des jeweiligen Programmes.*
3. *Jede Gruppe trägt Ihr Hilfsprogramm vor und begründet dieses vor der Klasse.*
4. *Die Hilfsprogramme werden in der Klasse diskutiert und hinterfragt.*
5. *Entscheiden Sie sich nun aus den vorgetragenen Vorschlägen gemeinsam für ein Hilfsprogramm.*
6. *Schreiben Sie eine Stellungnahme, in der Sie Ihre Entscheidung (z. B. gegenüber der Presse) begründen.*

Andere internationale Organisationen, an deren Finanzierung sich die Bundesrepublik Deutschland im Rahmen ihrer Entwicklungshilfe beteiligt, sind beispielsweise:

- die Weltbank, die den Entwicklungsländern Kredite zum Aufbau ihrer Volkswirtschaften gibt,
- regionale Entwicklungsbanken, die Geld für bestimmte, unterentwickelte Regionen zur Verfügung stellen (zum Beispiel Asian Development Bank),
- Unterorganisationen der Vereinten Nationen (UN) wie zum Beispiel die Weltgesundheitsorganisation (WHO) oder die Ernährungs- und Landwirtschaftsorganisation (Food and Agricultural Organization, FAO).

Die Praxis der Entwicklungshilfe

Bis Ende der 1990er Jahre förderte Deutschland rund 120 Entwicklungsländer. Nach 1998 fand ein Strategiewechsel statt. Heute konzentriert sich die Zusammenarbei des **Bundesministeriums für wirtschaftliche Zusammenarbeit und Entwicklung (BMZ)** auf 70 Kooperationsländer, die sogenannten Schwerpunktpartnerländer und Partnerländer.

Deutschland arbeitet auch weiterhin mit den Ländern zusammen, die nicht zu einer der beiden Gruppen zählen, und zwar über die Beiträge zur Entwicklungspolitik der Europäischen Union und der multilateralen Organisationen sowie über Beiträge im Rahmen des Programms der Weltbank und des internationalen Währungsfonds zum Schuldenerlass für die ärmsten Länder der Erde.

Daneben hat die Förderung regionaler Kooperationen zwischen Entwicklungsländern oder die Unterstützung von Regionalorganisationen an Bedeutung gewonnen. Das BMZ wählt die Schwerpunktpartnerländer und Partnerländer im Hinblick auf wirtschaftliche, soziale, ökologische und politische Gestaltungsziele und Interessen aus. Dabei werden die internen Rahmenbedingungen und die eigenen Anstrengungen für Entwicklung im jeweiligen Land genauso berücksichtigt wie die deutschen Möglichkeiten, einen wichtigen Beitrag zu leisten. Mit welchen Ländern die Bundesregierung im Rahmen der bilateralen Entwicklungszusammenarbeit kooperiert, ist nicht endgültig. Dies wird regelmäßig überprüft.

Länderkonzepte sind das zentrale Instrument für die mittelfristige Planung und Steuerung der deutschen Entwicklungszusammenarbeit mit dem Kooperationsland. In einem umfangreichen Dialog mit diesen Ländern werden Strategien, Schwerpunkte und Ziele der Zusammenarbeit zwischen den Partnern ausgehandelt und in sogenannten Schwerpunktstrategiepapieren festgeschrieben. Die Zusammenarbeit ist auf wenige Schwerpunkte konzentriert, um die Entwicklungsgelder wirksamer und effizienter einzusetzen. In Schwerpunktpartnerländern soll die bilaterale Zusammenarbeit auf möglichst nur drei Schwerpunkte, in Partnerländem auf nur einen Schwerpunkt konzentriert sein.

Die Entwicklungspolitik wird immer noch dominiert von den staatlichen Akteuren. Dazu zählen zuvorderst die staatlichen Zusammenschlüsse in Form internationaler Regierungsorganisationen (IROs). Die internationalen Nichtregierungsorganisationen (INROs) haben mit der Globalisierung an Gewicht gewonnen. Die Verbindung zwischen IROs und INROs ist in den letzten Jahren stärker geworden, weil auch die IROs eingesehen haben, wie wichtig das Engagement der Zivilgesellschaft ist.
Zu den globalen Organisationen zählen die Weltbank, der internationale Währungsfonds (IWF) und die Welthandelsorganisation (WTO) als die tragenden institutionellen Säulen des Weltwirtschaftssystems.
Darüber hinaus gibt es eine Vielzahl weiterer UN-Sonderorganisationen, anderer internationaler Regierungsorganisationen und Sonderfonds, die zumindest teilweise auch in der Entwicklungspolitik tätig und damit für die Entwicklungsländer von Interesse sind.
Die Globalisierung hat auch dazu geführt, dass sich die Nichtregierungsorganisationen (NROs) zunehmend international organisieren und damit zu INROs werden. Die wachsende Kritik an der mangelnden Wirksamkeit der staatlichen Entwicklungspolitik von Regierungen und IROs hat Nichtregierungsorganisationen zeitweilig zu Hoffnungsträgern werden lassen, weil ihnen mit Hinweis auf ihre bessere Basisanbindung, geringere Bürokratie und Politikabhängigkeit eine erfolgreichere Entwicklungspolitik zugetraut wurde. Wie bei den nationalen Akteuren lassen sich unterschiedliche Gruppen unterscheiden. Kirchen haben Mitgliedsorganisationen in Entwicklungs- wie in Industrieländern und engagieren sich sowohl in Entwicklungsprojekten als auch in der entwicklungspolitischen Debatte. Organisationen wie CARE (Cooperative for American Relief to Everywhere) haben in einer Vielzahl von Ländern eigene Organisationen aufgebaut und arbeiten vor allem in der praktischen Entwicklungshilfe. Auf eine Veränderung der öffentlichen Wahrnehmung durch Publikationen, Stellungnahmen und Demonstrationen setzt dagegen ATTAC. Die Organisation ist mittlerweile weltweit aktiv (mit Schwerpunkt in Europa). Sie kritisiert die Auswirkungen der Globalisierung und die Politik der internationalen Wirtschaftsorganisationen – gerade im Hinblick auf die Entwicklungsländer. Die neuen Kommunikationsmittel haben zur wachsenden Zahl und zum größeren Gewicht der INROs beigetragen. Ihre Aktionsformen reichen von Demonstrationen und - teilweise gewaltsamen – Blockadeversuchen bei internationalen Konferenzen über Öffentlichkeitsarbeit bis zu selbstständig durchgeführten Entwicklungsprojekten. Der Druck und die öffentliche Resonanz der INROs haben dazu beigetragen, dass die IROs sehr viel mehr Wert auf Transparenz ihrer Organisation und ihres Handelns legen und die Diskussion mit Vertretern der INROs suchen.

Quelle: Uwe Andersen: Internationale Akteure der Entwicklungspolitik, in: Informationen zu politischen Bildung (Heft 286), Entwicklung und Entwicklungspolitik, http://www.bpb.de/izpb/9068/internationale-akteure-der-entwicklungspolitik [05.08.2020] (verändert)

?

1. *Informieren Sie sich über die im Text aufgeführten Internationalen Regierungs- bzw. Nichtregierungsorganisationen und deren Aufgaben und Ziele.*
2. *Welche Organisationsform (staatlich bzw. nicht staatlich) ist Ihrer Meinung nach im Rahmen der Entwicklungshilfe effektiver? Begründen Sie Ihre Meinung.*

Entwicklungshilfe in der Vergangenheit – kritisch beleuchtet

Entwicklungshilfe in der Vergangenheit zeichnete sich vor allem durch folgende, heute zunehmend infrage gestellten Merkmale aus:

Kapitalintensive Hilfe auf Kreditbasis
In den Fünfziger- und Sechzigerjahren des 20. Jahrhunderts erhielten die Entwicklungsländer häufig Kredite, mit denen sie ehrgeizige Projekte finanzierten, deren Beitrag zur Entwicklung des Landes zweifelhaft war. Als Beispiel kann hier der Bau der neuen Hauptstadt Brasiliens mitten im Urwald genannt werden. Diese Stadt, Brasilia, kostete das Land viel Geld, das es sich in den Industrieländern leihen musste. Es lassen sich noch weitere Beispiele für Länder finden, die sich in dieser Zeit „Entwicklungsdenkmäler" auf Kredit bauten. Dies geschah in der Hoffnung auf höhere Erlöse aus den Rohstoffexporten. Als jedoch die Rohstoffpreise nicht im erwarteten Umfang stiegen, mussten diese Länder die Zinsen und Rückzahlungen auf Kosten der allgemeinen Entwicklung leisten. Dies führte dazu, dass einige Länder heute völlig **überschuldet** sind. In einigen Fällen sind die Schulden sogar höher als das Sozialprodukt, und die Exporterlöse reichen kaum aus, um die fälligen Zinsen und Rückzahlungen zu leisten. Die Industrieländer standen und stehen vor der Frage, ob sie diesen Ländern nicht ihre Schulden erlassen, um ihnen nicht die Möglichkeit der Entwicklung zu nehmen. So beschlossen 2005 die Finanzminister der G8-Staaten, 18 armen und hoch verschuldeten Entwicklungsländern alle Schulden zu erlassen. Der Schuldenerlass war an Bedingungen wie ein Armutsbekämpfungsprogramm und eine Politik der Good Governance gebunden. Doch bis heute hat sich die Situation der meisten Länder nicht nennenswert gebessert.

Übertragung der Verhältnisse der Industrienationen auf die Entwicklungsländer
In der Vergangenheit wurden viele Entwicklungshilfeprogramme durchgeführt, die sich an den Verhältnissen der Industrienationen orientierten. So bekam Indien ein Stahlwerk, das weitgehend automatisiert ist, obwohl Millionen Menschen dort ohne Arbeit sind. Auch wurde versucht, die intensive Landwirtschaft der Industrieländer auf die Entwicklungsländer zu übertragen, obwohl die Böden und die klimatischen Verhältnisse das nicht zulassen. Die Intensivlandwirtschaft führte zur Versteppung der Äcker oder zu Erosionen[1]. Erst langsam setzte sich die Erkenntnis durch, dass bei Entwicklungshilfeprojekten die besonderen Gegebenheiten der Empfängerländer berücksichtigt werden müssen.

Militärhilfe
Die Entwicklungsländer gaben in der Vergangenheit (und geben auch heute noch) teilweise viel Geld für ihre Rüstung aus. So betrugen die Militärausgaben der Entwicklungsländer Mitte der 1980er Jahre pro Jahr ca. 500 Milliarden Dollar. Dies lässt sich durch die Tatsache erklären, dass in vielen Ländern Militärdiktaturen bestanden und bestehen, die ihre Macht durch den Einsatz von Waffen sichern. Es besteht die Hoffnung, dass durch zunehmende Demokratisierung dieser Länder auch die Militärausgaben sinken werden und das frei werdende Geld für die Entwicklung genutzt wird.

---

[1] *Erosion: Abschwemmung der fruchtbaren Bodenschicht*

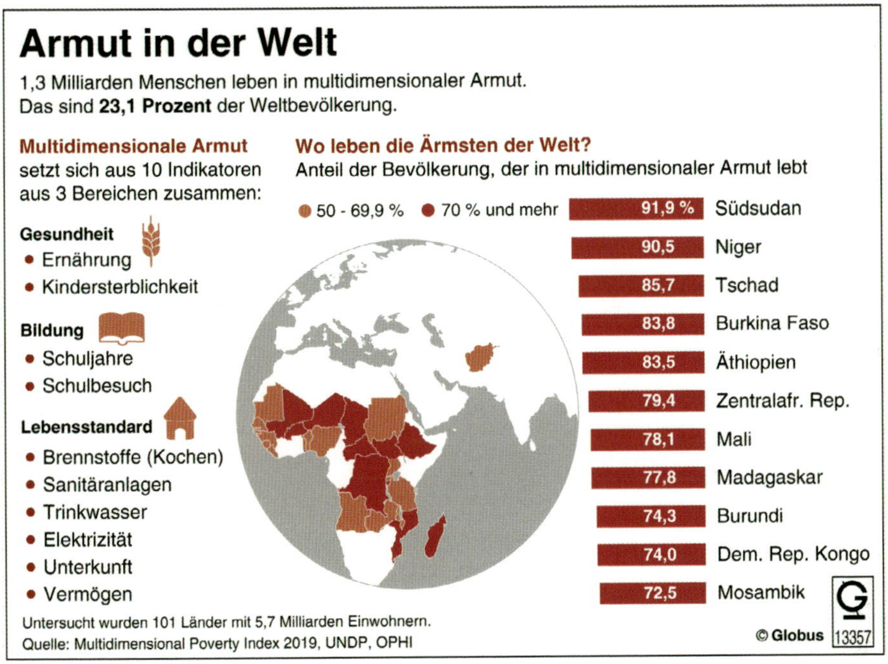

1. *Beschreiben Sie die Unterschiede in den Lebensbedingungen.*
2. *Wie hängen die einzelnen Kriterien zusammen?*

?

1. *Beschreiben Sie das Problem, das durch die Karikatur dargestellt wird.*
2. *Erklären Sie mithilfe der Karikatur, warum das Übertragen der Verhältnisse der Industrieländer auf die Länder der Dritten und Vierten Welt keine sinnvolle Entwicklungshilfe ist.*
3. *Wie lässt sich der von der Entwicklungshilfeorganisation hier begangene Fehler Ihrer Ansicht nach vermeiden? Stellen Sie Alternativen dar.*

?

Entwicklungshilfe heute – Agenda 2030

Um die Fehler der Vergangenheit in Zukunft zu vermeiden, beschreiten das Bundesministerium für wirtschaftliche Zusammenarbeit und Entwicklung und die privaten Hilfsorganisationen neue Wege, deren Leitlinien sich an der Agenda 2030 für nachhaltige Entwicklung orientiert.

Mit der Agenda 2030 für nachhaltige Entwicklung drückt die internationale Staatengemeinschaft ihre Überzeugung aus, dass sich die globalen Herausforderungen nur gemeinsam lösen lassen. Die Agenda schafft die Grundlage dafür, weltweiten wirtschaftlichen Fortschritt im Einklang mit sozialer Gerechtigkeit und im Rahmen der ökologischen Grenzen der Erde zu gestalten.

Die Agenda 2030 wurde im September 2015 auf einem Gipfel der Vereinten Nationen von allen Mitgliedsstaaten verabschiedet. Sie wurde mit breiter Beteiligung der Zivilgesellschaft in aller Welt entwickelt und stellt einen Meilenstein in der jüngeren Geschichte der Vereinten Nationen dar.

Die Agenda 2030 gilt für alle Staaten dieser Welt. Entwicklungsländer, Schwellenländer und Industriestaaten: Alle müssen ihren Beitrag leisten.

Das Kernstück der Agenda bildet ein ehrgeiziger Katalog mit 17 Zielen für nachhaltige Entwicklung (Sustainable Development Goals, SDGs). Die 17 SDGs berücksichtigen erstmals alle drei Dimensionen der Nachhaltigkeit – Soziales, Umwelt, Wirtschaft – gleichermaßen. Die 17 Ziele sind unteilbar und bedingen einander. Ihnen sind fünf Kernbotschaften als handlungsleitende Prinzipien vorangestellt: Mensch, Planet, Wohlstand, Frieden und Partnerschaft. Im Englischen spricht man von den „5 Ps“: People, Planet, Prosperity, Peace, Partnership.

Quelle: Bundesministerium für wirtschaftliche Zusammenarbeit und Entwicklung: Ziele für nachhaltige Entwicklung. www.bmz.de/de/themen/2030_agenda/index.html [29.04.2020]

Schlange vor der Wasserausgabe, Somalia. Wassermangel ist die häufigste Ursache für Hungersnöte in Afrika

Chinesisches Sprichwort

10.4/13

„Gib einem Hungernden einen Fisch,
und er wird einmal satt,
lehre ihn Fischen,
und er wird nie wieder hungern."

?

1. *Diskutieren Sie die Aussage des chinesischen Sprichworts.*
2. *Ordnen Sie die folgenden Formen der Entwicklungshilfe den beiden im Sprichwort erwähnten Möglichkeiten („Fisch geben" und „Fischen lehren") zu:*
   a) Lebensmittelhilfe,
   b) Projekthilfe,
   c) Programmhilfe,
   d) Warenhilfe.
   Begründen Sie Ihre Entscheidung.

10.4/14

„Ist dir klar, dass ich dich in der Hand habe?"

?

1. *Beschreiben Sie das Problem, das durch die Karikatur dargestellt wird.*
2. *Welche Probleme ergeben sich, wenn das Verhältnis zwischen Entwicklungsländern und Industrieländern nicht partnerschaftlich gehandhabt wird?*

Allgemein gilt „Hilfe zur Selbsthilfe“ seit vielen Jahren als Grundsatz der deutschen Entwicklungspolitik. Bei diesem Prinzip gehen zunächst von deutscher Seite wahrgenommene Aufgaben schrittweise auf das Partnerland über. Ein Beispiel findet sich in Kenia:

- Die im Industriepark Nairobi hergestellten Produkte dienen überwiegend dem kenianischen Eigenbedarf, sie machen das Land insofern ein Stück unabhängiger von Importen.
- Da auch Ausbildungsplätze geschaffen wurden, kann das erworbene Wissen an die nachfolgenden Generationen weitergegeben werden.

■ **Partnerschaftliche Hilfe**
In der Vergangenheit haben die Industrieländer häufig den Fehler begangen, die Interessen der Entwicklungsländer bei der Planung von Projekten nicht zu berücksichtigen. Dies hat sich inzwischen geändert. Wie das Beispiel eines Bewässerungsprogramms in Bolivien zeigt, werden die Interessen und Wünsche der Empfängerländer mit einbezogen. Es hat sich nämlich gezeigt, dass die Entwicklungsländer selbst am besten ihren dringlichsten Bedarf einschätzen können. Somit entwickelte sich aus der Abhängigkeit der Armen von den Reichen eine echte Partnerschaft.

■ **Stärkung demokratischer und marktwirtschaftlicher Strukturen**
Ein Grund für die Unterentwicklung der Entwicklungsländer ist die politische Instabilität und das Fehlen demokratischer Strukturen. Deshalb muss bei der Vergabe von Entwicklungshilfeprojekten darauf geachtet werden, dass sie die Demokratisierungsbemühungen in den einzelnen Entwicklungsländern unterstützen. Sie müssen die kommunale Selbstverwaltung stärken und dürfen nicht der reichen Oberschicht zugute kommen. In diesem Zusammenhang ist auch eine **Militärhilfe abzulehnen**, da sie in der Regel dazu beiträgt, die herrschenden Militärdiktaturen zu stützen und eine demokratische Entwicklung zu verhindern.
Ein weiteres Ziel einer sinnvollen Entwicklungspolitik sollte die Stärkung marktwirtschaftlicher Strukturen sein. Die wirtschaftlichen Probleme der Staatshandelsländer, wie zum Beispiel der UdSSR, Polens oder Rumäniens vor 1989, haben gezeigt, dass die sozialistische Planwirtschaft nicht in der Lage war, die ökonomische Situation eines Landes zu verbessern. Die Entwicklungshilfe muss Strukturen fördern, die auf Wettbewerb angelegt sind. Ein positives Beispiel hierfür ist wieder das oben genannte Bewässerungsprojekt in Bolivien. Den Menschen soll so ermöglicht werden, die Produktivität ihrer Betriebe zu steigern. Die Bauern können dadurch das Familieneinkommen verbessern, neue Arbeitsplätze können entstehen.

■ **Stetigkeit der Hilfe**
Ein weiterer wichtiger Ansatzpunkt für eine sinnvolle Entwicklungshilfe ist die Stetigkeit und Verlässlichkeit der Hilfe. Die Entwicklungsländer müssen sicher sein, dass die Partner in den Industrieländern die begonnenen Projekte und Programme auch zu Ende führen. Außerdem müssen sie wissen, dass mit dem Bau, zum Beispiel einer Fabrik, die Hilfe nicht beendet wird, sondern dass bei auftretenden Schwierigkeiten das Geberland auch weiterhin beratend zur Seite steht. Ist dies nicht gewährleistet, so verkommen die Projekte oft zu „Entwicklungsruinen“, die ihren Betrieb einstellen müssen.

Entwicklungshilfe im Einkaufskorb

Die Spielregeln des fairen Handels

Produkte, die mit dem Fairtrade-Siegel ausgezeichnet sind, werden nach den internationalen Standards von Fairtrade International angebaut und gehandelt.
Die Fairtrade-Standards sind das Regelwerk, das Kleinbauernorganisationen, Plantagen und Unternehmen entlang der gesamten Wertschöpfungskette einhalten müssen und Handel(n) verändert. Sie umfassen soziale, ökologische und ökonomische Kriterien, um eine nachhaltige Entwicklung der Produzentenorganisationen in den Entwicklungs- und Schwellenländern zu gewährleisten. Die Fairtrade-Standards beziehen sich dabei unter anderem auf die Allgemeine Erklärung der Menschenrechte und eine Vielzahl internationaler Abkommen und bringen diese in die Form konkreter, überprüfbarer Kriterien.

Inhalte der Standards

Stärkung der Kleinbauern, Kleinbäuerinnen und Arbeiter und Arbeiterinnen

- Organisation in demokratischen Gemeinschaften (bei Kooperativen)
- Förderung gewerkschaftlicher Organisation (auf Plantagen)
- Geregelte Arbeitsbedingungen
- Verbot ausbeuterischer Kinderarbeit
- Diskriminierungsverbot

Umweltschutz: Mensch im Mittelpunkt

- Umweltschonender Anbau
- Schutz natürlicher Ressourcen
- Verbot gefährlicher Pestizide
- Kein gentechnisch verändertes Saatgut
- Förderung des Bio-Anbaus durch den Bio-Aufschlag

Anforderungen an Händler und Hersteller

- Bezahlung von Fairtrade-Mindestpreis und Fairtrade-Prämie
- Nachweis über Waren- und Geldfluss
- Richtlinien zur Verwendung des Siegels
- Transparente Handelsbeziehungen
- Vorfinanzierung

Quelle: TransFair (Hrsg.): Was ist Fairtrade?, www.fairtrade-deutschland.de/was-ist-fairtrade/fairtrade-standards.html [29.04.2020]

?

1. *Beurteilen Sie die Initiative „Fairtrade".*
2. *Kennen Sie einen Weltladen in Ihrer Nähe? Informieren Sie sich über sein Angebot. (Welche Waren werden aus welchen Ländern angeboten?)*
   Befragen Sie die Mitarbeiterinnen und Mitarbeiter über die derzeitige Situation des alternativen Handels.

Pro- und Kontra-Debatte

Bei diesem Rollenspiel geht es darum, Einstellungen zu einem bestimmten Thema zu verdeutlichen, diese zu begründen und Folgen aufzuzeigen. Gleichzeitig kann das **„Streiten“** trainiert werden, indem eigene Meinungen genannt werden, man sich aber auch andere Positionen anhört und **toleriert**, eventuell **Kompromisse** schließt und diese auch **akzeptiert**. Wichtig ist dabei das Einhalten der Spielregeln.

1. Machen Sie sich zunächst mit der Fragestellung vertraut. Führen Sie in einer Abstimmung ein erstes Meinungsbild herbei:
   Wie stehen Sie zu der Problemfrage?
   Halten Sie das Abstimmungsergebnis fest.

2. Bilden Sie nun Gruppen für die jeweiligen Positionen. Sinnvoll ist es, wenn die Gruppen durch Los bestimmt werden. Denn es geht nicht um Ihre eigene Meinung, sondern darum, Argumente für die jeweilige Position vorzutragen. Die Gruppengröße sollte sechs bis acht Schüler nicht übersteigen. Je nach Klassenstärke kann der Rest als Zuschauer fungieren.

3. Die Gruppen setzen sich anhand von Materialien (Lehrbuch) mit „ihrer“ Position auseinander und erarbeiten sich entsprechende Argumente. Dabei sollten auch Argumente der „gegnerischen“ Positionen und Möglichkeiten, wie man sie widerlegen könnte, berücksichtigt werden. Anschließend bestimmen die Gruppen Gruppensprecher (zwei bis drei).

4. Für die Durchführung des Spiels wird eine geeignete Sitzordnung hergestellt.

5. Die Gesprächsleiter (Schüler oder Lehrer) eröffnen das Streitgespräch, nennen das Thema, stellen die Gesprächsteilnehmer vor und erklären den Ablauf des Spiels.

6. Die Gruppensprecher halten jeweils einen kurzen Eingangsvortrag (Statement, ca. drei bis fünf Minuten). Danach erfolgt in Rede und Gegenrede der Austausch der Argumente und Gegenargumente (ca. 20 bis 30 Minuten).

7. In der Auswertung des Spiels fordert der Gesprächsleiter die Zuschauer und Beteiligten auf mitzuteilen, welche Argumente sie überzeugend fanden und welche nicht. Außerdem sollen sie ihren Gesamteindruck wiedergeben und sagen, was gut war und was ihnen nicht gefallen hat.

8. Zum Abschluss des Spiels wird noch einmal eine Abstimmung über die Ausgangsfrage durchgeführt. Das Ergebnis wird mit dem ersten Abstimmungsergebnis verglichen. Wenn es Unterschiede gibt, sollten die Ursachen dafür diskutiert werden.

Situation:

Der seit elf Jahren in Orangeland herrschende X unterdrückt die Bevölkerung des Landes. Gravierende Menschenrechte (freie Meinungsäußerung, Freiheit der Person, Gleichheit vor dem Gesetz, Schutz vor willkürlicher Verhaftung, [...]) sind außer Kraft gesetzt. Wichtige Rohstoffe, die das Land besitzt, werden ohne Rücksicht auf Umweltschäden ausgebeutet und als Druckmittel zur Durchsetzung der Machtansprüche gegenüber anderen Staaten eingesetzt. Dies führt zu einer internationalen Krise, die den Frieden bedroht.

International wird darüber diskutiert, ob diese Krisensituation militärisch mithilfe von NATO/Bundeswehr (**militärische Friedenssicherung**), politisch mithilfe von Verhandlungen/Verträgen (**politische Friedenssicherung**) oder durch andere Möglichkeiten (**z. B. durch entwicklungspolitische Maßnahmen**) gelöst werden soll.

Fragen:

Welche Möglichkeiten halten Sie für sinnvoll und angebracht (unter Beachtung der möglichen Folgen), um den „Frieden" wiederherzustellen und zu sichern?

Welche Möglichkeiten besitzen Sie persönlich, zu einer friedlichen Lösung des Problems beizutragen?

Wichtiges Wissen

Friedensbegriff	*Definition*	■ Gegensatz von Krieg ■ Schutz gegen innere und äußere Gewalt ■ Abwesenheit von struktureller Gewalt ■ Schutz und Verteidigung der Freiheit ■ Verwirklichung der Grund- und Menschenrechte
Friedensbedrohende Phänomene	*Nationalismus*	Übersteigerte Wertschätzung der eigenen Nation und das Empfinden der eigenen Besonderheit als Überlegenheit gegenüber anderen Völkern oder nationalen Minderheiten
	Fundamentalismus	Radikales und kompromissloses Eintreten für politische und religiöse Überzeugungen und Grundsätze
	Ethnische Konflikte	Ethnie ist die Bezeichnung für eine Gruppe von Menschen, die sich der Zugehörigkeit zur selben Kultur (z. B. Sprache, Abstammung, Sitten, Geschichte, [...]) bewusst sind
	Naturressourcen	Verknappung lebenswichtiger Rohstoffe (z. B. Erdöl, Gas, Wasser)
UNO (Vereinte Nationen)	*Gründung*	24.10.1945 von 51 Staaten, zurzeit 193 Mitglieder
	Ziel	Sicherung des Weltfriedens, Förderung armer Länder
	Organe	Vollversammlung, Sicherheitsrat, Generalsekretariat
NATO	*Gründung*	1949, zurzeit 29 Mitglieder
	Ziel	Allgemeine Zusammenarbeit zum Zwecke der Entspannung, Friedensbewahrung und Krisenmanagement
	Organe	NATO-Rat, Ausschüsse, Generalsekretariat
Entwicklungspolitik	*Gründe*	■ Gedanke der Wiedergutmachung ■ ökonomische Überlegungen ■ Gedanke des weltweiten Umweltschutzes
	Träger	■ privat: Kirchen und private Organisationen (Deutsches Rotes Kreuz, Deutsche Welthungerhilfe u. a.) ■ staatlich: bilateral (zwischen einem Industrie- und einem Entwicklungsland) oder multilateral (über internationale Organisationen)
	Grundüberlegungen	■ gebundene und ungebundene Hilfe ■ Kapitalhilfe oder technische Hilfe ■ Projekthilfe oder Programmhilfe ■ Hilfe auf Kreditbasis (Überschuldung)
	Negative Entwicklungen	■ Übertragung der Verhältnisse der Industriestaaten auf die Entwicklungsländer ■ Militärhilfe
	Positive Entwicklungen	■ Hilfe zur Selbsthilfe ■ partnerschaftliche Hilfe ■ Stärkung der demokratischen und marktwirtschaftlichen Strukturen ■ Stetigkeit der Hilfe

Wissen

1 Was versteht man unter dem Begriff „Frieden“?
2 Nennen Sie vier friedensbedrohende Phänomene der heutigen Zeit.
3 Erläutern Sie die einzelnen Phänomene näher und geben Sie jeweils ein konkretes, tagespolitisch aktuelles Beispiel.
4 Nennen Sie unterschiedliche Ursachen, die zu einem kriegerischen Konflikt führen können.
5 Wann wurde die UNO gegründet?
6 Wie viele Mitglieder hat zurzeit die UNO?
7 Beschreiben Sie den Aufbau der UNO.
8 Was versteht man im Zusammenhang mit dem Weltsicherheitsrat unter dem „Vetorecht“?
9 Welche Möglichkeiten der Friedenssicherung beziehungsweise der Friedenserhaltung hat die UNO?
10 Sammeln Sie Informationen aus der Tagespresse zu aktuellen Maßnahmen der UNO. Bewerten Sie die Erfolgsaussichten dieser Maßnahmen.
11 Nennen Sie die Mitgliedstaaten der NATO.
12 Nennen Sie die Ziele der NATO.
13 Welche Aufgaben hat die Bundeswehr laut „neuem Auftrag“ zu erfüllen?
14 Verfassen Sie ein Schreiben, in dem Sie Ihre freiwillige Verpflichtung bei der Bundeswehr begründen.
15 Erläutern Sie jeweils drei Argumente, die für bzw. gegen eine allgemeine Wehrpflicht sprechen.
16 Schreiben Sie an das Presse- und Informationsamt der Bundesregierung mit der Bitte um Informationen über das Sicherheitskonzept der Bundesregierung.
17 Fertigen Sie eine Collage zum Thema Frieden an.
18 Überlegen Sie sich, was Sie persönlich zum Frieden beitragen können. Diskutieren Sie Ihre Vorstellungen in der Klasse.
19 Erläutern Sie kurz die Merkmale, die zur Einteilung der Erde in vier Welten herangezogen werden.
20 Erläutern Sie an Beispielen, wie geografische und klimatische Verhältnisse den Entwicklungsstand eines Landes beeinflussen können.
21 Wodurch ist die Unterentwicklung eines Landes gekennzeichnet?
22 Welche wirtschaftlichen Überlegungen spielen bei der Vergabe von Entwicklungshilfe eine Rolle?
23 Welche Fehler wurden in der Vergangenheit bei der Entwicklungshilfe gemacht?
24 Warum verbessern marktwirtschaftliche und demokratische Strukturen die Entwicklungschancen eines Landes?
25 Nehmen Sie Stellung zu der Aussage: „Nach dem Ende des Ost-West-Konfliktes im letzten Jahrhundert wird der Nord-Süd-Konflikt dieses Jahrhundert überschatten.“

Personen- und Sachwortverzeichnis

Bildquellenverzeichnis

Agrarmarkt Informations-Gesellschaft mbH, Bonn: 257.1.
akg-images GmbH, Berlin: 30.1, 60.1, 178.1, 214.1.
Amnesty International Deutschland e.V., Berlin: 164.1, 204.1.
Baaske Cartoons, Müllheim: Plasmann, Thomas 255.1.
Bergmoser + Höller Verlag AG, Aachen: Zahlenbilder 155.1, 180.1, 232.1, 238.1, 244.1, 290.1, 293.1.
bpk-Bildagentur, Berlin: 114.1, 116.1, 183.1; Sennecke, Robert 182.1.
Brauner, Angelika, Hohenpeißenberg: 247.1.
Bundesinformationszentrum Landwirtschaft (BZL) – landwirtschaft.de, Bonn: 256.1.
Bundeswehr, Berlin: Bienert, Andrea 296.1.
Bundeszentrale für gesundheitliche Aufklärung (BZgA), Köln: 107.1, 107.2.
BÜNDNIS 90/DIE GRÜNEN Thüringen, Erfurt: 164.8.
CDU Deutschlands, Berlin: 164.5.
Deutscher Bundestag, Berlin: Achim Melde; © VG Bild-Kunst, Bonn 2020 133.1, 136.1; © VG Bild-Kunst, Bonn 2020 127.1.
Deutscher Gewerkschaftsbund (DGB): 197.1.
Deutschle, Dr. Tom /www.faszination-regenwald.de, Hamburg: 307.2.
DGB Bundesvorstand, Berlin: 132.1, 164.2.
dreamstime.com, Brentwood: Walencienne 190.2.
DRK, Berlin: 164.4.
Fairtrade Deutschland, Köln: 317.1.
FDP Freie Demokratische Partei, Berlin: 164.6.
FIAN Deutschland e.V. - FoodFirst Informations- & Aktions-Netzwerk, Köln: 184.1.
fotolia.com, New York: 73692648 42.1; a.k. 89.1; Almeida, Helder 82.2; anna_murashova 221.4; Arcurs, Yuri 105.2; Christian Schwier 86.2; contrastwerkstatt 85.2; Csaba Peterdi 55.1; DragonImages 118.2; Eve 275.1; eyewave 91.1; fawzy, mostafa 87.1; Fontanis 144.1; goodluz 8.1, 110.1; Halfpoint 55.2, 103.1; hikrcn 55.4; iko 85.2; industrieblick 118.1; iordani 25.1; jiduha 69.1; Kneschke, Robert 8.2; Kzenon 13.1; luminastock 18.1; micromonkey 86.1; milkovasa 91.2; millaf 79.2; Monkey Business 34.2; Olson, doug 82.1; Orlando Florin Rosu 16.1; patrickjohn71 90.1; Photographee.eu 92.1; Rawpixel 205.1; Sanders, Gina 29.1, 74.1; Schwier, Christian 7.1, 97.4; Seybert, Gerhard 83.2; Shevtsov, Yuriy 103.2; Syda Productions 55.3, 124.1; tina7si 40.1; vege 123.1.
Galas, Elisabeth, Schwelm: 19.1, 313.2.
Getty Images, München: Gratzer, Jonas 196.2.
Haitzinger, Horst, München: 218.1, 315.1.
Hanel, Walter, Bergisch Gladbach: 79.1, 196.1.
Haus der Geschichte der Bundesrepublik Deutschland, Bonn: Wolter, Jupp 201.1, 201.2, 201.3, 201.4.
Institut für Arbeitsmarkt- und Berufsforschung der Bundesagentur für Arbeit, Nürnberg: 119.1.
iStockphoto.com, Calgary: Brian Scantlebury 302.1; cinoby 309.1; damircudic 73.2; liangpv 288.1; ollo 311.1.
Landeszentrale für politische Bildung Baden-Württemberg, Stuttgart: 186.1.
Liebermann, Erik, Steingaden: 89.2, 111.1, 127.2.
LUFF (Rolf Henn), Hennweiler: 193.1, 287.2.
Mester, Gerhard, Wiesbaden: 298.1.
Mohr, Burkhard, Königswinter: 199.1.
Nachlass Felix Mussil, Frankfurt/M.: 170.1, 173.1.
OKS Group, Delhi: 62.1, 67.2, 93.2, 112.1, 115.1, 137.1, 137.2, 139.1, 139.2, 141.1, 145.1, 151.1, 151.2, 151.3, 151.4, 151.5, 151.6, 151.7, 151.8, 151.9, 151.10, 151.11, 151.12, 151.13, 151.14, 151.15, 151.16, 151.17, 151.18, 167.1, 167.2, 167.3, 167.4, 190.1, 203.1, 203.2, 203.3, 203.4, 211.1, 221.2, 221.3, 221.5, 221.6, 229.1, 253.1, 253.2, 303.1.
Picture-Alliance GmbH, Frankfurt/M.: AA/Adnan, Hamza 179.2; akg-images / Dodenhoff 6.1; AP Images 195.2; AP Images/ De Luca, Riccardo 272.1; AP Photo/Ghirda, Vadim 276.1; AP Photo/ Meyer, Jens 222.1; Baumgarten, Ulrich 239.2; Bundeswehr 194.1; chromorange/Schröder, Martin 188.1; Demotix/Hajek, Tomas 305.1; dpa-infografik 9.1, 9.2, 11.1, 14.1, 17.1, 21.1, 31.1, 31.2, 33.1, 34.1, 37.1, 41.1, 45.1, 50.1, 51.1, 53.1, 65.1, 67.1, 70.1, 71.1, 71.2, 73.1, 77.1, 77.2, 85.3, 93.1, 99.1, 105.1, 121.1, 123.2, 125.1, 146.1, 162.1, 207.1, 221.1, 227.1, 239.1, 246.1, 250.1, 252.1, 254.1, 258.1, 259.1, 261.1, 261.2, 273.1, 277.1, 286.1, 288.2, 294.1, 299.1, 307.1, 313.1; dpa/Bachmann, Nestor 215.1; dpa/Berg, Oliver 134.1; dpa/dpaweb/Hinrich Bäsemann 291.1; dpa/EPA 179.3; dpa/ Gambarini, Maurizio 22.1; dpa/Goerlich, Stephan 7.2; dpa/Gollnow, Sebastian 136.3; dpa/ KEYSTONE 216.1; dpa/Marks, Bodo 269.1; dpa/Murat, Marijan 279.1; dpa/Tylle, Yannick 314.1; dpa/von Jutrczenka, Bernd 136.2; dpa/Von Jutrczenka, Bernd 167.5; dpa/Wagner, Ingo 282.1; dpa/Zentralbild 153.1; dpa/Zurab, Dzhavakhadze 292.1; epa afp 274.1; Everett Collection 179.1; imageBROKER/ BAO 58.1; JOKER/Allgöwer, Walter G. 75.1; JOKER/Stein, Alexander 154.1; MAURIZIO BRAMBATTI 234.1; Metzel, Mikhail / ITAR-TASS 58.2; Nietfeld, Kay / dpa 142.1; Sodapix AG/Steffen, D. 179.4; ZB/Pleul, Patrick 72.1; ZB/Schmidt, Hendrik 160.1; ZUMAPRESS.com/ Khader, Ibrahim 268.1.

Plaßmann, Thomas, Essen: 282.2.
Richter-Publizistik (www.crp-infotec.de), Bonn: 263.1, 280.1.
Sakurai, Heiko, Köln: 195.1.
Schneider, Brigitte, Gauting: 199.2.
Schwietring, Adja: 97.1, 97.2, 97.3.
Shutterstock.com, New York: Jacob Lund 57.1; Wackenberg, Rolf G 156.1.
SINUS-Institut, Heidelberg: 61.1.
SPD-Parteivorstand, Berlin: 164.7.
stock.adobe.com, Dublin: Azhorov 57.2; Benjamin [,O°] Zweig 226.1; Ettmer, Sina Titel; Lucky Dragon 83.1; pixarno 236.1; Stolt, Matthias 35.1.
Stuttmann, Klaus, Berlin: 287.1.
terre des hommes Deutschland e.V., Osnabrück: Brehmer, Marian 208.1; Ouattara, Souleymane 195.3.
United Nations/Department of Global Communications, New York, NY: 284.1.
ver.di - Vereinte Dienstleistungsgewerkschaft, Berlin: 164.3.
© Bundeszentrale für politische Bildung/www.bpb.de, Bonn: 252.2.
© Marie Marcks, München: 76.1, 158.1, 174.1.

Wir arbeiten sehr sorgfältig daran, für alle verwendeten Abbildungen die Rechteinhaberinnen und Rechteinhaber zu ermitteln. Sollte uns dies im Einzelfall nicht vollständig gelungen sein, werden berechtigte Ansprüche selbstverständlich im Rahmen der üblichen Vereinbarungen abgegolten.